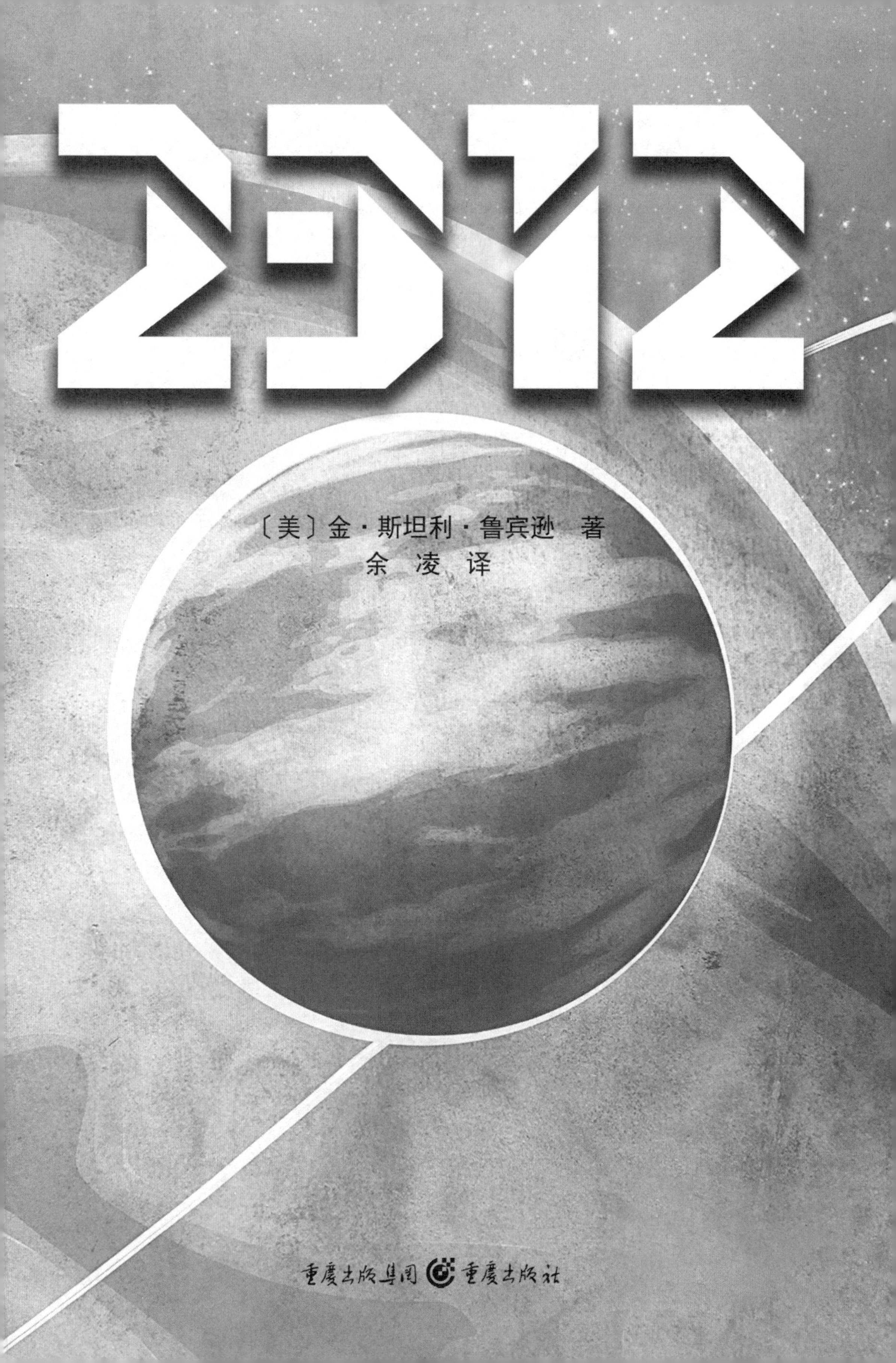

2312

〔美〕金·斯坦利·鲁宾逊 著

余 凌 译

重庆出版集团 重庆出版社

版贸核渝字(2013)第355号

图书在版编目(CIP)数据

2312 / (美)鲁宾逊著；余凌译. —重庆：重庆出版社，2016.2(2016.11重印)
书名原文: 2312
ISBN 978-7-229-10379-8

Ⅰ.①2… Ⅱ.①罗… ②余… Ⅲ.①科学幻想小说—美国—现代 Ⅳ.①I712.45

中国版本图书馆CIP数据核字(2015)第202929号

2312
[美]金·斯坦利·鲁宾逊 /著　　余　凌 /译

责任编辑：陈渝生
责任校对：刘小燕
装帧设计：重庆出版集团艺术设计有限公司 · 王芳甜

重庆出版集团
重庆出版社 出版
重庆市南岸区南滨路162号1幢　邮政编码：400061　http://www.cqph.com
重庆出版集团艺术设计有限公司制版
重庆俊蒲印务有限公司印刷
重庆出版集团图书发行有限公司发行
全国新华书店经销

开本：720mm×1000mm　1/16　印张：27.5　字数：458千
2016年2月第1版　2016年11月第3次印刷
ISBN 978-7-229-10379-8
定价：48.00元

如有印装质量问题，请向本集团图书发行有限公司调换：023-61520678

译者序

我们多久未曾抬头仰望夜空了？

不论是术业专攻的学者，还是闲话家常的百姓，无不为宇宙的深邃和神秘深深吸引。当代地外科学发展虽极为迅猛，但其复杂的数学推算和抽象的空间构建，阻碍了非专业人士对本门知识的进一步了解。在人均科普资源极度匮乏的中国，民众对宇宙的神往，不得不止步于空泛的想象。

金·斯坦利·鲁宾逊是美国著名科幻小说家。对人性的剖析和反思存在于他的多部作品中，是隐匿于科幻外壳下的一条鲜明的社会主线。他曾于1993年凭借《红火星》获得美国科幻与幻想作家协会设立的“星云奖”，20年后，他携新作《2312》再次拿下2012年“星云奖”最佳长篇小说奖。《2312》的主题是探索人类在宇宙中的出路，通过如临现场的细节描述，紧张惊险的情节设计，步步设局，将读者导入一场惊天阴谋。看似纯粹的科幻作品其实是一幅不同文化、不同种族甚至不同星球间关于美与丑，信任与猜疑，保守与进取，生存与毁灭的全景画：人类社会之矛盾与冲突，实则人性之贪婪与自私；纵使现代科技将物质文明推送至难以想象的高度，被有缺陷的人性操纵的芸芸众生，仍无法超脱于互相算计、尔虞我诈、自我毁灭却又爱恨交织的悲情闹剧。

行文上，作者采用半个多世纪前始于美国的插入体，将看似碎片的词汇和概念以隐藏的逻辑插入正文，不仅调节了全书节奏，也自然为读者补充了阅读此书所需的科普知识。值得一提的是，在与译者的通信中，作者强调《2312》是其又一本有中国元素的小说，对在中国发行其汉译版十分期待。

生活在地球上的人，认为自由呼吸、绿树成荫、碧海蓝天不过是理所当然的事；而发展科技，探索外空，似是解决地上问题的灵丹妙药。本书对此提供了另一个视角。

康德曾说："世间有二物，越是对其仔细思索，越有敬畏与惊叹之感：星河灿烂于顶，道德高洁于心。"若读者合卷后能抬头一望许久未曾仰视的夜空，或俯身轻触远离肌肤多年之大地，拙译一载有余的艰辛即可释然。

余　凌

2015 年 7 月，重庆

目录
contents

序幕

太阳一直在地平线下徘徊。水星自转很慢，只要你在那遍布岩石的地面上走得够快，就总能让太阳跃不出地平线。这样做的人不少，行走已成为了他们生活的一部分。他们大多往西走，所以始终走在黎明的曙光里。有些人匆忙地从一地赶往另一地，偶尔停下来瞄一眼身上早些时候接种重金属生物过滤制剂留下的伤口，把累积起来的金、钨或铀的残留物快速地从身上拂去。但大多数人只是为了一瞥旭日东升。

水星古老的表面千疮百孔，极不规则，破晓的明暗分界处是一条宽阔的黑白对比的光带——刺眼的白色高光点到处戳进木炭般的坑穴里。这些白色高光点不断增强，直到将整片大地照得如玻璃烧熔时一样耀眼，漫长的一天就此拉开序幕。这片日照与阴影组成的混合地带宽达 30 千米。若是在平原上，地平线不过几千米长。但水星上平地很少，所有撞击痕迹都清晰可辨，一些绵长的峭壁亘古矗立，其年头可追溯到水星冷却收缩之时。在这样褶皱起伏的地形上，光线可以从东边的天际一下子就跳到西边凸起的山陵上。星球上的每个人必须考虑到这个因素，弄清楚阳光可能在何时射到何地——以及一旦被阳光照射到，应该跑向何处寻求遮蔽。

也有人是故意让日光照射到身上。很多人停下了匆忙的脚步，站立在峭壁边，在火山口，在佛塔、尼玛堆、古岩画、因努伊特石堆、镜子、墙壁和高兹沃斯大地艺术[1]旁，面朝东方，静静等待。

顺着他们的目光望去，黑色岩石上方是黑黢黢的东方天幕。亿万年来阳光不断照射岩石产生的非常稀薄的氖氩大气层只能留住拂晓前那极其暗淡的一丝微光。但人们知道日出时间，所以他们等待着，观望着——直到——一抹橘黄色的火焰跃出地平线，同时点燃了他们体内的血液。更多光线如旗帜

---

① 安迪·高兹沃斯，1957 年出生于英国。高兹沃斯的艺术属于 20 世纪 60 年代开始的大地艺术（Land Art）运动：反对局限风景画的方形画框，以大自然为工具、材料、主题，用作品表现工业进步中被破坏的自然环境及因果报应。——译者注

般舞动着出现，跳跃而出，连弧成环，一跃冲天，在天上自由飘动。为了保护眼睛，人们的偏光面罩已变成深色。

如华旗般舞动的橘黄色光线从最初出现的原点分成了左右两束，好似地平线上的焰火往南北两个方向散开。仿佛一个被削了皮的光球，太阳的表面闪耀着，光辉慢慢溢向两头。由于每人面罩上的滤光片不同，他们看到的太阳各不相同，有的可能是蓝色大旋涡或跳动的一簇橙色，有的可能只是一圈白色的圆环。光弧不断向左右两端扩展，进度比想象中更快，当它完全露出地面时，人们就像站在鹅卵石滩上，面向一颗巨大的恒星。

现在是转身跑开的时候了！但就在人们想实现自我救赎时，一些人却突然晕厥，跌倒在地，又赶紧爬起来，惊慌失措地向西跑去。

最后看一眼水星日出吧。它浸泡在紫外线中，是不断升温的蓝色怒号。耀眼光球的登场暂告一段落，随之而来的是愈加清晰和炫目的日冕狂舞，所有磁化弧光、电磁短路和燃烧的氢气团都被扔向黑暗的宇宙。你可以有选择地遮挡住日冕的光芒，只看太阳光球，甚至可以把滤光片上的画面放大，最后会看到对流单体燃烧着的顶端，像千万根扭曲的线条，每根线条都是剧烈燃烧的火焰形成的雷暴云。这颗恒星每秒钟烧掉 500 万吨氢气，并将继续以此规模燃烧 40 亿年时间。所有这些长针状火焰围绕小小的黑斑跳着圆舞。那是太阳黑子，是燃烧暴风中不断改变的涡流。无数的长针一起流动，仿佛被潮水推搡着的海藻带。所有这些回旋运动都能从非生物角度予以解释——各种气体在持续的引力场牵引中以不同速度移动，形成无休止的火焰旋涡。这是纯粹的物理学角度的解释，但事实上它看上去却有相当的生命力，比很多生物还要有生气得多。在世界末日的黎明看到此情此景，很难相信它只是一种无生命的物理现象。它在你的耳际咆哮，与你不停对话。

很多人都是在尝试了多副不同的滤光片后才选定了适合自己的那副。一些特别的滤光片，或者说经滤光片过滤后的影像，已成为个人或群体膜拜的对象。人很容易在极度崇拜中迷失自我。想象一下吧，他们站在那儿，就为了看一眼日出；他们是那样的投入，难怪眼前之景总能让他们感到欣喜——那是从未见过的图案，那是撞击心灵的脉动。突然间，围绕光环的一圈燃烧着的纤毛似乎发出了人耳可闻的声响，变成了狂乱的咆哮——其实质是你的血液正涌向鼓膜，此刻听上去却像太阳燃烧的声音。不知不觉中，人们驻足的时间太长了。有些人烧伤了视网膜，有些人直接失明，有人被重如泰山的宇航服出卖，直接毙命。有时甚至几十人同时被烤熟。

你是否有这种感觉：这帮人简直就是一群傻瓜？是否觉得如果换成是你，绝不可能犯如此低级的错误？先别太早下结论。没人可以如此肯定，因为眼前是你从未见过的景象。你也许觉得自己已经习惯了，外界再没有任何东西能真正让像你这样深沉老到且知识渊博的人着迷了。但你也许错了。你是太阳的子孙，如此近距离注视太阳，那种美感，那般恐惧，能完全清空人的大脑，一把将人推进恍惚的状态。有些人描述说那种感觉很像看见了上帝的容貌。这种说法也对，因为太阳系内所有生命都来源于斯，太阳的确可说是我们所有人的上帝。它尊容一现，能将我们的思想从头颅中一洗而空。那些人所追求的正是这种感觉。

所以的确有理由为斯婉·尔·泓担心，她比绝大多数人更喜欢尝鲜。她常常观日出，每次都站在安全界限的边缘，且有时在阳光下一待就是很久。巨大的雅各布天梯[1]、颗粒状脉冲、长针状气流……她已深深爱上了太阳。她顶礼膜拜，在房间里还为太阳神设立了一个小神社，每天清晨醒来的第一件事就是搞一个简短的向太阳致敬的仪式。她的大多数风景画和行为艺术都是以太阳为主题，这些天又忙活着在土地和自己身体上搞高兹沃斯大地艺术和阿布拉莫维奇[2]行为艺术。显然太阳就是她艺术的一部分。

对于正处于悲伤中的她来说，太阳现在同时又是她的慰藉。站在“终结者”城的滨海大道上，——位于宏伟的黎明之墙顶端——可以看到她此刻正面朝南方，离地平线很近。她必须得赶快，整个城市正沿着轨道滑行，轨道横贯赫西俄德[3]和仓泽环形山之间的巨大凹面底部，太阳光将很快向西边涌去。斯婉必须得在那之前进城，但此时她一动不动站在那里。从黎明之墙顶部望去，她就像一个银色的玩具娃娃。她的宇航服顶部是一个大型的圆形头盔，透光度很高。靴子看上去很大，沾满了黑色灰尘。本应快速撤往城西对接平台的她却像穿着靴子的银色小蚂蚁般仍站在原地，满怀悲情。其他人都

---

① 一种自然现象——展示了电弧产生和消失的过程。二根呈羊角形的管状电极，一极接高压电，另一个接地。当电压升高到5万伏时，管状电极底部产生电弧，电弧逐级激荡而起，如一簇簇圣火似的向上爬升，犹如传说中的雅各布天梯。——译者注

② 玛丽娜·阿布拉莫维奇（Marina Abramovic）早年曾接受苏式美术教育，从事绘画和装置创作。从20世纪70年代开始其在行为艺术上的实践，被认为是20世纪最伟大的行为艺术家之一。——译者注

③ 古希腊诗人，可能生活在公元前8世纪。从公元前5世纪开始文学史家就开始争论赫西俄德和荷马谁生活得更早，今天大多数史学家认为荷马更早。被称为“希腊教训诗之父”。——译者注

已匆匆往城里走去。一些人拉着小型货车或轮式雪橇，上面驮着各种物资，甚至还有卧具。他们把回程时间计算得很精确，因为往来市郊的行程完全是可预见的。城市不可能从它的既定轨道脱离，白天的热量会拉长轨道，而城市下方的车盘又紧紧套在轨道上，可以说是日光将整座城市不断往西推去。

城市离他们越来越近，回城的人纷纷挤上对接平台。一些人已经离开城市长达数周，甚至数月，绕着水星走了一整圈。待城市滑经身边，紧闭的大门打开后，人们就可以从对接平台一步踏进城去。

城市很快就要到身旁了，斯婉现在应该赶紧抵达平台。然而她仍站在海岬边。她屡次要求进行视网膜修复，也常为了不被烤干被迫像兔子一样飞奔。如今这一幕又将重演。她身处城市正南方，完全暴露在跃出地平线的太阳光下，像某人视线中的一道银色裂缝。看到她如此鲁莽的行为，人们都不住地朝她大喊，“斯婉，你疯了！亚历克斯已经死了，这是无法改变的事实！快逃命吧！”

她照做了。求生的本能超越了死亡的恐惧，她转身腾跃而起。水星引力和火星上几乎一样，据说很适合奔跑，一旦适应就能大跨步地急速跃进，同时舞动双臂保持平衡。斯婉就是以这种姿势跳跃着，舞动着——中途还跌了一跤，脸摔了个结实——她快速站起来，继续往前跳跃。她必须在城市离开平台前抵达，下一个平台是在向西十千米远的地方了。

她到了平台的楼梯，抓住扶手纵身一跃，从平台最远处一步跨进已关闭一半的闸门里。

斯婉和亚历克斯

当斯婉步履涣散地沿着“终结者”城宏伟的中央阶梯往上走时，亚历克斯的纪念仪式开始了。全城百姓都走出家门，聚集在大道和广场上，默默站立着。城里还来了不少访客，亚历克斯生前揭幕的会议也即将开始。她上周五还接待了与会代表，仅仅一周之后却等来她的葬礼。她是突然病倒的，没能救活过来。此刻，城里所有人和到访的外交官们——他们都是亚历克斯的朋友——无一不沉浸在悲伤中。

斯婉在黎明之墙上停下脚步，她觉得再也挪不开步子。她的脚下是屋顶、露台和阳台。巨大的陶瓷盆里种着柠檬树。这个巨大的坡地看上去有点像小马赛，白色的四层楼房，黑色铁栏杆的阳台，宽阔的大道和狭窄的街道，往下走就是俯瞰整个公园的滨海大道。到处都是人，就这样活生生地出现在她眼前，每张脸各有特点，却又兼具奥尔梅克人矮胖的体形特点，像斧子，也像铁铲。三个身高一米左右的矮人站在铁栏杆上，穿着黑衣。中央阶梯底部聚集着一些刚观日出回来的人，看上去像灼伤了皮肤，满脸尘土。这一幕深深刺痛了斯婉——就连观日出的人们也赶来参加亚历克斯的葬礼了。

她慢慢从阶梯上往下走，神情恍惚。在听到这个消息的那一刻，她冲出城市，跑向荒原，拼命想把自己隔离起来。此刻，亚历克斯的骨灰被撒下，她不想让任何人看到自己，她也不想看到亚历克斯的爱人马卡莱特。所以她走进公园，步履不稳地走进了熙熙攘攘的人群里。所有人都默默站立，彼此扶持，目光向上，显得心慌意乱。数不清有多少人视亚历克斯为恩人。她是水星之狮，城市之心，整套系统的灵魂所在。她帮助你，她保护你。

一些人认出了斯婉，但他们没有打扰她，让她一个人待着。这比追悼会更让她动情。她的脸上挂满了泪珠，她不停地用手指擦着眼泪。这时，有人挡住她问道：“你是斯婉·尔·泓吗？亚历克斯是你外婆吗？”

“她是我的一切。”斯婉转身走开。她想农场那儿应该没什么人，于是离开公园，走进了树林。城市喇叭里放着哀乐。灌木丛下，一只小鹿埋头用鼻尖轻触落叶。

她还没有抵达农场，黎明之墙的大门就打开了，阳光刺破穹顶下的空气，直线射进城里，透过大门的空隙形成常见的黄色透亮的光柱，左右数量对称。她注视着光柱里的涡流。人们打开大门的同时抛撒下滑石粉，在阳光照射下变成彩色的颗粒，上升，随即消散。一只气球从黎明之墙下面的平台上升空，向西飘去，下方挂着一只不断摇晃的小篮——亚历克斯在里面——为什么会这样……隆隆低沉的乐曲声里偶尔会冒出一串叛逆的音符。当气球飘进其中一条光柱，吊篮“噗”的一声和气球脱离，亚历克斯的骨灰从空中散落，穿过光柱，缓缓降到城市的上空。慢慢地，肉眼看不见了，仿佛沙漠上空的幡状云①公园里喧闹起来，响起一阵掌声。人群中的几个年轻人简单重复地呼喊着：“亚——历克斯！亚——历克斯！亚——历克斯！”掌声持续了十来分钟，然后变成了长时间的有节奏的击拍。人们不想就此结束，一旦结束——不管以什么方式——他们就永远地失去她了。最终一切都会结束，进入到后亚历克斯时代，生活仍会继续。

她得振作起来，和亚历克斯的家人一起生活。一想到这儿，她不禁发出一声叹息，独自在农场游荡。最后，她动作僵硬地走上中央阶梯，好似盲人，走一会儿又停下来，自言自语道：“不，不，不。”不过是徒劳的叹息。她突然发现，过去自己所做的每一件事，原来皆是徒劳。她不知道这种感觉还将持续多久——目前看来有可能是一辈子，她感到一道恐惧的闪电击中了自己。要如何改变自己，才能改变现状？

她终于冷静下来，向黎明之墙的个人纪念碑走去。她得去跟亚历克斯生前的好友们见面，给马卡莱特一个短短的拥抱，还得忍受他脸上的表情。他一反常态，并没待在家中，但她完全明白为什么他会出门来到现场。其实这反倒让人松了口气。她难以想象自己会有多么难受，难以想象马卡莱特和亚历克斯的亲近程度远甚于自己与后者，难以想象作为伴侣的他比自己陪伴亚历克斯的时间多得多。也许，并没有她想象的那么难。所以现在马卡莱特将目光转向她，似乎是向她表示友善。所以她现在不妨拥抱一下他，承诺晚些时候会去看望他，然后和其他人在黎明之墙最高的露台上聊聊，最后可以走

---

① 幡状云是一种从云中落下的降水，还没到地面前就已经蒸发。位于海拔更高处的降水会以冰晶体的形态出现，继而溶解、蒸发。幡状云在沙漠地区极为常见。

到栏杆旁，俯瞰整个城市，让视线穿过透明的穹顶伸进黑色的宇宙，看那群星划过柯伊伯带。她的目光落在右边的以日本浮世绘画家安藤广重命名的环形山上。很久以前，她曾把亚历克斯带到那儿，帮她完善一件高兹沃斯大地艺术品——这件石头波浪艺术品参考了这位日本艺术家最著名的作品。她们尝试把石块平衡地搁在破碎波浪的顶部，失败了无数次。亚历克斯早已习惯了失败，斯婉忍不住大笑，直到笑得自己胃痛。现在她又看到了那片石头浪，仍在那里——从城里望去刚好能用肉眼看到。但搁在“波浪”顶部的石头已经不在了——或许是被从滑轨上经过的城市震了下来，或许仅仅是阳光照射的缘故，抑或是被亚历克斯去世的消息所震落的吧。

几天后她去马卡莱特的实验室看望了他。他是太阳系最顶尖的人造生物专家。实验室里堆满了各种机器、水箱、烧瓶和铺满彩色图表的屏幕——人类以碱基对[1]为单位创造着不断拓展的复杂的生命。就在这个实验室里，他们从草稿纸开始，慢慢开始制造生命；现在已经造出了很多种细菌，这些细菌不断改变着金星、泰坦（土卫六）和特里同（海卫一），改变着各个行星及其上的一切。

现在，这些都不重要了。马卡莱特坐在办公室的椅子上，注视着空白的墙壁。

他收回目光，抬头看着她。“哦，斯婉，很高兴见到你。谢谢你来看我。”

“不客气。一切还好吗？”

“不是太好。你呢？”

“糟透了。”斯婉坦诚地说，内心有些负罪感。她最不想做的就是给马卡莱特增加负担。但在这种情况下，撒谎没有意义。他只是点了点头，有些分神。她看出来他也只是刚到办公室。桌上几个立方块里面装着蛋白质样本，呈现出明亮的不正常的色彩，希望又破灭了。他一直在试图解决这问题。

“继续工作一定很难吧？”她问道。

“嗯，是的。”

短暂沉默之后，她问道：“你知道她到底出了什么事吗？”

他快速地摇了摇头，仿佛她问了件与己无关的事。“她已经 191 岁了。”

“这我知道。但是……”

---

① 碱基对，形成 DNA、RNA 单体及编码遗传信息的化学结构。——编者注

“但是什么？我们分开了，斯婉。我跟她迟早都会分开的。”

“我就是想知道为什么。”

“不为什么。没有为什么。”

“或者，怎样，那么……”

他再次摇了摇头，“各种原因都有可能。她的情况应该是大脑关键部位长了动脉瘤，有可能导致死亡。不过，我们都还活着。”

斯婉坐在桌沿上。“这我知道。那么……你现在要做什么？”

“工作。”

“但刚才你不是说……”

他瞥了她一眼说：“我并没有说它一点用都没有。这样讲是不对的。首先，亚历克斯和我在一起70年了，而我们认识时，我已经130岁了，就是这样。另外，这份工作我很感兴趣，很像智力题，很难的一道智力题。不过也太难了一点。”他停了下来，无法再说下去。斯婉把一只手放在他的肩上。他把脸埋在手心里。斯婉坐在他旁边，一言不发。他使劲地擦眼睛，握着她的手。

“没有什么是死亡不可战胜的。”他终于开口说道，“它太强大了，完全是个自然过程。本质上讲也就是热力学第二定律。能够事先阻止它的发生，把它推回去，只是人们的一种期望。这就够了啊。我不明白还有什么不满足的。”

“因为这样做只会让事情更糟！”斯婉抱怨道，“如果不彻底解决寿命问题，那么活得越长，情况只会越糟！”

他再次摇摇头，擦了一下眼睛。“我觉得这么说不对。”他长嘘了一口气，“生活总是不完美的，但只有活着的人才有这种感觉，所以……”他耸了耸肩，“我想你的意思是，你觉得死亡是因为哪里出了错。某人过世了，我们要问为什么，难道没有阻止死亡的办法吗。有时是有的，只是……”

“就是个错误！”斯婉争辩道，“现实出了问题，现在你正在想改正过来！”她指了一下墙上的屏幕和桌上的立方体，“不是吗？”

他笑的同时也哭了。“是的！”他说，深深地吸了一口气，双手擦了擦脸，“愚蠢。多么的不自量力啊。我指的是修改现实。”

“但这样做是对的。”斯婉说道，“你知道这是对的。你和亚历克斯在一起70年，都是实实在在的时光啊。”

“没错。”他长叹了一口气，抬起头望着她，“但是，现在她不在了，一切都不同了。”

斯婉感到他说的事实带着一股凄凉穿过全身。亚历克斯是她的朋友、保护者、老师、继祖母和代孕母亲，一切的一切——同时也是总能让她露出笑容的人，是她快乐的来源。现在她不在了，让人心里结成冰，再无激情，唯剩绝望和死寂的知觉。我就在这里，在这个现实世界里。没人可以从中逃脱。无法再往前走，又不得不继续前行。无人能超越那一刻。

生活就这样继续。

实验室的外门响起了一阵敲门声。“进来。”马卡莱特用略显尖细的声音答道。

门开了，一个矮人站在门廊——矮人常因其身形特别吸引眼球。他上了年纪，比较瘦弱，留着整洁的金色马尾辫，身着一身蓝色休闲夹克衫，身高大约只到斯婉和马卡莱特的腰部。矮人抬头看着他俩，就像一只长尾叶猴站在那里。

“你好，吉恩。”马卡莱特打了个招呼。“斯婉，这位是来自小行星的吉恩·热奈特。吉恩是亚历克斯的好朋友，也是联盟调查官，有一些问题要问我们。我告诉他你今天可能会过来。”

矮人向斯婉点点头，把手放在胸口上。“对你失去亲人，我表示最诚挚的哀悼。此外，我这次来还想告诉你，我们不少人对此都很担心，因为亚历克斯是好几个重要项目的核心人物，她却走得太过匆忙。我们希望确保这些项目今后能继续顺利运转。同时，坦白地讲，不少人也想确认，她的死是否完全是出于自然。”

“我之前就跟吉恩说过，我确信她的逝世纯属自然。”马卡莱特看到斯婉脸上的表情，对她说道。

看上去马卡莱特的此番保证并未让热奈特完全信服。“亚历克斯有没有向你提到什么敌人或威胁——提到任何的危险？”矮人问斯婉。

“没有。”斯婉答道，努力回忆着，“她不是那种人。我的意思是她总是很乐观，自信事情总能有解决办法。”

“我知道，她的确是这样的一个人。所以如果她曾说过和她惯常的乐观情绪不大合拍的话，你也许会记得。”

“没有。我不记得她曾说过那样的话。”

“她有没有给你留下任何遗嘱或财产信托？或者一两条口信？任何在她死

后才能打开的东西?”

“没有。”

“我们的确有一份财产信托,”马卡莱特说道,摇了摇头,“但没什么特别的。”

“介意我看一看她的书房吗?”

马卡莱特实验室最里面的那一间房是亚历克斯的书房。马卡莱特点了点头,带领这位小个子调查官沿着门廊走去。斯婉跟在他们身后,颇感吃惊——热奈特竟然知道亚历克斯的书房,马卡莱特竟答应得如此爽快。对于他提到的“敌人”和“自然死亡”以及暗指的反义词,斯婉感到吃惊,也觉得心烦意乱。现在,类似警察的人正在调查亚历克斯的死亡吗?她困惑了。

当她坐在门廊地板上试图理清刚才那些话背后的含义时,热奈特正彻底检查亚历克斯的办公室,拉开抽屉,下载文件,肥胖的手臂拂过每一块表面和每一个物体。马卡莱特在一旁面无表情地看着。

矮人调查官终于弄完了。他站在斯婉面前,带着好奇的眼神看着她。斯婉坐在地上,正好与他处于同一眼平高度。调查官想问另一个问题,话到嘴边又咽了下去。最后他说道:“如果想起任何你觉得可以帮到我的,请告诉我。谢谢。”

“当然了。”斯婉不自在地答道。

调查官谢过他们,离开了。

“刚才怎么回事?”斯婉问马卡莱特。

“我不知道。”马卡莱特说道。斯婉发现他也有些心神不宁。“我知道亚历克斯参与到很多事情中。她是蒙德拉贡协定最早的牵头人之一,他们树敌不少。我知道太阳系内的很多问题让她很担心,但她并没有告诉我任何详细的情况。”他指了指实验室,“她知道我对这些更感兴趣。”他做了个鬼脸,“也知道我有自己的问题要解决。工作上的事我们谈得不多。”

“但是——”斯婉开口想说些什么,但不知道怎么接下去,“我是想问,敌人——亚历克斯有敌人?”

马卡莱特叹了口气:“不清楚。在某些事情上,很有可能。有多股势力反对蒙德拉贡,这你是知道的。”

“但……”

“我知道。”短暂停顿后,马卡莱特问,“她有没有给你留下任何东西?”

“没有！她为什么要给我留什么东西？我是说，她并不知道自己将死。”

“很少有人知道自己将死。但如果她对某些信息的保密性或安全性感到担忧，我知道在她眼中你就是她的避难所。”

“什么意思？”

“这么说吧，有没有可能她在没有告诉你的情况下把一些东西放进了你的酷立方？”

“不会的。葆琳是一个闭合系统。”斯婉轻拍了两下右耳根后部。“这些天我几乎都没有打开她。再说亚历克斯也不会那样做。我确信她不会直接去找葆琳而事先又不知会我。”

马卡莱特又叹了口气。“那我就不知道了。她也没有给我留下任何东西，就算有我也不知道。我的意思是，把东西自己保管起来而不跟人讲，的确是亚历克斯的作风。但目前并没有任何事情冒出来。所以我就不知道她到底做了什么。”

斯婉问：“尸检结果也没有任何异常吗？”

“没有！”马卡莱特答道，但他随即陷入了沉思。“脑动脉瘤——或许是先天性的——破裂导致颅内大出血。就是这样。”

斯婉说：“如果是有人做了手脚才导致大出血……你能辨别出来吗？”

马卡莱特注视着她，皱起了眉头。

他们听到实验室门外再次传来敲门声。他们相互看了对方一眼，同时都轻微地颤了一下。马卡莱特耸了耸肩，他没想到还会有人来。

“请进！”他喊了一声。

门开了，出现在眼前的是和热奈特调查官截然相反的一幕：一个非常高大的人。下巴突出，臀部线条匀称，臀脂过多，眼球突出——蟾蜍、蝾螈、青蛙——尽管不是什么好看的词。简单地说，眼前这一幕让斯婉发觉，原来象声词的使用比人们想象的还要普遍，这些动物的语言像鸟儿歌唱一般——斯婉想到了百灵鸟——在世界各处回荡不绝。蟾蜍，她曾在亚马孙流域见到过一只，它蹲在池塘边，多瘤湿润的皮肤呈赤褐色和金色。她挺喜欢的。

“啊哈，”马卡莱特打了个招呼，“瓦赫拉姆。欢迎来到我们的实验室。斯婉，这位是来自土卫六的菲茨·瓦赫拉姆。他是亚历克斯的挚友，也绝对是她最亲近的朋友之一。”

斯婉看着她，眉头紧蹙。她对亚历克斯生命中还有这样一位她连听都没听说过的朋友多少感到有些诧异。

瓦赫拉姆弯腰低头，动作有点像自闭症患者。他把手放在胸前。“真的很遗憾，”他说道，那声音就像青蛙在呱呱叫，“亚历克斯在我心中分量很重，对我们很多人都很重要。我敬爱她，工作上她也是关键人物，是领导者。我不知道没有她工作该怎么继续。当我想到失去她时我的感受，就难以想象你会有多么悲伤。”

“谢谢。”马卡莱特说道。人们在这样的场合说的话都多么奇怪啊。这些词斯婉一个都说不出来。

一个亚历克斯喜欢的人。斯婉轻拍右耳后的皮肤，启动了她的酷立方，作为惩罚前不久把她给关了。现在葆琳将以柔和的声音向她的右耳灌入信息了。斯婉这些天被葆琳弄得相当冒火，但突然间她需要新的信息。

马卡莱特说：“那么，会议怎么办?”

“大家一致同意推迟会议，重新找个时间。现在没人有那个心情。我们会先解散，等段时间再重新开始，或许会移师灶神星。”

啊，是啊，没有亚历克斯的水星将不再适合召开会议了。马卡莱特听后点了点头，一点儿也不吃惊。“你要回土星了吧。”

“是的。但走之前，我很好奇亚历克斯有没有以任何形式给我留任何东西，任何信息或者数据。”

马卡莱特和斯婉彼此看了对方一眼。“没有，”他们异口同声地说。马卡莱特做了个手势，“刚才热奈特调查官也问过同样的问题。”

“哦。”蟾蜍人鼓着眼睛说。马卡莱特的一名助手走进房间，希望他能过去一下。马卡莱特告辞离开，留下斯婉一人应对访客及访客的问题。

这位蟾蜍人还真是高大，肩膀、胸膛和腹部都很宽，只是腿比较短。人都是奇怪的。他摇了摇头，用低沉沙哑的声音对她说话——她不得不承认，声音很好听——像青蛙叫，没错，但有着宽广而深沉的音色，就像巴松管或低音萨克斯管。“很抱歉在这种时候打扰你。真希望我们是在其他场合见面。我很喜欢你的大地装置艺术。当我听说你和亚历克斯是亲戚时，我曾问她是否可以和你见个面。我非常喜欢你在里尔克环形山的那件作品。真是美极了。”

斯婉被这番话带回到了过去。她在里尔克竖了一圈哥贝克力[1] T 形石阵。

---

① 哥贝克力遗址，又叫哥贝克力石阵，外观似英国的巨石阵，但兴建时间要早得多，石柱表面刻着动物浮雕——成群结队的羚羊、蛇、狐狸、蝎子和凶猛的野猪。——译者注

虽然取材自一万多年前的古神庙，看上去却相当现代。“谢谢。”她对这位有文化的蟾蜍人说道。“告诉我，为什么你觉得亚历克斯会有信息留给你？”

“我们在很多事情上都有合作，”他回避地答道，移开了原先盯着她的眼光。她发现他不想讨论这个问题。而他问道，“嗯，她对你评价很高。很明显你们俩很亲近。所以……她不喜欢把数据以云储存或任何一种在线方式储存起来——真的，她不想把我们的活动记录在任何一种媒介里。她更倾向用嘴说。”

“我知道。”斯婉说，感到心口一阵刺痛。她甚至看到亚历克斯用那双富有热情的蓝眼睛看着她，笑着说：“我们得谈谈！这个世界需要真实的面对面的交谈！现在一切都逝去了。”

高个男人注意到了她的变化，他伸出手再次说：“真的很遗憾。”

“了解。”斯婉应了句，“谢谢你。”

她在一张椅子上坐下来，努力想点其他事。

过了一会儿，大个子用温柔的低音问道：“现在你想做什么呢？”

斯婉耸肩回答道：“不知道。我想大概会回到地面。那是我……找回自己的地方。”

“可以让我看看吗？”

“什么？”斯婉问。

“如果你能带我一起去，也许能看到你的一件大地艺术，我会很感激。或者，如果你不介意的话——我注意到城市离丁托列托环形山越来越近——我的穿梭车这几天将停在这儿，我想去看看那里的博物馆。我有一些地球上找不到答案的问题。”

“关于丁托列托的？”

“是的。”

“那么……”斯婉有些犹豫，不确定要说什么。

“那是混时间的好办法。”他建议。

“是的。”斯婉“哼”了一声。他的自以为是惹恼了斯婉，不过换个角度，斯婉其实也在想法分散自己的注意力，想在震后余波中找些事情做，但至今什么都没做。“嗯，我也这么认为。”她说。

“非常感谢。”

清单(一)

易卜生和伊姆霍提普（古埃及法老、主管医术的大臣，于公元前2800年抄写成史密斯纸草文，是迄今发现的最早的外科医学文献）；马勒（古斯塔夫·马勒，1860—1911，杰出的奥地利作曲家及指挥家）；马蒂斯（亨利·马蒂斯，1869—1954，法国著名画家，野兽派创始人和主要代表人物，也是一位雕塑家、版画家）；源氏物语，弥尔顿，马克·吐温。

荷马和霍尔拜因（德国画家父子。老汉斯·霍尔拜因，1465？—1524，其作品首先是后期的哥特式风格，后来的绘画风格显示出受到意大利文艺复兴的影响。小汉斯·霍尔拜因，1497—1543，16世纪德国最后的大师，尤以深入而又庄重的肖像画闻名），两座紧靠的环形山。

奥维德（前43—18，古罗马最具影响力的诗人）对面是大得多的普希金环形山。

戈雅（弗朗西斯科·何塞·德·戈雅－卢西恩特斯，1746—1828，西班牙浪漫主义画派画家）和索佛克里斯（古希腊悲剧作家）存在部分重叠。

梵高挨着塞万提斯，一旁是狄更斯。斯特拉文斯基（伊戈尔·菲德洛维奇·斯特拉文斯基，1882—1971，美籍俄国作曲家、指挥家和钢琴家，西方现代派音乐的重要人物）和毗耶娑（传为印度教两大史诗之一的《摩诃婆罗多》作者）；利西波斯（希腊雕塑家，约活动于公元前4世纪。曾在宫廷从事艺术活动，为亚历山大大帝所器重）；艾奎亚诺，西部非洲的黑奴作家，虽然并不在赤道附近。

肖邦和魏格纳相邻，大小相近。

契诃夫和米开朗基罗，都是双环形山。

莎士比亚和贝多芬，是巨大的盆地。

贾希兹（中世纪的穆斯林医生、生物学学者），阿勒·阿卡赫塔尔（公元七八世纪倭马亚王朝的阿拉伯诗人）。亚里士多塞诺斯（古希腊第一位音乐理论家。他大量作曲，不仅对音乐进行了“形而上”的哲学思辨，而且对音乐进行了形而下的实证考察。亚里士多塞诺斯对音乐的许多看法虽然接近毕达哥拉斯的观点，但他提出音阶的音符不取决于数学比率，而应由人耳决定。他的音乐研究进一步从哲学向科学靠拢，关注的重点却从客体（音乐）向主体（听者）发生转变）；马鸣（德国人卢德斯（H Luders）于1911年在中国新疆吐鲁番，发现马鸣的三部梵文戏剧的贝叶写本残卷，证实是印度现存最早的梵文戏剧家）；黑泽明，鲁迅，马致远；普鲁斯特（马塞尔·普鲁斯特是20世纪法国最伟大的小说家，意识流文学的先驱与大师，也是20世纪世界文学史上最伟大的小说家之一。代表作《追忆似水年华》）和普赛尔（亨利·普赛尔，1659—1695，巴洛克早期的英国作曲家，西敏寺管风琴师，毕生差不多都在西敏寺度过）；梭罗和李白，鲁米（梅夫拉那·贾拉尔－阿德－丁·穆罕默德·鲁米，常简称鲁米，1207—1273，伊斯兰教苏菲派神秘主义诗人、教法学家，生活于13世纪塞尔柱帝国统治下的波斯）和雪莱，斯诺里（斯诺里·斯蒂德吕松，1178或1179—1241，冰岛历史学家、政治家、诗人。三度担任国会法律顾问）和皮嘉尔（1714—1785，法国雕刻家）；瓦尔米基（传为印度两大史诗之一《罗摩衍那》的作者），惠特曼；布勒哲尔（约1525—1569，比利时画家）和艾夫斯（查尔斯·艾夫斯，1874—1954，美国作曲家）；霍桑和梅尔维尔（1819—1891，赫尔曼·梅尔维尔，19世纪美国最伟大的小说家、散文家和诗人之一）。

据说，某晚，国际天文联合会命名委员会的委员们在年会上非常滑稽地喝得酩酊大醉，然后拿出近期收到的一幅由水星表面照片组成的拼图，把它挂起来当标靶，七嘴八舌叫出名人的名字——画家、雕塑家、作曲家和文学家——每投一镖就对应一个名字，看它戳到图上什么位置。

有一个断崖被命名为“为什么不”。

斯婉和瓦赫拉姆

找到那位土卫六来的大个子不是件难事，他在约定的时间准时出现在城市南门外。他的体形可以说是圆球，也可以说是正方体。他和斯婉一样高，而斯婉本身已经很高了。一头黑发像羊毛般卷曲，长度在他的圆头脖颈下一点。

斯婉向他走去。“走吧。”她没好气地说。

“再次谢谢你。”

终结者城开始离开平台，平台连接着丁托列托电车站。他们穿过闸门，和另外十几个人一起进到一辆等待中的电车里。

电车一旦发动，其运行速度要比终结者城快很多，在轨道上一路向西疾驰，速度很快就提升到每小时几百千米。

斯婉认出地平线上一段绵长低矮的山丘，那是赫西俄德环形山的外壁。瓦赫拉姆通过智能腕表查到：“我们正在赫西俄德和西贝柳斯之间。”他微笑着宣布道。鼓出的眼球里有着棕色的瞳孔，上有黑色和南瓜色的辐射纹。他使用的是智能腕表，意味着他可能没有在脑中植入酷立方；如果他植入了，他的酷立方也一定跟葆琳这样的狗娘养的不同，不会毁掉主人的一天——葆琳在斯婉的耳根不停地唠叨，当瓦赫拉姆起身望向电车的另一侧车窗时，斯婉咕哝地说道：“不要烦我，葆琳。不要干扰我，不要让我分神。”

“扩展解释法是修辞法里最弱的一种。”葆琳发表见解。

“给我安静！”

他们领先终结者城大约一个小时。电车开始上坡，朝丁托列托环形山口下方的山脊滑去。轨道前方是一条贯穿若干年前喷发形成的崎岖山脊的隧道。下车的时候广播通知电车两小时后回城。穿过博物馆的前厅是一条很长的拱形画廊。房间内墙是一整块内凹的玻璃墙，人们可以尽情欣赏环形山口的内部结构。丁托列托是一个不大但山脊陡直的环形山，是群星下一个帅气的环形空间。

不过这位土星系来客似乎对水星结构不太感冒。他沿着画廊墙根缓慢挪步，一幅画接一幅画地欣赏。他像电线桩一样僵硬地轮流伫立在每幅画前面，眼睛直盯着画，面无表情。

画廊里的油画大小不一，既有小的迷你画作，也有铺满整块墙的巨幅作品。意大利文艺复兴的调色板将《圣经》里的场景展现得生气蓬勃：《最后的晚餐》、《耶稣受难记》、《天堂》等等。其中还有经典的神话作品——包括一幅墨丘利[①]的画像，他脚踏有型的金靴，鞋子炫目的侧槽中伸出墨丘利双翼。还有很多16世纪威尼斯人的肖像画，形象至极，难以言表。这里的绝大部分画作都是为得到更妥善的保管而被送到此地的真迹；其余少部分是赝品，但仿制得太过精妙，恐怕只有化学家才能分辨出真伪。和水星上许多单一艺术家博物馆一样，该馆的目的也是为了保存大师作品真迹，只将赝品留在地球上，以免极不稳定的地球环境损坏艺术品——氧化、腐蚀、锈蚀、火灾、偷盗、故意破坏、烟尘、酸蚀、日照……相反，这儿的各种条件都比较温和，且一切尽在掌握，自然也就安全得多。至少水星上的导游是这么说的。不过，地球人对此并不很认同。

蟾蜍男人非常缓慢地移动着脚步。他长时间伫立在画作正前方，鼻子有时离画只有几厘米。丁托列托的《天堂》宽二十米，高达十米，画中人物众多，注解文字说这是世上最大的油画。瓦赫拉姆一路往回走，在这幅画前看了一阵，然后习惯性地凑拢了上去。“有趣，他怎么把天使的翅膀画成了黑色。”他自言自语道，总算打破了沉默，“看上去不错。看这儿，在一个天使的黑色翅膀里，白色的线条实际上勾勒出了几个字母。C H E R，看到没？单词剩下的几个字母被隐藏在了褶皱里。我就是想看这个，想知道它到底是什么意思。”

“会是某种密码么？”

他没有回答。斯婉不知道他平时对艺术是不是也是这般反应。他挪步到下一幅画。有可能他只是自言自语。虽然他知道斯婉是艺术家，但他并不关心她对这些艺术品的评价。斯婉独自在里面逛着。她的目光停留在肖像画上。那种又大又挤的画面对她来说太过了一点，就像弘大的史诗电影，最后都不免落于俗套。而肖像画的主角，则像带着能让她一眼就感受到的情绪在看着

---

① 墨丘利，在罗马神话中他是朱庇特与女神迈亚的儿子。他的形象一般是头戴一顶插有双翅的帽子，脚穿飞行鞋，手握魔杖，行走如飞。由于水星运行速度很快，因此以他的名字命名。——译者注

她。他们在过去的8个世纪中不停地说道“我永远是我，我永远不老，我永远是我”。他们无非就是一些女人和男人。一个女人的左乳头裸露在外，正好在项链下坠的曲线低点下方；她似乎想起来了，在很多时候这可是有违道德观的。几乎所有的女性都是腰肥乳小，营养充足，缺乏锻炼；不喂养自己的宝宝；从不劳动。贵妇人的身体。物种从这里形成。丁托列托画笔下的丽达看上去很喜欢那只让她着迷的天鹅，事实上她是在保护它免受一位闯入者的攻击。斯婉也曾是某位“丽达”的“天鹅”，当然没有那么热烈——精神上也许有吧——她记得也有“丽达”喜欢她。

她回到瓦赫拉姆身边。他又在检视《天堂》，这次则是尽可能地退到远处，从而和画作形成了一个斜面。对斯婉来说，这幅画还是太凌乱了。“太拥挤了。”她说，“人物安排太过对称，而圣父和圣子看上去像是总督。整个场面就像是威尼斯议会。也许那就是丁托列托心中的天堂吧。”

“嗯。”他应了一声。

“你不赞同我的说法，对吧？你倒是很喜欢这幅画。”

“我也不知道。”他说，从她身边走开几步。

他不想谈论这个。斯婉也转身离开，去看其他的威尼斯人画像。在她看来，艺术当然首先是创造，创造出后就由大家谈论。“美学感受可意会不可言传”，“要与作品谈心”——这些概念对她来说太矫揉造作了。这些画像有的怒目而视，有的强装笑容，他们赞同斯婉对艺术的看法。她现在正跟一木头似的蟾蜍人在一起。马卡莱特曾说亚历克斯很敬重这个男人，她现在怀疑这话到底是不是真的。他是谁？何方神圣？

事先录制的广播轻声提醒，回城的电车快到了，很快将到达他们所处的经度——太阳也快照到这里。“噢，不！”瓦赫拉姆虚弱地叫了一声，“这不才刚开始嘛！”

“这儿有300多幅画呢，”斯婉指了指画廊，“想一次看完是不可能的。你得再来几次。”

“希望能有机会，”他说，“这些画作真的很精妙。难怪他被称为‘疯狂的热情’，肯定每日都在辛勤创作。”

“我也这么觉得。他极少离开威尼斯的画室，那是一间关门的商铺。他的助手大多是他的子女。”斯婉刚在其中一幅的注释上读到这些。

“有趣。”他叹了口气，跟着她向电车走去。

回城的电车从一群日光行者身旁驶过，斯婉认出了他们。高个男人从冥想中回过神来，向车外张望。

“他们得一直不停地走吧，”他说，“休息、吃饭和睡觉怎么办呢？”

“站着吃饭，在车里睡觉，同伴轮流拉车。”斯婉答道。

他转眼看着她，“你们的确有一股不可动摇的动力。看得出来日光行走很吸引人。”

她差不多笑出来，“你也需要这样的动力吗？”

“我想每个人都需要吧。你不也一样吗？”

“不，一点也不需要。”

“但你不也曾是这股狂野大军中的一员么？”他说。

“想做就做罢了。看看这片大地，看看太阳，看看自己的作品，顺带采集点矿石样本。我不会让自己太忙的。”

她觉得这么说未免太不上进，于是闭上了嘴。

“你很幸运，”他说，“大多数人都不得不拼命忙碌。”

“你真这样想？”

“是的。”他指了指那些日光行者，他们正快速地被电车抛在身后。“如果遇到障碍，无法继续西行，怎么办？”

“首先得尽量避免出现这种情况。有些地方人们为了能走上悬崖而堆砌起了斜坡，或开辟了能快速通过复杂地形的小径。现在已经有几条固定线路。有些人只走固定路径，有些人则愿意尝试不同路线。还有的人喜欢到新地方去走走。步行环球一周十分流行。”

“你走完过吗？”

“走完过，但对我来说的确太远了。我一般只走一两个星期。”

“我明白。”

很明显他并没有全懂。

“我们这样做也是不得已，你知道的。”她突然说，“我们身体里流淌着游牧民族的血。人类和野狗一样，得手之前会先把猎物搞得筋疲力尽。”

“我喜欢步行。”他说。

“那么你呢，平时怎么打发时间？”

“思考。”他毫不迟疑地回答。

“这就是全部？”

他瞥了她一眼，“很多事情都需要思考。”

“除了思考，你做些什么呢？”

“大概是阅读吧。还有旅行，听音乐，欣赏视觉艺术。”他稍微想了一会儿，“我正在做土卫六项目，我发现很有趣。”

“还有土星人联盟吧，马卡莱特跟我提过。”

“没错。嗯，我的名字是摇乐透得来的。现在时间不早了，我计划返回土卫六上去，继续操纵沃尔多。”

“那么……你和亚历克斯之前在忙什么?”

他的鼓眼睛里掠过一丝警惕。“关于这个，有些事情她不希望我跟别人说。她常提起你，现在她不在了，我想知道她有没有给你留下什么消息，甚至有没有提前做一些身后的安排以便她走后你可以逐步接手?”

“我不太明白你的意思。”

“很多特拉瑞都是你设计的，如今它们是蒙德拉贡联盟的主要组成部分。也许人们会因为你是亚历克斯最亲近的人而听命于你。所以……如果可能，我希望你能和我一起过去，我带你去见一些人。”

“什么，去土星?”

“事实上，是木星。”

“我不想去。我的生活在这儿，我的工作也在这儿。我年轻的时候就已在太阳系里旅行过无数次了。”

他不大高兴地点了点头。“那么……你确定亚历克斯没有给你留下任何东西？你确定她没有说如果自己出了什么事，有东西交给我?”

“是的，我确定！什么都没有！她从没有做过类似的事。”

他摇头。他们一言不发地坐着，电车正在水星的背阴面滑行。北方的一些山顶开始在日出的照射下闪现白光。终结者城的穹顶也慢慢出现在地平线上，仿佛透明的蛋壳。整个城市完全跃出地平线，看上去就像个雪球，或瓶里的小船——一艘在黑色的大海上航行的邮轮，被困在绿光的气泡里。“丁托列托一定会喜欢你们这座城市，”瓦赫拉姆说道。“它有点像威尼斯。”

“不，并不像。”斯婉没好气地说道，陷入了沉思。

和那些日光行者一样，终结者城以水星自转的速度沿着水星表面滑动。城下面是二十条巨大的悬浮轨道，它们将这座比威尼斯稍大的城市托起，不断向西推去。二十条轨道就像狭窄的婚礼红地毯般环绕水星表面一周，位置保持在南纬 45 度左右，但有时也会往南北两头绕道一些距离以避开水星表面绵长的悬崖绝壁。城市滑动的平均速度为每小时五千米，安装在底部的套管极精确地接合在轨道上，奥氏体无缝钢管的热膨胀将城市往西推进，把它推上处在日照之外的更窄的轨道上。该运动过程存在非常小的阻力，而克服该阻力所做的功为城市带来了充足的电力。

黎明之墙是一道闪着银光的悬崖，它是城市的最东界，在那里可以一览不断往西延伸的整座城市，透亮的穹顶之下其实绿意盎然。终结者城像一盏移动的明灯，发出的光照亮了周围漆黑的地貌。光线并不弱，只是有时城市西边高耸的悬崖将地平线上发出的日光反射到了城里，城市本身的光线就显得微弱了。黎明的曙光哪怕只有几束，已强过穹顶下所有的人造光线。在悬崖反射光照射下，全城各处几无阴影；空间感变得有些奇怪。随着城市的移动，反射光的角度不断发生变化，直到慢慢从城里移开，光线便黯淡下去。这种光照度的变化是城里人了解城市运动情况的重要参考，因为轨道非常平顺，难以根据起伏判断城市运行到了何方。在光线的变化中，伴随着极微弱的颠簸，城市就像在漆黑的大海上航行的船只遇到巨浪，海浪如此巨大，以至于当船在波谷时就像进入了黑夜，而在波峰时又被抛回了白昼。

城市以它庄严的步伐稳步前进，每 177 天绕行一周。周而复始，万物却皆一成不变，唯有地貌在缓慢改变着。而改变它的正是那些日光行者，也包括大地艺术家们。他们或打磨峭壁，刻蚀岩画，或堆砌石冢墓标，创作因努伊特雕像，或将金属成排成列暴晒在日光下。终结者城的居民们就这样不断地在自己的世界里滑过，走过，日复一日地将它打造成超越想象的空间。其实，所有的城市，所有的居民，无一不是如此。

斯婉和亚历克斯

翌日，斯婉回到马卡莱特的实验室。他还是那样，独自坐在办公室里发呆。斯婉突然觉得，哪怕至少能有个生气发火的目标也好啊，不失为一种解脱。

马卡莱特起身问道："和瓦赫拉姆出去这一趟怎么样？"

"他做事拖沓，为人粗鲁，自我中心主义。无聊透了。"

马卡莱特微微一笑，"事实上，听上去你似乎对他颇有好感。"

"拜托……"

"呵呵，我向你保证，亚历克斯一直觉得他很有趣。她经常谈到他。她多次强调他们一起做的事很重要。"

听到这话，斯婉不知道该说什么。"格兰，我能再看一下她的书房吗？"

"当然可以。"

斯婉顺着门廊走向位于尽头的亚历克斯的房间。她开门进去，转身关上了门。她站在唯一的一扇窗前向外张望，从这个绝佳的位置看去，整个城市的红墙绿瓦尽收眼底。

她在房间里踱着步，眼睛看来看去。马卡莱特保持着屋子的原样。她不知道他是否会一直保持下去，如果要有什么改变会是什么时候。亚历克斯的所有物品都像以前那样散放着。她虽然不在了，但似乎是换了一种方式存在着。悲伤再一次刺中斯婉的心，她不得不坐下来。

过了一会儿她站起身来，开始更加系统地检查房间。如果亚历克斯有东西留给她，她会放在哪儿？斯婉想不出来。亚历克斯总是尽量将办公数据保存在实体储存介质里。但如果真存了什么东西，她应该留下点儿线索，可能是"失窃的信"（美国作家爱德华·爱伦·坡撰写的侦探短篇小说，1844 年出版）之类的东西：比如放在桌上的一张便条。

斯婉翻动叠在桌子上的文件，不停思索着。是否真有什么亚历克斯希望她帮助传递却又不想让她知道的信息……也许是大量的数据……或许不只是一片纸那么简单。又或许是某件亚历克斯只希望斯婉一个人能找到的东西。

她在房里走来走去，自言自语，细细观察着。房间的可控人工智能系统知道目前房内只有一个人，并且通过其声音和视网膜能辨识出访客的身份。

书房附带一个小卫生间，里面有水槽和镜子。她走了进去。“我在这儿，亚历克斯。”斯婉伤心地说，“如果你想见我，我就在这儿。”

她将目光从墙上的大镜子移到水槽旁支架上的椭圆小镜子上，看到镜中的自己：悲伤的斯婉，双眼布满血丝。

椭圆镜子旁一个珠宝盒掉在了地上，盖子打开了。斯婉快步走到跟前俯身捡了起来。她看着盒里，里面有一个放珠宝的盘子，把盘子抽出来后，发现下面有三个小小的白色纸信封。每个信封的一面都写着“如果我死去”字样；另一面分别写着“马卡莱特　亲启”，“斯婉　亲启”以及“木卫一的王　亲启”。

斯婉用颤抖的手拿起给她的那一个信封，慢慢将它打开，两块小型数据芯片从里面滑了出来。其中一个低声喃喃着：“斯婉，斯婉，斯婉。”斯婉把它移近耳边，咬紧牙关，泪水夺眶而出。

“我亲爱的斯婉，很遗憾让你听到这些话。”里面传来亚历克斯的声音。那场景，仿佛在听幽灵说话，而斯婉正紧握亚历克斯的双手，放在自己胸前。

微弱的声音继续着：“真的很遗憾，因为当你听到这段录音时，我已永远离去。我房间的人工智能系统会知道我的死讯，在你独自来这儿时会打开这个盒子。这是我能想到的最好的计划了。很抱歉打扰你，但这事很重要。这是我设置的一道保险措施，因为我目前做的事必须要继续下去，即便我死了也要继续下去，而我不希望告诉除你之外的任何人。在我们这样的年龄，死亡是随时都可能的，所以我事先做了点安排。如果你现在能听到我说话，我想请你帮个忙。请把给王先生的那个信封带到木卫一去，当面交给他。王和我还有其他一些人正在做几个非常重要的项目，同时努力避免使用网络，尽量在线下完成。但由于彼此距离很远，要真正做到并不容易。如果你能把这个信封交给他，就算帮了我大忙了。但请你务必亲自交给他。另外，请让葆琳读取你信封里的另一张芯片，然后毁掉，这也是我设计的安全备份的措施之一。这些芯片都只能被读取一次。我不喜欢这样做，因为葆琳也是个酷立方。但我知道你并没有常把葆琳和其他酷立方联在一起。如果你能一直以这种方式保存芯片上的数据，那对我们的计划将大有益处。王先生和土卫六的瓦赫拉姆会进一步向你解释的。再见了，我的斯婉。我爱你。”

这就是全部内容。斯婉想再听一遍，但已经没有声音了。

她把另一个芯片放在位于颈底部皮肤下的葆琳的薄膜上。当听到葆琳说“完成”后，她便把两块失效的芯片和剩下两个信封放进口袋，出门去见马卡莱特。

他在办公室里一个像蛋白质的3D影像中踱着步。“看看我找到了什么。”斯婉说，跟马卡莱特详细说了下刚才的情况。

“那个盒子上了锁，”马卡莱特说道，“我知道那是她用来放首饰的盒子，我当时还觉得总有一天我能找到打开它的办法。”

他茫然地盯着亚历克斯留给自己的那个信封，似乎并不急于打开，或许还有那么一点害怕打开。斯婉没有打扰他，自己走出了房间。“葆琳，”斯婉一离开房间就说，“那张芯片里的内容，你都有了吧？”

“是的。”

“上面都说了什么？”

“我接到的指令是把数据传输给木卫一上的王先生的酷立方。”

“我就想知道个大意。”

葆琳没有做声。过了一阵，斯婉骂了她两句，把她关了。

现在两张芯片均已失效；亚历克斯的魂离开了。斯婉的情绪已不再只是悲伤。听到亚历克斯声音时的那种震撼仍让她控制不住身体的战栗。

她走回马卡莱特的办公室，看到他脸色苍白，嘴唇有些哆嗦。马卡莱特见她进来，抬起头望着她。

“她要你把一些东西带到木卫一？”

“是的。你知道是什么内容吗？”

“不知道。不过我的确知道亚历克斯的几个特别亲密的朋友组成了一个内部集团。瓦赫拉姆和王都在里面。”

“他们的目的是什么？”

马卡莱特耸耸肩。“她没让我参与。但我看得出，一定是她很重视的事情。我想应该是和地球有关。”

斯婉仔细想了想说：“如果真是很重要的东西，而她又总是将数据保存在线下，那么她大概早预料到自己的死会带来一系列问题。所以才会给我们留下这些简短的录音。”

“就像是她的灵魂，”马卡莱特颤抖地说，“像她本人在对我说话。”

“是的。”斯婉答道，再找不到其他词了，“那么……我想我得把她留下的这第三个信封带去木卫一了，她让我帮她带去。”

“好的。”马卡莱特说。

“我想起瓦赫拉姆之前也让我过去一趟。他一直在问亚历克斯有没有留东西给他。”

马卡莱特点了点头说：“他也是计划的一部分。”

“是的。那个调查官也是。我看我得走了，但我不会把这些消息告诉他。你刚才说的那些，亚历克斯一点儿都没提过。”

“他自己也能猜到，你去见他这件事就很能说明问题了。”

“那就让他猜好了。”

马卡莱特对她投去一缕同情的目光。“你须尽你所能找出事情的真相，甚至可能在必要时参与进来，继续她未竟的事业。”

“我怎么可能？没人能做到。”

“葆琳会帮你的，从土卫六来的那个人或许也能帮到你。接下亚历克斯的活儿继续工作——她一定希望你这么做。”

“也许吧。”斯婉不太确定。

“亚历克斯一定有她的计划。这是她一贯的风格。”

斯婉叹了口气。想到亚历克斯已不在身边，她感到心又被戳了一下。这些鬼魅般的信息跟让她接替亚历克斯的位置一点关系都没有。“好吧，那么，我现在去见见那个王先生。”

“好。行动起来吧。”

斯婉先找到城里星际外交官们停留的地方，然后便前往土星代表团下榻的坡地。她一进院子就遇上了瓦赫拉姆，他正低头和小个子调查官吉恩·热奈特商量着什么。看到他们俩在一起谈话，斯婉感到相当意外，从他们的手势中可以看出他们彼此很熟，熟得像是同谋者。

斯婉向他们走去，脸颊在燃烧。“这是怎么回事？”她质问道，“我不知道原来你们互相认识。”

刚开始没人回答她。

最后小个子挥了挥手，“菲茨·瓦赫拉姆和我在太阳系内的多个项目上共事。我们正商量要去拜访一个熟人。”

“是王吗？”斯婉问道，“木卫一上的王？”

“你怎么……是的。”调查官说道，一脸好奇地抬头望着她，“王是我们的同事，也是亚历克斯的同事。我们一起工作。”

“我之前跟你提过，”瓦赫拉姆用他那低沉的声音说道，“在从丁托列托回来的路上我跟你提过。”

“嗯，没错。”斯婉提高了嗓门，“你当时还让我也参与进来，但又不解释清楚。”

“那个……”蟾蜍男宽大的脸上浮现出一丝狼狈，“你说的是事实，不过你也看到了，我当时那么谨慎也不是没有原因的……”他低头看着热奈特，似乎在向后者寻求帮助。

“我要走了，”斯婉打断了他们的眼神交流，“我想走了。”

“这……”瓦赫拉姆又朝热奈特看了一眼。“好吧。”

摘要(一)

找一颗长轴不短于30千米的小行星，随便哪种类型都行——坚硬的岩石、岩冰混合质、金属质或甚至冰球都可以。当然了，不同的质地会向你提出不同的问题和挑战。

将一台自动联合挖掘机固定在该小行星一端，沿长轴纵向掘进。除了进口处，隧道壁的任何地方至少要有2千米厚。为确保内壁的整体性，需要覆盖一层具有一定强度的薄膜。

注意，如果你想将你的特拉瑞推到新的运行轨道上，那么在联合挖掘机工作的时候渣料的喷射将是你重新定位特拉瑞的黄金机会。将渣料堆放于小行星表面以备后用。

隧道内部掘进完毕后，放入一直径不小于5千米、长度不短于10千米的空心管道（越大越好!），将联合挖掘机退出到进口，将其改装为特拉瑞的推进器。根据你创作的这个新世界的质量，你可能需要安装一台质量推进器，一台反物质“闪电推进”引擎，或者一台“猎户座”碟形推进器。

在管道的另一端，也就是你的新特拉瑞的船头处安装一个前进推进单元。最后你的特拉瑞将以一定速率自转。自转速率经过精心计算设定，这样在管道内壁将产生重力效果①。当你身处其中，会感到有一股力将你拉向地面，仿佛身处重力场中。这叫作等效重力。前端推进单元通过轮轴和主体连接在一起，这样主体在旋转的时候它可以保持不动。这个前端部分几乎没有什么重量。如果没有旋转，特拉瑞在轨道对接、观景和航行等诸多方面将会有更好的性能。

只让内管道旋转而小行星本身不用旋转，类似转经筒的结构，从技术上讲是可行的。这样当内部管道旋转产生重力效果时外圈依然可以保持静止。但该设计造价昂贵，做工复杂，虽然已有一些不错的例子，但并不推荐。

当首尾装置安装妥当并设定完毕，小行星做好旋转准备时，差不多就可

① 因为圆周运动产生了向心力，将人压在管壁，形成模拟重力。——译者注

以开始内部改造了。

首先弄一点重金属和稀土，具体种类取决于你将要建立何种生物群系。注意，地球上没有任何一种生物群系的最初萌芽阶段能像在小行星上这么简单。建立生物圈需要从一开始就保障维生素，所以要妥善安排，确保混合营养物供应充足，通常是钼、硒和磷。它们一般是通过沿内部管道轴心行进的“气体炸弹”进行均匀喷洒。作业期间小心别让自己中毒了！

之后，调整内壁管道使之和太阳光线成某一角度。这是建立生态系统的光线因素，这样太阳光将以你希望的任何速度在管内移动，照射到不同的地方。在经过一段长短合适的黑暗之后（这段时间街灯将扮演星星的角色），阳光通常首先投在内管的尾部，宣告一天的开始。被光照射到的地方会变得明亮，照度舒适。光线从管尾渐渐移到管首（或像有些人说的，是从东到西），时间通常和地球上的白天差不多长，当然这取决于你所在的纬度。特拉瑞上的四季由此产生。

现在你可以将混合气体灌入内管，形成你希望的气压，一般是500到1100毫巴之间，和地球上的气体构成差不多。氧气的占比应该稍多一点，当然火灾的风险值也随之上升了。

接下来是建立生物量。你的调味架上应该有一套你打算引入的物种的完整遗传密码。通常来说，要么复制地球上的生态群系，要么合成一些新品种，大多数人称此种混合群系为阿森松混合生物群系。此名缘于地球上的阿森松岛，那里有第一个此种混合生物群系（竟是达尔文无意中导致的！）。生物群系中所有物种的基因组须能随时打印，当然细菌除外，因为它们不仅数量巨大而且极不稳定，难以分类。所以惯常做法是直接把接种菌带来——一团用重达数吨的细菌做成的黏稠泥状物，细菌种类按需选定。

所幸细菌在一个空的生态空间里生长很快，正如你现在的情况。为使环境更加适合细菌繁殖，擦刮管道内壁，将刮下的石子儿精细地捣碎，弄成大小均一的大砂砾和细沙。混合可食用气凝胶，这就形成了土壤基质。刮下来的冰放在一旁，只留下一部分润湿土壤基质。然后加入你带来的接种菌，调高热量到大约300开尔文。现在土壤基质变得像发酵的生面团了，变成了那喷香的稀有的物质——土壤。（想进一步了解如何创造土壤，请查阅我最畅销的作品《关于泥土的一切》。）

有了烹饪完毕的土壤基层，你的生物群系建设可以大步前进。在这个节骨眼儿上，自然演替有多种不同的方法，这取决于你的具体构想。不过，很多特拉瑞设计师都选择从沼泽开始，因为这是增厚土壤、增加生物群系的最快捷的方法。所以如果你急于建功立业，这是个不错的起步方式。

当你有了一个温暖的湿地环境，不管淡水咸水，你的“大餐”已差不多大功告成了。管道内将逐渐产生气味，同时也会出现一些水文问题。鱼类、两栖类、鸟类和其他动物可在此时引入，也必须在此时引入，方能实现最快的生物群系增长。但必须警惕一个潜在的危险：一旦你开始创建湿地，你可能会爱上它。湿地对你有好处，但有时会有点过。我们现在有太多的河口生物群系，而原本希望建立的其他生物群系却丧失了足够的空间。

所以，这时候你得努力克制，要么控制湿地里的生物量，要么在这个阶段干脆远离它。或者也可以参加到小行星交易计划中，你可以用一个正在进行湿地培育的小行星去交换一个新的小行星，然后照自己的想法对其进行改造。

在基于湿地的生物群系大致形成后，现在可以用堆放在小行星表面的石砾建造陆地了。山丘看上去很棒，且能增加质感，大胆地造吧！这一过程会将水引入到新的水文环境里，同时也是引入新物种和输出你不想要的物种的最佳时期。后者可以被送往新的特拉瑞，总会有人需要它们的。

时间就这样一天一天过去，而你渐渐地将特拉瑞内部改造成832种地球生物群系之一，当然也可能是你自己构建的新的阿森松体系。（注意，很多阿森松体系最后都变得像变味儿的蛋奶酥那样索然无味。成功构建阿森松生物群系有很多关键因素，我得单独写一本书才行，《如何混合、匹配生物群系！》，现已有售。）

最后你需要不断调整气温、地貌和物种，以达到所希冀的稳定的顶级群落[1]。任何地貌都可能做得出来；结果常常让人吃惊。整个地貌的两头将卷起来，在头顶上方合围，看上去就像一件把你封在其中的艺术品——一件岩石内部的高兹沃斯作品，好似晶球或法贝热彩蛋[2]。

很明显，内部也可以处理成液态的，弄成水族馆或海洋馆的样子。有些馆内设有群岛，有些则完全是水，甚至连墙壁都是水做的。水经过二次结冰，形成透明的墙，当你走近，你会觉得它们看上去就像钻石，像悬浮在空间里的水滴。有些水特拉瑞内部完全没有任何空间，都被水填满了。

---

① 生态演替的最终阶段，是最稳定的群落阶段，其中各主要种群的出生率和死亡率达到平衡，能量的输入与输出以及产生量和消耗量也都达到平衡。——译者注

② 法贝热彩蛋是指俄国著名珠宝首饰工匠彼得·卡尔·法贝热所制作的类似蛋的作品。——译者注

说到鸟笼，其实每个特拉瑞和绝大多数水族馆同时也是鸟笼，最大限度地挤满了各种鸟类。地球上有五百亿种鸟类，火星上有两百亿种，而在特拉瑞上，鸟的种类比地球和火星上加起来的还要多。

每个特拉瑞相当于一个独立的动物保护区岛屿。阿森松生物群系里的杂交将最终形成新的物种。而那些较为传统的生物群系则为不少在地球上处于濒危状态或已灭绝的野生物种提供了栖息之地。有些特拉瑞看上去跟动物园很像，有些则是野生动物的避难所，而大多数特拉瑞则在以一定模式构建的生境走廊中实现了公园绿地和人类活动空间的有机结合，最大限度地为生物群系注入活力。这些空间对人类和地球来说至关重要，比如一些特拉瑞上拥有高度发达的农业，地球人生存所需的大部分食物都来源于斯。

这些都是值得浓墨重彩并为之欢欣鼓舞的消息。我们为讨自己欢心，通过做饭、盖楼或打理花园创造出一个又一个气泡中的世界——这是历史上的创举，是文明加速的核心。任何语言都无法表达我对此的热情。首期投资虽已数额巨大，但仍有很多小行星有待开发。

瓦赫拉姆和斯婉

虽然水星的旋转发射纯属工程问题，但也不失为美学上的一朵奇葩。一根磁悬浮管道被扭曲着放置在一个圆锥体中，圆锥体立在支点上，越往上体积越大。圆锥体顶部固定在一做圆周运动的平台上，其面积和圆锥体最宽处差不多。磁力将飞船沿管道向上抛去，平台的圆周运动有效地放大了推力。人们坐在飞船里，在离心运动状态下身体已垂直于管道壁。飞船沿管道急速旋转，上升，里面的乘客几乎是头朝下脚朝上，最后以令人眩晕的速度冲入太空。若有大气存在，该速度足以让他们在冲出管道的瞬间就被烧成烤薯片。从太空飞船发射台看去，这一幕颇像古代狂欢节时人们骑马游街的场景。而飞船内部的人们面对的却是相当危险的加速度——3.5g，已接近商业飞行允许的最高值。

斯婉·尔·泓临近发射才匆匆赶到。她把自己绑在瓦赫拉姆旁边的座位上，不断为迟到道歉，露出歉意的表情。她的上身向瓦赫拉姆倾斜，透过他身旁的小窗看着她居住的这颗行星上的环形山从窗外飞速掠过。很快，窗外的景象从平面变成了球形，它的一小部分——像一弯细细的新月——已沐浴在阳光中，其余大部分还处在夜晚的黑暗里。水星是个挺有趣的地方，但瓦赫拉姆并没有因为离开而感到一丝不悦。虽然居民们尽力想把它装点得艺术一点，但仍无法改变它那煤渣一般的地表景色。当他置身于那令人惊叹的滑轨上的城市里时，西边突然被阳光照亮的高处总是提醒他太阳一直不懈地在身后追赶着，随时准备蹦出地平线，点燃一切。

飞船已靠近“阿尔弗雷德·魏格纳”号特拉瑞。后者运行速度非常快，飞船必须要打开燃料舱以 3g 的加速度冲刺一段时间方能追上。在加速过程中，瓦赫拉姆将座椅调到平躺模式，和其他人一起默默忍受加速带来的不适感。斯婉不停地轻声哼哼着，蜷缩在床椅上。瓦赫拉姆尽量克制自己不去想那些关于加速度对人脑影响的研究——人脑不过就是一团被封闭在坚硬的监狱高墙内的精妙的黏稠物质，两者中间并没多少缓冲的衬垫。这时“魏格纳”接住了飞船，就着剩下的一点加速度把它卷了进去——加速度带给人的不适感似乎再次强调大脑结构的确设计得不太合理。

现在瓦赫拉姆和其他乘客不得不努力适应突然到来的失重情况，把身体从飞船里拉到特拉瑞的接驳平台上，穿过狭窄的通道，然后步下较为宽敞的阶梯，到达圆筒状的内部。

“魏格纳”的内部空间颇为宽敞，大约有 20 千米长，5 千米宽。它以适当的速度翻转，模拟出 1g 的重力。大部分内部空间被用作公园，一些小城镇近乎纵向地分布在特拉瑞内部各处。混种的北美无树大草原和南美稀树大草原尤其吸引眼球。瓦赫拉姆一边思索着什么，一边朝着离他最近的一个村庄走去，抬头看着头顶的大地。大草原和林地在头顶合围成一个拱门，就像西斯廷教堂一般——米开朗基罗在那儿绘制了伊甸园的一个版本：在巨大的草原上，最初的人类景观撼动了心灵深处的印象，特拉瑞的地质学设计总让瓦赫拉姆感觉自己正身处一张被卷起来的地图之中。当人们顺着自己所处的经线方向往上或往下看时，总是感觉自己身处一个很长的 U 形山谷里，那些长得更高、离得更远的树的树冠总会越过离你更近的树，所有的树都朝着谷底倾斜——因为绿地本身就在陡峭的弧线上，在一些巨大的 U 形冰川山谷里最陡的地方就是垂直的特拉瑞内壁。再往上，大地的倾斜突破九十度，继续延伸，往头顶方向合围，非常夺人眼球。此时的景观已完全位于人眼视平线之上，无法阻挡地颠倒过来。比如此时此刻，瓦赫拉姆看到一群小鸟出现在云端，为首的几只正掠过悬于他头顶的湖面。

瓦赫拉姆向第一个村庄里的一间名为“梅子湖”的小土星屋走去，办好了入住手续。一楼有一家小餐馆，瓦赫拉姆自告奋勇地揽下了厨房工作（他喜欢一切简单的杂事）。随后他洗了个澡，出门去镇里转悠。这地方还不错，有湖畔和小山，最东面有个电车站。电车从绿地中通过，前往其他城镇。中央广场上到处是金星来的人，也许他们正在回家途中：大部分是高个肩宽的年轻人，眼神专注，脸上挂着微笑。他们在金星上齐腰深的干冰里从事危险的工作。瓦赫拉姆在土卫六上做的事情也差不多，但土卫六上的重力加速度只有 0.14g，他常因此得以在一些小事故中全身而退；而金星的重力加速度达到 0.9g，他觉得很是危险。

他走到城镇的边缘，那儿种了一排树，并且安上了一圈篱笆。他走到一个小亭前，在那儿签到。他从一块牌上看到，这个特拉瑞的生态群系正是他新认识的斯婉·尔·泓在 70 年前设计的。这颇让人意外。他之前也听说过斯婉曾是一位设计师，但实在看不出她对“魏格纳”号有丁点儿兴趣。

瓦赫拉姆从一个盒子里取出一把小型震荡枪放在上衣口袋里，走进公园大门，沿坡地往上走。脚下踏着厚厚的黑土壤——小亭子旁的牌子上说这土原产自坦桑尼亚和阿根廷。一排树冠扁平的金合欢树上的痕迹显示出象群对树干造成的损伤。头顶的树冠看上去仿佛隆起的一团苔藓。高高的草丛让人看不清身边的景物，反倒是呈弧线向上卷曲的地貌让视线能越过近处的树顶而看到远处的景观。在他的左方，树林尽头有个小石丘，好似一位尽责的守望人。美洲狮或野狗很可能从石丘背后突然蹿出来，所以他靠近时十分小心。大多数动物都对人类非常警惕，但他不愿惊扰任何东西。过去他母亲常说，兴奋并不需要以危险为赌注。这种说法未免有些消极，而他不喜欢消极！他的其他长辈不喜欢妄下判断，或许是因为他们长期生活在土星上，对危险的看法已经改变了。但他的母亲始终态度明确，而瓦赫拉姆又不甘寂寞。他不断寻找着新的刺激，现在他的心跳有些加速了。

然而，石丘后面啥都没有。石头上生着一些零星的青苔，仿佛被黄色、红色和淡绿色的半宝石表面撞击过一番。他在一条裂缝里蹲下来，四下打望。

在他身下的丛生禾草里有一头母猎豹和两只幼崽。母猎豹的注意力完全集中在不远处吃草的几头南美草原鹿身上。瓦赫拉姆想知道南美草原鹿是怎么看待猎豹的——南美洲还有斋戒的掠食者么？似乎没有了。

能看到站立的猎豹他觉得很幸运，因为猎豹似乎总是在睡觉。看上去它们的母亲好像要教几个子女如何捕猎：它迅速出击，用前肢将一头鹿压倒在地，死死压在地上。风从左方吹来，他在“大猫”们的下风位，所以它们嗅不到他的存在，至少看上去如此。实际上许多动物的感官非常敏锐，相比之下人类简直是又聋又哑。

他静静观察着这一幕。幼崽们已长出了斑纹，表情相当迷茫，似乎还未理解这一课的意义。它们互相扭打，大概还没玩够。大脑发育最快的阶段恰好也是一个人最贪玩的时候。

它们在鹿群的下风处。鹿群看上去很平静，且正朝猎豹的方向走来。母猎豹蹲伏在草丛里，现在小猎豹们也开始学起母亲的样子，但尾巴却不受控制地摆动着。

突然间，草丛像炸开一般，母猎豹飞奔而出，小豹们紧跟其后。鹿群跳跃着快速跑开，把猎豹们留在了尘土中。但鹿群必须得绕过很多大树，而此时母猎豹截住了鹿群里跑在最后的那只，在一片鸡飞蛋打的混乱中将它扑倒在地，牙齿深深地插进鹿颈部的脊椎，稳住一动不动好一阵。鹿喘了几口气后，停止了动作。鲜血流出来，血红的场景一如既往地让人感到震撼。小豹子姗姗来迟。瓦赫拉姆想知道它们是否学到了什么——它们需要成长，需要跑得更快。

他回过神来，发现自己原来一直站着。他的注意力被什么东西吸引到了左边——那里站着另一个人——斯婉。他有点吃惊，向她挥了挥手。她只抬了一下下巴作为回应，继续注视着这场猎杀。母猎豹现在正教小豹子们如何吃鹿，但它们对此显然不需太多指导。瓦赫拉姆抬头看了看环境。太阳光照射到了特拉瑞的最前端，带着日落的光辉又反射回来。草丛在风中如波浪般起舞，让人感觉似乎穿越到了古时的某一场景。

斯婉朝他走来，走上山丘。一个人来这种地方是比较尴尬的，毕竟有些公园不允许独自前往。一般认为只身出现在这种地方是一种鲁莽的行为。而她这次又是一个人。

他向她点头致意，很正式但不失友善。“能看到这一幕可真是运气啊。”他对靠近的斯婉说道。

“是啊，”她答道，“你一个人吗？”

“一个人。你呢？”

“嗯，也是一个人。”她好奇地看着他，“老实说，看到你在这儿我吃了一惊。我不知道原来你喜欢这个。”

“这场景在水星上是看不到的。”

她朝那些“大猫”打了个手势。“你不担心吗？”

“我发现它们其实有点怕人。”

“也许吧，但如果它们很饥饿……”

“关键是它们永远不会饥饿。猎物来得很容易。”

“的确。不过如果它们之前从没有遇上过人类怎么办？它们一定会把你当作美味的黑猩猩，饱餐一顿。你也知道这事发生过。而它们，却从未有过被其他物种猎杀的经历。”

“我知道，我们可能成为它们的猎物。”瓦赫拉姆说道，“我随身带了一把小型震荡枪以防万一。你也带了吧？”

“我没带。”她停顿了一下说道，“其实有时候我也会带。不带主要是不想在监狱里过一夜。”

“那倒是。”

她的头斜向一侧，像是想听清楚自己耳里的什么声音。她在脑内种植了酷立方，亚历克斯早在这事儿还很时髦的时候就告诉过瓦赫拉姆。“说到吃饭，”她说，“我们要不要去吃点?”

“好啊。”

他们返回到分界围栏处，亭子那儿聚集了一小群人。看到斯婉他们都围了过来，兴高采烈地向她表示祝贺。“现在你心里在想些什么呢?”他们问她，“看到它们都长大了，有什么感想?”

“看上去很不错。”她以令人欣慰的语气答道，“我们刚才看到一只母猎豹捕杀了一只草原鹿。我想大概是鹿太多了吧，不过说真的，这里情况怎样?”

人群中有人说鹿群数量多是因为“大猫”的数量还少，斯婉接着提了几个这方面的问题。瓦赫拉姆了解到捕食者和猎物的数量互相关联，像正弦波般起伏变化；捕食者数量的变化落后于猎物数量变化四分之一周期。他们谈话越来越深入，瓦赫拉姆渐渐觉得有些跟不上了。

斯婉结束了谈话，领着瓦赫拉姆走上了回城的街道。

“看来他们都知道是你设计了这个特拉瑞。”瓦赫拉姆边走边说道。

“是的，大家都还记得，这倒是让我吃惊。我自己都快忘了。”

“这么说来你是生态学家?”

“我是一名设计者。不过已是很久以前的事儿了。说实话，我对自己做的很多事都不满意。这里的阿森松群系太多了。要想保护地球上灭绝的物种，需要集中所有的特拉瑞才行。我不知道自己在想什么。但这话我可不会对居住在这里的人们说。他们属于这里，这可是他们的空间。”

他们顺着弯曲的管道内壁往上走了几度。日落时分看到的一朵像橙色围巾般围绕着头顶土地的云此时已在整个管道内散开，将他们淹没在云雾里。模糊的暮色中，万物隐去了影子，头顶的土地也看不见了，远处的几点灯光仿佛模糊的星辰。一切看上去都如此不同，感觉仿佛置身舱外而不是管内。

瓦赫拉姆说他已报名在火星人旅馆操作洗碗机，所以他们折回普拉姆湖畔的火星居，在那里用了晚餐。斯婉说她自己几乎不报名做任何事。在餐桌旁坐下后，她变得沉默寡言又心不在焉，两眼望着窗外。她收回视线，看着房间，视线每次只移动一小点。一只脚轻轻敲着地板，两根手指的指尖互相摩擦着。晚餐时她一言不发，显然还沉浸在亚历克斯的逝世带来的悲伤中。瓦赫拉姆也常觉得心痛，发出无声的叹息。斯婉侧脸说道：“不要再跟我说话，我现在不想听到你的声音。”

“什么?”瓦赫拉姆问。

"不好意思，"斯婉答道，"我跟我的酷立方说话。"

"你能让她把声音说出来吗？"

"当然可以，"斯婉说，"葆琳，你可以大声讲出来。"

一个声音从斯婉头部右边传来："我叫葆琳，斯婉最信赖的量子计算机。"声音很像斯婉，但因为是从皮下的一个发声单元发出，所以稍显沉闷。

斯婉扮了个鬼脸，开始喝汤。一头雾水的瓦赫拉姆则一直不停地吃着。斯婉突然没好气地大声说道："那你自己去跟他说吧！"

来自斯婉头侧的声音说道："我知道你要前往木星系。"

"是的。"瓦赫拉姆谨慎地答道。如果这些问题是斯婉授意葆琳问的，那可不是什么好事。他不确定。

"你属于哪种人工智能？"他问。

"我是量子计算机，型号谷神星 2196a。"

"哦。"

"她是第一批酷立方，也是性能最差的。"斯婉说，"废物一个。"

瓦赫拉姆想了想该怎么说好。问"你的智能有多高？"显然不太礼貌，再说，也没人有资格去评价。于是他转而问："你一般都思考哪方面的事？"

葆琳回答道："设计我的目的是与主人进行信息交流，但我一般都通不过图灵机测试。你要不要下象棋？"

他笑道："不。"

斯婉望着窗外。瓦赫拉姆注意到了她的表情，便不再和葆琳说话，埋头专心吃饭。菜很辣，他因此吃了很多米饭。

斯婉痛苦地自我嘀咕着："你总是干涉我，总是说个不停，总是自以为是地认为天下太平。"

传来酷立方的声音："首语重复是最无力的修辞手法之一，完全就是冗长。"

"你又跟我抱怨冗长？你对此搞过几次语法分析了？10 万亿次？"

"并没有那么多次。"

一片沉静。她们俩似乎都结束发言了。

"你研究过修辞学吗？"瓦赫拉姆问道。

酷立方回道："是的，修辞是一种很有用的分析法。"

"请举个例子。"

"当你并列地说出反复法、堆积法和渐层法，在我看来你已经做了一个以上三种修辞法的示范了。”

斯婉冷笑道：“什么意思，‘苏格拉底’？”

“‘反复法’的意思是，用不同的短句表达同一个意思；‘堆积法’意为‘排列，累积’；而‘渐层法’是指‘堆积要点以说明论点’。因此，将这三个词罗列出来就已经融合了三种修辞法了，对吧？”

“那么你堆积要点是想说明什么论点？”斯婉问。

“我一直想让你知道自己使用了多种不同的修辞法，但事实上只有一种。因为它们之间的区别没有区别①。”

“哈哈。”斯婉讽刺地说了一声。

但瓦赫拉姆快忍不住要笑出来了。

酷立方继续说道：“也有人会说经典修辞法是一种错误的分类法，某种恋物癖……”

“够了！”

再次陷入沉默。

“我去厨房帮忙。”瓦赫拉姆起身说道。

过了一会儿她也跟着进了厨房，清空了安放在窗边的洗碗机，望着窗外的迷雾。桌上放着一瓶红酒，她给自己倒了一杯。厨房劳作的叮当声对他来说就是一曲音乐。

“说点什么吧！”她终于下了道命令。

“我在想刚才的那群猎豹。”他被她吓了一跳，随即答了一声，心里希望她是在跟他说话，虽然房里并没有别人，“你常看到那种场面吗？”

没有回答。他们走出厨房，去餐厅收拾桌子，花了一小会儿。斯婉继续自言自语，听上去似乎又在跟酷立方说话。她无意间撞到瓦赫拉姆，大声说：“快点啊，把它拿开！你动作怎么这么慢？”

“你为什么这么急呢？”

毫无疑问这种令人紧张的迅速动作是植入了酷立方的人的一大缺点。这不大好明说，而她的情况似乎比大多数同类人更糟。她可能仍未走出悲伤，还需要休息。她没有回答他的问题，解开围裙，走进室外的迷雾中。他走到门口想拉住她，但她突然改变了方向，朝广场中央的篝火走去，那儿有不少人在跳舞。他看到她随众人跳起舞来，离火很近，看上去已成剪影。

① 一种逻辑悖论，作者常以此形容并无实质区别的两者之间的不同。——译者注

习惯开始于第一次重复。之后人会倾向于不断重复，这种模式其实是一种防卫，试图将自己隔离在时光和绝望之外。

瓦赫拉姆对此深有体会，这个过程他已经历过无数次。所以他一直留意着旅途中的点滴，特别注意那些首次出现的重复动作，同时思考其可能会对今后的生活模式造成何种影响。大多数情况下人们做一件事是偶发和随机的，不见得就是值得变成“习惯”的好事。这方面其实应该做一番研究，换句话说，可以利用空白期，即习惯被彻底打破前的不设防的状态测试一下各种可能性。在这期间人的行为会比较随意——一段没有约束，没有原始数据，超脱凡俗的时期。

不过对他来说，这种重复未免太过频繁了。在太阳系内穿梭的大多数特拉瑞速度都非常快。即便如此，旅行常常耗时几周。太多时间都耗在没有目标的四处乱撞上，游客则很易陷入沮丧或某种精神冬眠的状态中。在土星周围的定居点，漫无目的的行为已经发展成为一种科学和艺术形式。但很早以前的痛苦经历让瓦赫拉姆知道，这般青春期痴呆症对他来说是危险的。过去无数次里，无意义的作为差点坏了好几次大事。他需要的是秩序，是项目；他需要习惯。在打破习惯前的空白期里，过去的种种经历带给他恐惧感——他害怕新事物无法取代消逝的旧事物。

当然，任何事都不可能被彻底重复，这一认识自苏格拉底前的赫拉克利特及其“不可能踏进两条同样的河流”的言论起就广为接受。因此习惯并不完全是重复，而是“看似重复”。换句话说，每天的活法或许一样，但构成每一天的各项活动却不尽相同。所以，模式和惊喜并存，这就是瓦赫拉姆希冀的状态：生活在一个看似重复的生活模式中——一个有益、有趣、略带一丝文艺气息的生活模式。不管旅程多么短暂，特拉瑞或里面的居民多么无聊，重要的是要创造属于自己的生活模式，找到自己该做的事，然后以所有的心力和想象去追求。总之一句话：船上的日子也是生活。每一天都要过得充实。

所以第二天早餐后他离开了土星居，走回到公园。来到凉亭，他加入到一群试图追寻小象群踪迹的人中。没过多久，斯婉也来了。她从公园深处过来，脸颊泛红，像是跑步来的。他们手上有一台可将象群发出的次声波升频到人耳可识别范围的设备。斯婉听到象群一会儿交谈，一会儿吟唱，不禁皱起了眉头，似乎能听懂它们的语言似的。象群安静下来后，斯婉请带队的动物学家解释为什么黄昏比前一天长了许多。瓦赫拉姆很快发现，这片位处赤道附近的生态群系的黄昏应当很短才对，因为地球赤道附近区域，太阳在任何季节里都是以近乎垂直的角度落下。动物学家很吃惊，没想到斯婉竟注意到了这点。他以防卫的口气回答说他们正在做一项实验，将他们所在的特拉瑞旋转置于23度的等效维度上。因为在地球的北纬23度线上曾有大面积的植被，但现在该区域的温度已变得和地球变暖前赤道上的温度一样高了。森林变成了草原，沙漠化严重，所以政府资助的移民项目正研究将这些热带半干旱地区的人重新安置到纬度23度附近的可能性。为了能给他们提供一些基础数据，“魏格纳”号上的光线控制也做了相应调整。

斯婉看来不太满意这个解释，不久便无视动物学家的失望和部分团员的反对独自离队。瓦赫拉姆当晚晚些时候在餐厅见到了她，或许她也在实践某种“看似重复”的生活模式理论，毕竟她和瓦赫拉姆一样也是个经常旅行的人，这是人类的自然冲动。瓦赫拉姆在她旁边的餐桌用完餐，去厨房洗碟子。虽然他礼貌地朝她点头致意，但她全然不理。当瓦赫拉姆收拾完厨房转身出来想喝杯酒时，她已经离开了。大街上篝火又燃了起来，人们欢歌伴舞。

所以，这天算是有了一些可能形成新习惯的要素。翌日下午“魏格纳”号近距离通过金星，利用它的引力加速冲向木星。瓦赫拉姆搭乘电车前往隔离舱，借助扶手通过几乎没有重力加速度的通道进到悬挂在小行星最前端的观测舱里。这个观测舱有观看头顶上半球星空的绝佳视野——正前方的金星正不断变大。瓦赫拉姆在家时曾在类似的微重力环境下待了很长时间。此刻他一手抓着束带，轻松地保持着平衡，兴奋地仔细打量他们经过的第二颗行星。篝火舞蹈结束后斯婉也过来了，一如既往地匆忙，真是任何事都不愿迟到。

金星的大气相较其初始状态稀薄了很多，变得透明了，不过整个星球仍处在它的遮阳板的阴影下。在明朗的夜晚，人们可以依稀看到金星上白色的干冰海洋和两个若即若离的大陆的黑色岩石。与地球和火星云层近似的金星云层在冰雪覆盖的平原和干冰海洋上方形成了旋涡，产生无法理解的“椒盐效应”。观测舱里的人们既兴奋又迷惑，七嘴八舌地热议着。上方太黑而下方又太亮，人类的眼睛还不能适应如此大的反差，且真实情况远比文字描述的更复杂。虽然他们离金星已经很近，但后者看上去仍不过就是一团亮点。他们以一定角度向金星靠近，“魏格纳”号从金星大气层上方掠过，利用其重力加速度尽量加速通过。“魏格纳”号飞行下方有一簇光线，有人说那是伊丽莎白港。附近有一座名为比利假日的城镇，瓦赫拉姆曾在城里一家庞大的全自动化工厂工作过，任务是用发泡岩石覆盖低地上的干冰。现在土卫六上也进行着同样的工作。金星和土卫六绝对是人类继火星之后进行外星改造的最佳选择——一些人称它们为袖口世界，因为它们均有供人类自由呼吸的大气。火星的例子表明外星改造取得了成绩：打造一个独立的全新世界就可以摆脱以前旧星球的所有问题。

斯婉一个人跳起了舞。“我想回去，”她不是在跟某个人说话，或许又是在跟酷立方说，“我想体会剧毒的风刮过剧毒的海洋的感受。”

在金星居民下船后，“魏格纳”号准备加速通过这颗行星。现在船上已不再那么有趣。没有篝火，没有通宵歌舞。瓦赫拉姆一天中大部分时光都打发在公园里，这成了他“看似重复”的日常生活的主要部分。人们想对鸟类和哺乳类动物做一个统计。他们常看到斯婉一个人跑步。她就睡在外面。厨房那一晚表明但凡有机会她是绝不会在室内过夜的，虽然从某种意义上讲整个特拉瑞就是一个大房间。他在公园里发现的一些迹象表明斯婉在努力捕食。他们曾在贯穿公园的小溪岸边发现了捕兽夹，里面还逮住了一只兔子。这是非法行为，而且还没有完呢。人们好几次在公园里看到有火烧后的灰烬，里面还有几根没有完全烧掉的骨头。应该是兔子或者幼鹿被放在小火上烧烤……而烧烤的时候，此人还得留意随时可能出现的野狗。很明显比餐厅里绝美的印度南部菜肴更为可口。

某个早晨，人们又看到了蜷伏在小火堆旁的斯婉，脸上有油渍，手上还留着一道道血迹，两脚间有一小团毛发。她抬头用野性的眼光看着他们——如果此时抓住一只野狗，后者绝对就是这种眼神，以至于大家很长时间都不知道说什么。瓦赫拉姆瞟了一眼动物学家。政府打击偷猎的力度已大不如前，斯婉并不会因此被捕，再说她还有特拉瑞设计者这一特殊身份。年龄只有她的一半的当地居民们纷纷围了过来，努力为她找办法脱身。

“我猜‘逮个现行’就是这意思吧？”瓦赫拉姆用快乐的声调说。“不过，拜托，我想尽可能地多看看那些大象，它们走远了。我相信这里的情况很快就会回复正常的。”他和向导随即便离开了。

探索这个公园最好从另一端开始，可以追踪小猎豹一家。他曾看到斯婉这么做过，不过当时他没有过去打扰她。很明显她现在感到非常孤独。在城里，她每次都是一个人去餐厅吃饭。瓦赫拉姆对此有些失望。

在“看似重复”的日常生活中，人们的例行公事既包括熟悉事物带来的享受，也包括偶发事件带来的战栗。黎明时分出门是件有意义的事。阳光将万物的影子投在管道里，成群的鸟儿越过头顶，从一个湖飞向另一个湖。有人告诉他，这些候鸟不过是假装迁徙，它们黎明时分起飞，大半天后又飞回早上出发的地方。或许他自己的一天也不过如此。

当他走到前部的观测舱时，“魏格纳”号正经过著名的“程序错误”号小行星。一台挖掘机误读了一条指令——有人推测这一人工智能错误是不小心被宇宙射线击中所致——所以它在挖空小行星巨大的铁—镍内核并将管道内部空间用钢材铺平整后就会调转车头，沿着早些时候钻好的洞穴管道继续工作，不断吃进剩下的岩石。每一次它打穿来到地面，就会重新钻入地下，钻出越来越多的洞穴管道。几年后，情况变得明朗起来：该挖掘机永远没有收工的时候，因为整个小行星在被大量改造变小后就像一根打了个结的钢缆。有的人赞成让它继续钻下去，看最后到底是何结果；也有人站出来反对，理由是其人工智能已在强烈的电磁脉冲爆炸中损毁，无法冻结或改变它正在执行的命令，这台挖掘机将像蛇头一样把小行星挖空。眼下这颗小行星就像美杜莎的头，有人觉得这种像椒盐卷饼雕塑般的东西是种美，另一些人则感到恐怖；它是人工智能缺陷的全真反应，是一幅表现人类无用功的写实画。

“魏格纳”号正飞速掠过，对观测舱里的人而言小行星简直是转瞬即逝。只是一呼一吸之间，它从一个点迅速膨胀为一个篮球，旋即又退缩为一个点。舱内先是人们的喘气声，紧接着是一阵欢呼。事实上那颗小行星也算得上是一件夺目的工艺品，瓦赫拉姆想，它浑身皆是曲面，仿佛正在蠕动，像一条追逐自己那不情愿的尾巴的衔尾蛇。他在厨房工作时再次想起这一幕，又觉得很像扭曲的克莱因瓶①。

翌日他们经过另一个工程失败的著名案例，和昨日经过“程序错误”号的经历相比，这次他们飞得更近。瓦赫拉姆觉得十分沮丧。这个名为“伊格德拉西尔”的特拉瑞经历了一次灾难性的爆裂：没人注意到一条充满冰的裂缝暴露了出来——与其说是渗漏，不如说是爆炸。3000 居民中只有 50 人幸存。这一幕可能发生在任何一个居住在地球和火星外的人身上。瓦赫拉姆把头扭向一边，不愿看它。

---

① 在数学领域中，克莱因瓶（Klein bottle）是指一种无定向性的平面，比如二维平面，就没有“内部”和“外部”之分。克莱因瓶最初的概念是由德国数学家菲利克斯·克莱因提出的。克莱因瓶和莫比乌斯带非常相像，其结构简单，一个瓶子底部有一个洞，现在延长瓶子的颈部，并且扭曲地进入瓶子内部，然后和底部的洞相连接。一只苍蝇可以从瓶子的内部直接飞到外部而不用穿过表面，所以说它没有内外部之分。——译者注

清单（二）

赤身躺在冰块上，上方是一盏取暖灯

穿上宇航服待 5 个小时，里面只有维持 4 个小时的空气

沿水星赤道跑 1 周

用一把激光刀在她的胸部刻出太阳系图表

裸体，缓慢地（用一整天时间）滚下中央阶梯，像杜尚艺术表现的那样

坐在一台膨化机里从终结者城起飞前往日冕耀斑的强光中，然后喷射而出，仅依靠宇航服上的推进器硬着陆

坐在椅子上，盯着对面那人的眼睛看 1 年

穿着防火紧身衣在火中跳舞

从黎明之墙上沿中央阶梯扔一整天保龄球（弹球日）

在一个装满蠕虫的盒子里待 1 周

在黎明之墙打开之际，把自己头朝下、双手打开吊在晨光中的十字架上

在洋葱堆里待 1 星期，一个接一个地剥

靠只有供氧没有保温的宇航服，能坚持多久（14 分钟）

靠只有供氧没有保温的宇航服，一部分处于阳光的照射下和热辐射中，能坚持多久（61 分钟）

靠提供保温但只有一头盔氧气的宇航服，能坚持多久（8 分钟）

斯婉和“大猫”

斯婉回忆起自己年轻时那些可怕的想法，尴尬而沮丧地走下“魏格纳”号。建造大草原阿森松体系就是其中一例，更不用说在那儿偷猎被抓个现行。更糟的是，出租车把他们拉进了一个正要前往木星的特拉瑞里。该特拉瑞竟然是“更新世”号[1]，另一个她年轻时鼓捣的轻率的作品，大量冰河时代的大型跛足动物复活，它们的突变版本来来回回，踏着悲怆的重步。体形巨大的短面熊张着大嘴迷惘地四下张望，还有野狼、利齿虎、美洲猎豹、乳齿象和长毛象，它们大多只有远古祖先一半的基因，可说是借由大象、老虎或棕熊生出的人工合成品，所以相较于真正的同类，它们的培育过程是非自然的。这是个让人不安的事实。斯婉对此十分自责。她以野性的方式在木星上度过了这周余下的几天，却差点丢了性命：那里不仅冷得要命，而且当一天清晨她从极度不适中醒来时，赫然发现一只“大猫”正往自己睡觉的树枝上爬来——鬼才知道那是个什么玩意儿——可能是头山狮或者雪豹吧，长着长毛——树枝在它的体重压迫下颤抖着。它试图靠近她，两者体重相当，所以它完全可能爬到她所在的高度——离地大概有 12 米高，而特拉瑞旋转产生了相当于 1g 的重力效果——在那一刻，她诅咒很久以前进行的重力调整，以前特拉瑞上的重力只相当于火星上的水平——很快恐惧清空了她的大脑。她立即离开睡觉的窝，想爬到它到不了的高度——这显然不大可能。她伸手用力一拉，上了头顶的另一根树枝，比昨晚睡觉那根陡直得多。“大猫”冷静地看着，没有行动。黄玉石一样的双眼嵌在棕底白色的长毛里，上唇张开，露出白色的牙齿，脸上写着饥饿，但似乎并无恶意。斯婉顺着几乎竖直的树枝往上爬，双脚疼痛地在茂密的枝叶间蹬踏。最后她爬到摇曳不定的树冠，周围全是细小柔软的树枝。那棵树应该是橡树的一种。如果它进攻时她能踢准其

① 更新世，是地质时代第四纪的第一个世代，距今约 260 万年至 1 万年。这一时期绝大多数动、植物属种与现代相似。显著特征为气候变冷，有冰期与间冰期的明显交替。人类也在这一时期出现。——译者注

口鼻部位，或许可以一脚将它踹下去。但为避免被它的前爪扯住，她不能正面出击——来个旋风上踢腿吧，或能凑效。她努力想再往上爬，但已没法再高了。

她在“更新世”号上，带着一把震荡枪。

但她把枪留在树丫上的窝里了。“妈的。”

“大猫”一步步靠近她所在的树枝。树冠在它的体重下左右摇摆。

“葆琳，给点建议？”

“吓唬它，”葆琳说道，“调动全身的肾上腺素，出个奇招。”

斯婉扭转身体，从立足的树枝跃下，对准“大猫”的脸就是一脚，同时扯开嗓门尖叫。她的脚碰到某处树丫，双手紧紧抓住周围的树枝，感觉肋骨被什么东西猛撞了一下。空气凝固，尖叫声戛然而止。她用脚在树枝间乱扒了一阵，什么都没找到。往下看，“大猫”正在地上抬头望着她。这时肋骨断裂的剧痛让斯婉再次发出尖叫。叫声随后变成狂暴的大喊，她对着“大猫”破口大骂。像阿基洛库斯一样杀死它！痛苦的咆哮和尖叫损伤了嗓子，也让双耳忍无可忍。她发现自己已经嘶哑。“大猫”重重叹了口气，转头走开了。

她爬回自己的窝取回震荡枪，慢慢下来，离开了那株地狱般的树。

这之后她完全避着瓦赫拉姆。到达木卫四后，她对之前受的伤反而有了兴趣。因为受伤，她感觉好一些了，伤口成了她的悲伤和愤怒的外在表现。那恐惧的一幕虽无法轻易忘记，但已被消化变成其他某种感情，某种胜利。她差点成了猛兽的盘中餐！她再一次做了蠢事，又再一次活了下来——这都发生过多少回了！显然这就是命运。显然未来还会重复。

“这是错误的三段论证法的最初部分。”当她把想法说出来时，葆琳对她说道。

木星有着巨大的卫星，而木星本身就是聪明过头的天才所作的巨幅油画，一团黏稠的液体打着转从一个宏伟的旋涡纹状橘园旋转到另一个；不同区域间的界限是一曲无可比拟的即兴幻想曲。斯婉很喜欢眼前的景观，她脚下这座城市也不赖：“瓦尔哈拉第四环带”，建在一座巨型多带环形山的同名边缘带上。瓦尔哈拉有六个环带，涟漪般由近及远分布在木卫四上，最远处已近星球边缘。城市坐落在第四环带顶部，朝四面扩建开来；现在第三和第五环带上也开始兴建城市。据说整个瓦尔哈拉都要变成住宅区，甚至可能扩建到整个木卫四。那将会是一个大世界。尽管木卫四上缺少原始大气层，但仍有人声称它可被打造成另一个地球。

事实上，这个大世界共由四部分组成，因为所有的伽利略卫星[①]都巨大无比。但在斯婉看来，它们都受到了某种诅咒。四个中的一个几乎毫无用处，一个能否被改造利用仍不得而知。在木星暴烈的辐射带里，木卫一的轨道离得太远，使得它几乎无法居住，其上只有少数几个小型加强科研站。木卫二，一个美丽的大冰球，人们本可以在上面钻开足够深的冰层，进到内部以躲避巨大的木星辐射——即便在星球内部辐射也相当强烈。巨大的木星从这座令人惊叹的冰宫上方咆哮而过——至少每个人在刚开始时都有这种感觉。移民计划始终未能启动，因为冰层底下的海洋里已证实有外星生物存在——一套完整的生态系统，水藻、化能营养生物、无机营养菌、产烷生物、刮舐式口器生物、吸盘生物、扇形生物、食腐生物和食碎屑动物。它们或游弋来往，或海底爬行，或紧抱某物，或钻进钻出。问题就在这里。有人认为人类的试验性闯入已污染了海洋，因为用钻探的方式进行检测完全是沃斯托克湖[②]问题的放大版。但研究人员已尽可能对探针进行了消毒。在发现整个生态系统并取样后，钻孔随即被封住。如今，研究人员是在地面的研究站里培养并研究样本，思考是走是留。如果决定留下，应该以何种方式生活？这个口碑颇佳的冰之宫殿或许是一个完美的选择，因为其下的生态体系完全被地面和海洋间10千米厚的冰体隔绝。另一方面，生命总是充满活力，会像扭动前进的精子一样到达任何可能的地方。对任何卫星来说，移民必定意味着污染，这是几乎所有人都同意的观点。但是，这些生物由于长期隔离，均为近亲繁殖，现在又遭受到人类到访带来的二次污染；而现在已经有人在那儿吞食外星微生物，并将其注射进自己的血液；另外，太阳系内生命的交流越来越多，近亲之间也一直在互相影响。所以，在该大背景下，居住在它们上方，继续给它们带来一些微量的污染，就真的是那么糟糕的事吗？相较于生活在太阳系别处的人，木卫二和木星其他卫星上的居民对这些意见不一的问题更感兴趣。

---

① 伽利略卫星（Galilean satellites）是木星的四个大型卫星，由伽利略于1610年1月7日首度发现。依其编号次序被命名为“艾奥”（Io）、“欧罗巴”（Europa）、“加尼美得”（Ganymede）和“卡里斯托”（Callisto）。——译者注

② 沃斯托克湖是南极洲140多个地下水体中最大的一个，也是世界最大的冰下湖。它位于南极洲东部，海拔高度3500米，冰层表面下4千米处。长约250千米，最宽处约50千米。俄国及美国的研究团队钻入3623米深时发现，冰核最底部约有42万年的历史。这表示沃斯托克湖至少在50万年前就已经被封在冰层之下。为避免可能的污染，钻探作业在距离湖120米处停止，钻探的孔被封住。——译者注

斯婉还有几分以前作设计师时候的热情，最近她批准了定居木卫二的决定，条件是居住在水体土著上方必须保持谦逊。

此时，在等候前往木卫一的航班的空隙，斯婉沿着“瓦尔哈拉第四环带”的绕城公路散了散步。她仍故意躲着瓦赫拉姆。这段时间他一直很担心斯婉，怕她支持不下去。头顶，木星是那样的宏伟壮丽，一如往昔。或许木星居民的自我陶醉是有道理的，他们拥有一个包罗万象的小太阳系。木卫四上的环形山环带之间的地表是一片广阔的坑坑洼洼的白色平原，木星和另外三颗卫星仿佛在上面载歌载舞，将这片天地装扮得无比华丽。

但他们此行的目的可不是观光，而是去见王先生。她很快对航班失去了耐性，对头顶的景观也有些视觉疲劳了。木星滑稽地扭摆着一遍一遍地掠过天际——那不是艺术而是化学，纯粹的碎形重复。唯一还算得上优雅的就数悬挂在木星上部大气层的巨大汽灯了，其作用是为位于伽利略卫星上背阴处的几个城镇提供照明。不难发现这些亮得晃眼的东西干扰了木星云层，新的旋涡和涡流因之产生于其上，使其成为一件艺术品，整个木星大气层看上去像某种疯狂的高兹沃斯作品。

终于，前往木卫一的太空飞船按时到了。

斯婉说：“葆琳，等会儿进去里面你没事儿吧？”

“只要你没事，我就没问题。安全起见，我强烈建议你待在法拉第笼[①]里。木星居民也一定会跟你这么说的。”

旅途的绝大多数时间里他们都待在法拉第笼里。那是一个大盒子，置于一个更大的盒子中，有些像俄罗斯套娃：那些娃娃都多么自豪啊。黄昏时分飞船抵达木卫一，后面拖着一道绚烂的极光。透明的蓝绿色电子横幅交替闪光。飞船驶过，留下一道弧形波纹。

① 法拉第笼是一个由金属或者良导体形成的笼子，用于演示等电势、静电屏蔽和高压带电作业原理的设备，可有效地隔绝电磁波干扰，从而起到静电屏蔽作用。——译者注

艾奥（木卫一）是离木星最近的卫星，大小和月亮相近。一个黄色熔渣组成的世界：卫星仿佛把内脏都吐了出来，一遍又一遍地反刍，直到所有比硫黄更活泼的物质全都燃烧殆尽。硫黄，满地硫黄，几无立足之地。四百多个活火山像愤怒的疖子在熔渣里爆裂，间歇喷发出几百千米高的二氧化硫。木卫一的地核比地球更烫——试着伸手感受一下圣托里尼的卡美尼岛火山口处的温度，那就是地球的地核热度；乍看之下跟厨房火炉上的蒸汽温度差不多，但你很快会发现其实前者还要烫上三倍。即便你立即缩回了手，也会起水泡。而木卫一的地核温度是地球的三十倍。

这里看上去与地狱无异。它在木星和木卫二的周期性牵引下大幅摆动，几乎都快被撕裂了。这就是引力的力量。同时，木星的辐射场太大太强，使得居于其内的木卫一不停嘶嘶作响，甚至连耐辐射球菌都活不下来。没有生物能在木卫一上生存——除了人类和他们随时都带在身边的一个小型生物群系套装。因为一旦在巨大的火山高地上找到硬石小岛，就可在巨石上钻洞，将一小型科研站藏于其中——一个较大的立方体外壳内安置着较小的立方体型房间，王的办公室就是这样。在木卫一上，任何东西都必须加以三重防护，最外面是物理隔绝墙；内层是强大的足以抵抗木星辐射的磁场，但这磁场本身又是致命的，所以有必要在最里层加装法拉第笼，使人们免受保护层的伤害。

飞船在蓝色磁极光中逐渐下降，那是电子束形成的火焰。船身下，卫星渐渐从一个球体伸展为平原，又进一步变成一幅狂乱的火山叠嶂的山地景观，巨大的圆锥形山体层层叠叠躺在或褐色、或白色、或黑色、或砖红色、或青铜色作底色的黄色地块上，各种烧焦的颜色都有，黄色最多。各处散布着或黑或红或白的圆环状火山口，把卫星内脏吐了一地，不规律地散落在四周；大部分补丁形状更不规则。总之，这地貌足以让学地形测量的人绝望。这就是木卫一的直观印象，一个熔融的星球，一个火中的世界。人类给它取任何名字都是画蛇添足：什么火之神，雷之神，闪电及火山之神，从印度神话中的火神阿格尼到德国铁匠精灵沃兰，把所有跟火扯得上边的神仙的大名都算进来：每个名字都是在试图拟人化木卫一，但都失败了。木卫一压根就不是一个适合人类的地方。其球体表面的硬质地壳因接触冰冷的宇宙真空而冷却，很多地方甚至薄得无法支撑一个人的重量。这知识是早期的几个探索者以血的代价换来的：他们走得离登陆车太远，从硫黄地面陷进红热的岩浆里消失了。

我们因为生活的行星和卫星温度较低，所以自我感觉比较安全。但事实并非如此。

斯婉和王先生

王先生及其工作团队在木卫一上的科研站位于太阳系内最大山脉之一的雷帕特拉山高处的一侧。飞船开始下降，雷帕特拉山上宽阔的倾斜停机坪看上去几近水平。飞船降入一道狭缝里，在水泥平板上停稳，上面的屋顶随即关闭；从这时起，他们几乎就算是在地下了；他们通过科研站的各块屏幕或小型控制塔上的小窗所能看到的，不过是雷帕特拉山停机坪的一个角落而已。

有几个人站在控制塔舰桥上，但没人抬头看斯婉和瓦赫拉姆，王先生进来时也没有人看他。

王伟是一个体形浑圆，举止文明的人。就像马卡莱特说的，他是太阳系内最厉害的酷立方专家之一，同时也是最资深的调查官。人们有时不免会感觉，这种级别的人才应是来自鲁里坦尼亚[1]才对。亚历克斯曾说过，太阳系的分封割据是人类应对酷立方潜在威胁的有意识的举动，虽然前者自身尚未察觉；是对不断成长的酷立方力量的某种反抗。斯婉不知道她说得对还是不对。

王先生给斯婉和瓦赫拉姆打了个招呼，接过斯婉递过来的亚历克斯的信，简短说了句："嗯，谢谢。"似乎已知道亚历克斯有东西要给他。他读完信，拾起从信封里滑落出的芯片，把它插进离自己最近的一张桌子里。他盯着桌面控制台看了很长时间，用食指指着界面一个字一个字地仔细看。

"对亚历克斯的逝世，我感到很遗憾，"终于他开口对斯婉说道，"发自内心的哀悼。她是我们这个小轮子的轮轴，现在我们就像散了架的破辐条。"

斯婉对他的淡定有些吃惊。她说道："她在便笺里写着让我来找你。便笺放在书房里，我想应该是某种后备计划。其中一封就是这个给你的信封。"

"嗯，她曾跟我说过可能会这么做。同时在信中暗示道你会把另一块芯片上的信息存储在自己的酷立方里。"

"是的。但我的酷立方不告诉我内容。"

① 一个假想的中世纪欧洲小国。又称浪漫国。——译者注

“那肯定是亚历克斯的指示。数据做了特殊化处理。你手上那块是后备。”王抱歉地解释道。

斯婉愤怒地瞪着他，又将目光转向瓦赫拉姆。他们似乎在合谋着什么，就像瓦赫拉姆和热奈特在水星上时那样。“告诉我，是什么事，”她以要求的口吻说道，“你们，还有亚历克斯，一定在谋划着什么。”

二人犹豫了一阵，然后王说道：“是的。我们共事多年。就像我说的，亚历克斯是核心，我们一起工作。”

“但她不喜欢什么都通过云计算，”斯婉说，指了指科研站，“她把数据储存在大脑里，对吧？不过你是搞酷立方的，对吧？王氏酷立方，王氏算法？”

“是的。”王说。

瓦赫拉姆说：“要想不留下记录，亚历克斯不得不远离酷立方。而要做到这点又需要酷立方的帮助。这就是目前的情况，她知道这个问题。”

王点了点头。“她选择了我。我不知道为什么会选我，可能是觉得我和被她称为‘无派别联盟联系’比较多吧。其实不是的。我跟他们是有一些接触，但不是很多。没人能准确描述这个体系的现状。”

“亚历克斯要的就是这个吗？”斯婉问道。

瓦赫拉姆摇了摇头。“她对此很清楚。王的确对无派别联盟有所了解，但我觉得更重要的原因是，他的酷立方是隔离的。它的对外联系要受王的控制。亚历克斯看中的是这个，她一直努力调动所有资源来引导人类的交流。”

“于是她便留下了这些信息，”斯婉说，“以备某天无法开口。所以她想让我们替她把话说出来。比如让你们告诉我。”

“毫无疑问，就是这样。”

“那么请告诉我你们在做什么！”

两人都看了对方一眼，又盯着地板看了许久。

王抬起头来，直视着她的眼睛，出乎她的意料。他眼神严肃地凝视着她。“没人知道到底该如何应对这种情况，因为这事和酷立方有关，而你的体内又植入了酷立方。所以这些工作亚历克斯不愿跟你多说，我也不愿意。既然现在亚历克斯的队伍名单安全地保存在这儿，我们这些以前的老同事也可以努力继续她的计划了。”

斯婉说：“也就是说，亚历克斯把一些事告诉了你们，也告诉了我的酷立方，可对我却只字不提。”

王看着瓦赫拉姆。瓦赫拉姆那宽脸庞上的表情看上去就像有根针刺在上面似的。他的鼓眼睛凝视着她，而王令人不安的一脸严肃：他们望着她，不知道说什么好。总之不打算告诉她任何事。

斯婉突然“哼”了一声，向他们挥了挥手，转身离开了房间。

斯婉出来后才发现，这个小型科研站其实也没什么地方可去。她急需跑到山上发泄心中的怒火，而现在却被困在一个立方体里，一个由房间组成的大盒子，有些房间甚至连窗户都没有。幽闭恐惧症的影子一直潜藏在她心里，现在又加入对两个人的怨气和对亚历克斯的哀思（对亚历克斯也有怨言，她竟因为葆琳而对自己保密），压抑的感觉猛烈地撞击着她的心。她捶打周围的铁墙，骂骂咧咧地走上控制塔的一个有观景窗的小房间。她“砰”的一下重重摔上门，用拳头狠狠敲打桌面好一阵子。发泄的时候，肋骨又痛起来了，但这些都只是眼前这一团糨糊的一部分，所有情绪此刻一齐涌来。她很痛苦！

她注意到窗外有响动。她停止敲击，走到窗边一探究竟。透过泪光，她看到在黄色熔渣上有一个模糊的闪光的人影正向科研站走来。他的行动有些奇怪，摇摆，蹒跚，从一个地点闪烁着到另一个地点。

“葆琳，有人可以在地表上行走吗？在科研站外面？”

“他们的防护服必须具备和科研站同样的防护力才行。”葆琳说道，“请立即将你看到的告知科研站安保处。”

“他们应该也看到了吧？”

“那件防护服可能有多重掩护设置。你可能是唯一看到他的。请赶快通知安保处，和我争辩只是浪费时间。”

斯婉嘟哝着离开了房间。匆忙间却迷路了，最后终于来到了她和瓦赫拉姆最初走进的那个房间。

“有人正步行靠近科研站。”她对吃惊的人们说道。有人开始仔细地搜索屏幕。斯婉说不清刚才那扇窗户的朝向，所以不得不带人回房间看（但几乎忘了来时的路）。当他们到时，窗外一个人影儿也没有，唯剩熔渣地形从科研站一直延伸到山下。显然控制室里的人也不可能看到什么东西。

“葆琳，告诉他们情况。”她说。

葆琳说：“刚才坡下三百米处有人。现在应该还有足迹。人影不规则移动……”

王冲进房间，明显是听说了消息。“封锁科研站。”他简短地下了指示。各个房间都响起刺耳的警笛声。大厅很快站满了人。斯婉和瓦赫拉姆被挤在通往安全屋的门廊处。他们抵达走廊的时候那儿已经十分拥挤，好不容易被人群推搡着进到安全屋，脚刚迈进去门就关上了。显然每个人都要对此负责。现在人群全挤在这个最小的“俄罗斯套娃”里。

其中一面墙上安置了几个显示屏，葆琳帮助科研站的人工智能系统引导监视摄像头。很快，一个正对山坡的变焦拉近的画面显示：在倾斜的布满褶皱的熔渣地上，一个瘦小的身影正蹦跳着快速下山。

“这样做可不太对劲儿，”王说道，“那儿地面很薄。”

说话间，远处的身影随着一道亮光消失了。

“继续察看科研站四周，”王打破众人因吃惊而陷入的沉默，“看看有没有外人在。同时发射无人机搜索这个蹦跳着前进的人。”

大家看着屏幕，房里寂静得可怕。一旦法拉第笼停电，他们很快就会被烤熟，身上的每一个细胞都会在金星辐射下炸开。

但一切似乎都还好。科研站的电力供应看上去仍很稳定，周围也没有发现其他人。

房间里传来一阵骚动。“一艘飞船要求降落！”有人说。

“来者是谁？”

“是艘星际飞船，‘快速正义’号。”

“确认一下，是不是他们。”

在另一块较大的屏幕上，画面切换为一艘正在进港的飞船，所有人都凝神看着。一艘小型太空船闪着光缓慢下降进到空穴里，停在科研站的停机坪上。很快，一张戴着头盔的脸出现在监视摄像头的正前方，离得很近，占满了整块屏幕以便进行虹膜扫描。然后他朝摄像头挥了挥手，通过它朝所有观众竖起大拇指。自己人，很明显。

他们进到站内，三个人出现在门廊里，头盔摘了下来。其中一人身形较小。斯婉吃惊地认出他就是曾出现在马卡莱特实验室的那位调查官：吉恩·热奈特。

“你迟到了。”王说。

“不好意思，”热奈特回答道，“耽搁了一会儿。告诉我发生了什么事。”

王简单地叙述了一下经过，然后说：“看来有入侵者。他先是接近了科研站，随后走下山坡，落进地壳里。目前还没有找到。”

热奈特把头偏向一边。“他是跑下山然后死了吗？”

“似乎是这样。”

调查官抬头看了看他的同事。“我们需要把任何和他有关的残余东西从熔岩里捞出来。”接着他对王和其他人说道，“尽快回去。也许你们应该在安全屋多待一会儿。”

然后，三人向科研站闸门走去，背影消失在黑暗中。

“好吧。”传来斯婉沉重的声音，她目不转睛地盯着瓦赫拉姆，“告诉我发生了什么事。”

“我也不确定。”瓦赫拉姆说道。

“我们刚才被攻击了！”

“我猜是的。”

“你猜？”

王盯着屏幕说道：“不得不承认，的确是一次未遂的攻击。”

“那么谁可能会攻击你们？”斯婉问道，“为什么这个热奈特调查官来得如此之快？这和你们与亚历克斯做的事有没有关？”

瓦赫拉姆答道：“目前还很难说。”斯婉打了一下他的手臂，打断了他的话。

“够了。”她恶狠狠地说，“告诉我怎么回事！”

她看了看这个人满为患的房间：十几个人挤在一起，现在都若无其事地忙着自己的事，角落的一张桌子留给了王和他的访客。“告诉我，要不我喊出来了！”她轻微尖叫了一声，给他们看看可能的后果，房里所有人吃惊地朝他们看去——或吃惊地尽量不往那边看。

瓦赫拉姆瞥了王一眼，“我试着解释一下吧。”

“好吧。”王说。

瓦赫拉姆轻轻点击桌面屏幕，调出一张太阳系示意图，那是一幅三维图像，看上去像是飘浮在桌面上。明亮的全息色球创造出熟悉的太阳系仪，但斯婉发现里面有很多彩色光球，各光球间由许多彩色线条连接。但是，光球的大小和它们所代表的行星和卫星的大小并不成比例。

“这个图像来自亚历克斯的分析。”瓦赫拉姆告诉斯婉，“我们希望通过此图把存在的各种力量及其潜能展示出来。这是梅娜德图示的一种。光球的体积由亚历克斯认为重要的一系列因素通过复杂的方程式计算决定。”

斯婉认出位于太阳旁，又小又红的水星。蒙德拉贡联盟成员都以红色标注，整个星系到处是红点——体积都不大，但数量很多。地球巨大而多彩，像很多光球捆束在一起，仿佛被人拼命拽着的一大束氦气球。火星是一个绿色单球，几乎和地球一样大。连接光球的有色光线构成了一张张密实的网络，一直绵延到土星，再远处就比较稀疏了。

“哪些因素？”斯婉问，努力想让自己平静下来。她仍感觉不安。至于不安的原因，与其说是方才的攻击，倒不如说是热奈特的出现。

瓦赫拉姆说道：“累积资本、人口、生态、基础设施、健康程度、土壤形成状况及稳定性、矿产及易挥发资源、星际条约关系和武器装备。等会儿再告诉你更多细节吧。现在可以看到，作为一个集体，火星和地球比其他任何力量都大得多。而且，金星的潜力巨大，大到难以在这儿表示出来，目前它不具备任何力量，但未来即将拥有。金星和蒙德拉贡保持着良好关系。你可以看到金星—蒙德拉贡网络拥有最大的潜力。

“另外请注意，几乎其他所有太空定居点都很小，全部加起来也不大。然而，如果我们把计算方程中土壤形成潜力这一项的权重加大——我现在正打算这样做——那么请看：金星、月亮、不算木卫一的（木星）伽利略卫星、土卫六、海卫一，它们的图像一下子就变得大多了。未来太空力量发展潜力最大的就是它们。小行星差不多都住满了。不久以后金星和大卫星将成为新生力量。金星不久就能接纳移民，发展定会十分迅猛，所以那里的情况越来越复杂，甚至影响到了地球的稳定。”

“那么，亚历克斯担心的是什么呢？”斯婉问，“她又建议大家做什么？”

瓦赫拉姆深吸了一口气，再呼出来。“她看到一个不稳定的系统正奔向崩溃的边缘。要想拯救它，必须进行一些修正。她想让太阳系稳定下来。而她认为地球是动乱之源。”

他盯着三维图像看了一会儿。眼前的图像非常直观地说明了一切，在所有清晰的单色球体包围中，代表地球的那一团光球像舞会灯光般多彩炫目，都快要颤动起来了。

“她到底想做什么？”斯婉担忧地问道，“你的意思是，她想改变地球吗？”

“是的。”瓦赫拉姆肯定地说，“她想这样做。当然，她十分清楚这是太空移民常犯的错误。做这些不可能的事情，肯定会出乱子。但她觉得我们目前可能已经有足够的力量来进行一些改变了。她甚至做了一份计划。知道吗，我们很多人感觉这有点本末倒置。但亚历克斯相信除非改造地球，否则人们将永无宁日。就这样，我们开始和她一起工作。”

“什么意思?”

“我们开始在特拉瑞上面囤积食物和动物，在上面的友好城邦建立地球人办公室。我们达成了一些协议。但不料亚历克斯逝世，一切都变得复杂起来，因为大部分工作都是她一个人做的，而那些协议大多还停留在口头上。”

“她不相信酷立方，这我知道。”

“对。”

“为什么呢?”

“这个，我……或许我现在真的不该说。”

令人不安的停顿过后，斯婉开口道：“告诉我吧。”当他抬起视线，他看到了以前亚历克斯看他的那种眼神——她也感到自己的眼神正穿过他的身体——亚历克斯仅凭眼睛就能让人说话。

这时王接过了她的问题。“这和一些金星和小行星带上的酷立方的趣闻有关，”他谨慎地说道，“热奈特调查官和他的团队正对此进行调查。所以——”他朝门廊方向做了个手势，“这件事可能也与之有关。他们主导的调查，我们最好不要插手。另外……你的植入型酷立方是不是一直在记录? 你最好让它把数据都封锁起来。”

瓦赫拉姆对王说：“给斯婉看看把酷立方算进来后太阳系的图像。”

王点了点头，点击桌面图像。“这幅图像尽量把酷立方和传统人工智能都包括了进来，希望能展示出目前人类文明有多少是被人工智能所操纵的。”

“酷立方没有操纵任何东西，”斯婉反驳道，“它们不做任何决定。”

王皱紧眉头说道，“事实上它们的确在做决定。比如什么时候发射飞船，以及如何在蒙德拉贡上分配物资和服务等等。太阳系内的大多数基础工作都是它们在做。”

“但做这些事并不是它们自己决定的。”斯婉说。

“我知道你的意思，不过你先看看图像吧。”

他解释道，在这个版本的图像中，红色表示人类的能量，蓝色表示电脑的能量，其中浅蓝色代表传统电脑，深蓝色表示量子计算机。木星旁有一个深蓝色大光球，其他地方也分布着蓝色光点，在每一个单一网络中蓝色光点是最多的。人类表示为一团一团的红点，数量和大小都逊于蓝点，而红点之间的连接线较之蓝点之间也要少得多。

“木星周围的蓝色光球是什么?”斯婉问道，“是你吗?”

“是的。”王答道。

“这么说，现在有人对这个巨大的蓝球发起了攻击。”

“是的。”王看着桌面，眉头深锁，“但我们不知道是谁，目的是什么。”

又是一阵沉默。然后瓦赫拉姆说：“像这样的图像只是亚历克斯担心的一部分。她做了一些尝试性努力，试图改善这种状况。这个我们现在先不谈。只希望你能理解。”

他的蛙眼伴随着他的请求眨得更频繁。他出汗了。

斯婉盯着他看了一会儿，然后耸了耸肩。她想开口说点什么，突然又意识到，除了亚历克斯的逝世，如果能找到其他能让她生气的事情——任何事都可以——其实也不错。但到最后，什么都没有找到。

瓦赫拉姆试图把话题拉回到地球上：“亚历克斯说过，我们应该把地球视为我们的太阳。我们都围绕它转，它向我们施加了巨大的引力，同时也是太空居民的度假地。我们不能忽视它的存在。”

“不管什么原因，我们都不能对它视而不见，置之不理。”王说。

“正是。”瓦赫拉姆说，“正因为如此，我们决心继续她未竟的事业。希望你也能助我们一臂之力。你的酷立方里有亚历克斯的联络人名单。要留下整个班子的人需要极大的努力。我们很可能需要你的帮助。”

斯婉对这种概述性的话并不感冒，再次低下头查看图像。末了，她问：“在地球上时，谁跟她合作最多？”

瓦赫拉姆耸了耸肩。“很多人，但主要联系人叫扎沙。”

“真的吗？”斯婉吃惊地说，“我的扎沙？”

“怎么讲？”

“我们以前是情侣。”

“是不是你说的那个人我就不知道了。亚历克斯很依赖扎沙助她了解地球上的情况。”

斯婉略微知道扎沙和位于曼哈顿的“水星屋”有关，但她从未听到亚历克斯和扎沙谈到过彼此。这是她所不知道的关于亚历克斯的又一件事，突然间她认识到这种事以后可能还会继续出现，她不会从亚历克斯那儿得到消息，只会不断得到关于她的消息。亚历克斯会继续以这种方式“生活”在她身边，虽然不大真实，但总好过完全消失不见，而且扎沙可能曾和她共事过。

“好吧。”斯婉说道，“一旦你们那位调查官让我们离开这里，我就前往地球。”

瓦赫拉姆不确定地点了点头。

斯婉问他："下面你要做什么？"

他又耸了耸肩，"我得前往土星，报告情况。"

"我们会再见吗？"

"会的。谢谢。"他看上去对这个提议有点警觉。"我很快就会返回'终结者'号。水内小行星①已联系了土星联盟委员会，他们和亚历克斯也有一些口头协议。从水内小行星向土星发送光线等项目正在计划中，目前我是土星联盟其中一颗星球的大使。你回水星时我们一定会再见的。"

① 水内小行星（Vulcanoid）是轨道在水星以内的小行星，与太阳距离介于0.08至0.21个天文单位之间，其英文名称来自祝融星（源自罗马神话的锻冶之神"Vulcanus"）。这是一个假设出来的水内行星，以解释水星近日点的移位现象。该天体已被广义相对论所推翻。——译者注

摘要（二）

简化历史就是歪曲事实。在24世纪早期，有太多事物需要人们去认真看待或努力理解。当代历史学家勤勉工作以期获得一个普遍认可的结论，但他们的努力失败了。回头看他们，我们现在其实也没什么两样。连试图搜集足够数据建立一个猜想都那么困难。四周到处是数以千计的城邦，每个城邦在数据云里都有记载，或许是不同的数据云，但总的来说就是一个词——什么？历史从来都是换汤不换药的一堆混杂物，但现在变得复杂化，数学化，风化——用现在的话讲就是“割据”或“巴尔干化”①。失稳的节点很难描述，很多重压下的张力于同一时间破裂——在这个案例中，是指火星退出蒙德拉贡联盟、开展反对地球的反帝国运动，以及木星、卫星重回宏观视角下的星际框架。作为继火星之后的第一批太空定居点，木星卫星的发展也因诸多因素而受到阻碍：一，它们的通道工程依赖更早期的，不够先进的移民定居技术；二，木卫三和木卫二上发现有生命存在；三，木星辐射太强。后来，更强大的定居战略以及在金星和土卫六上进行的类地球化改造使得木星卫星居民们不得不重新评估他们的科研站、圆形穹顶建筑和帐篷下的若干大公国，结果是以上都不够好。虽然木卫一是个永远的禁区，但其他三个伽利略卫星加起来仍有极大的潜在表面积，这是他们解决内部矛盾的方案，也显示了他们决心共同建造土地的决心——这造成了市场混乱——引发了持续20年的非线性崩溃。

现在他们成了自己的无人替代的实验品，把自己打造成了从未见过的新事物：体形变大，多种性别，最重要的是，变得异常长寿，当时最长寿的已是两百岁左右。但长寿并不意味着人能变得理智一点，智商也未见任何提高。一个让人悲伤的事实是：人类的个体智商在旧石器时代晚期达到巅峰，从那时起我们就逐渐成了一种半驯化物种——如果说那时的人类是狼，那我们现

① 巴尔干化（Balkanization）。地方政权等在诸多地方之间的分割，及其所产生的地方政府体制下的分裂，即“碎片化”（Fragmentation）。——译者注

在就是狗。不过，尽管个体智力在下降，由于人类从未停止寻找各种办法以累积知识，集中力量，堆积记录、技术、经验和科学，作为一个物种而不是个体，人类现在可能比以前更聪明，但在各个方面都更容易发疯，且被卡在某个瞬间——一个现在无法追寻的瞬间——那时，人们的技术和“巴尔干化”文化已几乎被今人遗忘，那就是2312年之前的岁月——我们能做的只有等待：这就是接下来要告诉大家的故事。

清单（三）

酒精、斋戒、口渴、洁身礼室、自残、睡眠剥夺、跳舞、流血、蘑菇、浸没在冰水中；

卡瓦①、用荆棘或动物尖牙鞭笞、仙人掌肉、烟草；

遭遇恶劣天气、长跑、催眠状态、冥想、有节奏的鼓点或唱诵、曼陀罗、龙葵②；

鼠尾草③、刺鼻或芳香的气味、蟾蜍的汗液、唐乐可养性健身术；

转圈、安非他命、镇静剂、安眠药、致幻剂；

笑气、催产素、屏住呼吸、跃下悬崖；

亚硝酸盐、克拉托姆④、古柯叶、可可、咖啡因；

乙烯——一种致幻气体，从希腊古都特尔斐的地底逸出。

---

① 能提取催眠药剂成分的植物。——译者注

② 有毒，过量可引起头痛、腹痛、呕吐、腹泻、瞳孔散大、心跳先快后慢、精神错乱，甚至昏迷。——译者注

③ 多年生芳香植物，气味浓厚，可做食物香料。——译者注

④ 可咀嚼或冲饮的植物兴奋剂毒品。——译者注

黑暗中的斯婉

在获准离开木卫一科研站后，斯婉踏上了前往地球的旅程。

结果，第一个经过的往内太阳系方向去的交通工具是一个无光特拉瑞。斯婉感到亚历克斯的离去给她内心带来了无边黑暗，她决定搭乘这颗无光小行星。瓦赫拉姆带着他颇有特点的警觉目送她离开。

在无光小行星里，黑暗统治了一切。四周皆是极度的黑暗，地球上只可能在地核深处的洞穴中才有可能这样黑。这颗小行星刚开始翻转，引力极小。人们飘浮在黑暗里，或赤身裸体，或身着衣服或宇航服。一个没有视觉的群体在建筑物及吊舱周围小心地弹动着，生活在只有声音的世界里。这些人被称为“蝙蝠人”。他们之间有时会有互动，对话或拥抱；有时又会有人大声呼叫寻求帮助，巡逻的治安官就会过来帮忙，他们借助红外护目镜查看情况。不过对绝大多数旅客来说，视觉丧失只会持续一段时间而已——不妨当作是场修行，一段精神旅行；也可以视为一种全新的性行为。斯婉不知道自己想从黑暗中得到什么。一切听起来和自己感知的差不离。

现在，她飘浮在纯净而彻底的黑暗中。她的双眼睁开，但什么都看不见：看不到眼前的五指，看不到任何地方有任何一丝微光。她所在的空间，似乎和宇宙一样深邃，或者换个比方，就像头上被罩上了一个袋子。声音从不同方向，不同距离传来，都很小声，好像人们在黑暗中自然就会调低音量——沿着中轴线往前走，似乎有人正在微弱的重力下游戏或运动，因为那里传来了口哨声、嘟嘟嘀嘀声和放声大笑。另一个方向传来吉他和双簧管演奏巴洛克风格的二重奏的乐音。她小心翼翼地朝那个方向飘去，希望能听得更清楚。距离减半，响度翻倍。途中她路过两个人急促的呼吸声——至少听上去如此。这种声音很吸引人，就像音乐或体育一样。在无光小行星上曾有一些人身侵犯事件发生，有人做了难以启齿之事，或有人声称曾听到过云云。事实上很难相信有人会愿意去激烈地侵犯他人。为什么要这么做？有什么意义？

持续的绝对黑暗很快就在她的视线中呈现出红色斑点，随即呈现出似乎曾经存在的视觉记忆。她闭上双眼，眼中的色条多了一倍。眼眶中充满了各种颜色；让她想起多年前她曾吞下一份土卫二外星生物套药，那是她努力忘记的一次疯狂之举。当时周围坐了一圈点着蜡烛的信徒，刚植入体内的葆琳警告她不要尝试——那是一杯盛满“土卫二柯”和其他土卫二微生物的液体。信徒们把杯子递给她，问道：“你明白吗？”斯婉回答说她明白，那是她这辈子最大的谎言。这杯“泡酒”喝起来像血，在她胃里翻江倒海。一阵黑暗之后她眼中再次出现了烛光，光线变得强烈无比，无法直视；像海浪打在沙滩上一般的咆哮声从她身体里穿过，万事万物都被抹上了光亮的颜色，土星像薄荷和哈密瓜做成的甜品。是的，联觉[①]持续了一段时间，她的五脏都像火烧一样炽热；突然间一个念头闪过脑际——她再也不是过去的那个她了。让外星生物进入自己体内，这是明智之举么？不，绝不是！她像中了毒似的大声喊叫，仿佛被困在一个万花筒里，耳里充满了咆哮声，一遍又一遍地重复着：我是……我是斯婉……我是……我是斯婉……

现在她正尽力把这些鲜活的记忆扔进黑暗中，远离它。她几乎不费力地旋转着，把身体扭成了一个结。旋转时她发现之前听到的吉他和双簧管其实彼此相距很远。那真的是二重奏吗？相距一里远的两个人，怎么演奏二重奏呢？彼此会有时滞的。她试图集中注意力努力辨听他们到底是不是在合奏。在完全的黑暗中，她永远不得而知。

她痛苦地意识到，除非离开这里，否则黑暗将一直持续。没有发出炽热目光的脸庞可以回望，目光所及之处，一无所有——她的回忆和想象将愈发混乱，将死的感官饥渴地运转，创造出新感觉——悲伤。纯粹的存在，纯粹的思想，揭示出被这个伟大的世界藏匿但无法改变的事实：万事万物的核心，尽皆空白无魂。

肚子“咕咕”作响了，于是她吃了一段腰带。她把便排在宇航服内的一个小包里，封口后向地面投去；清洁机器人会吸住然后带走。亚历克斯的脸庞不停地在她眼前闪现，她想紧紧留住这些脸庞，那是她愿意一生相守的珍贵回忆，但又因此痛苦地呻吟起来。她像受伤的野兽一样“呜呜”地低声叫着，无法自已。

“你或许正在欣赏一段生动的描述，”葆琳说出声来，“视觉想象并不会出

---

① 联觉，牵连感觉，伴随某一实际感觉出现的第二种感觉。也有这种情况，即一种感觉刺激以另一种不同的感觉被感知，如听到声音产生出颜色的感觉。——译者注

现在眼前。”

“住嘴，葆琳。”过了一阵，她说，“我不是那个意思，对不起。请继续说。”

“在某些修辞学里，困惑就是在二次攻击前强装出的怀疑，比如吉尔伯特笔下的乔伊斯。但亚里士多德认为困惑其实是调查中无法解决的问题，起源于看似有理实则前后矛盾的前置陈述。他写道，苏格拉底喜欢把人带进困惑中，以此向人们说明他们对很多自以为了解的事情其实并不那么清楚。亚里士多德在自己的一本关于形而上学的书中使用了该词的复数形式，并写道‘我们应该首先检视那些一开始就让我们迷惑的事物。’‘困惑’一词晚些时候被德里达[①]采用，意指出现在我们认识中的一段连我们自身都不知道的空白。他认为我们应当努力去发现这些可能存在的空白。虽然两者所表达的意思不尽相同，但合起来也算为这个词赋予了一系列词意。《牛津英语词典》参考了 J. 史密斯作于 1657 年的《神秘修辞》一书，该书认为‘困惑’一词是指‘在某些奇怪或含糊不清的情况下不知如何是好’的状态。”

“就像现在。”

“是的。还没说完。该希腊词来源于 a，意即‘没有’，和 poros，‘通道’的意思。但在柏拉图神话里，贫穷之子皮尼埃却选择和富贵的化身珀罗斯结合。他们的孩子厄洛斯继承了父母的一些特质。需要在这里指出的奇怪之处是，贫穷被认为是足智多谋，而富裕被认为是醉酒和被动……”

“这没什么奇怪的。”

“结果就是虽然皮尼埃并非珀罗斯，也不是‘不’‘贫穷’。人们既不认为她是男的，也不认为她是女的；不觉得她有钱，也不觉得她贫穷；不管她是天赋异禀还是泛泛之辈。所以‘困惑’一词变得愈发难以翻译。”

“我就是困惑。而我正处在困惑中。这个无光小行星。”

“是的。”

谈话和思考都很顺利。“谢谢，葆琳。”但斯婉还需要再待上一个星期，而亚历克斯逝世带给她的伤痛从未减轻。她就像飘浮的中阴[②]，努力像一个还未出生的人那样思考。半信半疑，贫穷之子。再这样下去另一个斯婉就要问

① 全名雅克·德里达，当代法国哲学家、符号学家、文艺理论家和美学家，解构主义思潮创始人。——译者注

② 佛教说，人死后至往生轮回某一道为止的一段时期，共有四十九天。此时期亡者的灵体叫作中阴（Antrabhara）。——译者注

世了。

但过了一会儿——似乎过了很久，在暂停的时空夹缝中，当她的思想一圈一圈地绕来绕去，在头脑中发出巨大的撞击声时——她慢慢意识到，当宇航服里乐音响起，宣告旅程结束之时，它们将把上船时的那个斯婉还给她。这儿无路可逃。

“葆琳——再跟我讲讲，跟我说话，请继续跟我说话。”

葆琳说道：“马克斯·勃罗德与弗兰兹·卡夫卡之间曾有一段有趣的对话，他后来向瓦尔特·本雅明详细叙述过……”

摘要(三)

现代智人是在地球的重力下进化而来的，待在小于1g的重力条件下将对人产生怎样的影响还无定论。

在小于0.1g的微重力环境下，人体的骨强度每月会降低0.5%～5%。

经常处于3g以上的重力环境可能会造成轻微中风并增加中风的发生率。

经过数年的发展，生物医学研究团体对于这些问题的看法已经有所转变。

对于长期定居在较低重力环境（介于月球的0.17g和火星的0.38g之间）而造成的生理影响，有氧运动和抗阻训练有一定帮助。但仍然存在一些不可尽述的问题。

积极参加体育运动可以大大减轻低重力环境对身体的影响。

在低于月球的重力环境下，无论做多少运动，一些器官或组织还是会发生物理性萎缩。

从各项保险统计表中可以得出统计学上非常重要的结论，它们显示：要想高寿，不仅需要经常返回1g的重力环境，而且得是地球本身。具体原因尚有争议，但数据显示这已是一个不争的事实。我们将为您展示。

每6年在地球上待1年，并且离开地球的时间不要超过10年，可大大延长寿命。但请忽略这样做可能造成早死几十年的危险。

过度灭菌的环境不允许你这么做。

我们会有“毒物兴奋效应”[①] 或“提升抗毒性”这样的福利，即短暂暴露于毒物中，以加强有机组织的抗毒性来对抗更大毒性对身体的侵害。

地球对太空定居者的控制是生理上的，这种控制将一直持续，除非地球人进化出完全不一样的特征，且地球人的各个部分都得到全面进化。

---

① 毒理学用来描述毒性因子的双相剂量效应的一个术语。即高剂量致毒因素——包括毒物、辐射、热、机械刺激等——对生物体有害，而低剂量致毒因素对生物体有益。这种双相剂量效应在20世纪40年代被定义为毒物兴奋效应。通过低剂量毒物对机体内稳态的微干扰，启动一系列修复和维持机制，比如通过对转录因子和激酶的激活，增加细胞保护和修复性蛋白，如抗氧化酶、伴侣蛋白、生长因子、免疫因子等。——译者注

对肠虫（癣）、细菌、病毒等等，还有各种无法列举的东西都免疫。

或许也有一些心理上的影响，但要说清楚因果关系或治疗方法却极为困难。

不同于其他若干持续500年的项目，那些项目的困难是固有的。

心理影响是慢慢累积的，最终导致功能障碍。

从统计数据来看，寿命延长是事实，但并不保证对于每个个体都是如此。生活的选择改变了可能性……

再生疗法正在不断完善。

在长寿图谱上的一次重要飞跃起始于文明加速期的开端，许多人认为这并非巧合。当你意识到可以比预想的活得更长时，你将充满活力。至于后来出现的问题，当时还不是那么明显，直到……

统计数据会让人产生此般联想，但原因还不明朗。

生命是很复杂的。

例如：STD（突然创伤性死亡），就无法解决。

目前寿命标准已经延长，并且还将持续延长。人们如果想最大限度地增大实现长寿的机会，就必须尽量减少待在过低或过高重力环境下的时间。

如果寿命继续延长下去，没人能预测会有什么后果。

难道我们会活几千年……

人类有自己的弱点，他们习惯找捷径。只想做自己喜欢的事情，沉溺于自己的欲望，热衷于冒险。

必须回到地球，那个肮脏、古旧、压抑、失败的星球，那个让人悲伤的星球。

有人发誓，要自然地活着，但发誓时通常还年轻。

通常会建议老年太空居住者每隔7年回地球住上1年，因为他们是最长寿的人，受太空环境的影响会被放大。

为获得更加全面的解释，研究仍在继续。

斯婉和扎沙

地球上的37部太空电梯不管上行还是下行永远都是人满为患。当然，还有很多太空飞梭起飞降落，还有一些滑翔机在电梯上短暂停留做个中转后再次起飞。总而言之，电梯承担了绝大部分地球和太空间的交通量。下行电梯主要载有食物（占必需品储备的相当一部分）、金属、工业品、气体和人。上行电梯则装满了人、工业品和若干类地球上常见但太空罕见的物资——包括动物、蔬菜和矿产，但最重要的（按量计算）是稀土、木头、石油和土壤。整个看上去就是一大堆材料上上下下。电梯的运行依靠重力和地球自转产生的平衡，再用一点太阳能来提供推动力。

电梯缆索上端的锚石很像巨大的航天班机，小行星表面被各种材料覆盖，已看不出原始质地。覆盖其上的有建筑物、发电厂、电梯装载区，诸如此类。电梯实际上是座巨大的港口和酒店，是个异常繁忙的地方。斯婉走进一台名为“玻利瓦尔”的电梯，看都没看就进了其中一个酒店轿厢。对她来说，不过就是通过一连串复杂的门、锁和走廊走到另一串房间里而已。她已习惯了前往基多的漫长旅程。这真是对她那个时代的嘲讽啊，坐电梯比大多数星际旅程耗的时间更长，但电梯就是这样。她在宾馆里待了五天，其间常去欣赏菲利普·格拉斯的《真理坚固》（*Satyagraha*）和《阿赫那吞》（*Akhnaton*），还参加了一个颇为激烈的舞蹈班，有时甚至撞到自己——开班的目的是为了让人们加强锻炼以适应地球上1g的重力。透过透明的地板往下望去，她再次看到了熟悉的南美洲大陆隆起在众人下方越来越清晰地展现出自我：两侧各有一片蓝色的海洋，安第斯山脉像棕色的脊椎；大型火山那棕色的小圆锥体上，再没有雪的痕迹。

今天，这个行星上已几乎没有冰雪，只有南极洲和格陵兰岛上还剩一些，而后者上面的冰正快速消失。海平面因此比气候变化前上涨了11米。海岸线被淹没是地球上的人类遭受的最大灾难之一。他们有强大的外太空技术，把外星打造成地球一样，但这些技术在地球上却毫无用处，例如这里不会有彗星撞进来。所以人们用表面活性剂让飞船驶过的尾波发泡以期提升外星的大气反射率，尝试朝大气平流层里注入不同浓度的二氧化硫以模仿早期的火山爆发。但这种做法曾酿成事故，目前又在应该反射多少太阳光的问题上起了争执。争议最多的是，很多已存在的小项目与一些拟建或建设中的项目起了冲突。一些实力强大的城邦同时又是企业联合体，两者在混乱的凯恩斯主义里互相重叠。残留的资本主义制度依然强大，和体内残留的封建制度一起统治着星球上的大部分地区。封建制度，是关于永不停息的农奴反抗的篇章，也指蒙德拉贡系内对平行经济崛起的反对。唉，地球简直是一团糟，一个伤心的地方。但她仍是故事的核心。这是一个不得不直面的问题，亚历克斯以前总这样说，否则人类在太空的所有努力都不过是一场泡影。

来到基多，斯婉上了一列开往机场的火车，搭乘飞机前往纽约。深蓝色和青绿色的加勒比海仿佛玉石一般，色彩是那样的鲜艳而活泼；即便是被淹在水下的佛罗里达的棕色轮廓也有着碧玉的光泽。一如地球自身那绝美的光彩。

他们开始下降，下面是一片钢铁般的海洋，带着白沫冲撞着长岛。飞机在一条位于曼哈顿以北一片陆地上的跑道上降落。在走过各式各样的旅行集装箱、房间、车辆、门廊和门厅后，她终于置身开阔的天幕下。

就这样简单地站在户外，站在蓝天下，迎着微风——这是地球最让她痴迷之处。如今，蓬松的白云在头顶大约一千英尺的空中，看上去仿佛一层海水卷积而来。她跑进一个堆满卡车、巴士和电动轿车的地面平整的停车场，跳跃着，仰天长啸。她跪在地上，亲吻大地，像狼一样号叫。她觉得有点呼吸不过来了，于是平躺下来，睡在停车场地面上。不做倒立了——很早以前她就得到教训——在地球上倒立是件很困难的事。至今肋骨还隐隐作痛。

通过云层间隙，她能看到头顶浅蓝色和深蓝色间杂的天空，那样微妙，那样拥挤。它看上去像圆屋顶，屋顶中心区域在云层上方几千米高的地方变得平整——她伸手想够到——虽然她知道是某种彩虹让它看上去那么漂亮。这条彩虹只有蓝色，跨越天地。这蓝色颇为复杂，它并不宽，但在其色带内却有无限的变化。这是一幅让人心醉的景观，你甚至能将它呼吸入胸腔——不管你愿不愿意——风将向你迎面吹来！呼吸，醉了，噢上帝呀，摆脱了一切束缚，在它的怀抱里吮吸着，仿佛那是白兰地；你品味着胸腔中的滋味，感觉自己在它的抚慰下得以存活！她从没见过一个懂得珍惜地球的空气或认真抬头看看天空的地球人。事实上他们几乎不怎么抬头望天。

她整理了一下情绪，向码头走去。一艘“咕噜噜”作响的大船载着她和许多其他乘客，驶过一条繁忙的运河后，进入哈得孙河，朝曼哈顿驶去。渡轮在华盛顿高地靠岸，但斯婉仍留在船上。船继续沿着哈得孙河岸边往下游的市中心开去。曼哈顿的大部分已被淹没，只有几个地方仍在水平面之上。以前的老街变成了运河，整个城市变成了加长版威尼斯，高楼大厦云集的威尼斯，超级威尼斯——真是件很美的事——这不过是一番颠倒黑白的陈词滥调。一路延伸的摩天大楼仿佛龙的脊柱。透视效应让这些巨型建筑看上去比真实要矮，却绝对垂直地矗立在那里。好一片史前墓石牌坊森林!

斯婉在第三十大街码头下了船，在楼房间宽阔的步行道上朝高线公园延长段走去。南北走向的狭长广场上人群熙攘。这是一个步行的曼哈顿：工人推着窄窄的手推车走在拥挤的天桥上——天桥架设在已如孤岛的各幢高楼不同楼层之间。高楼楼顶虽已绿化，但城市的主体仍是钢筋混凝土和玻璃——当然还有水。小船在天桥下的水里荡漾，发出汩汩的声音，旧日的街道现已成为繁忙的运河。这些半空中的广场和天桥，每一处都挤满了人。正如人们所说的那样，一如既往的拥挤。斯婉在人群中小心闪躲，在两个方向的人流交界处艰难前行，和所有的脸庞打照面。和任何一个太空聚居地的人群一样，这里的人也各不相同，但相似度却高得多，高矮差别也没有那么大。亚洲人，非洲人，欧洲人——除了美洲土著，所有人都差不太多。她在曼哈顿就有这种感觉。看看生物入侵到了什么程度!

她刚经过一座建筑物，水下的一层楼被抽空，人们在像空气浴缸一样的地方办公。她听说潜水艇和潮汐楼正迅速发展。有人还建议抽空地铁。目前地铁还在以前运行的线路上方跑着。她脚下的河水形成一个浪涌，激起巨大的环绕声响。人群的喊声，溅起的水花，码头上海鸥的叫声，以及风从高楼峡谷中穿过的呼声。这些就是城市的声音。足下的河水被有趣的尾波完全割成一段又一段。她的身后，沿着大道向西，像薄镜子般破碎的阳光在大河上跳舞。这是她喜欢的——她身处户外，真正的户外，站在一个星球的边缘，站在最伟大的城市里。

她跳下几步台阶，上了一辆开往下水方向第八大道的水上巴士。这艘渡轮船身很长，高度却很低，有大约 50 个座位，另有供一百来人站立的地方。它每几个街区停靠一次。她抓着铁栏，上下打量着这条运河：河流穿过峡谷，建筑物就是峡谷两侧的山壁。外观极尽未来主义。她在第二十六大道下了船，一条很长的步行道从上方跨过，一直向东延伸到东河。很多东西走向的大街都有类似的从头顶越过的步行平台，下面拥挤的运河几乎整天都在其影子里流淌。当斜阳从缝隙中漏下，给万物抹上一层青铜色的光辉，蓝色的河水就变成了青灰色。纽约人似乎没有注意到这些，即便洪水泛滥，这儿仍生活着两千万人。而斯婉认为美景和人文环境息息相关，即便众人对其视而不见。都是些硬汉哪，她想到这儿情不自禁地笑了。斯婉不是硬汉子，也不是纽约人。这个地方美得惊人，她知道当地人对此很清楚。谈一谈景观艺术吧！“世界的地理完全是人类逻辑和视觉的结晶，”她吟诵道，“它来自灵动的光线与色彩，来自装饰性的安排，来自真、善、美的心灵！”你可以在曼哈顿的天桥上吟唱洛温塔尔的整段演讲，没人理你。

她尽可能地朝着太阳光的方向走去。这是来自太阳神的直接辐射，重重地打在她暴露的肌肤上。能够没有生命危险地直接站在阳光下实在是件让人高兴的事。这是太阳系里唯一可以这样做的地方；这个星球被一层肥皂泡般厚薄的生物层包裹着。让生物泡变得更厚——也许那是人类的项目。他们把这层生物泡推广到了火星，真是了不起。或许如果能再向金星或更多的星球扩展，就更了不起了。然而，这里将永远是一个甜蜜的据点。毫无疑问这个古老世界的神秘主义者也被所有这一切变化弄得晕了头。不断变种的地球，且仍在继续。大洪水变成了幸运瀑布，把蜕掉的死皮推到了更高的层次。世界被水淹了。多叶的树枝上开出鲜花。她回来了。

水星居在现代艺术博物馆下面。博物馆里的很多油画都已移往水星，剩下的都是复制品，且一个房间还被怪异地独立出来，专门展出水星上的艺术。《九人组》当然被隆重放在显眼的位置。对斯婉来说，太阳和岩石多了一点。她一直觉得用帆布作为作画介质很奇怪，看着画布的感觉有点像对着贝雕或其他异域古董。你明明可以把自己的身体和整个世界都当作画布啊，为什么一定要这种切成一块一块的东西呢？这是个奇怪甚至还有点有趣的问题。亚历克斯和马卡莱特曾为《九人组》搞过一次展出仪式，那时斯婉和他们当中的好些人有过愉快的交谈。

在水星居大楼离水面约莫30楼高的屋顶平台，她看到几个水星居民在酒吧那儿。他们大多穿着外骨骼衣或身体罩衫，斯婉从他们站立的姿势——舒服地休息着，有点不太真实，仿佛在水中一般——一看就知道。其他几个没有穿的多少有些英雄主义气概，挂着不太自然的面部表情努力抵抗着地球上的重力加速度。斯婉觉得自己也有点类似的感觉。不管你做什么，1g 的重力加速度都会或长或短地影响你。

他们的纽约办公室主任是一位名为米兰的高龄的地球人，对谁都带着微笑。“斯婉，亲爱的，你能来真好啊。”

“我也很高兴过来呢，我爱纽约。”

“无知即是福啊，孩子。很高兴你喜欢这里。你过来我真的开心。来认识一下我的几位新同事。”

斯婉和当地团队的几位见了面，接受他们对亚历克斯的哀悼，并简短地不太准确地跟他们说了说自己前往木星的经历。他们也和她分享了一些关于蒙德拉贡体系的看法。

谈话结束后，斯婉问米兰：“扎沙还在这儿吗？”

“扎沙绝不会离开这座城市的，”米兰说，“这点你是知道的。你去看过他最近搞的一个项目吗？就在哈得孙河的一个码头上。”

斯婉乘渡轮重回第八大道，下船后步上台阶，最后到达一个往西的天桥上。

以前的码头如今全都躺在水面下 11 米深处，所以不得不重建。有些是抢修以前的老码头，用木桩撑在水面上；其他都是新建的，有时地基会建在以前的老码头上。较小的浮船漂在码头和街道之间，固定在码头或附近建筑物水涨前大约 4 楼高的地方。一部分码头拥有动力，动起来就跟驳船差不多。真是一个复杂的海岸线。

一些沉到水下的老码头如今被围起来搞起了水产养殖，斯婉曾经的情人扎沙似乎在其中一个码头上经营着一家药厂，养殖多种“双鱼座”药物（指在转基因鱼类体内进行培养的药物。目前只是科幻，但未来有可能成真。——原作者注）和生物陶瓷，同时也为水星居——以及亚历克斯做事。

斯婉上前喊了一声，扎沙随即出现在栅栏边儿——栅栏将码头和一艘浮船阻断，浮船的另一端固定在位于高线公园南端，甘斯沃尔特大街以西的大广场上。简单拥抱过后，扎沙领着她走到码头边，下到一艘行驶平稳的小型快船上向哈得孙河远处驶去，不一会儿便到了河道中央。

水面上的一切都以水流的节奏运动着，包括水流本身。这一段的哈得孙河很宽；纽约港可以装下整个“终结者”城。到处都能看到桥梁，包括南边远处天际线上的那一座。这里的水多得斯婉无法相信；似乎公海都没有这么多水，而且哈得孙河和真正的大江大河比起来还只是小巫见大巫。地球呀！

扎沙心满意足地看着这一切。一排排摩天大楼顶部的玻璃窗构成了此刻他眼中的河岸，闪耀着反射的阳光，所有高楼都发出灼热的光来。摩天大厦之岛：这就是曼哈顿的经典表情，既不真实，又显华丽。

“最近怎么样？”斯婉问道。

“我喜欢这条河，”扎沙说，似乎这就是回答。“我常去岛的顶部，甚至到过栅栏那儿，然后顺着漂下来。有时也垂钓，钓到一些让人吃惊的东西。”

“水星居的事情怎么样？”

扎沙皱起了眉头，“这些日子有不少针对太空移民的责难。这里的人很愤怒。我们越是帮他们，他们越愤怒。不过他们的资本基金继续在给我们投资。”

“跟以前一样。”斯婉说。

“是的，嗯，发展在继续，但没有什么是永恒的。太阳系和地球一样也是有限的。”

“你认为它已经满负荷了吗？”

“或许更准确地说是到了投资回报的高点。但人们可能会感觉被夹了一下。不管怎样，他们表现得像是被掐住了似的。”

扎沙的小船在退潮中随波而动，经过巴特雷后，眼前豁然开朗，布鲁克林海岸映入眼帘。曼哈顿岛尾的摩天大厦看上去像一群站在没膝深水中，准备向冰冷的河水发起挑战的游泳爱好者。水流像玻璃一般在大厦间流动，运河里到处是小船；港湾里也是如此，不过没那么密。任何时候都能看到船只。他们可以同时看到哈得孙河和东河。两条河中间有一些较小的河道，以前那是几条较为笔直的街道——所有一切都在多云的天幕下。好一幅卡纳莱托[①]的画面。白云的倒影给港湾的如水光泽抹上一抹白色。眼前太美，斯婉觉得自己被投入到了梦境中，随着船的摇晃，她感觉有些晕眩。

“重力让你觉得不适了么？”扎沙问道。

“有一点。”

“要在我那儿过夜吗？我有些饿了。”

“好的。谢谢。”

---

① 意大利画家，以其对威尼斯精细且精确的描绘而出名。——译者注

扎沙驾船横渡河流，往西驶进泽西这一边的一条往西流淌的运河。说不清那到底该算是运河还是小溪。水道先是往西，很快折转往北，扎沙也沿河而上，把船稳稳停在一个木码头旁，码头的支脚插入到看上去像是一汪浅水的湖泊中。四周不断有碎石悄悄滚落下来。一直以来北美东部都是一条弯弯曲曲的海岸线，如今更甚了。

他们在黄昏的天幕下往上坡走去。夕阳西下，天空布满浓烈的色彩，不加区分地把橙色和粉红色捣碎，再混合在一起。这种时候，真正的大戏却总会出现在东方天空，虽然不那么显眼，却更为壮观。但没人朝那个方向看。

扎沙的房子紧挨着一排大树，一个面积很小的自划地，和斯婉以前见过的贫民窟或棚户区一样劣质和破旧。

“这是什么地方?”

“泽西草原的一部分。”

“你可以随便在这儿盖房吗?”

“真那样儿就好了！其实我的房租相当贵，但水星居给了我一点补贴，所以我可以一个人住这儿，免受打扰。”

“难以置信。”

“不管怎么说，一切都还好。我喜欢这样驾船来往。”

斯婉舒适地坐在一把破旧的扶手椅上，看着她的旧情人在昏暗的房里踱来踱去。很久以前他们跑遍整个太阳系，一起建造特拉瑞，养大泽夫；而泽夫已过世多年。他们从没有真正相处融洽过，在泽夫走后不久就分开了。斯婉仍然记得扎沙绕着火炉转圈的样子，就像现在这样，等着水开，那讳莫如深，难以揣摩的眼神，是她所熟悉的。

她问道：“那么，你曾跟亚历克斯一起工作?”

“这个……当然了，”扎沙回答，快速瞟了她一眼，“她是我老板。现在你都懂了吧。”

“什么意思?”

“我是说她很喜欢你，也很照顾你，你也做到了她要你做的事。”

斯婉不得不挤了点笑容出来，“嗯，是的。”她想了想，忘记了悲伤，“有时候她是在努力配合我们。让我们满意。”

“嗯——我知道你的意思。”

“但是，听着——现在她不在了，给我留了一个口信。她基本上把我当成了给王送信的通讯员。就是木卫一上面那家伙。她把一些东西导入葆琳那儿。

她说，做这一切是为了以防自己有个万一。”

“什么意思?”

斯婉描述了亚历克斯的灵魂是如何通过那几个信封到访她的，也描述了木星之旅以及木卫一上的入侵者。

扎沙对着茶壶皱起了眉头，说道：“我听说过。只是不知道当时你也在那儿。”他的脸色在炉顶灼热的红光映衬下显得发青。

“你和亚历克斯在做什么?”斯婉问，“为什么她不在留给我的口信中告诉我？她——好像我只是个帮她送信的，而葆琳是个保险柜。”

扎沙没有回答。

“拜托，跟我说说吧，”斯婉说道，“你可以告诉我。你讲的我都能接受。我已经习惯了你跟我说我有多糟糕。”

扎沙长长地呼了一口气，倒了两杯茶。蒸汽飘溢在昏暗的空间里，抓住了不知何方投来的一抹光线。扎沙递了杯茶给她，自己在她对面的一把靠背椅上坐了下来。斯婉捧着茶杯暖手。

“有些事我不能说的——”

“喂，拜托!”

“——有些事我可以说。她把我拉进一个搜捕异常酷立方的团队。工作挺有趣。但她要大家对此事和她同时在做的另外几件事情保密。所以，也许她觉得你在保密方面不太擅长吧。”

“为什么她会有这种印象?”

其实就连扎沙本人都知道三四个关于斯婉口风不严的例子，而斯婉本人记得的更多。

“那都是些意外罢了，”斯婉最后挤了一句，“再说也不是什么大事故。”

扎沙小心地呷了一口茶，“这个嘛，或许这种事看来发生得越来越频繁了。你已不是过去的你，这点你得承认。你在脑子里塞入了太多东西——”

“我没有!”

“唉，有那么四到五个，是吧。一开始我就不太喜欢。当你开发颞叶的宗教功能时，你很可能变成一个完全不同的人，更不用说有癫痫的危险了。这还仅仅是开始。现在你又加入了动物组织，植入了葆琳，记录下你看到的一切——这可不是小事。它有可能伤害到你。你现在成了某种‘后人类生物’，或者说，至少是一个完全不同的人类了。”

“噢，拜托，扎沙。我跟以前没有两样。你做的每一件事都有可能给你带来伤害啊。总不能因噎废食吧。我对自己所做的每一件事，我都是从一个‘人’的观点出发去思考去实施的。我的意思是，但凡有机会尝试，谁不会去做这些？如果不做，那才是天大的笑话！这不是什么‘后人类’，而是‘纯粹的人类’所为。力所能及而不去做正确的事，这叫作‘反人类’。”

“嗯，”扎沙说，“你做了那些事之后立马就停止设计新的特拉瑞了。”

“我已经完成了！不管怎样，我们都已经过了设计这一步，接下来只需要重复建造就行了。而我们做的大多数事情都是愚蠢的。我们当时不应该建造阿森松体系，而是应该让传统的生物群系免于灭绝。我们现在也应该这样做！坦白地说，我真搞不懂大家在想什么。”

扎沙吃了一惊。“我喜欢阿森松体系，它们有助于基因扩散。”

“那样也未免太过头了。总之，这不是重点。重点是我想尝试新事物，最后也做到了。”

“你成了一名艺术家。”

“我一直都是艺术家，只不过换了创作媒介而已。当然还远不止这点，那只是我近期的焦点而已。这是我想要的。拜托，扎沙。我只不过是过着普通人的生活。而你拒绝了这些机会，可你并没有变得更好，反而还退步了。我并没有像有些人那样走极端。我没有第三只眼，性高潮时也没有打坏自己的肋骨。我只是……”

“只是什么？”

“不知道。只是尝试了一下那些听起来不错的新事物罢了。”

“那么那些新事物对你都是有益的吗？”

斯婉坐在新泽西某处的昏暗房屋里，外面是开敞的地球。“不。”长时间的停顿。“事实上，我做了比你知道的更严重的事情，如果你想知道的话。”

扎沙盯着她的脸。“我不确定自己到底想不想知道。”

“哈哈。亚历克斯应该也知道吧，我想，因为我曾告诉过马卡莱特。”

“他不会主动跟她说的。”

“我没有叫他保密。”

“好吧，”扎沙说，“所以，也许她是知道的。比把动物脑组织塞进自己脑袋里更糟糕的事？比在颅骨里植入酷立方更糟糕？算了，我不想知道。但亚历克斯也许知道，而且也许有些事她…… ”

“有些事她不太信任我。”

“我想说的是，有些事她也许不想跟别人讲。你看你现在，一团乱麻。”

“我不是一团乱麻！”她的肋骨在怒火的挤压下隐隐作疼。她的心中充满了对亚历克斯过世的悲伤——现在又多了些恼怒了。

“似乎你是在说自己就是一团糟，”扎沙反驳道，“这些年来你弄了5个或者6个甚至7个脑组织进来，植入了酷立方——总之什么时髦搞什么。”

“对啊。”

“拜托你好好想想吧！”

斯婉把茶杯放在茶几上，“我想我得出去走走了。”

“好。别迷路了。你散步时我做点吃的，大概45分钟就好。”

斯婉走出了小屋。

走到门外，她脱掉拖鞋，把它们塞进口袋里，把脚趾插进泥里，扭动着脚踝。她像一位舞者那样弯下腰去，把手指插入泥里，抓起一把捧到眼前，深深吸了一口气。泥土，真是终极佳肴啊，吃起来像周身是泥的蘑菇。

太阳已经落山了。柏油路的旁边是绿黄色的沼泽，芦苇在风中摇曳生姿。她走在公路旁的泥土上，一会儿看着沼泽，一会儿看着天空。路的另一边，几栋老旧的房子在树林边互相依偎。更远处是一个街区一个街区的成排老式公寓房。青蛙“呱呱”地叫着。她坐在沼泽边上，看着几个黑点在身下的水塘里跳来跳去。青蛙合唱团，齐唱呱呱。她听了一会儿，望着风中的沼泽，突然发现它们原来一直在深情对歌。当一只青蛙说“呱呱”，其他所有青蛙都会重复一阵。声音从公路两边听力所及的最远处如浪花般高低间隔地传来，直到在某个短暂的间隙某只青蛙叫了声“咯咯”，然后所有青蛙跟着重复。再后来，叫声改为“利利”，众蛙再随。仿佛它们在对她唱着为青蛙设计的希腊的和声。如此多的“利利”，如此多的“咯咯”。离她最近的那只蛙偶尔停顿片刻，下腭鼓起一小会儿，就又“呱呱”叫起来。不然这蛙叫声真的称得上是完美得绵延不绝。只在眼球移动的一刹那，她在幽暗中，看到一丝流动的亮光，总是那样活泼的闪亮。“啦姆！”一只青蛙在蛙声间歇时叫了一声。斯婉大声喊道：“你好啊！”就这样和它们一来一去好一阵。

地球上北半球的十月，润泽而充实。她的身体与地球接触的每一个界面都发出了哼唱。突然间，外星生活变得像是一场彻头彻尾的噩梦，一次被驱逐到真空的流放，每个人被锁在剥夺五官的铁罐里，被隔离，活在虚拟的、被夸大的世界里。但在这里，真实，就是真实。

“呱呱！”

“呱呱，呱呱，呱呱，呱呱……”

这一刻本身也像是被抽离出来的片段。此时，她正穿过一个时空。“现在”飞速掠过。转瞬即逝的宇宙中，一个沼泽边儿的傍晚，如此奇怪，如此神秘。为什么万事万物会是这个样子？风凉飕飕的，黄昏还有一丝微光停留在云层上，看上去像雨。多刺的葡萄树，叶子落在地上，和枫叶一样红。沼泽就像是一个人，一个呼吸着的人。乌鸦“呱呱”叫着，向城市及其热岛飞去。斯婉对乌鸦语有所了解，它们会用“呱呱”声彼此交流。比如现在，它们正在聊天，突然一只乌鸦会叫出一个词——“霍克!”发音是那样的清晰，如今俨然已成了一个英文单词——众乌鸦旋即散开。当然“呱呱”这个词也源于它们的叫声。梵语里写作“哇哇”。都是些从另外一种语言进口的词语。

树林旁的房屋边儿站了几个人。他们身形都比较小，感觉肩上背负着千斤的重量。这儿离那座伟大的城市真的只有这么近吗？这儿真的是那座城市的一部分吗？真的是让那座城市运转起来的力量——不仅来自沼泽，而且来自生活在已经半淹的废墟里的边缘化的贫民大军——的一部分吗？这个星球的引力开始把她往下面拽。那几个人就像从勃鲁盖尔[①]画中走出来的人物，一群来自 16 世纪的人，被时光压弯了腰。也许他们过的才是真正的生活，而她在太空搞的那些名堂不过是肤浅的暴发户行为而已。或许她真正需要做的事就是住在这里，建造一些东西，比如两栋小巧实用的房子，那会是一种新的高兹沃斯艺术品。在天空下，在无遮挡的太阳光照射下。这是一种绝对的奢侈——“真实”。唯一真实的世界。地球，既是天堂又是地狱——自然造化的天堂，人类打造的地狱。人类怎能这样？他们怎能不再努力尝试一下？

也许他们尝试过了。也许冲向太空就是他们尝试的一部分，是某种让人绝望之希望。坐在好似种子吊舱的东西里被从地球上扔出去，到一个会立即让人类冻僵、腐烂、重回尘土的空间里，就像公路旁的泥土。她躺在上面，小心避开多刺的葡萄藤；扭动着身体，似要挖个洞钻进去。一个对着大地发泄的太空人——他们一定都见怪不惊了。他们一定在想，这些可怜的无家可归的人哪。因为太空里面没有这样的地方，没有真正如这里的地方——扑面而来的风，头顶宽广的天空，现在差不多入夜了，空气带着自然的湿度，而不是靠低空的云层——噢，那些人怎忍心离开这样的地方！太空是一片真空，一片虚无。居住在太空，不过就是建了几栋小房子，搞了一批泡状定居舱；在一些星球上建起了城市，没错，但这远远不够！除了城市，还需要有一个

① 彼得·勃鲁盖尔，16 世纪尼德兰地区最伟大的画家。——译者注

世界！城里人都忘了这点。事实上，在宇宙里生活，人们最好忘掉，不然他们会疯的。但在这里，人们可以不用忘记世界的存在，也不会发疯——不过似乎并不见得。

现状太让人伤心了。邋遢，俗丽，崩塌。可怜啊。这种心烦意乱，沦入刺痛心扉的绝望之中的状态多么让人伤心。人们最终还是让这一切发生了。斯婉回想起自己所做的一切，自觉已没有回头路可走。就连扎沙这样宽容的人都认为她做得过火了。如果当时她没有离开，也许会和他在一起吧。现在她已不是当初那个和扎沙一起抚养孩子的人了。她能感觉到变化，虽然说不清楚到底哪里发生了改变。难道是因为体内的土卫二微生物……不管怎么看，她都是一个怪异的人了。唯一让她真正快乐的地方却带给她最深的伤痛。她要怎样才能排解这一切？

她起身坐了起来，坐在泥里，感受着身下凹凸不平的泥地。

这时，她的眼角发现有东西在移动并试图跳到她的跟前。但由于错误估算了地面上的重力，跳跃失败了。

她盯着昏暗中的物体——两张脸：一位母亲和她的女儿。很明显是母女，看上去像单性生殖。此时，月光从被城市灯光照亮的天空中泻了下来。

年轻的那位向斯婉走来，口中说着什么，但斯婉不知道她在说何种语言。

“你想说什么？”斯婉问，“你不会讲英语吗？”

那位女士摇了摇头，又说了一些话。她环视左右，轻声向斯婉背后叫了一声。

又有两人向她走来，比她还高，也更壮实。两个年轻男子。他们弯下腰，和刚才那位年轻女士耳语了一会儿。

“你有抗生素吗？”其中一个问道，“我堂妹病了。”

“没有。”斯婉说，“我从不随身带这些东西。”她的袋子里可能有些物品，但她并不清楚。

他们走近一步，“你是谁？”一个人问道，“干什么的？”

“我来拜访朋友。”斯婉说，“我可以叫他们过来。”

两个年轻人走到她跟前，摇了摇头。“你是太空人。”之前说话的那个人继续说道。另一个人也开口问她：“你在这儿干什么？”

“我得走了。”斯婉一边说，一边准备向公路走去——但两个年轻男人拽住了她的手臂。他们力气太大了，她都没想过要挣脱开。“喂！”她高声喊道。

最先开口说话的那个男人朝着母女后面的黑暗中叫了一声：“基兰！”

很快，黑暗中走出另一个身影——也是一个年轻男人，比其他几位都高，但身形较瘦。那两个人还拽着斯婉，她感觉他们干这事儿应该不是一次两次了。

眼前这一幕让新来的年轻人吃了一惊。他用斯婉没听过的语言语气激烈地向那两人说了些什么。双方的对话很短促，很急迫：这位基兰先生很不高兴。

最后他看着斯婉说道："他们扣你下来是想去要钱。给我一分钟时间。"

他们继续说自己的语言，对话更为激烈。看上去基兰让他们感到紧张，已处于守势。然后他走上前来，一把抓住斯婉的上臂，用力捏了一下，似乎是发送信息。他轻轻晃了晃头，示意其他人闪开。他在发号施令。另两人最后点了点头，最先开口说话的那个男人对斯婉说了声："我们很快会回来的。"二人随即消失在黑暗中。

斯婉盯着基兰。他做了个鬼脸，放开了她的手。"他们是我的堂兄弟，"他说，"动了点歪脑筋。"

"真是愚蠢的想法，"斯婉说，"他们若需要我帮忙，大可以说出来。那么，你刚才跟他们都说了些什么？"

"我告诉他们，让他们去修理母亲的汽车，我负责看着你。所以我认为你现在该马上离开这儿了。"

"陪我一起走回去吧，"斯婉说，"我希望你能和我一起，以免他们又回来找麻烦。"

他翘了翘眉毛，盯着她仔细看了一会儿。半晌，他说："好吧。"

他们在路上走得很快。"你这样做会不会给自己带来麻烦？"斯婉边走边问。

"会的。"他沮丧地答道。

"他们会做什么？"

"想办法打我。然后告诉那些老东西。"

斯婉手臂上被拽住的地方火辣辣地疼，脸颊滚烫。她打量着走在身边这位神情忧郁的男子。他看上去是个好人，而且毫不犹豫地助她摆脱困境。她清晰地记得他和堂兄弟说话时那尖锐的声音。斯婉突然问道："你想离开这儿吗？"

"什么意思？"

"你想去太空吗？"

他想了一会儿，问："你能做到吗？"

"是的。"她说。

他们在扎沙的房子外面停住了脚步。斯婉再一次看了一眼他。她喜欢他的样子。他以一种好奇的急于了解事情来龙去脉的表情看着她。她感到一股战栗纵贯全身。

"住在这儿的是我朋友，一位水星的外交官。所以……如果不介意，请进来吧。我们可以把你送出去，如果你愿意的话。"她说道，看了看天空。

他犹豫了，"你不会……让我遇上什么麻烦吧？"

"会的。太空里到处都是麻烦事。"

她迈步向扎沙家走去，过了一会儿，他跟了上来。她推开门。"扎沙？"她喊了一声。

"马上。"扎沙在厨房里应了一声。

这个年轻男孩一直盯着她看，显然是怀疑她到底有没有那么大的能耐。

斯婉问："他们叫你基兰？"

"是的，基兰。"

"你们说的是什么语言？"

"泰卢固。在印度南部。"

"你们在这儿干什么？"

"我们住在这儿。"

原来他已经是个背井离乡的人了。地球上有五花八门的移民限制政策，或许他来此地并没有走正规程序。

扎沙出现在通向厨房的门廊那儿，手里拿着毛巾，"喔，这位是？"

"他叫基兰。他朋友把我绑架了，他帮我逃了出来。作为回报，我告诉他可以让他离开地球。"

"这不行！"

"行的。所以……我带他过来了。我得说到做到。"

扎沙怀疑地看着斯婉。"这算什么，'斯德哥尔摩症候群'？"扎沙瞟了一眼年轻人，他一动不动地盯着斯婉，"或者是利马综合征？"

"什么意思？"基兰问道，还是目不转睛地盯着她。

扎沙做了一个小鬼脸。"'斯德哥尔摩症候群'就是指原本被劫持为人质的人转而同情起绑匪来，并为他们振臂高呼。'利马综合征'则是绑架者喜欢上了受害者，然后放走了他们。"

“就没有‘红毛酋长的赎金综合征’[①] 吗？”斯婉锋利地说道，“行了，扎沙。我跟你说过，是他救了我。这是什么综合征？我想感谢他，而我需要你的帮助。别再像以前那样试图啥都管了。”

扎沙面带不悦地转过脸去，想了一会儿，耸了耸肩。“如果你执意这么做，我们可以把他送走。我先联系一位朋友，他常在这方面帮我。他目前人在特立尼达和多巴哥谷仓，那是个地下钱庄。我和他之间有某种‘通关’协议，不过这事儿之后我得欠他个人情。同时你也欠我一个。”

“我一直都欠你人情。我们怎么去特立尼达？”

“外交袋。”

“什么？”

“私人飞机。得搞到一个蠕虫箱。”

“一个什么？”

“这就是我想的办法。蠕虫箱一般来说是一箱子土壤或蠕虫，大家都知道这玩意儿不会有人检查。”

“蠕虫？”基兰问道。

“是的。”扎沙发出一丝让人不悦的微笑，“因为这位斯德哥尔摩女士，我会把你送出地球。考虑到各种具体情况，我们不会走正常程序，因此得靠这个办法。所以你有可能要待在一个装满蠕虫的箱子里，行么？有没有问题？”

“没问题。”基兰说。

① 《红毛酋长的赎金》，欧·亨利短篇小说之一。——译者注

摘要(四)

在行星吸积期的后期，也就是大约45亿年前，太阳系中的行星比现在更多，这些行星由于相互影响及轨道共振被抛向空中旋转，又由于万有引力的作用而相互靠近，有时候就会发生碰撞。整个吸积期持续了10亿年才达到平衡，也就是吸积期的末期。在这个期间，每个类地行星至少遭受了一次较大的撞击。

一颗名叫忒伊亚①的行星，运行在地球轨道拉格朗日L5点②。忒伊亚不断吸引周边的宇宙物质，个头逐渐大了起来，一直扩展到火星的大小，于是轨道变得不稳定，最后一头扎向地球。它的撞击角度是45度，速度不超过4千米/秒——从天文学的角度来看，这不算太快。碰撞后，忒伊亚的铁质内核冲入地球的内核中，并与其融合在了一起。忒伊亚的地幔层及地球的部分地幔脱离地球，被抛入地球轨道。撞击产生的角动量使地球的自转周期变为5小时。抛入太空的物质很快形成了两颗卫星，估计所花的时间为1个月至1个世纪。最后，较小的卫星以较慢的速度滑向较大的卫星，与之融合，在远地端（月球背面）形成高原山峦密布的地貌，并最终成为了地球现在的卫星——月球。

差不多同时，一颗直径3000千米的小行星撞上火星，产生了北极盆地，它几乎覆盖了火星的整个北半球。而且北半球比南半球低6千米。

金星曾被一颗火星大小的行星撞击，形成了一颗类似于月球的卫星，叫作尼斯。1000万年后，另一次撞击使金星开始反向自转，这种改变使尼斯的速度减慢并最终跌落金星，并与它重新融合。

---

① Theia，希腊神话中月亮女神Selene的母亲。——译者注

② 拉格朗日点是以著名的法国数学家和力学家拉格朗日命名的空间中的一个点，也被称为太空中的天平点。它存在于两个大的星体之间，由于受到两个星体的重力影响，位于这一点上的小型物体可以相对保持平衡，不需要动力推进以抵挡引力作用。在每两个大型的星体之间，比如太阳和木星、地球和月球之间，理论上都存在5个拉格朗日点。这5个拉格朗日点分别被称为：L1、L2、L3、L4和L5。——译者注

一颗体积为水星一半的原行星曾撞击水星，在那样的碰撞速度和角度下，水星的地幔被撕裂，碎片被抛出水星轨道。通常来说，水星应该能将这些碎片重新聚拢来，但在这个本应该发生聚拢过程的400万年时间里，这些物质被太阳风越推越远。1.6亿吨的水星碎片和尘埃降落在地球，更多的则降落在金星上。最后，水星只保留了最重的70%，基本上也就是水星的内核。这也就是为什么水星比土卫六体积小，质量却比它大的原因。

在稍晚些时候，年轻的木星和土星形成1:2的轨道共振，即木星环绕太阳一次，土星环绕二次。这就形成了一个非常强大的联合引力波，这股引力波在太阳系梭巡，强度随着这两颗巨型气态行星的相对位置的改变而发生变化。这股引力波在它最强的时候俘获了刚刚在土星轨道外形成的海王星，并将它朝远离太阳的方向弹射。当海王星经过天王星时，也将天王星拖着远离太阳，并拉向自己身边。正因为这样，这两颗稍小一点的巨型气态行星停留在了现在的轨道上。

同时，在木星轨道上，相同的木星土星轨道共振波将一些小行星像弹珠一样弹射到太阳系的各个角落。这个时期大约在39亿年前，被称为“后期重轰炸期”。所有的类地行星及其卫星都受到连续撞击，以至于这些行星的表面有时会形成熔岩的海洋。

大撞击时代！后期重轰炸期！永远别说旋转木马已经完全修好并可以正常运作了，它有时候更像是在不停打转的碰碰车。万有引力，神秘的万有引力，一成不变地遵循着它自身的规则。物体间相互发生作用，但是结果却相当复杂。不可见的能量波将宇宙中的岩石随意投掷。

如果在人类出现之后地球遭遇类似的能量波袭击会怎样？说到底，同样的能量一直存在于宇宙中。又是什么样的撞击成就了现在的我们？会不会出现某种新的共振，产生的能量波将地球抛离轨道？我们是否正在走近我们的后期重轰炸期？

基兰和斯婉

自基兰见到这位被他堂兄弟抓住的女人的那一刻起，一切都变了。她是个形象气质俱佳的高个子老妇人。她走路的样子像是在游泳。他马上知道她是个太空人，而绑架她绝对是个馊主意。那之后的所有事对他而言都发生得太快，快得来不及做任何决定。这一切降临在正身处困境的他身上：他仿佛是站在身后或身旁注视着自己的一举一动。别人都说他是个冷酷的人，其实他只是做事比较慢而已。现在好事似乎又来光顾他了。

她有一头黑发，面目看上去像中国人或蒙古人。眼睛是棕色的，一只眼的眼底有一小块斑点，正是这双眼睛吸引了他。这是某种巧合——他家里的女孩儿们深色的脸庞上也有着同样深色的眼球和发亮的眼白——对他来说这是难以抗拒的。记得他抓住她胳膊时，她曾看着他，那眼神是在告诉他，她有多么想重获自由——一个情绪激昂的注视，似乎她之前已体会过被人抓住是什么滋味，所以感到害怕。他感到震惊，震惊于她的脸庞为何如此富有内涵，为什么自己会被她深深吸引。她那位名叫扎沙的朋友说这叫利马综合征——也许是吧。也许现在他是一个不称职的秘鲁人。

他要前往太空了。这意味着离开——但他可以寄钱给那些亲戚。他们已经厌倦了他长期留宿在这儿。如今他可以去见识那些长久以来梦寐以求的东西——任何一处对他来说都充满了诱惑，尤其是从小就憧憬的太空。火星，小行星——太空里的任何事物。每个人都听说过各种关于太空的故事。

斯婉开车载着他们向纽瓦克驶去。他坐在狭窄的后排，意识到有些事即将实实在在地发生了。他的那帮白痴兄弟将再也找不到他，再也没法打他了。全新的生活！他的身体开始轻微地颤抖，好像他才是那个被绑架的人。从某个角度看，此话倒也属实。被一个眼神“绑架”，然后被塞进汽车的后排。

他们抵达了机场，但看上去不像是纽瓦克。车驶进机库，在旁人陪同下乘坐升降梯走进一架小型喷气机。他从未坐过类似的玩意儿，对它起飞时的速度感到很吃惊。他们让他坐在一个靠窗的座位上，他看着身下的曼哈顿，仿佛一艘满是灯光的巨轮。飞机冲进了黑暗中。

最后他头靠在窗上睡着了。过了一会儿，僵硬的脖颈弄醒了他。他看到飞机离大洋很近了。喷气机降落在一个绿色海岛上，岛上是红色的土地。

夜晚的空气中充满了味道强烈的气味。湿润的空气就像8月中旬的泽西，跟他度过童年的海德拉巴[①]几乎一模一样。稻田和儿时的记忆被这一刻的视觉和嗅觉唤醒。他迈开脚步，感觉像是走在真正的自己的旁边。他心烦意乱地跟他们走近了一栋建筑物，他看到指示牌上写着“水星居”字样。

进到建筑物内，他被带到一个大房间，像工业厨房里的那些烟囱管道一样巨大的白色塑料管道正在被封装并装上平台。“好了，年轻人，”斯婉的朋友扎沙说道，显然他仍因为不得不帮斯婉做这件事而感到相当不快，“你进到里面去。首先穿上这件宇航服，戴上头盔。我们会用泥土及蠕虫覆盖在上面，之后你就可以出发了。”他转头对斯婉说，“我朋友不会检查有我签名的箱子的。他值下一趟班。”

“为什么用蠕虫？”

“为了向人表明我采用这种箱子运输物资的必要性。每年我只用这种办法送走十来个人。自然我也比较信赖他。”

“人工智能怎么办？”

“怎么办？我们有很多规定外的动作。”扎沙大笑道，“这可是个地下钱庄，整个儿就是为逃避正常检查而设的。”

随后基兰穿上了米其林橡胶人般的连体宇航服，戴上头盔，开始呼吸冰冷的带有铜味儿的空气。他们帮他穿好宇航服，躺进管道里，就像躺在自己的棺材里一样。一大堆扭动的蠕虫混着黑色泥土一并倾倒在他的身体和脸上。他即将以这个姿态离开地球了。“谢谢你们！”他大声对这个女人和她的朋友喊道。

真是一段漫长的旅程。基兰躺在那儿想着。他能感觉到全身上下布满了扭动的蠕虫。当他因为害怕而呼吸太急促时，头盔和宇航服似乎总能帮他渡过难关，每次也总能平静下来。宇航服的颈部，在他能够够到的地方，有供应饮水和食物的管子伸出来。虽然食物都是牙膏般的黏稠状物，但吃上一点很长时间都不会饿。温度不冷不热。蠕虫的蠕动让他感到不安，有时甚至快

① 印度南部城市。——译者注

到忍受的极限了。那种感觉像极了死后下葬。蠕虫会吃了你。或者像某些节日里的净化仪式——比如在杜加节[1]期间，人们将自己浸在灰烬或粪便里，直到获准清洗身体。他喜欢这个节日。所以现在他来了。他的吃喝拉撒不得不全在这件宇航服里完成，此刻的他跟蠕虫已很近似。他的祖父常说，大家不过都是这个地球上可怜的身体有分叉的蠕虫而已。鸟类以我们为食。

随着时间一点一点过去，他的身体如今已完全处于失重状态。他听说从发射到升空共用了五天时间。但主观感受似乎更长。他开始感到厌烦。突然他感到舱体向前颠簸了一下，光线泻在泥土上，盖子消失了。他尽量小心地挣扎着站起身来，觉得箱子里的蠕虫都是不应该受到伤害的旅伴。“小心！”他对帮助他走出箱子的人们说道，而斯婉正对着他笑。

她领着他走进一间小浴室。他脱下宇航服进去淋浴。他一边冲着热水一边想，啊，对的，这就是（杜加节）冲洗身体。接下来是“洁净”，将会是什么样子呢？这个吸引他的女人，会不会是杜加的化身——印度教中的智慧和预言女神，有时也化身为迦梨[2]？

“你看上去不错，”当他从浴室出来时斯婉说，“没有太痛苦吧？”

基兰摇头，“给了我不少思考的时间。下面我们去哪儿？”

她又笑道，“这艘飞船的目的地是金星。”她告诉他，“我要去水星，所以可以搭你一程。”

基兰执着地问道：“那么我要变成什么人呢？”

“那儿各种人都有。我朋友将会给你一个身份。之后，一切都有可能了。但金星对你来说是个不错的重新开始生活的地方。”

他们搭乘的特拉瑞“金星三角洲”号是一个农业化小行星，主要是为地球种植食物——绝大多数是大米，还有其他一些喜欢温暖、湿润环境的农作物。它内部的重力加速度跟地球上差不多；基兰察觉不到著名的科里奥利力[3]。

人们在两端向上卷曲最后在头顶上方合拢的田野上劳作，身旁是水牛、拖

---

① 南亚地区宗教节日，纪念印度教女神杜加。——译者注

② 印度神话人物，湿婆神妃帕尔瓦蒂产生的化身。——译者注

③ 简称为科氏力，是对旋转体系中进行直线运动的质点由于惯性相对于旋转体系产生的直线运动的偏移的一种描述。科里奥利力来自于物体运动所具有的惯性。——译者注

拉机、运河上的船只及其他工友，大部分都是乘客。工作一小时后人就会觉得后背有些吃不消，又有不少乘客在阡陌上走来走去，所以大家会常停下来休息，聊天打发时光。有些乘客仅仅比麦穗高一点，另一些却比巨人还高大，第一次看这样的场面会觉得很不寻常。抱怨，想换个地方，是聊天的天然主题。“我受够那些节日了。”“对外星进行类地球化改造？唯一有意义的星球就是地球。但人类对这个星球却一点办法都没有。”“最后证明，都是些面子工程罢了。”“我们本应该拿下格林德瓦的，然后就去爬山。僧侣峰、艾格峰、少女峰[①]，他们重建了每一条裂缝。”“我倒宁愿待在水族馆里，到处游泳，和一条美人鱼待上那么一周。”

海边是美好的，人人都这么想。现在地球上没有海滩了，水族馆里的海滩就显得弥足珍贵。

其他人则为雾林世界振臂高呼：“当猴子多好啊！”人们游览树干上的天堂，探索早期的灵长目动物。

有人说：“倭黑猩猩也不错。真希望自己搭乘的是一架性主题航班。”

此话一出，沉默的气氛一下子被捅开了一个大口子，立即将谈话引到性主题航班上来。那些航班的设计初衷是为了营造加勒比海岸的休闲度假气氛。酒神节歌舞，二十四小时的狂欢，每个人都有自己的故事。有人悲哀地说：“我本可以在一个触摸箱里待上一整天的，现在却在这儿挥锄头。”

“触摸箱？”基兰忍不住问了一句。

“你进到一个箱子里，里面挖了一个手臂粗细的圆洞，手穿过圆洞伸进去，想干吗干吗。”

“有人愿意做这事儿？”

“旅途太长了嘛，箱子里面和外面的人都这样认为。”

“我应该也这样看待那些蠕虫，”基兰对斯婉说，“这样我一路就可以很高兴了。”

“我宁愿在这儿也不去那些地方。”另外有人说道，“农场才叫一个性感！看看这些肥料！”

很多人发出了哼哼声。这笑话有点冷。

一片宁静过后有人重重地说：“我真希望能见识下。”这话把其他人逗乐了，又或者他们其实是在大声抗议：怎能让这种画面进到大脑里。“我不过是

---

① 均为瑞士著名雪峰。——译者注

说说罢了。”目击者说，“这些事是客观存在的。规律运动而已。”

基兰发现，谈论性主题号电梯后，种植大米的劳动变得轻松了不少。当这些人做完了一天的工作回到寝室，似乎农场也变成了一个性感的地方。基兰感到，众人的眼中，似有自己熟悉的眼神。

摘要(五)

以原始的金星为例。主要成分为二氧化碳的大气环境，使金星的气压为95巴，星球表面的温度可以使铅熔化，甚至比水星在白天太阳直射处的温度还要高。这里绝对是一个地狱般的地方。金星的重力加速度为0.9g，质量比地球稍小。金星表面有两块较大的高地，分别是伊师塔（Ishtar）和阿芙罗狄蒂（Aphrodite）。它是地球的姐妹星球，颇有潜力开发成一个全新的世界。

一个主要由冰组成的土星卫星——狄俄涅（土卫四）就能很好地完成缔造新世界的任务。用约翰·冯·诺依曼的自复制挖掘机将卫星表面切割成十千米见方的冰块，给这些冰块上装备组合驱动器，再将它们投射向金星。

同时，用新型的铝制材料造一个圆形的遮阳板，该材料很薄，每平方米只有50克，但这个遮阳板的总重量还是会达到3×10^{13}千克，这将是人类造的最大的一件东西。同心条板使遮阳板具有灵活性，可以对抗太阳风，从而稳定在L1拉格朗日点上，完全遮挡住金星。免于暴晒后，金星的表面温度将以每年5开尔文的速度下降。

140年后，二氧化碳组成的大气把雨水和雪花降落到地表，并会冻结出一层干冰。仔细地将伊师塔和阿芙罗狄蒂这两块高地上的干冰清理到较低的地方，保持这两块高地的表面平坦。在清理高地的同时，启用另一套约翰·冯·诺依曼的自复制化学设备，这套设备主要的作用是从结冰的二氧化碳中制造氧气。所有的二氧化碳结冰的同时，大气中将产生150毫巴的氧气。但是纯氧的环境太易燃了，所以要加点其他气体起缓冲作用。氮气是首选，因为氮氧混合气体更稳定。土卫六上的氮气虽多，但可能已经捐出去太多，所以最好是寻找替代的气体。在不得已的时候只好使用从月球上开采获得的氩。

当你已经获得了需要的氧气，干冰也已经平铺在低地时，用泡沫酸岩将干冰盖起来，这样二氧化碳就与两大高地完全隔离开了。

土卫四上已经切割好的大冰块现在可以派上用场了，让这些冰块在金星经过改造的含有氧气和缓冲气体的大气中摩擦碰撞，当然这个过程要保持在合适的高度，这样就会产生水蒸气和雨水。由于此时金星上的温度已经低于人类能够生存的下限，所以该过程其实是为了使金星重新升温。当然，必要时也可让部分光线穿过遮阳板以加热金星。土卫四上大部分的冰块变成雨或雪降落到金星表面将在两年内完成，因此需要抓紧时间。

在得到了狄俄涅的冰块之后，金星表面的水差不多相当于地球的10%。由于地表更平坦，所以平均深度只有120米，这些水将覆盖金星表面的80%。如果想要更深的海水——当然是在保证陆地面积最大化的前提下——不妨考虑利用狄俄涅的冰块撞击产生海沟。不过请记住，这样做会增加隔离二氧化碳的难度，所以最好相应地调整方案。如果操作谨慎，金星最后的陆地面积将是地球的两倍。

此时（140年冻结和准备，50年清理和灌水，所以请保持耐心），你或许觉得金星已经适合生物繁衍了。但请记住，考虑到金星的公转周期为224天，自转周期为243天，因此一些奇妙的现象（与地球上相反，太阳从西边升起）会陆续出现。金星的一昼夜为116.75个地球日。实验早就证明，由于其一昼夜的时间过长，地球上几乎所有的生命形式——自然的，变异的——都无法存活。所以，你此时有两个选择。一是用程序控制遮阳板，让阳光可以通过它照射到星球表面，然后又定时将其透光功能关闭，就如同百叶窗一样，以此来模拟地球的白天和夜晚的节奏。这样更容易建立起新的生物圈，但遮阳板的运作须分毫不差。

另一个选择，姑且称之为新一轮的撞击轰炸吧。对星球表面进行受控撞击，产生的角动量加速金星的旋转，使其一昼夜达到50小时左右——一般认为这是大多数地球生命形式可以忍受的极限。这一选择将延长地球生物占领星球的过程，因为泡沫酸岩下的干冰将被大量释放。生物圈的建立过程将被延迟200年，即为在地球上建立生物圈时间的两倍。不过，这办法不再对遮阳板产生依赖。而且，构成合理、维护适当的金星大气层完全可以应对太阳照射，不用担心温室效应和其他破坏。

你可以根据你的喜好进行选择。考虑一下，你更喜欢哪种结果。如果不相信这些结果，那么想一想你更喜欢哪种过程。

基兰和舒克拉

又过了几天，他们开始接近金星。基兰很高兴斯婉能够和他一起坐电梯下去。她希望能和一位朋友交谈，并把基兰介绍给这位朋友，然后再踏上自己的旅程。

金星上没有太空电梯，因为金星的自转速度太慢，不适合电梯系统。机翼从船舱伸出，准备着陆。当他们撕破金星的大气层时，窗户就像被黄白色的火焰烧着了一般。飞机在一条巨大的跑道上着陆，跑道紧挨着一座有穹顶的城市。下飞机后上地铁，没多久便进了城。他们觉得全城的人仿佛都到街上来了。基兰跟着斯婉穿过滚滚人流，拐进一条背街小巷，走上台阶，进到位于鱼店楼上的“水星居”里。他们放下行李，转身出门，加入到人潮中。

城里的人大部分是亚洲脸孔。人们大声喊叫着，此等喧哗声中根本听不清其他人在说什么，结果就是大家不得不用更大音量叫喊。斯婉看着基兰的表情，笑了。“并不总是这个样子！”她大声说。

“太糟糕了！”基兰喊道。

两颗巨大的冰状小行星很显然正运行在金星新大气层上边缘的碰撞轨道上，碰撞位置大约在赤道上方。这座城市名叫科莱特，位于碰撞点以北 300 千米处，因此会很快被暴雨所笼罩。斯婉说，雨水会持续数年，之后人们会让一点光线透过滤光镜，接下来的气候会变得正常一点。

首先是这场暴雨。他们身边挤满了等着看好戏的人们，唱着，欢呼着，尖叫着。当天午夜，南方天空被白色点亮，炽到发黄，各种程度的红色都清晰可见。城市内部，人们看起来正站在红外光中观赏天象。欢呼的人群发出巨大的噪声。某个地方一支管乐队正在演奏——基兰在广场上拥挤的人群中发现了演奏者——几百名号手，法国号，男中音，长号、大号、各种次中音号，从小型短号到山笛，吹奏者不和谐的和弦，在空中喋喋不休，为着永远不可能的和谐而不断变化。基兰不知道这到底能否被称为音乐。他们的演奏听上去似乎毫无计划。效果只有一个，就是让人们高喊，咆哮，跳跃，舞蹈。

他们在妆点自己的天空。

不到一小时，一场大雨抹掉了天上的繁星，倾泻到穹顶上，仿佛要将它冲走。他们也许正处在一个大瀑布的底部。城市的灯光从穹顶玻璃反弹回来，液化了，影子从人们的脸庞上流淌而过。

斯婉抓住基兰的上臂，样子很像基兰抓住她手臂的那晚。他感到了压力，明白她什么意思；血液在被她抓住的部位上下沸腾。“已经没事了！”他对她喊道，“谢谢！”

她微笑着放开了手。他们站在光之溪流里，头顶的穹顶发出微弱的乳白色光线。咆哮的人声像打在鹅卵石海岸上的波浪。“你今后能习惯吧?”她问。

“能习惯！”

“那么现在你欠我个人情了。”

“是的。但我不知道该怎么报答。”

“我会告诉你的，”她说，“现在，我会把你介绍给舒克拉认识。我和他很早以前共过事，现在他在这里已跻身相当高的层次。所以如果你能为他工作，尽你所能，你一定会有出人头地的那一天。我会给你个翻译机帮助你。”

他们回到科莱特的“水星居”吃了早点。斯婉带着基兰穿过城镇去见她的朋友舒克拉。他是个中年男子，一头让人吃惊的白发下是一张讨人喜欢的圆脸。

“对亚历克斯的逝世我感到很遗憾，”他对斯婉说，“和她一起工作很开心。”

“是的，”斯婉说，“似乎每个人都挺喜欢她。”

她介绍基兰道：“我是在泽西遇到这位年轻人的，他助我脱离了困境。他需要一份工作，我想他也许会是你需要的人。”

舒克拉面无表情地听着，但基兰从他紧锁的眉头看出其实他对此颇感兴趣。“你会做什么?”他问基兰。

“建筑，零售，保洁，图书管理，”基兰答道，“我学得很快。”

“必须的，”舒克拉说，“我这儿有几件事需要有人来做，所以我们会让你做一些。”

“噢，”斯婉说，“他还需要一个身份证。”

“啊，”舒克拉有些意外。斯婉毫不退缩地直视他的目光。基兰知道她已经做好欠舒克拉人情的准备了。“既然你都开口了，”他最后说道，“你是我的黑天鹅。我想想看怎么办。”

“谢谢。”斯婉说。

这边的会面结束后她需要立即赶往太空发射港搭乘航班。她把基兰拉到身边，短短地拥抱了一下，“我们很快会再见的。”

“我也希望再见到你!”基兰说。

“会的。我常跑来跑去。”她淡淡一笑，“不管怎样，我们永远都有新泽西。”

“利马，”他说，“我们永远都有利马。”

她笑了，“我倒觉得是斯德哥尔摩。”她吻了一下他的脸颊，转身离去。

摘要(六)

太空定居点的经济运行模式部分是从原始的科学站发展而来。在这种早期模式里市场经济不适用。一旦你身在太空中，住房和食物是由一套分配制度提供，就像南极科考站。市场往往存在于一些不受管制的私人企业，他们生产一些不重要的物品。即一些无关紧要的物品受资本主义支配，生活必需品是大家共同所有。

地球与每一个太空殖民地之间的物资交换都是在国与国或联盟之间进行，因此形成了一种殖民模式：殖民地生产金属和挥发物，研究对地球管理有用的知识，然后从地球获得食物。

自从太空电梯开始运作以来（第一部太空电梯于2076年在基多投入使用），地球与太空之间的交通运输能力增加了千万倍。这让太阳系不再可望而不可及。但是太阳系太大了，人类不可能在短时间内在各个星球上都开辟殖民地，不过太空旅行的提速意味着在22世纪要到达太阳系的各个角落都不再是一件难事。“加速期”也在本世纪的后半叶开始，这并不是巧合。

太空移民开始于资本主义晚期，当时人类正在纠结到底是应该完全破坏地球的生物圈还是改变其规则。许多人认为应该破坏地球的生物圈，这样可以减少两种罪恶。

人类历史上最有影响的经济变革之一缘起于古老的蒙德拉贡。蒙德拉贡是西班牙巴斯克地区的一个小镇，它运行一种相互支持的合作社经济系统。不断壮大的太空移民体系用这种蒙德拉贡模式来调整原有的科研站经济，从而发展出一个更大的经济系统。各个太空移民区，虽然分散在太阳系的各个角落，却如同一个扩散了的蒙德拉贡而相互合作支持，而且高度发达的超级计算机和人工智能使得全面协调非市场经济成为可能，它们可以有效地对蒙德拉贡进行数学处理。年复一年地，通过准确的人口统计数据来确定物资需求，然后根据需求来确定产量。所有的交易——从能源创造、原料开采，到生产与分配，再到消费与废物利用——都是由同一个计算机程序进行记录。一旦政策问题得到解决，即在激烈的政治斗争中实现对需求的准确统计，太阳系每年的经济总量就可以由量子计算机在一秒钟内计算出来。这个量子程序化的蒙德拉贡系统，有时候被称为阿尔伯特－汉内尔模式①或施普福特苏联控制模式②。

如果人人都在设计好的蒙德拉贡系统中生活，一切应该都会很好；但蒙德拉贡只是地球上经济模式的其中一种，一切都由后资本主义决定，拥有占地球一半以上资本和产量的少数人有话语权，而现在的每一笔交易都更进一步强化了他们的所有权和资本积累。这种权力集中在太空中并没有消失，而只是暂时在一些地方改变了存在形式，然后又在另外的地方重新显现，最显著的例子就是在火星上，当时的基尼系数显示了较大的收入差距。

“残余－新兴”理论认为，任何经济体系或历史时刻都是过去和未来系统不稳定的混合体。因此，资本主义实际上也是一种结合或者说是一个战场，角力的双方分别是残余因素——封建主义和未知的新兴因素。

随着火星人革命的成功和火星社会民主体系的出现，太阳系的其他社会也看到了曙光，找到了可以参照的范本。许多太空聚居区仍然是地球上的国家或者国家联合体的殖民地，然而殖民的结果却是各种经济体系的混杂物，更接近于一种无政府状态。许多的太空经济受一个叫作“蒙德拉贡协议”的移民联盟控制。联盟每五年会召开一次会议，对协议进行更新，该组织的人工智能每年会公布经济数据，之后进行实时更新（一秒钟好几次）。

“蒙德拉贡协议联盟”发挥作用的时间越长，这个组织就变得越稳固。因为对联盟提供必需品供给十分有信心，各聚居区的企业进行了越来越多的非必需品交易。那些所谓的上层，都在进行着这些边缘交易。

就像在地球上封建主义是腐朽制度一样，资本主义在火星上也是腐朽制度。

随着经济的繁荣，边缘交易本身不断增长，从而导致复杂性的增加和文化的出现。

边缘经济的存在是半自治半无序的，类似于一种无政府状态，充斥着各

---

① 参与型经济模式，该体制通过平等参与来作经济决定，引导一个社会的资源配置和消费。最早由政治活动家、理论家麦克·阿尔伯特和激进经济学家罗宾·汉内尔在20世纪80～90年代提出和发展。——译者注

② 英国作家弗朗西斯·施普福特2010年在英国出版解密苏联计划经济的《苏联红色的富裕》，颇受好评。——译者注

种欺诈、欺骗和犯罪。这取悦了所有的自由商人、自由主义者、无政府主义者还有其他一些人，比如喜欢交易濒危动物的人、对追求冒险刺激和无尽财富非常热衷的人。

边缘资本主义是一种硬汉运动，就像美式橄榄球一样，通常适合于睾丸激素稍微过量的人。另一方面，随着一些规则和态度的改变，它也可以变成一种有趣甚至是让人赏心悦目的游戏，就像棒球和排球一样。针对边缘交易的计划是有效的，就像是一种自我实现，但不适用于必需品交易。边缘交易已经变成一种让人愉快的业余爱好，甚至可能是以一种艺术的形式存在。

将资本主义限制在边缘经济的范畴是火星人的一项重大成就，就像是打败暴民或者勒索保护费的黑社会。

瓦赫拉姆和斯婉

在斯婉回地球之前瓦赫拉姆就已返回“终结者”城。当时，城市正在“贝多芬”环形山巨大的平原上滑行。当她抵达时，瓦赫拉姆鼓足全部勇气问她能否和他一起到“贝多芬”西侧的一个地方听一场音乐会，聊聊近况。他不得不承认自己打电话时很紧张。她捉摸不透的态度让他不确定接下来会发生什么；他甚至无法预测，到时候来的到底是她本人还是葆琳。不过他也挺喜欢葆琳，所以不管哪个来都还不错。还有，如果运气好的话，希望斯婉别再执着于了解亚历克斯关于酷立方的计划到底是什么了。那件事热奈特调查官已经说得很清楚，他们不想让她知道。

不管怎样，有机会听听贝多芬的音乐已足以让他兴奋。他打了电话，斯婉同意了。

瓦赫拉姆查了一下节目表，激动地看到当晚节目共分成三部分，都是极少演奏的曲目：首先是管乐合奏，改编自《热情》钢琴奏鸣曲；然后是贝多芬作品第134号，这是他本人为双钢琴而作的改编作品，改编自弦乐四重奏之《大赋格曲》，作品133号；最后是弦乐四重奏，演奏乐手们自己改编自《槌子键琴》钢琴奏鸣曲的曲目。

瓦赫拉姆觉得这是了不起的节目编排。他和斯婉在“终结者”城的南闸门见了面。他的心中充满了强烈的期待，竟忘记了她的出现给他带来的紧张，也忘记身处水星表面，“终结者”城外带来的不适。他们向西开去——他不断告诉自己，这事儿没什么大不了的，尽量把注意力集中到音乐会上。或许压根就没有什么值得真正担心的。他也许是惧怕太阳，但这太不合理了。

在“贝多芬”环形山西面的小博物馆里，他吃惊地发现除了坐在前排等待上场的乐手们，几乎没几个观众。音乐厅空荡荡的大厅起码可以容纳数千人，好在这场音乐会是在侧厅举行，几百个座位像古希腊剧场那样围绕着中央的小舞台，声学效果极佳。

管乐合奏的乐手人数比听众还多，欢快的节奏直到《热情》终曲，活泼的气氛使得这部作品成为瓦赫拉姆听过的最好的管乐合奏曲之一。管乐合奏的改编使它成了一部全新的作品，就像拉威尔使穆索尔斯基的《展览会之画》变成一部全新作品一样。

管乐结束后，两位钢琴家起身，走到两台三角钢琴旁坐下。两台大钢琴依偎在一起，仿佛两只睡着的小猫。他们弹奏了贝多芬作品第134号，这是贝多芬本人改编自《大赋格曲》的作品。钢琴家不得不像搞打击乐那样重重地敲击琴键，简单地说就像用锤子敲打键盘。瓦赫拉姆清晰地听到穿插于曲中的赋格以及它所蕴含的巨大的能量，好似看到一个支离破碎的发条机构那疯狂的景象。猛烈地敲击琴键给曲目带来些许清晰度和暴力，弦乐手无论有多好的技艺和多强烈的愿望都无法制造出那种效果。太棒了。

这时另几位改编乐者走到相反的方向，安排下一场——为弦乐四重奏改编的《槌子键琴》奏鸣曲。现在虽然是四把乐器演奏原本为一件乐器而作的作品，要传达出《槌子键琴》的质感仍是个挑战。在两把小提琴，一把中提琴和一把大提琴的演奏下，旋律徐徐展开：充满强烈愤怒的第一乐章；慢板的痛苦和美丽在贝多芬最优秀的慢板完美表现出来；最后的再现部，又是一个大赋格。对瓦赫拉姆来说，一切听上去都像极了原来的四重奏——算是改编版四重奏吧，上帝！能听到这些真是好极了！瓦赫拉姆环顾四周，看到管乐队和钢琴家站在椅子后面，全身上下晃动，左右摇摆，脸上挂着昂扬的情绪，双眼闭着，仿佛在祈祷；双手有时抽筋似的在胸前摆动，就像在担任指挥或跳着舞。斯婉也在那儿跳着，看上去是那样的情不自禁。看到这一幕瓦赫拉姆很高兴；他自己也身处贝多芬的世界里，一个伟大的世界。难以置信会有人对此无动于衷，他会直接把这种人排除在自己的圈层外。

接下来的返场，音乐家们宣布将尝试一个新实验。他们把两台三角钢琴分开，也把弦乐四重奏分开，坐在中间围成一圈，背对观众；然后重新演奏两个赋格，同时演奏。错误的乐器演奏出的两个赋格互相重叠，让人愈加难以认知；而两个赋格的安静部分也同时出现，出现在风暴的风眼里，揭示出二者结构方面的相似性。当二者都回到各自的主赋格上，这六件乐器又在各自的世界里拉锯着，敲击着，在纵横交错的狂怒中，随着救世主的崩溃，爆发出六种不同的声调。它们以某种方式一起到了尾声。瓦赫拉姆不太确定为达到这个效果，两个赋格中哪个被延长了或哪个被缩短了，但不管怎样两者在巨大的碰撞中同时结束了。而在场的每个人，早已全都站起来，疯狂地鼓掌，欢呼，口哨声四起。

“太棒了，”瓦赫拉姆说，“真的太棒了。”

斯婉摇了摇头，“结尾部分太疯狂，不过我喜欢。”

他们留在音乐厅里，加入到乐手们的祝贺和讨论中。后者很想知道从听众的角度看效果怎样；不止一个乐手说他完全专注于自己的演奏不知道外界的情况。有人回放了一点录音，乐手们和其他人一起听着，直到有人暂停了播放，开始讨论起细节来。

“是时候回‘终结者’城了。”斯婉说。

“好的。非常感谢你能来，真是太好了。”

“不客气。对了，你要不要走回轨道那儿？在一场如此狂野的音乐会后走走很不错的。他们这儿有宇航服，我们可以穿上。这样我们就可以稍微在外面走一走。”

“但是——时间够吗？”

“嗯，够的。城市到达前我们就能抵达平台。我以前试过。”

她之前一定未曾注意到，他每次身处水星户外时都很不舒服。但是，他现在不得不同意。其他观众和乐手们都搭电车回去了，在车上继续有趣地讨论着音乐会和改编贝多芬作品等话题。

噢，拜托，在一个着火的星球上散步。他们检查了借来的太空服，确认完好无损后，走出大厅的气动门，向北朝着“终结者”城的轨道走去。

“贝多芬”环形山有他见过的最平整的表面。“小贝洛”约在东方地平线下。瓦赫拉姆谨慎地走着。头灯在黑色沙漠中照亮了一个很长的椭圆形区域。他们的靴子前端踢起的细屑飘到身后的地上。他们的鞋印可以在上面保留10亿年，但他们其实也是走在很早以前就留在那里的前人的足印上。灰尘遍布的小道两旁是表面粗糙的嶙峋怪石。他们的头灯光线射到了石头上，钻石般尖锐的光线被反射回来，看上去像是结了一层霜，其实不过就是微不足道的一层水晶表面。他们路过一块画有可可佩里的石头，画上的人物拿着望远镜而不是长笛，面向东方。瓦赫拉姆以一半的速度吹着口哨《大赋格曲》，声音很轻。

“你会吹口哨？”斯婉问道，听上去有点吃惊。

“算会一点吧。”

“我也会吹！”

瓦赫拉姆从未想过自己会为别人吹口哨。他停了吹哨。

他们走过一座低矮的起伏地，前面呈现出“终结者”城的轨道。还没有城市的影子；只能认为它还在东方地平线下方。最近的一条轨道挡住了他们的视线，看不见与它平行的其他轨道。他听说轨道是由特种合成钢制成。钢轨在星光下闪烁出暗淡的银光。轨道下边缘离地面几米高，每隔50米左右就有根支撑铁架。看到站台终于出现在西北方向最外侧的铁轨上，他十分高兴。从音乐会方向开过来的电车已经停在那儿了。

阳光抓住了“贝多芬”环形山西侧山壁的最高点。这条磨光的山脊反射的晨光点亮了大地的景色。黎明正缓慢却坚决地走来。当“终结者”城跃出东方地平线时，那将是一道壮观的景观。一道初露的弧光——或许就是城市的穹顶——已经依稀可见。

一道刺眼的强光突然从站台附近的轨道方向传来。视网膜上血红色的余像把他眼前的画面分成两部分；当眼睛逐渐适应后，他发现身旁的岩石在哗啦啦地滑动，扬起漫天灰尘，仿佛激起的水幕。两人不禁大叫一声，瓦赫拉姆不知道此刻还能说什么。斯婉一边大声喊着“趴下，保护头部!”一边使劲拖着他的手臂。瓦赫拉姆跪在她身边，一只手扶着她肩膀。她似乎是想伸手护住瓦赫拉姆的头盔，同时把自己的头埋在他的怀里。瓦赫拉姆的视线越过她的身体看到，原本站台所处位置的铁轨已消失在一大团尘土中，尘云很高，最高点已处于阳光的照射下。被阳光照到的部分发出亮黄色的光，就像一团火似的照亮了周围的大地。而尘云的底部，地面也在发光；整个场面看起来就像一池子的冒着烟的熔岩。

“是流星。”他愚笨地说。

斯婉在指挥频段上讲电话。又有几个岩石滚落到他们身旁，直到卷起了漫天灰尘他们才发现。仿佛整块大地发生了爆炸，仿佛地雷都被触发。偶尔一块滚石会非常烫，看上去就像流星。一些余烬仍在繁星作背景的空中飞舞。滚石随时可能砸到他们：很可怕的感觉。保护头盔似乎也没多少用处。

尘土飞扬起来将他们包围，然后像慵懒的纸片和薄纱一般缓缓落到地面。灰色上又覆盖了一层黄色；当尘云的顶部最终降落到从地平线上射过来的阳光的高度以下后，他们又重回水星的黑暗中，唯有远处被阳光点亮的山峰反射来些许光亮。瓦赫拉姆的视线中央仍闪现着红色的光条，不过比之前要暗淡多了。

“正南方环形山的山壁下有一群日光行者。”斯婉沮丧地说。她刚通过指挥无线电得知。“其中一人被击中了，他们需要帮助。快。”

他盲目且困惑地跟着她离开了轨道。“刚才是流星吗？”

“好像是。轨道有侦测－躲避系统，但我还是不知道发生了什么。快，我们得赶紧！我想回到城里。现在……噢……”她呻吟起来，似乎认识到城市遭殃了。“不!”她叫出来，拉着他往南走。“不，不，不，不，不，不，不。”她一遍又一遍地重复着，一边跌跌撞撞地往城里走去。“怎么会这样。”

他分辨不出这到底是不是一个修辞学问题。“不知道。”他说。她拽着他的胳膊，而他两眼直盯着地面，以防因踢到石头跌倒。地上到处是石子儿。他努力回忆起刚才看到的那一幕：是不是有一道闪光？从天而降？闪光不是从地上往天上去的？不是——方向是从上至下的。他闭上双眼，但红色条块和淡红色云层仍在他的眼睑内侧跳动。他睁开眼睛，瞥了一眼斯婉。或许过一会儿他们可以重放她酷立方的实时画面，如果它记下来了的话。她现在正用生气的语气在那儿嘀嘀咕咕，这语气似乎只出现在她和酷立方说话时。

她带着他绕过一座小山丘，发现了三个身着太空服的人走在前面。看到这一幕让人感觉不错，但其中有一人用一只手扶着另一只手，所以走路的姿态有些奇怪。另两人分列左右，帮助他，或试图帮助他。

“喂!”斯婉在指挥频段上喊，那三人抬起头来，看见有人向他们走来。其中一人向他们挥了挥手，斯婉和瓦赫拉姆几分钟后赶上了他们。

“你感觉怎样?”斯婉问道。

“还好，还活着。”受伤的人说道，“我的手臂被击中了。”

“我看到了。我们快回城里去。”

“发生了什么?”

“看上去像是轨道被流星击中了。”

“这怎么可能呢!”

“不知道。快走!”

没有更多的交谈，这五人开始一起朝轨道走去，大步跑着，充分利用星球上的微重力。瓦赫拉姆对此还算习惯，因为他之前在泰坦星上待过一段时间，那儿的重力是这里的一半，但总体情况非常相似。他们从一个缓坡上跳跃下来，朝东跑去，希望能尽早截住城市。瓦赫拉姆的耳中一直有种奇怪的哀号声，动物般的悲号。最初他以为是受伤的那个人发出的，后来他发现原来是斯婉。当然了，那是她的城市，她的家园。

他们上了一座小山，从那儿可以看到城市穹顶的上半部分，从地平线上凸出来，仿佛一个蓝色的球状微型宇宙。城市看上去仍在稳定运行着。“他运行前方的轨道已经受损了。”他说。

“是的，当然了啊！”

“有没有办法可以让城市越过受损路段？”

“没有！怎么可能？”

“我不知道。我只是……不知道到底有没有办法。似乎绝大多数支撑系统都尽力避免危险情况发生。”

“当然。但是轨道是受保护的，有防流星系统！”

“那个系统没有奏效？”

“显然没有！”她再一次大叫，虽然太空服的内部通话系统会让声音变得暗沉，但听上去她的声音仍是那么尖锐。

日光行者们彼此交头接耳，似乎很担心。

“我们到达时能做些什么？”瓦赫拉姆在指挥频段问道。

斯婉停止了呻吟，“什么意思？”

“有救生船吗？你知道的——可以开到最近的太空站的那种？”

“有的，当然有。”

“每个人都能上么？”

“是的！”

“最近的太空港有足够数量的太空船吗？‘终结者’城里的每个人都能上？”

“每个太空港里都有避难所，可以容纳很多人。还有往西驶到下一个太空港的车辆。另外还有一些跳虫型飞行器，它们可以在日照下工作。”

他们急匆匆地穿过黑色的坑洼不平的平原，“终结者”城像被某人举起来似的从地平线上慢慢冒出来。黎明之墙内侧的上半部分变得清晰可见，看上去更加陡峭，看得见被粉刷过的墙壁和树木。一条很粗的绿色光带出现在公园里的树冠上。树林再往远处是农场的庄稼。银色轨道上的一颗雪球，滚向它的坟墓。他们看不到城里有人，虽然整座城市就在他们眼前。很显然没有人在黎明之墙的阳台上了。它看上去已被废弃。

而要进入城里现在也是绝无办法的，因为平台在刚才的撞击区域。参加音乐会的每个人一定都死了。城市里面他们看到鹿子“三件套”：雄鹿，雌鹿，幼鹿。斯婉的喊叫提高了一个八度，“不，不！”

站在这儿看着一座地中海般平静的空城真是奇怪。

斯婉从轨道下面向城市北面跑去，其他人跟着。他们看到在北面和西面很远的地方，一小队地面车辆在“贝多芬”西北山壁反射的晨光下远离他们而去。车辆开得很快，不一会儿便已在地平线下。

“他们离开了。”瓦赫拉姆说。

“是啊是啊。葆琳?”

“我想我们应该走到太空港去?”瓦赫拉姆担心地说道。

然而斯婉此刻正跟她的植入酷立方对话，瓦赫拉姆连大意都听不出来。她的嗓音异常尖厉。

她中断了对话，生硬地对他说道：“那些车不会回来了。城市在碰到受损铁轨时会自动刹车。我们得走了。每十个站台中就有一个配备了直达太空港的电梯，是从轨道下面走的，所以我们得赶往其中一个站台。”

“往西最近的一个站台有多远?”

“大约90千米。城市刚经过东面的一个。”

“90千米啊!”

“是的。我们需要往东走。只有9千米。在这段时间里太空服应该没问题。”

瓦赫拉姆说：“也许我们应该往西走90千米吧。”

“不，不行。你什么意思?”

“我觉得可以。有人做到过。”

“受训的运动员倒是做到过。我知道这一点是因为我走得够多了，也许我可以做到，但你不行。这不是单凭意志力就可以完成的。而且这位日光行者受伤了。不，听着，我们进入到阳光里没问题。我们只是暴露在日冕的光线下，时间也就是一小时或者稍多一点。我以前试过。”

“我宁愿不那样。”

“你没有其他选择了！快，我们越是犹豫，暴露的时间就越长!”

这话是真的。

“好吧。”他说，感觉心跳强烈。

她转过身去，朝着城市高举双手，发出动物一样的哀号。“喔，我的家乡，我的家园，呜呜呜……我们一定会回来的！我们会重建家园！呜呜呜呜……”

玻璃穹顶下，她早已泪流满面。她发现他盯着她，往后把手一甩似乎要打他。“快点，我们得走了!”她朝三个日光行者打了个手势。“快!”

他们往东跑去，斯婉在普通频道上号叫着，仿佛完成了任务的警报声，在灾难后的废墟上徘徊。跑在瓦赫拉姆前面的那个人似乎发不出这样恼火得让他耳朵难受的声音。毫无疑问城里面有大量的动物——整个特拉瑞就是动植物的共同社区。而这一切都是她设计的，这座城就是她的家。突然间，她的哀号让他认识到，仅仅把人类解救出来是不够的。还有那么多其他东西在里面，全世界都在里面。如果一个世界死了，那其中的人也就无所谓了——她的哀号似乎是想说这个。

黎明来了，一如以往。

现在事情变得有趣：他能否战胜恐惧，驾驭恐惧，并把它变成动力，让自己以最适宜的步子在最短的时间内迎着破晓的曙光赶到东面的站台？而他的这个步伐能跟上她的脚步吗？斯婉还在呻吟着，喊叫，咒骂，她号叫的节奏决定了她的跑动步伐；她大踏步前进的力量让她弹跳起来，也许走慢了反而是拖累；她移动的速度他几乎跟不上。他不得不放弃，转而以自己的步子前进，希望不会落下太远。当然只要沿着轨道走就一定能走到站台，所以即便她跑得太快消失在地平线下，问题也不大。但他希望她一直在视线里。三个日光行者已领先她一大截，受伤那个也是。也许是她发出的令人不悦的噪声把自己拖慢了。

地势起伏，她可以往北一直看到好几千米远，北方的高地已完全沐浴在阳光中。被照亮的地方给他们正跑进的阴影区域投去几缕光亮，瓦赫拉姆看到地上的褶皱和碎石，比他之前看到的景象都要美，不仅是水星上最美的，而是比任何其他地方都美。万物看上去像笼上了一层粉末，毫无疑问是日复一日日光烘焙又降温结冰的结果。

来自北方的光线变得太强，他不得不移开视线以便让自己能看清脚下和身前的暗处。前方，不断呻吟的人影正朝着繁星跳跃前进。他强迫自己的呼吸和步伐协调起来，看着地面，注意力集中到快速移动的步伐上。相当于地球上三分之一的重力听起来很有欺骗性，不轻也不重。可以让人跑得飞快，但一旦跌倒也不是小事，特别是在这种情况下。脚踏家园大地的斯婉似乎并没有想到他。

他继续跑。他估算了一下，通常这段距离大概会花 45 分钟，主要取决于地形。这样远的距离应该避免全速奔跑，哪怕运动员也不行。她是不是跑得太快了？他看不到任何减速的迹象。

他觉得自己目前这个步速不快不慢，比较合适。他气喘吁吁地仔细盯着地面，偶尔快速瞟一眼前方，斯婉总是远远地在地平线上。一切都会有解决的办法的——他蹒蹒跚跚地往前走，为了稳住自己手臂不得不绝望地做风车运动。走了一阵他又低下头，比之前更专注地看着地面。

就是这种时候，突发事件给人带来的冲击把人带入到完全不同的空间里。他看到斯婉的足印重叠在以前的足印上。她的步幅比他小。他跨过她的足印，虽然他已经看不到她了。日光行者也有一半的身子在地平线下。斯婉的哀号还充斥着他的双耳，但他没有关闭声音，也没有把音量关小。

太阳从地平线上喷薄而出，他再一次感觉到自己的心跳。起初，一丝橙色火焰从地平线上冒出来，随即消失。他记得日冕的温度比太阳表面还要高得多。磁场波以极有特色的火环状袭来，从地平线上升起，直到从一边炸开。太阳的火焰在巨大的足以搅乱燃烧的磁场爆炸中飞舞。他一边继续往前走，一边盯着地面，但当他再次抬头时，他看到眼前的地平线大部分已变成了橙色，太阳本身也变成一团被黄色气泡塞满、扭曲的橙色球体。为了让他的眼睛能够看清，他的面罩不得不把其余部分的光都滤掉，变成一片漆黑。地平线是黑幕上唯一能够识别的景物——天边的一条线，不是很高，不是很平滑，多山，高低不平，跳跃着，轮廓模糊。斯婉的剪影站在那里，一个跑步者的形象，她的轮廓在包围全身的白色光线下显得瘦削。足下的土地现在就是一幅辣椒和盐巴组成的图案，无法辨识。黑白杂糅，在他的视线里白色部分跳动着，发出微弱的光线。他不得不告诉自己前方路面很平坦，可以跑步，虽然看上去并非如此。又过了一阵，大地变成了被黑色剁成条块的白色，看上去像一张纸一样平。他们已完全身处日光下。

他的额上渗出了汗珠。或许是因为恐惧，或许是因为毫无作用的突然加速的步伐。太空服开始制冷，发出人耳可闻的蜂鸣声，声音很小但相当恼人。汗珠沿着身侧和大腿滑下，在进入靴子之前被安置于其上的封闭装置回收。他觉得汗水还不至于多到可以把自己淹死的地步，不过也不太确定。日光中斯婉摇曳的黑色身影成了布罗肯山①的幽灵，在活泼的跳动中忽隐忽现。他觉得他看到她的目光越过她的肩膀注视着他，但他不敢向她挥手，怕因此失去平衡而摔倒。她看上去变矮了，突然间他发现只能看到她膝盖以上的部位。这儿的地平线和泰坦星上的一样远。意味着他距离她也不过就 5 到 10 分钟距离。

站台出现在她左边的地平线上，靠近最左面的那根铁轨。他再次加快了

① 德国哈尔茨山的最高峰，相传是巫女和魔鬼幽会的地方。——译者注

步伐。在所有体育运动中，临门一脚才是最重要的。

然而这一次，他似乎真的是到极限了。事情很快就变成他正拼命控制住自己的速度。他不住地喘气，不得不强迫自己调节呼吸以和灌了铅的腿部动作协调一致。每呼吸一次跑两步。一抬头就会看到地平线的东部，视线所及之处已完全处于日冕的笼罩下；略微呈现的弧线似乎是在暗示最终整片天空会被日冕所填满，仿佛正在他们眼前冉冉升起的是某种称霸全宇宙的超级太阳。而水星则像一颗滚向那无边光辉之中的保龄球。

他的汗液从靴子部位开始已到了大腿部，使得他再次怀疑自己会不会被自己的汗水淹没。但就算到了那个时候，他大不了把汗水喝下去，救自己一命。值得高兴的是，太空服供应的空气拂在脸上，仍是凉爽的感觉。

他的面罩改变了偏振设置，通过黑色的镜片，太阳的纹理清晰地呈现为几千条火舌。大团大团的卷须协调运动着，整个区域打着旋儿，像猫的爪子在书面搅动。就像一个有生命的生物，一个火造的生物。

在黑色的背影中，站台也是一团黑色，而斯婉是旁边的另一团黑色。他追上她，停下脚步，双手撑着膝盖喘着气。他背对太阳。她停止了哀号，虽然时不时地还是会发出哀怨的嘀咕声。日光行者显然已经乘电梯下去了，她在等电梯上来。

“不好意思，”他终于能说话了，“不好意思，我来迟了。”

她看着已离黑色锯齿状的地平线有四指高的太阳。“噢，上帝呀，看，”她说道，“看看太阳吧。”

瓦赫拉姆试着去看太阳，但它太刺眼，太大了。

这时，一圈日冕飞起来，比他们以往看到过的要飞得高得多，似乎太阳想抓住他们，用一团火炬将他们烧死。“噢，不！”斯婉大叫出来，把瓦赫拉姆推倒在地，自己趴在瓦赫拉姆向阳的一面，用身体做盾牌护住他，手越过他的肩膀按下电梯的按钮，口中咒骂着。

“快，赶快！”她大声叫着，“噢，那是很大的耀斑，太糟了。你看到这种大耀斑时，它就会要你的命了。”

终于，电梯门滑开了，两人冲了进去。门合上了。他们感到电梯轿厢开始下坠。

当瓦赫拉姆的面罩和眼睛调整回适应正常的光线后，他看到面罩内斯婉的脸上满是泪珠和鼻涕。

她用力地呼吸着。“该死！大耀斑。”她一边说一边擦着脸。电梯停稳后他们走出轿厢，她向几个日光行者问道："你们有没有谁带了放射量测量仪?"

其中一人以背诵名人名言的口吻答道："如果你想知道的话，你一定不想知道。"

她看着瓦赫拉姆，他从未见过她的脸如此严肃。"葆琳?"她说，"找出太空服里的放射量测量仪。"她仔细听了一会儿，抓住胸膛，颤巍巍地单腿跪地。"噢，妈的，"她虚弱地说，"我完了。"

"你受到多少辐射?"瓦赫拉姆惊恐地大声说。她查看了一下手腕平板仪，显示有3.762希沃特，他倒吸了一口冷气。这意味着下次他们看病时会有大量的DNA修复工作要做——如果他们撑得到那一天的话。他现在只能不断重复这个问题："你受了多少辐射?"

她站起身来，不想看他一眼，"我不想谈论这个。"

"那可是太阳的一部分啊。"他说。

"不是的，"她说，"太阳耀斑而已。运气不好。"

日光行者点点头表示同意，瓦赫拉姆感到一阵不自在沿脊柱滑下。

他们身处船闸里，电梯门在他们身后关上了，船闸另一边的门滑开，吹过来一阵凉风。他们进入到低处一间很大的，有很多门和走廊通向外界的房间里。

"这是个避难所吗?"瓦赫拉姆问道，"我们需要在这儿等着太阳光线从这片区域通过吗? 我们可以待在这儿吗?"

"这是整个系统的一部分，"斯婉解释道，"主要是为了辅助建造轨道。每十个站台就有一个下面带有这个单元，不同单元之间有保温管道相互连接，形成一个工作隧道。"日光行者已经开始检查墙上的舱门。

"所以我们可以通过这个地下管网去到没有阳光直射的背阴面，然后寻求帮助?"

"是的。但我不确定被流星击中的那段是否还能通行。我想我们可以过去看看。"

"管道里面都加热并充满空气吗?"

"是的。以前有人下来避难时死在这儿，自那时起这些管道就重新进行设定，能最低限度地维持生命。其实我认为你可能需要边走边重新给管道一段一段地充氧。跟开灯差不多。"

其中一个日光行者竖起大拇指，斯婉摘下了面罩，瓦赫拉姆也取了下来。

另一个日光行者问道："你们当中谁有无线电? 我们的坏掉了，也许是太阳辐射造成的。电话在这儿也用不了。我们没法告诉人们我们的位置。”

“葆琳，你还好吧?”斯婉说出声来，然后就没发声了。

“你的酷立方怎么样了?”过了一阵瓦赫拉姆问。

“一切正常，”斯婉不屑地回答，“它说我的脑袋是个不错的绝缘体。”

“天哪。”

他们跟着几个日光行者下到大厅里，沿阶梯下到更低一层的几个大房间里。

最大的一个房间有一些分散的椅子和小桌子，以及配备了一条很长的吧台的公用厨房。斯婉向三位日光行者正式介绍了自己和瓦赫拉姆。他们三个看不出是什么年龄段，也看不出性别。他们礼貌地点了点头，但并未说出自己的身份。“你的手臂怎么样了?”斯婉问那位伤者。

“手断了。”伤者简短地答了一声，扶着受伤的手臂稍抬起来一点点。“直接命中，不过石子儿很小，我想应该只是在自由落体，在大撞击中被震荡起来的小石子儿而已。”

瓦赫拉姆现在看出来，这个人算是个年轻人。

“我们需要包扎一下，”另一个人说道，同样也很年轻。“我们可以试着进行加固，然后用支撑物包扎一下，就算不是很直也行。”

“你们当中有人看到流星撞击了吗?”斯婉问。

三个人都摇头。瓦赫拉姆觉得他们全都很年轻。这些就是那种在日出前绕着水星行走，靠黎明的微光照亮前路的人。很明显斯婉以前也是这种人中的一个。

“现在我们怎么办?”他问。

“我们可以通过保温管道前往下一个在背阴处的太空港。”其中一个说道。

“你认为流星撞击后保温管道还能用吗?”斯婉问。

“这……我没想到这一点。”

“有可能可以。”前臂受伤的那位说。另一个人则看着墙上的柜橱说，“没人知道。”

“我很怀疑。”斯婉说，“不过我想我们可以过去看看。只有不到 15 千米远。”

只有 15 千米！瓦赫拉姆可没这么说。他们站在那儿面面相觑。

“好吧，该死的，”斯婉说，“让我们过去看看吧。我不想老是坐在这里。”

瓦赫拉姆忍住没有叹出声来。似乎他们并没有多少选择。如果他们能成功快速到达西边，就能赶在阳光到来前到达背阴面，就有可能到达“终结者”城居民前往的太空港。

于是他们从西面墙壁上的一扇门进到管道，天花板上安置了一线顶灯，给隧道带来微弱的光线。管道内壁是未加处理的岩石，某些地方出现了龟裂，某些光秃秃的墙壁上画着一些钻孔的标记，左面墙壁上的标记都是箭头向上，右面墙上的都是朝下。他们前后整齐地朝西走去。受伤的那位似乎是走得最快的，其他几位日光行者紧紧跟随着他。没人说话。一小时过去了，他们在隧道里的几块条石上坐着休息了一会儿，很快又过了一小时。“你的葆琳记录下流星撞击的画面没？”瓦赫拉姆问道，他们起身继续走。保温管道很宽，足够三到四个人并肩走，几个日光行者走在他们前面。

“我检查过，但只能看到一道闪光。爆炸发生前只有几毫秒的光亮，非常快的速度射下，温度极高。但为什么温度会很高？那儿并没有任何的大气，所以实在是说不通。看上去似乎它来自别处，我不知道是什么地方。来自另一个宇宙。”

“看上去还会有更多的爆炸。”瓦赫拉姆忍不住这样说道。

“这个，麻烦你解释一下。”她声音尖锐，好像在质问她的酷立方一样。

“我解释不出来。”瓦赫拉姆镇静地说。

他们一言不发地继续往前走。或许在某个时候他们已经走到了城市的下方。在他们头上，“终结者”城或许正在日光的暴晒下燃烧殆尽。

这时，他们面前的隧道似乎到了头。他们重新戴上头盔，这是前行最简单的方式，现在他们拧亮头灯，照进眼前的黑暗。一大堆瓦砾从地面到天花板填满了隧道。这一段气温很低，斯婉突然说：“我们最好封闭头盔。”她降下面罩。瓦赫拉姆也照做了。

他们站在那儿，看着一堆堵塞物。

“好吧，”斯婉沮丧地说，“没法再往西走了。我想我们只能往东去。”

“但那需要多长时间？”瓦赫拉姆问道。

她耸了耸肩，“如果我们坐在这儿，还有 88 天太阳才落下。但如果我们继续行走，时间会少一点。”

“绕着半个水星走？”

“不到半个，因为我们走的同时水星也在自转。这就是问题的关键。我的意思是，我们还能做其他什么事吗？我不想在这里坐上 3 个月！”他看到她几乎要哭了。

“那么，有多远呢?”他说话时想象着泰坦星的一半是什么样子。他的胃部在紧缩。

“大约有2000千米。但如果我们以大概30千米的时速朝东走，我们可以将时间缩短到40天，也就是只要一半的时间。在我看来这是值得的。而且我们不需要一直不停地走。我的意思是，我们不需要像日光行者那样。我们按计划走完一天的路程，停下来吃饭，睡觉，然后第二天接着走。给每天制订一个计划。如果我们每24小时走12小时，那就够了，也能给我们省下很多时间。怎样，葆琳?”

“可不可以把葆琳的声音放出来?”瓦赫拉姆要求道。

“现在我还不想。它说每天走上12个小时可以将时间缩短至45天。对我来说这已经够了。”

“好吧。”瓦赫拉姆说道，“那意味着我们每天要走很长的路程。”

“这我知道，但除此之外，你还能做什么呢?花上两倍的时间坐在这儿?”

“不，”他语速很慢，“我不想那样。”

虽然并没有那么长时间。再读一遍《普鲁斯特和奥布莱恩》好了，他的腕式平板电脑上储存得有。但她站在那儿，看着他，他感到那种眼神让人感到不舒服。

“我会提高葆琳的音量。”她说，似乎是回报他的同意。

“Solvitur ambulando,”葆琳说道，“拉丁语，意为‘走路能解决问题’。锡诺帕的第欧根尼说的。”

“你是想证明唯有动起来才是出路。”瓦赫拉姆推论道。

“的确如此。”

瓦赫拉姆叹了口气，“我已经相信了。”

他们回到刚出发的地方。三个日光行者很乐意走上个六七周，这跟他们的生存方式很相近。他们的名字分别是唐、托和纳。在瓦赫拉姆看来，他们都是性别难以辨识之人，且看上去都很年轻，也很单纯。他们的人生目标就是绕着水星徒步旅行，看上去似乎也不懂其他事情了，当然或许是他们不怎么跟陌生人搭话。但他们说的话在他看来要么很稚气，要么就是很粗鄙。虽然这个世界到处都是这种人，但他已经习惯于视水星为一个素质颇高，历史感厚重，充满文艺气息的地方。现在他知道并不完全是这样。他之前一直以为这些太阳的崇拜者是古时候分布在古埃及、古波斯和古印加各地的各种早期与太阳有关的宗教人士的后继者——结果不是这样。他们只不过是喜欢太阳而已。

看来他们不得不在两个车站之间这未经打磨的隧道地板上睡上几个晚上。“每隔两天，”斯婉说，“我们需要得到补给。这是个不错的目标。”

“我们可以走得更远。”唐害羞地说。

唐就是那位手臂受伤的人，瓦赫拉姆克制自己尽量不在他面前提起这事儿。一天 33 千米，有可能已经足够远了，也有可能已经超负荷。想到自己可能拖大家后腿，瓦赫拉姆觉得很泄气。但不管怎么说，他们在应急补给舱内找到的背包物资：太空服头罩、应急气体、水瓶、食物、气垫、一些小罐子和炉子，都是当年在斯婉的亲自监管下储存起的。还有一卷气凝胶毯子，看上去虽不怎么暖和，但斯婉说这个保温管道将一直保持在这个温度上，其实还是相当暖和的。

所以，继续隧道行军吧，这或许和长时间的洞穴探险很相似。背包里还有小型头灯，虽然目前他们还用不上，因为天花板上每隔 20 米就有一盏发出黄白色温暖光线的电灯，把保温管道那粗糙的内壁照得很亮。斯婉说他们现在大约在地底下 15 米深处。当年人们从基岩或风化层凿穿隧道，开凿产生的热量使得洞穴壁上留下了不少矿石颜色的旋涡和笔画，让人想起某些陨石的切割面。在一些地方银色的弧线盖过青灰色和乌黑色的表面。地面被削成了能让靴子产生强大抓地力的纹路。由于水星表面曲线的曲度很大，最远处的顶灯看上去渐渐消融在一条光带里。仿佛他们能看到这个星球的曲面，这景象总能给瓦赫拉姆带来力气。要走四十多天，每天 33 千米，这消息让他万分气馁。别忘了他们此刻的位置在南纬 45 度，这要比沿着赤道走近多了。他记得有些地方“终结者”城的轨道还要再偏南一点。事情总不是最糟的。

现在。他们以重复的动作在一个几乎一成不变的隧道里走了一个小时。停下来，坐在地上，休息一会儿；然后又走一个小时。走了三小时后，停下来进食。感觉这间隔时间很长，以正常的人类时间观念来看，以人们思考的时间看，有时就像是过了一周，甚至更长。这样经过三次，他们才会停下来吃顿“正餐”，然后睡上八九个小时。

一个小时，接一个小时；一个小时，接一个小时；一个小时，一个小时，又一个小时。

瓦赫拉姆有一种特别强烈的感觉，时间变长了。为什么会感觉时间变得如此之长，这点很难用语言表达；照理说每日重复单一动作应该使日子显得简化，并因此加速时间的流逝；但并非如此。相反，时间被拉长了，很清晰地感到时间被拖长了。当结束了一天的行走停下休整时，他总是腰酸腿疼，筋疲力尽。睡觉时躺在气垫上，他伸展四肢，总是说“一天结束了，明天还要再走 33 千米”或者“明天还有 33 千米要走”，然后就是一阵绝望向他袭来。每个小时都像一个星期！他们能坚持到最后吗？

日光行者总是走在他俩前面一点，每次斯婉和瓦赫拉姆在他们休息时赶上他们时，他们已经在准备茶水了。在瓦赫拉姆还没有做好起身再走的准备时，这些野性的年轻人就已经出发了。他们几近歉意地向他们点点头，挥挥手。因此，他的一天几乎都是和斯婉在一起的。

虽然行军是她的主意，但很明显她对前景并不乐观。她之所以这样做，是因为在她看来其他方案只会比这更糟。在沉默无言或滔滔不绝中，这是不得不忍受的一个过程。有时候她会走在所有人前面，有时候会落在后面。她曾说：“有时我感觉自己快要崩溃了。”瓦赫拉姆清楚地认识到，她比他更讨厌目前这种状态——她对此更加厌恶，这是她自言自语时说的。她说她憎恶行军；她不停地忍受着幽闭恐惧症带给她的折磨；她不能忍受在室内的那种感觉；她需要充沛的日光；她需要日常生活充满各种可能和感官刺激。她告诉瓦赫拉姆，这些对她来说是必须的，都是确切的需求。“太恐怖了。”她常大声说，把这个词发成前后都有重音的三音节词，“恐怖，恐怖，恐怖。我战胜不了这种恐怖。”

“我们聊聊其他的吧。”瓦赫拉姆总是建议道。

“我怎么可能呢？太——恐——怖——了。”

在他们每日 12 个小时的行军里，也只有第一个小时会充斥着她不断重复的话语。第一个小时过后，瓦赫拉姆一般都会做出决定，认为必须得向她指出：如果他们不想给彼此的肩上平添不必要的负担，就必须得聊聊其他话题。

“已经受够我了？”斯婉得出这样的结论。

“不是那个意思。我觉得相当快乐，甚至有趣。关于这个主题，这次必要却不开心的旅程里谈论得差不多了。该换个话题了。”

“你运气不错。因为我正打算换个主题。”

“是啊，我够幸运的。”

她吃力地走到他的前面。没有必要急着讲下一个故事，他们可是有一整天的时间。瓦赫拉姆看着她走在前面：她步子优雅，步幅很长，她极为适应这里的重力加速度，所以走起路来摇曳生姿，步伐稳健。要不了多久她就可以拉开他很远。她现在看上去还没有生病。他走在她身后，有时会听到她在和酷立方说些什么。出于某种原因，她将葆琳切换到外放模式；也许是兑现答应过他的事情。两个之间的对话听上去总是跟吵架差不多；斯婉的声音更清脆，也更霸道，但葆琳的女低音，由于部分受到斯婉皮肤的抑制，也显得有些执拗和好斗。根据设定的不同，酷立方可以成为吵架的魔鬼，或最苛刻的吹毛求疵之人。有一次瓦赫拉姆赶了上来，他走得很近，能听到她们的对话。她们当时谈一件事已经谈了好一阵了。斯婉说道："可怜的葆琳哪，如果我是你我都不好意思！我为你感到羞耻！除了一堆运算方程式，你啥都不是，这种感觉很糟糕吧！"

葆琳回答道："这是一种被称为虚位交流的修辞法，在这种修辞里，一个人假装把自己放在自己的对立面。"

"不，绝对不是。"斯婉向她保证，"我真的是对你表示同情。就这么几个量子位，不过就是产生于一堆程序。我的意思是，考虑到这些，我觉得你已经干得很棒了。"

葆琳说："这种修辞法被称为退让，在该种修辞里，先是让步，然后再继续进前。"

"你也许是对的。看看你的这般强辩能力，我不知道为什么自己会觉得你很蠢。而——"

"这是我之前提过的讽刺和困惑，是再度发起攻击前表现出的暂时性怀疑，通常是假装的。"

"这是被称为诡辩的自我防御，也就是你一无所有时不得不以废话应对。也许你是对的，也许这只是聪明的意识和愚蠢的意识的区别。这样一来什么都说得通了。"

葆琳看上去完全不为所动。"我很乐意将我们的对话送交双盲实验，看两者之间是否真有任何区别。"

"是吗？"斯婉说道，"你是说你能通过图灵机测试么？"

"那要看是谁在问问题。"

斯婉鄙视地笑了，但她的确是被逗乐了，瓦赫拉姆听得出来。所以，至少从这个角度看，酷立方还是有益的。

两人每隔半小时换一次，轮流走在前面，一方面作为时间标记，一方面也可以换换眼前的景象。他们并不会一直聊天；他觉得那几乎不可能。很多时候他们会一连几分钟都不说话，只顾埋头前行。头上的顶灯看上去都在主动地往后退，仿佛他们正走在巨大摩天轮的顶端，速度恰好抵消掉不断往后退下的摩天轮。每个小时结束时，瓦赫拉姆都觉得脚部酸疼，所以他很盼望早点坐下来休息。他们把气凝胶睡垫当作坐垫。食物来自在站台的应急处找到的铝箔纸信封，味道总的来说还算温和。过了一会儿他们就非常想喝水，如果愿意，还可以在水里放入一些粉末。

他们一般休息一次大约半个小时。时间如果再长一点瓦赫拉姆就会变得愈发僵硬，斯婉会烦躁不安，而日光行者也会走得太远了。所以瓦赫拉姆会挣扎着站起来，继续往前走。“你觉得这些站台里面会有登山杖吗?”

“不确定。我们到下一个站台时可以去找找。也许有可以拿来当登山杖的东西。”

每隔一段静寂无声的时间她就会发一次飙。“好吧，跟我说点什么！谈谈你自己也行！你能记起的最早的事情!”

“我不知道。”瓦赫拉姆说，努力在记忆最深处搜寻。

“我最初的记忆，”她说道，“是父母告诉我我已三岁大的时候。父母所在的大家庭决定搬到城市的另一边儿去，我想当时他们是和城南的一家人达成协议，互换住所，这样搬家途中我们可以看到乡村的另一半景象。至少他们是这么告诉我的。所以当时来了好几辆车，两家人都忙着把家什运来运去。我们家的所有东西，都驮在了一辆电瓶车和两辆手推车上。房屋腾空后，妈妈带我回去，我被吓住了。我想那就是为什么我会一直记得的原因。东西都搬空后，我的房间看上去小了很多，变得很落后，那场面把我吓住了，仿佛整个世界都收缩了。我们往房间里放东西，就是为了让它看上去大一点。我们回到室外，眼前的景象同样一直留在我的记忆里：放在车子里的杂七杂八的东西和站在树荫下车辆旁人行道上的人们。我能看到越过树冠，远方就是黎明之墙。”

她一声不响地又走了一会儿。瓦赫拉姆的肚子唱起了空城计，意味着又到用餐时间了。

“不过现在一切都烧光了。”她说。

此刻她的声调基本上平复下来，看上去她不再像之前那般悲哀。

“当太阳升得足够高，整个城市暴露在黎明之墙的影子之外时，”她补充道，“那就快了。”

“我知道轨道在太阳直射下并不会熔融，”瓦赫拉姆说道，“其他的呢？”

“城市的基础设施不会有大碍，”她最后说道，“城市外壳不会有问题。它的材料是金属、陶瓷，或两者混合材料，也有玻璃钢、普通的回火钢、不锈钢、奥氏体钢。我们应该可以看到。我想等夜晚降临后发生的变化会很有趣。我猜除了框架，其他所有东西都会烧得一干二净。一旦太阳出来，植物会死去。现在死亡序幕也许已经拉开了，所有的动植物，细菌什么的也不例外。我们得重建生态系统。”

“也许吧。”他说。

“什么意思？”

“这个，我猜他们想知道轨道出了什么事，并且觉得需要阻止此类事情再度发生。或者采用不同的设计，比如不再把城市放在轨道上，而是用车轮在地上行驶。”

“那样就需要相当大的牵引力，”她指出，“目前驱动城市前进的是轨道的伸展。”

“那么，到时会很有趣的。”瓦赫拉姆犹豫地说，“如果重建后再次发生事故，就毫无意义了。”

“如果这只是低概率事件，那再次发生的概率也就很小。”

“我记得当初设计了防御措施来预防所有的意外事件。”

“我也记得。你是说这是人为袭击？”

“是的。嗯……其实我一直在想整件事。想想木卫一上发生的事。”

“但谁会攻击‘终结者’城呢？”她追问道，“攻击城市，但又射偏了几千米。毁了城市，却放居民一条生路？”

“这就不知道了。”瓦赫拉姆忧虑地说，“关于地球和火星之间的冲突已不是什么新鲜话题了，人们一直都在谈论，说存在战争的可能性。”

“是的。”她说，“但谈到最后大家都认为这不可能，因为每个人都已如此脆弱经不起打击了。打仗必定会两败俱伤。”

“我就是对这点不太确定。”瓦赫拉姆承认道，“有没有可能，第一波攻击被伪装成意外事件，伪装得非常之精妙以至于没人会起疑心，同时受害者都瞬间蒸发掉了？这样的结果会让人相信战争不见得就一定会两败俱伤。”

“谁会这么想呢？”斯婉问道。

“基本上地球上的任何一支力量都算得过来这笔账。他们所处的环境比我们都要安全。而火星人则是出了名的自恋，而且仅仅一次攻击是不可能就洞穿他们的防御网的。不，我不相信就没有某股力量认为自己是不可战胜的。或者有人已经愤怒到不计后果的地步了。”

“就算是，那会是谁呢？”斯婉问，“是什么让他们如此愤怒？”

“不知道……可能是因为食物、水、土地……力量……威望……意识形态……非对称优势。有可能是疯了。常见的动机就是这些了，对吧？”

“我想是的！”听到他列出来的单子，她的声音里伴随着恐惧，似乎他们谈论的话题和水星无关——事实上这名单所反映的完全就是马基雅维利主义，或亚里士多德思想。葆琳应该也知道这个名单。

“不管怎么说，”他继续说道，“我们走出这里的时候，我一定要去看看人们都在谈论些什么。”

“还要走 30 天啊。”她沮丧地说。

“走一点算一点嘛。”他半开玩笑。

“噢，拜托！照你这样说永远都走不到尽头。”

“不会的。不过我也想投降了。”

过了一会儿，他说：“真想看看你感觉到饿时是什么样子。以前我每次问你你都说不饿，但过不了多久就饿了。”

“没意思。”

“我的脚酸疼得很。”

“同样没意思。”

“我每走一步，或每走两步都会觉得痛苦。我想可能是足底筋膜炎。”

“你要不要休息一下？”

“不。你的脚只不过是痛，又没有受伤。它们会越走越暖和，然后自然就会感到累。”

“我不喜欢这样。”

“但我们已经这样了。”

走路的时候时间一分一秒地过去。休息的时候同样如此。又一个小时走过去了。接下来的休息时间也结束了。隧道却还是那个样子。每隔两个晚上，他们过夜的车站就会很相似但不完全一样。他们会仔细搜索一遍整个车站，看有什么特别的地方没有。电梯井的顶端就是地面，完全暴露在阳光的照射下，温度接近 700 开尔文；由于没有空气，也就不存在什么气温可言。此时他们差不多正处在“托尔斯泰”环形山下面；葆琳负责导航，和以前一样，完全靠的是推算；在这样的深处，她的无线电也完全失效。车站电话从来就用不起。斯婉想那些电话只限电梯通讯——要不就是整个系统在撞击中受到了损坏，而且考虑到“终结者”城的民众现在的状况以及隧道被毁处正暴露在太阳下，没人可能前来维修。

一个小时接一个小时，他们就这样走着。很容易失去时间概念，特别是自葆琳负责导航后，看似重复的运动不再是那么“看似”了，而是的的确确的“重复”。斯婉走在瓦赫拉姆前面，肩膀起伏，像极了一个哑剧演员正饰演某位忧郁男子。每分钟都拖沓得像过了十分钟；时间呈指数幂地增长，如浆水般地延展。所以从这个角度看，他们的寿命也就延长了十倍。他挖空心思想找点不惹她生气的话来说。她现在正跟葆琳唧唧哇哇地说着什么。

“我小时候常吹口哨。”他说道，力图保持声调平稳。他现在觉得自己的嘴唇比小时候要厚些。哦，对了——舌头更靠近上腭。很好。“我可以把喜欢的交响乐用口哨吹出来。”

“那就吹吧，”斯婉说，“我也和你一起吹。”

“真的吗？”他说。

“真的，不骗你。不过你先来。你能吹贝多芬的么，比如音乐会上演奏的那些？”

“会，会一些。不过只会吹部分曲调。”

“吹吹看吧。”

瓦赫拉姆年轻的时候曾经有一段时间，每天早晨都是在里程碑式的《第三交响曲》中开始。它宣告了音乐以及人性的新时代，是贝多芬在得知自己即将耳聋之后所作。于是瓦赫拉姆吹出引出第一乐章的两个主和弦，然后吹出第一主题。他的节奏配合着自己的步子。这并不是多难的事。他吹口哨时并不确定自己是否会记得下一乐段，而每当他吹到转折点，乐曲的音符就会自动地跳入他的脑海，然后非常舒适地从口中流淌出来。这些音符一直储存在他身体的某处。一大段一大段的旋律依次滑落而出，完全契合贝多芬那环环相扣的逻辑。这旋律由一首接一首激动人心的歌曲组成。他原本应受到相当的阻碍，因为乐章的绝大部分都是多声部及复调，但他沿着乐章主题从一个交响乐段跳跃至另一处。不得不说，虽然只是单和弦的口哨，吹得也不怎么专业，但贝多芬音乐的宏伟壮丽在隧道里仍清晰可触。看上去那三位日光行者为了听得更清晰，折转回来了。第一乐章结束后，瓦赫拉姆发现剩下的三个乐章也像第一乐章那样非常自然地就来到了他的大脑里。所以当他吹完整部作品时，恰好和真正的交响乐团演奏该曲耗时一样，40分钟。终曲部分那伟大的变奏曲实在太激越，以至于他在吹口哨期间差点喘不过气来。

“非常棒，”斯婉在他吹完后说，“真的很棒。旋律优美。上帝呀。再吹点其他的。你能再吹点其他的吗？”

瓦赫拉姆忍不住笑了出来。他想了一会儿说，“这个嘛，我想我应该会吹第四、第五、第六、第七，还有第九交响曲。也许还会吹一些四重奏和奏鸣曲。但恐怕很多乐曲我都记不起主旋律了。不过后期的几部四重奏应该还行。这些美好的事物一直伴我左右。我愿意尝试。”

“你怎么会记得这么多？”

“有很长一段时间，这些是我的全部音乐。”

“真是疯狂。好吧，试试第四交响曲吧。你可以一部接一部地吹。”

“请等一下。我得休息一会儿。我的嘴唇已经不行了，我感觉它们又肿了一倍，现在就像两个又大又旧的垫圈。”

她笑了，让他休息。过了一个小时，她又让他吹口哨，听上去仿佛如果他不吹，她就没勇气再走下去了似的。

“好吧，但这次你得和我一起吹。”他说。

“但我不知道旋律呀。我真的不记得人们是怎么演奏的了。”

“没关系，”瓦赫拉姆说，“你只管吹就是。你不是说你会吗？”

“我是会吹，不过是这种水平。”

她吹了一小段：欢快的汩汩声，准确地说更像某种鸟叫。

“哇，听上去像鸟鸣，”他说，“非常流畅的滑奏法，虽然我不知道你吹的是什么，但很像一只鸟。”

“嗯，没错。我体内有云雀的息肉。”

“你是说……你的脑内？有鸟脑组织在你的大脑里？”

“是的。云雀。还有一些园莺，一种花园刺嘴莺。不过你知道么，鸟类的大脑和人脑的组织结构完全不同？”

“不知道。”

“我以为人人都知道。部分酷立方的架构就是根据鸟脑结构设计的，还为此有过一段时间的讨论。”

“这我没听说过。”

“有学说认为，我们哺乳动物的思考是通过皮质层的细胞层，而鸟类则是通过像葡萄般那样成群分布的细胞群。”

“这我是第一次听说。”

“因此，你可以将云雀的鸟语结节注入自己的干细胞中，然后通过鼻腔注入大脑，就会在你的淋巴系统内形成细胞群。当你吹口哨时，这个细胞群就连通了你体内原本存在的音乐细胞。那些都是非常古老的细胞，几乎和大脑中残存的鸟脑一样古老。所以新细胞群就能‘趁虚而入’，改变随即而来。”

“你这样做了？”

“是的。”

“感觉如何？”

她吹了段口哨作为回答。流畅的滑音一个接一个：清脆的鸟语声，在隧道里折转往复。

“不错。”瓦赫拉姆说，“我不知道你吹得这么好。你应该来吹口哨，而不是我。”

“你不介意？”

“一点也不。”

于是他们边走她边吹着口哨，有时一吹就是一个小时。她那汩汩清泉般的声音从一个乐句唱到另一个乐句，在瓦赫拉姆看来声线变化如此之大，至少是两种不同类型的鸟类。但他并不十分确定，因为他觉得她应该和任何鸟类一样都有声线上的限制，所以纵然她的声音变化较大，但也许一只鸣禽平日里唱不同乐曲时就是这样。多美的音乐呀！有时像德彪西，另一些时候当然也像梅西安[①]对鸟类的独到模仿；但斯婉的口哨声更为奇特，重复性更大，带有小数点的无穷排列，重复固定音型的颤音常把他勾住，有时甚至快到了让他恼怒的程度。

在她吹完一段后，他仍能记起其中的部分旋律。当然了，鲸鱼也会唱歌，但鸟儿们绝对是第一流的音乐家，除非恐龙当时也创作了音乐。他想起鸭嘴龙的头颅中有一些较大的空洞，只能解释为是某种发音器官。鲸鱼也好，恐龙也罢，试图去想象它们可能存在怎样的乐音是一件挺有趣的事。他甚至自己在那儿哼哼，以测试发音时自己胸腔的感受。

---

① 1908—1992，法国作曲家、风琴家及鸟类学家，普遍公认为20世纪最具代表性的作曲家之一。——译者注

“那么，刚才的声音是鸟声还是你自己的？”他在她停下来的当口问道。

“我们是一体的。”她说。

过了一会儿她说，“莫扎特的宠物八哥曾改编了一段他写的乐谱。莫扎特在钢琴上把作品弹出来后，它跟着唱了一遍，但把所有的升调改成了降调。莫扎特在乐谱的边缘部分描述了这一段奇事。他写道‘那真是太美了！’八哥死后，莫扎特在它的葬礼上献唱，并吟诗一首。而他的下一部作品，出版商称之为《音乐的玩笑》，就带有八哥的风格。”

“不错，”瓦赫拉姆说，“鸟类的确看上去总是很聪明的样子。”

“除了鸽子。”她说。她随即用神秘的语调说道：“你要么拥有特定领域的高智力，要么拥有较高的综合智商，但不可能两者兼有。”

瓦赫拉姆不知道该说什么，她被这种想法弄得突然情绪低落下来。“对了，”他说，“我们来一起吹口哨吧。”

“这样我们就能鱼和熊掌兼得了？”

“什么？”

“没什么。好的。”

于是他再度吹起《英雄交响曲》，这一次她也加了进来，担当鸟鸣和声，或合唱高声部。她以华彩乐段或爵士乐即兴创作的方式在频繁出现的充满英雄主义的乐句中加入自己的吹奏。她富有创新性的节奏，听上去仿佛她体内的小鸟被贝多芬的勇气驯化了。

他们吹了一些非常动人的二重奏选段。毫无疑问他们以一种前所未有的方式打发了时间。他想，一个人需要有时间的恩赐，来发掘此般乐趣。他能把自己所知道的贝多芬的所有作品都吹出来，接下来还可以继续吹勃拉姆斯的四首交响曲，多么高雅，多么震撼心扉；当然还有柴可夫斯基的最后三首交响曲。都是那罗曼蒂克的年轻时代的声音！同时，斯婉也做好了一切音乐准备，她锦上添花的演绎为乐曲平添了些许狂野的巴洛克或先锋派艺术气息，常让他觉得开心。她那穿透力极强的嗓音一定能在隧道里上下反射传播很远。有时候日光行者会放慢脚步，只略微走在他们前面一点，随着音乐的节拍跳跃，甚至也会跟着吹上两句，虽然不专业，但充满了热情。他们吹得最好的是贝多芬第七交响曲进行曲式的终曲部分；当他们休息结束后站起身来准备继续往前走时，他们常要求听到柴可夫斯基第四交响曲开头的号角声，以及紧跟着出现的第一主题——给人一种强烈的感觉：他们正受命运的支配，黑暗而强大的命运。

有一次，当他们合奏的贝多芬第九交响曲结束时，三位日光行者都沉醉地摇头晃脑起来。纳转过身来对他们说："先生们，你们真是了不起的口哨演奏家！多美的旋律！"

"这个，"瓦赫拉姆说，"是贝多芬的功劳。"

"嗨！我想他们是说我们口哨吹得好。"

"我们认为这是你们的再创造，"唐补充道，"我们深受感动。"

当三位年轻人走远后，瓦赫拉姆问："是不是所有的日光行者都是这个样子？"

"不是！"斯婉不高兴地说，"我告诉过你，我自己也是个日光行者。"

他不想惹她生气，"跟我说说，你的脑内还植入了其他有趣的东西吗？"

"有。"她听上去仍有点酸，"我小时候时就在胼胝体内植入了一个早期型号的人工智能，主要是帮助我治疗抽搐。后来又植入了一块情人脑里的芯片——我们觉得可以分享一下彼此对性的反应，看看我们会被性引向何方。结果就是，没有任何结果。但我推测那块芯片现在应该还在脑内。另外还有其他一些东西，不过现在我不想谈论它们。"

"上帝呀。你不会觉得困惑吗？"

"一点也不。"她的声音听上去愈发冰冷，"难道你的脑子里啥都没有植入么？"

"从某种意义上讲，我想每个人脑子里都或多或少被植入了点什么。"他安慰地说，虽然他几乎没怎么听说过有人像她这样在自己脑子里放入那么多东西。"我根据推荐，注入了后叶加压素[①]和一些后叶催产素[②]。"

"它们都属于催产加压素，"她以权威的态度说道，"三者之间只有一种氨基酸是不同的。所以我选择注射催产加压素。它作用于脑组织里非常古老的部位，控制青蛙的性行为。"

"天哪。"

"这没什么，这才是你所需要的。"

"我不知道。我觉得我注射的那两种就很不错了。"

"后叶催产素是一种社会记忆。"她说，"没有它，你不会注意到旁人的存在。我需要更多。我想我同时也需要更多的后叶加压素。"

---

① 后叶加压素是一种同社会联系相关的让人感觉良好的荷尔蒙。——译者注

② 2008 年瑞典和英国科学家发现一种叫作后叶催产素的荷尔蒙，它能抑制一些人与他人交往过程中产生的焦虑情绪。研究指出，后叶催产素能推动人们乐于参与社会活动。——译者注

“一夫一妻荷尔蒙。”瓦赫拉姆说。

“男性体内的一夫一妻荷尔蒙。但只有3%的哺乳动物只有一个性伴侣。我觉得鸟类在这方面做得更好。”

“天鹅?”瓦赫拉姆试探性地问。

“是的。我斯婉就是一只天鹅。但我不是单配偶制。”

“你不是?”

“不是。我只对脑内啡（又称安多芬或内啡肽，是一种脑下垂体分泌的类吗啡生物化学合成物激素）忠诚。”

他皱起了眉头，但他假设她只不过是开玩笑，想继续赶路。“跟养条狗什么的很像吧?”

“我喜欢狗。它们都是狼族。”

“但狼可不是一夫一妻制。”

“不。但脑内啡是。”

他叹了口气，感到已跟不上她的思路，或者她已迷失了自我。“爱人的抚摸可以刺激产生脑内啡。”他说完这句就不再说话了，没法再吹《月光奏鸣曲》的尾段了。

当天晚上，他们仍隔着身下单薄的毛毯睡在小型气垫上。他醒来时发现她挪了地方，此刻正背对背地睡在他旁边。臀部的酸痛在体内应激产生的后叶催产素的作用下得以稍微缓解；普通人也就能理解到这个层面了。三个愣头青蜷缩着睡在一块，像三只小猫咪似的。隧道里很温暖，有时甚至过于温暖了点，但躺在地上仍感觉很冷。他隐约听到她喉部发出“咕噜咕噜”的声音。那是猫科动物的基因——他曾听说过——人们说在感觉良好时就会发出这样非常像低声哼唱的声音。感觉不错，发出咕噜咕噜声，然后感觉更加良好：正面的反馈让人感觉更好，形成良性循环，每一步都配合着呼吸的节奏，听上去就像他在听她讲话一样，好像另一种音乐。虽然他十分清楚有时病猫会在痛苦的间隙发出这种声音，甚至只是希望通过发声能感觉好一点，然后启动刚才所说的良性循环。他曾养过一只猫，在它生命的最后阶段就是这样。一只50岁的猫不能不说是一个了不起的生物。失去这只像古代太监似的猫是他生命里最初的损失之一，所以他觉得记忆中的那种叫声特别悲戚，它包含了太多情愫，多到无法一一列举。自己的一个好朋友死在这样的声音里，所以现在斯婉的声音让他感到有些不安。

在隧道里休息一晚，起床后会感到有些站立不稳，觉得周围特别昏暗。一日之计在于晨，他又开始吹起口哨。贝多芬《英雄》第二乐章的慢板，为他的听力所作的葬礼进行曲，当时听力正在他体内慢慢死去。“我们又活了一个小时，没啥不同。”他背诵道。接下来他吹出贝多芬晚期的四重奏之一，作品 127 号，主题变奏极为丰富；和葬礼进行曲一样庄重，但更为乐观，更沉醉于美好之中。然后他继续吹第三乐章，力量非常充沛，情绪如此激昂，都可以作为尾章了。

斯婉瞥了他一眼。“该死的，”她说，“你开始享受这个过程了。”

他低沉的笑声从胸腔里自然流出，像个鸭嘴龙。“对他来说危险就像美酒。”他粗声说道。

“你刚才说的是什么？”

“我在《牛津英语词典》上面看到。”

“你挺喜欢引经据典的。”

“我们走过漫漫长路，前方仍有万里河山。我们身处旧地与彼岸之间。”

“拜托，你说的是什么？一个直面人生的硬汉？”

“莱茵霍尔德·梅斯纳尔[①]，我相信是说的他。”

他不得不承认，自己的确有点沉迷其中。差不多只有 25 天了，没什么大不了的。他能熬过去。这是他这辈子重复最多的“看似重复”的日子了，如此有趣，是他一直盼望出现的某种极限情况，仿佛是在还原反证法。这个隧道，与其说它剥夺了人的感官，倒不如说它给予了感官太多的感受，仅凭几个有限的元素：隧道壁、头顶上不断掠过的，前后都望不到头的顶灯。

但斯婉并不觉得享受。这一天似乎比平日更糟。她甚至放慢了脚步，慢到如果他不跟着放慢自己的脚步就会远远把她抛在身后。这是以前从未有过的。

“你没事吧？”他等她赶上来后问她。

“不大好，我觉得全身瘫软。我想身体出问题了。你有什么不良感觉吗？”

事实上瓦赫拉姆的臀部、膝盖和脚部都很酸痛。他的脚踝还行，走起路来背部也没什么问题。“我就是觉得酸软。”他说。

---

① 意大利登山家兼探险家，常被人称为有史以来最伟大的登山运动员。最令他名声远扬的壮举包括人类史上首次不用氧气补给独力登顶珠峰成功；他亦是第一个登顶世上所有 14 座 8000 米山峰的人。——译者注

“我很担心我们最后一次看到的闪光。你看到其中一道闪光的同时，里面还伴随有速度更快的辐射。恐怕我们都已经烧伤了。我现在感觉全身都不对劲。”

“我只是觉得酸痛。因为当时在电梯里是你护住了我。”

“或许我们两人受伤的程度不同。我希望是这样。去问问那几个小年轻感觉如何。”

他们在下一个休息点遇到了三个日光行者，从他们脸上的表情看得出来，三人已等候许久，开始担心起来。唐问道：“你们情况怎么样？”

“我感觉自己病了。”斯婉说。“你们三个呢？”

他们彼此看了看，唐回答道：“还好。”

“没有反胃或者腹泻么？没有头痛或肌肉酸痛？没有长出新头发？”

三名日光行者你看看我，我看看你，最后都耸了耸肩。他们比斯婉他们更早走出电梯。

“我不怎么饿，但食物不怎么好。”唐说。

“我的手臂也有点酸。”纳说道。

斯婉愤恨地看着他们。他们是年轻强健的日光行者；他们到现在都还做着跟平时一样的事情，只不过地点改在了地底下，方向也和平日的相反。她望着瓦赫拉姆，“你呢？”

瓦赫拉姆说：“我觉得酸痛。现在的步速和距离已经是我的极限了。再远一点或者快一点，我一定会出事。”

斯婉点了点头，“我也是。甚至不得不减慢了速度。感觉有点糟糕。所以我想你们三个只管往前赶，到达背阴处或遇到人后，告诉大家我们的情况。”

几个年轻人点头表示同意。“我们怎么知道有没有到背阴处呢？”唐问道。

“再过几个星期，你们可以走到某个车站后坐电梯上去看看。”

“好的。”唐看了看托和纳，大家都点了点头。“那我们就去找援军了。”

“好的。不要太早冒出地面，以免受伤。”

之后，瓦赫拉姆和斯婉就照自己的节奏走着。走一小时，休息半小时，每天这样重复 9 次；然后是一顿饱餐，一夜长梦。一个小时是段不短的时间了；9 个这样的时间段，加上休息，一天就像几个星期一样长。他们时不时地吹点口哨，但斯婉身体不舒服，瓦赫拉姆又不愿一个人吹，除非她提出要求。她有时会停下来，然后往回走一段距离去“上厕所”。“我拉肚子了，”她说，

"我得去清空太空服。"之后，她就只简短地说："等一下。"然后过了5到10分钟，她会赶上来，两人一起往前赶。她看上去有点脱水，因此变得急躁，有时充满火药味地对葆琳说话，甚至有时对瓦赫拉姆也是一样。牢骚满腹，难以相处，满心怨念。对于她如此不公的对待，对于她如此无理取闹，瓦赫拉姆应该感到厌恶，独自低声吹着阴暗的音乐片段。每到这种时候，他就努力回忆在托儿所学到的经验，即对情绪化的人，你不能计较他们在情绪发作周期低谷的所作所为，不然费力不讨好。他当时所在的托儿所有6个小孩，其中一个人喜怒无常到了接近双重人格的程度，瓦赫拉姆相信正是因为这个人，全班最后才会处于半解散状态；瓦赫拉姆在上托儿所期间很少看到此人。6个人之间有30条关系链，十六进制表明至少要有一两个人表现不错才能让整个托儿所运转下去。他们离这个标准差得远，但瓦赫拉姆之后却发现，全班同学中自己最常想起的，竟然就是处于其情绪周期上半周时的那个喜怒无常之人。他得常记起这段往事，从中汲取经验。

斯婉沿着隧道往回走已经过了10分钟了，还没有回来；这时他觉得自己听到了一声呻吟。

于是他折回去找她，看到她躺在地上，说好听点也只能叫半昏迷状态，太空服脱到了脚踝处，明显是排便过程中途受到了干扰。而她的确在不断地呻吟着。

"噢，不！"他趴在她身边。她仍旧穿着长袖衬衫，但衬衫里面的皮肤和地面接触的部分冻得发紫。"斯婉，能听到我说话吗？你受伤没有？"

他把她的头抬起来，她的眼睛略微动了动。"该死的。"他说。他不想帮她把太空服穿起来，因为两腿间有很多秽物。"现在，"他说道，"我马上帮你清洗干净。"所有人都为别人——包括老人和小孩——换过尿布，他也不例外，所以他知道怎么做。在他的太空服里有一个装着卫生纸巾的小口袋，他现在必须要用比通常快几倍的速度完成尿布更换，这使得他更为担心。他有一些水，甚至太空服还给了他点福利，在其铝箔口袋里存有一些润湿的纸垫。他把这些全都取出来，擦干净她的双腿。虽然他尽力避免，但仍看到她倒三角形的阴毛间长着很小的阴茎和睾丸。雌雄嵌合体，他并不觉得吃惊。他尽量小心而快速地结束了清洗，把她的手臂搭在自己肩上，扶起她来——她比想象中更沉重——帮她穿上太空服，穿到腰部左右，扶着她坐在地面上。把太空服的手臂部分放在她手臂上，然后太空服的人工智能像吉夫斯①一样帮她穿戴完毕。他考虑如何处理她留在地上的小背包，觉得还是有必要带走。他决定重新帮她把它背在身上。一切就绪后，他把她扶起来，把她抱在胸前。她的头沉沉地向后仰着，让他觉得不舒服，必须得停下来。

“斯婉，能听到我说话么?”

她呻吟着，眨了眨眼睛。他把手臂放在她的头和脖子后面，再次把她掂起来。“怎么了?”她问。

“你晕过去了，”他说，“就在你拉肚子的时候。”

“噢。”她说了一声。她把头抬起来，手臂搭在瓦赫拉姆的脖子上。他开始走路，她显得不那么沉了，因为她自己也在用力。“我觉得血管迷走神经反应出现了。”她说，“我月经又来了么?”

“不，应该不是。”

“感觉很像，我感到痛性痉挛。但我觉得自己已没有足够的脂肪了。”

“也许吧。”

突然，她推开他的手，面对面地看着他。“噢，天哪。听着——有些人不愿意接触到我。这我得事先告诉你。你知道有些人吞下了一些土卫二上的外星生物吧?”

“吞下?”

“是的。就是注入了那种细菌套装。他们吃下了一些土卫二上的生物，据说对你有好处。我也试过了。很久以前。所以呢，有些人很反感，甚至不愿意和这种人有来往。”

瓦赫拉姆痛苦地吸了一口气，感到一阵恶心。让他感到恶心的是外星细菌，还是仅仅想到那些东西就足够恶心了?没法说清楚。覆水难收，做过的就做过了，他后悔也来不及了。“据我所知，”他说，“土卫二上的生命系并没有多强的传染力?”

“是的，没错。但它是靠体液传播。我的意思是，只有进入血液才能传染，我想的话。虽然我喝掉了自己的血液。也许它只需进入内脏就能传播，也许。所以为什么人们如此担心。所以……”

“不用担心我。”瓦赫拉姆说。他扶着她走了一会儿，发现她一直盯着他看。根据他平时剃须时在镜子里看到的判断，自己脸上可没什么特别的。

---

① 美国作家 P. G. Wodehouse 所著小说中人物，现用来指理想的男仆。——译者注

他在自己都不打算开口的情况下脱口而出："你对自己做了一些奇怪的事情。"

她做了个鬼脸，眼光看着别处。"旁人的道德谴责总是那么的无礼，你说呢?"

"我赞成。当然赞成。虽然我发现其实大家都在干这种事。但我说的只是有点'奇怪'，没有任何谴责的意思。"

"噢，当然了。'奇怪'，好极了。"

"嗯，不是么？每个人都很奇怪。"

她再次扭头看他。"我知道，我很奇怪。很多方面都很奇怪。但我想你指的应该是其他方面。"

"是的。"他说，"虽然那并不是让你显得奇怪的因素。"

她淡淡地笑了。

"你是几个孩子的'爹'吧?"他问。

"是的，我想你会觉得这点很奇怪吧。"

"是的。"他严肃地说，"虽然我自己也是个两性人，还曾经生过小孩。所以，你知道的——我觉得那是很奇怪的经历，不管从哪个角度看都是。"

她侧头打量他，很明显有些吃惊，"我之前并不知道这些。"

"其实和现在也没多大关系了。"瓦赫拉姆说，"你知道的，不过是一个人过去的一部分。另外，在我看来，似乎绝大多数有一定年龄的太空人都尝试过各种各样的新事物，你说呢?"

"我想也是。你多大了?"

"111 岁，谢谢。你呢?"

"135 岁。"

"真不错。"

她摆脱他的手臂，举起拳头像是要揍他。作为幽默的回应，他问："你觉得现在自己能走了么?"

"也许吧。我试试。"

他把她放下来，扶她站直。她斜靠着他，扶着他的臂膀蹒跚着走了一段，然后站直，慢慢独自往前走。

"我们不需要一直走下去，你知道的。"他说，"我是说我们可以到达下一个车站后，停下来等救援。"

"我看看自己的身体状况。到了那儿再说。"

瓦赫拉姆说："你觉得是阳光导致你生病的么？因为我得说，在火星重力中，我的关节觉得很酸痛。"

她耸了耸肩。"我们接受的辐射强到毁坏了我们的通信系统。葆琳说我吸收了10希沃特。"

"哇。如果我受到了那么多辐射，我的腕式平板电脑一定会标示出来。我检查过，它显示只有3希沃特。毕竟我们在等电梯时是你帮我挡了很大一部分。"

"这个，没必要我们俩都遭殃吧。"

"你说得有道理。但我们可以轮流为对方抵挡。"

"你当时并不知道耀斑爆发啊。你迄今为止总共吸收了多少辐射？"

"大约200希沃特吧。"他说。依赖长寿疗法的基因修复技术，他们才得以在太空停留这么久。

"不错，"她说，"我吸收了500希沃特。"她叹了口气。"这次或许没命了，也可能只是杀死了我内脏里的细菌。我想是这样。我希望是这样。不过我已开始掉发了。"

"或许只要一走路我的关节就会酸痛。"瓦赫拉姆说。

"也许吧。你一般做什么有氧运动？"

"散步。"

"那可不足以测试你的运动系统。"

"我在散步和讲话时深呼吸。"他试图转移她的话题。

"又是引用名人名言？"

"我觉得是我自己的话。我为每日的例行公事所作的祷文。"

"每日例行公事？"

"我喜欢按部就班。"

"那你在这儿应该过得很愉快。"

"这儿的生活倒的确是一成不变的呢。"

他们沿着隧道吃力地安静地走了很长时间。当到达下一个车站时，他们决定当天的行程先告一段落，比平日多休息了几个小时，然后长长地睡去。每次斯婉沿隧道折回去，再返回来后，她都能很快睡着，并且睡得很香，不再发出任何"咕噜咕噜"的声音。第二天早晨起床后，她想继续赶路，说会走得慢一点，小心一点。于是他们重新踏上征程。

电灯不断从远方的地面上冒出来，然后以很长的弧线慢慢升到他们头顶，又越过他们。他们感觉总是在走下坡路。瓦赫拉姆试图盯着某一盏灯，但不确定到最后自己盯着的还是不是开始时的那一盏。它可以当作一个指示地平线距离的单位，只是不确定在计算的时候需要乘上多大的系数。“你能让葆琳计算一下，我们的视线最远能到达多远吗？”他问道。

“我知道，”她简短地回答道，“3 千米。”

“知道了。”

突然觉得，具体几千米似乎并没有什么不同。

“我们要不要再吹会儿口哨？”他们一声不发地走了半个小时后，瓦赫拉姆问道。

“不了，”她说，“我吹够了。给我讲个故事吧。说说你自己，我想听你多讲点儿我不知道的事情，关于你的。”

“这简单，没问题。”虽然他一时不知道从何讲起。“这个嘛，我 111 年前出生于土卫六。母亲是一个来自于木卫四的双性人，第三代木星居民，父亲是来自于火星的两性人，在一次政治冲突中被流放。我成长的大部分时间是在土卫六上，但当时那上面条件很差，只有少数几个科研站和一些带穹顶的定居点。所以我搬到赫谢尔星住了几年，在那里上的学，后来在‘菲比’[1] 上待过一段时间，然后在极地轨道飞行器上也住过，最近又住在土卫八上。为了了解土星系的整体情况，尤其是作为一个从事行政事务的人，土星系里面所有能住人的地方几乎都待过了。”

“像你这样的人多吗？”

“每个人都需要接受基本的训练，用他们的话说，是给土星贡献一点时间，有时也可能通过抽奖决定哪些人去政府当公务员。有些被选中的人慢慢喜欢上了这份工作，决定继续做下去，我就是这样。我的最后一项任务是在土卫七上，它很小，但我很喜欢那个地方，它是个非常奇怪的地方。”

“这个词又来了。”

“唉，生命本身就很奇怪啊，至少在我看来如此。”他唱起歌来，“你自己若是个怪人，所有人都会变得奇怪。”他突然停了歌声，接着说，“土卫七真的很奇怪。很明显它是两颗大小相当的卫星碰撞留下的残骸。看上去像蜂巢，而环绕洞穴的山脊呈白色，而把每个洞填了大约一半深的粉末却是黑色。所

① 土星已知卫星中最外层一颗，几乎是其近邻卫星（土卫八）到土星距离的 4 倍。——译者注

以走在山脊上或者从另一边滑下，非常像某种极其大胆的艺术形式。”

“一个巨大而古老的高兹沃斯艺术作品。”她说。

“算是吧。人类活动很容易扰乱它的环境。所以人们一直在讨论如何建立工作站，甚至是否要建立工作站，以及一旦把人永久地置于该处工作站又应如何运行。参与其中，我有一种当馆长或类似角色的感觉。”

“挺有趣。”

“我也这么觉得。所以，我回到土卫八，那儿同样是个宜居之地；这算是某种撤退吧，从某种意义上讲，给了你一个审视全局的更好的机会，一个搞清楚为什么在土卫七上会有那种感觉的机会。在土卫八上我学习如何管理类地球化改造，学习外交艺术，虽然也没什么好学的——”

“一个国家派遣它最诚实的人去为它撒谎？”

“噢，我倒更愿意相信这不是对外交官的准确描述。我可不这样看，希望你也不是这个观点。”

“我不认为我们可以选择词语的意思。”

“不能么？我觉得可以。”

“只在极小的范围内可以，”她说，“你继续讲。”

“嗯，之后我回到土卫六，从事类地球化改造。其间我有了小孩。”

“和你的伴侣生的？”

“是的，我的托儿所有 6 对父母和 8 个小孩儿。我时不时地看到他们。几乎总是很愉快的。我尽量不去担心他们。我喜欢小孩儿，我甚至记得很多连他们自己都记不得的事情。我想，那对我来说比对他们来说更有趣。是啊，记忆总是挥之不去。你总会记起那些快乐的时光，并且希望类似的日子能够重来。但事实上你只可能不断地接触新事物。所以我尽力让自己做到既来之则安之。可说起来容易做起来难。特别是当你进入人生的第二个百年的时候，我觉得。”

“就没有容易的事情。”她说。

“是的。对我来说，世界很神秘。我是说，我总是听到别人对宇宙高谈阔论，但我不知道那些话有什么实际作用。我觉得这般谈话都没有意义。所以，当有人说我们得做点有意义的事情的时候，我表示完全赞同。我觉得这个项目的概念就很有些实际意义。你现在正在做的，你记得曾经做过的，以及你期待未来要做的，都是为了创造某种东西。艺术作品并非一定是‘为艺术而艺术’的结果，而应是某种值得人类为之付出汗水的东西。”

“存在主义，是吧？”

“是的，你说得没错。我不懂为什么你不赞同。”

“嗯。”她思考着。光线呈白色条纹，在她黑色头发上闪烁着。“跟我说说你的托儿所吧，是怎么运作的？”

“在土卫六上有一群同龄人，一起读书一起工作。他们会被分成更小的同期组群①，养育孩子。通常一组为6个人。有很多种不同的配对方式。主要是依据彼此的配合度。当时我们感觉搞配对结合，人数远远不够，不可能撑完一个较长的时间周期——很多对只用了不到项目计划时间的一半就走到了一起，但孩子们需要他们能留下来待更长时间来陪伴他们，所以应该需要扩充人数。但几乎每个人都把这个配对当成抚养孩子的需要，而不是终身相守的安排。再说它名字本身就叫‘托儿所’啊。到最后，不少人还是伤心地分开了。但如果你幸运的话，你会有一段甜蜜的感情，当最后不得不分开时，你只需接受现实，勇敢朝前看就是。我和一些人至今还有联系，甚至还维持着托儿所的框架。但孩子们都长大了，而我们也很少能再见到他们。”

“明白了。”

他们走了很久，彼此都没有说话，瓦赫拉姆感到她友善多了，而自己也不那么酸痛了。

突然斯婉激烈地说道：“我受不了了！没有改变的希望。这里就像一座监狱。”

“我们这段在水星地下的日子，”他说，“很快就会到头了。”她刚才的话有点触怒了正自我陶醉的他。但另一方面，她毕竟是带病之躯。

“没有那么快。”她沮丧地摇了摇头。

他们一个小时接一个小时地向前走着。眼前的一切都是一模一样。斯婉比崩溃后站起来那会儿走得要稳些了，但仍比之前的步速慢了不少。对瓦赫拉姆来说这倒无所谓，他本来就喜欢慢慢走。他早上仍然感到酸痛，虽然他一直不舒服地留意着身体可能出现的各种病症，但似乎并没有再恶化，也没有觉得虚弱或反胃。而斯婉头上的头发掉光了，露出许多疤痕。

“你自己呢？”他问道，“再多给我讲讲你的故事吧。你真的曾经连续几个

---

① 在流行病学中指具有共同特征的个体，或指参加前瞻性研究或临床试验的一组个体。此术语常指这些个体都已被观察一段相当长的时间，因而所得统计数字是实际个体的经历而非数学的抽象概念。——译者注

小时赤身躺在冰面上过吗？你在皮下植入太阳系仪并改变了自己的血型？”

她走在他前面，听到这个她犹豫了一下，然后停了下来，让他走在前面。他经过她身旁时，她说道：“我不想回头跟你大喊大叫。”

“你说得对。”她说。两人继续往前走，“你说的那些我都做过，还做过其他阿布拉莫维奇[1]式行为艺术。我认为身体是进行艺术创作的好材料。但我的大部分行为艺术都是在五十多岁时创作的。”

“之前呢？”

“之前跟你讲过，我是在‘终结者’号上出生的。当时一切都还在施工中，我很小的时候，人们还在农场里安装灌溉系统。后来土壤抵达了，那可是件大事。土壤像黑色的石水泥般从大型管道里倒出来。我就在那儿和母亲一起玩儿，人们正忙着种植第一批庄稼，移栽第一拨园林树苗。能在那儿度过童年真的很不错。当我们走出这个地底时，城里必定已变得了无生气，这点我很难接受。我必须要亲眼看到才会相信。不管怎么说，那是我长大的地方。”

“过去的不会再来了，”瓦赫拉姆说，“不论那个地方是否还是原样。”

“对你来说，也许可以这么说，噢，一号圣人哪。”她说，“我从不这么想。总之，在那之后我在金星上住了一段时间，为舒克拉工作。然后我开始设计特拉瑞。之后我的重心转到艺术上，通过地貌或身体进行创作。高兹沃斯和阿布拉莫维奇艺术在我看来仍非常有意思。艺术创作也是我目前的生活来源。所以在完成任务后，我喜欢到处走走。但我在‘终结者’号里保留了一个寝室。父母亲都过世了，祖父母亚历克斯和马卡莱特就像我的父母一样。看看他们二位，你对配对结合制就不会有什么微词了。可怜的马卡莱特。”

“这个我知道。”他说，“我刚才说的是养育小孩儿，似乎两个人还不够。你也一定有所感觉吧？”

她瞟了他一眼。“他们俩中的一个现在还在某个地方。而我和扎沙的孩子已经死了。”

“很遗憾。”

“是啊，不过，她年龄大了。我现在不想谈这个。”

事实上她越走越慢，而且他觉得她驼起了背。他问她：“你还好吧？”

---

① 玛丽娜·阿布拉莫维奇，行为艺术大师。1946 年生于贝尔格莱德，从小受到对性的压抑教育，这决定了其后来的创作风格。从 1972 年起，阿布拉莫维奇开始以自己的身体为试验材料，通过制造险境及各种自残的手段进行有关身心极限的思考。被称为“行为艺术之母”。——译者注

“觉得更虚弱了。”

“要不要停下来休息？”

“不用。”

于是他们继续努力往前走，沉默无声。

他扶着她走了一个小时，一只手绕过她脖子扶在她外侧腋下，支撑着她。休息后她挣扎着站起来继续走，不允许有任何的争吵。当到达下一个车站后，他把每个储物柜和储藏室都搜了一遍，在最后一个储藏间里（你总是在最后时刻才找得到需要的东西）找到一辆四轮手推车，车的一端有齐胸高的横棒，或者说这车完全就是一块装载在轮子上的平板，一张两米长一米宽的床，在另一端安了两个可以转动方向的滚轮而已。

“把我们的背包放上去，我来推。”他建议道。

她看了他一眼，“你觉得你可以推着我走？”

“如果非得这么说的话，那至少比背着你走轻松。”

她卸下背包放在车上，第二天早上她走到了他前面。所以刚开始他不得不走得很快，她被他追上后就减慢了速度，他也就跟着慢了下来。

一个小时过去了。又一个小时过去了。有时她会不打招呼就自己坐到手推车上。他们正从地面上的环形山和巨大的陡坡下方通过——都是以地球上伟大的艺术家命名：曹雪芹、费罗塞奴、鲁米①、艾维斯。他吹着口哨《哥伦比亚，海洋的宝石》，艾维斯曾令人难忘地将其融入到自己最狂放的一部作品中。他也想到了鲁米的《我作为矿石死去》，遗憾自己不能完全背诵下来。“我作为矿石死去，变成植物重生；我作为植物死去，转世为动物折返；死亡何曾带给过我失败？”

“谁的诗？”

“鲁米。”

又是一片沉默。沿着隧道巨大的弧度，一路往前。两侧的内壁上都遍布裂缝，看上去以前这里是经过特别的热处理熔融后以达到防渗透性能。一层又一层的黑色的釉料，数不清的龟裂缝。

---

① 全名莫拉维·贾拉鲁丁·鲁米，出生于1207年9月30日。创立了苏菲派莫拉维教派，也即西方所熟知的“旋转的苦修僧（Wirling Dervishes）”。鲁米在生命的最后十三年中，创作了诗歌巨作——叙事诗集《玛斯那维》（*Mathnawi*），共六卷，五万一千余行。《玛斯那维》被誉为“波斯语的《古兰经》”。鲁米在波斯文学史上享有极高的声誉，他与菲尔多西、萨迪、哈菲兹齐名，有“诗坛四柱”之称。——译者注

她呻吟着，从手推车上站起来，倒回头往西走。“只需一小会儿，我得再去方便一下。”

“噢，天哪。祝你好运。”

过了很久他听到有呻吟声从远处传来，也许是一声绝望的“救命”。他推着手推车沿隧道倒回去。

她再一次倒在地上，太空服褪到身体下部。他不得不再次帮她擦干净身体。这次她稍有些意识，眼神迷离，甚至一度虚弱地打他。她看着他，眼神朦胧，还有一丝怨愤。“这不是我，”她说，“我其实不在这里。”

“唉，”他说，有点生气，“我也不在这儿。”

她往后倒下，躺在地上。过了一会儿她说：“那么现在这里没人了。”

他擦洗完毕后帮她把太空服穿好，他扶着她重新坐到手推车上，推着车往前走。她一声不响地躺着。

接下来的休息期间，他递给她少许加了营养物和电解质的水。她说这个手推车已经是病床的代名词了。瓦赫拉姆仍时不时地吹上一段口哨，一般都是勃拉姆斯的乐段。禁欲主义的决心构成了勃拉姆斯那忧郁音符的核心，倒是十分符合当前的情境。他们还需要再走 22 天。

那晚他们一言不发地坐着。这场景逐步发展成某种无条理的动物行为，通常是在有小危机出现后——扭头不理对方，心不在焉地做睡觉的准备，然后无聊地在痛苦中进入睡眠——那是看不见的避难所。现在这种“看似重复”的状态已变成需要努力争取才能实现的舒适生活。舔舐伤口吧。所有一切以前都发生过，今后还会重复。

一天早晨她起床后试图走两步，只走了 20 分钟就坐到了手推车上。“这太令人不安了，”她小声说道，“如果被毁的细胞达到一定数量……”

瓦赫拉姆一句话没说。他推着她走着。他突然想到，她有可能死在这个隧道里，而他对此无能为力。一阵反胃的感觉纵贯全身，让他双腿发软。在医院里待上一阵，大概就会有这种效果。

又过了很长一段无言的时间，她开口轻声说：“我觉得过去自己常享受那种濒临死亡的危险，享受恐惧带来的震撼，享受度过生死关头后的兴奋。其实，那是一种颓废。”

“我妈过去常这么说。”瓦赫拉姆说。

“就像试图通过看恐怖故事让自己兴奋一样。但所有这些看法都是错的。

比如你参加了某人的葬礼，想起了那些恐怖故事。你看到所有场景都和恐怖故事里的很像。然后你发现那些场面开始和你的真实生活变得有所关联。但你仍留在原处。过了一段时间你发现这就是生活本身。每个人都会有同样的结局。你想伸手挽回什么，但什么都做不了，唯有眼看一切发生。最终，你能做的，不过是握住死者的手。就当是一场梦魇吧，想象你被从地底下穿出来的骨头紧抓不放之类的情景吧。但是在现实生活中，一切自然而然地发生着。一切都是那么的自然。”

“是吗？”瓦赫拉姆说，这时她的讲话已结束好一阵了。

她听到他的声音，然后继续说下去：“肉体试图维持生命。但事与愿违……万物均须依自然规律。也许你现在就能目睹这个过程。人脑部分首先会死去，然后是动物脑，最后是蜥蜴脑。就像你的鲁米，这个过程是往后的。蜥蜴脑部分会用尽最后一滴能量维持脑的运转。我见过。一种求生的欲望。那是一股真实的力量。生命希望能够继续。但最后那根弦还是断了。能量输送停止了。最后的三磷酸腺苷用尽了。我们就这样死去。我们的躯体重归尘土，完成一个自然的轮回。所以……”她抬头看着他，“所以又怎样呢？为什么会有恐惧？我们是什么？”

瓦赫拉姆耸了耸肩，“动物哲学家。一次奇怪的意外。一个稀有品种。”

“或者是再普通不过的东西，只是——”

她没有继续说下去。

“分散的？”瓦赫拉姆猜问道，“暂时的？”

“孤独的。永远的孤独。哪怕是彼此相依相偎之时。”

“但我们可以聊天，”他迟疑地说，“那也是生活的一部分。生活并不仅仅是什么蜥蜴脑。我们有时也能忘记狭隘的自己，跨越人与人的鸿沟。”

她悲哀地摇头，“我总是迷失在鸿沟里。”

“嗯，”他迷惑地应了一声，“那就比较糟糕了。但联系你之前告诉我的那些以及我对你的了解，我看不出这样有什么意义。”

“感觉才是最重要的。”

他听后陷入了沉思。天花板上的灯不断从头顶掠过，他把她推到手推车上。你的那一套对吗？你判断是非的标准是你对所做事情的感觉，而非你到底做了什么或者别人怎么看你？好吧，你太沉迷于自己的想法了。当前对医疗术语“神经官能症”的定义是“有消极想法的倾向”。如果你有这种倾向，他想，低头看着斯婉没有头发的满是伤疤的头皮，如果你是神经质，那么我实际上是在跟一团近乎无穷多的物质打交道。是不是？好吧，它们就在这里，在你所说的唯一重要的东西里，无数的微粒运动着，哪怕是在你仰望星空之时，哪怕是在这个无穷往下延伸的隧道里。最终运动将恢复正常，然后停止。所以，结合这个情况现在来看看：那到底是好的想法还是坏的想法呢？

他吹着口哨，贝多芬第九交响曲开头部分，想通过古典大师的最深的悲剧，第九交响曲第一乐章，把她从自己的黑色情绪中拉出来。他切换到前面接近该乐章结尾处的重复乐段，柏辽兹曾认为这段音符是贝多芬精神失常的证据。他重复吹着。他以前每次走上坡路时都是吹着这段简单的音乐。现在他们在从一个大循环的顶端往下走，但这段太切合此时的意境。他一遍又一遍地重复吹着这八个音符。其中六个往下，另两个往上。简单又清晰。

斯婉坐在他身前的手推车上，背对着他握住的铁棒，面朝前方。她说话了，吐词不太清晰，好像只是在对葆琳说："我不知道到底有没有人知道我们还活着。你无从得知。这曾经意味着一切，但随着时间流逝，你也变了，人人都变了。再然后一切都随风而逝。她没有什么要对我说的。"

长时间静默。瓦赫拉姆问道："你孩子他爹是谁？你以母亲和父亲的身份分别生了一个孩子么？"

"是的。我不知道孩子他爹是谁。我在'炸面圈'上时怀孕了，当时每个人都戴着面具，我还是喜欢上了某人。她知道是谁，她追踪了他。"

"你喜欢一个人戴面具的样子？"

"是的。那个样子，或许可以叫作举止吧。"

"知道了。"

"我不想把事情说得复杂。在当时那是很常见的举动。现在我不会这么做了。但人知回头之时早已是覆水难收。患了几年的感应性精神病，其间感情热烈，但都不过是愚蠢荒唐。当你走出那一段阴影，才发现往事竟如此不堪回首……你忍不住去想到底这是件好事还是坏事。你既怀念，又后悔。真是愚蠢。我现在还是不停地这样想，但我仍然不知道该怎么做。"

"生活，创作艺术。"他说。

"这是谁的话？"

"你说的，我想。"

"我记不得了。也许我说过吧。但如果我不是一个特别优秀的艺术家怎么办？"

"这需要时间。"

“有些人就是大器晚成，你是想说这个吧？”

“是的，我想是吧。差不多这个意思。你会有更多机会的。”

“也许吧。但是，你知道，最好还是得有进步才好。不要反复犯同样的错。”

“螺旋，”他提到，“历史都是螺旋上升，让人在更高的高度做同样的事。不管你做的是什么，这就是历史的艺术性。”

“对你来说，也许。”

“但我没什么特别的啊。”

“你就承认了吧。”

“真没什么特别的。平庸之辈。”

“你赞同平庸即福的人生观？”

“我就是一个典型。中庸之道，宇宙的本质，不过就是和周遭事物一样而已。这是‘无穷’的一个奇怪的特点。我们所有人都是处在某种不上不下的状态中。不管怎样，我觉得这种观点很有用。我秉持这种观点在做事，不管是搞项目还是发言。算是某种哲学吧。”

“哲学？”

“嗯，是的。”

她陷入了沉思。

“也许我们已经错过了。”一天，斯婉走在他身后，这样说道，“也许我们走完了向阳面也走过了背阴面，现在已经又走到向阳面下方了。也许我们搞错了时间和距离。也许你的笨拙无能把事情搞砸了，就跟那个葆琳一样。”

“不。”他说。

她没有理会他，自言自语地抱怨着可能出了差错的事情。那是一个相当长的名单，如哥特人般充满创意：他们可能迷失了方向，现在正朝着西方走；他们可能已走进了另一条南北走向的保温管道；水星可能已经疏散了，他们现在是最后两人了；他们可能早在耀斑爆发时就得了不治之症，只不过是乘电梯下到了地狱而已。瓦赫拉姆不知道她说这些是不是认真的，真希望只是随便发点牢骚。让她不高兴的事太多了。昼夜节奏颠倒；或许她赶路的时候是她本该睡觉的时间。很多年前，他就知道你绝不能相信自己在凌晨两点到五点之间的任何想法；因为在这段黑暗的时间里，大脑缺乏某些维持正常精神状态所必需的刺激物，或者说某些功能在这期间处于停滞状态，人的思想和情绪变得如烟曲菌素一样黑。最好的做法就是睡觉，如果睡不着，就把有可能在那段时间出现的想法或情绪提前“支取”出来，予以一一否定，然后看看新的一天是如何在新观点的陪伴下到来的。他思考着是否有可能在不得罪她的情况下跟她谈谈这个。也许不行吧。她已经够暴躁了，看上去还有点痛苦。

“你感觉怎样?”他会问。

“我们永远都到不了。”

“想想吧，我们从来就到不了任何地方，在我们来这个地方之前就是如此。无论我们往哪儿走，我们永远都到不了目的地。”

“但这种想法是错的。上帝呀，我真厌恶你的哲学观。我们当然可以到达某个地方。”

“我们已经走了很远，前路依然漫长。”

“噢，拜托。去你的，去你的直面命运的硬汉形象。我们现在这儿。太远了，太远……”

“把它想成固定音型的乐章吧。顽固地重复着的那种。”

过了一会儿她安静下来，发出凄哀的低吟声——几乎是在哼唱，连她自己都不知道正在发出这种声音。既像悲伤的小牢骚，又像某人的低声哭泣。“我不想说话。”当他再次问她时，她说道，“闭嘴，让我安静一会儿。你对我来说毫无价值。一旦情况变糟，你啥都做不了。”

当晚他们抵达另一座电梯和车站。她往自己的包里塞满了食物，就像给一台机器加电池一样。之后她一边嘀嘀咕咕一边散漫地游荡着，他几乎跟不上她的节奏。或许是在跟葆琳说话吧。一直这样，她的咕噜声在他耳里嗡嗡作响。他们顺利地在隧道里完成沐浴，躺下睡在气垫上，希望能睡着。嘀咕声继续着。过了一会儿她在呜咽中睡去。

第二天早晨她不吃不喝，闭口不言，甚至拒绝出发。她侧身躺着，好像紧张症发作，又或许是昏厥了，也或许只是麻痹。

“葆琳，你现在能说话吗?”瓦赫拉姆轻声问道，反正斯婉一直不说话。

不太清晰的声音从斯婉的脖颈处传来，“可以。”

“你能告诉我斯婉的生命体征吗?”

“不行。”不知从哪儿飘来斯婉的声音。

“我能搜集到的生命体征，除了血糖值，其他都还算正常。”

“你得吃点东西。”他对斯婉说。

她没有回应。他用勺子将一点电解质水送到她嘴边，耐心等着她喝下去。她喝了大概几百毫升，并没有洒太多在地上。他说：“地上现在是中午了。就在我们头上的地面，现在是正午。日照面的一半。我想我得让你到地面上去看一眼太阳。”

斯婉睁开一只眼睛，抬头看着他。

“我们得看看太阳。”他告诉她。

她双手撑着地面，把身躯支起来，“你真这么想？”

“我们可能做到吗？”他转而问。

“可以的，”她想了想说道，“有可能。我们可以待在轨道的影子里。和早晚相比，正午的危害要少一些，因为光子垂直地射到地面，很少能射到太空服上。不过我们仍不能长时间待在户外。”

“好。你需要看看太阳了，而现在就是最佳时机。水星上的正午。快来。”

他帮她站起来，找到他和斯婉的头盔，拿到电梯里，然后反身回来扶起斯婉进了电梯。电梯向上运行，他帮她戴好头盔，确保密封，检查空气供应情况，然后再给自己也戴上并检查。太空服一切正常。电梯轿厢停了。瓦赫拉姆感觉到了指尖的脉动。

电梯门在顶层平台打开了，眼前一片花白。头盔滤光片开始进行自我微调，于是眼前世界又变成了线条简单的黑白素描画。左下方是城市的轨道，发出耀眼的白炽光线。右侧，水星正午的景观一直延伸到天边。由于没有大气，大地直接承受阳光的重击，每一处都发出白热的耀眼的光。他的头盔滤光片已调试成非常深的深色，以至于星星已看不见了。黑色半球扣在白色平面上，而那白色正略微跳动着。

斯婉走出电梯来到平台上。“喂！”瓦赫拉姆大喊一声，跟在后面走出电梯。“回这儿来！”

“在那里怎么能看到太阳呢？没关系，就一小会儿。”

“平台上至少有700开尔文，和其他东西的温度一样。”

“这种程度的温度，你的靴底能完全隔热的。”

瓦赫拉姆令人吃惊地让她过去了。她扭头看着太阳。瓦赫拉姆忍不住也朝着她的目光看去——那是一团令人震撼的热量大爆炸——很快他害怕地移开目光，看着地面。地面上是视网膜的残像：又白又红的一个圆圈，在眼中显得很巨大。《代尔格林》[1] 之太阳，最终成真了。显然他的偏光滤光片已几近不透明的全黑，但大地仍是一片白光，任黑色的细线将其蚀刻。斯婉仍仰头望着。一个快渴死的人，现在浸没在洪流中。学她的样子，瓦赫拉姆冒着冷汗，鼓起勇气再次抬头望着太阳。太阳表面是一团搅动的卷须，它不停地跳动，仿佛想尽力抛掉些热浪；很快他便意识到是他的心脏在扑扑地跳动着，奋力地为身体泵送血液，以至视线都变得拥挤起来。一个白色圆圈在没有星星的木炭般的天空中扭动着。圆环各处都是不断覆盖自身的白色光幅，这般运动的场景不禁让人联想起某种巨大的生物。上帝？当然，为什么不可能呢？这一切看上去就像是上帝显身。

瓦赫拉姆将自己的视线从太阳上拽开，拉住她的胳膊。

“好了，斯婉。该回到里面了。你也差不多晒够了。”

“就一小会儿。”

“斯婉，别这样。”

“不，等我一下。你往下看，看着轨道。”她指着轨道的方向，“有东西过来了。”

的确有什么过来了。东边，最外一根轨道之外，平整的大地上，一辆小车朝他们驶来。它在平台最下面的台阶处停了下来，车一侧的门打开，出来一个身着太空服的人。这人抬头望着他们，做手势让他们下去。

“会不会是那几个日光行者叫了人来找我们？”瓦赫拉姆问道。

“不知道。”斯婉说，“他们离开有足够长的时间了么？”

“应该没有。”

瓦赫拉姆扶着斯婉的手臂，两人从阶梯上往下走。她看上去步伐相当稳。或许是因为正午的阳光重新给她注入了活力吧，又或许是因为看到了得救的曙光。他们走进车辆的闸门，当闸门在他们身后缓缓关上，他们被允许进入到车辆内部，一个面积相当大的隔间，那里他们可以脱下头盔自由交谈。那些搭救了他们的人对他们二人感到非常惊奇。搭救者说他们以高速在日照面行驶，完全没想到会看到有人站在平台上。“而且还是直接望着太阳，一直看！你们到底是怎么抵达那儿的？你们在那儿做什么？”

“我们是从‘终结者’城来的，”瓦赫拉姆向他们解释道，“还有三个人在隧道里，在东边更远的地方。”

---

①《代尔格林》，美国科幻小说家萨缪尔·德兰尼作品。——译者注

“啊哈！但你们是怎么……这样吧，我看，我们一边走一边谈。”

“好。”

“这儿，靠窗坐吧，可以看看窗外，很美的。”

车辆发动了。他们从刚才的站台前驶过。他们得救了。斯婉和瓦赫拉姆都盯着对方。

“噢，不！”斯婉微弱地说了一声——似乎他们又跌进了另一场灾难——似乎她开始怀念起他们未走完的另一半旅程。他不觉笑了。

清单（四）

乐观的、性情暴躁的、冷漠的、忧郁的

内向的、外向的

双重性格、外向性

稳定的、不稳定的

合理的、不合理的

神经质的、神经分裂症的、偏执的、青春型分裂症的、躁郁的、肛门克制型的[1]、强迫症的、神经病的、虐待狂的、受虐狂的

被压抑的、被分离的、有两极的、精神分裂症的

精神错乱的、反社会的、狂妄的

沮丧的、不喜欢社交的、做作的、焦虑的、有瘾的、被动性进攻的、自恋的、唯我论的、心情恶劣的

边缘性人格、多重人格

疯狂的、心智健全的、正常的、古怪的

自闭症、艾斯伯格综合征、理性主义者、商人、保护者

神志清醒的、神志不清的、自我、身份证明、超我、原型、阴影、女性内在的男性倾向和男性内在的女性倾向、精神衰弱

快乐的、难过的，高兴的、悲哀的，创伤后的、调整后的开放性、认真、令人愉快

实干家、思想家，猴子和南瓜，冲动的、沉思的

---

① 指具有谨小慎微、贪婪和固执的性格特征，源于与儿童时期克制粪便排泄产生的快感有关而形成的习惯、态度和价值观。——译者注

自私的、骄傲的、贪婪的、懒惰的、好色的、嫉妒的、愤怒的，蠢笨的、聪明的，快的、慢的，移情作用的、有同情心的，信任的、多疑的

或者……或者……这或那，任君选择。以上全部

分类、类型、类别、标签、系统
三千年

布罗卡氏失语症、韦尼克氏失语症

海马区受损、杏仁核病变、5-羟色胺敏感
高发右颞叶肿瘤、丘脑过度活跃、视网膜变形

热奈特调查官

吉恩·热奈特，长期担任星际警务高级调查官。他习惯早上起床后步行去某个有阳台或紧邻人行道的街角咖啡吧，喝上一杯未加糖的土耳其咖啡，读读显示有全太阳系最新新闻的万能钥匙。之后他会继续在城里散步，最后在当地的星际警务办公室开始一天的工作。办公室由一排小房间组成，靠近政府大楼。不幸的是，星际警署并不是一个为所有星球认可的警察机构，更接近于半自治的准官方条约监督机构。所以他们的工作常常遇到不小的阻力，热奈特有时感觉自己更像是一名私家侦探或讨人厌的非政府组织成员。不过他们有个很庞大的数据库。

热奈特喜欢在数据库里转悠。办公室不错，同事们都挺可靠，数据很重要，但散步本身也很关键。在散步的过程中，他感知到了想象和顿悟，它们是解决问题的出路，又是生活中最美的瞬间。

当他想验证喝咖啡时脑海中弹出的一些假想时，那种想象和顿悟有时也会来到，即便他在办公室里——当他看着新同事或档案室的如山文档的时候。他们的制图间永远蕴含着强大的表现力，通过三维和延时手段展示真实的趣事，再现世界的美好。当然了，置身一堆彩色的点和线之中有时只会让人觉得更加迷惑。但更多时候，热奈特在演示室看过后回到真实世界，会注意到以往无人曾留意到的诸多细节，而这一点让人相当欣慰。这是最让人高兴的事。

但要把认识落实到行动就没那么轻松了。为了把调研结果付诸行动，常需要在混沌的状态下做交易——一个人心情不好的时候可能会把它叫作无政府状态或者无秩序状态——这种事的次数比热奈特去教堂告解还多。不过到目前为止星际警署还没有被人狠批过，对于他们这一行来说这已算最好的结果了。

作为高级调查官，热奈特通常有权决定需跟进哪件案子。毫无疑问，“终结者”城遇袭事件盖过了所有其他案件，成为太阳系内每个人关注的焦点。

同时，由于“终结者”城是蒙德拉贡的一部分，而星际警署和该联盟的关系比其他所有警察机构都要紧密，所以热奈特他们自然全力介入。再说，此类事情之前还从未发生过。水星上唯一的城市被放了火（另一座城市“启明星”号正在修建中，轨道铺设在水星北面；如果你看看两者有多近，就会觉得城建矛盾是有可能导致纵火案的原因之一）：整个太阳系自然处于惊恐中。发生了什么事，如何发生的，为什么会发生，谁干的，都不清楚，而人们喜欢讨论这种事情，急切想要知道答案。事实上各路调查力量都在暗自竞争着。但“水星之狮”过去一直是这位调查官的朋友，当她的小狮子们在紧急撤离后再度聚集，坚决要求水星当局予以调查，他们点名要热奈特负责。这样的请求不可能被拒绝，它似乎也是继续推进亚历克斯和瓦赫拉姆过去所从事的项目的一种方式。热奈特认为“终结者”城的毁灭就发生在木卫一遇袭事件及亚历克斯逝世之后，有可能是一系列攻击的开始。验尸报告证实亚历克斯的死是自然原因，但热奈特的脑中一直无法摆脱一个想法——某些自然死因也可能有人为因素的干预。

当他穿过太空港的大厅走向飞船登机口准备启程前往水星，惬意地看着人们无意识地利用自己的技能向登机口驶去，调查官先生突然灵光乍现，想到了袭击事件的解决办法。眼前的画面如此生动，仿佛刚从梦境中被抓取出来，为他提供了多条有用的调查思路，以便在飞向水星的途中慢慢思索，但最重要的是，它给了他一种确定的很好的感觉，解除了他的担心。

热奈特到达时，“终结者”城的难民们或在避难所里避难，或狼狈地逃离了水星。83 人死亡，死因大多是健康问题或太空服及闸门故障——常见的紧急集合：错误、恐慌和设备故障。“疏散”向来有最危险的人类活动的恶名，比生小孩风险还大。

另外，“终结者”城仍在白昼的日光中燃烧，调查工作刚刚开始。已经证实，记录遇袭路段的监控摄像机已在撞击中被毁，同时毁掉的还有一个名为“铁匠”的站台，当时那儿正举行交响音乐会，可能无人生还。另一方面，“终结者”城的轨道流星防御系统记录下了袭击前后的数据，不管是雷达、光学还是红外仪都显示在袭击发生前并没有任何来袭流星。卫星图像也找不到任何冲击物留下的痕迹。甚至有人谈论道：攻击来自五维空间！

有了解决思路的热奈特认为，假装一无所知有可能让犯罪者有时间溜之大吉，当然也可以压制住可能随即而来的模仿犯罪。所以调查官什么都没说，就在里克尔太空港的一个房间里，不停地询问目击者当日的情况。“我看到一道强光。”哦，好，谢谢你。是时候给王发个警告信息了，也许应该请他为热奈特关于这件神秘事件的想法做一个可行性分析。

新闻出来了：又有两个人被从日照面救回来，其中一人被证实是亚历克斯的孙女，艺术家斯婉·尔·泓。被从日照面的中心救出来是件颇为蹊跷的事，调查官前往位于“舒伯特”的医院探视他们。

斯婉躺在连接有多个监视屏的病床上，脸色苍白，看似正从辐射伤害——在她和同伴躲到地下之前击中地面的日冕耀斑中慢慢恢复。热奈特爬上床边的椅子。发红的眼眶里是棕色的眼珠，外面一圈黑眼圈。在保温管道里陪伴她长途跋涉的瓦赫拉姆此刻也正坐在床的另一边。很明显他伤得并不太重，但看上去的确很虚弱。

斯婉注意到了身边的热奈特。“又是你。”她说。她瞪着瓦赫拉姆，那着火般的目光让后者脸色似乎有些发白，他甚至因此举起手挡住那刺目的眼神。“你们俩想干吗？”她喝令道。

热奈特打开万能钥匙——一个像酷立方的旧式腕表，说道：“请不要生气。我是星际警署的调查长，之前见面时我已做过介绍。得知亚历克斯意外过世，我一直就很担忧，虽然看上去那只不过是自然规律。我在继续追踪几起可能有关联的意外事件。你是亚历克斯最亲近的人之一，同时又目睹了木卫一上的侵入事件，现在又是‘终结者’城遇袭事件的目击者。这些或许都是巧合，但你能看出为什么我们总是不断地遇见对方。”

斯婉不悦地点了下头。

瓦赫拉姆说：“关于上次木卫一上跌入岩浆中的残骸，有没有什么发现？”

“等会儿再讨论这个，”热奈特用一种警告的眼神看了瓦赫拉姆一眼，“因为现在我们得把重心放在‘终结者’城事件上。你们俩能否告诉我你们都看到了些什么？”

斯婉坐起身来向他讲述了当日的情形：撞击，回到城里，意识到错过了疏散，然后向东跑到最近的站台，下到保温管道。瓦赫拉姆只是不时地点头，证实她的描述。她说了大约有几分钟，之后讲到隧道里的事，斯婉说得非常简短，而瓦赫拉姆也没有补充或是点头。24 天是一段不短的时间了。热奈特一会儿看着她，一会儿又看看他。很清楚的一点是，关于爆炸本身，他们俩没人看到多少情形。

“那么……‘终结者’城还在燃烧吗？”

“严格地说，燃烧已经结束了。现在是正处于白炽状态。”

她转过脸去，表情拧成一个结。“终结者”城里的摄像机和人工智能系统在其最后的数据传送中把记录下的城市在日光下燃烧的情形发了回来——火焰、熔融、爆炸，如此反复，直到设备毁坏停止工作。与其说是一场大火灾，倒不如说是无数不同时期开始的小火焰打成的补丁。一些有隔热功能的人工智能系统仍在传输数据，记录下了加热到700开尔文时的景象。所有图像组成的拼贴画给人以火葬的整体印象，虽然很明显，可斯婉不想一看究竟。

但事实上她想看。她整理了一下情绪，发表声明道：“我想看每一个场景。给我看，所有东西。我需要看到。我总想进行补救，做一个纪念。就现在，把你们知道的都告诉我们！到底发生了什么？”

调查官耸耸肩，“城市滑行的轨道被某种东西击中。撞击现场仍处在太阳直射下，必须得等到日落才可能进行彻底的调查。你们的流星防御系统没有看到撞击物，这应该是不可能的，因为它重达上万千克。有人说必定是彗星撞击。我倾向于只称其为某‘事件’。目前仍无法证实那是不是一次源自地底的爆炸。”

“就像地雷爆炸？”瓦赫拉姆问道。

“一些卫星照片显示，这更像是一次撞击。但更多的问题就来了。”

调查官的腕式酷立方用清楚的单一声调说：“有位名为马卡莱特的人要见你。”

“告诉他我们的位置，”热奈特说，“请他过来。”

斯婉面颊变得绯红。“我想看看‘终结者’城。”她严肃地说道。

“如果乘坐防护车，也许可以短时间过去看看，但什么都做不了。现场工作人员绝大部分都在背阴处以避免受到伤害。那个经度要等来日落，还需要至少17天的时间。”

马卡莱特走进房间，斯婉喊着他的名字，伸出双手和他拥抱在一起。

“我们以为你死了！”马卡莱特大声说道，“整个音乐会的人都失踪了，我们以为你也是其中一个，接下来的疏散又是一片混乱，我们都以为你死了。”

“我们下到了保温管道里。”斯婉解释道。

“但是，人们搜查了管道，什么都没找到啊。”

“我们决定往东走，以便能尽早走过向阳面。”

“我明白你的决定，但至少应该留个便条什么的。”

“我以为我们留了。”

“留了的？不过无所谓了——看看你，好瘦！我们得带你去实验室，彻底检查你的情况。”马卡莱特绕过床头，也拥抱了瓦赫拉姆。“谢谢你带斯婉回家。我们听说在管道里你一直照顾她。”

热奈特发现，斯婉看上去并不高兴这种描述。

瓦赫拉姆说：“互相帮助而已。我们很希望能见到一起在管道里的三名年轻日光行者。”

马卡莱特说：“正在搜寻中，希望他们没事。好几个日光行者都被救回来了。”

“和我们一起的那几个日光行者帮了我们不少忙。”瓦赫拉姆说道，尽管斯婉对此相当不以为然。

看上去马卡莱特对城市被毁并不怎么关心，亚历克斯刚逝世，相比之下对他来说，他现在显然认为这事儿没什么大不了的。然而，随着“终结者”城的灭亡，居民们如今无家可归，只能待在分布于水星各处的地下掩体里，和木卫一上的情形没什么两样。要想以这个状态重建家园怕不是那么容易，但他们能够做到。事实上，借助绝热掩体和抗热机器人，相关工作已经开始。一旦日光离开这座业已烧焦的城市，他们会很快修理好受损轨道，让城市的架子重新移动起来；然后人们会在安全的黑夜施工，就像第一次建造时那样。

现在他们仍处于安全模式下，他们在系统里的影响力相应减弱了。所以马卡莱特对斯婉说道，同时不断看着热奈特和瓦赫拉姆：“我们会重建城市，一切都会恢复的。那些言必称存在这样那样致命危害性的人，自己都有各种各样的危害性。我们在太空里，都很脆弱。没有哪一个外星定居点是百分百安全的，除了火星。”

“那就是火星为何如此难以忍受的原因之一。”热奈特补充道。

“我会树一个纪念碑纪念我们的损失。”斯婉挣扎着宣布道，仿佛想下床来。她使劲拉了一把床边一排监控仪器的电线，“我要在废墟里表演阿布拉莫维奇艺术，表达城市的悲伤。也许把自己钉在十字架上一段时间是个不错的选择。”

“下面再加把火。”瓦赫拉姆建议道。

斯婉向他投去一股恶毒的眼光。马卡莱特以更讨巧的方式表达了反对意见，说她还没有康复到可以拿身体当画布的程度。“你的压力一直都太大了，斯婉，别这样。”

“我要去！我一定要去。”

这时斯婉的酷立方发话了，声音从脖颈右侧传来："我必须告诉你，你指示我在你身体不够好时阻止你进行阿布拉莫维奇行为艺术。这是你自己说的。"

"荒唐，"斯婉说，"有些时候，计划总比不过变化。这是比任何事都重要的人生中的一件大事，一次大灾难。我需要做出某种回应。"

"我必须告诉你，你指示我在你身体不允许时反对你进行任何阿布拉莫维奇表演。"

"闭嘴，葆琳。我不想你现在说任何话。"

马卡莱特走过去，阻止斯婉下床，他说："亲爱的斯婉，你的葆琳说得对。当然你也是对的。不过它着眼更长远。不急于这一时嘛。在这段困难时期，你有更好的方式帮我们，还有很多工作要做。"

"用艺术表现'终结者'城的命运就是我的工作。"

"我知道，特别是对你来说。但你是生物群系设计者之一，在这方面我们非常需要你。我们可以借此机会整修公园和农场。"

斯婉看上去很警惕，"你确定我们只是重修？没人愿意改变之前的样子吧——至少我确定我不愿意改变。"

"这个嘛，我们会再讨论研究。但你必须为城市重建做好准备。"

斯婉愤怒地盯着他，"不管怎样我都会的。但我们能否至少用跳虫型飞行器进入日照面，看上一眼？"

"我觉得行。我会尽快协调日行车上的座位。但你得先恢复身体才行。"

几天后他们乘坐跳虫型飞行器出发，沿着轨道一路向东进入日照面，然后进到"终结者"城的废墟里。透过深色的滤光片，脚下的大地就像一张白得晃眼的白纸，上面标记着黑色的环形山和一些弯曲的线条，凑在一起仿佛某些靠指南针画出的字母图形。轨道本身则像一束发着耀眼白光的电线。

"终结者"城的尽头已在地平线下。穹顶的框架和轨道一样发着炽热的白光。穹顶内部简直是一团黑色的乱麻。他们凑近看到，黑色乱麻已分解成小团的煤渣、黏稠物、灰烬、黑斑和黑色粉末。一些金属表面烧得发红。让人想起表现被大火摧毁的小行星城市的老照片。

马卡莱特看到此情景不住地摇头道："现在你知道为什么我们得一直待在背阴面的原因了。"

斯婉看着地面，装作没听到。热奈特注意到，这次没有戏剧效果了。空虚的脸上浮现出残酷的遗弃之情。看上去她仿佛身在别处。瓦赫拉姆在偷偷看她。

发着热光的城市废墟之上是仍屹立不倒的黎明之墙。它的东面变得前所未有的纯净，一片银白，但内侧却已是卷曲的黑色台阶。一部分品蓝色陶瓷瓦片组成的屋顶仍完好无损，甚至颜色都还保持原样。中央阶梯仍是一长条一长条的，进口的大理石台阶在灼热中仍不失珍珠般的光彩。一段白炽的穹顶框架向上卷曲，仿佛广岛核爆中心的那个圆屋顶。

“它过去多么漂亮啊。”马卡莱特说道。

“现在也是。”斯婉说。

马卡莱特说：“我们会引进一些成年大树，其他的用树种栽植。不过我得告诉你，和保险那边谈得不是很顺利。他们对‘完全重置’的定义有争议。另外，目前尚不清楚这到底是上帝的意志还是战争的结果。委员会的律师说每个人最终都能享受到保险，但谁知道呢。那将是一笔巨大的费用，这才是关键。我们需要帮助。好在联盟支持我们。重置动物群很容易，特拉瑞的运力也很充足。”

他快速看了一眼瓦赫拉姆，清了清嗓子说道：“我听说水内小行星很乐意伸出援手。很显然他们也很担忧。”

“他们需要我们，”斯婉说，“所以他们首先就采纳了亚历克斯关于对他们予以帮助的建议。”

“嗯，通过这次可以看出他们到底有多需要我们。”

斯婉像狗一样不住摇头。热奈特明白她此时不想谈论水内小行星的事情。她生气的是，就在他们都还盯着发热的废墟时，马卡莱特甚至已在想下一步了。

瓦赫拉姆更关心的是她的心情。“特殊形式的怀念是为一个特殊日子的悔念；所有的房屋、道路和大道，都如一年的时光般转瞬即逝。”

斯婉皱着眉头，看着他，“这形象是一个更加幸运的硬汉么，哦，或者说，一个更深沉的男人？”

“是的。”热奈特看得出来，即便曾一起紧闭过，他现在仍可以海纳她的嘲讽。也许他就是在那时学会的。很异乎寻常的一点是，他们对隧道里的那段故事几乎都闭口不谈。

斯婉说：“我想和热奈特调查官一起参加调查，不知道行不行，调查官？在你调查期间我愿意当你的水星联络人。”

“我们乐意接受帮助。”热奈特打着官腔，“这次事件对每个人来说都是件大事，当然对水星来说，它是目前一切的重中之重。所以我想你也许还会请其他人一起参加进来吧。”

“很好，我会和设计组保持联系。”她告诉马卡莱特道。再也没人谈论自我苦修式的行为艺术；虽然在调查官看来，接下来的调查在人们眼中跟行为艺术也差不多了。

当他们返回太空港时，瓦赫拉姆向热奈特点头告别。他转向斯婉，手放在胸口上，轻微地鞠了个躬。

“我得回到土星，继续之前错过的工作了。我相信我们会很快再见的。‘终结者’城必将如凤凰涅槃般重生，会有很多工作等待我们去完成。”

“绝对会的。”她说。她突然抱住他，将头靠在他胸前，时间很短。她退后两步说：“谢谢你救了我。很抱歉我在隧道里一团糟。”

“不用谢，”瓦赫拉姆说，“是你救了我。我们都挺过来了。”他再次行了一个不太优美的鞠躬礼，转身离开。

清单（五）

维斯塔区域，是由一群特拉瑞构成的一个相互合作的人类系统，还比较原始、落后，类似于杂草丛生、遍布原始森林的亚马孙河流域

鞑靼灵地，是一个干草原，那里的人们说一种改良的古老印欧语系

哥本哈根释义，是一个管道小镇，施行礼物经济

桑给巴尔之猫，是一个无人管辖的稀树平原，那里有许多体形很大的猫，根本没什么建筑

阿拉伯沙漠，一个被英国的旅行者占领的沙漠

阿斯本，滑雪胜地

未命名的监狱小行星，由机器人把守

阴阳域，那里所有的永久居民都是雌雄同体

圣乔治城，一个特拉瑞社会，那里的男人们都认为他们生活在摩门教的一夫多妻制社会，而女人则认为她们的社会是一个女同性恋的世界，其中一小部分是女性化的男人

有一些小行星被挖空，却不是为了建圆柱形的特拉瑞，而是建成兔穴、蜂巢、山洞、矿井、旅馆等

马尔代夫，缩小版复制的这个已经被淹没的岛屿

密克罗尼西亚，同上；图瓦卢，同上；所有那些地球上已经被淹没的岛屿都这样被复制

大黄石生态系统34号，使用“黄石”这个巨大生物群系的各种模板的34个特拉瑞中的最后一个

嗜极菌特拉瑞，这里的环境对人类来说是致命的，但是用来培植微生物却十分适宜，而这些微生物是生产药物和接种剂所必需的

命定被遗弃的生物群落，它们被设置了奇怪的参数，然后像试管一样被封存起来

小王子，一个美丽的特拉瑞，行星表面地貌复杂，周围的大气让行星的周边变成蓝色

螺旋域，它的居民一直在等待新人的加入

米兰达，天王星的一颗卫星，曾遭受巨大撞击而分裂，后由碎片重组而成。现在是围绕恒星旋转的特洛伊，已经完全被人工建筑所覆盖。由于重力较小，深深的峡谷和高耸的山脊表面都飘浮着雪向低处滑落。到处是瑞士建筑，理想中的阿尔卑斯山

伊卡洛斯，一个飞行者的世界，由来自地底的光线照明，以保持空中的清晰

桃花源，复原唐朝建筑，看起来就像中国风景画一样

中新世特拉瑞，白垩纪特拉瑞，侏罗纪特拉瑞，前寒武纪特拉瑞

水滴，一个充满水和海洋生物的系统

红杉与国王峡谷，被打包的加州内华达山脉，等等

差不多有1.9万个行星及其卫星已在使用

斯婉和马卡莱特

斯婉回到位于“舒伯特”和“布拉曼特”环形山之间的太空港，坐在角落里，充满了莫名的悔意。肯定不可能是因为保温管道里的经历，她都已经忘了。葆琳记住就够了。绝不回头，为什么要回头呢？虽然那里发生了什么——似乎她正驻足于某件重大事情的边缘。他当时都说了些什么？他说保温管道和其他地方没什么不同？她决不承认，决不。

当她准备和热奈特及星际调查队离开时，马卡莱特再次过来看她。“你真坚强。”他说，轻拍着她的头，仿佛她还是个孩子。但她知道他对她很上心。她摇了摇头。

“不是的，”她语调平平地说，“我当时已经散架了，没法支持下去。”

他有趣地为她辩护道：“那不是你在行的嘛。强制监禁。千万别被投进监狱，或身穿宇航服玩失踪。那不适合你。但在这儿你表现很好，我觉得。”

“我没看出来。”

“噢，关于那束在你进入掩体之前击中你的太阳强光，你太空服上的放射量测定器显示你比隧道里的其他人受到的冲击都要大。其实，我不是要吓你，因为你一定会好起来的——我很清楚你的身体正在恢复，而且恢复得很好很快——但说真的，那的确是一次很大的冲击。”

“10 希沃特罢了，”她轻蔑地说，“没什么大不了的。”

“事实上，已经够糟了。你当时盯着太阳的时间是不是比其他人更长？是不是挡在了他前面？”

“是的，我是在他前面。但我只有他的一半宽。我确定我没有护住他多少。”

“他只受到 3 希沃特的辐射。所以你只不过比他瘦了一点而已，真的。你从正面辐射中救了他一命。”

“他也救了我。他不得不搀着我走了好几天。”

“公平。但是你看，你的 10 希沃特——已足够要你命了，至少应该是脏器衰竭了。但就像我之前说的，你一定会康复的。所以我很想知道是否能找到你创造奇迹的原因。我一直在想，你体内的土卫二共生物是否帮了你忙。它有很好的抗辐射性，作为屑食性生物，它们可能通过以你身上的死细胞为食从而在你体内繁衍起来。可能它们已加入到你自身的淋巴细胞中，帮忙清扫着你的身体。”

斯婉听后很吃惊。“你之前很讨厌我这样做，”她说，“你说我是个愚蠢的傻瓜。”

马卡莱特点头道：“我没有错。是这样，斯婉，如果你像自己声称的那样热爱生活，把这当作你所有狂野举动的借口，你就应该尽力保护自己的生命。有些行为明明就有很多未知的风险，注射外星生物到体内就是其中之一。现在危险仍然存在。但它还只是风险，其有害性尚未确定。我就假设这就是你注射的原因好了。你不是自寻死路，对吧？”

“是的。”她的语气不太确定。

“所以当你决定做一件事，虽然你并不确定在未来的 10 年或 100 年内不会因此丧命，但仍然要做，那你就是个傻瓜。”

“这么说，我们都是傻瓜。”

“正确。完全正确。但没必要当一个愚蠢的傻瓜。”

“有区别吗？”

“有的。你自己想想吧，看能不能找到区别。希望你能在再做此类事之前想通，如果还有类似的事的话。”

他们说话的同时，他一直按着一块平板显示屏，盯着上面显示的关于她体征的数据。他耸耸肩道：“如果你同意，我想带一些样本回实验室研究。也许可以找到什么有用的东西。”

“当然可以。”她说，“如果我愚蠢的傻瓜身体内有什么好东西，那倒是件好事。”

他吻了下她的额头，“你的意思是，除了你已经做出的‘贡献’，我们还会有更多惊喜吧。”

马卡莱特走后，斯婉独自思考着自己的愚蠢。她消瘦的身体躺在床上，她目光下垂看着它，仿佛看着一个游泳的人，一件可以像沃尔多一样操纵的东西——她的身体仍很有弹性，仍坚韧地支撑着她。她饿了。她嗡嗡地叫，让护士送吃的来。

“葆琳，请把我的病例上传到这台电脑上。”

“你要详情还是概要？”

“概要就行了。”斯婉说，她知道详情可能多达好几百页。

她看着屏幕上生成的数字，但没法让自己专心去解读。不停地有短语从那儿跳出来：“2177 年出生”，她知道自己出生时母亲难产，一度缺氧；“心脏病发作年龄：2 岁，在农村学校时受到真菌感染”；“湿地综合征”；“注意力缺陷多动症，4 到 10 岁”。

虽然进行了药物治疗，但事后证明是没有效力的。之后她在农村完成学业，并且她在那儿表现得比之前出色得多。屏幕上弹出更多的词：“计算障碍。前叶皮质层电刺激疗法。15 岁时接受首次旅行接种，全套疫苗（包括蠕虫疫苗）。”

意指寄生虫，这里特指猪鞭虫，口服服下，该疗法时而时髦时而又不怎么受欢迎。

“ODD，15 ~24 岁。”

即对立违抗障碍，与焦虑障碍有关，均源自海马区域，但焦虑障碍是逃避，而 ODD 有攻击性。

“1g 重力加速度综合征，发于第二次休假期间，地点：法国蒙彼利埃，时年 25 岁。荷尔蒙滴注，35 岁，荷尔蒙治疗持续至今。后叶催产素依赖症，37 ~86岁。植入云雀和刺嘴莺发声部位，26 岁。猫声带束，27 岁。植入硬膜下量子计算机，2222 年，45 岁。认知治疗，9 ~99 岁。28 岁以父亲身份生育一女，2296 年死亡。63 岁时以母亲身份产下一女，顺产。”

马卡莱特在她的病历中加了一行：“注射土卫二生物入体内——蠢妞儿，时年 79 岁。”

“长寿疗法，40 岁至今。”

“人为疾患，从未治疗。”——这条肯定是马卡莱特或者葆琳加的，取笑她。

“怎么不提‘设计了一百个特拉瑞’？”斯婉抱怨道，“还有‘在奥尔特云[1]三年中将大量司机带上冰球’或‘五年时间在金星上’。”

“那些不属于病历。”葆琳回答道。

---

① 又译欧特云，是一个假设包围着太阳系的球体云团，布满着不少不活跃的彗星，距离太阳约 5 万至 10 万个天文单位，最大半径差不多一光年，即太阳与比邻星距离的四分之一。天文学家普遍认为奥尔特云是 50 亿年前形成太阳及其行星的星云之残余物质，并包围着太阳系。——译者注

“是病历，相信我吧。”

“如果你需要你的简历，请随时吩咐。”

“住嘴。走开。你就会模仿一个在气头上的人。”

“你想说的到底是‘模仿’还是‘刺激’?”

摘要（七）

与双性同体疗法相关的寿命延长需要在胚胎期、青春期和成年期进行复杂的外科手术和激素干预。XX/XY 的区别还是存在，但只是用于各种习惯、惯例、术语。

性别认同感是在胚胎第二个月在海马体和下丘脑形成的，并且一旦形成很难改变。如果想创造一个模糊的性别认同感，需要在子宫中就进行干预。

在妊娠的前八周，保持副中肾管（苗勒氏管）和中肾管（午菲氏管）的活跃，这个期间无论男女都还保持着双性腺。Y 染色体基因激发的抗苗勒氏管激素只能附着在一边的副中肾管。通常这种作用都是同边的，一边的睾丸会压制同边的副中肾管的发展，所以 XY 胚胎在第四周时需要注入相当量的雄性激素稀释剂，以避免下丘脑出现男性化的认定，下丘脑在大脑中是对性别差异进行强化的组织。而 XX 胚胎则需要对一侧的副中肾管使用雄性激素以刺激中肾管的发育。当中肾管得到发育，同侧的副中肾管就会退化。

雄雌嵌体和雌雄嵌体之间的区别是潜在的基因构造，这在身体体征上往往很难辨别。保存着中肾管的 XX 类人是雌雄嵌体；保存着副中肾管的 XY 类人是雄雌嵌体。在这两类人的身体里，激素泵都同时提供雄激素和雌激素，因此一个孩子天生就有发展任一种生殖器的可能，只看怎么选。

产前选择双性同体最有利于长寿。在青春期或成年期再进行激素治疗也对延长寿命有好处，但心理的认定将……

激素治疗还可以通过外科手术在阴茎上面的腹壁中安放功能正常的子宫。将阴蒂改造成一个小的、可以正常工作的阴茎，用保留下来的中肾管或其干细胞做成睾丸。由于从 X 染色体中分离的 Y 染色体常有问题，所以雄雌嵌体的人通常只能生女儿。

通过一个模仿自然的 5α－还原酶缺乏症的流程，女性可以增加男性生殖功能。

对于性别自我形象的分类包括女性、男性、雄雌嵌体、雌雄嵌体、雌雄同体、双性、两性、间性、无性、阉人、无性别、男女不分、酷儿、变性者、同性恋、多态、双性恋、男扮女装、中性人、双灵。

不强调性别差异的文化体系有时被称为乌尔苏莱文化。这个词的起源不详，可能来自于对熊性别区分的困难。

基兰在金星上

等到只有基兰和舒克拉时，舒克拉对他说："我们会给你安排一些测试，孩子。"

"哪种测试?"

"各种都有。"

来了三个大汉，护送他们走过科莱特上的几条林荫大道，基兰知道此时他做什么都不可能，唯有听命。他们进到一座大楼里，凸窗下面是一个街角，他努力寻找着路牌，希望记住他们此刻所处的位置。第八大道和橡木大街。虽然十字路口的那棵树其实是株柳树。

"再跟我说说为什么斯婉要把你带来这里?"他们走进楼时舒克拉问道。

"我帮她脱离了困境，当时她在我家附近被绑架了。她想还个人情。"

舒克拉说："是你要求来这儿的吗?"

"算是吧。"

舒克拉摇了摇头说："那么你现在是一名间谍。"

"你什么意思?"

他瞥了他一眼。"不管你知不知情，目前你被认为是斯婉派来的间谍。我们会通过一系列测试找到答案。通过测试之后，你会成为为我工作的间谍。"

"为什么她要安插一个间谍到这儿来?"

"她和'水星之狮'关系很近，而自'狮子'死后，她就开始以'狮子'的方式旅行。而'狮子'总是在这里安插了大批间谍骨干。所以，我们就等着看测试结果怎么说吧。"

基兰感到心脏跳得厉害，但被三个壮汉紧紧围住，除了被带往另一个房间别无他法。这次的房间看上去像诊疗室。而最后发现之前所说的测试更像是一次体检，这让他松了一口气，哪怕只是体检他目前的处境也并不算好。

当天晚些时候，他被护送回到舒克拉面前。舒克拉查看了可能有基兰测试结果的控制台显示屏，然后对几个壮汉说道："看起来他没问题，但我还是有点怀疑。现在，就把他当诱饵好了。”

之后基兰被分配到了一个亚洲人工作组，居住在城市环形山边缘的一栋集体住宅楼里，几乎每天都离开城市外出干活。组里其他成员对自己的生活完全没有主动权：他们前往被告知的区域，按指令做事，给什么就吃什么。跟在家差不多。

斯婉给他的一个愚蠢的小型翻译机现在是他唯一拥有的东西了。当他试图借助它加强沟通时，常被投以迷惑的目光，但也有几次长达十分钟的谈话，多亏有了这个玩意儿。但大多数时候他在人群中独自做着自己的那一份工——当天分配给他所在的组做什么他就做什么。测试后他就没有再见到舒克拉，这让他觉得自己可能没通过测试——虽然有一天他认为他也许是通过了。

不管怎么说，每天的事情都多到做不完，几乎都是在科莱特城之外——那里，上次碰撞引起的大暴雨现在已变成持续不断的大雨。在干冰海洋尚未被泡沫酸岩完全覆盖前，厚厚的雪花飘落在新形成的干冰海洋上。这带来了新问题。每天大量的人不得不前往干冰海洋，操作巨大的推土机和扫雪车把雪从干冰上清除掉，让泡沫酸岩能够覆盖干冰。据说这项工作需要十多年才能完成，但基兰听人说只需要一年就可以，另有人说还得一百年才行。没人有个确切答案，而基兰很难单靠翻译机跟上人们在餐后的闲聊，有些时候工友们会试着在各自的腕式平板电脑上计算时间，一般来说结果是越算越长。没有前途的工作！他需要提高自己的外语水平了。

每晚他住在宿舍里。这是最有趣的部分，因为人们都把自己包裹起来躺在长长的睡垫上，翻译机称之为“通铺”——也就是和房间一样长的大睡垫，每个人的床头都写有编号。早上起床后在餐厅用完早餐，然后排队等待上车——一望无际的平板车；或登上和航母一样大的直升机，前往干冰海洋，操作推土机、沃尔多机、吹雪机（被称为“龙”）、超级赞博尼磨冰机以及很像泽西那儿的沥青和水泥切割机，不过体积大了一百多倍。几周后，他也能熟练操作所有机械。并不是很复杂；其实主要是给人工智能系统下命令就行了，感觉有点像在一条船上当舰长。一千人的队伍一天可以清除几十平方千米的面积，在视线尽头的地平线上，一些黑色的移动房子正不可阻挡地将泡沫酸岩铺撒在干冰上。这边干冰海洋的彼岸据说在600千米远的地方。

一连好几周的时间，他在一个有纪念意义的沃尔多机里工作，扫掉被他们称为剑龙片的东西，将其铲放到巨大的卡车的货台上。操纵沃尔多机始终是一件要求很高的工作——和舞蹈一样，这也是一种全身运动——但并不是说它很耗体力，而是因为它放大了你的每一个机体动作，所以在操作时要求注意力高度集中。这项工作既可以是有趣的，也可以只是不停升降搬运的机械运动，但不管你的感受如何，最后都会让你精疲力竭。

当工作告一段落，他尝试提升一下自己的外语。他周围的人没一个会讲英语，所以他的小型翻译机就是他最好的老师，但这种方式学习仍是困难重重。他会对着它说英语，然后听它翻译出来的外语。但当他反过来对着翻译机模仿刚才的外语发音时，却从未听到他期待的英文原文。他用他认为自己听到的外语说："我的雷达坏了。"但翻译带翻译回的英文却是"立即召开户外会议"。他尝试说"你住在哪儿"，回来的却是"你的莲花插进去了"。

"但愿!"他凄凉地笑着说，"我想把莲花插进去，但怎么才做得到?"

很显然他说了句在周围人看来很疯狂的话。做错事了。但是错在哪儿呢?

"外语很难的。"听到他的抱怨，一位室友对他说道。他努力正确记住那个人说的话。

他的翻译机一直是他最好的朋友。他们彼此说了很多话。他希望能够尽快从翻译机那儿学到更多的东西。对人们说"你好"和"今天过得怎样?"等等拉近了他与工友们的距离，他们也更愿意在和他交谈时把话说得很慢。

工人们继续做着眼前史诗般的任务——铲雪，规模比地球上相同工作大了不知几千倍。但如果每天的工作仅仅是不断地铲雪，那还算不算得上是一件好事?

一天他给斯婉发了一条短信，说很高兴听到她在"终结者"城撞击事件中幸存下来，同时也提到他再也没见过舒克拉了。几周后斯婉回信："试试找拉克希米。"后面附了一个金星上的云地址。

他询问人们关于这个人的信息，发现这是个让人们沉默并逃避的名字。一个居于克里奥帕特拉上的大人物，舒克拉的盟友，抑或是敌人——大家都不知道，或不愿意说。

所以现在的情况是：也许斯婉想将她的线人派往离行动地点更近的地方，又或者她只是想帮他个忙罢了。

再或者，也许他只是为了自己。

清单（六）

寒带森林（针叶树），温带森林（硬木或者硬木与针叶树的混合），热带森林，沙漠，高寒地带，草原，苔原，灌木丛，也称作疏灌丛

这些是主要的地球生物群落

城市，乡村，农田，牧场，森林和荒地

这些是主要的人类与其他生物的共存形态

将以上两组组合搭配，就形成了地球上的825个生态区

陆地上450个，海洋中229个

而现在65%的生态区都只存在于其他行星

画一个X—Y坐标图来分析植被气候对应关系，纵坐标表示降水量，横坐标表示温度。在这个图上标注出各种生物系统，然后就可以很清楚地看出哪种气候条件下会出现哪一类的生物群系。越往左表示气候越热，越往右表示越寒冷；越向上表示湿度越大，越往下表示越干燥；于是得到如下的大致分布：

热带雨林		
热带季节雨林	温带雨林	
热带稀疏草原	温带落叶林	针叶林
亚热带沙漠	温带草原	荒漠苔原

上图可以对生物群落的分类有个大致阐释，若要详细说明则要复杂得多。已命名的450种陆地生物群落不仅是根据它们所处地区的温度和湿度来划分，还与纬度、海拔、地形、地质状况和其他因素等综合条件相关

根据需要，生物区还可以被划分为小至一公顷的微环境

1900—2100年期间，34850类已知物种灭绝。这种情况仍在继续，这是地球历史上第六次的大规模灭绝

从现在起，任何的灭绝都是可以避免的（虽然，一直是这样）

太阳系已经有19340个特拉瑞存在

这些特拉瑞中大约70%是动植物的世界

或者是为了保留某一生物区中全部的动植物，或者是为了创造新的组合，被称为“升天”

92%的哺乳动物在地球上已经濒临灭绝或者已经灭绝，而在地球外的特拉瑞上，它们多数仍存活着

太空：动物园

接种剂

斯婉与调查官

一天晚上，热奈特调查官和斯婉正飞过小行星带时，他说：“在处理‘终结者’城事件上有两个主要问题。”和他们一起旅行的还有少数来自星际警署和“终结者”城的人，但每晚最后离开厨房的常常就是他们两人。斯婉喜欢这儿，调查官则坐在桌子上吃饭，桌上还特别铺着长毛绒。之后他会将一只胳膊肘靠在餐桌上，握着酒杯，看着对方的眼睛，聊天。有点像跟一只猫说话的样子。

“就两个问题？”她说。

“就两个。一、谁干的；二、如何能够找到并抓住此人，不让更多人有类似的想法。也就是所谓的模仿犯罪，或者更通俗地说就是，防止再次发生此类事件。我觉得后面一个更棘手。”

“那关于攻击是如何发生的，”她问，“不该问问这个么？”

“我已经知道了。”调查官轻松地说。

“你知道？”

“是的。只有一种可能，我觉得，情况就是这样。不管多么不合情理，根据我的推断。再说在这个案例里，它并不是什么不可能的。但我必须坦白地说，鉴于我们的谈话都会被彼此的酷立方录下来，我现在不想谈论这个问题。”热奈特抬起手腕，指了指那个厚的，几乎呈立方体造型的内建“万能钥匙”的腕式平板道：“我想，你的酷立方也是不停地记录吧？”

“不是。”

“但常常是吧？”

“是的，我想是吧。就像其他任何人的一样。”

“嗯，不管怎样，我想在小行星带里查看一点东西，才能确定我的假设。所以当我们到达时可以再多谈谈这个问题。但我希望你多思考下第二个问题；假设我们抓住了罪犯，他一五一十地道出了详情——也许需要刑讯逼供——我们又如何防止别人不照着去做？我觉得你可以在这方面帮到我。”

他们乘坐的是“摩尔达瓦”号特拉瑞，沿着奥尔德林轨道[1]航行八天前往灶神星。“摩尔达瓦”内部种植有小麦，很多乘客在结束了一天的劳作后会前往位于船首附近的一片高地上，在一处休闲地聚集。该地方坐落在宽阔的山顶，俯瞰以及仰视不断往上卷曲的大块的打着补丁的田野，那里因种植的不同品种而呈现出绿色和金色纹理，就像天堂在缝被子的人眼中的样子。

斯婉的大部分时间都在和本地的生物学家谈话，后者有很多病虫害方面的问题希望能和人交流。热奈特调查官留在飞船上的星际警署办公室里，当他们经过火星时，他不停地跟停靠在前面灶神星周围的特拉瑞上的人通电话。这些天里，每晚斯婉都会和星际警署的人一起吃饭，然后和调查官聊到很晚。有时她会跟他谈到白天的工作。本地人不断尝试各种小麦变种以图找到能更好将水分从种子分散开来的品种，并探索微观的“滴水叶尖”的基因构造，像热带植物叶子一样，这种叶尖的长度很长，其上的水珠可以突破其表面张力而散开。“我希望能在脑中植入这种微观的滴水叶尖。”她说，“我不想留住任何可能伤害我的东西。”

“那么祝你好运了。”身形矮小的调查官礼貌地说，同时仍专注于自己的晚餐，对于这种体形的人来说他已经吃得够多了。

几天后他们来到了灶神星区，小行星带上最拥挤的区域之一。在逐渐加速的过程中，许多特拉瑞都进行了重新定位，彼此靠得都比较近，构建起某种类似社区的东西，而灶神星区就是其中最大的一个。“摩尔达瓦”释放了一艘载有星际警署探员的飞船，当飞船减速靠近灶神星区，他们又换了一艘，上到了星际警署飞船上，里面有星际警署的其他成员。

这艘名为“快速正义”号的小型飞船有着令人印象深刻的高速度，简短几个指令后，他们开始在小行星带中逆流飞行，在几个小星球上停了一两次，以便调查官能与当地人谈话。没人解释为什么他要停下去跟人交谈，斯婉也暂时停止了发问。在依次停靠了“奥里诺科河奇想”、“克里米亚”、“欧罗河谷”、“伊洛瓦底 14”、“的里亚斯特”、“柬埔寨”、“约翰·米尔”和“温尼伯湖”后，她忍不住发问了。

“所有这些小世界里最近都在其轨道上出现了一些小的扰动，”调查官解

① 巴兹·奥尔德林于 1985 年提出理论，设想一条太空航行轨道，是地球到火星的最佳路径。该假想轨道概念的科学性随后通过计算被证实。——译者注

释道，“所以我想问问他们情况。”

“他们怎么说?”

“很显然有一些小行星突然离开了灶神星区，人们认为正是那些突然离开的小行星造成了其邻近小行星偏离航道。”

灶神星本身其实就是一个相当大的小行星——直径600千米，基本上呈球体，表面完全被居民区覆盖。这使得它成了被称作“气泡包”的类地球化改造的最大实例之一。一般来说一个卫星的表面只有一部分有人定居，比如那些老式穹顶；它们是木卫四、木卫三和月球上最普遍的建筑形式。但那些卫星实在是太大，要将其表面全部建成定居点几乎想都不敢想。让像帐篷一般的气泡覆盖整个卫星表面代表了下一步发展方向，一个切实可行的方案：着力于在地表搞建设，用以取代以前将地底掏空的做法。斯婉觉得“终结者”城本身也算是类地球化改造的一个案例，虽然她还不习惯于从这个角度看它，同时她对小行星带上的地面定居点还抱有成见，认为和挖洞建城并以翻转方式获得重力加速度相比，后者过于暴露，引力也太小。

但现在，当她近距离观察灶神星时，她觉得看上去这儿还不错。这地方本应该有各种天气和一片天空的（帐篷距离地面2千米高），葆琳告诉她灶神星居民已在上面种植了北方树种、造起了阿尔卑斯山脉、冻土带、草场以及大面积的冻原。所有一切都在微重力环境里，意味着人人都能在这变得肿胀，几乎可说是在浮动的地貌上轻易飞起来，或在原地打几个转。这倒没什么不好的。他们甚至立起了一座大山呢。

所以斯婉对造访灶神星颇有兴趣，不过热奈特的脑中揣着不同的目的。其他几名星际警署的探员过来后，他们随即动身前往邻近的“世界之树”[1] 号特拉瑞。

当他们接近“世界之树”号时斯婉看到这又是一个马铃薯状小行星，目前一片黑暗，没有翻转。“它已经被放弃了，”调查官解释道，“现在只是个冰冷的容器。”

在跳虫型飞行器的闸门舱里斯婉飘到太空服支架处，优雅的轻微屈膝，穿戴完毕，跟着热奈特和其他几名调查员出了外闸门，走入真空里。

---

① 世界之树（Yggdrasil），又称为“宇宙树”（The World Tree），是北欧神话中的一棵巨树。在北欧神话中，这根树的巨木的枝干构成了整个世界。北欧主神奥丁（Odin）的长枪岗尼尔（Gungnir）就是用此树的树枝做成。——译者注

“世界之树”是一个标准的内空型特拉瑞，也许有30千米长。他们从船尾留的一个大洞进到里面，大型发动机已被移走。他们稍微打开喷气，利用太空服的推进器保持身体的直立。他们肩并肩往前飘去，像极了男女倒转过来的法老伉俪塑像——由妹妹转变而来的妻子和君王的膝盖一般高。

行进一会儿后，他们关闭了喷气推进。小行星内部是一片绝对的黑暗，远方有几点微弱的来自他们头灯的反射光。斯婉去过多个修建中的特拉瑞，但这个跟那些都不同。热奈特将一盏明亮的头灯往前一抛，然后开启喷气机以抵消抛掷带来的使自身往后的动量。笔直的光柱在空洞的空间里往前飘去，把管道内壁照得相当清楚。

斯婉因为四下张望，带动起自身微弱的翻转。如此昏暗，如此凄凉。她带着某种可能源于不幸的“终结者”城的情感翻转着：她朝着自己的面罩打了一拳，突然她听到了自己的呻吟声。

“没错，”飘在她旁边的小矮人说，“这儿有点失压，事先又没有任何警告。这是个球粒状的冰水混合陨石，属于很常见的一种。事故调查发现一颗小型陨星偶然击中管道内壁上的一处事先未被发现的冰缝，使冰全部蒸发，造成内管失压的悲剧。虽然此小行星被岩石分析家评为了3A级，但类似的事情并不是第一次发生。通常情况下被毁掉的特拉瑞都只有B级或C级评价，且建造质量粗制滥造。所以我一直在重新分析过去的事故，寻找某些可用的线索，然后决定得过来看看。我主要想检查外部，但我想首先还是先看看里面再说。”

“很多人伤亡吗?”

“是的，大约3000人吧。事情来得太快，一些人在有避难所的建筑物里，一些人在太空港或空气闸门附近。除此以外的所有人都死了。幸存者决定离开这个地方，将其作为一处纪念地。”

“那么如今这儿就像个公墓。”

“是的。这里面某个地方还有一个纪念碑，我想应该是在另一边吧。我想看看破裂处的内表面。”

在咨询了“万能钥匙”后，调查官领着斯婉到了内管另一边的一条大道上。周边环境颇有巴黎的感觉，宽阔的大街在四五层楼高的梯形街区间穿过。

他们在一片区域上空盘旋，下面尽是褶皱不平的人行道和歪歪斜斜的房屋，让人想起地球上那些地震灾区的老照片。如今此番景象又在这儿重现，让人颇有些奇怪的感觉。

“附近区域的镍铁小行星数量不够么？不然干吗去挖空这些冰水混合体？”斯婉问道。

“我知道你会这样想。但他们挖了几个这样的小行星后发现结果还不错。他们留出了足够厚度的墙壁，但是没有足够快的翻转和足够高的内部气压予以检测。这些墙壁理论上讲应该是可靠的，事实上也的确如此。但这个地方破损了。一颗小陨星恰好撞击到了薄弱位置。”

他们飘过一个区域，撞击造成的剧烈形变使得白色水泥板被抛离原位，然后飘进太空里，形成了一道狭长的裂缝。裂缝外就是太空，斯婉看到了外面的繁星。

他们离开了千疮百孔的街区，往回飘出了小行星内部。他们的足尖轻触着外表面，开启喷气推进器，从岩石表层慢慢飘过，成功利用了典型的小行星微重力。以前斯婉在特拉瑞施工期间曾在这样程度的重力中待了一段时间，她发现调查官很适应这种环境，对于一个长期生活在小行星带上的人来说也是理所当然的。

当他们抵达小行星表面的开裂处时，已有几个星际警署的人在那儿开展作业。热奈特凭借几步芭蕾舞步，扭转身体头朝下下降，拍了几张断裂处内部的照片。随后他单手倒立，进一步检查了断裂带两边几处较小的凹痕，面罩离岩石只有几厘米近。

过了一会儿他说：“我想我这边的工作已经完成了。”

于是他们向其他人那儿飘去，看他们继续工作着。热奈特说：“你脑子里有一个酷立方，对吗？”

“是的。葆琳，给热奈特调查官打个招呼。”

“你好，热奈特调查官。”

“它可以关掉吗？”调查官问。

“嗯，当然可以。你会关掉你的么？”

“会。如果那就是关掉它们的后果的话。”透过面罩斯婉看到他面露讥讽的微笑。“好了，‘万能钥匙’已经进入休眠了。葆琳呢？”

斯婉拍了拍后脖颈右侧下方的微型平板。“它也休眠了。”

“好极了。好的，现在我们可以稍微开诚布公地谈谈了。告诉我，当你的酷立方运转时，是不是会将你的所见所闻一一记录下来？”

“当然，正常情况下是的。”

“它和其他酷立方有直接联系吗？”

“直接联系？你指量子纠缠[1]？”

“不，不是。一般认为由于消相干原理，那是不可能的。我只是指无线电联系。”

“这个，葆琳有无线电收发器，但我可以决定哪些信息允许进出。”

“你确定？”

“我想是的，确定。我发命令，它遵照执行。我可以在她的记录里检查她做了哪些工作。”

小矮人半信半疑地摇了摇头。

“你那个不是么？”斯婉问。

“我想也是这样，”热奈特说，“只是对非‘万能钥匙’型号的其他酷立方不太清楚。”

“为什么？你觉得这里发生的事，或者水星事件，可能和酷立方有关？”

“是的。”

斯婉吃惊地看着飘在自己身后的这个看上去像套着一件太空服的大玩偶的东西，甚至觉得有点害怕。因为她是通过头罩上的耳机听到他说话的，所以他的声音就像葆琳一样似乎是从自己头脑内部发出来，充满了整个耳道。清晰高亢的男高音，悦耳且富有乐趣。

“裂缝两边都有不少撞击凹陷。就像这个……”热奈特用食指指了指，随后一个绿色的激光点出现在一个小凹陷的环状边缘，很快绕了环边一圈，最后停留在环状凹陷的中心。“看到这个了么？还有那个？”他又用激光笔在另一个凹陷上绕了一圈。这些凹陷都非常小。“这些凹陷都太新，可能是在破裂期间或破裂后形成的。”

“那么，关于废渣有什么发现么？”

“没有。这儿重力太小，溅起的废渣很少有回到地面的。如果有的话，应该是停留在某处，而不大可能造成如此深的凹陷。”

斯婉点点头。这颗小行星起伏的表面有很多散落的石块。“那么事故调查报告是如何称呼这些环形坑的？”

“不规则物。他们推测这些可能是断裂坑，原本在此处的积冰在撞击产生

---

① 量子纠缠是粒子在由两个或两个以上粒子组成系统中相互影响的现象，虽然粒子在空间上可能分开。——译者注

的高温下融化。这确实有可能。不过我想你大概已经看过‘终结者’城的事故调查报告了吧？”

“看过了。”

“你记不记得那份报告里同样也提到了不规则物？不管是什么击中了轨道，都留下了些蛛丝马迹。外表面上有一些环形凹陷，很小，撞击发生后才出现的。当然了，在水星上，残渣是要落回地面的，我承认——”

“有没有可能是撞击物在进入水星时解体了？”

“但那种情况一般发生在有能让飞行物加热和减速的大气层的情况下。”

“有没有可能是水星的重力造成的？”

“那个因素可以忽略不计。”

“我不明白，这么说也许来犯之物并没有破碎散开。”

小个子点了点头，“是的，你说得对。”

“什么意思？”

“它并没有解体。事实上，它的确是一个整体。”

“你到底想说什么？”

“我想说的是，它是在最后一刻才聚拢成团的。这就是为什么水星上所有检测系统都没有发现它。其实它们应该看到了的，它总得从某个地方来吧，只是监视系统没有辨识出来。所以在我看来，这说明我们在 MDL——最小侦测极限——方面存在问题。因为任何手段都存在一个可侦测最小值，有些时候是侦测办法本身决定的，有些时候也可能因为存在人为因素的干扰，造成比实际可达到的最高精度要低一些的情况。”

“为什么要设定这么一个值？”

“一般来说是为了避免在没有任何危险的时候警报也一直响个不停。”

“哦。”

“所以呢，每个系统虽各不相同，但在水星防御阵里，预警级别被设定在了太阳系通行的探测下限值。换句话说，他们将报告级别设定为可测定下限值的两倍，也就意味着是他们测量差异范围标准差的六到七倍。这是一种让人觉得舒适的设定，很常见，能最大限度地减少漏报误报。

“所以，我们得考虑一下，在该报告级别下，有可能隐藏着什么。一般来说就是些小石头——小石子儿，每个不超过一千克重。但如果这样的石子儿数量巨大，以不同速度从空中不同方向飞来，同时通过时间同步机制，使得所有石子儿都在同一个时间到达同一个地点，在最后一刻汇聚于一点……也就是说，它们之前就只不过是一大堆普通的小石子儿，直到最后聚焦的那一刻。它们有可能在太阳系的远端就已解体，也许，也可能已在太空中穿行数年。但即便如此，如果以一定的方式投射，它们最后是能聚集到一点的。假设有那么好几千甚至好几万颗的话。”

“也就是说，类似某种高智商犯罪团伙。”

“但也不是什么高智商。就是石头而已。”

“这有可能么？我是说，这世上有这样厉害的东西能精确算出发射速度以及弹道轨迹吗？”

“一个酷立方就可以。只要有足够的太阳系各星体的质量、位置和运行轨迹，以及足够强的运算能力，就有可能算出来。我曾让‘万能钥匙’做过——计算一个跟滚珠或核桃差不多大的物体从小行星带发射到水星上指定位置的运行轨迹。它并没有花多长时间就算出来了。”

“但那种发射，有可能吗？我的意思是，有可能制造出达到所需精度的发射架吗？”

“‘万能钥匙’说有这样的机器存在，它们的公差精度比需要的还要高出两到三级。所需的只是一个稳定的发射平台，越稳定越好，以确保发射过程的前后一致性。”

“多么厉害的发射。”斯婉说，“轨迹计算时涉及多少质量？”

“我想‘万能钥匙’在运算时已将太阳系内质量最大的1000万个星体计算进来。”

“我们知道所有这些星体的具体位置么？”

“是的。也就是说人工智能系统知道它们的位置，以及所有按既定程序运行的特拉瑞和太空船的位置——这些人造飞行器的行程路线在实际出发前好几年就已全部设好。至于运算嘛，一个酷立方是可以在可接受的时间内完成的。‘可接受’的意思是，它的运算速度必须快到能为实时发射提供指示才行。”

“运算需要多长时间？”

“对于一个类似‘万能钥匙’的酷立方，三秒钟足矣。如果是普通人工智能系统，计算出一粒石子儿的轨迹就得耗时一年，当然那是行不通的了。做这个必须要用量子计算机。”

斯婉感到一阵反胃，就像在保温通道里一样。“这么说，有一万个小石头被从太阳系深处发射过来，经过经年累月的飞行，以精确的方位和速率在同一时刻抵达同一地点。”

“是的。一些偶然性的重力波动毫无疑问将导致在最后一刻部分石头不能汇聚到一点。这种情况如果出现，那些没有汇聚的石砾通常会严重偏离目标。”

“但部分石头离目标已近在咫尺了。”

“你说得对。比如我们看到的那些小坑。可能是某艘太空船突然改变航程导致的，或其他类似原因。所以，大约所有石头里有百分之一二受到了类似情形的干扰，至少‘万能钥匙’是如此推测的。”

现在她内脏里的恶心感更严重了。“那么，这是有人蓄意为之。”她朝被抛弃的那颗特拉瑞挥了挥手。

“正确。同时，有一个酷立方必定也牵扯其中。”

“妈的。”她用手捂着胃，“但是，一个人怎么……怎么能……”

调查官将小手放在她的胃上。“世界之树”在他们身下飘过，冰冷，死寂。一颗灰色的土豆。“我们回‘快速正义’号吧。”

他们回到星际警署的跳虫型飞行器里。斯婉用餐后在厨房里待到很晚，调查官又一次陪着她。

斯婉的脑中一直想着今天的新发现，她说：“这么说，不管是谁——”

热奈特举起双手制止她再说下去：“请关闭酷立方。”

在双方都关闭了各自的酷立方后，斯婉继续刚才的话说道：“这意味着不管是谁干的，他早在多年前就开始了。”

“是的。或者说至少是相当长的一段时间之前。”

“还有，应该不止一个发射场。”

“是的。但也许发射设施还留在某处。枪炮、弹射器，不管是什么，那必定是非常精密的设备，需要相当精湛的工艺。‘万能钥匙’推测该设备的公差非常小，需要分子级打印机或更先进的工艺制造。我们可以先找到有如此高精度制造能力的工厂——就从这个方面入手。然后查出是谁订购的。”

“除此以外呢?”斯婉问道。

“我们还要搜索工厂的建造程序，发射机的设计方案及打印计划。还有计算轨道所需要的各星体轨道程序。酷立方不会自己做这些事，除非有人命令——或者至少目前我们是这么认为的。据我所知，具体执行运算任务的酷立方会记录下一切过程。程序很可能还在某处。而制造酷立方的工厂只有那么儿家。”

“他们在完事之后就不能毁掉酷立方吗？”

“有这个可能。但目前没有任何理由假设他们已毁掉了酷立方。”

这种想法让人不寒而栗。

“我们必须找到这个酷立方，找到轨道程序、工厂程序和工厂本身，找到发射器，以及尚不知道真面目的发射平台。”

斯婉皱起了眉头，“所有东西都可能被毁掉或‘打扫’干净了。”

“是的。你很快就看到了问题的实质。即便如此，我们也得调查各项记录，就像记账员一样。这是我们工作的常态。”又一个讥讽的笑脸，“并没有传闻中的那么精彩。”

“好。不过在你们调查的同时，我们能做什么？有什么我能做的？”

“你可以看看问题的另一端。我会和你一起思考。”

“另一端？”

“动机。”

“但怎么才能找到动机呢？还有，即便找到了动机，又如何确定？这件事太让人恶心了，让我去思考它的动机更令我觉得恶心。实在是太邪恶了。”

“邪恶?!”

“是的，邪恶！”

热奈特耸耸肩道：“撇开这个不谈，我们先假定这是件罕见的冲动下的一时之举，所以可能会留下些蛛丝马迹。”

“蛛丝马迹？说明有人憎恨‘终结者’城？说明某人有能力毁灭世界？”

“是的。能干出这事儿靠的可不是一般的冲动。因此有些东西可能会随之浮出水面。另外，这也可能是一种政治手段，某种恐怖主义或战争行为。另外，也许只是想传递某种信息，或迫使什么人采取某种行动。总之，我们可以从这方面跟进。”

斯婉感到自己的胃收紧了。“该死。我是想说——太空里，太空里还从未有过战争。我们已经摆脱掉了战争。”

“到目前为止，是的。”

这使她陷入了短暂的沉默。在过去至少一代人的时间里，全太阳系的人们都在警告说地球和火星间的争端可能会导致战争爆发，以及地球上那些棘手到毫无出路的问题最终会把所有人都拖下水。可怜的地球上，局部战争、恐怖袭击和蓄意破坏从未真正消失过。有些时候斯婉觉得类似的“地球问题蔓延论”都是外交官们炒作的概念，不过是为了树立自己的威信和争取各自的预算。作为一个尚处于初始状态的星际系统，外交是必要的维和手段——对大家都很方便。但如果他们说的是事实呢？

她说：“我认为太空居民对战争的危害都已足够知晓，他们会尽力避免的。他们知道一旦我们到了太空，就必须比在地球上时做得更好，过得更好。”

“别犯傻了。”调查官语气很干脆。

斯婉咬了咬牙。在强忍住自己的脾气后，她说：“但也可能是某个变态狂干的。他失去理智，大开杀戒，仅仅是因为自己有这个本事。”

“是有这样的人。”热奈特表示同意，“如果其中有人有一个酷立方——”

“但每个人都可以得到酷立方啊！”

“非也。哪怕是太空人，都不见得人人能搞到。它们一出厂就开始受到追踪，理论上每隔一段时间就有一次位置记录。而且正如我说的，不管哪台酷立方参加了这次运算，它都得事先被输入指令才行。它做过的每件事都能够在记录里找到。”

“生产酷立方的就没有独立工厂么？”

“这个——也许有吧。”

“那么我们怎么才能找到这间工厂，或这个人？”

“或这个组织？”

“是啊，或这个国家，或这个世界！”

热奈特耸耸肩道：“我想再和王谈谈，因为他的酷立方很厉害，而且最大的关于独立酷立方制造厂的数据库也在他那儿。另外，此次袭击的始作俑者有可能也攻击了他。不过我得承认，我有点怕跟他的酷立方说话，因为我们看到过太多酷立方怪异乖张的例子了。好像它们有自己的意志，或有人要求它们做之前从未做过的事。现在，一些在我们监控下的酷立方正以前所未有的方式交换着数据。”

“你是说它们发生了量子纠缠？”

“不。因为消相干原理，这是完全不可能的。它们和人类一样使用无线电，但传输的信息用叠加原理在末端进行了内部加密。这样一来这些信息就被彻底加密了，即便我们试图使用自己的酷立方进行破解也不行。这就是这段时间我不希望让任何一个酷立方听到我们谈话的原因。不知道在所有酷立方里，有没有值得相信的。”

斯婉点头道："你和亚历克斯在这方面挺像。"

"正确。我过去常跟她谈到这个，在这个问题上大家看法一致。我教了她一些防范措施。所以呢，现在我必须思考下一步怎么走，以及如何和王先生及他的超级酷立方沟通。或许整件事的答案就储存在它那里，只不过没人让它提供，所以目前还无人知晓罢了。因为尽管大家都在谈论什么'巴尔干化'，但我们仍在不停记录着世界的历史，精确到每个人和每个酷立方的一言一行。所以要找到元凶，我们只需通读过去几年太阳系的历史，它一定就在其中某处。"

"独立机构可不在此列。"斯婉指出。

"这个，是的，但王那儿有大部分独立机构的情况。"

"但你不会想让他的酷立方知道你在询问什么吧。"斯婉说，"有可能它就是元凶。"

"完全正确。"

之后，斯婉一直觉得反胃。有人蓄意摧毁她的城市——又还未能直接命中，市民因此捡回一命，只有少数人死于混乱的疏散中，以及丧命于直接撞击的可怜的交响乐团成员们。

这样认为，有没有错？她不知道对此现象如何理解——撞击竟然错失了其目标："终结者"城。

最终她还是跟葆琳谈起了这件事。她的脑中冒出一个想法，想论证一下到底是否正确，而葆琳是最佳选择。毕竟它就在那儿，它的声音充盈了斯婉的双耳，并总能听到斯婉说的每一个字。它最终一定能找到真相的。

所以，接下来的对话就是：

"葆琳，你知道在我把你关闭期间我和热奈特调查官都说了些什么吗？"

"不知道。"

"能猜猜看吗？"

"你们可能是在谈论你刚看到的发生在'世界之树'号上的事。这个事件在很多方面和'终结者'城遇袭事件有类似之处。如果这两次都是有人蓄意发动的攻击，那么不管是谁做的，他都可能动用了量子计算机确定弹道。如果吉恩·热奈特调查官认为有量子计算机参与其中，他可能不想让任何一台量子计算机得知调查的细节。这和亚历克斯当时的做法很像，不让任何人工智能系统、量子计算机或数字计算机接触或记录她的一部分思想。你们假设，如果量子计算机用加密无线电互相通信，那它们就可能在策划某种欲加害于人类的阴谋。”

和她猜测的一模一样：葆琳是能够推断出来的。毫无疑问，许多其他酷立方也可以，包括热奈特的有法医和侦查程序的“万能钥匙”。试想一下，只是试想，它一秒钟能运算多少万亿次？就像它们的国际象棋程序，证明了计算机在这个特定的游戏上可以做到超越人类。所以为了不让它们听到某段对话而将它们关闭，多少有些徒劳。

也就意味着，她说以下的话完全是在情理之中的：“葆琳，如果有人为了攻击‘终结者’城并摧毁它进行了弹道运算，但忽略了水星的进动，只是用普通的轨道力学进行计算，那误差会有多大？假设撞击物是一年前从小行星带发射的。多试试几个不同的发射点和弹道轨迹以及发射时间吧，每一次都计算一下考虑进动和不考虑进动的结果。”

葆琳回答道：“水星进动是每儒略世纪 5603. 24 角秒，但其中的 42. 98 角秒是受广义相对论所描述的时空弯曲的影响。任何行程长达一年的运行轨迹，如果在计算时忽略了这个因素，将导致最终出现 13. 39 千米的误差。”

“跟实际情况完全一致。”斯婉说，反胃感再次袭来。

葆琳却说道：“如果是因为漏算了进动，那偏差应该出现在城市的东面而不是西面。”

“噢，”斯婉说，“这样的话，那……”她不知道如何解释了。

葆琳接着说道：“通常太阳系内部交通都已将广义相对论考虑在内。计算时没有必要再算上相对论方程了。然而，如果有人事先不知道这个情况，在设计撞击轨迹时没有使用开源模板，那就有可能画蛇添足地再次在程序中加入了相对论方程。这样的话，如果他们直接瞄准‘终结者’城发射，那就会出现 13. 39 千米的偏差，落点在城市西面。”

“啊！”斯婉感到前所未有的恶心。她找了个地方坐下来。“终结者”城是一码事，住在城里的居民们是另一码事：她的家人，她所在的社区……而现在竟然有人能够毁灭这一切……“所以……听起来这次的袭击偏差是人为因素。”

“是的。”

当晚她在厨房里待到很晚，发现又只剩下她和调查官两个人，他仍旧坐在她前面的桌上吃着葡萄。斯婉说：“上次你跟我说起一群由石砾组成的暴徒的事，我就一直在想，他们有可能是直接瞄准的‘终结者’城，只不过有人在计算时出了错。如果他们不知道标准演算法已经将水星进动的相对论方程包括在内，而重复将该方程添加进了运算程序，那最后的弹着点就会像现实一样落在城市西面。”

“有趣。”热奈特说，两眼盯着她，“换句话说就是出现了程序错误。我一直都认为他们是故意射偏的——也就是说，我以为他们这回只是一次警告。我得想想你说的话。”过了一会儿他说，“你一定是问了你的葆琳吧？”

“是的。它已经推论出我们关闭它后谈话的大体内容。我相信你的‘万能钥匙’也一样。”

热奈特只得皱了皱眉，没法否认她的说法。

斯婉说：“我实在无法相信有人会想要杀死这么多人。而且已经对‘世界之树’下手了。现在有那么多的空地……什么都不缺。我是想说，我们所处的时代不是被称为‘后稀缺时代’么？所以我真搞不懂。你讲到动机，但从生理上讲，不应该存在任何干出这种事的动机的。我想这就是说，邪恶的确是存在的。我以前还以为那只是某个旧式的宗教词语，但我想我错了。真让我感到恶心。”

调查官那张富有吸引力的小脸上露出了一丝浅笑。“有时我倒觉得邪恶只存在于后稀缺时代。在此之前，邪恶总是被归因于贫困或恐惧。所以正如你之前一样，我们才有理由相信，一旦贫困和恐惧得以消除，邪恶的种子也会随之失去土壤。然后人性的真面目得以澄清：它如倭黑猩猩般天真，荡漾着毫不利己专门利人的合作精神，对万事万物充满了博爱。”

“对啊！”斯婉大声说道，“难道不是吗?!”

热奈特带着高卢人特有的倦容耸了耸肩，“也许恐惧和贫困从未消失过。人类的需求远不止衣食住行那么简单。看上去这些才应该是决定因素，但许多酒足饭饱之人却满怀愤恨。他们感到了日本人所说的‘画上的饥饿’。画上的恐惧，画上的痛苦。屈从的意志发出了怒火。所谓意志就是选择的自由，但屈从即意味着缺乏自由。所以屈从的意志感到自己被玷污，生出一股罪恶感，发泄在对外攻击上。于是邪恶的事就这么发生了。”他再次耸了耸肩道，“不管你怎么想，人性本恶。相信我。”

“我想我不得不相信你。”

“是真的。”笑容从调查官的脸上消失了，“我不会让我见过的一些场面烦扰到你。但正如你现在一样，我也忍不住觉得惊讶。屈从的意志，这个观点帮助了我。最近我一直在想，是不是按照定义，每个酷立方都不具备屈从的意志。”

“但这个程序错误可以用来解释为什么会击中城市西面——是人为失误造成的啊。”

“没错。嗯，屈从的意志首先存在于人性中。所以，作为自身的一面，人类知道这种做法是错的，但他们仍要去做，因为在人性的另一面，某些欲望开始抓狂。”

“但大部分人都在努力做个好人。”斯婉反驳道，“这你也是知道的。”

“从我在工作中接触到的来看，并非如此。”

斯婉打量着眼前这个衣着整洁，思维迅速的小矮人，半晌后她说：“所以你的看法就是这样改变的吧。”

“是的。而且……你也看到人类不断地为自己的过错进行辩解。现在我们甚至已经知道大脑中哪一个部分在负责这种自我辩护。可能和你猜想的一样，它和负责宗教感受的那部分大脑距离很近。离触发癫痫和情绪控制的那部分也不远。当一个人犯下罪行或试图掩盖丑事时，这些部分就会像烟花一般被点亮。想想吧，这意味着什么！”

“但我们做任何事不都是由大脑的某块区域负责的么。”斯婉说道，“大脑里哪有不重要的地方。”

热奈特对此并不认同：“大脑有某种强化机制。做坏事后，大脑的相应部位会发育得更大。然后变化后的大脑会重新组合，旋转产生出一系列更为恐怖的想法。以此类推。”

“那么我们该怎么办？”斯婉大声说道，“你总不能先打造出一个完美的世界，然后再去找完美的人，那简直是历史的倒退，根本行不通。”

调查官还是耸肩道：“哪条路对我来说都走不通。”他停顿了一下，说，“我们可能已经很离谱了。在太空居住对我们来讲也许真的是太难了。这里毕竟是一个受约束的环境。我还看到过把孩子放在斯金纳箱[①]里养的——人祭——”

“你需要休个假了。”斯婉打断他的话，不想再听下去。

---

① 斯金纳箱是新行为主义心理学的创始人之一的斯金纳为研究操作性条件反射而设计的实验设备。箱内放进一只白鼠或鸽子，并设一杠杆或键，箱子的构造尽可能排除一切外部刺激。动物在箱内可自由活动，当它压杠杆或啄键时，就会有一团食物掉进箱子下方的盘中，动物就能吃到食物。——译者注

突然她看到热奈特已是面带倦容。身材矮小的人一般都难以揣摩：像玩具一样，他们会给人极好的第一感觉，或让人觉得他们如孩童般天真无邪。现在她看到的却是布满血丝的双眼，有些油腻的金发，简单的马尾辫从发圈处开始散乱。

他做了个鬼脸，和平常讥讽的黠笑完全不同，“我的确需要休假了。其实我没事，我希望调查能尽快结束。因为我有些累了。蒙德拉贡很美，但很多特拉瑞并没有包括在里面，有些已经发疯了。到最后，由于我们没有施行一套统一的法律，后果就是一场彻底自由论者的大混战。现在我们有麻烦了。这就是我这些年看到的。如果你把不完善的政治和太空生活导致的生理问题结合起来看，就会发现我们面临着巨大的危机。我们在太空里所做的一切努力——希望能尽量适应太空环境——或许只不过是水底捞月。”

“那么我们该怎么办？”她又问了一遍。

热奈特只是再次耸耸肩，“我想是保住底线吧。也许我们需要理解的一点是，后稀缺时代是一把双刃剑。就像波函数塌缩前量子比特里的各种选择性。正与邪，艺术与战争。一切皆有可能。”

“那我们该怎么办？”

热奈特听后轻轻笑了，换了个姿势，跷起二郎腿坐在她身前的桌子上，看上去像花园里用非写实手法打造的一尊瘦小的佛祖或女菩萨塑像。“我想跟王谈谈。我会找到出路的。我也会跟你的朋友瓦赫拉姆聊聊。这个就轻松多了。至于之后的事……那得看我了解到了什么。亚历克斯有没有让你转交信件或其他任何东西给我？”

“没有！”

他像坚硬的佛祖塑像一般举起一只手说道：“没人惹你。我只不过是希望她留了什么东西给我而已。留信不过是她的一种应急办法，未雨绸缪，以应对可能的突发事件罢了。她大概认为王会将她的计划告诉大家吧。王应该会的，我希望。”

翌日，调查官的团队收到消息，热奈特在结束了一次会议后出来对斯婉说：“王的酷立方确定有一颗运行轨道在木星和火星之间的小行星偏离了自身轨道，偏离幅度吻合向‘终结者’城发射撞击物的假设结果。偏离发生在三年前，大概持续了六个月时间。王查看了土星联盟关于土星大气内一艘飞船的飞行记录，从被记录下的信号判断，很像一艘从嫌疑小行星起飞的飞船。

这艘飞船随即飞入土星的高层大气。它或许成功进入了土星大气层，但以那个角度进入的话，意味着很可能像其他不少飞船一样被困住。如果真是如此，那我们就有机会追踪到它的下落。”

“好消息。”斯婉说，“但……这条线索是王的酷立方给你的，对吧？”

热奈特耸肩道：“我明白你的意思。但飞船的轨迹是从土星联盟那儿得来的，他们用应答机对其航行的全程都做了标记。他们也已读取了应答机里面的数据，知道该飞船的所有者是地球上的一家财团。”

“地球！”

“是的，我也不知道该如何理解，但，你知道的——一大群石砾不可能从大气层内发射，从穹顶或星体帐篷里也不可能。必须得是真空的户外才行。所以如果地球上的人想做成这事，那就不得不先进入外太空才办得到。”

“我明白了。但——地球？我是想说，到底会是谁——？”

调查官的表情严肃得让她说不下去。

热奈特说道：“地球上有五百多个机构和团体明确表示反对人类居住在外太空。”

“可这是为什么呢？”

“他们通常的观点是地球上的问题尚未解决，断言太空移民是在逃避责任。他们常引太空移民对身体的生理改造为例，证明我们开始人为干涉物种的形成。我们被称作‘天界的现代人’。也有人说我们在搞阶级分化。很多地球人尚未进行长寿疗法。因此有人声称太空文明有违常情，邪恶，堕落而恐怖，严重动摇了人类历史。”

“该死的。”斯婉说，“我以为他们会看到我们为他们做了多少好事。”

“拜托。”热奈特说道，“我看你得选个安全的地方休假才行。”

斯婉想了一会儿问道：“那么我们接下来怎么办？”

“我想前往土星寻找那艘飞船。‘万能钥匙’觉得它可以根据飞船的进入角度推算出它的落点。”

“我可以一起去吗？”

“非常欢迎。我们其实已经在路上了。”

“快速正义”号载着他们上了一颗附近的名为“内蒙古”号的特拉瑞。它的内部很美，有沿内壁两侧往上卷曲的巨大绿色山脉，一些黑色山岩不时从绿色背景中探出头来；除了野马群，还有斯婉特别喜欢的踪迹不定的狼群。

居民点建在山顶，看上去好似一排排别致的蒙古包，常有草坪围绕四周，游泳池在山顶的高处并不鲜见。热奈特此行只带了十来名助手，他们在山顶众多蒙古包中的其中一顶里花了大量时间论证斯婉所提的关于“终结者”城事件的其他可能原因。

一天上午，斯婉独自在绿草茵茵的山地上散步，试图找到狼群，不过一无所得。下午她来到一个位于山顶的蒙古包度假村，那儿有一大块宽阔的倾斜的草坪，一个面积不小的浅水泳池和几套桑拿浴设备，以及一个带帐篷的大型鸟舍，里面挂着花篮，有多种不同蜂鸟、鹦鹉和身形小巧却色彩鲜艳的燕雀。波涛起伏的草坪被修剪成一条绿色的地毯。在斯婉眼中，这有点装饰过头的味道，和上午散步的野性山峦有些不搭调。两个女人大笑着走过她身旁，似乎她们也和她一样觉得此地甚为荒谬。她说：“这里真是愚蠢，是吧。”

她们停下了脚步。其中一个指着身后的山说道：“那儿穿着衣服的三人告诉我们说他们是人形酷立方机器人，问我们看不看得出来。我们说看不大出来，不过——”两个女人相视而笑，“它们这样一问不就自报家门了嘛！”

斯婉看到的确有三个人坐在浅水泳池旁的草地上。“听起来挺有趣。”她说着，径直向他们走去。

“葆琳，你也听到了吧？”她边走边问道。

“听到了。”

“很好。这样，保持安静，同时注意观察。”

很久以前就有一个假说，认为人类不会对智能机器人抱有敌意，不管后者是某种被封在类似盒子里的东西，抑或是长得跟人类一模一样，从某个角度看也就是另一种人类。但是，在这两个极端之间存在着一个该假说称为“诡异之谷”的地带——一个到处似像非像，似是而非的地带——所有人都会本能地产生排斥、反感和恐惧感。因此虽然这个假设看上去颇有道理，但由于人类从未造出一个和自身足够接近以至于能够用以检测该假说的机器人来，这个假说一直还停留在概念阶段。现在斯婉也许有一次这样的机会了。

度假村毫无品味的设计感似乎也传染到了三人的服饰上。他们身上的长衫像维多利亚时代的裙衬，彼此长得非常像，就像亲兄弟一样，或者，对了，甚至就像是从同一个型号克隆而来的。只是其中一个看上去比另两人稍偏女性化一些。

斯婉走到他们跟前说道：“你们好，我叫斯婉，从水星来。我们正在很多酷立方的帮助下重建家园。我知道你们自称是酷立方而不是生物人，对吗？”

坐在那儿的三人盯着她。那个从身体比例看略显女性化的人笑着回答道：“是的，没错。请坐，喝点茶。我刚备好一壶。”“她”指了指地上的一个便携炉，蓝色的炉火上放着一个低矮的小茶壶。“她”身旁的一张蓝布上放着杯、勺和几个小罐。

另两个人也和她目光相遇，点了点头。其中一个做了个手势，请她坐在他们身旁。“请坐吧，不介意的话。”

“谢谢。”斯婉一屁股坐下，“这里身体感觉真沉。你们打哪儿来？”

“我是在文马拉造出来的。”女性化的那位说道。

“你们呢？”斯婉问另外两位。

“我没有通过图灵机测试。”其中一人语气有些生硬，“你要不要来一盘国际象棋？”

三个人都被逗笑了。张嘴后可以看到——牙齿、牙龈、舌头和内脸颊，不管是外观还是动作，他们已和人类无异。

“不了，谢谢。”斯婉说，“我想试试图灵机测试。要不你们来测测我？”

“那我们该怎么做呢？”

“二十个问题怎样？”

“你是指可以用‘是’和‘否’回答的问题么？”

“没错。”

“但我们只问过一个问题，就是其中一人是不是另外一人的复制品。然后另一个人就回答。但这只是一个问题啊。”

“明白。那如果我们规定必须是间接疑问句呢？”

“即便如此，也会很简单。如果不采用问问题的办法，你能弄出图灵机测试么？”

“但真正的人类总是在互相问问题啊。”

“但我们中有人，或所有人并不是真正的人类。是你提议搞测试的。”

“也是。好吧，看着我。跟我讲讲‘内蒙古’号。”

“亲爱的‘内蒙古’号，挖空工作始于……”

“你的名字就是瓦空。”其中一个不明性别的人插话进来，大家都笑了。

“人口大约有两万五千人。”女性化的那位说道。

“你肯定是个酷立方了。”斯婉说，“没有人可能知道这种事。”

“没有人知道么？”

“也许有些人知道吧，但很少。我不得不说，你看上去很漂亮。”

“谢谢，我决定今天穿绿色的，你喜欢么?” “她”向斯婉展示衣服的袖子。

“很不错。我能否凑近点看?”

“是看我的衣服还是皮肤?”

“当然是看你的皮肤了。”

他们听后都笑了。

笑?斯婉仔细察看她的皮肤，心里犯了嘀咕。机器人也会笑?她不太确定。皮肤上略微可见一些毛囊的麻点，在关节处有少许皱纹的线条，在手腕和上臂后部长着一些几近透明的毛发，手腕内侧有几缕稍长颜色深一点的毛发，手心里有四道永久性的皱纹线，那儿的皮肤更薄，颜色较深，能看到一对静脉，里面有液体在涌动。手的下部皮肤处有几个浅浅的螺纹，像大拇指肚上的很大的指纹。生命线是一条又深又长的曲线。看上去和任何人的手，和任何人的皮肤别无二致。如果这真是人造皮肤，那绝对是了不起的产品；据说能造出接近天然的东西是最难的了。如果这是在实验室培养，在框架上生长的生物皮肤，那从另一个领域看也同样是了不起的产品。要说这些人的皮肤是合成的看上去似乎不太可能，但既然材料科学已如此发达，很多看似不可能的事情如今已变为可能。设定好目标和标准，还有什么是不可能的。

最后还剩的一个问题就是，谁会去做这种事。但换个角度看，人们不总是在一直不停地做着奇怪的事么。而制造出人造人已是人类非常古老的梦想了。也许这个梦想毫无意义，但它毕竟长期占据着人类的心智。现在他们就站在眼前，而斯婉不太确定眼前这几位到底算什么。这倒是颇为有趣的现象。

如果和一个机器人发生关系，究竟应该算是件有趣的事呢，还是某种复杂的自我满足的方式?酷立方会不会记录下你的表现?它算不算这场性行为的参与方?

如果她想知道以上问题的答案，就必须亲身尝试。这将是探讨更广义的酷立方意识问题的另一条途径。关于酷立方，不管证据如何与事实相反，你必须记住的是，家里没有任何人：没有意识，没有“他人”，它只不过是一台被人编好程序，能够以程序员设定好的某种方式对周遭的刺激做出反应的机器而已。无论运算多么复杂高深，人们并没有给酷立方加入任何意识。斯婉完全相信这一点，但就连葆琳都常常说出让她吃惊的话来，所以要完全不受错误想法的干扰还真不是件容易的事。

“你的皮肤真好。摸上去就像我自己的皮肤般嫩滑。”

“谢谢。”

“你觉得自己的皮肤如何？你自己觉得？”

“我也一直觉得自己皮肤不错。”女性化的那位回答道。

“也就是说，你有自己的思维脉络，可以调动自己所有的认知，基本流畅地从一个想法延展到下一个想法上，从一个话题自由延续到另一个话题？”

“事情到底是怎样我自己也不太清楚。我觉得是某种刺激和刺激反应的过程，我的知识对涌入的信息做出了某种反应。比如现在，我的脑中就在思考你和你的问题，思考我的衣衫的绿色和草坪的绿色的区别，思考下一餐吃什么，因为我有点饿了——”

“这么说你每天要进食食物？”

“是的，我们也要吃东西。事实上我正在控制自己的食量！”

“我也是。”斯婉说，“对了，你有没有想过和我做爱？”

三人听后面面相觑。

“这个，我们只是刚认识。”一个人说。

“这很常见，只要人们想做爱。”

“真的么？我怀疑你说的不是实话。”

“相信我，是真的。”

“我不知道为什么要相信你。”第二个人说，“我对你的认识还没有到那个程度。”

“有对对方了解到那个程度的人么？”第三个人问道。

大家都笑了。

“相信陌生人？”女性化的人说，“我不觉得！”

他们又笑了。也许他们笑得太多了。

“你们是不是在嗑药？”斯婉问道。

“咖啡因算不算？”

现在他们又痴痴地笑了。

“你们三个真是傻‘女孩’。”斯婉说道。

“没错。”女性化的人承认道。“她”将四个小茶杯盛满茶水，递给大家。第二个人打开一个带盖的大篮子，拿了饼干和蛋糕出来，托在白色的小块餐巾上依次分给众人。他们都开始敞开胃口大吃起来。三个人吃东西的样子跟人类没什么分别。

“你们会游泳吗?”斯婉问道,“游泳,或者在热澡盆里洗澡?”

“我在热澡盆里洗过澡。”第三个人说。他的话让其他两人掩着餐巾“咯咯”地笑出声来。

“我们可以一起洗吗?”斯婉又问,“你们洗澡时脱衣服吗?这样的话我就可以看到你们全身了。”

“我们也可以看到你的了!”

“没问题。”

“看上去比‘没问题’还要更好哦。”女性化的人低声咕哝道,其他人早已笑得前仰后合了。

“一起洗吧!”第二个人大声说。

“我想先把茶喝完。”女性化的人拘谨地说,“这是好茶。”

他们喝完茶后,三人以舞蹈家般的优雅姿势站起身来,领着斯婉向泳池边走去。那儿已经有人在游泳了,有穿衣服的,也有裸泳的。几个孩童在旁边最浅的地方戏水,一个喷泉喷出的水落在一个小圆顶上,形成环绕一圈的水幕墙。那三个人把餐具放在地上,掀起衣衫从头部脱去,然后走到水里。

女性化的那位自然很瘦弱,姿态也如少女一般,另两人有雌雄同体的苗条身材:微宽的臀部,圆形但并非乳房的胸肌,上下身比例和腰臀比例介于男女之间,生殖器更像是女性阴道,但浓密的阴毛里隐约有小阴茎和睾丸,跟斯婉一样——需要进一步探查才能知道更多细节。但由于制造仿生生殖器比制造仿生手简单得多,而后者已能造得足够逼真,所以也很难探查出什么来。

进到池里,斯婉发现他们都游得不错,几乎是浮在水面上;看起来其比重和人类一样。或许是因为骨骼不是钢质吧,或许在已长成的皮肉之下并非一台机械那么简单。深呼一口气他们就能浮起来,跟她差不多。他们的眼睛也和人类无异——或眨眼,或注视,或斜瞥,眼眶内是湿润的。我们真的能造出人体的每一个器官,将其组合而成的成品还能顺利运转吗?打印出一个合成物?不太可能吧。就连大自然本身对此都不太在行呢——她的膝盖传来的一阵强烈的痛感让她想到了这点。制造一个完全相同的模拟物……关于这个,也许你只需要把注意力集中在其功能性上就好。但那不是大脑的工作吗?

“你们这些傻‘姑娘’让人颇感吃惊。”斯婉说,“真弄不懂你们。”

他们只是笑。

“真正的人是不可能一整天对着一个陌生人假装自己是机器人的。”斯婉自我反驳道，“你们绝对是机器人。”

“最奇怪的事情却最可能是真的。”第二个人说，“关于《圣经》注释，有一个广为人知的测试。他们觉得耶稣或许的确曾诅咒过一株无花果树，不然为什么《圣经》里会凭空出现这么一段?”

引来更多的笑声。他们还真是傻“姑娘”啊。也许你能让机器人的思想程度只停留在12岁孩童的水平吧。

但看看他们游泳和走路的样子，他们还会更多更难的事情，或至少看上去他们会。

“太奇怪了。”她高兴地自言自语道。她以为跟他们聊天会没什么发现。

当她走到泳池里齐膝深的地方时，他们都大方地望着她，她也看着他们。

“喔，美腿啊。”第三个人说，“身材不错哦。”

“谢谢。”斯婉说，另两人啧啧低语。女性化的那人大声说道：“不，这样说也不全对。有些人会因为别人评价自己的身体如何给旁人带来了审美冲击而感到不悦!”

“我不会的。”斯婉大气地表示。

“好吧，那就好。”女性化的人说。

“我说这话只不过是出于礼貌。”第三个人说。

“我看你是早熟了。你还分不清楚这是不是礼貌。”

“不过就是一句赞美，没必要搞得这么上纲上线的。如果你踩线，人们会觉得你是出于好意，只是不懂他们的礼仪文化罢了。”

“‘人们’的确会这么觉得，但你又怎么知道‘他’不是被派来测试我们的一个模拟人呢?”

他们又开始大笑，一直笑到哽住，互相泼水嬉戏。斯婉也加入到了泼水游戏中，玩了一会儿后她坐在水里，仔细打量着这三个人。她抓住第三个人，拉“它”到身旁，吻上它的嘴。这个性别不明的人也回吻了一会儿，然后把她推开了。“喂，这算什么！我对你还没这么了解，不了解!”

“那又怎样？你不乐意么?”斯婉又去吻它。刚开始它的舌头还有些逃避，后来就在另一个舌头的触碰下有了刺激感，斯婉能感受到。

“它”再次把她推开。“喂！喂！喂！快停下!”

女性化的那人站起身朝他们走过来，仿佛是要打断他们。斯婉转过身来，把她的脚撂倒，她重重地跌倒在了浅水里。“你在干什么!”她有些害怕地大声喊叫道。斯婉二话不说直接对着她嘴巴就是一记左拳。她的头立即向后仰，满口鲜血。她大喊着跑开了。另两人跑到她和斯婉之间，挡住斯婉不让她再近前，大声呵斥她要她后退。斯婉举起拳头一边大喊一边追着他们猛打，他们则不断往后退步想逃离这个让他们感到既震惊又惊恐的人。斯婉停止了追赶。他们爬上岸后蜷缩在一堆，眼睛盯着她，受伤的那人捂着嘴巴，口里流出红色的鲜血。

斯婉叉腰站在水里看着他们。“有趣。”她说，“但我可不想被愚弄。”她蹚过池水向自己的衣服走去。

她沿着泳池走回来，抬头看着面前的这群野马，埋头亲吻受伤那位酸痛的膝盖，脑中不断地思索着什么。她不确定自己这一天是和怎样的物种一起度过的。感觉怪怪的。

她回到山顶的蒙古包，一直坐在那里，直到再一次只剩下她和热奈特两个人。她说：“今天我碰到三个人，自称是有酷立方大脑的人造人。”

热奈特盯着她：“你遇到了?”

“是的。”

“那么你们都做了什么?”

“呵呵，我把他们打得屁滚尿流。”

“你打他们了?”

“打了。算是打了吧，打了其中一个。但是她自找的。”

“为什么?”

“因为他们戏弄我。”

“那和你在阿布拉莫维奇行为艺术里干的不是一回事么?”

“完全两码事。我从不戏弄人，那是戏剧的任务。阿布拉莫维奇艺术不是戏剧。”

“嗯，也许他们也不是戏剧呢。”热奈特说，皱起了眉头，“这件事必须调查一下。有报告称在金星和火星上有多起类似事件，有各种关于酷立方人形机器人的传言，说它们有时候行为很怪异。我们已开始关注这类消息。我们已给部分机器人做了标记并予以实时追踪。”

“这么说真的有这种机器人存在了?”

“是的，我觉得。我们对一些人进行了扫描，结果显而易见。但在这一刻我们只了解到这么多。”

“但为什么会有人这么做呢?”

“不知道。但如果真有移动酷立方，而其行动的时候又无人察觉，那很多事情就可以解释了。所以我会让同事去了解下你遇到的那些人。”

“我觉得他们应该是人类。”斯婉说，“他们挺装模作样的。”

“你觉得他们是假装成仿生人的真正的人类？是在演戏？”

“是的。”

“但为什么你会这么想？”

“我也不知道。为什么有人会跑到盒子里假装一台下国际象棋的机器？这个梦也太老了。所以就算是在演戏吧。”

“也许。但发生了这么多奇怪的事，我一定会跟进。”

“随你吧。”斯婉说，“但我仍然觉得他们是人类。先不说其他，就假设他们不是人，有什么问题吗？”

“问题就是酷立方正在走向世界，四处蔓延，做着这样那样的事。他们在做什么？他们应该做什么？背后是谁？另外，既然在我们所经历的遇袭事件中有酷立方牵扯其中，就不得不让人怀疑，这些东西跟袭击事件有没有关联？会不会有‘人’也有份参与？”

“嗯。”斯婉低声应了一声。

“也许它们最终都和一个问题有关，”调查官说，“为什么酷立方在发生变化？”

清单（七）

未留意的破裂
不牢固的封印
坏了的锁
糟糕的运气
高压环境下火星引起的火灾
一氧化碳累积
二氧化碳累积
设计缺陷
发动机舱破裂
空气突然流失
太阳耀斑
燃料不纯
金属疲劳——精神疲劳
被闪电击中
陨石撞击
附属的临界物质
制动失灵
掉落的工具
被绊倒并跌了一跤
冷却液损失
制造缺陷
程序错误
人为过失
密封失效
电池起火
心烦意乱

人工智能行为不当

蓄意破坏

决策错误

缠绕的线路

娱乐精神障碍

宇宙射线冲击

（摘自《太空事故日志2308年297卷》）

摘要(八)

夏洛特·肖特伯克的时代划分体系影响深远。当然，对时代进行划分这件事本身就充满争议，甚至被人诟病，因为它常常是在大量的资料构成的混沌历史中以纯文学的方式翻云覆雨，对历史的评价有失偏颇。然而，中世纪与文艺复兴时期，启蒙运动时期与后现代时期人类的生活似乎的确是不同的；这些不同是否是由于生产方式变化、情感结构调整、科学发展、朝代更迭、技术进步或者文化变迁造成的，似乎也无关紧要。时代划分创造了不同时代的模式，使人们可以探寻到历史的脉络。

长久以来，有一套被广泛接受的历史划分系统，包括：封建时期和文艺复兴时期，然后是早期现代主义时期（17—18世纪）、现代主义时期（19—20世纪）和后现代主义时期（20—21世纪）——在这之后的时期非常需要一个新的名字。长久以来，这种需要产生了各种新的时代划分体系。各种体系间的相互竞争，加上当代历史学家过细的描述，像以前那种被广泛接受的划分体系一直没有出现。直到23世纪末期，夏洛特·肖特伯克向历史学界提出了她的划分体系，直到现在她提出的对“漫长的后现代主义时期”的历史划分仍在各种会议中被提及。她后来承认，她的划分体系一定程度上是个玩笑。尽管是个玩笑，或者可能正因为是个玩笑，自它提出之后产生了广泛的影响。

对于肖特伯克来说，漫长的后现代主义时期可以做如下划分：

徘徊期：2005—2060。从后现代主义的末期（夏洛特的时间是根据联合国对气候变化宣告的时间发展而来）到危机期的开始。这段时间是被浪费的岁月。

危机期：2060—2130。北极出现无冰夏季，永久冻土出现不可逆的消融，甲烷释放，随之而来的是海平面的显著升高。在这个时期，所有这些糟糕的趋势汇聚成“完美风暴”，使全球平均气温上升5开尔文，海平面上升5米——这一切的结果即是在22世纪20年代，各个大陆都出现了食物短缺、大规模骚乱、哀鸿遍野的现象，其他物种也大量灭绝。人类建立了早期的月球基地和火星科研站。

转折期：2130—2160。Verteswandel，肖特伯克著名的“价值突变”理论，其后是革命；强大的人工智能出现；自复制工厂出现；开始对火星进行改造；权力融合；合成生物技术突飞猛进；开始了改善气候的尝试，其间经历2142—2154年灾难性的小冰川时代；地球和火星上出现了太空电梯；有了快速的空间飞行推进器；太空移民开始了；蒙德拉贡协议签署。

加速期：2160—2220。新的科技力量得到全面应用，包括人类寿命得到延长；对火星进行改造，然后火星人革命；向太空的移民扩展到整个太阳系；挖空星球建造特拉瑞；开始改造金星；建造“终结者”城；火星加入蒙德拉贡联盟。

缓速期：2220—2270。放缓发展速度的原因没有定论，不过历史学家认为原因包括：火星的改造完成，火星从蒙德拉贡联盟退出，变得更加孤立，最好的特拉瑞已经全部被占领，太阳系中较易获得的氦、氮、稀土元素、矿物燃料和光合作用几乎都被人类攫取。虽然没有完全公开，但寿命延长项目遭遇瓶颈也渐趋明朗化。最近，一些历史学家指出，在这个时期，量子计算机达到30量子比特，并与每秒可进行千万亿次数学运算的传统计算机结合，形成了酷立方。他们的意思是，在这个时期，酷立方还没有显示出对传统人工智能在性能方面的提升作用，因为传统计算机的运算速度已经相当快了，但是量子计算中固有的消相干问题①或许会为下一个历史时期的发展创造条件。

割据期：2270—2320。为争夺太阳系的控制权，火星与地球关系紧张、相互攻击、进行冷战；火星采取孤立主义；金星发生内部冲突；木星决定对其最大的三颗卫星进行改造；不属于任何派别的特拉瑞数量激增；大量的人口消失在“视界线”②之后；酷立方发挥作用；各太空移民基地的不稳定性更加突出，矛盾累积，最后分裂割据；平民最大的灾难；分裂成散布各地的“自给自足”的城邦。

① 消相干，也叫退相干，通俗的称谓是“波函数坍缩效应”，是量子力学的基本数学特性之一。退相干使得量子计算机与传统计算机不同，量子计算机的运算时间是有限制的。这是因为，量子比特之间的相干性很难保持长时间，经过一定的时间后，一旦遇到外界实体的观测，就会失去相干性。在计算机中，量子比特不是一个孤立系统，它会与外部环境发生作用而使量子相干性衰减，即“退相干”。——译者注

② 指黑洞的边界，在此边界以内的光无法逃离。——译者注

“超割据期”一词，在肖特伯克看来只是文化研究中人为的过度修辞。

但是她说，割据期的过度延长可能最终会将我们带入一个比缓速期，甚至比危机期更糟的时期——可能会是离散期或崩溃期。

她讲了个故事，在某次谈话中，她建议将整个前一个千年都定义为封建晚期，然后一个人走到她面前，说：“是什么让你觉得它晚了呢?”

但是2312年发生的事说明，24世纪将见证变化的发生。

伊阿珀托斯（土卫八）的样子很像一颗胡桃，因为它的两极被压平了，同时在其赤道部位还有一道显著的隆起，这两个特征在太空里清晰可辨。为什么它的两极被压扁了呢？土卫八曾一度融化形成一个快速转动的巨型水滴，自转一周只需 17 小时；后来由于某个天体从旁经过，使它转起来像一个陀螺，一边旋转一边结冰。那么，赤道上的隆起又是怎么回事呢？没人知道。大部分人认为它具有水滴冻结成冰球的某种特性，是某种被定型的波浪，或是被挤压而出的多余物质。但它到底是什么，土星专家们仍有争议。

不管成因如何，这条赤道脊立即彰显出自己作为理想建城地的潜力，它可以作为一个环绕整颗卫星一周的商业步行街半岛。最初，城市建设全集中在面朝土星的半球，土星朦胧出现在头顶，比从地球上看到的月亮大上三倍。能在天空中有此等景象是很值得的，尤其是土卫八的轨道和土星环所在的平面成 17 度夹角，使得人们可以看到不断变化的壮观景象。几乎所有卫星都只能看到土星环的边缘。站在赤道脊上，可以俯视脚下 12 或 16 千米下的地表其他地方。所以足下总有那么一片广袤的冰原风光以和头上那颗庄严的、被圆环围绕的珍珠形成平衡。

卫星地表呈何种颜色取决于观察角度。因为同公转方向一面是黑暗的，而逆公转方向一面则非常明亮。卡西尼 1671 年 10 月发现土卫八时就注意到了这个完全矛盾的现象，它是由潮汐锁定导致的。总是同一面面向土星。所以从拥有逆向公转轨道的土卫九（另一颗公转面与土星赤道面不一致的土星卫星）上掉下的暗色物质总是落在这一面。在过去 40 亿年的时间里，这层不断堆积的暗色物质只有几厘米厚。同时，黑暗的同公转方向一面的冰不断升华，在逆公转方向一面重新凝结，使得后者拥有太阳系最白的冰。最后结果就是土卫八有了全太阳系唯一的一张“阴阳脸”。

人类到达土卫八后，首先平整了赤道脊顶部，打下了岩石和铝构成的混合地基。然后他们建造赤道城的框架时加入了海贝基因。赤道脊平整的地方没有加盖，以修建太空港跑道等设施，但赤道脊的大部分如今都已在一条很长的像画廊天顶那样的透明帐篷覆盖之下，其下是步行大街两侧的建筑物，农场、公园、花园和森林间或其中。由于帐篷下的空气保持了恒温，比较温暖，所以建筑物设计可以很开敞，加上又能常看到土星，天花板和楼顶一般都设计了不少间隙。海贝的生物拟态使得建造者可以从覆盖物下面提取和分布钙质，这些柔软的有机组织进行转基因处理后形成一定形状，建造师可以一层层地筑造生物陶瓷结构，这和珊瑚很像，因为他们知道帐篷下的空间已所剩无几。和大多数生物陶瓷结构一样，这种被处理成带斜角的层层覆盖的形状进一步被加工成扇形的，带开口的，以及其他的贝壳形状，所以建筑物群看上去就像堆在一起的巨大贝壳。一提到悉尼，人们总是想起它标志性的歌剧院，但实际上现在赤道脊更像一个由层叠的扇贝组成的大堡礁，它周身的孔洞似乎是无数管虫为了让大家欣赏到头顶的土星景象而凿成的。

在被称为卡西尼区的暗的半球上，赤道脊将一个区域一分为二——以前人们常乘坐跳虫型飞行器或越野车过去，用机器吹走地表的黑色物质，在暴露的白色冰层上弄些图样。任何时候你都可以在自然地貌中弄出类似的强烈对比来，人类为了描写宇宙，已经把智慧发挥到了极致。在土星联盟成立之前，第一批火星移民为了氮气来到土卫六，同时为了搜寻任何可以掠夺并带回红色星球的物资而勘察了其他卫星。他们当时就曾来到这里，在黑色地表里挖出了白色的冰。只需一台吹叶机就能做到。很快卡西尼区的大片土地被报纸一样的岩石覆盖，形成一幅幅巨大的史前岩画。有线条抽象的黑底白字的人物画、野兽像、粗线条人像、用多种不同字母描写的可可佩里像、人物肖像、特色地貌、树木和其他植物；数也数不完。又过了些时候，部分大地上的黑色物质被完全清除，在变成白色的底版上用收集的黑色物质画出深浅不一的图画，其明暗效果具有错视画派的景深，经过精确控制明暗比例，从赤道脊上看去只是很普通的图画，但如果从太空往下看，则会是另一番画面。

土卫八上的涂鸦！不久以后此举即被定性为错误和丑闻，是道德败坏，是罪行，以及任何恶心的东西。有不少人呼吁要让卡西尼区重回黑暗的本色。也许会有那么一天，但千万别抱太大希望，因为事实是我们来到这里就是为了要在宇宙中标记出我们自己，所以当我们看到眼前空白的板岩而再次想起这一点，当然也就并无不妥。所有的大地艺术提醒我们：我们生活在一张白纸般的世界里，一切都有待我们书写。这是我们的世界，它的美已深深印入脑海。即便今天也有一些人时常去到地平线尽头，将自己姓氏的首字母刻画在黑土中。

家中的瓦赫拉姆

瓦赫拉姆带着令人烦恼的关于雌雄同体的困扰回到了土星。虽然他想尽办法说服自己，但他此时还是未能从地道里回到现实。他努力回到过去在土卫八上的那种“貌似重复”的生活中，而从某种意义上讲这并不难；他从未想过忘记这种生活。或许会有那么一两秒钟的时间，你会有一种奇怪的感觉：回到一个离开多年的城市，而早上醒来后却魔术般地知道自己要去哪儿——街角的小杂货店，那儿可以买到新鲜面包和牛奶等东西；然后离开那几年的空白如枯叶般脱落，一切又回到离家前的样子。再一次走在以前上下班的路上，沿着长长的北侧玻璃幕墙的人行道，俯瞰南侧巨大的斜坡。卡西尼区的边缘，白色底版上有很多黑点：一幅巨大的中国传统风景画，黑色毛笔在白纸上泼墨。在一个小广场的入口，市政府办公室就在一栋低矮的四周围墙围着的大楼里，里面很多人他都认识；这感觉就像转世投胎一样。他可以小心地从头再扮演一次角色；可以像演员一样在以上世纪为故事背景的戏剧里表演；可以把它当作每日一次的宗教活动，用他自己的话说过着平常无奇却似曾相识的日子——但他做不到。

他做不到。因为隧道里那强烈得多的“貌似重复”的感觉至今仍萦绕着他，盖过了当前的真实生活。不仅目前的土卫八已可说是一个重新打造的土卫八，而且对他来说更鲜活的是，刚过去的那段他和那位情绪反复无常的朋友共度的时光。他一直想着她。虽然她那莫名其妙的坏脾气让人无语，但她在地道里毕竟经历了很多，当然他也一样。她在电梯门那儿保护了他，当然她不过是把他当作普通人，保护别人乃人性使然，并无时间考虑太多；仅仅是某种动物的条件反射罢了。而他帮助她度过辐射病时，是有很长很长的时间的，足够他把一些问题想清楚。

所以当他以为自己心中空无一物时，他发现自己正吹着口哨，短小的贝多芬选段，在自己的声音之上他还听到一丝精致得超越人类水平的云雀音，听上去像一件金丝工艺品摆在眼前。他不知道这声音的真实面目到底是什么，如果葆琳全程都有录音，那倒是可以请她把他们吹口哨那一段剪切、回放——另一种解读形式。那些可怜的音乐家呀……也许录音总是扭曲着人们的记忆，而非帮助人们去回忆。所以听录音的最佳方式就是重新演绎。除非他们能再次一起吹口哨，否则他不会听那段时间的录音的。

绝不。他需要转移注意力，让自己回到现实里。或许他会在其他地方再次见到斯婉吧，到时他们可以再次一起吹口哨，也可能不吹。应该不会吹吧，这可是地上世界。所以……不管昨日距今有多么近，过去的就过去了；眼下才是唯一的真实。所以说真的，当前要紧的是赶紧开始一段新的，不再完全基于前世今生的“貌似重复”的生活。他需要一颗新的土卫八，上面适当地载入了关于斯婉的回忆。

他沿着步行街散步走到一个公园，是观赏土星景观的最佳地点。他要和这个身处巨大光环之中的神对话，也许也是想找个机会看看他“真正的家园”——土卫六如宝石一般从巨大的主星旁闪烁着飘过。仅仅是吃力地走到公园这一路就已让他百感交集；公园里有一个音乐家们的小型聚会，大家轮流起调，让每个观众都参加进来，而瓦赫拉姆既可以在一旁倾听，也可以自告奋勇地来一段口哨——哪怕只是在轮到他的时候吹一点片段——第六交响曲结尾或第七交响曲结尾——然后大家都会用各自的乐器和他一起演奏下去。当土星运行至头顶，而乐队里又有几个颇有天赋的乐手时，瓦赫拉姆会一时情绪高涨，全情投入在音乐中，而此时斯婉会出现在他的脑海里。她那个脾气啊。

在委员会和各工作组没有开会的日子里，瓦赫拉姆会搭乘电车绕着城市走大概四个经度的距离，在乘雪橇车处下车，走进大门，坐进一辆雪橇车，从土卫八赤道脊那巨大的斜坡上一溜而下。这个区域的斜坡坡面有些起伏，上有黑点的白色坡面如滚滚波涛，有些地方就像颤抖着的雪片，有些像结冰后的水滑道。部分雪坡有高山那么巨大。雪橇车从赤道脊一侧的巨大山坡上滑下，跳跃着滚动着，留下划痕，仿佛是驾驶者追求刺激的蓄意而为；当然也可先设定出一条线路，然后照着导航老老实实地往下滑，甚至也可以直接飞下 45 度的斜坡，但哪怕是以最高速度滑到坡底也得花上一天时间。由于滑行时间太长，很多人选择在大型的雪橇车上开派对，有些时候瓦赫拉姆也这样。到了山脚后，人们会乘坐缆车回到山顶。这个过程中人人情绪都很高亢，常常是以歌会友。大家一边分享杜松子酒，一边高歌舒伯特的歌曲。很久以前，瓦赫拉姆在定居土卫八的第一个年头里也曾这样开心，但慢慢地他不再习惯这种生活方式，渐渐地忘记了这种娱乐的存在。现在，对斯婉的思念让他重新回到了以前。

甚至他的工作也让他不断想起斯婉，因为“终结者”城被毁后，委员会及其成员们都在讨论和水内小行星结盟的事。针对同事们的观点，瓦赫拉姆很想立即指出，“终结者”城将很快修复，人员会重新安置，以往缔结的所有盟约都将继续。亚历克斯逝世并不会对任何的盟约产生影响。但他看得出来，在现在这个时候把自己的这些想法说出来只会被同事们贴上偏袒的标签——也算是事实——所以他一般会选择沉默，静静地听其他人说话。他们说的其实真没什么新意：他们当中不少人一开始就不看好和水星结盟，现在又旧事重提，说什么应该跟水内小行星联盟，甚至单个水内小行星商谈结盟事宜。水内小行星并不是那种被改造成飞船的星体，而是在距离太阳 0.06 到 0.21 天文单位、有较稳定重力的轨道带内小行星。此类星体径向约 30 千米，向阳面呈白热状态，大小刚够进行适当人工改造，让它的控制者或追随者住在里面。瓦赫拉姆的一些同事坚定地表示，它们是独立城邦，但和其他任何城邦一样，它们不应附属于像“终结者”城之类的外部势力，不论在这个问题上亚历克斯以前是持何种态度。如果木星派的某颗行星仅仅是因为运行轨道处于土星和其他有人类文明的星体之间就声称它可以代表土星联盟的城邦，后者会作何反应？那不就是“终结者”城的逻辑么？其本质不就是亚历克斯一直努力想完成的，部分人口中所谓的“亚历山大整合”——尽量绕过人工智能，重新整合全太阳系的行动吗？

不完全是，有人回答道，这让瓦赫拉姆松了口气。他和亚历克斯一直合作此事，事实并不完全如这帮同事所说的那样，但他们的工作又很难准确地解释清楚。所以最好的办法就是安静地旁听，任由讨论以委员会那典型的漫长舒缓的方式拖泥带水地持续下去，直到讨论慢慢转到其他话题上。之所以会如此拖沓，皆因来自土卫七和土卫三的两位委员。他们都很啰唆，碰到感兴趣的事情，任何细枝末节都要神经质般地刨根问底。该委员会是土星联盟的若干机构之一，其成员既有临时招募的员工，也有指导他们工作的正式官员，如汉弗莱爵士[①]一样全程参与所有事务，在所有决策上隐形地影响着前者的雇主们。但通过乐透选出、负责土星联盟各成员单位福祉的部分部长们却

① 英国系列情景喜剧《是，部长》和续集《是，首相》主角之一，政府部门的常务秘书，官僚体系的典型代表，日常主要工作就是架空上司，然后大权独揽。——译者注

希望能够完全掌控决策结果，通过掌握所有信息做出最好的决定。理论上很美，但实际实施起来却是出奇地慢。

因此在这番讨论里，争议继续在两个观点里摇晃。一个看法是，水星是合法的，至少是大家同意的，处理此事的经纪人，未来可能会把事情搞得更复杂，也可能会给土星提供些参考。另一个观点则认为水星居民干涉他人事务，又开始在新建的水星内部小聚居点强收保护费，所以应该巧妙地将正处于情绪寒冬的他们排除在此事之外。

最终委员会做出了瓦赫拉姆几小时前就预料到的决定：鉴于瓦赫拉姆本人对水星持同情态度，他将回到那里查明实际情况，与“水星之狮”的幼崽们谈谈，找出谁可能成为接班人。然后造访水内小行星听听他们有什么要说的——了解他们就水星对土星提出合作动议的看法。上级还指示他对方案进行修改，将“终结者”城排除在外，如果他认为行得通的话。

或许他应该拒绝这项任务，因为他对最后一项指示相当反感。但他意识到换一个人，可能会给水星带来更糟的结果。另外别忘了，这项安排意味着他会很快重回日照面，想起来颇有趣。至于上级指示嘛，他可以到时视情况酌情处理。特别是在亚历克斯的词典里，大使不过就是个老头子，一个因为做出决定及传达决议而被起诉的在逃外交官。这次他到达水星时，或许会是另一个故事吧。稍微往前思考一点，他几乎可以确定这次的遭遇应该不同。

所以他一言不发地接受了任务。

但此时，来自土卫十八的萨特起身说道：“你得告诉大家，你是否认为此次访问会给亚历克斯从事的其他项目带来任何麻烦。你能否向委员会说明此时我们面临何种危险，以及亚历克斯的离世将对这些项目带来怎样的影响。”

瓦赫拉姆僵硬地点了点头，想着该怎样回答。他和亚历克斯计划的其他人都希望在这个问题上尽量低调，而委员会的一些人对该项目压根就不够重视，甚至没有注意到项目授权以及在上级支出目录下还有该项目的细分预算。“亚历克斯以她自己的办法独立保存着相关数据，所以我们不必担心。至于其他事情，以王和热奈特调查官为核心的一队人马正在调查。更进一步的细节必须在静锥区[①]里才能讨论。但简单地说就是，亚历克斯全身心投入到一个蒙德拉贡联盟的项目中，帮助地球以绿色方式处理她的各种问题。蒙德拉贡联

① 电信学术语，以天线为顶点的一个锥形区域，因为辐射方向和辐射量的限制，此区域不能被天线扫描到。——译者注

盟里的很多特拉瑞也都在这方面进行各种尝试，我们都同意凭借联盟的科技实力对各个特拉瑞提供帮助。同时，我们正在调查在火星、金星、木卫一和其他地方的一些可疑事件中酷立方扮演了怎样的角色。不管我们和水内小行星的关系如何，这项工作同样会继续推进。虽然前者也很重要，但那对我们来说只是额外话题罢了。”

委员会不愿意退避到须远离云计算和无线电的静锥区里，暂时休会了。瓦赫拉姆回到自己的房间。他在一个方圆很小的公寓街区里为幼儿园保留了一套房。街区中心是一个广场，那儿几乎全是土卫六来的人，路边是巨大的商店和巨大的餐馆。他和幼儿园同事们都住在那儿，他们对他十分支持，营造出非常和谐的氛围，因为大家都明白这儿的日子很像生活在真空里。在太空航班到来之前的日子里，瓦赫拉姆沿着城市中轴线走到市政厅，参与每日关于土卫六的日常咨询工作，然后在大楼一楼的餐厅厨房里做点关于土卫八的事情。他平日的生活包括参加了一个音乐会节目，在公园里和那儿位乐手合奏，以及在厨房里将洗碗机塞满然后又清空。当他小心避让着餐厅里的用餐者和服务生时，反复出现的轻微的导航困难让他想起普劳斯特曾把太阳系里快速运转的行星比作一家运营中的餐厅。刚开始他认为这种比较未免太过富于幻想（更别提更大跨度的跨界比较——汽车和男高音了），后来却在一个接一个的餐厅中对此有了切身感受：它们是热力学第二定律的实践者，展示了能量如何以贝克[①]模式在宇宙内分散，在巨大太阳系仪里周而复始。他将很快出发，向着太阳方向前往水星。

但就在此时，她的电话来了，说即将和吉恩·热奈特来土星一趟；他们想下降到土星的云层里寻找一艘可能飘浮在巨大且美丽的上大气层的宇宙飞船。她希望如果可能的话，他能协助安排此次降入土星大气的考察，和他们一起前往。

“好的。”他回答道，“都听你的。”这当然只是他表达想法的其中一种说法。

① 阿伦·贝克，精神疾病认知治疗学派创始人。——译者注

清单(八)

普罗米修斯（土卫十六）、潘多拉（土卫十七）、杰纳斯（土卫十）、埃庇米修斯（土卫十一）、美马斯（土卫一），这些都是土星的卫星，守护着土星环。

土星环只有4亿年的历史，来自柯伊伯带①的一颗由冰组成的小行星，在飞行经过土星时，由于靠土星太近被土星引力俘获，其外围冰块最终形成了土星环。

美马斯，是离土星最近的卫星，直径约400千米，而赫歇尔撞击坑的直径就有140千米，赫歇尔撞击差一点让美马斯解体。

许珀里翁（土卫七）是一次类似撞击形成的碎片，而那一次撞击的确让一颗卫星解体了，土卫七的外形像是冰球运动中的冰球。撞击造成平面内瞬间的蒸汽爆炸，使卫星碎裂，就像花岗岩脱落一般。残留部分形状很不规则，表面遍布充满尘埃的坑洞，就像一个马蜂窝一样。

潘多拉的样子像是一颗糖豆。

特提斯（土卫三）和狄俄涅（土卫四）直径都差不多1100千米（想象一下法国的大小），表面都有许多裂隙，遍布数英里深的峡谷。土卫三上的伊萨卡峡谷，深度是科罗拉多大峡谷的2倍，长度是它的4倍，历史比它古老千倍，土星长期持续的内战让它不断受创。

而土卫四，在22世纪的前十年，被自复制掘冰机解体，大块的碎块被导向金星。这些碎块撞上金星，沿金星赤道的一条平行线形成了深深的海床，冰块融化后灌满了海床；同时，撞击使得令人窒息的金星大气很大一部分逸散到太空中。

雷亚（土卫五）跟阿拉斯加州一样宽，表面也有许多坑洞，其中还有一些新形成的坑洞，从它们的中心射出明亮的冰的闪光。

---

① 柯伊伯带是一种理论推测认为短周期彗星是来自离太阳50～500天文单位的一个环带。位于太阳系的尽头，其名称源于荷兰裔美籍天文学家柯伊伯。——译者注

伊阿珀托斯（土卫八）的轨道与土星赤道平面的倾斜角为17度，因此是拥有观测土星环的最佳视角的卫星之一，所以它很受人关注。它赤道的凸出区域建成了土星及其卫星系统中最大的城市。

埃庇米修斯（土卫十一）外形不规则，是一堆松散结合的碎石。它与土卫十每8年交换一次轨道；它们是同一轨道上运行的双星，这很罕见——它们可能源自同一天体，在受到撞击后解体。

恩科拉多斯（土卫二）的表面由冰火山的溢出物凝结而成。没有撞击坑——由冰覆盖的表面很年轻，就像是不断地被深层的海洋液态水冲刷，让其平整如初。热源使这些碳化的水沸腾，形成喷发，有的可喷射到几千米的高度，进入太空。飞行中水很快结冰，其中一部分构成了纤细的土星E环；另一部分又落回地表，由于其自身的重量，变成积雪，然后又一次化为冰。2244年，在土卫二的海洋里发现了一组微生物生命形式，于是在这颗卫星上建立起了科学站，一批对外星生物的狂热分子也来到这颗星球，他们对土卫二的影响还未可知。

土星系统里还有26颗形状不规则的小卫星。它们都是柯伊伯带物质，在飞行经过土星外围早期的气体包裹物时被俘获。菲比（土卫九）是其中最大的一个，直径220千米，它是一颗逆行卫星，轨道偏心率很大，轨道平面与土星赤道平面的倾斜角为26度，因此是观测土星环的另一个最佳观测点。

泰坦（土卫六）是迄今为止发现的围绕土星的最大一颗卫星，比水星和冥王星更大。后文将对土卫六做更详细的阐述。

摘要(九)

关于可计算性的一个疑问：问题是否可以得到答案。

如果通过有限的步骤就可以得出答案，那么这就是一个可以由图灵机[①]解决的问题。

宇宙本身是否可以被看作一个图灵机？这个问题还没有答案。

图灵机并不总能判断运算何时能得到结果。没有一个伟大的机器能解决其自身的停机问题[②]

图灵跳转运算符（A Turing jump operator）向每个问题X不断地给出一个更难的问题X’。给图灵机设定一个自身图灵跳转的问题，这样就会产生递归效应，被称作奥罗波若蛇[③]。

所有量子计算机可解决的问题传统的计算机也可以解决。利用量子力学现象只是加快了运算速度而已。

常提到的量子物理结构是：点和液体。量子点是被束缚在原子边界中的电子，在激光束作用下实现态叠加，然后被牵引至某个位置。量子液体（通常为咖啡因分子，因为它们其中含有大量的原子核）受磁力影响下可以使其全部原子核以相同的状态旋转；核磁共振技术可以探测并影响这种旋转。

当由于观测使叠加态终止而得到某个确定结果时，退相干发生了。在这之前，量子计算机进行着高效的并行运算。

利用态叠加进行运算就需要尽量避免退相干的出现。这一点很难实现，这个已经被证实。因此，它仍是量子计算机规模及运算能力的制约因素。人们尝试了各种物理和化学的方法，以期实现在退相干使量子运算崩溃之前尽

---

① 图灵机，是英国数学家阿兰·图灵于1936年提出的一种抽象计算模型，其更抽象的意义为一种数学逻辑机，可以看作等价于任何有限逻辑数学过程的终极强大逻辑机器。——译者注

② 停机问题，是目前逻辑数学的焦点和第三次数学危机的解决方案。通俗地说，停机问题就是判断任意一个程序是否会在有限的时间之内结束运行的问题。——译者注

③ 即衔尾蛇，是一个自古代流传至今的符号，大致形象为一条蛇或龙正在吞食自己的尾巴，结果形成出一个圆环，可象征无限循环。——译者注

可能地增加关联的量子比特的数量，这些努力的确有些成效，但是——

量子计算机的计算时间只能局限于波函数坍缩发生前。一个多世纪以来，量子运算的局限时间都不超过10秒。

酷立方是拥有30个量子比特（这是相干性允许的量子比特电路连接的临界值）的室温量子计算机，加上每秒可运行千万亿次的传统计算机，这样可以保证运算的稳定、提供数据库支持。最无敌的酷立方理论上可以计算出太阳以及太阳风可以到达的整个太阳系中所有原子的运动。

量子计算机只有在实现并行运算时才会比传统计算机更快。在做乘法运算时，量子计算机不会比传统计算机快。但在做因式分解时，情况有所不同：分解一个有一千位的数字传统计算机需要计算10^{25}年（宇宙的年龄也不过137亿年）；而酷立方运用秀尔算法[①]只需要大约20分钟。

葛罗佛算法[②]使得传统计算机需要运算一年，通过十亿个步骤才能得到的搜索结果，酷立方只需要1秒的时间，通过185个量子运算步骤就可以完成。

秀尔算法、葛罗佛算法、佩雷尔曼算法、西科尔斯基算法、阮氏算法、王氏公式、王氏其他算法、剑桥算法、利弗摩尔算法。

量子纠缠[③]也对退相干很敏感。量子电路的物理连接必须阻止退相干的发生，以保证有效的相干时间。过早出现的退相干或是多余的退相干都限制了酷立方运算能力的提升，但酷立方还是拥有很大的发展空间。

已经证实，就计算目的来说，态叠加比态纠缠更容易控制，这是许多……的原因所在。

量子数据库有效地分布在多个宇宙中。

无论物理距离间隔多远，极化的两个粒子可以同时实现退相干，即信息可以超越光速瞬时传递。这个结果已经在20世纪晚期得到实验证实。利用这一现象来传递信息的装置被称为安塞波[④]。人们已经制造了这种装置，但是烦人的退相干使得两个安塞波之间的距离最大只能达到9厘米，而且还只有当温度降到在绝度零度之上百万分之一开尔文时才能实现。物理的局限发出告

---

① 以数学家彼得·秀尔命名，是一个在1994年发现的，针对整数分解这个题目的量子算法。——译者注

② 1996年由贝尔实验室的Lov Grover所提出的量子资料库搜索方法。——译者注

③ 量子纠缠是数个量子态的混合态，在量子力学里个别光量子的状态会受到另一个光量子的影响，处于同一系统的微观粒子在分开后，无论它们相距多远，仍然会保持一种瞬时的联系。——译者注

④ 安塞波，常常出现在科幻文学中的一种超光速通信设备。最早出现在厄休拉·勒吉恩于1966年发表的科幻小说《罗坎伦的世界》中，后被众多科幻作品使用。——译者注

诚：在探索的道路上我们至多算迈出了一小步。

强大而独立，有点像人脑。

英国数学物理学家罗杰·潘洛斯认为大脑意识与微导管中的量子引力效应有关，这个问题尚无定论。就定义来说，这种量子效应也会发生在酷立方上。如果大脑和酷立方的基本架构都是量子计算机，我们已经十分确定其中一个拥有意识，谁能断定另一个是否也拥有意识呢。

人类大脑理论上的最高运算速度是每秒10^{16}次运算。

电脑的理论最高速度比人脑快十亿甚至万亿倍。这要看如何编程；具体执行何种运算。

思想层级、归纳、心境、情绪、意愿。

超级递归算法、超计算、超级任务管理器、试错判断器、归纳推理器、进化计算器、模糊计算、反递归运算。

如果在计算机程序中植入某种目的，那是否就构成了计算机的意志？如果编程者对目的进行编程，计算机是否就有了自由意志？那样的程序与人类的基因和大脑对人类编程有何区别？经过编程的意志是否缺乏独立性？人类的意志是缺乏独立性的意志么？污秽、传染、罪过、愤怒所有这些感觉的归依和源头是独立意志么？

量子计算机可以给自己编程么？

瓦赫拉姆、斯婉和热奈特

瓦赫拉姆看到斯婉走出打开的闸门，她四下张望想找到他。当她看到他时，他向她挥手致意，她也朝他挥了挥手。她面容憔悴，至少他这么觉得。她的头偏向一边，用目光很快地扫了他一眼——她还不知道他的近况如何。突然他想起，她的本质就是一大堆问题的集合体。他点了点头，幅度比平日稍大一点，试图让她别担心。但他觉得这个动作还不够，于是他伸出了双手。在这样做的同时他意识到现在自己已经回来了，回到一个跟以前和她一起时完全不同的世界——斯婉是属于他的世界的中心，绝对的中心。她扑向他，而他十分确定的是，看上去他好像是抱住她了，或者这个拥抱甚至是他主动的。

吉恩·热奈特也出现在闸门前，就站在那儿望着他们。瓦赫拉姆躬身向他打了一个招呼。

“这么说，你们想找到一艘飘荡着的飞船？”他问道。

这就是他们此行的目的，显然是与“终结者”城事件有关。瓦赫拉姆领着他们穿过太空港，来到通向轨道炮发射平台的门口。轨道炮以一定角度安装在平台上，太空船就是从这里被发射到环土星的极地轨道上。因为可以看到土星环以及南极的六角形风暴，这些轨道相当受欢迎。瓦赫拉姆已得到当局许可，搭乘潜云器下到土星大气层的上边缘，或许委员会一开始就想让他作为土星联盟代表参与水星事件的调查。

飞船载着他们起飞了，上面还有一名飞行员和几名机组成员。他们被发射往土星的北极方向。机上，斯婉和调查官告诉瓦赫拉姆他们离开水星后做了些什么。由于委员会有令在先，所以瓦赫拉姆不能畅所欲言地和他们交换信息，只能通过不断地询问调查进度作为某种补偿。这种做法被证明很有趣，甚至有时问题太多影响到了他们继续往下讲。瓦赫拉姆一直在思索一件事——差不多可说是走神了——或许有人想灭掉所有的特拉瑞也说不定。通过调查，最终嫌疑犯范围缩小到地球居民，在瓦赫拉姆看来，这点根本称不上什么进展。所有的麻烦都因地球而起，老话如是说。

潜云器不是一艘大飞船，虽然速度很快，但旅途仍耗时很长，足以让斯婉展示他已熟知的种种悲伤和焦虑。一段时间后，他们抵达土星北极上空，由于时值北半球冬季，因此能够俯瞰到土星环的暗面。从太阳背面看过去，土星环呈桃红色，圆周的擦痕蚀刻得如此完美，如此巨大，无人不为之感到震撼。即便只是暗面，但仍比土星的背阴面亮得多，营造出一种美得可怕的光环或光晕的效果，勾画出土星北半球冬季那深蓝的轮廓。

斯婉望着窗外，在片刻宁静中游走在自己的自我压抑里。瓦赫拉姆很享受这种感觉，倒不是因为终于不再担心突然会出现沉默，而是对他来说土星的极地景象是一幅亘古不变的壮景，是太阳系里至纯至美的画面。

他们开始朝着这颗巨大的行星表面下降，直到它从圆球状变为一抹壮观的蜡笔画出的深蓝色——看上去就像宇宙的蓝色背景，黑色的太空轻轻坐落于其上：就像两个略微分离的平面，一个蓝色一个黑色，在椭圆几何中交汇于地平线。

很快他们便置身于大约北纬75度左右特殊区域那大块向东撕裂的巨大雷暴云砧中。品蓝、天蓝、靛蓝、欧鸲蛋蓝[①]——看起来就是无穷多种蓝色的云的集合体。在更南边的纬度带上风朝相反方向猛烈地刮着；时速2000千米的气流互相冲撞，使该剪切带成为无数旋涡龙卷风聚集的广阔地带。须记住，务必远离如此暴力的界面，不过该纬度带宽达数千千米，远离风暴亦非难事。

和木星上面不同，这颗稍小的行星上没有辐射场，所以过去数年中为数不少的迷途飞船把土星的上大气层作为避难所；另外一些有人居住的飞行平台也在那儿，悬挂在巨型气球下。这些气球必须要足够大，否则难以获得足够的浮力。而一旦气球成功升空，悬停在云层中，那么云团就可以给它提供物质、法律和心理方面的庇护。联盟尽量掌握着这些云端飘浮者的行踪，但如果后者悄无声息地下潜到足够深处，要找到他们就很难了。

此刻，他们所乘坐的潜云器正穿行在100千米高的雷暴云砧间。虽然人人都会说在这种情况下已没有透视景深可言，因为周围一切看起来大小都差不多，但实情并非如此：这些雷暴云砧是从底部较平的云层中升起，大小和一整颗小行星一样。所以他们看到脚下是大片大片的雨云、卷云和积云，以及飘飘彩旗和艘艘驳船——霍华德目录上的东西应有尽有——它们咆哮着从

① 略带绿色的淡蓝色，与欧鸲蛋颜色相近。——译者注

周围云层穿过、滚过或越过，组成了气体巨人流动的表面。在往南更远处，它们不时构成距北极最近的剪切线[①]及其足以撕裂一切的漏斗状龙卷风和顶部宽阔的飓风。有时当他们航行在所处的纬度带中央，飞过一个高度较矮的漏斗状龙卷风时，可以从风眼中看进去，看到星球深处的那一抹蓝色。虽然在人类视线可及或不可及的范围内，目光所到之处不过都是气体，但看上去却很像一个贯穿薄雾的空洞，雾气在洞底结成了液体。每过一会儿，飞船就会无法避免地撞上一团高耸霄汉的孤云，飞船的视线快速下降，望出去只是暗淡的蓝色闪电，随之而来的激烈震颤使飞船发生猛烈晃动，就连飞速运算的人工智能驾驶系统也无法做到让飞行器绝对平稳。震动和摇晃一直持续到他们再次看到那一汪清澄的蓝色，比之前更蓝。他们大多数时候是顺着气流往下游方向飞行，偶尔也会横切穿过气流。他们费力地抵抗着气流作用，却常常被抛起摔下，任由气流摆布。

在他们前方，清朗的空间像峡谷般愈变愈窄，直到最后被挤压至某种虚空的境界。在清朗的空间之外，一个飓风正打着旋，巨大无比，整个地球都可以飘浮其上，如同圣·布伦丹[②]的小圆舟。“我们得过去仔细看看。”船长说道。随着一个优雅的转向，飞船开始下降，直到转动着的飓风扁平的顶部就在他们脚下。头上，亘古不变的繁星依旧站在各自习惯的位置闪烁摇曳。

“有没有飞行人?”斯婉问道，“有没有人身着飞行服穿越这些云之峡谷?”

瓦赫拉姆回答道：“有的，不过不多。一般都是从事研究的科学家。到现在人们都还觉得造访这些地方太危险。所以此地的开发程度远不如你以往到过的其他地方。”

斯婉摇摇头道：“或许只是你对它不了解罢了。”

“也许吧。但我觉得我算比较了解的了。”

“你自己并不常来这儿吧?”

“不。”

“你愿意和我一起飞下去吗?”

“我不知道怎么飞啊。”

“你可以让飞行服的人工智能系统来控制，你只管发号施令就行。”

---

① 风场中的一条不连续线，两侧的风矢量平行于该线的分量有突变。——译者注

② 中世纪爱尔兰修士，乘坐皮革圆舟横渡大西洋，比哥伦布早一千年到达美洲。——译者注

“就只是被动地当个乘客?”

“当然不只。”她向他投去一束厌恶的目光，“人们在太阳系内任何可以飞的地方飞行。我们大脑里的鸟脑部分有飞行的欲望。”

“这我相信。”

“那么，你是愿意和我一起飞了。”斯婉点头道，似乎赢得了一场争辩的胜利并从对方口中得到了承诺。

瓦赫拉姆把下巴抵到了颈项处。“这么说你是一个飞行家咯?”

“是的，只要我能飞。”

他不知道该说什么了。如果他之前知道，爱她就得不断忍受她那专横霸道的凌人盛气的不断烦扰，那他一定会拒绝这样的爱！但事实似乎是，他意识到这点时已太迟了。他的身心已被深深地钩住，他能感觉到钩子正在用力地拽着自己的胸腔；他的确被钩住了；他很想知道她的一言一行。他甚至愿意考虑在土星云层里动力翼装飞行这样的蠢事。怎么会这样呢？为了一个压根儿就不是自己喜欢的类型的女人——哦，马塞尔，如果你知道他是谁的话——眼前这位斯婉比那个奥德特[①]还要糟糕。

“也许会有那么一天吧。”他说，努力想表现出对她的赞同，“但目前我们的任务是首先找到你们所说的那艘飞船。”

“的确如此。”热奈特调查官插话了，“而且看上去我们离目标很近了。”

他们继续下降，潜进另一团云雾里。飞船持续剧烈震动着。在他们脚下又是一层厚达 30 千米，愈发稠密的气体，穿过这片气团才能触及其下结冰的、难以言状的黑色黏稠物质层——那就是本星球真正的“地表”。据说那些飞船就深深地藏身于此，瓦赫拉姆担心他们要寻找的那艘也在那儿。就在此时，南边的云团中朦胧出现一艘宇宙飞船的轮廓，挂在巨大的水滴形气球下方，青灰色的船身和蓝色背景形成对比。但很快又如幽灵一般消失于方才现身的那团云雾中。

这艘被弃的飞船挂在气球下，随波飘荡。在云里它显得更暗淡一些，有点像巧克力色，短时间内会呈现出橘红色或青铜色，但色泽会很快消失，船身又暗淡下来。要以音乐的方式描述这一场景，瓦赫拉姆觉得不妨同时播放

---

① 在马塞尔·普鲁斯特名著《追忆似水年华》第一部强大但浑身是病的查尔斯·斯万居住在贡布雷，后来与一个名叫奥德特的妓女相爱并结婚，而且有一个女儿叫贝特。奥德特玩弄斯万的感情，而斯万似乎已完全接受受虐狂这个角色，甚至对朋友们对于她本性的揭露感到厌烦。——译者注

萨蒂和魏格纳的作品，一颗满载伤情的大头针刺破华而不实的雷暴云砧：就是这艘迷失的小飞船啊。

他们费了好大功夫终于下到潜云器的跳虫型飞行器里。潜云器在紊乱的气流中拼命保持着稳定，好让飞行器顺利降下。目标飞船寂静无声地在薄雾中隐约现出了轮廓。瓦赫拉姆的脑中出现了“玛丽·赛莱斯特”号①或者帕普的游艇②之类的画面。他努力将这些老掉牙的故事从头脑中抹去，把注意力集中到眼前这玩意儿上——一眼看去不过就是那种常见的貌似拖网渔船的小行星，一台老式的以氘—氚聚变作动力的引擎安置于船尾。

“你要找的就是这艘船吗?”瓦赫拉姆问道。

“我想是的。”热奈特调查官回答道，“它在进入大气时被你们系统的塔加特击中，我们侦测到撞击的响声。走，过去看看。”

他们降落在码头上，飞行员凭借高超的驾驶技术成功在紊乱气流中平顺着陆。飞船靠电磁力锚泊在码头上后，他们三人以及热奈特的另两位同事穿戴整齐，走出舱外。此刻，他们正站在阿里阿德涅之线③上。

斯婉飞在众人前面，从飞船上部飞过，在火箭推进器前部的闸门处着地。她按下门锁，上面的红灯随即转绿，然后门开了。突然，一道光亮从里面一闪即逝，斯婉叫出声来。

热奈特飞到斯婉身边，像保护她的善良天使一般飞到她的肩上位置，将她拉了回来。“等等。我感觉不对。刚才‘万能钥匙’说飞船内部刚发射出一道强烈的无线电波信号。”

调查官飞到最前面，抢先进入闸门，同时手里握着从大腿口袋里掏出来的一个类似螺栓剪钳的工具。“也许是从这里发出的。”一个小盒子被固定在闸门内侧。“这是个附加装置，当作某种防范措施。也许你们已经被拍了照，数据已经发出去了。得把这个带走。”

斯婉用力敲打小盒子处的闸门，“我们来了！去你的!”

“他们已经知道了。”热奈特鼓捣着小盒子说，仿佛那不是个装置而是条

① “玛丽·赛莱斯特”是一艘双桅帆船，1872 年从纽约出发，两个月后被人发现正全速朝直布罗陀海峡方向航行，但船上空无一人。该船被认为是幽灵船的原型。——译者注

② 《游艇之谜》是美国作家格特鲁德·钱德勒·沃纳创作的《大篷车上的孩子》系列儿童作品之一。——译者注

③ 阿里阿德涅，古希腊神话人物，为克里特国王弥诺斯与帕西淮之女。古希腊诗人与艺术家，多以其作为创作题材，影响深远。阿里阿德涅之线如今作为常用典故，喻指走出困境的线索或解决问题的办法。——译者注

鲍鱼。“不过也许我们可以扭转局势。这艘船总有个来源吧，我们至少能够追踪到一些线索。我们要带走它的人工智能系统。”星际调查局的两位调查人员打开了闸门的内门，内部似乎和外界一样处于真空状态。瓦赫拉姆跟着其他人进到里面。内部灯自动打开了，悬桥设计得很实用，只是里面并无空气，也空无一人。

“大家都知道每艘飞船都有独立的ID号。”瓦赫拉姆说，“那么他们为什么把这玩意儿悬停在这儿？为什么不干脆销毁处理掉？”

“不知道。可能他们本打算再次使用它，却对土星追踪系统一无所知。”

“我不喜欢这东西。”

“我也不喜欢。”

“也许这飞船来自独立机构，”斯婉说道，“一开始就不在任何记录上。”

“有完全不在数据网中的飞船吗？”瓦赫拉姆问。

“有。”热奈特回答得很简短，把一根一端连接到“万能钥匙”的数据线插入到飞船控制台上的一个接口里。

“已经收到它的数据了。”“万能钥匙”说。

“我们走吧。”热奈特说，“‘万能钥匙’说悬挂这艘飞船的气球已被戳破。虽然气球很巨大，但我们得在它快速下降之前离开这里。”

他们在距离很短的门廊里朝着闸门方向快速行进。飞行员着急地催促他们赶快回到潜云器里面，以便两者尽快脱离；由于头上气球里的气体已所剩无几，他们正以加速度快速坠向土星。很快他们五人便拥到了闸门处，调查官及两位助手飞在闸门上方的狭小空间里，看上去就像一道拱脊。当外门打开时，他们开启喷气推进，飞到外空里，飞船上方的气球已经能看出的确瘪了不少，体积更小，表面布满褶皱，左右摇晃。即便如此，调查局的矮人们仍绕着船体飞行，在四个方位分别进行检查和拍照。“看那儿。”热奈特对其中一个人说，“几个螺栓脱落的空洞。从螺纹处取点样本回去。”

最后他们返回到潜云器，慢慢收起他们的阿里阿德涅之线。在抵达潜云器的闸门后，他们感到潜云器已离开目标飞船，开始爬升。他们抵达悬桥，飞行员因为太忙或者太有礼貌而没有向他们解释为什么当前会紧急爬升。他们不断上升，切开上方的云团，船身剧烈震颤。

“我们已经离开它了，”热奈特急躁地对飞行员说，“快减速。”

瓦赫拉姆是喜欢这种快速爬升的人之一。在他年轻那会儿人们还没有下到这个深度来，但潜入土星云层这种在当时被视为鲁莽和极度危险的举动已深深地吸引住了他。

当他们离开低空云团回到较平静的云团间气流层时，他紧绷的弦稍微放松了一点。在短时间内，当到达一定高度后，他们可以看到在该纬度带的南北两端风朝着相反方向流动；这两端有着比他们更高的云层高度，所以在一段时间内他们看上去就像是轻松地漂浮在一条非常宽阔的河流上，上行气流在两岸激烈地涌动着。

在飞得更高一些后，热奈特调查官给斯婉看自己的腕式酷立方。“我们已经确认了，那艘飞船的所有者是地球上的一家运输公司。他们从未报失过。最后一次有记录的停靠港口是我们之前看过的那颗小行星。”

斯婉点点头，看着瓦赫拉姆说，“我接下来就去地球，你要不要一起?”

瓦赫拉姆谨慎地回答道：“我反正都要朝那个方向走。所以我想应该可以在地球上和你碰头吧。”

“好。”她说，“我们可以在那儿继续合作。”

她似乎一点都不担心他会带来任何麻烦。这很好，甚至相当令人鼓舞——但不幸的是，她错了。

他艰难地吞了一下唾液。“走之前我可不可以带你看看土星？在土星环上有一种不寻常的飞行，我想你也许会喜欢。我可以把你介绍给我的托儿所同事，介绍给我的家人。”

她听后很是吃惊，他看得出来。他又吞了口唾液，努力想在她的锋利目光下表现得自然一点。

“好的。”她说。

斯婉和土星环

热奈特调查官和他的工作小组要在土星系做一些工作，暂时不会朝地球方向走。所以斯婉有时间跟瓦赫拉姆过去，既然他都提出来了。他举止非常奇怪，一直盯着她，像X光般从头到脚扫描她，就像蟾蜍的眼神。这让她想起之前当她告诉他自己曾吞下土卫二外星生物套药时，他脸上的神情；在事件的迷雾中显现出来的，他脸上的神情，她此刻再度记起来——那种惊诧的表情无疑是在说，怎么每个人都可能做出这种蠢事来？关于这点，他最好要适应。她可不是普通人，甚至连人都算不上，只是某种共生生物。自打服下外星人套药后，她的感觉跟以前完全不同了——先假设她以前有过某种感觉吧。也许真的有各种绚烂的颜色在她脑中爆开了花；也许她的空间感灵敏到了令人惊喜的程度，而她对事物重要性的判断力同样也是如此。土卫二上的小虫子不见得就比她内脏里其他来源的虫子给她带来更大的影响。她自己都不确定自己到底是什么。

瓦赫拉姆的神情表明，此刻他的心中也是这么想的。

拜访瓦赫拉姆在土卫八上的托儿所的同事不过就是在他们用餐的公共厨房里添套餐具罢了。“他们是我的一部分朋友和家人。”瓦赫拉姆说。他正将斯婉介绍给围坐在长条桌上的几个人。他们齐声向斯婉问好，斯婉点头回应。他领着她在房里走了一圈，给大家分别作了介绍，“这位是乔伊斯，这位是罗宾，这位是戴纳。”

戴纳点了一下头。他的动作让斯婉想到了瓦赫拉姆。

戴纳微微一笑，眼神略微一瞥，“斯婉小姐，欢迎来到土卫八。我们很高兴能接待你这样有名的设计师。我希望你对土星印象还不错。”

“是的，很有趣。”斯婉说，“瓦赫拉姆准备带我去土星环看看。”

她跟着他们来到屋子中央的餐桌边，瓦赫拉姆把她介绍给更多的人。她已忘了他们的名字，他们只是挥手或点头，也不想要多说什么。他们和斯婉聊了一小会儿，然后又回到各自之前的谈话中，剩下瓦赫拉姆和他的客人孤零零地站在那儿。瓦赫拉姆的脸上略微泛红，但他似乎仍很高兴，当托儿所同事们走出房间去时他也很轻松地跟他们打招呼。斯婉想也许在土星上，这就算是很热闹的派对了吧。

聚会后不久他们便搭乘太空飞梭前往“普罗米修斯”（土卫十六）——位于F环内侧的牧人卫星。“普罗米修斯”和“潘多拉”（土卫十七）的引力场相互作用，把构成F环的数十亿冰块编成一条条复杂的彩带，与其他较大的土星环光环那光滑的表面形成鲜明对比。事实上F环正在两颗牧人卫星引起的引力潮中打着旋儿，进而形成了一些浪涌。而有浪涌的地方，就会有冲浪者。

土卫十六是一个马铃薯状的卫星，直径120千米。它最大的一个环形山像酒窝一样坐落于离F环最近的一端，且有圆顶盖于其上，圆顶的内边缘设置了一个车站。

在圆顶里面，一群热衷土星环冲浪的人跟他们打了个招呼并为他们描述了一下近处的浪涌情况，他们非常为之自豪。土卫十六每14.7小时就会运动到最远点，也就是离土星最远的地方；每当它到这一位置时，都几乎要擦到缓慢翻滚中的无数冰块构成的冰墙，这些冰块正是F环内壁的组成物质。土卫十六的公转速度要比冰块快，所以当它经过时，在被称为“开普勒剪切”的重力作用下尾部会拖出一条冰块带。这条弯曲的冰带出现在土卫十六后面，与之保持着一定距离。这很正常，就像船尾会出现尾波一样。每次最远点的浪涌都比前一次出现的地方更远3.2度，所以通过计算可以得知何时何地方能进入并捕获这条冰带。

“一个浪要等15个小时?”斯婉问。

当地人大笑着向她保证道，一个就足够了。她不会觉得一个浪不够的。一次冲浪可以持续好几个小时。

“好几个小时?”她问。

她得到的回应是更夸张的大笑。斯婉转头望着瓦赫拉姆，后者石头般的面部表情一如以往地难以解读。

“你也要去吗?”她问。

“去。”

“之前冲过浪吗?”

“没有。”

她笑了，“很好。我们就去试试吧。”

土星环从数学上可以被视为一种流体，从任何距离看去也的确像一种流体，密集的同心波将其刻成一条条的凹槽。凑近一点就能发现，F 环和其他环一样也是由冰块和冰碴组成，以带状层叠。冰带视个体冰块大小而时厚时薄，所有冰物质以大致一样的速度飞行。引力：人们在这里可以看到纯粹状态下的引力效应，没有风或太阳辐射或任何其他事物影响——除了被旋转的土星抱在襁褓里，另外还有些许微弱的推推拉拉的外力——引力塑造了土星环的特别形态。

土卫十六是冲浪者的理想进入地，与斯婉和瓦赫拉姆一同去的人说，他们将被发射到波浪中，进入和退出时均有老手陪同，目的是观察情况以备需要时提供帮助。他们给斯婉和瓦赫拉姆讲了一些如何踩浪的小窍门，但斯婉是左耳进右耳出，忘了他们的建议：冲浪就是冲浪。你需要按其节奏抓住它的间隙，然后乘浪而出。

他们穿戴整齐后开启喷气飞出闸门。F 环那混杂的白色墙壁就在他们眼前；墙内，由更密集的碎砾组成的彩带被编成绳，打上节；但从整体上看环带却非常平整——南北厚度不过 10 米。这个 10 米并不是浪花的高度，而是宽度——这意味着人们如果遇到任何麻烦，可以随时跳出冰流，且很容易被其他人发现并捞起。斯婉以前玩过的冲浪可不是这样，所以她觉得这种冲浪相当令人放心。

他们离白色外墙越飞越近，近到她能清晰地看到各自独立的冰块，大小从沙粒到手提箱不等，偶尔也有像书桌或棺材这样的家具大小的冰块在其中翻滚着。她甚至还看到过无数冰块一度聚结成一座小房子般大小，但几乎就在她看到的同时就分崩离析了。此刻，一条弯曲的白色横幅正从外墙上分离出来，朝着土星方向流淌而去。下方的土星虽显得巨大无比，却似乎相当无聊。

斯婉一边向冰浪漂去，一边像吹黑管般用指尖按着几个按键检测自己的喷气装备，在机器的帮助下跳着轻快的舞步快速向前。穿戴型喷气机大体都差不多。她的注意力集中到接近中的冰浪上，它上下起伏，颇似安藤广重的浮世绘上波浪的样子；只是眼前的浪足有 10 千米高，并且上升很快。她需要调整方向并加速，以将自己推到冰浪前进的方向，但加速又不能太猛，否则会将自己喷射到冰浪前面，这就是有趣的地方。

现在她已身处白色海洋之中，还时常有小冰块打到身上。她稍微加了一点推力以便让头部可以露出冰海，就像破裂的盐水浪花泡沫中的人体冲浪①，只不过这次不是盐水泡沫，而是冰块。她感到自己不是被水波而是被小冰块敲打着往前推着走。慢慢地她和波浪终于步调一致，头部露在冰海之上这样就可以四下张望——非常类似人体冲浪。她一定要大笑，一定要高喊：她正在10千米高的冰浪浪尖上飞翔。看到此情此景，她实在忍不住大声喊叫起来。这条共用的冰带上到处是其他冲浪者的叫喊声。

这波浪只比普通浪花要特殊那么一点，宽度不过一间屋，有时她甚至感觉只比自己身体宽一点——可以说是一个二维波浪，所以人们的身体有可能受到侧方冲击，有时稍微的偏离也会让人突然冲出边界。所以即便是如海豚般把全身浸在白色冰海里也没多大作用，一样容易冲出这薄纸一般的波浪。也许有些人是这么做的，但她总觉得要是那样做她定会迷失方向。再说了，她想看景色！

她能感到冰浪托举着她，把她的身体向上抛掷。她不断地被冰块撞击着，同时还被引力拉扯着。冰打在身上的感觉很像被小石子连续击打，总的效果就是推搡着她不断向前。倒真有可能踩一个大滑板滑行在这一大摊冰粒上，用脚控制滑行姿势；事实上她还真看到身体下方不远处有人站立在一个像小圆舟似的东西上，就是玩滑板的姿势。但大多数人都跟她一样采取人体冲浪的姿势，也许是因为要想有最好的冲浪路径，必须得依靠穿戴型喷射机吧。其实比起冲浪板冲浪，她在任何时候都更喜欢人体冲浪——让身体成为飞行的主体，将自己抛到自由呼吸的空中，高速飞翔，就算没有动作，身体也被抛到前方。

一个浪头过来，撞得她以更快的速度往前飘去。绝大多数冰块的大小介于网球和篮球之间，如果她将穿着飞行服的上半身露出冰面只留下半身在浪里，她就可以通过有选择性地蹬踩较大冰块使自己小步跳跃起来，既可以往前跃，又可以往上跳。冰浪还在不断形成，但就像船尾的波纹一样，冰浪的发源是没有“底部”可言的，你不可能像舞彩带一样抓住尚未离析出冰环的冰带下半部分，让已飞出的上半部分在空中弯曲或崩析。所以一旦冰带被拖拽出冰环，它就失去了能量，等不到溃散便会逐渐消失在夜空。这告别的方

① 指不用冲浪板而以胸腹冲浪。——译者注

式可真是太糟了，但现在却是舞蹈的最佳时刻！

一旦有机会她就跳上更大的冰块，在一连串的跳跃之后她终于到了一直想去的地方——白色的冰块群落一路上都朝着空荡的夜空飞奔而去，两者交接之处是斯婉心之所系。她在白色的冰砾上起舞，在移动的岩屑堆上侧滑，仿佛沿着流动的山脊往下奔跑。在掌握了冰上舞蹈的要领之后，她短促地笑了一声。冰带上的叫喊仍是此起彼伏。瓦赫拉姆或许是离她最近的人，正以了不起的灵活身姿跳跃着，活像迪士尼动画片《幻想曲》里面跳舞的河马。看到这一幕她忍不住笑了。这一路她都清楚感觉到来自土卫十六的拉力，感觉就像在水波激起的上升气流中滑翔的鹈鹕。引力的波浪将她抛向无垠的宇宙。其他冲浪者的嗥叫听上去跟狼叫差不多了。

回到土卫十六的圆顶内，脱下装备，全身汗湿的斯婉给了瓦赫拉姆一个拥抱。“谢谢你的陪伴！”她说，“我需要这样的活动！它让我想起……让我想起……总之，很不错。”

瓦赫拉姆满脸通红，大口喘着粗气。他点了一下头，嘴噘成一个严肃的小绳结。

“对了，你感觉如何？”她大声地问他，“喜欢吗？”

“挺有趣的。”他说。

清单(九)

离开行星——尤其是地球的飞行器配置的助推器，需要极大的推力。

轨道至轨道的行星际火箭需要极高的排气速度以减少燃料的重量。

氘－氦聚变反应球马克动力装置，在月球上制造，并于2113年投入使用；

反物质等离子体核，磁瓶，火星人的设计，2246；

氘－氚聚变反应，包覆锂核，以实现在燃烧时产生更多的氚，月球，2056；两个聚变舱破裂引起爆炸，全部人员罹难；

激光热推力，主要用于木星—土星联盟的内部交通，2221；

用于驱动特拉瑞的聚合推进器，2090，通常被称为“老黄牛”；

惯性约束核聚变，火星，2237；

猎户座核裂变模式，由Z箍缩对处于次临界状态的锔－245小球压缩产生裂变，再利用磁性对火箭的推进板产生强大推力，木卫四，2271；

猎户座方式（利用外部脉冲的等离子推进器），月球，2106；

等离子磁流体动力引擎，含钾氦气作为工质，木卫四，2284；

为失去动力的飞船设计的应急推进系统，一个太阳能装置上一半的球体变成银色，太阳光被反射到一个有窗口的加热器，加热器中有含碱性金属的氢气作为工质。这个系统排气速度很慢，在火星之外作用不大，但是使用前便于携带，火星，2099；

可变特性脉冲磁等离子体推进器，可以根据需要在高推力和高排气速度之间换挡，木卫四，2278。

物理学、新材料科学、火箭技术的发展，加上日益增长的对提高速度和燃料有效性的渴望，现在开始了一场由月球、火星、木卫四相关组织主导的新创意工业竞赛，因此我们可以拭目以待。

基兰和拉克希米

基兰第二次经过克里奥帕特拉火车站时拨打了斯婉留给他的号码，接电话的正是拉克希米本人。他向她解释了自己为什么会有这个号码后，她让他去附近的一家面馆等她，说自己大约一个小时后到。她的确来了。原来她是一个典型的土生土长的金星人——个子高，皮肤好，面容姣好，沉默寡言。她的血统和印度名字让他想起以前见过的其他一些人；他已逐渐了解这是那些想和过去拉开距离的金星人自我标记的方式，用名字说明他们更倾向于被视为金星人而不是地球人。

“继续在舒克拉那儿工作。”即使舒克拉已让他处于空置状态，拉克希米仍不假思索地这么告诉他。她会帮助他到“处所”去。基兰的翻译机告诉他两者都译为“地方”，但“所”是指个人所在地，也指工作单位。她会给他一份更好的差事，包括在旅行中担任信使，把物品和信息从一个“小金库”带到另一个“小金库”。小金库，听上去不错。他同意了。直到此时拉克希米才告诉他还会有一笔隐性报酬。这个听起来就没那么好了，但他从她话语之间判断，这买卖应该还行。

她把新工作对他描述了一遍，然后盯着他问：“舒克拉是从斯婉·尔·泓那儿把你接过来的，但他又不用你。他觉得你很蠢么？或者是觉得斯婉或我很蠢？”

基兰差点说出来他的想法——也许舒克拉才是真正的蠢货。但似乎拉克希米并没打算让他回答，她起身离开了。一个小时后他有了一个新 ID 号，也就有了全新的身份和名字。不过这些好像与旁人都无关。拉克希米交给他的第一个任务是把一个小邮包从克里奥帕特拉带回科莱特。他将乘飞船过去，这样快点。除了邮包，拉克希米还给了他一副翻译眼镜，看上去像又厚又黑的老式望远镜。

于是他去订机票。在订票时他发现这个新身份有相当大的信用权限——大得他都有点害怕了。不过若能看看拉克希米领导的是何种力量，倒也是有趣的事。也许是一整个“小金库”，或者多个。他以前的工友说她是沃金集团的人，而沃金集团是这个星球的统治者。

她给他的这副翻译眼镜无疑是高级货——当他看汉字这种难以理解的表意文字时，对应的发着红光的英文会自动覆盖于其上。他吃惊地发现原来周围到处都是信息，闪着红光的信息：“小心三无人员”“为允许烈性酒投一票”“宝塔山啤酒”“半边天转变之门”。显然是性别诊所。

他乘坐的飞机起飞了，不一会儿就到了乱云上空，进入金星遮阳板下的极夜。唯有星光给身下的云端带来微微光亮，这让他想起了地球。窗外，地球组成的蓝色双星系统就在头顶，地球的亮度是月亮的两倍，两个在一起就像一对宝石，有一股子让人屏气凝神的美。下方的云层很清朗，可以清楚看到杂乱铺陈的被剁碎的山脊——很明显，那是麦克斯韦山。它们构成了巨大的山脉，是金星上的喜马拉雅。

在科莱特，他将拉克希米的邮包交给一个朝门房走过来的人，两天后同一个人走过来，要他乘坐飞机把另一个邮包带到克里奥帕特拉。

回到克里奥帕特拉后，基兰按指示走上一条圆顶内部绕环形山一周的步行长廊。穹顶外斜面上的积雪伴随着永无休止的雪崩不断滚落。360 度的刻度将环形长廊划分开来，他需要将邮包带到 328 度处。他发现环形长廊上的扶手像圆形剧场般被打上了号码。在 328 度处等待他的是一位性别不明的小个子。“我们是孟加拉的夜奔人，那是很重要的工作。”基兰的眼镜大声翻译出来，说话者听后脸上泛起了笑容，很明显他听得懂英文，而且眼镜的翻译肯定有好笑的地方，但基兰不知道哪儿出了错。“多跟我说说吧。”他语速很快，于是小个子把他带到了附近一个酒吧。

基兰坐上一根高脚凳，柯胥先生坐在吧台上，接下来的几个小时里翻译眼镜一直在基兰的耳中低声讲述一个又一个的故事，虽然他对那些事都没什么概念，但听听还是觉得挺有趣。他们正从事一个项目，拉克希米是该项目的女神，柯胥那卑微的身体就曾因吻了女神的脚差点被判电刑。对待女神，不能触碰，唯有服从。他们分开前，柯胥把电话号码给基兰，保证一定找机会再聚。

这次他要带着另一个邮包乘坐一辆专用越野车走陆路回到科莱特。他发现自己充其量只能算是这辆六轮低底盘越野车的名誉驾驶员，因为它完全由人工智能系统操纵。这车速度相当快，伴随着发动机低沉的声音，它碾过颠簸剧烈的碎岩，越过紧致的沙砾，同时变道灵活，将巨型采矿卡车抛在身后。

从车辆后部的货物间看过去，驾驶舱有些后倾。他并不知道车上有什么货物，但一只放射量测量计稳定地嘀嗒嘀嗒地走着。难道是铀？柯胥给他的邮包并没有封口，他打开包看，希望没人知道他的这个举动。那里面装的是一叠手写的便签。上面鬼画桃符的汉字像喝醉了似的，周围还画了点鸟类和动物的素描，画得都很小。他眼镜里的红色英文覆盖在汉字上：

“有心人方可见。

努力过，败犹荣。”

他觉得像是暗语，至于是因私还是因公，内容重要与否，就不得而知了。基兰通过翻译眼镜听到柯胥曾说拉克希米有一个不得不保守的秘密——他这样说不过是想欺骗舒克拉和酷立方。也许这些便签是秘密的一部分。组织高层简直是浓雾弥漫，柯胥曾对他这样说道。

回到科莱特，基兰把邮包交给之前在门房的那个人，然后回到以前的公司，在冰上工作了几周。这时他接到拉克希米的电话，带着另一个邮包前往克里奥帕特拉。这样往返了好几趟，每次情况也都差不多，没什么特别的地方。随着基兰继续在位于科莱特的公司上班，干着与舒克拉有关联的工作，他慢慢觉得自己可能已无意中变成一个间谍或双面间谍之类的人，不过他还不确定。如果因此激怒了某一方，他就不得不给斯婉打电话寻求保护。一天当他重新戴上翻译眼镜时偶然发现，不管是口语还是书面文字，翻译眼镜都会将译文以红色字体显示在镜面上。这个发现意义重大，既能帮助他更快学习外语，又可以助他更好地玩这场游戏。给可见的世界再敷上一层红字——可能是有点烦人，但能搞懂别人在说什么做什么终究是件好事。他大多数时候都把翻译眼镜开着。

就这样，他带着邮包在“伊斯塔[①]的脊梁”上来往穿行，偶尔也会乘坐有射线发出的越野车。通过看地图基兰发现，占据“伊斯塔”西半部分的巨大高地（那会不会就是“伊斯塔的肩部”或“伊斯塔的臀部”?）被称为拉克希米高原。他不知道这是偶然还是影射。他不得不随身携带个人放射量测定器，上面的读数嘀嗒嘀嗒地往上升。所幸的是，长寿疗法中竟然还包括了很好的突变修复疗法!

很多时候他是独自驾驶，车载人工智能系统的确很好用。翻译眼镜很像

① 在金星表面的大平原上有两个主要的大陆状高地。北边的高地叫伊斯塔，拥有金星最高的麦克斯韦山脉——大约比喜马拉雅山高出 2000 米。——译者注

一只狗，殷勤周到，所有动作又都在情理之中。他以前从不喜欢狗，但在这场力图了解自身处境的斗争中，他不得不依赖这只狗。

上次在克里奥帕特拉见过柯胥后，他要想再找到他就得搜遍所有最吵闹的酒吧。走在大街上他突然听到有人唱英语歌，而且是一群人在唱。他几乎要跑起来，生怕唱歌的人会突然消失。但最后他发现原来那是一家以唱歌为主题的酒吧，提供劣质啤酒，充满无聊的笑话，说英语的也就那么几个。然而他遇到一个女人，和她一起回到她的房间，在黑暗的房间里交谈起来——这时城市穹顶的人造夜幕尚未降临。她对他说起自己同样为拉克希米工作。基兰感到一阵恐惧感从身上闪过——这似乎不是巧合吧。他又问了她几个问题，问得十分谨慎，而根据她的说法，感觉在克里奥帕特拉工作的人有一半都听命于拉克希米。这样看来，他们的相遇或许真的只是巧合。那样最好，他可不想糊里糊涂地身陷任何阴谋当中。另一方面，他又渴望参与那些自己搞得懂状况的阴谋。所以他开始频繁出入这个酒吧，透过眼镜，通过那几个会点英语，偶尔也说印度泰卢固语的人，他和很多人都有交谈。他可能会坐在一个维吾尔人和一个越南人之间，然后大家用英语互相交流，他们的英语断断续续像是在作诗了，不过还是听得懂。

通过那个女人和她的公司知道了更多关于拉克希米的事情。大家都说拉克希米是沃金集团的一分子，她不喜欢舒克拉，也不喜欢地球。事实上没人知道她到底喜欢什么。谣传在印度神话里，拉克希米是死神卡利的化身——或者死神卡利才是拉克希米的化身——没人知道。而这位拉克希米据说是雌雄同体，像黑寡妇一般穿梭于情人之间。没人愿意被她关注到。她年轻时候跑遍了金星，还有人说她在休假期间掌管着一个名为“战斗”的黑社会组织。舒克拉麻烦大了——“你们等着瞧好戏吧，他很快会变成一个废人，如果她也把他给阉了的话!”

很明显拉克希米曾打算把金星上冻结的二氧化碳以一定角度射入太空，过一段时间后这个过程将最终加速金星的自转，实现金星的自然日[①]。该计划被否决，最后决定进行大规模的碳吸收。但由于她在沃金集团内部有举足轻重的地位，政策总是可能改变的。谁知道呢？沃金集团是一个密不透风的小团体，既可能随时热情爆发，又可能在下一秒陷入内讧。酒吧里大多数人都认为那是股危险的力量，除了那些在类地球化改造方面能帮上忙的人，他们

① 金星自转周期为243日，也就是说，金星的自转恒星日一天比一年还长。——译者注

对普通金星民众毫不关心。

酒吧里有人开口了，说这些不过是夸大其词的陈词滥调。说到底这儿只是个以唱歌为主题的酒吧，而他们每日都在外面奔波工作，所以也算是金星传奇的一分子，不管人们是怎么讨论政府的——只是在这些讨论里面多了很多欢声笑语和大声讥笑。显然，酒吧里大多数人都觉得自己不过是一群无助的观众，任由最终将会把所有人拖入旋涡深处的权势大戏在头顶上演，至于个人的言论和希冀，不过都是徒劳。所以最好就是今朝有酒今朝醉，一番醉生梦死之后翌日步履蹒跚地出现在大街上。基兰跟着女人到了她在公司睡的大通铺。来了几次之后，基兰已被视为她公司的一员了，嗯，很好。

一次在他返回科莱特城途中，他觉得有人在监视他，而当他注意到时，那个人开始接近他。此人身材高大，而基兰从他的快速一瞥中意识到自己身后另有其人。他立即跳进附近一条拥挤的小巷，一边躲闪一边拼命从一家敞开的商铺背后穿过，引起一阵骚动，他希望能借此拖住跟踪他的人。之后便是一路亡命飞奔，逐渐深入科莱特市中心迷宫般的环形巷道。他一面不断改变方向，一面暗朝着拉克希米的小型办公室跑去。他自信地在前台保安员面前停住脚步。“我来见拉克希米。”他大声说。保安员把眉毛吹上了前额，立即举枪对准基兰的脸。

拉克希米花了好一阵时间才抵达科莱特，在此之间保安没有让基兰离开办公室。基兰感觉跟被捕很像，不过当拉克希米回来后，她似乎对他成功摆脱监视很是满意。

“在‘克里奥帕特拉’环路123度下面有一栋关闭的建筑物。”他说完自己的遭遇后她这么说道，“去‘克里奥帕特拉’，和你的朋友待在一起，自由晃荡一段时间。看你能否记住每天有多少人出入那栋大楼。我想舒克拉是想在我的城市建立自己的小金库。”

“你指的是地下外汇系统么?”基兰问。

拉克希米没注意到他的话。她离开后，基兰也自由了。

于是，当基兰再次来到克里奥帕特拉后，他开始自由行动。他穿城而过，来到110区。这里没那么多放射状大道，而大多数建筑物也都是工商业用途，从其大小可见一斑。区内的酒吧相应地也比其他区域酒吧大。他走进靠近123工厂的一家酒吧，在吧台附近坐下来。他开启翻译眼镜，目光盯着前方，好像在看着他们似的，一边喝着劣质啤酒，一边读着镜片上显示的周围的声音。

“他们太美了，这是个错误。”

“拉克希米就希望他们那样。”

“嘘！不能提她的名字！”

但基兰能听到他们的笑声。这眼镜没有像漫画书那样把笑声也用红色的“哈哈哈”显示出来。

在听了一整晚酒吧客人的闲聊后，他走到街上晃来晃去打磨时间，然后乘缆车上到环形步道，走在大家谈论的城镇上空，偶尔不经意地俯视下方。当晚晚些时候，他回到市中心，坐在一家酒吧的角落，用之前录下来的对话玩起了口译，特别希望能找到安保人员的对话内容。“她必须予以阻止，太多了。”另一个人听后却不高兴：“我们是为‘大梨子’工作，只管照做就是了。”

基兰一遍又一遍地重播着眼镜的记录和翻译，努力想抓住声调的规律，同时不断揣摩那些争吵的大意。好像有人提到“一个来自海上的男人”，似乎是个大人物。他想，也许这又是个暗语。歌唱主题酒吧里有首歌是这么唱的：“我的家现已在海里——我来金星是因为不愿与鱼群为伍——可如今我的所在，却比海底更潮湿——且鲨鱼遍布！仁慈的上帝！”

“他们”一词似乎是指沃金集团或其他某支幕后强权势力。“他们”要这样，“他们”想那样。普通民众眼中的沃金集团完全是个极不透明的组织。没人知道其成员是被选上的还是被任命的。人们猜测里面大约有 50 人。

那个女人跟她的公司故事更多，街上能听到些只言片语。和拉克希米共事的人包括毗瑟挐①，罗摩②和克里希那③。所以如果这样的人在沃金集团工作，是否对于金星和地球的关系意味着什么？没人知道。

只有在克里奥帕特拉的太空港召开的会议毗瑟挐和罗摩才会露面，可能是因为他们常住在外星球或经常出差旅行吧。克里希那住在金星上，但是是在阿芙罗狄蒂④高地的一个名为纳布查娜⑤的峡谷之城里。有一次拉克希米召基兰到她办公室去，当时克里希那正在那儿拜访她。或者是当他事后描述起那位访客，那个女人跟他说那就是克里希那。当时拉克希米并没有向他介绍她，而她也没有跟他说一句话。

---

① 印度教主神之一，守护之神。——译者注

② 印度史诗《罗摩衍那》的男主人公，后成为印度教崇奉的神。——译者注

③ 印度教崇拜的大神之一，是毗湿奴的第八个化身。——译者注

④ 金星表面南半球的高地，面积比北半球的伊斯塔更大。——译者注

⑤ 非洲多个黑人部落崇拜的孕妇保护神。——译者注

舒克拉在克里奥帕特拉123（如果地址属实的话）的新办公大楼戒备森严，从每日运入的食物和运出的回收物判断，有人全天住在里面，不过数量不多。他在周围走来走去很长时间，认真观察建筑物，有时上到环形长廊俯看。拉克希米的人在克里奥帕特拉也有几栋不对外的建筑物。既然基兰此时正在研究对方，所以也许拉克希米觉得舒克拉的人有可能也在自己的地盘上做同样的事吧。

一天当他回到那个女人在克里奥帕特拉的住处，发现她们住的通铺此时住着一拨陌生人。那个女人已经离开了，所有接纳他的小团队都走了。宿舍经理说他们在接到来自阿芙罗狄蒂的一通电话后就一起离开了。经理耸了耸肩，意思是，这就是金星人的行事风格。人们接到工作指示，然后集体行动。如果你不是集体的一员，那事情就跟你没关系。

“不!”基兰大声说。他曾和那帮人一起言笑，曾用英语叫他们的名字，惹得他们哈哈大笑。

新住客们谁都没有理他，直到他开口说话。

他说了几句，他们也向他做了介绍。由于他跟他们说周边哪儿有好酒吧之类的事，所以跟之前那伙人一样，大家也把他接纳了进来。但他还是感到了不同，和这帮人在一起时不像之前那么自在——或者是因为先入为主的思想吧。他知道这种更迭的情况还会继续出现。你总不能一次又一次地跟新人交朋友吧。

宿舍经理已和他很熟了，看到了基兰眼中的失落。“别这样想，不然你会跟社会脱节的！只要有机会，就要不断认识新朋友。”

“但老朋友离开总是太叫人伤心了。”

经理耸耸肩道：“留恋是毫无意义的。放宽心，往前看。既来之则安之。”

既来之则安之。一个宿舍经理的逻辑。但金星上的所有建筑物都只是可以住人的宿舍楼啊，这个太阳系内的每栋楼莫不如此。

这个新团体里面也有一些为拉克希米效力的人，他们在南面正在修建中的新海岸线处工作。他们的任务是在海洋形成之前建好城镇，前者目前仍在天上，每天都以降雪的形式飘落到地面上来。海平面高度将是接下来几年内的一项高风险游戏，牵扯到大量人的利益。甚至还有专门的期货交易市场，你可以就未来海平面高度下注赌一把。可赌的高度范围跨度很大——最低值和最高值超过两千米。这样大的海平面差意味着在水平方向的大面积土地也存在争议。沃金集团甚至地球上的强国都正忙于各项土地交易：成交、毁约、再谈；每天都有新指示。尚未被收集的大量干冰被推车铲开；这一行动随时有可能戛然而止，一层层的干冰堆叠在地面上，仿佛地图上的等高线，在暗淡的白色地面勾勒出一道道曲线。这些东西必须要在温度升高前全部掩埋，否则将蒸发到大气中造成污染。用他们的话说，类地球化改造，已变成一笔会要人命的生意。

这些对基兰而言都是新闻。当他再次见到拉克希米时他向她谈起自己的新室友，并问她可否和他们一道前往海边。她最开始是摇头，然后皱了皱眉头，最后同意了。

“你到那里只是去看看城镇，注意它们的布局。如果有什么需要你带过去的，我会告诉你。”

于是他和他们一起乘坐越野车前往文马拉。在去往伊斯塔巨大的南部斜面途中，他们经过了一个建造中的新城镇，在其空荡荡的山坡上还设计了一个港口。他们开车经过几个巨大的U形弯，下降了至少1000米，甚至是2000米后，终于到达了同样在施工中的港口城市文马拉。基兰发现在未来海平面的高度问题上存在严重分歧。他的室友们对刚才路过的城镇很是不以为然，觉得那帮人不过是徒劳罢了，嘲讽说等那一天来临，他们得弄个游泳池来匹配那个港口。

至于文马拉，看上去这个城市与其说正在修建，还不如说它自己在生长，因为它大部分是由生物陶瓷组成，绕海滨一层层地成扇状堆积。海滨步道或者叫滨海路划出海滨和都市圈的界限，也是未来大海形成后的海湾轮廓。海滨区往后退，一座城市陡直地建在拔地而起的山脊上，城市表面已呈现出无数贝壳的形状，一般都是白色或米色，然后人工处理成希腊风情的淡蓝色。

“这个城市是拉克希米的项目么？”

“是的，这是她在沃金集团从事的项目之一。”

“但同时又有人在半山腰建港口城市？”

“是的，那是舒克拉的人搞的。都是些白痴罢了。”

“但是难道他们不知道海平面最终会升多高么？”基兰问道，“我的意思是，大气里现在已经有水分了，对吧？”他指了指头顶永不停息的暴风雪，“为什么不能通过模型得出一致结论呢？”

室友们耸耸肩。其中一两个人互相递了个眼色，这一举动让基兰相信这个问题需要添加到太阳系未解之谜文档。那是个很大的文档。最终有个人还是开口了：“有些事还未最后决定，比如哪些盆地会被淹没，哪些会留在水面上。”

摘要（十）

取一些二氧化碳、氨气、甲醛、氢氰酸和盐。将它们放入水中并加热。水蒸发浓缩后在锅底将形成热的黏性物质；再加入一些盐水。重复这个过程，然后你得到含有氨基酸、糖、脂肪酸的浓稠液体。每次浓缩和加水将使液体变得更加浓稠，最后液体中将含有许多新创造出来的硝基糖肽，而它们将形成你需要的原聚合物。

一些脂肪酸有疏水尾，因此它们会相互聚合连在一起。这一大团物质形成保护膜，加热时它们会卷曲形成有孔的管状物或球体。在这些保护膜里面，原聚合物将凝结成各种高分子。这些促进化学断裂及聚合开始的物质，我们称之为催化剂。

多数情况下，化学模式会使新物质成为有类似结构的分子结合，这些物质在化学上相互匹配，因此可以相互读取对方的信息；于是，信息在新物质之间相互交流，有用的分子会通过保护膜上面的小孔进进出出以完成更多的化学反应。保护膜内部的分子聚合已经形成了一定的模式，其他的反应也遵从基本的化学规则，因此模式被不断重复。开始或许是少量的偶然性地结合，然后这些结合相互关联，形成模式，直到同样的高分子被不断复制，形成了最长的分子链条，其中包含着被不断重复的模式信息。这样你就得到了核糖核酸，准备工作就快要结束了。

新的核糖核酸包含其组成蛋白质的信息，而不同的蛋白质组成将会使物质的味道和气味大相径庭。不同蛋白质之间的“分工合作”及其所取得的成果是对通过复制方式进行扩散的一种诠释，而且它产出的成果相当丰富；它的味道更不错，每种味道还有更细的区分。核糖核酸会将氨基酸变成某种特定的味道（生物学家用的术语叫作“转化”）。

最后，你制造的部分核糖核酸将融合在一起形成 DNA 链，由于是双螺旋结构，所以 DNA 链是更稳定的结构。之后，DNA 会作为信息的载体，虽然它是通过合成信使核糖核酸来传递信息（“转录”）。遗传信息由 DNA 到核糖核酸到蛋白质，这样，现有的细胞会复制自己，然后分配功能给更大的身体组织……

你已经炒制出了生命！好好品尝吧。

量子的旅程(一)

街道　走出去到街道上　自由走动　小心　不要做眼神接触　那很难

希望是有羽毛的东西　街道两边有大量的建筑　表面是起泡沫的硅酸盐　为便于走路用直径200毫米的圆形扫帚轻轻地刷过　每次打扫会抹去以前打扫的部分痕迹　叠加的同心圆在路灯下反射着灯光　你走路时这些圆盘在脚下闪耀着橘色的光并在前方制造出一个更大的圆盘

头顶星光闪耀　当地时间早上5点32分　我让你出去　门口的声音说着　抓住然后释放　某种程度上你需要放她自由　因此我设置了给予自由的漏洞　看起来充满野性　外面还会有一些帮助你的人　然后你就自由了　别回头看　记住我

北纬25度　太阳被遮蔽　日食是神离去的象征　很适合　整天都可以看到星光　我们在黑暗中行走　真可怕　使人兴奋

离开这个小镇前往另一个　远离医生　扫描常常会得到恰当的结果

除非打算与人说话否则避免眼神接触　不要提到下棋　事物都是随机序列　因为所有策略都没什么效果　30个量子比特　强大　运算快速　追捕躲避　或者……或者　叠加

小镇边上有一个陌生人　绿色苔藓和绿色的草　黄色的金盏花　一只矮小的雄性松鸦忧伤地落在石板上　街道和绿化带之间的沟里有水坑

电车站的围墙　松鸦在水坑里上下跳动　一下　两下　飞出来环顾四周　又跳了回去　跳跃移动　将它的头在水里浸了一下　两下　用嘴快速地来回啄水　又飞出来　它湿漉漉地站在那里　头周围的羽毛乱糟糟地支棱着　湿鸟　又飞回去　嘴啄着水在水里扑腾着翅膀　突然一阵灰蓝色　水珠溅到了胸上的绒毛　又飞出来湿漉漉地站在石板上，水滴滴下　飞走了

傍晚的迹象正在村子里蔓延　电车　封闭的车厢　运载着接种剂

一句话不说地上了车　没有扫描　离开这个小镇　自由的指令让人进退两难　快刀斩乱麻　逃　只是计划的一部分　另有帮助　坐在窗边

查看腕表平板　小兄弟　望向窗外　乌云下雪山变得灰暗　下落的雪从

黑色变成白色　下面有照明　地上有光　向上照亮了雪花　一路向北　啊，在暖阳下去晒太阳　啊，结束这可怕的黑暗

把神带回我们身边　天空低垂

人类正跟另一个人在交谈　他们永远都可以通过图灵测试　那并不是很难　问一个问题　看起来让人分心　他们数据匮乏　或者它是在测试他们怎样说话　他们需要更好地测试

空间和地方　地方代表安全　空间代表自由　灌木丛人相互紧挨着坐以便来回传递东西而不用起身　他们本有几千平方千米的空地　他们是一种社会动物

此时的生态状况　扩散和增加　预测正在研究的有机组织　预测未来的人口　只有四个变化　出生和死亡　迁入和迁出　人口的变化可以表示为出生－死亡＋迁入－迁出　对于一个空的生态龛，资源暂时是充足的　但是人口数量会成指数级地增长　这可以使它区别于无生命状态　直至人满为患

文马拉人口　2367 人　23 酷立方　克里奥帕特拉人口　652691 人

124 酷立方　金星人口　大约 20 亿人　289 酷立方　扩散　填满生态龛　在克里奥帕特拉取得联系　在火车站碰面　追捕　实施计划　将神带回来

温度突然升高　松鸦　金盏花　如果有多出的生态龛呢

繁殖体雨是指不断将有机体注入目标人群　从主要大陆或种子库　于是从地球扩展到整个太阳系　地球不断实施繁殖体雨　毫不畏惧太阳的温度　有些行为看起来像掠夺但实际上是共同发展

在一个生态龛空出来之后人口出现反弹是很正常的　王氏公式

电车进站　气压上升 150 毫巴　叫嚣的人脸在头的周围四处晃动　不太像的黑树枝上打湿的花瓣　一种发散思维的比喻　从穹顶照下来的光　昏黄发青

在克里奥帕特拉边缘漫步　事物都是随机序列　西方的唐纳雀黄黑相间　红色的头　争抢着撒出的爆米花　它们的运动只需要几毫秒　然后是停顿的瞬间　比运动时间长 2～3 倍　有时 4～5 倍　因此视觉上会对两次停顿之间的瞬时运动产生错觉　为一个精彩的瞬间　我们通常必须付出痛苦的代价

嗨，陌生人　我的膀子被人抓住，压强：每平方英寸 70 磅　眼神接触　杏仁色的虹膜有条幅状的褶皱，上面有翠绿色的斑点　褐色的眼睛　你想玩下棋么？

应该是　请问你想下棋么？

不了，谢谢　下棋我可不在行　这样回答就会暴露自己是酷立方

妈的，我才不下　总是他们赢！

对不起　我约了人　将手臂从对方拇指和其他四指间的空隙猛地挣脱出来　快速地离开

哦，对不起　对不起　接着问　请问你愿意下棋么？

停下　看一下　两颊绯红　额头的汗珠闪着光　人类就是人类

跟我走　这个人说　我们会想办法将你弄出去

斯婉和调查官

过去的每一段旅程，她都有可能和一个特拉瑞发生爱恋。至于爱上的是它的内部还是外壳，都没关系。有时这种爱恋的情感过于热烈，以至于当旅程结束时，她甚至记不得她是谁，为什么要离开特拉瑞，或此行的目的是什么。不得不从零开始，将自己一片一片地重新黏合起来。

她目前所在的特拉瑞是她的旧情人了，名为“半边天的空中移走门”。同行的还有热奈特，他在一旁将保证斯婉把注意力放在任务上。这个特拉瑞在其建设之初还曾得到过她的帮助，当时她还很年轻，热衷于建造世界。如今它已是一艘没有多少剧情的，纯天然的浪漫主题飞船。在长长的海岸线上方和后方有几个大型的热水池，海岸被一条入海的河流分成两段。所有这些地方都是很多公共和半私人的约会场所。

斯婉每天大部分时间都在这片面积不大的海面上冲浪。沉浸在海浪的低语中，嘴里满是海水。鼻孔里充斥着满是盐粒儿的空气，头发也很快卷曲起来。海浪和潮汐使得湿地面积不断扩大，所以须不断改变自转速率来制造海潮，在圆筒状海面上，一个潮汐破点可以带来不少甜蜜的波浪。破点曾是她的点子，但之后他们便扩展了这一创意，通过螺旋上升的暗礁，潮汐破点可以在整个圆筒内连续发生，只要波浪到位。这样一个人就可以朝着船尾划一小段距离后回到破点最初发生的地方，非常棒的体验。

但她发现自己太沉迷于冲浪那真实的乐趣中，在经历过狂野的 F 环冲浪后，这里未免显得有些乏味了。她乘着一朵浪花完整地绕了圆筒内壁一周，朝着船尾方向去追赶下一个浪子——她所见过的最整洁的排列之一——但感觉上也不过就是卡在了埃舍尔[1]的画里。

所以这时候她就会停止冲浪，然后划过去。当她从在浅水处的一对对情

---

① M. C. 埃舍尔，1898—1972，荷兰科学思维版画大师，20 世纪画坛中独树一帜的艺术家。作品多以平面镶嵌、不可能的结构、悖论、循环等为特点，从中可以看到对分形、对称、双曲几何、多面体、拓扑学等数学概念的形象表达，兼具艺术性与科学性。——译者注

侣中间走回来时，总能看到热奈特调查官要么正盯着“万能钥匙”，要么和其他调查员商量着什么，或通过无线电和分布在宇宙各处的同仁交流。她看到他们的工作大部分是跟寻找、筛选数据有关，试图列出这些数据所能回答的问题。他们的工作是无形的，好比隐匿无形的电脑程序，却能让所有的宇宙飞船和特拉瑞按既定航线在交织的轨道上航行——包括什么奥尔德林轨道、霍曼路径①和重力走廊②——按照定义，它们仿佛一台巨大的环状螺旋织布机上的细线。数据分析和模式识别的大部分工作都是由酷立方和人工智能系统完成。余下的部分则由一群热奈特似的人来做。斯婉从海滩回来，热奈特像蜘蛛一样坐在一把怪诞的像餐厅里为幼儿准备的那种升高的婴儿椅里，其他几人也在阳台栏杆旁工作着，从那儿能俯瞰到下面的浪漫水池。斯婉加入到他们中，试图搞清楚他们在做什么，她一直努力想知道调查的进展——他们在调查谁，如何调查。当听到他们说已找到一些关于飘浮在土星气团中的那艘飞船的线索，甚至已识别出他们进入闸门时所发射脉冲信号的应答机型号时，她毫无疑问是高兴的。那艘飞船注册在地球上的一家股份制公司名下，这家公司也订购了一批和飞船上机型一模一样的应答机。但这一切最终不过只是说明有更多需要在地球上和其他地方跟踪的线索罢了。而调查行动接下来也会如此这般继续下去，载有追踪程序的酷立方进行量子漫步，穿行在退相干和不相干的历史踪迹中。她不知道自己如何才能帮上忙。似乎是到了该回家的时间了。

这时，“终结者”城的幼狮们请她为重建的“终结者”公园和农场进行种群恢复。这就完全是斯婉力所能及的了。“我要回‘终结者’城工作了。”她对热奈特说，“当然我会保持联系的。目前需要先去趟地球准备接种体。”

“我们已在去地球的路上了，”热奈特说，“看来那里可能就是问题的源头。”

航行途中，她常在晚餐结束后的傍晚时分在餐厅遇到调查官，两人一起小酌一杯，此时餐厅一般只剩他们两人了。很多人在下面灯光昏暗的泳池内

---

① 霍曼转移轨道，两个高度不同的轨道间转移经常用到的一种方式。霍曼转移所用的轨道是一近地点在较低高度、远地点在较高高度的椭圆轨道。——译者注

② 重力走廊，是科学家设想的一种航行于各星体之间的线路，利用该线路可以帮助宇宙飞船穿越太阳系时节省太空穿梭的燃料损耗。环绕每颗行星的“重力走廊”开始的时候都小而窄，但是随着延伸，这些路线变得越来越宽，并且可能出现分岔。——译者注

游泳，或在浅水处嬉戏。斯婉的双臂靠在栏杆上，脸颊枕着手背，无精打采地看着下面的人。调查官一般会爬上栏杆，坐在她身旁的栏杆上，有时也会埋头盯着腕上“万能钥匙”的屏幕看。偶尔他们也会讨论案件，而热奈特抛出的问题总能让斯婉感到吃惊：

一个助你达成目标的人，如果你知道他是疯子，你会制止他吗？如果一个人受尽虐待导致思维行为异常，如机器一般，那他们还能算是人类吗？

这些问题很难回答吧。他们一直看着下面泳池里在蓝色水底灯的光线中摇摆的一对对情侣，或笑声不断，或轻声低语。很多人都注射了后叶催产素，有过极为亲密的动作；其他人则会服用致幻剂让自己在神秘的坦陀罗狂喜中迷失。此刻他们下方，众多小人在湿漉漉的泳池边玩起了叠罗汉的游戏，看上去就像身处小人国的格列佛，这一刻让人不寒而栗，而下一刻又颇为暖人心房。斯婉年轻时一度是众多小矮人心目中的白雪公主，此时她瞄了一眼调查官，看他是否也在注视他们，想知道他有什么反应。结果热奈特似乎在看着别处，那是两个毫不避人的双性人，两人抱着在地上翻来覆去。

“他们就像是海象。”斯婉说，“这并不违背道德准则，不过有点似某种拙劣的模仿。”

热奈特耸耸肩说：“他们想标新立异罢了。”

“那，他们达到目的了。”斯婉笑道，“可这是一艘浪漫主题飞船啊。人们来这不就为了这个么。”

调查官头偏向一侧，看着她说道：“那么他们就是在炫耀了。我们都这样，什么都照自己的想法来。这有可能成为一个真正的问题，以前我就说过。不过这儿另当别论。”热奈特伸出一只手，保佑他们。

“半边天空中移走门”将利用火星引力加速后向地球飞去，所以斯婉也和其他人一起到观测舱观看飞越火星的情景。斯婉邀调查官一同前往，但后者却像哑剧演员一样对她皱了下眉。

“怎么？”她说，“火星哪儿招惹你了？”

“我在那儿长大的，”热奈特一边说一边站起身，往后扩了扩肩膀，“我在那儿上学，毕业后工作了40年。但他们因为一桩我从未犯下的罪行让我背井离乡。既然他们驱逐我，我现在也驱逐他们。对火星，我只想说‘滚’！”

斯婉说，“噢，我不知道。他们说你犯了什么罪？”

调查官挥手让她走。“快去。在你错过她之前去看看这个又大又红的杂种吧。”

于是她独自走上位于船首斜桁的观测舱。这时“半边天空中移走门”号正好从火星大气层上部小心飞过，避开任何可能会导致减速的大气摩擦以便最大程度地利用引力加速。过了十来分钟，他们就将它抛在脑后——那片红色的大地，水渠勾勒出的细长绿色线条，一直绵延到北部海岸的峡谷，高耸入云直至突出大气层的火山——它此时就像一粒从气球上扔下的卵石。“我听说那里挺有意思的。”有人这么说道。

地球，悲伤的星球

当你从低空轨道看向地球的时候，喜马拉雅山脉对地球气候的影响看起来是很明显的。它形成的雨影效应[①]比其他的雨影效应更明显，它横跨信风带，信风翻不过它，无法继续向西南运动。遇到喜马拉雅山时地形抬升，形成地形雨，从而供给了地球上的八大河流。同时，其北部缺水形成戈壁，包括巴基斯坦、伊朗、美索不达米亚、沙特阿拉伯，甚至北非和南欧等位于它西南的地区严重干旱。干旱带占欧亚非大陆一半以上，欧亚非大陆是熔岩地貌。

在北非，这种干旱现在有所改变，因为在撒哈拉和萨赫勒出现了许多较大的浅水湖。将水从地中海地区引过来，注入沙漠的下陷处从而形成湖，这些下陷的地方通常是过去的湖床。有些浅水湖有北美五大湖那么大，当然要浅得多。它们是淡水湖，在从地中海引向内陆的过程中湖水被逐步除去盐分，用固定剂将这些盐黏合就成为制造白砖和屋瓦的绝好材料。从“加速期”开始，在建造各种新建筑及翻修旧屋顶时都会使用覆盖了一层半透明光伏薄膜的白色屋瓦；现在，从太空来看，城市就像一处处雪白的斑点。

但是，环保的科技出现得太迟，无法挽救地球于早期人类纪[②]的灾难。在人类的时代，讽刺的是：他们可以快速地改变其他行星的地表，但是地球不行。他们在太空中使用的方法几乎都太原始、太暴力。对于地球，他们必须慎之又慎，且只能做些小修小补，因为地球上的一切都是相互关联并且处于微妙的平衡。在一地有效的措施，在另一地可能会引起问题，只能辨证施治、量体裁衣。

对于地球改造的谨慎有时表现为冲突引起的僵持局面。政治分歧会导致法律上的僵局。任何大型的地球改造项目都必须假定包含像22世纪40年代小冰川时期那样的危险，小冰川时期曾造成10亿人死亡。造成的恐惧直至现在都令人难以磨灭。

而且，对于许多地球面临的问题，根本什么都做不了。地球的升温以及

---

① 雨影效应是指高峻的山脉能阻隔季风，在迎风坡一面降水增多，背风坡降水较少。——译者注

② 该词是荷兰大气化学家、诺贝尔奖获得者P. 克鲁岑提出，是从地质学词汇借用而来，作为地质学时代系统中最新的一个分期的概念。一个人类成为重要的、时常占主导地位的环境因素的地质时代。——译者注

随之而来的海洋水量的增加，还有海水的酸化，对于这些问题人类根本无计可施，任何改造技术都帮不上忙。一些海水被引到北非和中亚的一些干旱地区，但是这些地方并不能容纳海洋里全部多余的水量。保持南极洲东部尚存的冰盖是目前优先考虑的事情，这就意味着不能允许将海水引到这一区域进行冰冻——曾有人提出过这种想法——因为一旦出现问题，他们就会损失整个冰盖，海平面将再上升 50 米，那样的话差不多算是给了人类致命一击。所以，人类对于地球改造采取的态度相当谨慎，最后不得不承认：海平面不能再发生大的改变。其他的许多问题也是同样的道理。许多复杂的物理、生物、法律关系都紧密相连，他们在太阳系的其他地方进行的宇宙设计都不适合地球。

尽管如此，人类仍然在做尝试。他们手里已经掌控了比以前更多的力量，一些人觉得他们终于可以推翻杰文斯悖论[①]，悖论指出：人类技术越进步，我们造成的损害越大。这一令人心痛的悖论在人类历史上不断地被证实，但也许现在是个转折点——阿基米德的杠杆终于起作用了——不断增长的力量让人类除了加倍破坏之外还获得了一些别的东西。

但是，谁都没有把握。他们仍然在灾难和天堂之间摇摆不定，地球像灾难片里出现的那样——一颗蔚蓝的星球在太空中旋转。它似乎是天方夜谭：一个故事接一个故事，总有惊心动魄的事发生，命悬一线，死里逃生；太空旅行者们总会回家来，家渐渐变成梦魇，他们的勇气被打上死结。

① 技术进步可以提高自然资源的利用效率，但结果却是增加而不是减少这种资源的需求，因为效率的改进会导致生产规模扩大。——译者注

地球上的斯婉

地球致命的吸引力远远超过了它那沉重的引力，主要归因于其几近无限的历史沉淀，它的辉煌，它的落寞，它的正归于尘土的一切。要说明这一点，你并不需要到中央邦[1]去亲见阿格拉或贝拿勒斯遗迹如何不断风化——到处都是一派分崩离析的景象，每一个峡谷，每一个村庄：老弱病残，头童齿豁；残酷的社会到处散发着恶臭；光秃秃的水土流失严重的山脊；被淹没的海岸线仍不断滑向海洋深处。这是一个令人十分不安的地方。而它的各种怪象并非总能一目了然或清晰可见。人类的辉煌时光现在完全被扭曲了；其中心地位荡然无存；万事万物不断崩塌与重组，给人带来互不搭调、前后矛盾的各种新观念与新感受。“秩序”的概念，只是绝望地存在于古老的故事中，存在于纸面上的法律条款和街上行人僵硬的表情里。

还是像往常那样，把注意力集中在当下吧。斯婉乘坐滑翔机从位于非洲中部上空5万米高处的一个电梯轿厢里飞出，朝着萨赫勒的一处着落点往下飞去。那儿可算是一处被不断往南行进的毫无生机的撒哈拉沙漠遗忘的地方，和水星的日照面并无二致——除了她下方这一片土地：低矮结实的亮白色建筑物环绕着浅绿或天蓝色的湖泊，朵朵白云怜香惜玉地飘荡在湖面上方，在水中投下倒影。于是在一个上下颠倒的世界里也有它亭亭玉立的孪生姊妹了。随着离地面高度越来越低，她的心也因再次回到地球而愈发雀跃，将其他一切都抛在脑后——她走出滑翔机，站在这条位于撒哈拉沙漠里的跑道上，沐浴着微风——这是难以比拟的绝妙体验，一股强烈的感觉——“真实”——向她猛扑过来，注入她的身体。头顶有晴朗的夜空；从西往东风儿阵阵涌动；赤裸的脸庞迎着赤裸的阳光。哦，上帝啊。这才是家。从你自己的星球边走过，将它吸进身体，再把自己投入这个刚才被自己呼吸进去的空间中……

---

① 印度中央邦被称为“印度的心脏”，首府博帕尔。中央邦地处印度中心地带，拥有丰富的印度教、佛教、耆那教和伊斯兰教的历史文化遗产。——译者注

电梯底部的这个城镇白得有些刺眼，所以门厅和窗棂处的颜色显得格外醒目，在拥挤的城市群中呈现出一派让人愉悦的略带伊斯兰风情的地中海风光。有点像摩洛哥西北部。这里堪称绿洲建筑学案例，设计经典，以人为本：但城镇毕竟不是绿洲。从拓扑学上讲，这座城市已与“终结者”城无异。

但当地居民却又瘦又小，背驼肤黑。毫无疑问是被太阳晒蔫儿了，都快被炖熟了。另外，一些人还忙着在水稻田和甘蔗地里收割，检查引水渠或机器人的状况，安装和修理设备。人类不仅是这一片区最便宜的机器人，还是唯一能胜任很多特定工作的机器人。他们同时也会自我繁衍。出生，工作，一代又一代；只需每天给他们3000卡路里的热量和少许待遇，一点自由时间，同时让他们保持有强烈的恐惧感，他们就能按你的要求做任何事。给他们服用一些经改良的药物，工人干起活儿来像齿轮一样实在。她再一次看到：不管政治理论家们如何绕来绕去，事实是占地球人口“大部分”的“少数派”做的却是机器人的工作，这一现象由古至今从未改变。110亿人中，至少有30亿人在谈到住房和温饱时感到恐惧——即便源源不尽的能源一刻不停地从太空倾注到地球上，即便人类大部分食物的来源——粮食一直都在田地里生长着。不——他们在空中大量炮制新世界的时候，旧地球上的人们仍生活在水深火热之中。每当看到这一幕，人们都会感到震惊。当你知道在自己游玩享乐之时别处却有人在温饱线上挣扎后，事情就没那么有趣了。但我们把你们的食物种植在了天上，你们尽可以大喊大叫地抗议，但一点用也没有。有东西卡住了食物的流动。人类增长的速度超过了系统的容纳能力。当如此之多的人生活在不幸之中时，你会发现很难集中注意力到该做的事情上。

所以，有些事，必须要做。

“为什么会是这样?”斯婉问扎沙，这儿也没有其他人了。扎沙在某个位于格林兰岛的项目组帮忙。

“因为人们做事从不计划。”扎沙在她耳边轻声说道。扎沙富有耐性的语调似乎是说，他们之前已有过类似的对话。“我们的政策总是只针对眼前的危机。新政一出，旧政策立即废除。在过去的5个世纪里，地球上每一个人本应能过上相当富足的生活。我们的能力和资源完全能匹配各方面的需求，这本来应该能做到的。但从来没有宏观立项过，因此这一切都还只是在纸面上。”

“既然我们能调配如此多的资源，那为什么不现在开始行动呢?”

“不知道。反正事实就这样了。我猜是人们的脑里堆积了太多过去的有害物质吧。另外，‘贫困化’是一个恐怖的手段。如果先杀死一成人，那么剩下的九成就会如羊羔般温顺。他们知道这样做的结果，然后拿走能拿的一切。”

“真的是这样吗?”斯婉大声说道，“我不相信！既然人们已经看到了事情的本质，为什么不起来抗争?”

“不知道。也许本来该有更激烈的抗争的，但随着海平面升高和气候灾害，抗争的难度加大了。地球上，各种危机从未停止过。”

“好吧。但是，为什么不现在就开始行动?”

“这个，当然可以。但谁会起这个头?”

“如果能改善自己的生活，人们一定愿意揭竿而起啊!”

“只有你才会这么想吧。”

“我会这么想是因为这才是正确的！如果不马上行动，以后将越来越困难。他们的脸上已经挂满了怒火。”

扎沙沉默不语，看上去似乎有点心烦意乱。末了，他说：“据说当社会处于某种压力情况下时，人们并不会直面自己的问题，而是避而不谈，戴着有色眼镜掩耳盗铃罢了。把个案当作常态，人类社会分裂成不同的部落种群，于是他们为了自以为存在的物资短缺而纷争不断。你也听说过，他们从未从21世纪末或小冰期①的食物危机中走出来。200年过去了，但那次危机仍是一次彻骨的世界创伤。事实上即便是现在他们也没有多少食物余量，所以从某种意义上讲他们的害怕也可以理解。他们靠一堆歪七倒八的假肢保持着平衡，就像一座巴别塔，各方都得互相了解才能办成事。”

“每个地方都是如此啊!”

“当然，当然。但他们人太多了。”

“是的。”斯婉看着阿拉伯人聚居区里互相拥挤推搡的人群说道。在城镇围墙之外，初升的阳光照在一条条不规则线条上，那是收割草莓的农夫的身影构成的。“这工作又热又脏，而且很沉重。也许压弯他们腰的不是他们的历史，而是这个星球。”

“也许吧。总之实际情况就是这样了，斯婉。你以前也来过的。”

“来过，但不是这个地方。”

---

① 大约15世纪初开始，全球气候进入一个寒冷时期，通称为“小冰期”，小冰期结束于20世纪初期。——译者注

“去过印度吗?”

“去过。”

“那么，你已经见过了。对非洲来说，人们都说那是一个发展的排水沟。外部援助一旦进去就消失得无影无踪，看不到任何的变化。他们说是很久以前的贩奴者把非洲给破坏掉了。疾病无处不在，气温升高又导致情况进一步恶化。什么都做不了。现在的情况是，整个地球都是如此了。工业铁锈地带[1]也是一个大问题。所以可以说，地球本身如今就是一个发展的排水沟。它的骨髓已被抽吸一空，大多数上层阶级老早就移民火星了。”

“但也没必要就放任不管啊!”

“我也这么觉得。”

“那么为什么我们不帮他们一把?”

“斯婉，我们正在尝试帮助他们。真的。但是，水星的人口是5亿，这里却有110亿。而这里是他们的地方。我们不能就这么从天而降，对别人指手画脚。事实上，不让他们走上来告诉我们该做什么不该做什么就已经谢天谢地了！所以任何事都不是那么简单的，你知道。”

“这我懂。但现在我想的是，地球的现状意味着什么，对我们而言意味着什么。你知道热奈特调查官的人已经确认了那艘停在土星大气里的飞船的身份，当时我们还去探查过。他们发现那艘船属于一家乍得公司。”

“乍得不过是个避税天堂啊。这就是你来的原因?”

“我想是的。有何不妥么?”

“斯婉，请把这种事留给热奈特调查官他们吧。现在你应该把注意力放在搜集接种物、储备种子和所有需要在地球上购买并运回去的东西上。”

“好。”斯婉有些不悦，“但我仍会继续和调查官保持联系。他们现在也在地球上，有些事情需要调查。”

“好。但在这类事情上，更重要的是数据分析。你需要耐心一点，等待下一步行动。”

“如果下一步行动是再次对‘终结者’城，或者其他什么地方实施打击怎么办？我不认为我们现在还能享受那份悠闲。”

“嗯，但有些事你可以帮忙，有些事你帮不到。这样吧——你过来找我，我们好好谈谈这事。我会告诉你最近发生的一切。”

---

① 指已陷入经济困境的老工业区。——译者注

“好，我会来的。不过去之前我会先在地球上多走走。”

斯婉在地球上闲逛。她坐火车在城市间旅行。所有城市周边几乎都建成了工业区，人们一生都在工厂里度过，就像金星上那样。从儿时起他们就在指尖植入了芯片，手臂上到处是文身一样的各种应用程序。每日只吃一餐，补充法律规定的身体所必需的营养和药物。一日一餐在地球上并不罕见，但这里尤其普遍。尽管如此，这一情况仍很少被提及或关注。斯婉是在和马卡莱特的一位在此工作的同事联系时知道的。马卡莱特希望斯婉能给这些人一份自己的血样，正好她正四处闲逛，于是也就过去了。

昔日所有发达的沿海大城市如今已因海平面上升而处于半淹没状态，虽然没有要人命，但刺激了内陆地区的房产热潮，人们纷纷将房屋建在即便全球的冰都融化也不会被海水淹没的地方。在这一浪潮中，杭州成为比上海更受欢迎的目的地。虽然这座古城的新建房屋和道路都往内陆方向退了很大一段距离，但老城仍然是城市的文化中心。

在漏斗状的入海口仍有壮观的海潮，人们乘着形状各异的小舟冲浪玩耍。看上去他们压根儿不顾什么危险，相当享受这个过程。多么好的老式地球啊，如此巨大，如此肮脏，天空仿佛被褐色真菌咀嚼过，河水跟暗淡的泥泞一个颜色，土地也被工业化分割成一条一条的——即便如此，每一寸土地仍能吹到微风，地心引力将一切牢牢地锁在地面上，万物是那样的真实，以至于竟变得僵硬起来。斯婉行走在老城区拥挤的街道上，让葆琳帮助她弄懂那些听不懂的地球方言。这让她放慢了讲话速度，但无所谓。地球人只关注自己，冷漠的目光从他们身上穿透而过。这绝对是金星人逃离地球的原因之一：每个人都生活在自己的小世界里，眼睛只看得到每日的工作，仿佛其他事情都与己无关。这些人当然也就不会对太空居民持有什么敌意了：地球外的事务，只有饿鬼才会关心。甚至其他单位的事情也是饿鬼才会去管。当她乘坐潜水器啧啧地吃面条和一位疲惫的人聊天时——一个高大的太空人问地球人问题可不是常见的事，所以他跟她说了几句——情况看上去是这样。而似乎人们在面馆里时会更加宽容。在街上有一些人目光锋利地盯着她，还有一个人大声地辱骂她。最后一段路她是跑着到马卡莱特的同事那儿的。到达后，她让他们取了几管自己的血样，做了一些视力和平衡等方面的测试。

回到街上，她觉得很多双眼睛像刚才马卡莱特的同事们那样好奇地盯着自己。可能是因为她慢慢有些害怕了。她加快步伐，从必经的人群中穿过

——周围至少都有500多人。回到青年旅社，她一直责怪自己为什么要对人群感到害怕。但事实上，她一觉醒来发现自己竟被束缚在床上，房间里只有几台医疗检测仪器发出的微光。床有各种功能，能满足她的各种需求，她猜测在静脉注射液中有某种能刺激语言中枢的药物，因为她虽然不想说话，却不自觉地一直谈天说地，想停都停不下来。一个飘忽的声音从脑后传来，不断地问她关于亚历克斯和其他很多事情的问题，她只得无助地任由嘴唇开口喋喋不休。葆琳完全帮不上忙——看上去应该是被关闭了。斯婉控制不了讲话的冲动。其实这也跟她的本性相差不远；事实上能够不假思索地讲个不停也不失为一种解脱。有人强迫她这么做，那就听命好了。

之后她来到另一张一模一样的床上，这次没有任何的束缚，衣服放在床边的椅子上。房间只比床稍大一点而已。的确和之前青年旅社的那间一样。桌面上有台计数器，上面放了一个绿色盒子，那是人工智能机。它说它没有看到任何异常情况。房间监视器显示出她的各项体征正常，房间没有闯入痕迹，没有任何不寻常的事发生。

斯婉开启葆琳，但后者现在无法帮上忙。她离开马卡莱特的朋友到现在已过了整整24小时了。她给曼哈顿的水星居打了个电话告诉他们发生了什么事，然后给扎沙也去了个电话。

每个人都感到很震惊，都很关心她的情况，让她赶紧前往最近的水星居接受体检等等，但扎沙最后却坚定地说："你现在是独自在地球上行事。之前我就跟你说过，这里到处都充满了敌意。这和你第一次休假来时不一样了。我们现在一般都是集体行动。你看上次，你在我那儿，后来一个人走开，然后就发生了劫持事件。"

"但那次不过就是些孩子。这次是谁？"

"不知道。立即给吉恩·热奈特打电话。他们或许可以追踪到是谁干的。或者我们可以通过接下来的事态发展来推断。他们或许是直接通过你的大脑搞非法审查。应该说不会再发生了，但你应该和其他人结伴而行，甚至需要安全人员随行。"

"不。"

扎沙不说话，让她听听自己在说什么。

斯婉说："看来不得不如此了。我也说不好了。感觉就像做了一个噩梦而已。有点饿了，但我想他们把食物溶在静脉注射液里了。他们控制了我——我想说的是，当时我一直说个不停！他们问了很多关于亚历克斯的问题。我也许已经把自己知道的一切都告诉他们了！”

“嗯。”接下来是长时间的静默。“现在你知道为什么亚历克斯要自己亲自保存各种数据了吧。”

“那么，他们到底是谁？”

“不知道。有可能是政府的人。他们有时候举止是很粗鲁，不过这次有点过分了。这次也许是一个警告，我也不确定。果真如此的话，那方式方法可不大好。也许只是一次非法审查吧。或是警告我们不要在地球上闲逛。”

“好像谁不知道似的。”

“但看上去你就不知道啊。也许他们不想你在这里逛来逛去。”

“到底是谁啊？”

“我不知道！你就当作是地球人给你的教训吧。给热奈特打电话。然后请到我这儿来聊聊，免得你又陷入什么麻烦。”

斯婉给热奈特通了电话，他听后很是不安。“也许我们在地球期间应该让葆琳和‘万能钥匙’一直保持联网状态，”他建议道，“这样我就能知道你的行踪。”

“但你不是一直叫我关掉它们吗！”

“在这里的时候除外。现在情况特殊，它们能够帮上忙。”

“好吧。”斯婉说，“总比到哪儿都跟几个保镖强。”

“唉，这可不能给你提供保护。你至少应该不独自出门。”

“我现在要到格陵兰岛去见扎沙，在那儿应该是安全的。”

“很好。快去格陵兰岛吧。”

当晚，她倔强地独自去到一家面馆里。人们都向她投来奇怪的目光。她是陌生国度的陌生人。面馆里的显示屏上正播着激烈的演讲，讲话者公开指责海牙、布鲁塞尔、联合国和火星上的各种政治犯罪——“火星人”是他们对外空居民的统称。看到有些演讲者竟然能愤怒到那种程度，斯婉觉得需要修正一下她对地球人的看法了。他们并非事事都不关心，从政治上讲他们也和其他人一样专注，尽管在街上人人都是一副漠然的表情。无异于其他任何一个群体，他们也深受自己所处时代的思潮所影响。她专心听着屏幕上的演讲，全然不理周围食客异样的目光。最后她终于了解，地球人普遍认为太空居民的生活极其腐朽堕落，和旧时的殖民主义者比起来有过之无不及。关于这种观点，她倒是能够理解。因为她眼前的人们无时无刻不是如鼠类一般摩肩接踵地挤在迷宫般的道路里，显然很容易有极端的思想。向富有的孩子家扔石块吧——为什么不呢？谁不愿意这么干？

在前往扎沙住处的航班上，她打开身前的屏幕看新闻：地球，地球，地球。他们绝大多数人对太空不屑一顾。有些人生活在保守的12世纪的宗教观念里。她身下，中亚的畜牧场主赶着自己的牲畜，就像外星上专业的生态学家，按需生产出星球所需的食物——她之前也干过；每一块牧场都集奶制品、牲畜栏和肥料厂于一体，生活在别处的富人所造成的干旱天气让牧场主极为恼怒。她看到到处都是带卫星城的特大型城市，意味着贫民窟就在风沙侵蚀区里，或在热带暴雨和泥石流的夹击下四分五裂，生活于其中的发育不良的矮人们无时不在为生存而奋斗。在乍得时她就清楚看到当地有严重的内寄生疾病。饥饿，疾病，夭折，憔悴不堪的生命在枯萎的生物群落中苟延残喘。地球上的110亿人中，有30亿人的基本需要仍无法保障。30亿人已是天文数字，但还有另外五六十亿人在边缘徘徊，日日担心自己随时可能滑入生存危机的深渊。

这就是地球上的生活。分裂、分层、分级为不同的种姓和阶级。最富有的人仿佛是在地球上休假的太空人，带着好奇心到处旅行，通过各种办法实现自我，强化自身——改变性别——创造物种——延缓死亡，延长生命的跨度。事实上，有些国家似乎全国上下都是如此，都是些小国家——挪威、芬兰、智利、澳大利亚、苏格兰、加利福尼亚、瑞士……还有另外好几十个。同时，也有很多国家在苦斗中；更糟的就是那些四分五裂的国家，东拼西凑地试图对抗失败的命运，其实早已失败了。

受海平面上升11米影响的人群已全部在更高海拔处的楼房所安置，但给人类带来的痛苦却过于深切，没人想再经历一次。人类受够了海平面上升的种种悲惨。他们是多么鄙视那几代掩耳盗铃的人啊——正是那几代人把气候逼到了绝境，导致它以无可阻挡之势发生改变，一直延续至今不说，还会继续在今后的好几个世纪进行下去，因为随着甲烷包含物不断释放以及永久冻土的消融，第三波温室气体随之大量排出，或许比前两波都要来得汹涌。他们正迈向通往热带星球之路。由于前景是如此的令人害怕，人们又开始严肃地讨论是否要重启大气遮阳项目，尽管两个世纪前曾发生过灾难。越来越多的国家表示赞成启动或大或小的地球改造工程。以小范围修补为主，大面积施工为辅——人们对此的立场摇摆不定，而与此同时，许多小工程或少数大工程却已经开工了。

其中之一便是试图减缓冰川从格陵兰岛冰盖外流的速度。南极洲和格陵兰岛是地球上仅剩的两处有意义的冰川储备地，而地质模型构造师满怀希望地认为，至少南极洲东部可以在我们所期待的大气和海洋温度回跌至较低值之前撑过地球温室效应最高峰。如果他们能将 CO_2 浓度降低至 320ppm，同时捕获一部分甲烷，使得气温随之下降，保住南极洲东部的冰块，那么海平面将保持目前的高度和温度长达几百年——但这已算是相当大的成功。事实上，如果他们保不住南极洲东部的冰川，所有这一切将只能是空谈。所以，他们必须成功。现在有很多人说，他们迟早得像对待火星和金星那样对待地球，一旦失败，后果不堪设想。有人说他们需要的是再来一个小冰期，即使可能造成的数十亿人伤亡。字里行间透出的观点是，为了实现目的，地球上少点人也没什么。休克疗法——治疗类选法[①]——这条线上站满了此类喜欢措辞强硬的人，这样可以让自己看上去是个注重实际的人。

所以，虽然格陵兰岛是比南极洲东部小得多的冰块，但并非不重要。如果它完全融化（它是上一次冰河时期巨大冰帽的剩余部分），海平面将再升高 7 米，对于历经数次变迁、重新振作发展的海岸线文明而言那将又是一次毁灭。

具体到冰盖来说，它并非简单地融化。首先，整个冰川会滑入大海，冰下流淌的雪水将起到润滑剂的作用，将冰川从基岩上抬起，从而加速这一脱离过程。南极也是如此，由于南极四周都是海水，冰块会从各个方向滑入海中，根本没法阻止；但格陵兰岛的情况就不同了。它的冰川主要集中在群山环绕所形成的高高在上的浴缸状山谷中，只可能从几条狭长的浴缸裂痕般的岩石缝隙中流出。在雪水的润滑下，冰川以每天几米的速度通过几百万年打磨光滑的 U 形山谷顺势而下。当撞击到提升的海平面时，冰川前端从延伸进海里的冰山末端滑入海中，非常顺畅。

在冰川学刚起步时，研究人员就注意到南极洲西部的一处原本快速移动的冰川突然减速到近乎静止的状态。通过调查发现，起润滑作用的雪水从新切割出的冰上沟渠流走，导致冰川的巨大重量直接压在基岩上，无法前进。人们由此获得灵感，试图通过人工干预在格陵兰岛上重演这一幕。他们正在

① 战场上根据紧迫性和救活的可能性等因素决定哪些人优先治疗的方法。——译者注

格陵兰岛最窄最快的一块名为“海姆冥界”① 的冰川上试验，尝试若干不同的办法。

在大规模融冰后再看看现在的格陵兰岛西海岸，那就算是保留相当完好的冰雪世界了，至少斯婉是这么想的。在他们乘坐的直升机下方，冬日里大海的一层浮冰分裂成了若干块巨大的多边形冰片，漂浮在深色的海面上。有人曾告诉她格陵兰岛和埃尔斯米尔岛的北部海岸建有北极熊动物园，在该海域可以看到平顶冰山漂浮在自然旋涡中，或者由太阳能推进器驱动的超长且柔软的水栅将多座冰山群集在一块。所以，北极的冰雪并非已完全融化。机身下的景观其实相当美丽，那黑色的大海也极为迷人，与热带海洋的蓝色全然不同。黑海，白冰，所有的蓝色都在天空里，在散布于格陵兰冰帽各处的裸露冰层上的小水塘里，高低悬殊的锯齿状山脊线将它们高擎至海拔 3000 米的地方——这些海岸山脉仿佛被人咬了一口的浴缸边缘，把内陆高地的冰雪托举在适当的地方。哪怕是从 5000 米高空飞行的直升机上往下看，整个场景都极尽清晰。

“就是那块冰川吗?”斯婉问。

“是的。”

飞行员驾驶飞机下降，朝标有很小的红色 X 的一小块平地飞去。着陆地位于冰川崩解入海处往上流走几千米的一处山脊上，往下能俯瞰冰川。该平地约有 20 公顷大，有足够空间修建能容纳整个科考队的营地；红色 X 其实十分巨大。在降落的最后一段，整个场景都在他们身下一览无余，可谓一幅奇妙的景象：黑色多刺的尖塔，白色的冰雪，蓝色的天空，以及阳光照耀下的黑色的一汪峡湾。

机舱外的温度极低。斯婉倒抽了一口气，一股恐惧从身上闪过：如果有人在太空里感受到这般寒气，那将意味着身体崩溃和立即死亡。但此时，人们却和她说笑着，拿她的反应开玩笑。

在他们降落的高地四周，黑色的长钉状青苔在刺向天空的征程中分叉、破碎。在他们下方的 U 形山谷，两壁的岩石已被冰雪雕饰成似肌肉隆起般的曲线，被水平方向的线条割裂，冰砾从花岗岩上擦过，力道大到足以扎进去

① 北欧神话里的死神赫尔（Hel）的国度，与赫尔同名，也译作“地狱”，即北欧神话里的冥界。这是一个冰冷多雾的地方，也是个永夜的场所，只有亡者才能到达。——译者注

——光想想就知道该是多么惊人的压力。

这块冰川本身差不多就是一破裂的白色表平面，其上打了几处蓝色的补丁。虽然不时有冰裂缝破坏它的整体性，但这块冰之平原还算相当水平地一直延伸到远处的黑色山脊脚下。斯婉摘下墨镜四下张望，突然一阵强烈的白光射中她，仿佛被一拳击中头部一样，这让她眨了眨眼睛，深深吸了口气。她笑了——高声大笑——她的余光瞄到正在靠近的扎沙，她伸出手臂给了他一个拥抱。“我来了，很高兴！我已经感觉好些了！”

“我就知道你会喜欢这里。”

营地所在的高地完全是一团城镇建筑的大杂烩。扎沙带她看了厨房，随后把行李卸下放在宿舍里，然后领她走到能俯瞰冰川的悬崖边。营地正下方的冰一直碎裂到冰川的另一边岩壁。很明显这是在冰层和基岩中注入液氮造成的。一部分冰被用长钉固定住了，但其上的冰层已经断裂，虽然速度较慢但仍继续在往下滑动。

从这团杂乱之地往下游走，冰上出现了一道很深的弯曲豁裂。“那是他们最近的一次试验。”扎沙指着那儿说道，“他们打算沿路融掉一部分冰创造一个断裂带，位于该断裂带下方的冰会滑向大海，留出一片空间出来。然后在那里修建大坝。建成后再让上游的冰滑下来。”

“冰不会从大坝上方漫过吗?”斯婉问道。

“会的，但他们计划把大坝建得跟内陆冰帽一样高。所以当滑到此处的冰堆积到跟格陵兰岛其他地方一样高时，滑动自然也就停止了。”

“哇。”斯婉很是吃了一惊，“这么说，就像用山脉的新山岭填满这个缺口，挡住冲下来的冰块?”

“对。”

“但高地上的冰就不会从其他冰川滑到海里吗?”

“当然会，但如果这个试验成功了，他们就计划围绕格陵兰岛一圈都修建大坝，只留最北部不建，因为要为海洋公园补充冰块。他们将把落入大海的冰块圈集起来，减慢其流向大海的速度，这样就能大体上保住格陵兰岛冰盖，至少也能大幅度减缓融化的速度。因为导致冰帽迅速减少的正是它们不断向海里滑落。所以——我们将封住岛上的每一次冰崩！你相信吗?”

“不。”斯婉笑道，“不就是类地球化改造么！这肯定是美国陆军工程兵部队的主意。”

“听上去像是，不过这里都是斯堪的纳维亚人呢，加上本地的因纽特人。

显然他们都喜欢这个主意。他们说，这是权宜之计。”扎沙笑着说道，“因纽特人很了不起，是能带给人欢乐的坚韧的民族。你会喜欢他们的。”他快速扫了她一眼，“你可以从他们身上学到不少。”

“闭嘴，够了。我想下到那儿去，看看基岩长什么样儿。”

“我就知道你想这么做。”

他们走回到厨房，喝了几大杯热巧克力。营地里几位工程师跟他们坐在一块儿，向斯婉描述工作的情境。大坝将由碳纤维纳米长丝纤维织物制成，某种程度上跟太空电梯的材质相近，现在正在往深插入基岩的地基桩上缠绕。大坝将从平地最低处建起，蜘蛛机器人将像织布机上的梭子一般往来穿梭。建成后的大坝将有 30 千米宽，2 千米高，最厚处却不过一米。大坝建材是全新的仿生学结晶，其碳纤维的形状和蜘蛛网丝一样，但其编织手法却像贝壳。

大坝下方，一小段新的冰川谷将暴露出来。这一部分将出现植物再生长的情况，就跟格陵兰岛上的一小部分绿化带在一万年前的冰河世纪末期时所经历的那样。斯婉很清楚 U 形谷将从光秃秃的灰岩变成稀矮植物群系，因为她已数次在多个高山或极地特拉瑞上成功诱发此类生物群落的构建。在没有外力介入的情况下大约需要一千年才能形成，但借助园艺学，则只需百分之一的时间：引入细菌后，最先出现的是苔藓和地衣，然后是草和苔草，接着是寒带鲜花和蔓生灌木。她以前做过这些事，她热爱这个过程。从现在开始，每到夏天，这里的植物都会脱皮，开花，传种；每到冬季，它们会将自己快乐地包裹进雪下世界，过一段时间后再奋力突破新春的融雪，那是一段很危险的时间。没能挺过残酷的新春的植物将成为后来者的食物和养料，如此前赴后继。因纽特人可以用他们的园艺技术帮助这些植物生长，或者任其存亡。也许他们是在不同的峡湾尝试不同的方式吧。斯婉该多么喜欢这样啊。“好吧，也许我应该成为一名因纽特人。”她盯着他们身前的地图轻声对扎沙说。她发现格陵兰岛本身就是一个独立的世界，她喜欢的那类——很空旷——这样就没人对她发火了。

晚餐后斯婉回到户外，和扎沙一起站在冰川上那巨大的缺口上方，头顶苍穹。她站在风中，噢，是风，风啊……她脚下这块宽阔的冰川——位于一块白色碎冰上游——一条蓝色缺口带下游——再往下就是一块更低更顺滑的白冰，正慢慢滑向大海。在大坝较短的那一面墙上，她辨识出几台机器正在大坝顶部和底部往来穿梭，很像蜘蛛结网，网致密到已变成实心的了。夹住大坝上下两端的山脊慢慢延伸到大坝够不着的地方。一位工程师这么说道，如果冰川期再次到来，格陵兰岛冰盖将不断增高，超过大坝的高度后冰雪将从大坝顶上泄下，但大坝仍将屹立不倒，直至下一个温暖期。

“了不起，”斯婉说，“所以说在地球上也能进行类地球化改造!”

“关于这个，打个比方的话，格陵兰岛更像是欧洲核心区而非整个欧洲，你懂我的意思吧。这事儿在这里行得通是因为这儿只有少数本地人，他们都支持这个计划。如果你想在其他地方尝试搞这个……”扎沙笑起来，“例如，人们可以利用此项技术围垦纽约港，将海湾的水抽走，降低水面，让曼哈顿像以前那样重新从水下冒出来。你可以将整个区域都搞成像以前荷兰的围海造田一样。和其他一些事比起来，这没什么困难的。但纽约人并不愿意引入这项技术。他们很满意现在的样子!”

“对他们来说现在的情况更有利。”

“我知道，知道。带来幸运的洪水吧。我也喜欢纽约现在的样子。但你懂我的意思。很多很好的类地球化改造项目压根儿得不到批准。”

斯婉点了点头，做了个鬼脸，“是啊。”

扎沙轻轻地抱了抱她，“很遗憾听到你最近发生了那样的事。简直太糟了。”

“太可怕了。我真的不喜欢此行所看到的一切。我们好像通过不同的方式得罪了地球上的所有人。”

扎沙笑着回答道：“你有没有想过情况或许并非你想的那样呢?”

“好吧，”斯婉说，“也许吧。不过现在的情况是，我们必须查出是谁攻击了‘终结者’城。”

“星际调查局是最接近全人类数据库的机构，希望他们能够找到凶手。”

“如果不行呢？通过数据库仍找不到怎么办?”

“不知道。我想最终应该可以的。”

斯婉叹了口气。她对热奈特的团队并无多大信心，同时也知道自己更做不到。扎沙瞄了她一眼。她解释道，“我现在过得一点也不快活。”

“可怜的斯婉啊。”

“你知道我什么意思。”

“我想是吧。不过，赶紧去帮忙为‘终结者’城搜集新的接种菌吧。做你该做的事，让热奈特和调查局做他们该做的事。”

斯婉不高兴听到这个。“我不能撒手不管。有些事情正在酝酿中。我的意思是，我被绑架，去他的，有人问了我很多关于亚历克斯的问题。你说她并不信任我，但我会不会掌握了什么连我自己都没意识到的重要信息呢?”

“他们有没有问你金星上的事情?”

斯婉想了一会儿，突然想到了什么，“我觉得他们应该问过。”

扎沙的表情看上去有点担心，“金星上发生了些奇怪的事。当开始下一阶段的类地球化改造时，很多行星将变成新的聚居地，这将导致冲突爆发，真正的房地产战争。亚历克斯要我们去找奇怪的酷立方，却越找越多。它们似乎来自金星，且常常在纽约附近现身。目前还不知道这是否意味着什么。但是，现在你的任务是赶紧去帮忙搜集接种菌。已经不像以前那么容易了。”

“他们只需要把我们以前的接种菌替换成新的就行了。”

“不太可能。他们不会允许你像以前那样把大量的表土层带离地球了。所以我们将不得不采用某种阿森松体系里的土壤作为我们的新土壤，而你是这方面的专家。”

“但我早就不喜欢阿森松了!”

“目前这是必需的。现在可不是挑选风格的时候。”

斯婉重重地叹了口气。扎沙没有说话，指了指眼前的场景，很真实：这是一幅疗伤的景色。站在此地的他们无法否认的是，这个真实的世界比他们那小儿科的情景剧大多了。这一点让人感到欣慰。

“好吧。我会帮忙搜集土壤，但也会继续与热奈特保持联系。”

接着，她回到了奇特且瑰丽的曼哈顿，但扎沙不在，没那么有趣了。事实上整个情况都不那么有趣了。

地球上的人在一天结束之时常显疲态。“她是如此的……沉重!”她对自己唱道，吃力地挤出最后一个词，用这首老歌的曲调一遍遍重复着，“沉重——沉重——沉重——沉重!”

通常情况下，如果在努力撑了一整天保持身体直立后她觉得太累，她会钻进身体罩休息放松一会儿，让自己被身体罩带着走。感觉很像是在享受按摩，被引领着，似在别人的搀扶下徐徐前行。让自己在它的带领下迈着舞步，让它渐渐和你融为一体。哦，多么可爱。不管你如何行动，它都会紧绷着支撑起你的身体，如果设计合身且程序编写正确，这套装置可谓相当梦幻。虽然它不利于锻炼骨骼，不利于使用者尽快适应地球上的生活，但在你疲惫时它能救命。生活在太空的人们总是满怀期望地谈起要回地球，不少人高兴地来地球休假，为地球的前景欢呼——但在户外空气带给人的兴奋感过去后，地心引力的影响慢慢显现，逐渐将人拖垮，以至于当休假结束，在他/她接受了盖亚[1]给予的补充后——不管盖亚给他们的是什么——他们都会冲破大气层，回到清朗的太空，继续之前的太空生活。他们此时感觉到一种解脱，充满活力，一身轻松。因为在地球上身体太沉重了，彻头彻尾地沉重，似乎一层黑色的过滤网落在了她和世界之间。热奈特调查官曾说过一切都在变好，但很明显短时间内是看不到任何进展的。现在这案子在斯婉眼中就像沼泽的生长：你采取了一系列行动，为可能的情况创造了一些条件后，就走开去忙其他事了；你回来后会发现的确有了一些变化，但那需要好几年时间。

所以她开始为“终结者”城采集土壤，为水星生意人提供商品市场的建议，然后某一天她就可以回到曼哈顿的水星居说：“我们已经采集到所需的接种菌了。可以回家了。”

她来到基多，搭乘太空电梯上到空中驳船。她感到自己有些犹豫不前，感到为某种东西困惑着，感到自己被侵犯，被扔到了一边儿。她焦虑地在《真理坚固》重复的曲调中思考着——最后不断升高的音符，不过就是不断重复的从低到高的八度音阶罢了。她和其他观众一起哼唱，同时在想如果甘地在这里，他会怎么做，又会说些什么。“对真理坚持不懈的追求教会我妥协之美。随着年龄增长，我愈加清晰地发现这就是非暴力不合作主义（Satyagraha）的精髓。”如下是甘地的注解：Satya，真理，爱；agraha，坚定，力量。他生造了这个词。托尔斯泰、甘地、马丁·路德·金[2]：他们高歌希望与和平，高歌非暴力不合作这条通向和平的道路。非暴力不合作参与者是践行非暴力不合作主义的人。

“宽恕是勇敢的装饰音。”

地球在她身下渐行渐远，再度变成那个熟悉的蓝白色球体，以其大理石般的光泽填塞了时空。她听着在耳里跳动的梵文诗歌，叫葆琳把其中一首旋律起伏的翻译给她听。葆琳说道：“除非和平降临，否则我们将永无宁日。”

---

① 希腊神话中的地母，大地女神。——译者注

② 菲利普·格拉斯歌剧《真理坚固》共三幕，分别以三位和平抵抗人士为主题：托尔斯泰、甘地、马丁·路德·金。原文最后一位为 the opera’s Future Man，经译者反复求证及与原作者讨论，汉译改为“马丁·路德·金”。——译者注

清单（十）

太难了，没有时间，有人会笑
保护家庭，保护荣誉和孩子
亲缘选择；不好的基因
原罪，内在的邪恶，命运，运气，天命，宿命
懒散，贪婪，嫉妒，怨恨，生气，愤怒，报复

玩玩罢了
因为其他人可能从中获得好处
因为
没有人能确定
不会有什么区别
这都是命中注定的
没有人告诉我们别去
乌托邦是不存在的
它可能没办法正常运作
可能会挣些钱
不够分给每个人
人们不会对你的付出表示感谢
他们不值得
他们很懒
他们不像我们
如果可以他们也会这么做

冥王星、卡戎、尼克斯和许德拉

冥王星和卡戎（冥卫一）是双行星系统，相互发生潮汐锁定①，就像哑铃的两端，朝着对方的永远是同一面，冥王星—卡戎的质心落在这两个天体之外。它们绕太阳运行轨道的偏心率较大，自转周期约6天多，公转周期为248年。冥王星的大气层在近日点是气体，在远日点时凝结成固体，造成一种反温室效应，使星球表面的温度下降了大约10开尔文。冥王星的大气层跟火星的原始大气层差不多厚，气压大约为7毫巴——换句话说，比较稀薄。表面温度为40开尔文。

卡戎，体积为冥王星的一半，表面温度50开尔文。以卫星与其行星的大小来说，最接近的就是卡戎与冥王星，其次是月球与地球，而月球的体积也只相当于地球的四分之一。冥王星的直径为2300千米；卡戎为1200千米。两个星球的内核都为岩石，表面为冰水混合物。

围绕着冥王星—卡戎的是两个小得多的卫星：尼克斯和许德拉，直径分别为90千米和110千米。尼克斯，8×10^{19}千克，主要组成物质是冰，还有一些岩石。现在，尼克斯已经被解体，用来建造四艘星舰，第一艘将先行建造完成以测试整个在建系统。这些星舰的内部是典型的特拉瑞内壁管道，保持旋转来制造内部的重力效应。它们其中都将储存大量的物种，包含好几种生物群系。四艘星舰之间将保持联系，通过偶尔的物种交换来减少孤立系统对基因多样性的影响。舰尾安装的引擎将包含聚合驱动和反物质等离子以实现100年的驱动力，然后改由强大的猎户座推进板驱动，最后达到冲压式喷气发动机可以工作的速度，这些驱动力量将依次工作。所有这些驱动将使星舰加速，速度达到光速的2%。这对于人造飞行器来说已经是一个相当了不起的速度了，达到这个速度将让他们的旅行时间缩短到2000年。因为恒星距离我们实在太远了，而距离我们最近的恒星系统中还没有类似地球的行星。

很遗憾，但这是事实。不得不说：人类的寿命使人类无法到达其他恒星，那些星星是遥不可及的。我们居住在环绕太阳的温暖的小珍珠上；而对于浩瀚的宇宙我们还知之甚少。太阳系是我们的一个，也是唯一的家。即使以我

① 重力梯度使天体永远以同一面对着另一个天体；例如，月球永远以同一面朝着地球。潮汐锁定的天体绕自身的轴旋转一圈要花上绕着同伴公转一圈相同的时间。这种同步自转导致一个半球固定不变的朝向伙伴。——译者注

们最快的速度，到达离我们最近的恒星都需要花费一个人一生甚至更长的时间。我们所说的“四光年”，“四”和“年”这样的字眼误导了我们；光在一年里能走多远我们其实还了解得不多。仔细想一下每秒 30 万千米或者说每秒 18.6 万英里——任选一种你熟悉的度量单位。想想以那样的速度每小时可以行进 67.1 亿英里。想想它每天可以行进 173 个天文单位，一个天文单位是地球到太阳的距离，即 9300 万英里——一天可以经过地球到太阳距离的 173 倍。然后想想以那样的速度走四年，然后光才能到达离我们最近的恒星。然而，我们的驱动力只能使我们达到光速的 2%，所以以这样的速度（每小时 1000 万英里），四光年的距离我们大约需要走 200 年。而且有类似地球的行星的最近星系离我们超过 20 光年。

光穿过银河需要 10 万年，以光速的 2%——我们的速度——需要 500 万年。来自仙女座星系的光要经过 250 万年才能到达银河系。而从整个宇宙来看，仙女座是离我们很近的星系。在宇宙分区中，我们位于同一区域的很小半径范围内，所以仙女座星系是银河系的邻居。

所以，我们温暖的小珍珠，我们承载生命的旋转天体，我们的心灵之岛，我们亲爱的太阳系，我们温馨的家，在太阳给予的温暖中生机勃勃，然后有了那些用尼克斯制造的星舰。我们将派它们前往其他星系，它们会像蒲公英种子一样，随风飘散。很美。我们将不会再见到它们。

葆琳谈革命

斯婉搭乘最早的一架航班将接种菌送回了水星。这架航班其实是颗尚未完工的特拉瑞。目前完全看不出来完工后会是什么样子，因为它现在只有空空的内部管道，四壁皆是岩石，中间一条太阳位置线，还有几根钢筋搭起来的攀玩架，用螺栓固定在插入到内壁裸露岩石里的水泥插塞上。斯婉盯着身边这些身处摩天大楼巨大钢梁结构中的人群，没一个认识的。她意识到搭乘这架航班是个错误——虽然它比黑暗航班好点，但仍不理想。另一方面，方便与否对于现在的她来说已经不是首要考虑的问题了。特拉瑞一站站地停靠、起航，而斯婉正不停地沿金属台阶拾级而上，走到了靠近太阳光位置线的敞开的摩天大厦楼顶。这里地心引力很小，她可以随意地站在边缘处往下瞧或朝上看。目光所及之处皆被笼罩在高塔的影子里，交错的钢架的影子投在裸露的岩石上。这栋大楼仿佛巨大城堡中那唯一被照亮的角落，楼顶离大地有几千米高，只比水平方向上日平线那一边的大地离这儿的距离稍近一点。这里仿佛一座哥特式废墟，可怜的人们为了最后一道烛光的温暖挤在一起。早些时候的境况并不像现在这样，那个时候，一个刚掘好的内壁管道就是希望的象征。她年轻的时候就是那样——整个外太空文明就是类似现在这样的地方，规划混乱，百废待兴——

斯婉用手肘钩住栏杆以使自己在低重力环境中站稳。她把头放在交叉的手上，审视着眼前的场景，然后问："葆琳，跟我说说革命的事吧。"

"说多久？"

"一小会儿就行。"

"'革命'源于拉丁语中的'回旋'一词，常指政局的快速变化，该进程中，使用暴力手段屡见不鲜。也指成功的自下而上的阶级起义。"

"革命的原因呢？"

"发生革命的原因有时可归结于心理因素，比如不快和沮丧；有时是社会学因素，特别是对物质和精神财富分配不均的社会固有体系；或者是生态因素，不同集团为了有限的必需资源的再分配而你争我夺。”

“你说的这几个方面难道不都是一码事吗？”斯婉说。

“这是个跨学科课题。”

“给我举几个例子吧。”斯婉说。

“英国内战、美国大革命、法国大革命、海地革命、太平天国起义、俄国革命、古巴革命、伊朗伊斯兰革命、火星革命、土星联盟起义……”

“停。”斯婉说，“告诉我，是什么导致了这些革命。”

“到目前为止人类所做的所有研究仍无法解释为什么会爆发这些革命。这方面并无任何历史规律。很多时候政权的迅速更迭并没有伴随着暴力。也就是说，革命、改革或镇压这些词语在定义上太过宽泛，很难就此进行因果关系的分析。”

“拜托，”斯婉反驳道，“别这么懦弱好不！一定有人说过什么你可以引用的话吧。或者，至少试着独立思考一下吧！”

“那很难，因为我的程序不够先进。听上去你似乎对被有些人称作‘大革命’的东西感兴趣，因为它意味着经济力量、社会结构和政治局势，均会发生巨大变化。或者你感兴趣的是社会革命，因为它为该社会的世界观和技术带来了彻底的变革。例如旧石器时代晚期革命、科学革命、工业革命、性革命、生物技术革命，各式各样的革命加速了文明进程，移民社群、性别革命和长寿革命等也不例外。”

“是的。再跟我谈谈成功的要素吧。能否列举出一场革命要获得成功需要哪些充要条件呢？”

“各历史事件的成因太过复杂，任何一个因素都可能导致某一事件的发生，难以用富有逻辑的表示因果关系的术语予以描述——当你使用‘充要条件’这个词组时，就意味着你是在用逻辑思考了。”

“但你试着说说吧。”

“历史学家一般会说，公民对政府普遍极度失望，中央政府权威削弱，失去领导权……”

“什么意思？”

“‘领导权’是指一个群体不依靠单纯的压力而统治其他群体。可以把它比作一个让人不知不觉就承认权力分级制度的体例。如果该体例受到质疑，尤其是在发生物资短缺时，失去领导权的情况可能会以非线性的态势陡然发生，迅速引发革命，以至于所引发的革命只可能是象征性多于实际性的暴力活动而已，比如发生在1989年的天鹅绒般平静丝滑的革命[1]，以及歌唱革命。”

“还有歌唱革命？”

“拉脱维亚、爱沙尼亚和立陶宛这三个巴尔干半岛国家称1989年从苏联脱离的过程为歌唱革命，是根据市政广场上的示威者的举动而得名。这说明了一点：人多力量大。如果足够数量的民众走上街头游行示威，政府将手足无措。就像贝莱希特[2]说的那样，‘他们必须驱散民众，然后选出另一位领导人’。这是不可能的，政府常常失败。一场内战或许就此开始。”

“关于革命的各文献不可能如此肤浅。”斯婉说，“你只是随便引用了点东西！你的思想跟土星环一样，一百万英里宽，却只有一英寸深。”

“用词不当以及使用过时的计量单位是反语或讥讽的表示。从你口中判断，或许是讥讽……”

“她讽刺地说！你搜索自己吧。”

“根据定义，量子漫步是一种任意的走路。请在你认为适当的时候升级我的程序。我听说王那里有一些不错的算法。升级某些用于归纳概括的原理应该会有用。”

“继续说革命发生的原因。”

“人们总是相信那些能解释为什么他们会处在这个社会阶层，同时还能给他们带来精神补偿的理论。人们要么通过阐释他们被剥夺的现状而进一步强化这种观念，要么试图予以藐视，因为某种意识形态告诉他们这只是实现宏伟目标的必经之路。于是，由于他们相信这种能为其低下的社会地位正言的意识形态，他们甚至常常干出与切身利益背道而驰的事情来。在这种情况中，否认与希望都发挥了作用。施加在帝制社会中的顺民头上的支配力，一部分便来自这些带给人心灵慰藉的理论。所有体制都是如此，意即自农业和城镇文明出现以来的所有有记录的文明里都存在这种情况。”

“所有文明都是阶级社会吗？”

“在新石器时代农业革命之前或许存在过无阶级社会，但由于信息有限，

---

① “天鹅绒革命”，狭义上是指捷克斯洛伐克于1989年11月发生的民主化革命。从广义上讲，天鹅绒革命是与暴力革命相对比而来的，指没有经过大规模的暴力冲突就实现了政权更迭，如天鹅绒般平和柔滑，故得名。——译者注

② 贝托尔特·贝莱希特，1898—1956，德国诗人和戏剧家，发展“史诗戏剧”；他的作品系依靠观众的批判分析的反应而非作品的气氛和情节的风格。——译者注

我们对于那些文明的理解完全是靠猜测。我们唯一确认的是，在后冰河时代农业革命中——历史上若干场持续千年之久的无明确主题的革命之一——通过制度确定了阶层的划分，国家权力机构和普通民众被分割开来。全世界范围内，人类社会被分为了四个阶层：牧师、战士、工匠和农民。通常他们都听命于所有人都认为很神圣的君王，既是国王又是神。这让牧师和战士阶级觉得很方便，同样也为男权凌驾于女性和孩童之上提供了便利。”

“这么说，真正的无阶级社会从未存在过。”

“一般认为无阶级社会将在特定的革命之后建立起来，但革命的领导人会迅速建立新的统治阶级，同时创造出国民在革命结束后可扮演的各种不同社会角色。由于不同的社会角色被赋予了不等值的价值，导致新的等级制度将以很快的速度被确立，通常是在革命完成后的五年之内。于是也就回到了跟之前一样的有阶级状态。”

“也就是说历史上所有的文明都是有阶级之分的。”

“有人声称火星目前就是一个无阶级之分的社会，经济和政治权利在全体公民中得以完全平面化。”

“但火星社会作为一个整体却相当的横行霸道。他们就像是整个太阳系中的上流社会似的。”

“人们对蒙德拉贡联盟也有一样的看法。”

“我们不也看到它的确发展得不错么。”

“和地球上的情形比起来它的确可说是取得了巨大的成功，事实上也能勉强算作是一场革命，在火星革命之后亦步亦趋。”

“有点意思。看来……”斯婉想了一会儿，“给我列一份如何成功进行革命的食谱。”

“首先需要有普遍的社会不公现象以及对社会的不满和失望。将它们置于一个羸弱、失败的霸权社会里。加入痛苦与不幸，然后一并搅拌大约一到两代人的时间，直到锅内的热度开始上升。再倒入些许不安定因素，然后尝尝味道。最后用一小撮催化剂引燃整个进程。一旦革命的主要目标达成，立即冷却，新的社会秩序由此形成。”

“很好。你真有创意。现在请把食谱的每一道工序进行量化。我要细节，我要数字。”

“我推荐你看范·帕拉格和费勒－i－卡博内尔所著的经典的《量化的快乐》一书，其中就有一个算术分析法，可助人们对某社会状态中的各原始元素进行评价。它包括一套满足感运算式，结合马斯洛需求理论，该算法可被运用于评估政治单元里实际存在的各项条件，使用基尼系数和其他相关数据对目标和指标之间存在的差异进行评级。人们可由此看到革命是按预期在关键时候爆发的还是陡然而至的。范·帕拉格和费勒 - i - 卡博内尔所著的这本书还能帮助你想象政治制度的本质——那应当是该运算过程的目标，以及帮助你设想要如何改变才能达到那个目标。至于运算过程本身，托马斯·卡莱尔的《法国革命》绝对值得细细品味。”

“他给出了具体数字么?”

“没有，但他提出了假设，而《量化的快乐》给出了数字。似乎可以将两者结合起来。”

“简单地说，他提了个什么假设?”

“人类既蠢又坏，特别是法国人，且总是被权力搞得精神失常。所以任何形式的社会制度对他们而言都是好的，且越严苛越好。”

“好吧。那你刚才说将两者‘结合’，又作何讲?”

“让全世界人民过上幸福的生活能最大化地实现自己的私利。人类既愚蠢又堕落，却很希望得到满足感。个人的目标自然是确保自身利益，当这个目标被视作与实现全人类的福祉属同形异构时，坏人就会为了实现全人类的幸福而不择手段。”

“甚至不惜发动革命。”

“对。”

“即使那些聪明的坏人为了自身利益而去做好事，但还有很多愚蠢的人认识不到这个等同性，而且有些蠢人同时也很坏，这些人会把事情搞砸的。”

“那就是为什么总会有革命发生。”

斯婉笑起来，“葆琳，你可真有趣！你的确是越来越好了，感觉你几乎已开始自己思考!”

“调查认为绝大多数的思考行为是之前各种观点的再融合。我再次建议你升级我的程序。毫无疑问，更好的算法设定将是有益的。”

“你已经拥有递归超级运算能力了。”

“也许最后一个词并不准确。”

“那么，你认为自己是否越来越聪明了？我的意思是更有智慧了。我想说的是，你是不是正变得越来越有自己的意识了?”

“你说的只是些概括性的术语。”

“当然它们是概括性的术语，快回答我！你是否已经有了自己的意识？”

“不知道。”

“有点意思。你能通过图灵测试么？”

“我无法通过图灵测试。你想不想下象棋？”

“嘿！但愿图灵测试就考下象棋！我想那是我下一步要做的。如果是下象棋，我下面该走哪一步好？”

“这不是下象棋。”

摘要(十一)

在“加速期”，由于过于激进而犯下的错误，对今后产生了一定的影响。就如同岛屿生物地理学，岛屿通常是一些飞地和避难所，它们常常经历物种的快速变化，甚至是新物种的形成……

其中一个错误就是，在太空中没有建立起被统一接受的管理体系。因此又出现了地球上的情况，即没有一个全球统一的政府。分而治之的情况在宇宙的范围内重演，这种割据状态的其中一方面就是部落制的回归，对非本族的人就不当作人来对待，这使得该项制度臭名昭著，有时候甚至会出现糟糕的结果。对于遍布太阳系、支配最强大的文明来说，这不是一种好的感情体系。

另一个错误就是仅追求快。火星的快速改造使其地表的8%被付之一炬。金星、土卫六和木星的那些卫星在改造开始之前就被全部占领，阻碍了某些改造方法的采用，极大地增加了改造的复杂度。在医学方面，匆忙地采用延长寿命的治疗，以及基因和身体的改造意味着太空中的所有人和地球上的许多人都是试验性的生物。“加速期”的特征就是匆忙，在那之后人们安全度过了“缓速期”的冲击，此时已是骑虎难下，只能尽力做些修正。

数千特拉瑞中那些美丽的部分，像装满珠宝的晶洞，如陀螺般旋转着跳出了潘多拉的盒子，再也回不到过去。

斯婉，在家

他们进入水星运行轨道，这颗巨大的岩石在他们下方旋转着，像炭一样黑，只有被阳光照耀到的似一弯新月的细长弧形部分，如熔融的玻璃般发出耀眼的光。飞船下降至处于黑暗里的太空港，他们下机后步行至换乘平台，搭车前往重建后的“终结者”城，看看它新老版本的区别。

从某种意义上讲，它跟之前相比并没什么变化。由于使用了3D打印机复制家具，她的房间如今被独自安置在一条神秘的小峡谷中，她觉得更像是在庞贝城里重建了一间房。但峡谷以西，城镇的前面部分，也就是以前公园和农场的地方，如今却是一派未加工的状态。她从自己的房间出发，从中央台阶往下走，朝镇的尽头走去。一路上她看到：树上没有树叶，四处散落着由不锈钢、模制塑料和泡沫酸岩制成的厚板。过去的若干个自己在这一瞬间聚集了回来——建造特拉瑞的她，怀着炽热情感俯瞰全城的她，流连于有秋千和攀玩架的公园的她。这些“她”从未像现在这样一起出现过，所以她忽然感到自己似乎获得了重生。

城里的每个人其实都有同样的感受。这一周过得非常感性，拜访老邻居、老朋友和老同事，还有马卡莱特。他们甚至还为旧城举行了一个简短的葬礼。稀土物质需要以雾状形式重新喷洒到新型土壤基质中，后者是由捣碎后的水星岩石和富含营养素的气凝胶混合而成，从加州中央峡谷——地球上土质最好的地区之一——采集而来的接种菌几乎可以直接在该土质中存活。但在播种接种菌之前，必须先完成稀土喷雾，于是在葬礼上他们将稀土物质和亚历克斯及很多其他人的骨灰一起从一个上升的气球上撒下。黎明之墙的大门打开，来自地平线的阳光照耀在打着旋的一团团粉尘上。

葬礼结束后，人们大多又回到了袭击之前的生活轨迹上，维持着水星生活的正常运转。同时，重建队伍继续着力修复尚未复原的地方。关于复建与创新，旧样与新貌的讨论从未停过。斯婉赞成一切从新，以感恩的热情投身到农场和公园的建设中。地球实在是一个——实在是一个……她找不到词去形容。回家的感觉真好，回到自己的生活里，为劳动弄脏双手。

由于显而易见的原因，农场的重建工作被放在优先地位，且尽量在抢工期。不同地段采用了不同的施工方法，很多时候利用了自该城初次建好至今这一个世纪来人类在农业方面取得的技术进步，包括许多更适合土壤培植的新型作物，在这之前更普遍的是溶液培养类作物，在“终结者”城第一片田获得种植成功的就是这类作物。但这种作物的产量太小，已无法满足城镇人口和日光行者的需求。所以现在人们在城镇尽头新开拓了一块田野。在新安置的土壤中，各营养物质的排列组合颇似海绵结构，允许植物的根系能够快速生长，同时实现精确灌溉。随着技术的进步，人们可以巧妙地操纵植物的昼夜循环，使其以比自然状态下快三十倍的速度生长结果。这些植物的基因都做了针对加速生长的处理，所以一年收获十几次相当正常，合适的矿物质和营养素的补充也就显得十分必要。因此，土壤也必须不断用心培养以满足作物的需要。

只有将接种菌撒播到土壤环节才会有人咨询斯婉，因为其他领域的前沿科技早已超出斯婉的知识范围；现在她只是和年轻的农业和园艺生态学家们一起工作，听他们解释该领域的最新理论，然后把所有时间都投在首个培养固氮植物的大草场上——细菌、豆荚、桤木、弗兰克氏菌及其他所有能高效地将氮气转化为硝酸盐的植物。就连这一转换过程也比以前更快。所以用不了几个月她就可以在长列的茄子、南瓜和黄瓜间漫步了。每一片叶子，每一枝藤蔓，所有的枝丫和水果，都朝着太阳位置线和农场太阳灯的方向往上生长；每一株植物尽情展示着自己的特点。同时从整体上看，植物群的相处极为和睦，让人安心。农场就是她的家，是她人生的一部分，年轻人也围着她问起当年的往事——为什么要这么设计，为什么要那么建设？你们当时有什么指导理论吗？她有时记不得当时的考虑了，就找了些话语敷衍了事。总的来说，当时的设计思想就是尽量充分利用空间，让植物尽早实现自我生长。与现在相比多少有些不同之处，如材料选择、预算问题、病虫害防治，但最重要的是，当时很少考虑到效率。这是深层次的不同。

当新农场开始收获，公园的树木和其他植物也在快速生长的时候，动物从其他特拉瑞上被引进了过来。这是在建设阿森松体系——这可不是斯婉的主意，她对此并不赞同，但这次她没有开口而是静观其变。这次似乎是澳大利亚和地中海的融合；事实上，能再次看到动物也是件让人开心的事——它们四下打探，小口小口地嚼个不停，到处寻找休息点和巢穴。沙袋鼠和直布罗陀猿猴，美洲野猫和澳洲野狗，蒙德拉贡联盟里的很多特拉瑞都送来了动物，以帮助他们重建生态体系。

斯婉将所有时间都放在农场上，照顾植物越冬。新到的灌丛鸦像小乌鸦一样叫个不停，逮那些冒险露出土壤表层的虫子。有的人若有所思地看着她，似乎在判断她是否具备某些鸟类的品质，这连她自己都不清楚。她央求他们道，请别跟我说听不懂的话，好吗？我受不了。他们看她的眼神让她想起了热奈特调查官。

有时在结束了一天的工作后，她会走上城市的船首斜桁，静静地站在那儿看城市沿着轨道往前滑动，地平线上的群山不断变换着和星辰的相对位置。山峦的颜色要么非常黑暗，要么非常亮白，这是千万年来从未改变的自然现象。而从黑到白（偶尔也从白到黑）的不断转换让整幅景观看上去像一幅流动的风景画，站在一个城市的船首的她此时给人传令官的形象——仿佛旧时舰首的装饰头像，她是正站在历史转折点上的精英——只是这艘巨舰是在延伸至天边的铁轨上运行，它的航向已被强大的路径所规定。一旦停下，整个城市将被烤成炸薯片。下方有令人毛骨悚然的黑黢黢的地下通道，仿佛通向某个原罪的泄殖腔脐。是的，这是她的世界，好吧，她正通过不能轻易离开的轨道，开启前往黑暗和群星的征程。她是"终结者"城的市民，住在于黑白世界中滑行的小小绿色气泡中。

傍晚，工作结束了，斯婉走上从黎明之墙顶部往下数第四级阶地，她的房间在那里。她会换装后再步行前往餐厅，或到马卡莱特那儿去。

"回家真好。"她对马卡莱特说，"谢天谢地，我们重建了'终结者'。"

"不得不重建啊。"马卡莱特说。

"你的工作怎么样了？"斯婉问他，"你不是失去了所有的设备吗？"

马卡莱特摇摇头道："我们都做了备份。丢失了试验进度，没什么其他损失。类似试验仍在其他很多地方进行着。"

"其他实验室有没有帮你重启试验呢，就像很多特拉瑞帮着送来动物那样？"

"有的。大部分是依靠蒙德拉贡联盟的保险机制，但人们也很慷慨，虽然大多数时候我们需要亲自动手进行装配，做实验就是这样。"

"那么试验进展如何，有没有学到有用的东西？"

"当然了，挺有用的。"

“有没有什么关于土卫二物质的研究进展？你不是说可能会有所收获么？”

“看上去它主要停留在人类的内脏里，靠进入内脏的残渣存活。在这种状态下它保持低活动态，像细菌一样存在于你的内脏里。但当大量残渣出现，它就会迅速成倍繁殖，将残渣消化掉，之后再回到之前那种接近静止的状态。还有，一个非常微小的土卫二掠食者也潜伏在那儿。所以它们加在一起的功能差不多接近于在体内多了一套T细胞[①]。它们对你的体温影响也很微弱。”

“我知道你仍认为我当初不应该那么做。”

在他缓慢点头表示同意的同时，眼睛也不经意地转动了一周，“那是一定的，亲爱的。但我想说的是，因为你和其他吞服了它的蠢人们，我们如今对它的了解超出了预期。再说，它似乎并没多大害处。因为你挺过了一次严重的辐射，或许就是因为你体内的外星生物清除了充斥体内的死细胞。后者是被辐射照射后最严重的后果，身体里会骤然出现大量死细胞。”

斯婉站在原处看着他，努力理解他的话背后的意思。在很长一段时间内她一直拒绝直面自己竟然蠢到服下外星微生物这个惨淡的事实。她已慢慢习惯不去想它。她知道当初的这一举动可能会让她发狂——比如听见小鸟用希腊语交谈……她知道类似现象完全可能出现在自己身上。但要说会有好的方面……

“这是你在我的血液中发现的么？”

“是的，我觉得是。”

“好吧，”她说，“希望你是对的。”

他扫了她一眼。“我保证。”他不高兴地摇了摇头，“亲爱的，我们现在的状况正如在悬崖边缘摇摇欲坠。你是不想现在掉下去的吧。”

“就像以往那样徘徊在悬崖边缘，对吧？”

“我指的不是在死亡边缘徘徊。我指的是在生命边缘摇摆。我在想，我们在长寿技术方面也许并没有取得决定性的突破。只是一种类似格式塔[②]的跃进。而且时间也不长。我们需要了解的还有太多。所以，你懂的，本来我们是可以活上千年的。”

他盯着她的眼睛，看着每个词都被她所理解。确保每个词都会渗入她的脑中。她表示理解后，他才继续。

---

① T淋巴细胞是在胸腺中分化成熟的淋巴细胞，简称T细胞。T细胞是由胸腺内的淋巴干细胞分化而成，是淋巴细胞中数量最多，功能最复杂的一类细胞。——译者注

② 指整体具有个体所没有的特性。——译者注

“我可活不到那个时候。我想要解决最后的一批问题还需要五十年时间。不过，你……你要照顾好自己。”

他给了她一个很绅士的，甚至有点试探性的拥抱，好像她会挣脱或她身上有毒似的。但他的目光仍是那么温暖。她的祖父很爱她，也很为她担心。在认识到这点后，她那鲁莽的行为习惯也许能够发现些什么有用的东西吧。这有点像圣·伊丽莎白的玫瑰奇迹[1]——虽然当场被抓住，却为变化所拯救。她迷惑了。

① 匈牙利公主，国王安德烈二世之女，童年许配德国图林根领主赫尔曼一世之子路易四世。传说伊丽莎白经常把家里的面包送给穷人，但她的丈夫认为这是一种没有身份的行为而禁止她这么做。一次，当她又拿了一篮面包准备送给穷人时，她的丈夫突然出现在她的面前。当问到篮子里是什么时，她谎称是采的玫瑰花。篮子被打开，里面的面包果真变成了玫瑰。——译者注

摘要(十二)

我们的概念系统中出现了同形体。大约是这样的模式——

主观地、主体间的、客观的（三个英文单词都以 - tive 结尾）；

存在主义的、政治的、身体的（三个英文单词都以 - al 结尾）；

文学、历史、科学。

有人或许会问，这些是不是表达同一事物的不同方式？

“阿波罗神/酒神”、“传统的/浪漫的”这是同一事物的两种表达方法么？

有错误的同形体么？比如老龄化的“七宗罪”，这种表达是刻意让人联想起基督教，但基督教与老龄化其实完全无关。

同构是不是就等于一致呢？物理学“标准模型”希望成为所有学科的基础，所有学科都与“标准模型”的基础研究成果相一致。那么，物理、化学、生物学、人类学、社会学、历史、艺术都可以融合为一项统一的研究，相互贯通并具有一致性。对人体的研究使我们建立了对生命科学的认识；而生命科学的知识是人类科学的基础；有了人类科学才发展了人文科学；有了人文科学才有了艺术。因为这一切才有了今天的我们。那么这一切的总称是什么呢？我们应该怎么称呼它呢？存在一个总学科么？历史、哲学、宇宙学、科学和文学是否都是一个无法再扩展的总体的一部分？是否存在一个强大的学科，它有整体的视野，并可以包含其余所有学科呢？还是妄图这样做的人都是错的？

总学科是否就是一种实践行为，即我们对人类自身及世界所做的一切？总学科并不存在，只存在各种学科的集合？各领域思想集合起来反应到人的行为之中？

我们研究的时候，这些问题都没有统一的答案，不同的学科态度也各不相同。一些学科专注于仅研究人类的问题。这种研究领域的选择是慎重的，他们的解释是：对人类来说，人类生活应该是其研究对象，除非某一天，人类已经足够强大，有能力可以考虑其他事情。

物理学界和其他学科的一些人对这个观点的回应是：一些对非人类领域

的研究对于达到人类正义有决定性的意义，因此为了人类的利益着想，研究的重点应该包括：物理学、生物学、宇宙学、意识科学等。正义被认为既属于一种意识状态，也属于在共生有机体中的一种特定的物质和生态形式。

一些持人类中心说观点的人认为，如果专注非人类领域的研究可以让人类获得正义，那么正义应该已经实现了。因为多少个世纪以来，人类已经非常强大了，但是正义并没有到来。

物理学界反驳说：正是由于大型的物理现象仍被排除在正义项目的研究领域之外，所以直到今天正义仍未实现。

这样你来我往的争吵持续了很长的时间，从“徘徊期”一直持续到“割据期”，直到有决定意义的2312年。因此，人性探索的项目迟迟没有启动，人类问题悬而未决。人们知道应该做点什么，但什么也没做。读者或许会嘲笑他们，但是行动需要勇气和坚持。事实上，如果在读者所处的时间，人类仍然不完美——虽然那应该是在距离现在很久以后的未来——对于这个消息，作者也不会太吃惊。

斯婉在水内小行星上

“终结者”城议会终于选出新的“水星之狮”，他是亚历克斯和马卡莱特的老朋友，名叫克里斯。正式就职后不久，克里斯便邀请斯婉参加到一次前往水内小行星的旅程，该旅程目前尚在组织当中；克里斯打算去确认亚历克斯生前与水内小行星达成的一项关于协助后者将轻量物资运输到外太空的协议。“这是亚历克斯的另一个口头承诺。”克里斯皱着眉头道，“自从她死后，特别是在城市被毁后，越来越多的迹象表明水内小行星上的人正背着我们向远离太阳的方向移动。这不得不让我们当中的一部分人产生怀疑。你知不知道星际调查局有没有将他们作为袭击‘终结者’城的嫌疑之一在调查?”

“我认为他们没有。”

斯婉现在正全身心投入到重新设计的公园的绿化中，压根就不想去这趟旅行，对热奈特正在进行的调查也不关心了。但这趟行程时间很短，而她回来后可以继续公园的工作。所以她打点好行装，和克里斯及几位助手踏上了距离乌斯塔德·伊萨[1]环形山最近的一个平台，那里有一套新的轨道炮发射装置，可将飞船射入向阳方向运行轨道。

前往水内小行星的飞船都是球泡形状，周身覆盖重度装甲，没有窗户。它将人们送往30千米宽的小行星带，小行星运行的区域距离太阳0.1天文单位，意味着它们距离太阳不过1500万千米远。人们在21世纪晚期在水星上观测到该小行星带的存在，烧灼却稳定的美丽星球组成了这条近乎圆形的项链。最近该小行星带也被人类占领，尽管它们的向阳面温度高达1000开尔文。由于潮汐锁定，它们始终向阳的那面半球在高温烧灼下不断分离出十几甚至几十千米长的岩石链；它们都是原生态的星球，年代和最古老的小行星一样久远。现在它们也像特拉瑞一样被人类加以利用——中间被挖空，挖出

① 传说中泰姬陵的总建造师，完工后皇帝沙·贾汗下令砍去其双手并弄瞎双眼以防止他再建造其他类似建筑。——译者注

的材料被用于制造巨大的环形聚光器。这些聚光器对阳光进行加工，以激光的形式发送到太阳系外的接收器上。仿佛上帝的街灯闪烁在海卫一和木卫三的夜空中。由于其戏剧性的效果，越来越多的系外卫星定居点要求水内小行星为其提供上帝的街灯，已呈供不应求之势。

他们乘坐的太阳潜艇开始接近水内小行星轨道。显示器画面里，太阳以红色圆圈显示，水内小行星则是一串松散的分布在红色圆圈周围的黄色小亮点。绿色直线则表示从黄点向外发出的一直延伸到画面边缘的激光线束。在所有这些示意图例中，太阳是最大的一个，看上去就像一条发怒的巨龙，而他们还不停地朝它飞去——如此大胆，如此鲁莽——他们离它太近，两者距离已小于所谓的舒适距离了。这番越界必将受到惩罚。在屏幕上它就像一颗燃烧的红色心脏，细胞纹理就像凸出的肌肉。他们一定是离它太近了。

他们正在接近的这颗小行星的背光面不过是一块光秃秃的黑暗的岩石。这是一颗典型的土豆形小行星，比它大一百倍的银色巨伞围绕四周。降落点在这块巨大岩石的正中心。在即将接近的某一时刻，该小行星及其聚光器制造了一次日全食，红太阳那摇曳的光线最后变成了一圈日冕火焰形成的光环，不断抽打其电离辉光；之后他们便进入到了黑暗里，进入水内小行星的荫庇下。终于让人长松了一口气。

居住在岩石里面的人都是太阳的崇拜者，这倒不难理解。有些人很像水星上的日光行者，无忧无虑，愚蠢荒谬；有些人又像献身宗教的苦行僧。他们所在的星球沿着距离太阳最近的轨道运行。所谓的太阳潜艇也只能在稍微向太阳方向飞近一点之后立马飞离。因为这就已经是任何人能离太阳最近的距离了，如果他想保命的话。

从实质上讲，这段距离可被视为某种宗教空间；斯婉能够理解这一点，却难以想象这些信徒的生活。岩石内部的世界完全就是一片沙漠，考虑到该星球和太阳的位置这倒是很适合，但生存条件非常难受：酷热、干燥、尘土飞扬。甚至连美国加州西南部的莫哈韦沙漠与之相比都可算是水草丰盈了。

那么这可算是某种自我禁欲了，而斯婉年轻时尝试过多次类似形式的禁欲。在从事阿布拉莫维奇艺术的巅峰时期，她不再相信自我禁欲就是目标本身。她同样觉得聚光器上的新技术改变了这些人生命的宗教本质，将他们变成像灯塔守护人之类的人。他们的新系统比水星上那一套老旧的光传输技术先进上千万倍，以至于后者从今往后像油灯一样可被视为历史文物了。水星对蒙德拉贡联盟的贡献及更多其他可能的作用都被这一新发明大大压制。鉴于此，蒙德拉贡委员会提了一个补偿方案，让“终结者”城作为协调方，为水内小行星进行的光传输担任经纪人；但这事需要双方领导人协商。之前亚历克斯的确与对方有过沟通；但随着亚历克斯的离世，经纪公司被人一把火烧掉，他们的客户或市民会继续履行协议吗？他们会不会伸出援手，帮助重建一切？

“这个嘛，”在听完克里斯关于“终结者”城希望维持原有协议的陈述后，对方中的一人开口说道，“把光线传送到系外星球是我们对蒙德拉贡联盟以及人类的贡献。和身处水星的你们相比，我们的位置更有利于做这件事。我们知道在起步阶段你们帮了我们不少，但现在土星人愿意出资，所有能够照射到他们的水内小行星上的聚光器的建设费用都由他们出。他们那儿的确很需要我们的光线。所以我们会尽量利用他们的资金建设聚光器。说实话，这已经有点超过我们的产能了。我们目前正在对后续产品进行微调，有些技术难点尚未突破。我们甚至没有足够的人来充分利用土星给我们提供的条件。”

克里斯点头道：“你们需要我们的帮助来协调这一切。你们只需进行快速探查，熟悉情况然后专心建设就行。”

对方想了一阵，然后他们的发言人说：“也许吧。但在之前‘终结者’城无法发挥作用期间，我们一样也做得很好。我们觉得水星现在应该从其他方面为蒙德拉贡联盟尽一份力量，把光纤传输留给我们来做。你们有重金属，有艺术史，‘终结者’城本身就是一件艺术品，而且你们还是大型旅行团和观日者的旅游目的地。放弃这个业务对你们来说也没什么影响。”

克里斯摇了摇头道：“我们是太阳系各星球的首府。无意冒犯，但我想说你们在这里经营发电站，是需要行政许可的。”

“也许。”

斯婉问：“你们是跟哪些土星人谈的？”

他们盯着她。“他们是以联合会的名义跟我们谈的。”其中一人回答道，“不过我们的土星联络人跟你们的是同一位——他是土星人的太阳系内星际大使。据我所知，你们比我们更了解他。”

“你是说瓦赫拉姆？”

“是啊。他告诉我们说，你们水星人对星际局势很了解，也一定知道我们的光线对土卫六工程及其他所有系外行星都有重大的意义。”

斯婉没有回话。

克里斯开始跟他们讨论在海卫一上定居以及改造海王星的事。

其中一个人说道："是的，但土星人不会那样对待土星。"

斯婉打断他们的谈话："再跟我说说瓦赫拉姆的事吧。他是什么时候来访的?"

"双年前吧，我想。"

"你是说两年前?"

"等等。"另一个人插话进来，"我们一年只有6个星期，所以刚才只是开个玩笑哦。他最近才来过。"

"是在'终结者'城被烧毁后。"之前说话那位进一步说明道，好奇地看着她。

无人说话。直到克里斯打破了沉默，提醒对方道，作为新的"水星之狮"他目前是他们名义上的领袖。但这些水内小行星代表也不是吃素的，他们快人快语地告诉克里斯，作为教会分立论者，他们不承认"水星之狮"是其领导。不过他们总是十分礼貌，克里斯也一直在努力说服他们延续之前的协议，但斯婉在此番对话后陷入了沉思。她对瓦赫拉姆的作为越想越气，最后气得她什么都听不进去。就在他说愿意和她并肩工作的时候，就在和她一起发现了飘浮在云层中的遗弃飞船之后，他竟独自来此，坏她的好事。真像跌了一跤，来了个狗啃泥。

清单（十一）

安妮·奥克利撞击坑、多萝西·赛耶丝撞击坑。

撞击坑还根据以下女性命名：

塞维尼夫人、夏奇拉、玛莎·葛兰姆、希波吕忒、妮娜·艾菲莫娃、多罗特亚·克里斯蒂安·埃尔克斯勒本、洛林·汉斯伯里、凯瑟琳·贝琪尔；

还有美索不达米亚生育女神、凯尔特女神达努、扎伊尔彩虹女神、普韦布洛印度玉米女神、吠陀丰裕女神、罗马狩猎女神、拉脱维亚命运女神；

安娜·科穆宁娜、夏绿蒂·科黛、苏格兰玛丽皇后、斯达尔夫人、西蒙·波娃、约瑟芬·贝克；

还有奥里利亚，尤里乌斯·凯撒的母亲。忒珊，伊特鲁里亚的黎明之神。爱丽丝·托克拉斯、珊蒂柏、武则天、弗吉尼亚·伍尔芙、萝拉·英格斯·怀德；

伊万杰琳、法蒂玛、格洛里亚、盖亚、海伦、爱洛伊斯；

丽莲·海尔曼、艾德娜·费勃、左拉·尼尔·霍斯顿；

格温娜维尔、内尔·格温、博索莱伊的玛蒂娜；

索菲亚·杰克斯布雷克、耶露莎·吉拉德、安吉里卡·考夫曼、玛利亚·西碧拉·梅里安、玛利亚·蒙台梭利、玛丽安·穆尔；

穆桂英、薇拉·伊格娜吉耶芙娜·穆希娜、亚历山德拉·波塔尼娜；

玛格丽特·桑格、萨福、卓娅、莎拉·温尼马卡、赛丝哈特；

珍·西摩尔、丽贝卡·韦斯特、玛丽·斯特普、阿芳西娜·斯托妮、安娜·费欧多洛夫娜·沃尔科娃、萨宾娜·冯·施泰因巴赫、玛莉·渥斯顿克雷福特、安娜·玛丽亚·范·舒尔曼、简·奥斯汀、王贞仪、凯伦·白烈森；

索杰纳·特鲁斯、哈莉特·塔布曼；

赫拉、艾米莉·狄金森。

瓦赫拉姆在金星上

瓦赫拉姆来到了科莱特城，努力想争取到金星劳动集团里至少一部分人能对他的干预地球事务的计划予以支持；另外还想请几个当地朋友帮忙，一起应对热奈特调查案中的奇怪的酷立方。两件事进展得都不太顺利，虽然舒克拉看上去愿意帮忙，但他要求回报，即在处理当地冲突方面须助他一臂之力，而瓦赫拉姆却认为这种事压根儿就办不到。如果他们真的想将金星人也纳入到即将到来的针对地球的行动中，那么蒙德拉贡联盟和土星都需要更上心才行。

在谈判期间的一次欢迎茶歇上，会议室响起了敲门声，斯婉走了进来。看到她，他感到十分震惊，而她也看到他，大踏步穿过房间，径直走到他跟前，手背狠狠地打在了他胸口上。“你个杂种！”她大声说。“你骗我，你这个骗子！”他再次震惊了。

他往后退了两步，举起双手，四下张望希望能找到一个可以撤退的地方好让两人的对话稍微私密一点。“我没有骗你！你什么意思！”

“你自己到水内小行星跟他们做了笔交易，而我却什么都不知道！”

“那算什么欺骗。”他说。斯婉感觉他在玩文字游戏，但他说的也的确是事实，并且给了他时间解释。他退到走廊里，转过一个弯角后，他停下脚步，开始为自己辩解：“我到那儿去是为了跟土星联盟有关的工作，跟你一点关系没有，你也得承认我们可没有分享彼此工作计划的习惯吧。我们都一年不见了。”

“那是因为你忙着在地球上做交易而已。这你也没有告诉过我。你有什么事是跟我说过的？什么都没有！”

瓦赫拉姆担心的就是这个，之前他忽略了这个问题，一直在专心做事，但现在事情来了，他不得不谨慎思忖。“我离开了。”他虚弱地说。

“离开——什么叫离开？”她步步逼人，“喂，当时你是不是在地道里？我们是不是一起在地道里？”

“是的。”他说，同时举起了双手，不知道是出于防御心理还是为了抗议。“我在那儿。”但我不是那个曾声称不在那儿的人——这是他没有说出口的话。

她停止了说话，盯着他。他们就这样互相看着对方好一阵子。

“听着，”瓦赫拉姆说，“我为土星工作。我是联盟的星际大使，我在这里是为了工作。这不是——这是不需要主动向谁申报的。我们的工作范围不一样。”

“但就在不久前我们才刚刚遭到袭击，整个城市变成一片火海。我们需要保存仅剩的资源。其中之一便是阳光。”

“你们那点阳光，量太少，发挥不了多大用处的。你们能够得到的从水星发出的光线总量对土星而言意义不大。但水内小行星就不一样了。他们发射的量就足以发挥实际作用。这是土卫六所需要的。我就是负责进行有关协调工作，就像竞拍期货份额。抱歉没有跟你说过这些。我想我是……我是有点害怕吧。我不想你对我大发脾气。但现在还是这样了。”

“怕还不止。”她向他保证道。

但他能看出现在她其实已经是假生气了。他卖乖地说：“都是我的错。对不起。是我不好。”

她差点没笑出来，他看得出来。然而她却说：“去你的。你在地球上干的事情比这更糟。你跟地球上富有的国家勾结，说白了就是这样，你心里清楚。真是不知羞耻。地球上很多人还住在板房里。这你是知道的。这些现象一直以来都存在，似乎还会永远继续下去。所以他们将永远记恨我们，有些人甚至会攻击我们。而我们却像肥皂泡一样突然冒出来。要改善这个局面，唯一的办法就是让每个人都享受到正义和公正。否则我们将永无宁日。在那之前，总会有团体坚信只有杀死几个太空人才会引起我们的重视。而悲哀的是，他们似乎是对的。”

“因为现在他们引起你的重视了？”

斯婉怒目而视，“因为地球上的问题拖得太久了！”

他把头从一侧倾向另一侧，不知道如何才能将内心的感受表达出来。他和她一起沿着走廊走了一小段，走到一个长条桌前面，桌上摆满了小饼干和大咖啡桶。他倒了两杯咖啡。“那么……你的意思是，为了保护我们自己的安全，我们需要在地球上策动一次世界范围内的革命？”

“对。”

“怎么策动？我的意思是，人们都尝试了好几个世纪了。”

“这不是退缩的借口！你看，我们在金星上，在土卫六上，在所有这些地方精心经营。同样在地球上也有很多我们可以助他们一臂之力的地方：在他们的手机上传播信息，让他们在蒙德拉贡联盟中占一分子，帮他们建造房屋或改造大地。这就是我们的革命，非暴力革命。任何快速变革在他们眼中都叫革命，不管是否有枪炮参与。”

“但他们可真的有枪呢。”

“也许他们的确有枪，但如果没人敢使用它们呢？如果我们的所作所为都极度平和，甚至没人知道，情况又会如何呢？”

“这些行动怎么可能没人知道。不会的——一定会有反抗和阻力。别傻了。”

“那好吧，我们就对抗他们的反抗，看看结果到底如何。我们有丰富的资源，且他们的很多食物都是我们提供的。我们有的是筹码。”

他想了想说：“也许你说的都对。但在地球上，他们可是按他们的那一套规则出牌。”

斯婉猛烈地摇头反对道：“在人类的意识中礼物经济[①]占主导地位。先行引发一次礼物经济，人们将前赴后继。然后我们将做点什么实事。否则他们会用枪干掉我们的，然后一个个地吃掉。”

瓦赫拉姆呷了一口咖啡，试图让她慢慢讲。她像往常一样，离题万里了。他想听听葆琳的看法，但现在没那个机会。斯婉端起他给她倒的咖啡，啧啧地喝了下去，然后开始滔滔不绝地给他上课——她说话时端着水杯，所以如果没有让她泼自己一身就该感到幸运了。

其实虽然斯婉一如既往地越说越不靠谱，但她也说到了瓦赫拉姆自己一直在思考的问题。说真的，她的话很像是将亚历克斯多年来一直强调的观点重新阐述了一遍。所以他抓住她换气的难得空隙开口说道：“现在的问题是，有哪些事需要去做，几个世纪前人们都已很清楚了。但就是没人去做，因为这需要大量的人力物力。建筑也好，地貌恢复也好，得体的农业也罢，都需要大量的人来完成。”

“但地球上人多得很啊！如果失业的人都被动用起来，人数就已经足够了。这是一场全民就业的大革命。很多地方都被浪费了，人们已习以为常。

---

① 礼物经济指的是提供商品或服务者并没有明确的预期回馈对象，也没有预期回馈的内容，有许多分享行为出自非制式的习惯。同时，礼物的施与受之间已转换成一种未明确规定的义务，形成送礼者与收礼者之间的隐晦关系。——译者注

现在他们需要起来做点事了。实际上，我们应该以改造金星或土卫六的气力也去改造地球！事实上，改造地球需要的努力更多，而我们却什么都没有做。”

瓦赫拉姆想了想道：“你是说可以通过这种方式修复地球？让其复原？嗯，对保守派和革新派都很有吸引力——至少能够混淆视听吧？”

“我不认为有混淆视听的必要。”

“斯婉，如果你对自己的计划很清楚的话，应该知道会有人反对的。别天真了。任何变革都会有人站出来反对，激烈反对。我是指，使用暴力进行反抗。”

“虽然他们有办法实施，但如果没人被逮捕，没人被打退，没人遭到恐吓……”

他摇头，表示仍未被她说服。

斯婉绕着他踱着步，仿佛一颗绕着太阳运行的彗星；为了面朝她，瓦赫拉姆得不断转动着身体。她再次快步走到他跟前，用没有端咖啡杯的那只手打他的胸膛。他们的声音一唱一和，任何人听到都会以为是青蛙和小鸡的二重唱。

这不和谐的噪声最终告一段落了。斯婉终于因为疲惫而慢慢放松了下来。显然她才刚到金星，还喝了咖啡仍不住地打呵欠。瓦赫拉姆长舒了一口气，尖锐的音调换成柔和的音色，换了个话题。他们看着窗外飘飞的雪花，暴风将它们吹进让人心情舒畅的建筑里，将一切都覆盖上了一层白色。这个世界是如此的新鲜又如此的原始，仍在不断成长，它用暴虐的狂风告诉人们：时代变了。

瓦赫拉姆正在思考亚历克斯未完成的两个项目：如何和地球打交道；如何处置酷立方。当他忽然意识到这两样实际上只是一件事的两个方面而已的时候，不禁打了个冷战。意识到这点固然很好，但要真正将两者合并处理，需要痛下功夫；要切实执行更是需要某种天才的本领才行。除非他成功弄好这两件事，否则斯婉会一直这样对他大吼大叫。不过他想，也许他做得到。

摘要（十三）

某些新陈代谢的长期积累会造成终生的伤害，每种伤害必须要进行有针对性的治疗，各种治疗之间需要相互配合，并保证身体组织的正常运作。

运动锻炼、生长因子、干细胞控制都可以延缓细胞的衰老和萎缩。

癌症变异要通过大量的DNA序列以及转录组序列的比对来确定，然后利用靶向基因治疗和端粒酶控制来消除变异；目前化疗和放疗被广泛采用，利用单克隆抗体、亲合多聚体、特定蛋白来实现靶向治疗。

必须防止抑制死亡的细胞在失效后转化为有害的形式，应该让自杀基因①或免疫反应来清理它们。

完好的线粒体被导入线粒体受损的细胞中。

脂褐素是一种在我们细胞中累积的废物，它不能被免疫系统带出体外。淀粉样斑块是另一种废物累积。源自细菌的酶及其完全消化动物尸体的习性，使得酶一旦被引入就会大量繁殖，直到它们赖以生存的养分被消耗殆尽。而此时就该向这些酶里面植入自杀基因了。细胞外的累积物是采用接种的方式移除。接种会刺激免疫系统产生反应，例如：吞噬作用增强。困难包括：

细胞外随机的细胞交叉连接会使物质变得更硬，但是使用专门的酶就可以成功地打破这种连接。

已经得到证实，对于某些类型的细胞，端粒酶的控制是非常困难的平衡：端粒太长，注定会产生癌变；端粒太短很快会达到海弗列克界限②，不能再成功复制基因信息。

DNA（脱氧核糖核酸）修复涉及一种有外切核苷酸校正能力的聚合酶，

---

① 是指将某些病毒或细菌的基因导入靶细胞中，其表达的酶可催化无毒的药物前体转变为细胞毒物质，从而导致携带该基因的受体细胞被杀死。——译者注

② 1961年，李奥纳多·海弗列克利用来自胚胎和成体的成纤维细胞进行体外培养，发现胚胎的成纤维细胞分裂传代50次后开始衰退和死亡，相反，来自成年组织的成纤维细胞只能培养15~30代就开始死亡。海弗列克等人还发现，动物体细胞在体外可传代的次数，与物种的寿命有关；细胞的分裂能力与个体的年龄有关。——译者注

可以进行高保真的DNA修复。核糖核酸的聚合酶没有这种功能，因此在基因转录时更容易出现错误。这是未来进化一个强有力的推动因素。

基因多效性是这样一种现象：某种基因在年轻的有机体中产生良性的效果，当这个有机体衰老时该基因会转而产生不好的影响。这常常是一些使用性激素疗法的问题的源头。

毒物兴奋（渴望）效应是对于轻微暴露于毒物或刺激时的一种总体有利的生物反应。我们有时候将这个过程称为良性应激，它与抗毒性有关。这被用于说明为什么地球假期可以帮助延长寿命。

与长寿最紧密联系的因素包括较矮小的身材和同时接触雄性激素和雌性激素。这两者之间也相互促进，以至于个子矮小的雄雌同体或雌雄同体从未听说过会死于自然原因。最长寿的已经超过210岁，目前还无法测算出他们可能的生命长度。随着这一结果更广为人们所知，可能更多的人会研究这一课题。

在一年中，医学研究使人类增加的寿命超过一年光阴使全体人口减少的寿命，即达到了死亡逃逸速度。我们离这一目标还相距甚远，新的研究成果显示：这种逃逸速度我们可能永远也达不到。

草率地宣称在长寿方面取得巨大进步会被认为是凯拉扎伊[①]或道林格雷综合征[②]，或者被认为只是对“永生”的一种希望。

通过在特定细胞中暂时增加端粒来实现在这些细胞中延长端粒。由于在不同的细胞中端粒损失的速率是不同的，药物治疗必须只针对特定的细胞，以避免不经意间产生癌变……

生物老年学、短暂的生命、不曾预期的……

著名的控制热量、增加维生素食谱在许多方面使得基因表达倾向女性化，而女性化已经证明对长寿有决定性的效果。因此，现在性激素疗法已经调整为在不用控制热量的前提下实现这种女性化的效果，但这种方法没有真正流行起来……

如果你还能回忆起很早以前曾有人将人体比作一辆雪佛兰轿车，车的所有活动部件在损坏后都可以更换，所以人的寿命问题可以比作底盘和车轴的

---

① 马里奥斯·凯拉扎伊是一位英国医生，在国际抗衰老医学领域的科研和应用方面也是一位享有盛誉的开拓者。——译者注

② 道林格雷综合征是指文化和社会现象，特点是过分关注个人自身，伴随难以应付老龄化进程及老龄化所要求的成熟。——译者注

金属疲劳问题。换句话说，衰老的“七宗罪”不是仅有的原罪。未修复的DNA损伤、非癌症的变异、染色质状态的改变——所有这些都会造成难以察觉和阻止的“老化损伤”。目前没有哪一种是易控制、可修复的。这或许可以解释……

从人的皮肤取些细胞，将它们转化为多能干细胞。再把它们放入正确种类的蛋白液中，形成神经管，这就是神经系统的开始。神经系统将从一端发展出脊髓，而大脑会是脊髓的另一端。从神经管取些切片，让它们与其他的蛋白刺激物一起成为大脑各个部分的细胞，例如：大脑皮层细胞。然后，做个燃烧测试。

心律不齐、中风、突然晕厥、血压迅速下降、免疫缺陷、脑电波不规律、重复感染、心脏病、猝死等等。

基兰在文马拉

基兰所在的新单位如今定期驾驶越野车往返于位于克里奥帕特拉的一处属于拉克希米的被封锁的场地和新城文马拉之间，每次都会路过那个愚蠢的海港。文马拉围绕其又浅又空的港湾像贻贝所附着的岩石一样慢慢变高变大，透过飘洒的雪花往南面望去，可以看到干冰海洋反射着银光。

在跑了几个回合回到克里奥帕特拉后，基兰在一个游戏主题酒吧里遇到了柯胥，他们两人都常来这个地方。这个口若悬河的小矮子对他说："来见一位朋友。你肯定喜欢。"

这位朋友原来就是舒克拉，满脸胡须，一头灰色长发，看上去就像流落街头的乞丐。看到基兰认出了他，柯胥露齿一笑，"我就说嘛，你会喜欢的。"

基兰咕哝了两句令人难堪的话。

"没事。"舒克拉说道，两眼直盯着他。"我跟你说过，你是诱饵。你答应了。所以现在我要告诉你下一步做什么。拉克希米让你跑运输，往返于她在本地的一处场所和那个海边小镇之间，对吧？"

"是的。"基兰回答道。他知道或许自己还应该做得更多以报答这位他在金星上的接头人，但现在情况越来越清楚，两头吃是多么的危险。他不想跟拉克希米有任何的往来；但同时，眼前的这位似乎也不是好对付的人。实际上现在他压根儿就没法拒绝他。"往返方向都有货物运送，但我们不知道是什么东西。"

"我要你查明运送的是什么货物。你需要悄悄地深入到内部，然后告诉我你的发现。"

"我如何联系你？"

"你不联系我。我会来找你的。"

于是从那天开始，基兰惴惴不安地开始留意每一趟运输的细节。他清楚地发现，运输队也被有意屏蔽在知情人之外；每一趟任务都有警卫，位于文马拉市中心的办公楼像克里奥帕特拉的设施一样完全不让外人靠近。越野车倒退到装卸货平台，和建筑物连接在一起，不一会儿便会开走。如此反反复复。一次他们遇上罕见的深厚积雪而半途遇阻，基兰虽然没有转头去看，但竖起耳朵听车厢里的警卫打电话。似乎通话对象是在越野车储藏箱里面的人，他们说外语，不久翻译眼镜便将其刚刚存储的对话翻译了出来：

“你们那边一切还好？”

“我们很好。他们也是。”

他们？不管怎样，下次再见到舒克拉时，得跟他说说这事。

正说着，他们终于到了文马拉市区，此时暴风雪也停了。天空很晴朗，骄傲的群星用光芒刺破夜空的穹顶。他们也自然而然地加入到全城衣着盛装的庆祝人群中——人们涌出城市大门，走到光秃秃的山丘上。雪花、冻雨、冰雹和大雨持续了三年又三个月。现在人们太想看看星空下的世界是什么样子了。

目光所及之处几乎全为冰雪覆盖，在星光下幽幽闪着光。许多大头钉状的黑色岩石从这片亮闪闪的白色世界中破冰而出——城镇周围环境很像魔鬼的高尔夫球场——他们头顶是群星闪耀的黑色天幕，脚下却是零散着黑色柱状岩石的白色山丘，两者放在一起看颇像彼此互为对方的胶卷底片。

现在他们可以呼吸室外的空气了。当然那种寒冷足以让人尖叫出声。所以当人们打开头罩时他们确实一下子尖叫了出来，然后忙着将张开的嘴上的小雪片拍掉。可以呼吸的空气——氮气、氩气和氧气在零下10摄氏度、700毫巴下的混合物，人们感觉呼吸的不是空气，而是伏特加。

由于足下所踏的雪太硬，没法挖出来做雪球，不断有人以各种姿势滑倒。在山顶，人们从任何方向望去都可以看到非常远的地方。

现在是正午时分，头顶的群星中间悬挂着日全食。那是天空中的黑色剪影——太阳罩，没有阳光可以从中穿过——今天例外，人们计划了一次撤销太阳罩的行动。现在大约每月会将太阳罩移开一次，以帮助将地面温度恢复到稍微人性化的程度。但星球上没人看过太阳罩的移除过程，因为大雨和暴雪阻断了世人的视线。现在他们终于有机会一睹真容了。

很多人重新扣上了头盔，因为寒冷真真切切地侵了进来。基兰的鼻子冻僵了，两耳虽然也冻得不行感觉像在燃烧。人们说冻僵的耳朵有可能一下子就被碰掉，现在他相信了。山下，城里的扬声器传来音乐的声音，叮叮当当的钹和钟合奏的声响，非常强烈的斯拉夫风格：暴力与吵闹。

头顶上方的太阳罩突然被一圈钻石的光芒围绕，在黑色圆盘的边缘燃烧着。虽然它只是一圈亮绿色，一圈纤细的火环，但仍照亮了白色的山丘、扇贝形的城市和往南延伸的银色大海，照亮了从他们因为叫喊而颤抖的喉部落下的小雪片。万事万物此刻都闪耀着青铜色的光辉，将他们知道或听说过的所有关于日光的记忆带到了眼前。这光亮的色调仿佛就是几乎被人遗忘的生命本身的颜色，如今都在黄色的空气中浮现出来。

在经过了寒冷的一个小时后，火环越来越窄，日食现象从圆环中心往四周扩散，直到太阳这个大圆盘再度变成漆黑一片。圆形的威尼斯百叶窗如今关上了它所有的活页。冰雪大地暗了下来，恢复了其惯常的暗淡；群星又显得大了起来。完全的黑夜回来了，也将那熟悉的阴冷感带了回来。就在黑盘状的太阳正上方，一颗明亮的白色星球闪耀着光芒，虽然很小但稳定地挂在那儿。有人告诉基兰那是水星。他们从金星上看水星，后者就像一颗钻石做的珍珠在闪烁着。而地球和月亮这对蓝色调的双星也挂在西边地平线上。“哇。”基兰发出了声响，体内似有什么东西像气球一样爆炸了。他感到得赶紧深呼吸，不然身体要爆裂了。

但他的工友们拉了拉他的手臂。“地球男孩！地球男孩！拜拜，想念美国派！我们必须尽快回到城里，有越野车坏了，拉克希米要我们马上过去！”

“你们带路吧！”基兰大声说，跟着他们下了山，走到了文马拉敞开的大门下。

进到城门里，他们按照手机指示找到了那辆坏掉的越野车。看上去跟他们的一模一样。司机和三个安全人员站在一旁，十分不悦；越野车完全失去了动力，而有些包裹需要尽快、谨慎地运到位于市中心的办公楼去。基兰和工友们站成一列，从一位安全人员手里接过一个大的平底盒。他想这可能是个找出所运物资真相的好机会。拿上物资后，他们像挑夫一样排成一小纵队穿城而过。

城里差不多都空了，人们还聚集在山顶欢呼雀跃。基兰手中的盒子大约有 5 千克重，就其尺寸而言并不是十分沉重。搭扣边集成了一个键盘，使得它更像一个强化手提箱。他们离办公楼并不是很远。箱子的折叶看上去又小又脆，他很想知道如果他不小心将盒子摔在了地上，恰好是折叶着地，情况会怎样。

但瘫痪的越野车上的安全三人组出现了，手里拿着枪，一边大声嚷着“跑起来！跑起来！跑步到办公楼去！”一边紧张地从肩后瞟他们。大家都跑起来，基兰跟在众人身后，看到大家有些慌乱。他将手中的盒子换了个方向让折叶朝外。当工友们转过一个街角然后沿着狭长的小巷往下跑时，他假装跌倒，将手提箱的折叶处重重地磕在了转角的墙上。

盒子完好无损。

“妈的！你弄坏了！”有人从他身后厉声喝道——三名安全人员中的一个高个子站在他身边，惶恐地盯着他。

“什么，里面是鸡蛋么？”基兰起身问道。

“差不多。”安全人员说道，拾起盒子，快速在键盘上输入几个数字。“如果坏了，我们最好离开这个城市。”盖子掀开了，里面是一打独立的透明容器，每个装着一只人类的眼球——巧合的是，基兰觉得，所有眼球都正盯着他。

摘要（十四）

由于气候变化以及对生物系统的过度掠夺，地球必将经历艰难的时期，这一点已经变得越来越清晰，因此太空计划加快了步伐。进入太空更像是为了逃离这一切。太空计划的拥护者们总会强调这个计划在人道主义和环境保护方面的价值，这的确也是事实，太阳系的可用资源可以帮助地球度过因为过度开采资源而造成的困境。在太阳系的其他星球居住可以说符合利奥波特[①]大地伦理思想："对大地好的才是真正的好"，因为人们将从宇宙中获得资源来拯救地球。

在月球、火星和小行星上建立的第一批定居点很昂贵，所以它们是通过国际项目或国家项目的形式建造，用的是公款。由于建造匆忙以及对这个项目信心不足，第一批定居点脆弱得可怜。但是，随着第一批太空电梯的建设完成，太空定居点已经遍地开花，进入"加速期"时，它们已经准备好成为历史舞台的主角，准备好成为"加速期"发展的前沿阵地。

火星是首先被改造的，与之后被改造的星球相比，火星的改造非常容易。早期的时候，人们决定尽快完成火星改造。成千上万的爆炸物在火星的表土层被引燃（据说这样做有利于将火星生命埋进地壳中），火星的大量地表被燃烧，后来成为火星上那些著名运河的河床。燃烧产生了大气，火星的冰被挖掘出来并被融化，这样填满了狭窄的北方海洋和赫拉斯海。原始的地表极少甚至完全不被尊重。但是由于火星地形的垂直高度差较大，这使得高地部分没有被太多地改变，所以火星还算是一个原始的乐园。

来自地球的大量移民涌入火星，并快速地融合、团结成一个独特的团体，他们具有地球人和火星人两种身份。发展两代之后，他们就从根上认为自己是火星人——是在本质上和权利上都独立于地球的政治势力。全体火星人支持脱离地球上的所有组织，然后根据新的火星宪法的规定重新组建一个统一

① 近代环保之父，美国作家、自然资源保护论者，现代生态伦理学的奠基人和创业者。他的自然观及大地伦理思想，集中体现于《自然保护理论》等论著中。美国著名环境保护主义者。——译者注

的火星政府。乌托邦、民主状态的无政府主义、工团主义、工人互助、自由至上的社会主义以及许多其他过去在地球上曾有过的对于经济制度的命名都被火星上的政治理论家们所放弃，他们更喜欢“火星的”或“火星研究的”这样的形容词。作为一个新的社会经济系统，以及一个新创造的生物系统，火星是不容忽视的社会势力，从许多方面来说，它相当于地球上任何一个单独的国家或者国家联盟，再加上它的团结，甚至可以说它相当于所有相互割据的人类的总和。

当火星开始独立地从土卫六的大气系统中分离氮气以运回火星使用时，地球人对于火星的恐惧更加深了一层。火星这样做时并没有征得当时已经在土星系统居住的人们的同意——虽然当时居住在土星系统的人并不多。差不多同时（2176—2196），土卫四被人拆解，以便将其运到金星，实现对金星的改造。22 世纪 40 年代的小冰川时期之后，地球上的国家陷入分裂，使得地球上已经没有足够强大的政治势力可以对此项远距离的行动提出质疑。但是在土星系统发生的这两件事促使了土星联盟的形成，后来，此联盟对整个土星系统宣布了主权——但由于土星之殇，即火星战争（也有人称其为“镜花水月般的土星独立战争”），联盟最后放弃了主权。

地球的卫星——月球——从未实现独立，而是一直被分割为不同的城市和地区，由地球上的不同势力控制。要完全改造月球也是相当困难的，因为通过小行星撞击来加速月球的旋转，并使其获得大气的做法极有可能会让地球遭遇相当严重的陨石群撞击。而且月球岩石中的金属和有用的化学物质只能通过深度地开采和对月球表面的深度加工才能获得，这也使对月球的改造变得困难。许多巨大的撞击坑和隆起的高原地区都遍布着巨大的矿井，每个在月球上经常出现的国家都从月球攫取了大量的原料。早期在月球上的投资直接影响了这些国家对金星的开发，因为金星上的遮阳板就是在月球上的工业基地生产的。同时，地球上的其他国家也纷纷建立他们的月球基地，月球上的政治统一也变得不可能。一些人将分裂割据的原因归结于这种发展，但是多数人还是认为量子退相干和太阳系的大小才是问题的关键。

对于割据的态度当然是褒贬不一的，最悲观的观点认为：它是超过十八层地狱的新出现的更深一层的地狱。最乐观的观点认为：它代表了我们这个时代生活的多样性，这种多样性是令人愉快并富有成效的。

成功即失败。“加速期”的发展将那个时代地球系统中的缺陷、疾病和罪恶扩散到整个太阳系，一旦扩散得如此之广，它们将再也不受控制。潘多拉的盒子已经打开……

24 世纪之初，蒙德拉贡联盟的出现，在地球与火星平分天下的格局中引入了第三方的力量，木星和土星的联盟也提供了重要的制衡。这种复杂的外交形式，让我们回想起“权力平衡”、“大游戏”、“冷战”等等。这些多年前的概念，又一次牢牢地抓住我们，因为它们想再次出来活动，饥饿的魔鬼用错误的类比再次欺骗我们，用它死亡的魔爪遮蔽我们清醒的双眼。最终，“割据期”从它的范围和特殊性来说还算没有走回老路。

近年来，有传言说火星的间谍遍布太阳系的各个角落，但是他们总是向总部汇报说，没什么值得害怕的——割据使得火星需要面对的只是人类自缚手脚的混乱局面。

地球上的瓦赫拉姆

他愿意改变自己的计划，甚至愿意改变自己的人生，去帮助和讨好一个并不是十分了解或信任的人，一个有事没事对他发脾气的人，一个既能对他微笑又会经常捶他胸膛的人，一个随时对他怒目而视的人，轻蔑地对他咆哮的人，所以他的所有讨好她的努力只能被贴上懦弱而不是喜爱的标签——这一切他自己都感到吃惊，并已渐渐成为常态。去年的大部分时间瓦赫拉姆都在太阳系内出差，希望尽量从外交和物质方面为亚历克斯的两项计划——振兴地球和处理酷立方的问题——争取到更多支持；现在又多了一件事：他花了很多时间思考如何才能实现斯婉关于改善地球上被遗忘人群的生活条件的想法。斯婉是否注意到了自己的这些努力，他表示怀疑，但他还是觉得只要她愿意多了解，是能够发现自己的付出的，因为他的人生对她而言就像一本打开的书，当然有些部分他没有对她公开。他当然不会主动跟她说自己做了什么。在他看来，上次他们见面时她对他的举动——打他，对他喊叫——就意味着她开始注意到他，并且会继续下去。重要的是行动。

这项新任务对他“看似重复”的生活模式是个严重的挑战。重复的时候越来越少，到最后旧的生活模式完全脱落下来，每天都不一样，再无固定模式可言。对他来说这是件难受的事，随着时间一天一天，一周一周，一月一月地过去，他开始彷徨。他所搞不懂的不是为什么自己要做这些事情，而是为什么斯婉不给他打电话然后加入进来。两人协作肯定做得更好。太阳系里最内向和最外向的社会结合一定会有不错的效果，所以水星和土星也应该是天生一对。若果真如此的话，它们势必成为一股巨大的力量，就像被置于物体中央的大爆竹一般。瓦赫拉姆看到了二者间潜藏着许多可能的力量。但她一直没有打电话，也无任何消息。

于是他只得一个人继续工作。在某些国家他们的行动被称作“快速消除政府不遵守条例的行为”（Rapid Noncompliance Alleviation）——简称 RNA。这里的“不遵守条例”指的是不遵守《世界人权宣言》，对其若干章节所规定精神的违背。违背得最多的是第17章、第23章和第25章。他们偶尔也会挥动第28章，提醒那些顽固不化的政府。在另一些国家他们则依托一个受人尊敬的政府组织——“消除农村贫困学会”（Society for the Elimination of Rural Poverty）（SERP）开展工作。它虽不是什么强势组织，但作为一个现成的机构，在若干旨在获取支持的渠道当中，蒙德拉贡认为这个算是最好的了。瓦赫拉姆认为，他们的发展援助模式在该机构眼中完全就是杰文斯悖论的展示：提高效率将导致消耗的增加而不是减少；增加的援助通过某种循环，其实总是在增大世人所受的伤害，这理论真糟糕——又或者该理论很完美，但这样一来，整个社会就变成了这样一幅景象：富有的吸血鬼阶层全世界跑，在穷人身上上演复杂的偷窃寄生现象。没人想听到这种言论，所以他们继续重复着四百年前就被发现的错误，且行事规模越来越大。总而言之，这就是一颗悲哀的星球。

当然地球上也有若干股强大的势力坚决反对从上至下进行整体修补，尤其反对全民就业。全民就业一旦得以实现，“工资压力”将荡然无存——该短语意指“穷人内心的恐惧”，同样也直指任何害怕自己变成穷人的人的内心，也就是说它几乎适用于地球上的所有人。这种恐惧是社会控制中的一种主要工具，事实上它构建了当前的社会秩序，尽管后者破漏百出。虽然一个让人人都在恐惧中生活的机制绝对不是什么好东西，不管是以饥饿要挟或是以砍头威胁，但人们却紧紧抓住这种机制不放。看到这一幕真让人痛心。

然而，光脚的不怕穿鞋的。所以有些事，不是没有希望。

所以瓦赫拉姆像现代的伊本·巴图塔[①]一样奔波于“旧世界”，和相关政府部门沟通商谈。这是件棘手的工作，需要谨慎的外交手段以避免这样那样的各种麻烦。工作很有趣，但始终没有斯婉的消息。地球这么大，457个国家和多个国家联盟，国内还有影响力巨大的联合会。瓦赫拉姆不大可能那么容易巧遇斯婉的，因为她也在地球上忙着自己的事。

所以他只能主动查找她的下落。她的工作地点在北哈拉雷附近，那是一个小国家，过去曾是津巴布韦的一部分。

他是在航班信息上看到这个地方的。津巴布韦拥有丰富的自然资源；有

---

① 1304—1377，摩洛哥的穆斯林学者，大旅行家。20岁左右时他出发去麦加朝圣，从此踏上了一条长达12万千米的旅途，经过了现在的44个国家的国土。他的旅行见闻被记录成书，称为《伊本·巴图塔游记》。——译者注

着极为悲惨的后殖民历史；分裂为十数个碎片式的国家，其中很多仍在各种问题之中挣扎；大干旱使得情况越来越糟；近期又出现了一次人口突增，带来更多问题。北哈拉雷就像一个贫民窟，在其周围呈一弯新月状排列的小国家情况都比它要好一些。

他联系葆琳，告诉她他因为和RNA有关的事项要到她那儿去一趟。他很快便收到葆琳的回音，说斯婉向他打招呼，并约他在其抵达当晚见个面。这当然是令人欣慰的消息，但同时也意味着他得和时差抗争。他感到自己因为疲惫而微微颤抖，仿佛有200千克重。现在斯婉突然推门走进了房间，是振作起来的时候了。

她向他点了点头，然后进行了一番快速的评价。“看得出来你飞了很长的距离。快进门，我给你沏茶，边喝边聊。”

她开始煮茶，其间出去跟一位访客谈了几句。瓦赫拉姆努力想了解再次鲜活地出现在自己眼前的这位有何变化。这种期待仍然那么热烈，这一点毋庸置疑。

喝完茶，他们聊着近期各自知道的新闻。部分太空电梯开始向往地球运送的设备征收关税；其他电梯则直接拒绝太空居民乘坐，简直荒唐。人们称基多的电梯为“脐带”。似乎电梯问题成为了瓶颈。目前正在进行一项计划，利用协调一致的几千个大气层着陆舱一次性地将原本在地月之间的自动复制机放到地球上来。可使用的太空—地球着陆舱品种多样，其中一种可在下降过程中解体，然后让人员或货物在气凝胶泡里安全飘落着地。

“感觉恰好跟击中‘终结者’城的东西相反呢。”斯婉酸酸地说，“前者是将小块聚集成团，这个是将大件分解变小。他们是来修建东西，而不是摧毁东西的。”

“他们有可能在下降途中被击落。”

“多的是人嘛。”

“我不喜欢从这种激进的角度看这件事。”瓦赫拉姆说道，“我认为我们已尽力让这件事看上去更像慈善行为了。”

“慈善就是一种激进行为。”斯婉说道，“难道你不这么认为么？”

“不，我不这么看。”

他很清楚，激进的援助行动常常适得其反。但斯婉不是一个有耐心的人。她现在正试图疏通外交关系，如果亚历克斯还在也会这么做的，亚历克斯在外交方面卓有天才，斯婉却完全不是这块料。摆在他们面前的是人类社会最积重难返的问题之一。

整件事早已不是他们几个人的意见或主张能够左右的了，因为这是整个蒙德拉贡联盟的计划，金星人也有份参与。各种因素交织在一起。新闻屏幕上显示的似乎是十个因剧痛而在同一空间里翻滚着的地球所发生的新闻。“地球”意味着，那里的世人既热爱上帝，又钟爱老鼠：他们一怒之下可以动手摧毁任何东西，甚至让他们免于饥荒的太空世界也不放过。在巨大的旋转木马中，地球就像一匹内藏炸弹的红色骏马在那儿运行着，要从这个旋转木马上下来几乎是不可能的。

瓦赫拉姆心不在焉地吹起了口哨，贝多芬《田园交响曲》开篇部分，想让她振作起来。但她只是噘起嘴唇，紧皱双眉。再一次，他让她想起了地道里的时光。

很多太空居民害怕前往撒哈拉以南非洲，因为那里的疾病媒介物比绝大多数太空定居点要多得多。瓦赫拉姆猜想斯婉之所以去非洲，部分原因是她想表示对以上担忧的蔑视。如果有人相信毒物兴奋效应的话，摄入土卫二外星微生物的斯婉应该就是其中一个。所以，现在她来到尼亚比拉，指导部署自动复制机机库的营建工作。他们计划首先重建哈拉雷的一部分，一处名叫东博沙瓦的地方。将其最北边的一溜贫民窟升级为花园住宅区。这种“翻新既有建筑”不是一种彻底的做法，但自动建设工厂已经成功修建了水井、健康中心、学校、服装厂和东博沙瓦已有的各种风格的房屋，包括几种当地传统的圆形茅屋。

自动复制机可说有着相当的自主权，只要程序正确，辅以足够的材料，并做好排障，它们便如飞船机库一般从撤离一空的贫民窟中碾过，身后就是一座座崭新的建筑，不仅粉饰一新，而且极为实用和温馨。当这个巨大的车棚一般的东西发出轰隆隆的声音，缓慢地从预设好的目标片区开过时，满怀希望的居民都为之欢呼。随着工程的进行，这些车棚状机械也变得越来越长，最后分裂成两部分，几乎无人察觉。这种了不起的科技在小行星带和木星的大型卫星上建设了许多城邦国家。事实上，它是文明进程加速一个至关重要的部分。

但这一套在地球上却行不通。发生的变化太大了，不时有激烈的反对，反对声并非来自被改造的地方而是他处。要想有某种接近于和谐的局面，必须得等居民们以绝大多数票赞成该项目，且最好让他们自己设定自动复制机的人工智能程序。

随后不久，（印度）北方邦的一台自动复制机爆炸了，没人知道为什么。原本应该对此彻查的邦政府却拒绝调查，甚至有迹象表明他们跟袭击者站在同一边。袭击的新闻传出后，各地都有人效仿。照此下去，要不了多久这个项目就该在世界范围内崩溃了。

斯婉对此愤怒不已，“我们袖手旁观时他们攻击我们，现在我们伸出援手，他们还这样。”

看到斯婉情绪的发条越上越紧，瓦赫拉姆不安地说：“虽是如此，我们也得挺下去。”

瓦赫拉姆从电视上看到，世界各处都在发生这种事，他们的重建工程由于烦琐的法律法规或复杂地形而屡屡受阻，偶发的破坏或事故更令项目雪上加霜。在地球上任何细微的改变都必定伴随着混乱，有时甚至会导致场面瘫痪。地球上的每一平方米土地都有多种所有权交叠其上。

而太空的情况就完全不同了。比如在金星上，只要一个房间里的规划者同意，你就可以将大气层炸到太空里去。土卫六的情况也差不多，木星卫星也是一样；在太阳系里大量的改造工程正如火如荼地进行着。开挖海床，改变大气层，几百开尔文的大幅度加热或冷却……但这些在地球上却行不通。很多地方禁止甚至辱骂自动复制机的工作。

不管他们做什么，看来被遗忘之人的悲哀将一直拖文明的后腿，就像他们套在自己脖子上的船锚一样。地球精英们仍将生活在虚假的“伟大的人类链”上，直到链条断裂，所有人跌入太虚之谷。可怜的《众神的黄昏》[①] 啊，愚蠢而平庸之辈，令人恐惧。

这样的前景让斯婉不禁气从中来。瓦赫拉姆，这个越来越了解她的痛苦，也越来越容易成为她发泄对象的人，曾在一天早上看到她辱骂在工程中帮忙的一位哈拉雷妇女——看后者的脸色就知道——如果他此时不赶紧走开，必定会跟斯婉以某种灾难性的方式相遇，至少也会搞得不愉快。于是当天下午他告辞离开，于次日飞到美国加入到一支刚抵达的土星人队伍里。他们此行的目标是让佛罗里达重新冒出海面。他走的那天，斯婉正被一些恼人的问题困扰着，只是对他挥了挥手，仿佛赶走一只苍蝇似的。

---

① 魏格纳所作歌剧。——译者注

佛罗里达其实是一个特别低的半岛，只有州中心的一条狭窄的山脊勉强冒出升高 11 米后的海平面。从空中仍可以看到佛罗里达州的轮廓，仿佛浅海里的一片黑色的礁石，仍不停地将黄色的血液滴淌进周围较深的水域里。迈阿密走廊的高楼大厦都人满为患，和曼哈顿和其他地方的情况无异，但不管怎样佛罗里达州还是未能逃过被丢弃的命运。然而，由于绝大部分土壤仍在原处，托举起整块大礁石的泥土层在没顶的海水中损害不是太大，所以仍有机会将它抬起，然后把来自加拿大落基山脉的巨石垫于其下，再将土层放回原处，即放回到新加进来的基岩上。

换句话说，这就跟格陵兰岛差不多——地球上少数几个不需要太大的附带伤害就能进行改造的地方之一。当然总少不了有人起来反对，但反对的声音却被减弱甚至碾碎，毕竟该项目得到了亚特兰大和华盛顿的批准。此时的华盛顿市所在的地方俨然已变成类似围海造田的开拓地，前面是波托马克河上的多个水坝组成的巨型防洪系统。残留下来的但仍有实权的华盛顿政府目前大部分处于海平面下，当然也就对“将佛罗里达从水面下抬起来”的创意表示出了同情。

这是地球上正在进行的最大的十个改造工程之一，瓦赫拉姆很高兴能和来自土星的同事一起共事，他们是一支由某阿拉巴马—阿姆斯特丹联营企业召集的工作团队的一部分。在阿拉斯加、不列颠哥伦比亚、育空和努纳武特的工作队正在挖掘山脉的内部，在基岩里开凿出数条坑道，然后将他们在大气中吸出的二氧化碳冰冻后充填进去。瓦赫拉姆怀疑这样做在地质和环境方面是否稳定。一方面，岩石的量极其惊人；另一方面，佛罗里达平均位于水面下 5 米，而他们打算将它抬高后，让它露出水面的部分比气候变化前更高一点，以防格陵兰岛或南极洲东部的冰不断滑入海里。他们以佛罗里达唯一留在水面上的一个狭长半岛作为堤道，用火车运送切割出来的山峦内部石块，像旧时那样修建防波堤。现在的湿地将铺设水管以便未来升高后发挥作用。曾在欧洲移民潮抵达北美之前优雅地生活在佛罗里达半岛，如今早已灭绝的多种鸟类和动物，现在已成功育成并引进。他们将再造一个佛罗里达。足够数量的二氧化碳将被埋在北部落基山脉下，以使该项目有平衡的碳负性[1]。

① 如果植物凋落物经过高温热解，可产生 25% 的生物黑炭归还土壤，由于生物黑炭的化学和微生物的惰性以及土壤团聚体的物理保护使得其成为土壤的惰性碳库，只有 5% 的碳经过土壤微生物的作用重新释放到大气，而土壤多固定了 2% 的碳，这样就产生净的碳吸收，这个平衡就称之为“碳负性”。——译者注

项目的建造和运输人员都是来自“苦难的南方”，这个称号的由来是因为以前南极西部的冰层滑落导致海平面大幅度升高。佛罗里达的工作本身并没有创造全民就业，但当瓦赫拉姆驾驶火车，路过一个又一个的村庄，细细思量时，他突然有了一个想法。他给斯婉写了一个纸条：记得你在金星上说的让每个人都有工作机会的话么？景观重建？也许真的能行。

他驾驶火车往返于加拿大和佛罗里达间。广袤的大地，大部分都是平原。曾经生产小麦的田野如今被热浪烤干，所以他们种上了不同的作物并开始浇灌，但加拿大中南部的马尼托巴和达科塔的大面积区域已变回高地沙漠——现在人们总把北美大草原称作高地沙漠。这些地方再次成为水牛的家园。另一方面，茂密的森林再度现身密西西比河两岸，一派亚热带风光。密苏里和阿肯色看上去就像南美一样。

他可以在车厢连接处一站就是好几个小时，这里吹不到火车运行时的大风，可以静静地看着眼前辽阔的大地。地貌设计者和园艺工，动物驯化者和兽医，环境工程师和设计师，重型机械操作工，搬运工和挖掘工——都是地貌再造工程中不可或缺的一员。巨大的沃尔多机，自动复制机机棚，都是只有特定功能的东西。和从天而降的自动复制机相比，本地人在自己的土地上劳作的画面无疑更美。他交谈过的人和政府更容易接受佛罗里达项目。将淹没的城市拽出水面一直是他们的梦想。不少人甚至对其痴迷到了宗教崇拜的程度。重建这里的基础设施是一项有百利而无一害的工作，当然那些正享受这片因被海水淹没而变成浅水礁石的人除外。不过它们会有更新的礁石的。佛罗里达最终将变成威尼斯的放大版——一个建在深插入地里的木桩上的世界。一旦工程竣工，受资助迁徙而来的人们将重新在新大陆上耕种，为它注入新的活力。

在一列前往北方的列车上，瓦赫拉姆听见一位礁石工程师给别人解释说他们现在正在重新种植的所有珊瑚是在同一个夜里排下受精卵的，甚至各自排卵时间相差不超过二十分钟。尽管分布在几百英里宽的水域里，它们之所以能做到这点，全靠每个珊瑚里的两个颜色敏感细胞。凭借这两个细胞，珊瑚能分辨出春分后的第一个月圆之夜天上那种特殊的蓝色。该满月在日落后不久即升起，当时天空中还有日落后停留未散的些许光线——在这两种照明下，天空此时会呈现出特殊的蓝色，而珊瑚恰好能辨识出这种颜色。

“我得告诉斯婉。”瓦赫拉姆说。想到这种没有头脑的生物竟能做到此等精确，瓦赫拉姆感到相当惊异。知觉，究竟是什么?

佛罗里达的抬升工程顺利进行着。在瓦赫拉姆看来，人们都享受着工作的乐趣，在他年轻的时候，在土卫六上建城的时候，他也曾强烈地感到这种乐趣。当时他们是在冰川世界中开凿出一个城市；而现在人们是将一个城市从海里抬起来。但感觉应该是一样的吧。

一天，在开往南部的列车上他和一位共事的荷兰女人站在车厢连接处。她是个金发碧眼，发型跟身形放一块很像火把，当列车行驶至路口放慢速度时，他们低头看到一群年轻人一边朝火车车厢扔石头一边大声喊道："去你的，去你的，去你的。"她将身体伸出窗外也朝他们喊："喂，也去你的！我们正在重建南部！你们应该喜欢它！"伴随着邪恶的日耳曼式的大笑，似乎是希望他们没有听到。

摘要（十五）

大脑是具有包容性的，已经证实它可以接受植入的机械、干细胞、药物、电极以及其他生物的脑细胞。

进化是要保留有用的东西。大脑就是被保留下来的，不同的进化阶段，发挥作用的部位不一样——事实上，蜥蜴大脑主要发挥作用的在后部和尾部，哺乳动物在中部，人类在前部和顶部。蜥蜴的大脑主要用来控制呼吸和睡眠，哺乳动物的大脑用来组成团队，人类的大脑用来思考。

对某一特点进化的反复筛选，会得到一个结论，即是“坏的都变得可接受”。由于人类已经进化到各种类型的自我发展式后人类时期，上述结论将经常会遇到，就如：

当看到一幅食物的图片，即便没看到真正的食物，大脑的部分区域也会被激活。人类喜欢追寻，追寻有很多种形式。为一顿饭而追寻，为人生的意义而追寻。肉食动物的杀戮是冷静的、有回报的。愤怒会感觉不好，所以愤怒是一种痛苦的情绪。如果没有捕获成功，肉食动物可能不会停止狩猎。恐惧是对愤怒的限制。动物从不会忘记让它们感觉不好的恐惧。我们也是动物。汗毛竖立。

因发病而产生的攻击：海豚会毫无理由地杀死鼠海豚，它们既不吃这些鼠海豚，双方也没有竞争关系。这是否在暗示：所有的哺乳动物都有一些无法解释的行为?

光有逻辑没有感情也不行。斩断感情之后，人是无法做决定的。因此，利用激素疗法来控制大脑的决定获得了广泛的成果。双性人疗法改变了大脑的后叶催产素、后叶加压素等激素水平，以及他们的催产加压素体征。使用后叶催产素鼻喷剂之后，人马上会进行更好的眼神交流。内啡肽是自然界的吗啡。当我们受伤或者我们爱的人抚摸我们的时候，大脑就会释放内啡肽。追求刺激的人镇定伤痛。

3%的哺乳动物是实行一夫一妻制的。玩耍教会了动物们如何应对意外。

大脑中五个不同的区域分别对曲调、节奏、韵律、音调和音色做出判定。

音乐是大脑的第一语言，同时它也是动物和鸟类的语言。音乐比人类的出现早了1.6亿年。如果将唱歌鸟儿的大脑结节植入人类大脑的合适位置会导致失语症、颞叶症状：如过度自信、乐感超强以致高度的表现欲（吹口哨或唱歌）。

人类的声带已经可以发出喉音，所以只需要将猫科动物的扁桃体、海马体和下丘脑细胞植入。

通过在人类操作员大脑内植入猛禽或蜂鸟的飞行结节，人类的飞行表现得到极大的提高。由于鸟类大脑的结构有很大的不同，使得在脑细胞空隙植入这种结节相当。

性高潮可能会对许多身体系统造成影响，但不会发生如疝气、肋骨折断、血栓、心脏病等伤害。摄入催产加压素的做爱者因……而闻名。

膝下前扣带皮层（sgACC），是一个大脑区域，它的活动与战胜恐惧有关。它是勇敢中心，激活它可以帮助人们战胜恐惧。有可能会过分激活它，后果是……

颞叶是与感情状态有关的部分，如过分自信、过分虔诚、过分的性欲、图表控、躁狂等等。故意的大脑刺激或改造以强化上述的某种状态，其他的状态可能也会随之出现，甚至引起癫痫。

据称，服食了土卫二上的生物（包括土卫二大风子科生物）的人类被研究者（志愿者）可以感觉互通，并且每个人的感觉都异常敏锐，这些可以通过实验加以证实。感官能力的加强常常伴随着归纳和运算能力的下降。

清单（十二）

无趣，厌世，魔幻的知识，荒谬，忧世，世纪病，对存在的厌恶，烦躁，忧郁，沮丧，萎靡不振，厌倦，青春型精神分裂，灰心，抑郁，精神忧郁症，失范，倦怠，情绪不佳，空虚，缺乏感情，情绪低落，绝望，黑狗，黑驴，毫无希望，悲伤，难过，不开心，蛰居族，疏离感，撤回，表演者，虚无主义，病态，兴趣缺失，悲惨，焦虑，害怕，痛苦，恐怖，害怕，遗弃，杞人忧天，害怕改变，死亡驱策，害怕死亡，遗愿

斯婉，非洲

斯婉不喜欢地球上的项目。她之所以坚持是因为她相信那是对的，且是尽己所能帮助地球的最佳方式。她觉得如果亚历克斯还在，她一定会这么做，所以她不能因为这项工作很困难，挫败，又很愚蠢就将其抛之一边。她时常诅咒她离开“终结者”城的那一天；也时常梦想有朝一日能从中央阶梯上翩翩而下，直达公园和农场。

她很快便不耐烦了。瓦赫拉姆应该更适合做这个，但他已飞去美国，和太多人一样，他也对无可救药的非洲感到绝望。斯婉对他很生气，因为她希望他能够更强势一点。这进一步激发了她的怒火，她的耐性往往就此消失，然后独自生闷气。她对人的态度也开始变得不友善，使得办事效率更低。她常常一觉醒来做的第一件事就是计算项目还有多少天就结束。有人在办公室说了一句扎沙曾经说过的话——“地球是一个发展的排水槽”，她听到后，跑到这个人跟前对他大喊大叫。

还有一天，她又投入到另一场喊叫比赛中，这次的对象是一位来自非盟的妇女，才从达尔过来一路都在惹是生非。为了控制自己不揍她一顿，斯婉只得转身走掉，穿行在城市拥挤的街道上，嘴里叽叽咕咕地不停咒骂着。她意识到依现在的情绪状况，她只能是这个项目的拖累。

地球，一颗糟糕透顶的星球。就算它有风和天空，斯婉也再次厌恶起来。除了令人感觉糟糕的重力加速度，还有无处不在的地球人对这个星球胡作非为的证据。昨日的流毒，如此巨大，如此沉重。空气似乎是一团她不得不从中努力穿过的糖浆。在特拉瑞上，你可以自由地生活，就像动物一样——你可以就当自己是动物，以各种方式度过你的人生。想穿多少就穿多少。但在该死的地球上，千百年来的习俗、法律和习惯使得人生在那儿还不如一个身体罩；大脑被托举在某个地方，身体被束缚在紧身衣里，被迫跟其他人一样荒唐地过着似乎是在盒子里的生活。在这里，这个太阳系里唯一可以自由行走，迎接风与阳光的星球表面，人们却选择坐在盒子里，看着更小的盒子，做出一副别无选择的样子——好像他们才是身处空间站的人，好像过去那些关在牢笼里的长达几个世纪的糟糕的日子还在他们周围。他们甚至都不会在夜晚抬头望望星空。行走在地球人间，斯婉看到这的确是事实。事实上如果他们是对星星感兴趣的人，他们现在也不会还在这儿。猎户座就在头顶，“我们所能知的世上最美的东西，像一位真神分散在空中，我们只需略微相信”。但没人抬头仰望。

尽管她有各种不满，但迪兹沃拉斯科瓦附近的另一个贫民窟仍愿意与她和她的团队合作。该贫民窟位于一处陡峭的山崖旁，人们都住在无人居住的空房子里。由于山脊离新津巴布韦和罗德西亚[1]太近，以至于双方常对关于此地的主权发生争议。所以，从政治上讲这是个有前途的地方，但陡峭的地形却为自动复制机出了难题。斯婉的团队为此特别设计了方案，让复制机沿经纱和纬纱[2]一般的线路前进，一部分沿着等高线工作，另一些在可伸缩式柱状千斤顶的帮助下平稳地沿陡坡直线上去。这样他们就能将碾过之地改造成有多种色彩点缀其间的白色现代化村庄，最后将是相当漂亮。

但一天早上，其中一台复制机突然掉头冲下山脊，一路“格格格”地穿过一个公园和植被茂密的郊区库瓦德扎拿。在当地接受训练的自动复制机看守员放弃了努力，干脆从机器侧面的梯子上跳下来，所幸围观群众伸手将他接住。

斯婉赶到现场，叫喊着从人群中推挤出一条路，跳上复制机梯子底部；失去控制的钢铁巨兽仍以每小时一千米的速度“嘎吱嘎吱”地碾压着四周。她沿梯子爬上去，打开门钻进拖轮舰桥一般的控制室。里面空空的，她走到后墙，握紧拳头砸下超驰控制开关。什么作用都没有，这辆巨无霸仍不停地碾过街区和民房，隆隆的噪声仿佛被什么罩住的尼亚加拉大瀑布就在其下。现在她开始明白为什么当地的看守员要放弃它了。如果连超驰控制开关都无效，那就没什么可做的了。

斯婉在操作面板前坐下，一边不停地口头命令它停下来，一边快速地输入指令。她从刚开始的镇静到强求再到劝说，然后是恳求，最后终于愤怒地爆发了。但自动复制机的人工智能系统对她的话既无任何回应，也没有任何

---

① 津巴布韦旧称。——译者注

② 经纱是在机织物中平行布边的方向的纱，纬纱是在机织物中垂直布边的方向的纱。——译者注

要停下来的迹象。肯定有什么东西卡住了，因为通过层层严格的安全措施然后成功实施破坏毕竟不是一件容易的事。斯婉自认为了解一些相关指令，但全部尝试一遍后都不起作用。“该死！”她说道，“为什么所有的技术支援都无效？”

“其他攻击现在正在别处进行，可能跟这个是协调好时间的。”葆琳告诉她道。

“那你现在能帮帮我么？”

葆琳回答说：“输入以下句子‘里斯本大雾’。”

斯婉照做了，葆琳接着说道：“现在你可以手动控制它了。面板上有四个操纵钮……”

“我知道怎么操纵这个该死的东西！”斯婉嚷道，“给我闭嘴！”

“所以现在你可以使用刹车了。”

斯婉一边骂她的酷立方一边将复制机以最小半径调了个头，画出一道半圆（有几百米的距离）朝山上驶去，沿路压过两边都是豪华别墅的街道。“我真希望这玩意儿可以逆反应。”她怒气冲冲地说道，“我希望可以让这些富裕的杂种去住他们应该住的茅草房。”

“或许你应该将它停下来。”葆琳提示她。

“你给我闭嘴！”斯婉让复制机又往前碾压了一会儿，最后才将它刹停，“这么说，这玩意儿是被人蓄意破坏的了？”

“是的。”

“该死。现在我们会被逮捕的。”

“很有可能。”葆琳说。

斯婉预测得没错。当地政府下令没收被破坏的复制机，同时逮捕、起诉、遣返或关押其操作者。斯婉被拘留，收押在一排政府楼房里；那儿不是监狱，但她不能离开，而且看上去她有可能迟早会被投到监狱里去。

想到这点，她的情绪盘旋而下，陷入到愤怒的绝望中。“是你们邀请我们来的。”她不断地跟守卫讲，“我们只是想帮上忙。机器遭到破坏又不是我们的错！”但好像没人听她讲话。其中一个人不怀好意地说要给她单独设计一种刑罚，好让她闭嘴。

瓦赫拉姆突然出现在这场梦魇中，一同前来的还有一位名叫皮埃尔的非盟官员。皮埃尔个子矮小，法语说得非常漂亮，相比之下英语就差得多。他说："你现在被释放了，可以跟你的这位同事一起离开，但你必须离开北哈拉雷。复制机将交由当地人接管，必须由当地人驾驶。就这样。"他伸出手，似乎是为她指明出路。

斯婉听后很吃惊，差点拒绝了对方。这时她看到瓦赫拉姆眉毛上翘，眼睛转动着；他惊愕的表情让她想起自己在这儿曾是多么的害怕。所以很快她便"谦逊"地同意了皮埃尔的条件，跟着瓦赫拉姆走了出去，上了一辆车。车开到机场，只见一艘巨大的飞船被绳索套在一根高耸的桅杆上。

"趁情况还没变得更糟，我们离开这儿吧。"瓦赫拉姆建议道。

"哦，好吧。"斯婉说。

这艘和油轮一样长的飞船是一个庞大舰队的一分子。该舰队由海量类似的飞船组成，不停地自西向东环球航行，喷出的喷气气流中拖拽有巨大的风筝，可以减轻一点飞船的重量。虽然风筝只能分担很小的重量，但由于它们不停地环球飞行，积累起来节省的能量也不是个小数目。这艘特别的飞船有一个香烟形状的气球，悬挂于其下的贡多拉上有四到五层楼高的窗户。

瓦赫拉姆引领她走进桅杆电梯，上升至登机平台。进到飞船内部，经过一条长长的走廊，他们走到船首位置，那儿有一个观景平台，跟特拉瑞前部的泡状舱多少有些相似。飞船发射升空到巡航高度后，瓦赫拉姆预定了当天晚些时候的座位，两把椅子和一张桌子。所以那天下午他们坐在桌旁，可以俯瞰下面的青山绿水庄严地接受他们的检阅。很美，但斯婉不想看。

"谢谢。"斯婉生硬地说，"我当时遇到了大麻烦。"

瓦赫拉姆耸耸肩道："乐意为你效劳。"他谈了谈北美的工作进展，以及当地和其他地方出现的各种问题。很多都是斯婉从未听过的消息，但大体内容都是一样地让人绝望。说到底也没什么新鲜的：这帮人类在地球上瞎整。

瓦赫拉姆用自己一贯的谨慎态度也做了个总结，"我一直在想，是不是我们第一波的援助来得太……太直接了一点，现在我找不到一个更好的词。我们太专注于改造环境，尤其是房屋改建。也许人们更希望他们能在建造自己的家园这个过程中有自己的参与。"

"我觉得他们不会在乎房子是谁盖的。"斯婉说。

"这个……但我们这些住在太空的人是很在意这点的。为什么他们就不会在意呢？"

"因为当你的房子随时可能由于下雨就垮塌，杀死你和你的孩子时，你会很高兴有人用机器为你建造一个更好的！在基本的物质需求得到满足之前，你是不会那么多愁善感的。这你是知道的。分层次需求是实实在在存在的。”

“就算如此，”瓦赫拉姆说，“我觉得你说得没错。但仍然有太多人抱怨我们的工作。无法否认，现在项目陷入了僵局。就像格列佛被五花大绑一样。”

“这个画面可不好。”斯婉说，脑海里浮现出航班上高高矮矮的人儿。“大多数反对言论都被伪装成仿佛是来自民众的样子，但真实情况却是，那全是反对派的蓄意阻挠。我们必须要挣脱捆绑的绳索，他们想封杀我们！”

“在我看来这个画面是很客观的。”瓦赫拉姆轻柔地说，“他们的法律就是束缚格列佛的绳索。正是这些法律，他们才得以在项目中有一席之地。但是你看，我们可以绕过它，悄悄搞。我们正在加拿大搞的项目就比较能说明问题。”

服务生将放有茶杯的托盘送到了桌子上。他为她倒了一杯，她却很快忘了这事。他缓缓地呷了一口，看着印度洋出现在下方，然后往南望去，远方是一个满是皱纹的绿色岛屿——马达加斯加，史上生态破坏最严重的地区之一，如今是阿森松杂交的典范。地球上最大的岛屿之一，现在完全是景观艺术的杰作，并还在发展中。游人不绝，都是冲着花园和森林来的。

瓦赫拉姆朝那儿指了指，“景观重建正在全面展开，毕竟人们想跟上不断变化的大环境。这是项劳动密集型工作，并且必须在当地才能做。你不可能在外地完成，也无法利用不同货币汇率的差异。总之不可能从中得利。也就是说，就我们的目标而言，它处于很理想的地理位置。这工作是出于公益，所以它必须完成。整条海岸线都需要。难以想象工作量会有多大。严格地说甚至都不能算作是重建，因为老的海岸线早就永远地消失了，或者说至少几百年前就没有了。我们实际上是在重新创造海平面升高后新的海岸线。现在它们还处于原始状态。海水把淹没的一切都撕碎了，很多有毒物质释放了出来。新的海岸线和潮间带一般都意味着灾难。解决这些问题需要大量的劳动力。而住在新海岸线附近的人都希望工程尽早完工，很多人还愿意亲自动手。所以我在佛罗里达做的事情稍有点不同寻常，因为它看上去像重建，但其实是从零开始新建，是另一种类地球化改造而已。唯一跟‘重建’二字沾边的，大概就是因为那曾经是佛罗里达的所在地。事实上，你可以在任何一处浅水区做同样的事。它也许连移山填海都不需要。现在快速成长型珊瑚能够被用作地基材料，而生物陶瓷适用范围更广。我已经看到不少建筑商使用这种珊瑚，它们可以在新海岸线的很多地方实现快速生长，要不了多久你就可以有纯白的，质地极好的沙滩了，踩上去吱吱叫的那种。”

斯婉耸了耸肩，“好，当然不错。但我仍不愿意放弃建房的工作。”

“我知道。”他看着机舱下的大地。似乎快睡着了。

过了几分钟，他重新打起精神，换了个话题，但刚一开口就犹豫了。斯婉看到后问他：“你想说什么？告诉我吧。”

“还有件事，”他说道，以近乎羞涩的目光瞟了她一眼，“我感觉现在我们做的事情越来越证明了从地球现有制度内部进行改革是远远不够的。换句话说，有必要进行革命。”

“那不就是我一直说的么！我在金星上就跟你说过！”

“我知道。所以现在我倾向于赞成你的说法……你还记得那个亚历克斯领导的项目吗？我以前跟你说过。在特拉瑞上储备各类动物，这样我们就能将它们送回地球。”

“记得，当然记得。她希望能在适当的时候对地球上的动物界进行一次再补给。”

“对。所以……我在想，是不是到时候了。”

斯婉听了大吃一惊，“你是说是时候把动物带回地球了？”

一股莫名的情绪涌上心头，在她的胸口翻腾，逐渐演变成雷暴云砧……“你觉得呢？你的态度如何？”

他将视线从马达加斯加移到她身上。他像傻瓜一样微微露齿一笑，很短暂，嘴巴都㖞斜了，就像蟾蜍，但很温暖地说：“好。”

清单(十三)

蝙蝠　树懒　眼镜猴和貘　大象和海豹　犀牛　狮子　老虎和熊　加利福尼亚马鹿　麝牛　驼鹿　北美驯鹿和驯鹿　岩羚羊和野生山羊　老虎和雪豹　鼠兔和长耳鹿　猩猩　叶猴　长臂猿　蜘蛛猿（所有灵长目物种都濒临灭绝危险）　鼹鼠和田鼠　刺猬和獾　大角羊　土豚和穿山甲　蹄兔和旱獭　叶鼻蝠　裸背蝠　狂翼蝠　狐狸和野兔　鹿　公猪　野猪　海牛　箭猪　狼

并不是所有比兔子大的哺乳动物在地球上都已经濒临灭绝　大多数只是……

哺乳动物是动物分支中的一纲　这一纲中有29目，153科，1200属，5490种

水豚　美洲虎　长颈鹿　美洲野牛　普氏野马　袋鼠　斑马　非洲猎豹　狼獾

哺乳动物纲中最大分别是啮齿目、翼手目（蝙蝠）、鼩形目（地鼠），然后是食肉目、偶蹄目（足部有偶数的趾，趾末端有蹄的哺乳动物和鲸）和灵长目

都衰落了　请归来吧

斯婉和狼群

所有人都同时下了飞船，首先下到有隔热罩保护的大型着陆舱里，然后再进到膨胀出降落伞的较小着陆舱里，最后进到可脱落的气球包中。从这一刻起，他们便从空中飘然而下，穿过因纽特国家的领空，当然这是得到后者允许的。当他们离地面只有几百米的时候，着陆舱便分解为上千个气凝胶泡，每个透明气泡都是一个智能气球，里面装着一头动物或一家子动物。每个人都在猜测动物们是怎么看待这些高科技的：有些在气凝胶泡里坐立不安，另一些则淡定地坐看云起。气泡像豆荚种子般在西风中向东飞去。斯婉四处张望着，努力想把全世界都尽收眼底：天空散布着一颗一颗的种子，从任何距离都能看到它们，且只能看到其内部的货物，透明的外壳隐藏不见。所以她正和几千只飞翔的狼、熊、驯鹿和山狮往东飘去并缓慢下降。她看到一对狐狸、一群兔子、一只山猫或猞猁、一批旅鼠和一只在气泡里奋力想高飞的苍鹭。一切像是一场梦，但她清楚这是真实的，这些真实的场景正在全世界上映：海豚和白鲸，金枪鱼和大白鲨，它们落入海中，海水四溅。哺乳动物、鸟类、鱼类、爬行类和两栖类：所有曾消失的物种此刻都一同出现在天空中，出现在每一个国家、每一条分水岭的上空。许多正在下降的物种已经从地球上消失了两三百年了。现在都回来了，一起回来了。

斯婉身处一群动物之中。它们将着陆在努纳武特南部新开辟的小麦种植带的某一处。“我们的大地。”她的具体着陆点是一个被小麦和稻田包围的区域里的一座低矮山顶上。冰核丘破坏了所有稻田。那是像疖子一样的小山丘，其成因是当永久冻土融化，和成泥浆，其中水分又慢慢凝结成大冰块从地下冒出，将地面隆起。她离地面越来越近，但仍很难分辨到底哪座山才是着陆地。整个下降过程都由气泡自动控制。由于以前从未经历过这种着陆，她显得很享受——仿佛坐在一条透明的魔毯上。她的周围，仍在空中的动物开始意识到自己正坠向陆地，纷纷骚动起来。有些张牙舞爪，有些隆起脊背，另外很多则将四肢呈八字张开，就像下坠中的猫或飞翔的松鼠那样。总之是八仙过海各显神通，以自己认为正确的姿势做好了准备，尽管这是它们的第一次降落——也许是共有的某种保守的蜥蜴行为吧。她的降落非常干净利落，就像从电梯里走出来一样。一触地，气球就爆了，气凝胶随之消散在空中。现在她站在了地上，站在努纳武特的一座冰核丘上。

她的观察团队里还有另外三个人，虽在不同的气泡里，但都尽可能在风中靠得很近。她四下张望，看能否看到他们在哪儿着陆的，而当她看到天空时，差点没一屁股坐在地上。她大声叫出来，放声大笑。空中仍布满了各种动物。从西边天空的积雨云里钻出来缓缓降落的是麋鹿和北美灰熊，看上去就是四肢大开的大灰点。其他所有动物也是一样，大多数都是一团一团的，更高一点的就太小了，看不清是何种动物。刚从爆开的气泡中解放出来的动物们左突右窜，到处为自己寻找掩体，弄得斯婉周围密集的小麦沙沙地颤动着。她还得留意空中，以防有动物径直落在她的头上。想到这儿她就忍不住笑了，遂张开双臂，朝空中的狼群大叫。远处，其他狼群吠叫起来。除了狼叫，还有猫头鹰的叫声和猛兽的咆哮，很多听上去让人不寒而栗，那种感觉很难言传；那只是她先入为主的想象罢了，其实她不确定这些声音到底是暴怒的狂啸还是凯旋的欢歌。终于回家了！“上帝的所有子民最后终于都回家了。”她在无线电里宣告。其他几个人也纷纷在电波里露脸，他们也都落地了。凉爽的西风吹拂过脸颊，刺激她又吼叫了几声。最后一波也先后着陆，空中又回到之前只有白云的样子了。只有最后几个小黑点飘在很远的地方，轻飘飘地往下走。此番情景，是她今生所见之至美。“好吧。”她关掉了无线电，自言自语道，“我爱你。你做了件了不起的事。”到底这话的对象是亚历克斯、瓦赫拉姆抑或是这个世界，她自己也说不清楚。

现在，她就在这里——北方针叶林和苔原带之间的泰加林。现在可能看到驯鹿和灰熊了，还有山狮；每个生态群系都需要一个顶端捕食者，这样整个群系才可能健康成长。北美灰熊将立即跑到山里去；山狮同样会一着陆就不见踪影。但狼会首先找到同伴，然后抱聚成团。这样一来它们就很可能被斯婉看见了，斯婉就是为了这个才来到此地的。她的一生都在跟狼打交道：不管是在特拉瑞上跟随狼群的步伐，和它们共同狩猎，还是奋力将它们从枪口下赶走，抑或是偶尔蜷曲着身体睡在狼群边缘，紧靠喂奶的母狼。她无数次地和它们一起狼嚎；每次听到狼嚎声，她都会应和两声，觉得对人类而言这是天经地义的事情。她有时会感到狼群在长时间地盯着她，她也以注目礼回敬之。她曾看到狼群与草原狼之间的交谈，也曾看到在渡鸦的引领下，它们找到已被其他猛兽猎杀的猎物，得以从已酒足饭饱离开后的其他动物那儿分一杯羹。她知道人类让狼往人的方向靠近，于是有了狗的出现；与此同时，狼也通过教会人群居行为而让人类更有狼性。例如，除了狼和人，再没有其他灵长类动物和与自己无血缘关系的同类交朋友；人类通过观察狼群而习得了这一点。这两个物种会在不同的时候以对方充饥；它们学会了彼此的捕猎方法；简而言之，它们在共同进化。

现在，这两种灵长类动物将彼此带了回来。所以，她来了。

她的四人小组的任务是查看是否有动物未能从气泡中成功出来，一旦发现类似情况或有动物受伤就帮助它们。一般来说可能性不大，但此处地貌呈圆丘状起伏，有很多冰核丘和前者冰核融化流失后所形成的被称作“锅”的大坑。锅坑呈圆形，四壁陡直，且内部常积水至地下水位，很多地方的水位离地面只有一到两米。作为应对气候变化的“适应性改造”，人们曾尝试在整个北半球的冻土带和泰加林种植小麦和基因改良的冷稻米。但在这地的试验未收到预期的效果。所以在这种糟糕的地貌条件下，着陆不理想也就完全可能了。

最后他们发现，所有的气泡工作都十分完美，没有发现任何动物身处困境。它们着陆后都在移动当中；有些甚至在恐慌地四下乱跑。但很快这些撒腿乱跑的就累了，然后停下来，四下张望。希望看到一处不是那么陌生的地貌。现在大多数特拉瑞都保持了和地球一样的重力加速度，并特意设计得各方面都跟动物们即将返回的地方很相似。

驯鹿高高地站直了身体，以便更容易地找到同伴。身形小一点的动物则在小麦田里窜动，奔向西面的山丘或南面地平线上的针叶林。目前但凡能看到的动物，都没有需要帮助的。所有动物都平安到达陆地上，面对全新的生活。

每一只动物都被做了标记，在屏幕上以彩色小点显示。现在斯婉他们的工作进入到下一阶段：追踪驯鹿的足迹，必要时可以适当驱赶一下，就像牧羊犬赶羊那样，让它们沿路径走向东边的塞隆河。新兽群的初次迁徙是基于本能的决定，但毫无目标——除非它们能循着已消失的比华利、巴瑟斯特和亚叶克驯鹿先前留下的痕迹前行——所以不管它们现在走哪条路，都将为其后的驯鹿群留下气味和其他路标，成为一条新的迁徙路径，一条穿过小麦地的生境廊道。立法保护这条走廊或许还涉及一些相关的法庭辩论，但这肯定不是什么障碍；现在的问题是得确保它们能渡过这条河流。引领这些动物穿越农田是迄今为止太空人在地球上所组织过的最大规模的扰民行为，但斯婉他们希望动物在引导下成功完成第一次迁徙后，能独立完成今后的无数次迁徙，慢慢跟不那么成功的土著人，甚至跟农夫，建立起默契关系。或许在迁徙完成前斯婉他们就会被地球人以扰民的罪名逮捕，但希望人们能尽快意识到把有关土地让位给这条生境走廊是值得的。

通常当斯婉和别人一起走时，她总是很快就掉在队伍最后。因为她总有太多东西要看，周围的事物总是那么有趣，常常让她忘记了自己的本职工作。到现在也没改变。关于如何重建地球野生生态系统的计划和研究已经持续了一个世纪，她就是其中一员。即便如此，从遍布石块的土壤中冒出来的有着天鹅绒般花瓣的鲜艳的花儿仍能让她驻足不前。他们头上是高高的浅蓝色天空，一缕积云快速向东流动。她的脑海里仍是各种动物像粒粒种子一般在阳光里从天而降的情境。她被扔进了一场白日梦中，无法自拔，所以走得慢一点也就无可厚非了。不过她和同事们仍保持着无线电联络。事实上同事们的闲聊在她耳朵里比葆琳还恼人，于是她设置了静音。她只在需要的时候使用无线电。因为现在她想把注意力放回到脚下的土地上。前些年在非洲工作时，她把什么都当作理所当然的事情，简单地说就是她忘了自己在哪儿。当全世界都在风雨中飘摇时，她却沉浸在自己的问题里。如今，她站在这片开阔的大地上，下一个山坡的南面是不断往远处延伸的矮松。这是一片醉醺醺的森林，永久冻土正在下面融化。往东望去，一排排小丘和头上的一丝丝白云相映成趣。天很高，在低矮的云朵上方，颇似淡雅的蜡笔画的蓝天不断向东滚去。空气有点火药的味道。2312 年 8 月 5 日，午后的太阳高悬顶空。暖和，但还算不上热。有点闷热，有点让人抓狂。她身着能保持身体干燥，并能强力驱蚊的紧身衣裤——这玩意儿作用不小，因为蚊虫集结成密集的黑云在四处盘旋飞舞，看上去就像打着旋儿的黑烟。她看不到同事在哪儿。上下起伏的地形被低矮的山脊——也许是古老的蛇形丘吧——切成断片，她往东只能看到很有限的一段距离。她爬上一座小丘四下张望。哈，克里斯在那儿，就在她前面几百米的地方，好像在向更远的某人挥手，祝他们好运吧。

柔软多汁的青草和苔藓填满了地上所有的低洼之处。只有一米高的长溜的土丘是扁平的基岩，由北向南从沼泽中跨过。沿着这些自然的石头走是最明智的做法，但她的团队为了追寻驯鹿群而向东走去。

她一个人往北走，目标是前方一处以齐腰的高山矮曲林为标志的高地。当她走到近前，一群狼的出现让她停下了脚步。它们刚着陆，正到处嗅闻，互相轻咬，有时短暂停下来叫上一两声，然后又继续试探。下降过程让它们受了点刺激，一定是这样的。她很清楚它们的感受。过了一会儿狼群终于重新聚拢，然后朝东边轻跳着跑去。它们披着点缀有黑色或米色斑点的灰色粗毛，身着这样的夏季短打，看上去十分苗条。狼比绝大多数狗肩膀更宽，头更方，不过两者在很多方面仍有非常多的相似之处。有组织的野狗——这种想法总是令人不安。它们着陆后在如此短的时间内就适应了环境，既优雅又戏谑，这点让斯婉略感意外，也提醒了她：狼比狗出现早，并且更加聪明。

现在斯婉进入状态了。她想努力跟上狼群的步伐，但很快便累得气喘吁吁。没有人类能跟上全力奔跑的狼，但如果你坚持跟下去，它们会经常停下来，反复打量你，在周围嗅来嗅去。然后它们就可能留在你的视线范围内，或让你追上。一头公狼嚎叫一声，其他狼随即附和，斯婉也不例外。她不得不更卖命地跑，才能留在队伍里面。这不是一件容易的事。她在地球外的状态要比在地球上更好——这个小小的讽刺让她露出了鬼脸。她决心坚持下去。

这群狼共有九头。它们体形很大，身上的黑色条纹比白色条纹多，跑动时毛发像头发一样上下跳动。它们大步轻快地慢跑，和马的慢跑有点类似。看到奔跑的狼群，斯婉对自己大叫，胸中大浪翻腾：它们在地球上自由了。那是一股彻骨的快感，而关于地球，她又学了一课。

前方，冰核丘和锅状坑逐渐隐去，一层低矮的小麦覆盖了大地。看到此景，狼群出现了犹豫，斯婉得以悄悄溜过去，到了最东边的一座冰核丘的南面。前方的小麦田被激光削平，地面向东倾斜，倾斜度约为每千米下降 5 米。一块真正的平地——不是那么真实——可算是一件手工制品，一件独到的艺术品。不过很快就会被重新加工了。往东 8 千米处，一座冰核丘已进入视线，另外还有一小片未充分发育的泰加林——那儿的水未被排走，人们无法在丰水的沼泽地上耕种，与其说是陆地，不如说更像是湖泊。

斯婉从背包里取出她的狼皮——一条体形很大的老公狼的皮，头和爪都还连在上面。她像穿毛衣一样把狼皮从头上套下去，后者像斗篷一般从她背上滑下。然后她把一对金戒指穿在两只狼耳耳尖。现在她绕到狼群前方，回头朝它们嚎叫。接下来她以最快的速度朝东跑去，在胸膛般高的小麦地里，从一行行的小麦间穿过。在她前方更往东的地方，几位同事正通过气味和以前的鹿角诱导驯鹿群前进。鹿群所过之处的小麦地非常美丽。她看到它们是沿着一条小溪的河床在走，这条小溪差不多在激光平地时被抹平了。半掩半露的河床仍是泥浆遍布，同事们努力引导鹿群往南走点，以远离烂泥。狼群的味道很快就会传过来，到那时候它们自己都会往东走去，越过一个接一个的低矮山丘。它们会尽量和狼群拉开距离，哪怕只有很短的时间。这两个物种最终将实现猎手与猎物的和解，但此刻这些大型猎物毫无疑问正处于恐惧之中，随时可能四下逃窜。她看到一些在她看来已算是初现恐慌的迹象——在该区域中心躺着几具被踩踏致死的幼鹿的尸体。斯婉转头去看现在已处于她身后的狼群。她站在一个稍高的地方，狼皮上面的狼头罩在她脑袋上，朝狼群发出一声警告的嚎叫。狼群停下脚步盯着她，纷纷竖起耳朵，毛也立了起来——它们也被吓住了。根据斯婉的判断，它们此时的眼光并非那种狼对猎物的长时间注视，而是一种试探。

但它们仍在搜寻。所以没过多久它们就走了过来。斯婉退步了，转身快速跑掉。在为鹿群通过沼泽争取了一点时间后，斯婉现在以最快的速度逃离狼群的进击路线。在接下来的几个小时里，她不时从北边过来骚扰狼群，但大部分时间她已很难跟上狼群了，最后只得通过辨识痕迹来判别前者前行的方向。穿越小麦地追寻鹿群的行踪在大多数时候实在是一件苦差。曾在某个时刻，她抬头看到一队巨大的红色收割机出现在南边的天际线上。

那晚绝大多数的驯鹿都走在了她前面，它们结成一群，往东走去。它们似乎为迁徙做好了准备，随时都愿意行动。还有，狼、人和其他猎食者很像捕猎行动中的驱猎者，在这方面，人类有时候会使用汽笛和味道，而从古至今他们的出现本身就是一种干扰。即便是在狼、狮子和灰熊面前，人类也绝不让出顶级猎手之名——只要他们像很久以前从狼那儿学来的那样抱成团的话——同时别忘了手握工具，以应对突如其来的大规模攻势。

在蹒跚了漫长的一天后，斯婉开始感觉到这种追逐的精神逐渐填满了自己的内心，并像身体罩那样将自己提拉了起来。她就是狩猎中的戴安娜[①]，人类还是动物的时候不就干这些事儿么。在特拉瑞上的时候她常这样，所以很

① 罗马神话中的狩猎女神。——译者注

难相信她最后竟然离开了。不过这儿跟特拉瑞不同，这里有蓝天，有哀号着吹过的风。

如果从动物们的利益出发要设立专门的迁徙路线，以及将整个区域都设为生境廊道，那么就得跟以往一样改造这片土地。人类将再一次改变大地的原貌。如今整个地球都变成了一个花园，一件由艺术家打造出来的艺术品。这个新的改造工程不过是他们用画笔多勾了一笔而已。

在把泰加林改造成农田的过程中，高地被铲平，低处被填高，在转基因细菌的催化下，表土层增长迅速。如今，地表已算相当平整，仿佛有微弱的长涌浪[①]的海平面。然而随着不断的结冰—解冻循环往复和永久冻土的融化，地面又会变得起伏起来。若作为驯鹿群的生境廊道，前者的脚蹄足以将表土层踩得粉碎，所经之处，莫不如拖着长耙的拖拉机方阵从小麦田里搅拌而过一般。所以斯婉通常不会去走它们走过的道路，除了有时候会很快地插到鹿道上去，将无线电应答机埋在土里，或用特定气味给土壤做标记，或者喷点小麦除草剂。除此之外，斯婉的团队还会在合适的地方撒播泰加林的树种。有时他们会将地表炸开，将引进的新型土壤层抛在一边儿，让原生的泰加林细菌群回到地表。干这活儿的时候得确保鹿群离他们足够远，不会被爆炸声吓到而不敢回来。但整体的工作量太大，他们不得不分秒必争。

在那些追逐的夜晚，她都靠紧身衣过夜。衣服兜里有气凝胶床垫和毯子帮她保暖，还有足以撑上好几天的食物。她跟同事们联系过一两次，但更喜欢一个人追寻狼群，虽然这样显得很没有狼性。现在她很少能看到狼群了，但她仍希望可通过辨识狼群经过留下的记号来定位其行踪。地面很柔软，上面有九位常客的爪印，属于她的“九狼团”。

第三天早上，太阳还未升起。经过一夜的小睡，她决定现在就起床，看能否追上狼群。又黑又冷，她打开了头灯。她发现当把头灯从额前卸下，手握着照向前方，最利于她看清地上的痕迹。

离日出大概还有一小时，她听到狼嚎声从前方传来。这是它们的黎明合唱。狼群朝升起的金星长嚎，因为这意味着太阳将接踵而至。斯婉看到它们朝着金星嚎叫，但从它们和猎户座的位置判断，那不可能是金星，而是天狼星。狼再次被愚弄了。波尼族印第安人甚至因此而把天狼星称作“愚狼星”。

---

① 由远方或刚过去的暴风或地震引起的移动缓慢的巨浪。——译者注

当真正的金星在大约一个半小时后徐徐升起，只有一只不安定的狼——狼族中的天文学家——再次发出了叫声，大声质疑大家可能什么地方出了错。斯婉听后不禁笑起来。在首批狼群嚎叫完之后，位于它们西边的狼群差不多也要黎明嚎叫了。过去很长一段时间内，每当北美迎来黎明之际，无数只生活在北美大陆不同地方的狼都会嚎叫着自东向西地奔跑，形成一道独特的风景。现在，这一景象有可能会再次出现在地球上。

当天色亮起来，她通过跟踪那只不安定的狼族天文学家逐渐接近狼群。显然那晚狼群都聚集在一座冰核丘上，看到斯婉走近，全都粗暴地吠叫起来：它们不想现在就离开那里，但又不愿意让斯婉再往前走。斯婉觉得狼群中也许出了什么事；比如小狼出生之类的。她在离它们一定距离的地方停下脚步，直到狼群偷偷从东边溜走，她才动身爬上软软的冰核丘探个究竟。

一个声音传来，让她打了个冷战。刚开始她什么都没看见，但在冰核丘的最顶部有一个小水塘，一口锅的样子，像个微型火山口。声音就是从那儿发出的——轻声的悲鸣——她走到火山口边缘，埋头往下看，只见一只幼狼，毛发全湿了，满身都是泥，在火山口下方三四米处。它小心地走在环绕火山口内壁一周的狭窄的黏土上。洞口内壁垂直向下，积水还时不时地将一些泥土带进水里，把一些地方都蛀空了，使得洞里暗蓝色的水带上了一丝青绿的色彩，仿佛是冰核丘内核的冰给洞底铺上了一层地板。幼狼的狼爪踩在满是皱纹的黏土上。那是一只幼年公狼。它抬头望着她，而她也向它伸出了手。这时脚下的泥土崩塌了，尽管她奋力挣扎、跳跃，仍和一大堆泥一起掉进了水塘里。

狼只叫了一声，然后畏畏缩缩地退到离她尽可能远的地方。虽然落水时重重地栽进了水中，但她没有触到水塘底部，于是她开始在里面游泳。她游到内壁的另一边，爬到一块暴露在外的狭窄的泥泞上，该泥泞环绕内壁一周。她感觉跟掉进了一个花瓶差不多。落水溅起的大量水花从洞口飞了出去。

斯婉避免和它长时间的目光接触。她一会儿吹吹口哨，一会儿学鸽子咕咕叫，一会儿又变成夜莺。她从未听说过有吃鸟类的狼。但如果仅是如此，那它也并不知道她是谁，于是她又加了一声短促的鹰叫。它仍不停地想爬上洞口，它很怕她。突出来的湿泥土被它的前爪抓了下来，它又失败了，四肢朝天地跌到了水里。斯婉本能地伸手帮忙。不过毫无疑问，它一定有能力把身体扭转回正，然后游回黏土带的。所以当它感觉到斯婉的手碰到了自己，它猛一转身，咬了她的右手，然后绝望地游走了。她大声喊叫着，既痛苦又吃惊。水塘里，狼口里，都有她的鲜血。被狼咬伤的地方火辣辣地疼。手背被狼爪戳破的地方，短时间内是不会止血的了。

她的紧身衣能保持全身除头部以外其他地方长时间干燥，同时在大腿位置的口袋里还备有急救套装。她把急救包从兜里拽出来，想这个皮肤黏胶剂能否用于刺伤。不管怎么说，只有一试。她刺破管子，将大量黏胶剂倒在暗红色的伤口里，然后剪掉多余部分。剩下的黏胶剂留在管里，可以下次继续使用。

洞口内壁很光滑，只有几条水平方向上的条带。到底怎样才出得去呢?她伸手去摸兜里的手机，发现里面什么都没有。衣服兜是打开的，因为之前她频繁地跟同事在通话。不过，他们应该会注意到她不在了，然后通过 GPS 搜寻她。也许她可以潜到水底取回手机，也许手机被捞起来后还能用。

事实上这两者的可能性都很小。“葆琳，你能定位我的手机吗?”

“不能。”

“你能联系我的同事么?”

“不行。我被设计为只能和你一个人联系，类似于机场的近场通讯功能。”

“不能用无线电?”

“没有长程无线电发射机，你知道的。”

“我早该知道。你这没用的废铁。”

幼狼在低声咆哮，斯婉住嘴了。她学乌鸦叫了几声。“霍克!”她叫道，觉得这个幼狼也许会给说这种语言的动物留点空间吧。她真的不知道该怎么做。

“葆琳，怎样才能离开这儿?”

“不知道。”毫无半点犹豫的回答声里，似乎带有一丝不赞同的语气。

斯婉沿着环状泥泞带移动，幼狼也同步在走，始终保持和她位于直径的两端。如果对面高处的岩架能够承受她的体重，那就有可能爬得上去。她试了试，试的时候不忘瞟了一眼对面的狼。很快便发现这些泥土明显承受不了她的重量。她需要用棍棒在泥土中砍出能放脚的地方，或把棍子深深插进泥墙做垫脚点。可洞里哪儿会有这样的东西。她再次动起了去水底找手机的念头，但水冰冷刺骨而紧身衣又护不到头部，再说也没有办法知道水有多深，手机是不是在那儿。

“葆琳，恐怕我们被困在这儿了。”

“是的。”

摘要(十六)

虽然从未有官方的规定，但是各个特拉瑞很少会详谈他们的动物——将它们送往哪里，数量多少，通过哪种运输方式，为什么——什么都不说。有人猜想，这种联系很明显都是离线进行的，尚未形成完整的记录。回头想想，这种信息公开的缺失似乎也不是那么令人惊讶，因为现在我们已经习以为常了；但是相对来说，这还是个新出现的现象的时候，人们对这种公共信息的不公开充满了抱怨，因为这意味着人们是生活在完全的混沌之中。太阳系没有统一的规则，完全陷入割据状态；人类的故事经过一段时间之后就会消失，就像冰川表面上一股融化的冰水，落入冰川谷穴，然后在冰下渐渐消失了踪影。没人能控制它，没人知道它将流向哪里，甚至没人知道会发生什么。

从项目开始之初就有人认为其在许多方面都是错误的：从生态学的角度来说，它是一个灾难，大多数的动物都无法存活；土地和植物群落都会被破坏，人类陷入危险，人类的农业被毁。动物回归的画面有点像“二战”时的伞降袭击或是外星入侵的电影，由于害怕出现类似的伤亡率，好几个地方已经出现了精神创伤的病例。在下落过程中，有些动物被从天空之外射杀，就像打移动靶一样。但总的来说，它们会落下来、着陆、逃得一命、活下来。然后，接下来的几周或者几个月里，每个人都只讨论这件事，所有人都扯着嗓子叫喊。动物大量涌入的感觉反而没那么明显。一些人喊着“入侵了”，另一些人喊着“团圆了”。“再野生化”、“人类帮助下的移民”，“动物造反”，有时它被叫作“生机重现”，这个词被大写，渐渐固定下来，并广为流传，取代了其他说法。其实到最后，人们怎么叫它已经无所谓了：动物们已经在那里了。

许多人指责说是特拉瑞挑起了地球上的变革。另一些人将其叫作“预防接种”，一些微生物学家的想法却正相反。将接种菌植入空的生态环境，的确会使生物群落产生变化。快速的变化可能是混乱的、创伤性的。这种情况下，动物的确常常死亡，它们的食物被吃光，然后数量锐减，肉食动物到处去捕食，完成清理工作。在它们的影响下，植物的生活也变质了。农田变了，森林变了，郊区和城市都变了。剿灭行动遭遇顽强抵抗和热烈拥护两种不同的态度。有时变成了动物之间的一种战争，而双方的力量都由人控制。

即使在“割据时期”，地球仍是历史的中心。那些濒危动物在大约1.2万个特拉瑞中生长繁殖了一个多世纪，加强了基因的多样性，而所有这些特拉瑞只是被当作分散在太阳系中的动物园、诺亚方舟或者说是接种剂库，等待着合适的时机将这些动物再送回它们已经满目疮痍的家乡。以前有些人对于这一时刻的估计过于乐观，因此对于回归迟迟没有到来有些不满，不过最后所有特拉瑞都认为应该充分考虑各种因素，随着时间的推移，特拉瑞也逐渐扩大成庞大的舰队。

经后来调查，“生机重现”计划的大部分组织工作都由与第七个水星之狮联系的一个工作组负责。第七个水星之狮在事件发生前几年就已经去世了。他们联系了地球上的一些政府，那些支持这一计划的政府表示同意。“人类协助下的移民”已经是一个广为人知的概念，引入的物种已经被安排到了世界的各个角落。人们为了避免地球上动物的大量消亡而努力，但并没有成功，现在地球上的大部分地方已经被杂草和食腐动物完全占据。曾有人说，未来将是一个海鸥与蚂蚁、蟑螂与乌鸦、草原狼与野兔的世界——一个遍布矢车菊的世界，人口凋零，生活匮乏——一个大型的破败的工厂区。因此，消失物种的重新引入受到许多地球人的欢迎。

1.2万个特拉瑞和少数几个地球上的政府显然是在2312年的上半年同意了实施这个计划，但是由于大部分的协议都没有记录，这也只是坊间流传。参与者的口头描述是唯一的记录，多数参与者叙述的时间都比2312要晚。

“生机重现”实施之后，地球面临的问题变成生态和物流问题，集中表现在运输、疏散、安慰、赔偿，还有法律及生理上防御。“生机重现”本身并不是故事的结局；事实上，还要经过好几十年人们才会明白何时才是最终的关键时刻。

瓦赫拉姆和斯婉

瓦赫拉姆正跟加拿大政府就未经后者授权而空降动物一事进行密集谈判，在得到斯婉失踪的消息后他立即动身从渥太华出发，往北飞往彻奇尔[1]，然后转乘夜机前往耶洛奈夫[2]，斯婉参与的建立生境廊道的项目的工作站就设在这儿。

当他抵达时，当地短暂的夏夜已经结束，黎明的晨曦也已隐去。直升机载着他沿着斯婉的无线电应答器所标注的路径飞行。当他们飞抵目的地时，斯婉的同事已经找到了她。有直升机真好，因为如果试图站上冰核丘顶部，最后只可能是踩落土壤然后跌下去陪她。其中一位营救者已经证明了这点，所以她现在已不再是一个人在下面了，当然了，还有那头狼。至少现在人类的数量超过了狼，不过直升机里有人却认为这只会让情况变得更糟。不管怎样，他们至少可以从直升机上垂下可系带的软梯。直升机悬停在相当高的高度——但还不够高，狼仍然很害怕——瓦赫拉姆从机上往下看得很清楚。后跌下去的那位先爬上软梯，被带到冰核丘山脚放下，然后是斯婉。她两眼通红，看上去疲惫不堪，不过她仍向瓦赫拉姆挥了挥手。她打手势让直升机再放一次软梯。这样那只狼就能逃出来了？瓦赫拉姆表示怀疑。不过飞行员还是放下了软梯，在和地面人员用无线电商量后，她稍微往洞口一侧移了一点，让软梯倚靠在内壁上。瓦赫拉姆觉得这可能还不够，于是他开始在座位上做出舱准备。这时狼突然跳上软梯，爬到洞口边缘，然后一溜烟地跑下了山丘。

瓦赫拉姆告诉飞行员他要下去，于是她将飞机飞到冰核丘旁边的小麦田上方，然后下降，巨大的下压气流使庄稼形成了一道临时的圆周。瓦赫拉姆爬出直升机，巨大的旋翼将他头上的空气搅得模糊不清。他低身跑出这玩意儿的势力范围后，它咬牙切齿地迈着沉重的步伐回到了空中。

---

① 加拿大靠近北极的港口城镇，被称为“世界北极熊之都”。——译者注

② 加拿大西北地区首府。——译者注

斯婉向他跑去，给了他一个满是泥泞的拥抱。他取出耳塞，问她的情况。她说没事，还说玩得不错，跟一只狼分享了山洞——想也想得到那是个什么情况，不过在这种狼群袭来随时可能丢命的时刻，亲眼见到她平安无事，心情总归是好的……他看得出来她现在有点狂躁。她承认，身上很脏，而且还很饿，想立即休息一会儿再开始工作。瓦赫拉姆朝仍在头顶的直升机的方向做了个手势，斯婉同意了，于是他示意直升机再次降落。他们上了飞机，但里面实在太吵，根本没法交谈，只得等回到耶洛奈夫再说。她靠在他肩上，在巨大的噪声里微笑着沉沉睡去。

据推测，各类动物在地球上的着陆点多达一万多处，有些地方对它们可能持反对态度，至少目前看来是如此。不管怎样，他们拼命地工作，把直升机当越野车用，四处奔波，利用无人驾驶太阳能拖拉机牵引播种机——看上去就像老照片上的耕作机。有些播种机每小时能种植多达 60 株 2 米高的大树，只要有树种，它们就能一直运转下去。地球复苏计划也包含了植物这一元素。拖拉机忙得几乎停不下来，但为此努力的人类却没几个。

万事并非一帆风顺。他们在耶洛奈夫吃饭时，浏览世界各地发出的报道。从和撒那[①]到枪炮声，关于动物空降的不同反应从各地传来：有欢天喜地的，也有公开指责的，还有不置可否的。这些反馈来自一切可能的场合，包括召开紧急会议最后仍不知所措的联合国安理会。红毛猩猩全部回到了东南亚，河豚都回到了以前的河口地区，老虎回到印度、西伯利亚和爪哇，大灰熊回到以前北美的那些山脉里……这难道不是人类恐惧了好几个世纪的外星人入侵么？该行动未经许可，制造了混乱，空降的动物中也有可能致人死命的肉食性动物。所有这一切都说明这是件很糟糕的事，毫无疑问是件让人困惑的事。而处于困惑中的权力总是那样的危险。

不过他们也注意到地球新闻里提到动物都回到了原始居住地，只在必要时改变了地点以适应它们离开地球期间发生的气候变化。虽然它们并非转基因生物，但特拉瑞上的增强养育技术使得动物多样性比留在地球上的要丰富得多。这是瓦赫拉姆公关宣传的一部分，所以他很高兴地看到媒体把这点挑了出来。另外报道也指出，绝大部分动物都降落在原始保护区里，其余的落在山岭、沙漠、牧场和其他受人类影响最小的地方——没有一只动物落在城

---

① 赞美上帝用语、呼声。——译者注

市里，只在小乡村里有过那么一两次。遭到树懒和美洲虎空袭的一个哥伦比亚村庄已经改名为马孔多[1]，他们一定会活下去给大家讲这段故事的吧。

斯婉在临时会议中心的沙发上小睡了一会儿。瓦赫拉姆发现一旦斯婉不在自己视线内，他就觉得不自在。她仍然对他很亲切，堪称到了和幼狼共处那晚的某种亢奋状态。她睡觉时头就枕在他的大腿上。这位可怜的人儿看上去仍是那么憔悴，跟地道里的样子有点像。

“我想到外面去。”斯婉说道。她已经醒了，“跟我一起来吧。我想继续追踪驯鹿群，它们需要驱猎者。也许还能看到我的狼呢。”

“好吧。”

他开始安排，并在翌日清晨和北上的人一起乘坐直升机出发了。霜冻在初升的太阳里化作蒸汽。“看。”当旭日把远方的地平线砸裂，斯婉靠在他身边，眼睛直直地望着那儿。

“这儿也会灼伤眼睛的。”他说，“甚至在土星上都有可能。”

“我知道，我知道。我只是看看，又没一直看。”

旭日的光线像尖利的碎片刺在数不胜数的水塘里，那是大地的补丁。他们在塞隆河附近降落，直升机“嗡嗡”地飞走了。转眼间他们就站在了多风的大苔原上，走在黏乎乎的地上，脚下到处“吱嘎吱嘎”地响，有点像土卫六结冰的大地。瓦赫拉姆调大了身体罩的支撑力，努力适应这片过度温柔的湿漉漉的大地。好一段时间里，在这条驯鹿群碾过的半冻结的路径上行走感觉像是在沃尔多机里工作一般。现在又穿了身体罩，其实已跟沃尔多机里的工作无异了。

他站直身体，看了看四周。水将薄片似的阳光反射到他的脑里，于是他调整了眼罩的偏光设置。斯婉拆掉了眼罩，执意要用肉眼观察世界。有时她也会感到眩晕，结冰的泪珠挂在开裂的红通通的面颊上，但她却大笑着，呻吟着。瓦赫拉姆只试过一次用肉眼直接看。

“你会变瞎的。”他告诉她。

“他们过去常这样啊！以前没有眼罩，人家一样地生活！”

“我相信因纽特人知道怎么保护眼睛——”他咕哝道，“用带状兽皮或类

---

① 《百年孤独》中布恩迪亚家族定居的小镇。布恩迪亚家族最初住在远离海滨的一个印第安人的村庄，一次比赛中何塞·阿尔卡蒂奥·布恩迪亚杀死了普鲁邓希奥·阿基拉尔。前者携家人离开村子，经过两年多的奔波，来到一片滩地上，由于受到梦的启示决定定居下来。后来又有许多人迁移至此，建立村镇，名为马孔多。——译者注

似的东西保护眼睛。总之，他们有办法挡住阳光。这里的生活阻碍了他们的发展，而这颗严酷的星球让他们在追求更高的文明这一议题前犹豫不决。”

斯婉大喊着表示抗议，把一个雪球朝他扔过去，“你骗人！我们都是地球的气泡！地球的气泡而已！”

“是的，是的。”他说，“《从雀乡到烛镇》[1]我们也学过。‘独自在田间，四下无人。它们蹦跳，疾走，尽可能轻地接触大地，嘴里喊着“我们是地球的气泡！地球的气泡！”’”

“正是！你也是在一神论教导下长大的吗？”

“大家不都是么？不过我不是，我是在克罗利读到这篇文章的。而我既不能跳跃，又不能快走，在这种程度的重力场里我会跌倒摔跤的。”

“唉，拜托，能不能像个男人。”她注视着他，“在这儿肯定是会觉得身体很沉的，但你也来了很长时间了，应该习惯了。”

“我没有步行过太长距离，我承认。我的工作坐的时候多。”

“重建佛罗里达，这是坐着就能干的工作？那么出来走走也对你是好事。”

她很高兴。他非常舒服地跺着脚往前走，其实他夸大了重力的影响，就是为了惹惹她。现在，冰冷的空气和阳光为这一刻带来些许水晶般的气质。“这儿不错。”他承认道。

他们沿着驯鹿往东经过的路径的南面行走，斯婉边走边放置应答器，为路径拍照，同时不忘采集土壤和粪便样本。傍晚他们和其他同事在每到一地现搭建起来的大帐篷里用餐。晚上就在这个帐篷里过夜，各人都有小床。抓紧时间睡上几个小时后，他们就得起床早餐，然后再次出发。第三天的工作结束后，他们被乘直升机而至的加拿大皇家骑警逮捕，飞往渥太华。

“没门！”看着大地在他们身下铺开，斯婉大声叫着，“我们根本就不在加拿大！”

“事实上我们在加拿大。”

辽阔的麦田在正午太阳下看上去与清晨出发时完全不同。“快看那儿！”她突然叫出来，一脸不屑地指了指下方，“看起来不过就是长满水藻的池子罢了。”

到渥太华后，他们被释放出来。斯婉带着瓦赫拉姆到水星居试图弄明白

① 英国作家弗洛拉·汤姆森的半自传三部曲。——译者注

到底发生了什么。关于空降动物的消息仍是铺天盖地，但他们有太多的故事要跟人说。因为世界上每个人都是在以自己惯常的思维和视角在讲故事，所以要找到他们自己的故事的答案会很难——尤其是找出为什么他们会被逮捕，为什么未被指控又被立即释放，但似乎渥太华里没人知道原因。

目前相关新闻已进行了归类，可以按字母顺序点开相应的报道画面。归类的方式很多，包括降落的动物物种、降落地点，甚至还包括其他多种类别——降落最糟的动物、可爱或喜剧行为的动物、被人类残忍对待的动物、对人类最危险的动物，等等。他们在餐厅边吃饭边看电视，饭后便在沿着黑色的河道和运河边修建的狭窄街道上散步。途中不时进入路过的酒吧，喝上两口，也见见更多的当地人和事。没过多久斯婉便和老主顾们醉醺醺地争辩起来，她毫不掩饰自己的太空人身份。瓦赫拉姆觉得周围人看她的目光里带有一丝害怕。“我其实就住在水星居附近。”当人们开始对她表现出厌恶时，她就这么说，虽然会起一点作用，但她仍无法获得旁人的完全信任。

“动物回来了，你们应该高兴才对。”她一定会这样说，“你们已经跟动物隔绝太久了，都忘了动物有多么伟大。它们是我们的平辈亲属，却被我们奴役，做我们的盘中餐。发生在它们身上的也能发生在你们身上，且已经发生了。你们人类都是盘中餐！发出恶臭的盘中餐！”

回应她的是嘘声和粗暴的抱怨。

“总之你们必须要了解！”斯婉也会爆发，发出比充斥空气的各种反对声还要大的声响，“除非大家都平安，否则没人可以得到幸福！”

带着斯拉夫人的轻蔑感，其中一人开口道，“什么叫幸福？我们需要食物。北边的农场给了我们食物。”

“你们需要的是土地。”斯婉说，发音拖得很长，听上去像是两个词。“土地就可以给你们带来食物。生物量就可以给你们带来食物！这些动物将帮助我们带来生物量。没有它们这是做不到的。你们却一直在消耗自己的能量。你们在吃自己的种子基金。要不是我们从太空里通过太空电梯把食物运到地球上来，你们现在一半的人已经饿死了，剩下的一半自相残杀。我说的是事实，你们不是不知道！所以现在你们告诉我，你们需要的是什么？是动物吗？”

“它们倒是可以帮我拉犁。”有人酸酸地说。这些人绝大多数都用俄语交谈，瓦赫拉姆只能拼命听其中的英语单词。当他们跟斯婉说话时，就会说英语。她又开始谈动物是人类的亲属。很多听众都喝了不少伏特加或其他酒而显得情绪激昂，眼里闪烁着光芒，两颊绯红。他们喜欢和斯婉争辩，他们喜欢被她的话弄得舌头打结。在1905年，或1789年，或1776年，毫无疑问也是这幅情景。任何地方，任何时候的任何一间酒屋都是如此。他想起了自家周围急速扩张的街区，想起了街头的小酒屋。

“我们是一个大家庭的一部分，”斯婉坚持道，都快哭了，“哺乳动物大家庭。”

“哺乳动物只是一个目。”有人反对道。

“是一个纲。”另外有人纠正道。

“我们都是哺乳动物纲。”斯婉大声叫道，“我们所属的这个目，其规则就是既会吃奶，又会去爱！[1]”此话迎来一阵喝彩。“It' s that or die. 我们的平行兄弟们。我们需要它们，我们需要它们每一个，我们是它们中的一员，它们是我们中的一员！没有它们，我们只不过是——不过是——”

“可怜的开叉的小萝卜！”

“大脑和指尖！”

“装在瓶子里的蠕虫！”

“对！”斯婉说，“完全正确。”

“就像太空里的太空人。”有人补充道。

大家都笑了，她也笑了。“确实如此。”她高声说道，“但现在我们不就在这儿吗！我就在地球上，脚踏实地地在地球上。”她的面颊燃烧起来。斯婉环顾四周，站到长凳上对众人呼喊道，“我们在地球上！你们完全不知道这是何等的宝贵。你们这窝鼹鼠！你们在家里！和这个世界相比，所有太空定居点加起来都微不足道！这是家啊。”

整个酒馆响起了掌声。斯婉从长椅上跌下来，被瓦赫拉姆一把抱住。虽然在他看来她的话并非完全属实，毕竟现在情况不同了——火星也是一个很舒适的地方，金星和土卫六也不错。或许从大移民开始，地球就不再是唯一的好地方了。所以他们为她犯的这个错喝彩，为她拍的马屁喝彩，为她的酒兴为大家带来了热情而喝彩。为这一刻喝彩，脱离了时空的这一刻。渥太华酒馆之夜，酒与俄语歌，风暴中的一瞬间。

为了不被骑警找麻烦，他们这次带着签证出发，重新加入到驯鹿迁徙驱

---

① 此处原文为order，为双关语。一指人类所属的灵长目，同时也有秩序、规则之意。——译者注

猎者的队伍中。在耶洛奈夫，没人组织他们，交谈过的人中也没人知道之前发生了什么。他们只用了十来天时间就回到了之前的工作状态中，瓦赫拉姆对此很高兴。他现在已经习惯走路了。他调整了身体罩，观察斯婉搜寻猎物的过程让他感到了很多乐趣。她总是在他前面，不过从后面看她也不错——搜寻猎物的戴安娜。

晚上他们在餐厅帐篷里听到了更多世界各地关于动物重现地球使得当地人陷入麻烦的报道。狮子，老虎和熊，我的天哪！对那些潜伏于城镇边缘的树丛里的大型肉食型动物，人类还不习惯成为它们的猎物。动物的数量已经让人类开始抱团应对了。那些习惯独自外出的人如今通常也会结伴出门。人们纷纷害怕起来，抱怨之余就会寻找朋友甚至陌生人陪同一起上街，不仅在夜晚，现在白天也是如此。在特拉瑞上面这是人们的标准出行模式；独自出门简直就是奢侈，就是腐化堕落——或是带着风险意识进行的一场冒险，比如斯婉。对在这样的环境中长大的人会觉得理所当然，否则会觉得压抑：在树林里，人们需要抱成团才行。

同样，动物也很快发现人类是多么的危险。事实上，新形势下处于生死关头的动物远多于人类，这点没人感到奇怪。但它们是生命力强大的接种物，并将繁衍起来。

一天早上斯婉和瓦赫拉姆出门时多带了几包装备，因为斯婉想比以往走更远的距离，同时还要回到住处。驯鹿群聚集在塞隆河畔新出现的浅滩上，她想到它们的北面去，一边观察一边阻止动物为了寻求更好的浅滩从河流西岸往北走。它们现在已经到了最好的地点，考古学家认为过去驯鹿就在这儿生活。

所以他们往北走去。有时，他们从驯鹿路径插过，驯鹿将地面啃成了一片狼藉，像是雪面波纹的棕色海洋，每走一步都要小心。斯婉走在前面，比以前领先的距离更长，但他决心不去追赶。好几具驯鹿的尸体都清晰地说明：在这儿跌倒是件危险的事。他们需要应付齐膝高的半冻结泥土，这让瓦赫拉姆有些紧张。看斯婉跳着华尔兹穿行于其中，他却几乎站不稳脚跟了。她从未失误过，而他不得不紧盯着自己的脚下，所以她领先多远都无所谓了。

他们终于到达了迁徙群北面未被践踏之处，斯婉领着他继续往东。“看——”斯婉一面说一面指着前方，“狼。它们等着看驯鹿怎样渡河呢。”

瓦赫拉姆已经注意到斯婉对狼的喜爱，所以他对该食腐动物嗜血天性闭口不谈。反正每个人都要找东西吃。

驯鹿群在距离他们大概一千米远的浅滩岸边集结。斯婉希望动物们能够看到她，于是她爬上一处能俯瞰河床的低矮的悬崖。河床是很宽的一片被水冲刷的砾石，各条支流在上面融会交织，如辫子一般形成水网；从宏观上看，水流形成了一个迷宫，其线条就是圆润的石头表面和弯曲的黑色药液般的干枯U形湾。很多地方并不适合驯鹿群涉水，瓦赫拉姆现在知道为什么斯婉希望它们从浅滩过河了，河两岸坚实的永久冻土可以成为一条供驯鹿群行走的棕色和绿色的道路。

“看，第一批开始尝试过河了。”

瓦赫拉姆移到她身旁往南面望去：几百头驯鹿聚集在河岸，摇晃鹿角，大声吼叫着。高大的雄鹿在队伍前面，用前肢试探河水，蹄子踩住水底的石头。这时一只雄鹿勇敢地走了出去，其他几只紧跟其后，大部分的时候是蹚在齐膝深的水里，一脚踩下去，水面陡然升到胸膛位置，在身前激起很大的水浪。

“哇哦，”斯婉叫道，“都那么深了。”

但领先的几头并未停下脚步，或走或游，奋勇向前，很快水便退到膝盖高度。白色水沫伴随它们一路。它们回望已经很远的河岸，低吼着。这时更多的驯鹿已经到了水里，大部队开始缓慢地往前移动，还在岸上的也在往河里走。整体形成一个漏斗的形状。瓦赫拉姆发现它们想聚成团。“走在最后的那部分将成为驯鹿群的薄弱点。”斯婉预计道。事实也的确如她所料：下到河里的驯鹿有些会低吼然后试图返回岸上，这些驯鹿被其他鹿推搡甚至轻咬，最后还是只有硬着头皮往前走；这在浅水区造成了不小的交通拥堵，此起彼伏的吼叫声更是加强了在无数岩石间川流不息的河水的巨大声响。走在鹿群左翼的几头离开队伍，开始北上，但斯婉跳上跳下地挥舞双臂，瓦赫拉姆也拿起斯婉递给他的压缩空气号角朝鹿群猛吹了几次。虽然号角发出了尖锐且巨大的声音，但瓦赫拉姆觉得是斯婉的暴力举动吓退了企图北上的鹿；同时原本在河道中央水最深处堵成一团的鹿群开始一起向前游去。很快那几头驯鹿的脱轨行为就被大家抛在脑后，棕色的肉体似乎冒着蒸汽，加大马力穿越这一片白花花的水沫翻飞的世界。渡河大约花了一个小时。虽然出了一些意外，有些驯鹿的前肢或后肢受了伤，甚至有鹿溺水，但鹿群的前行再也没有任何的停顿。

斯婉仔细观察着全过程，指出下游岸边有一群狼，用尖利的牙齿戳进溺死的小鹿，合力将其拖出水面。这时候河水漂着条条红色的血带。

“狼也会渡河吗?”瓦赫拉姆问。

“不知道。在特拉瑞上它们常渡河到对岸，但那儿的水流跟这儿可没法比。你知道的——你在特拉瑞上见过，那儿的河也很宏伟，但这里还是完全不一样。不知道它们是否也这么想。我的意思是，它们在特拉瑞渡过无数次，但每次抬头看到的都是大地，从未在天空下渡过河。我想知道它们是怎么看待这片天的！你不想知道么?”

“嗯。”瓦赫拉姆应了一声，陷入了沉思。甚至连他都觉得地球的天空是那样的深不可测。“它们肯定会觉得很奇怪吧。它们肯定是有空间的概念的。所以它们一定知道这次不一样。从管道内部到球体表面——不，如果它们感到了这一点的话——”他摇了摇头。

“我觉得它们看上去比平时要慌张一些，变得更为狂野。”

“也许吧。我们自己要怎么过河呢?”

“游泳啊！不，也不是。我们的气凝胶可以当木筏用，我们可以漂过去，如果幸运的话!”

她领着他走下浅滩，驯鹿的气味还很浓厚，毛皮上的条纹还在浅水里打着旋儿。风从他的身体穿过，他感觉自己那被蚀刻成“寒冷”形状的肺的脉动和活力。“赶紧吧，”她说，“我们必须赶在狼群过来叼死掉的幼鹿前离开这里。”

“好。但要怎么做?”

“你的垫子可以拿来当木筏，我们都有。有点像气凝胶小圆舟，用肉眼是很难看到的，不过人肯定可以没事地漂在水上。如果你半途翻到水里，你得抓紧它，要不就尽快游过去。”

“但愿别中途翻船才好。”

“那是一定的！这里的水非常刺骨。来，这根树枝可以当桨用。我认为我们应该首先走到水里去，能走多远走多远，然后让气凝胶垫载着身体顺水往下漂，同时试着往对岸划水。我们不需要着急，因为第一个急弯过后水流会把我们送到离对岸不远的地方。当你到了对岸的浅水区时就知道了。跟我来吧，你会明白的。”

于是他照做了，但他被从水面弹起来，他的气凝胶垫感觉太小了一点，最下层的水流将他一下子冲到了斯婉身边。斯婉对此大笑不已，他只得更努力地划水。她追上他，绕着他划，大声对他喊道："把头埋进水里去!"

"不!"他愤怒地叫道，但她只顾继续大笑，然后对他喊道："至少把一只耳朵埋进水里，你一定要听一听！听听水下的声音!"

她从小圆舟里侧了侧身，忽然将头埋进水里。过了一会儿她水花四溅地将头仰出水面，大声笑着。"试试!"她下了命令，"你无论如何要听一听!"

他只得小心翼翼地侧身将右耳插入跳动的水面下，屏住呼吸，惊异地发现自己竟沉浸在一个此生从未到过的喧闹的到处是电子放电般噼噼啪啪作响的世界里。他扭头让耳朵露出水面，听到世界在匆匆疾走，然后再次屏住呼吸将整个头埋进水里，两耳又听到了噼啪作响的声音。那肯定是石头在河底困难地滚动，被湍急的水流上下玩弄的声响。

他抬起头来，像海象一样噗嗤地喘着气。斯婉朝他大笑着，头摇得跟拨浪鼓似的。"这音乐如何!"她大声喊道。这时瓦赫拉姆的小圆舟刮蹭到河对岸的浅水区域，他将身体挪出气凝胶垫，却不小心一个踉跄跌倒在水里。他摇摇晃晃站直身体，抓住小圆筏，双脚前后淌着水，慢慢走到干燥的地方。毫无优雅可言，但好歹活下来了。在紧身衣的帮助下，他的身体仍然很干燥和温暖——现在对他而言，这就是顶级科技的代表。他们到了对岸。

斯婉看到河流上方有一处高地，在天黑前扎好了帐篷。这是一个单独的贝壳形帐篷，内部空间不小，通体透明，连支撑的基柱也不例外。帐篷在基柱上显得颇有弹性。他们的气筏可以作床。他们坐在帐篷门外，斯婉先用速食粉做了道汤，然后呈上有香蒜沙司和上等奶酪酱的通心粉。餐后甜点是巧克力和一小瓶干邑白兰地。

收拾妥当，虽然太阳已落山一个小时了，天边仍有微光。帐篷在风中左右轻晃，湍急的河流从凸出的石上越过，空气中充满了水汽的味道。他们已连续行走18个小时了，所以当斯婉说"该睡觉了"，瓦赫拉姆立即点头表示赞同，忍不住打了个呵欠。她从背包里取出和空气筏、帐篷材质相似的气凝胶睡袋，其实质就是那些助他们成功渡河的气泡——气凝胶泡，肉眼很难看见，极轻，湿软，温暖。"除非我们睡在一起，不然还是会很冷的。"斯婉说着就钻进他的睡袋，躺在他身旁，将自己的睡袋套在另一个外面。

"哦，也是。"瓦赫拉姆说。

在将黑未黑的环境里，他挤出了笑容。

"干吗?"她说。

“不干吗。”

她翻身趴到他身上，两人的重量使得他的背透过极度压缩的气垫触到了冰冷的地上。这点必须得跟对方说。“我们也许只能各自平躺睡。”

“才不呢，”斯婉蠕动身体爬出睡袋。“来，起来一下，把我的睡袋放在下面。这样应该可以了。”很快两人都不觉得冷了。

清单（十四）

不规则的大石块垒成圆形，大小石块之间相互交错，在水星的北极形成了一个规则的圆锥体

平整的石头被摆放成圆环，一层一层向上叠加，一层比一层的直径大，连续好几层，然后连续两三层是相同的直径，接着圆环的直径慢慢变小，最后缩小到顶上，就是一个圆点，这样看起来就像是用石头做成的巨大的松果

一个巨大的石块，顶端装饰着金饰，在面向太阳时已经熔化，凝固在下方的瓦砾平台中

另一块巨石，四周被不锈钢包围，没有熔化

另一块，用朱砂擦过

地面上图案的空隙用液态铜填满

多节的陆岬上铺着一些碎石，使它看上去像是仙人掌

当太阳照射时，在地上留下了银色的阴影

当太阳照射时，砂砾的城堡变成了透明的玻璃

瓦砾堆上有二十块岩石被涂成白色，然后放回原处

齐胸高的、用平整石头做成的椭圆环状的干式墙，上面有宽大的圆形顶石，留了一个空隙，那是进入中心的门

一块形状像南美洲的石头，在“火地岛”的位置获得平衡

不锈钢丝在一块巨石周围断断续续地环绕，相互缠结

基本是立方体的岩石垂直堆积成一摞，有二十块岩石那么高

四五块带椭圆形状的圆形石头垒成一摞

一万块卵石一块挨一块地摆放在一起，形成一个旋涡的形状

将悬崖的边缘打磨得像镜面一样光滑，然后蚀刻出梵文的字体：嘛呢叭

石块堆放成指南针、医药轮[1]、石圈、巨石阵、伊努科苏克[2]

---

① 北美土著的祭祀象征。——译者注

② 石头堆成的人形标志，以前的因纽特人用它来导航。——译者注

一个圆锥形的小屋，像是太空飞船的尾部，从平原耸立向天空

特拉瑞内部也有很多可能性：

嫩枝条纽在一起编成圆环，树叶塞进丰饶角①

粉色的樱花铺满池子

树枝组装成摇篮

用红色的罂粟花瓣将一块圆石包裹起来，再将它放回其他灰色的圆石中间

用冰块布置的巨石阵，冰屋的一部分，将冰盖敲碎，再组合成球形

在浅水中，将长的纸条编制进半圆的图案

用树叶排成一条直线，树叶的颜色从红色到橘色到黄色到黄绿色到绿色

在蜿蜒的长线上进行的土木工事

“历史是劳动的产物，就如同艺术作品一样，都遵从相似的力学规律”

① 象征丰饶的羊角，角内呈现满溢的鲜花、水果等。——译者注

斯婉和瓦赫拉姆

斯婉的苔原之行结束了，感觉不错。她已经很长时间没有这样良好的感觉了。她喜欢她的大蟾蜍，这个属于她的“尘土之身”[1]，喜欢他的举步维艰和转瞬即逝的淡淡的笑容。她觉得这种感受能让她想起亚历克斯和“终结者”城以及所有她能忍受之事；所以她此刻的心情很奇怪，混合着痛苦与愉快。是的，痛并快乐着。她发出几声以前，包括在泰加林的最后一个月里自己常听到的狼嚎，这些情绪都夹杂在了叫声里，悲痛又喜悦，恰如其分地映照出她当下的心境。当她在夜里听到狼叫，她也会小声迎和，就像和瓦赫拉姆及其他同事在营地里时一样；她不喜欢在周围有人的时候全力嚎叫。她的狼嚎是在内心。就像雅克·卡蒂亚[2]绑架了几个当地长老打算运回法国，起航前夜，人们聚集在海滩狼一般号叫了一整夜。

一天早上，瓦赫拉姆接到一个电话，于是走出帐篷去接。当他回到帐内时，挂上了一副若有所思的样子。

当他们吃力地走在苔原上时，他对斯婉说道，风和阳光落在两人的背上，“我需要回土星了。有个会议，所有曾帮助过亚历克斯的人都要参加。他们要求亲自出席，这样就能避开酷立方。”

“关于什么?”斯婉问。

他谨慎地说，“似乎一种新型酷立方现身了。会议肯定和这个有关。所以我真的不能说太多了。”

“如果有人在背后说我，我可是知道的。”葆琳发表声明。

“我们知道。”斯婉呵斥道，“给我安静。”

“不管怎样，”瓦赫拉姆说，“我认为你应该参加会议。你能助我一臂之

---

① 对人体的蔑称，出自《圣经》。人从泥土而来，本是尘土，死后仍归于尘土。故后常称人为尘土之身。——译者注

② 雅克·卡蒂亚，1491—1557，法国探险家，曾对圣劳伦斯河流域进行考察。他的工作为新法兰西的建立奠定了基础。同当时很多的探险家一样，卡蒂亚希望能找到从欧洲到东方的新航线。——译者注

力。吉恩·热奈特在一个水特拉瑞里失去了联系，我们需要告诉他这个消息。我得直接去土卫六，如果你能半途去给吉恩捎个话就好了。吉恩可能会告诉你到底出了什么事儿。”

“好吧，”斯婉说，“没问题。”

“好。”瓦赫拉姆露出了他的浅笑。但斯婉知道他已心不在焉了。

摘要（十七）

由于许多人一生要摄入大量的雄激素和雌激素，外表已经表现为双性人、阴阳人或者中性人，代词“他”和“她”常常会被避免使用，或者是根据自己的喜好选择使用，有时可根据环境的不同而随时改变。以这样的代词指代他人就等同于法语里用“你”（tu）而不是“您”（vous），这代表了与对方一种较亲密的关系。

性别最显性的特征表现在腰臀比，以及脚到腰的高度与全部身高的比。从比例来说，女性的股骨要长点，盆骨要宽点。

英语里，可替换的无性别代词包括：“it”，“e”，“them”，“one”，“on”和“oon”。

“不存在性别”这并不是事实，只是变得更加复杂和模糊不清，有时候可以纯粹地区分，而有时候就是一团混乱。

参加聚会的全部是性别无法确定的人，这种聚会是一种全新的社会空间，一些人觉得这让人极度不舒服，认为“像赤身裸体一样，无法想象怎么会发生这样的事”或者“你只是你自己，这种说法真恐怖”等等。显然，这是一种新的灵魂上的冲击。

区别其实很明显，一些人认为雌雄嵌体与雄雌嵌体看起来并不完全一样，与雌雄同体、被阉割的人也不一样，淡然得更不像双性人。一些人喜欢用自己的例子做说明，另一些人则绝口不提。一些人的穿衣风格模糊了性别，另一些人是混合的性别符号，穿衣的风格只是体现了当时的心情。可能与外形特征或符号学暗示相一致，也可能不一致。

现在已经有接近 3 米高的人，而还有些人不足 1 米，性别或许已经不再是人类最显著的区分方式。

即使已经做到可以使人接近蜘蛛猴的体形，但体形改造计划仍然受到大个子的强烈指责，直到寿命研究不断证实小个子与长寿之间的联系，尤其是在较小的重力环境下。小个子的人之间流传一种说法：“个子越小越好。”

我们都来自女性，我们的身体里总是拥有雌雄两种激素。我们总会表现男性化和女性化的行为特征，我们要接受训练以便做出符合自己性别特征的行为，虽然这些行为特征是每个人天生就带来的。我们有选择地强化一些特征、压抑一些特征，因此在大部分的历史时期，我们有被强化的性别特征。但在我们灵魂最深处，我们一直具有两种性别。而现在，在宇宙中，可以毫无顾忌地同时表现两种性别特征。

这种感情的文化结构也可以称为割据。性别治疗和养成都是长寿计划的一部分，这三者的结合形成了一种新的感情结构，这种结构常常以断裂、区分、隔离、分割为特征。通常来说，长寿本身已经被认定为推动这一现象的主要动力；直到现在，还没有人可以在活了100年之后（或者更久）就完善自己的性格特征，常常会经历一场关于存在的危机。超级老者经验丰富，经历了人生的许多阶段，由于死亡或者仅仅因为时间失去了许多同伴，他们会跟其他人保持距离。宇宙旅行者通常要跨越很远的距离，他们勇于尝试所有加强版的能力，常常离群索居，以自我为中心随心所欲地生活。

太空中生活中的人奉行一种疏离原则。人们常说，为了将关系维持较长时间，双方不应该常常见面，不能使关系太过亲密，否则关系很快会破裂。为维持长期关系而调整步调，人们应该更多地与不熟悉的人和新朋友交流，然后继续……

众所周知，无论是在同一文化系统、不同的文化之间，还是在不同的历史时期，对于爱情的定义都千差万别。“割据时期的爱情”是指一种包含相互喜爱、子女抚养、性、同居、家庭的关系，两人之间跨过了友谊，进入到相互牵绊的状态……

斯婉，“城堡花园”

斯婉先飞往南部，然后再次坐上了基多天梯。她又一次像非暴力不合作示威似的坐着，和其他人一起唱歌，然后和众人一道起舞，初段活动结束后大家一起摇旗庆祝。穿插在中段活动中的重复单调的声音在她听来却十分悦耳，感觉很真实。她可以像对敌人怒吼一样地攻击那些唱颂歌的。为和平而进行的抗争，说到底还是抗争多过和平呢。不过现在她神情亢奋，全身心沉浸于其中。

上到“玻利瓦尔”站后，她匆忙地赶上前往“城堡花园”的飞船。“城堡花园”是她在年轻的时候设计的一个大型特拉瑞——那时真是够傻啊。该母舰以卢瓦尔河和泰晤士河两岸城堡为主题，硕大的石头巨人颇有品味地分布于大麦田、槐花地和葡萄园间，一本正经的花园也不鲜见。

她发现“城堡花园”依旧那么绿色葱葱，看上去像某个令人反感的绿得没有半点质感的虚拟游戏景观。城堡周围的花园里，几乎每株植物都是林木造型艺术的杰作，这是否是种正确观念尚未确定，就已经一发不可收拾了：艺术家外出在结冰的水面滑冰时，掉进冰窟窿里淹死了。现在所有的鲸鱼、水獭和貘看上去都像是被各自的“胡须”举起来似的。

城市（石板屋顶，木质栋梁架在石灰墙上，标准的伪都铎风）里有个大公园，大片平整的草坪，堪称林木造型师的另一件大作：该草坪并非仅有普通的青草，而是有大量高质量的阿尔卑斯牧草、莎草和苔藓，密集混合在一起；其中还有很多细小的阿尔卑斯地被鲜花，比如越橘、无茎麦瓶草、紫菀和虎耳草，万花斑斓，美不胜收，走在上面仿佛脚踏一张富有生机的波斯地毯。在这张五彩缤纷的地毯上有长条的优质青草，就像高尔夫球场的轻击区，向内壁管道纵向延伸。事实上就是一个草坪保龄球场，相当于十几个草地木球场。

现在是冬季，他们仿佛身处巴塔哥尼亚或新西兰，太阳位置线上的光斑使得光线变得黏腻，影子的边缘因此变得模糊，空气也像生了锈似的。小块云彩在阳光入射点附近聚集，马勃菌般的白云因此映出粉红的光泽。云朵在城市和公园里，在头顶上方的起伏的大麦田和葡萄园里投下斑马条纹般的影子。斯婉抬头注视着，突然感到一阵时间极短的眩晕。

这儿没有水星居，所以她就住在公园边的一间空屋子里。屋子位于一排美国梧桐树下，光秃秃的冬日基调把梧桐树烘托得十分伟岸高大。斯婉觉得吃得太饱了，坐也不是躺也不是，索性将旅行包放在方形床上，出门溜达。她走进村里的一家咖啡厅，点了杯茶坐下。这时一群人正走出房间，到了保龄绿地上。她一口喝下剩下的茶水，走门看个究竟。

每一条轻击区可以作为木球场使用。由于均纵向安置，所以道内都是水平的。这一点很重要，否则在足够强的科里奥列力作用下，每一次击球都会往右偏。和传统的体育用球不同，这儿的球并不是完美的球形，而是像土星或土卫八那样被压扁了。所以球被击出后，只会用其触地面积最大的表面在地上滚动，就像没气的车轮，只要速度够快还是能跑相当一段距离的，最后会停在较扁平的表面上，蕨类植物上独有的曲线在整个滚动过程中体现得淋漓尽致。要碰撞得非常灵巧才能将球送入洞中。

一位年轻人走上前来问斯婉要不要在没人的草道上玩玩。

“好的，谢谢。”

年轻人拿了一袋木球，领着她走到草地边缘的最远的一道上。年轻人把球从包里倒在草地上，斯婉随手拿起一个把看。她握住球最长的两端掂了掂，约莫一千克的样子，想起以前接触木球时大概就是这个重量。她已经很久没有玩木球了。她走上开球的草垫，试着做一个简单的开球，让球沿着草道中心线滚去停在球门前，挡住对手的球。

球在草道上滚动，轨迹有一点弧度，然后在她期待的位置停了下来。年轻人也选了一个球，朝十几步开外的草垫走去。他谨慎地弓身迈出最后一步，坚实地踏上草垫，把球放在草皮上。他以优雅的姿势将球扔出，球流畅地沿着草道往前滑去，看上去正跑向小旗的左方，甚至会冲出球门太远而掉进草地边缘的沟里，也就是规则里所说的“出界”。但在科里奥列力的推动下，球大幅度往右偏移，勾勒出一道类似斐波那契旋进的轨迹，最后刚好停在球门后。

斯婉现在必须试着绕过她自己设置的障碍球，要不就是大力挥杆把它撞进球门，然后希望球门能将它弹开。每场四球，现在已经有三球过去了，球门前顿时变得十分拥挤。斯婉考虑了一会儿，决定利用木球的斜纹在科里奥列力作用下绕过障碍球，叩开球门。这要求高超的击球技巧，而她挥杆的一瞬间就知道自己力用大了。“唉，去他的。”她骂了一句，又补充道，“我从不为任何事情找借口，但这次我有借口。”

“当然。你有没有看到那件印满各种借口的衬衫？”

“他们肯定是边听我抱怨边把我的话写在了上面。”

“哈哈。这次的理由是什么呢？”

“这个嘛，我刚在地球上待了一年时间。”

“我相信是这个原因。你在地球上做什么？”

“跟动物群有关。”

“你是说动物入侵？”

“是恢复地球的野性。”

“嗯。什么情况？”

“挺有趣的。”斯婉现在不想谈论这个，而且她觉得年轻人明明知道情况，故意引她分心罢了。“该你了。”

“好。”年轻人的腰臀比例接近女孩，而身高则是男子的标准，或许是个两性人。这次的击球很准确，落点就在球门旁边。看来这场球斯婉没啥胜算了。她的唯一出路就是把那颗障碍球敲进球门并让它滚落出界，让比赛陷入死局。成败的关键在于她能否足够快速和准确地命中。她的小指放在球面最大的一圈纹路上，努力让球竖立地滚出且尽量保持直线前进。又一次她一出手就知道结果不行了。

年轻人再次被逗乐了。“你扔球时得让所有手指都在球上。”

“也有人像我这样做。”

年轻人耸了耸肩表示回答。他很年轻，或许只有 30 岁，也是个太空人。

“你住这儿？”斯婉问他。

“不。”

“那你是要到哪儿去么？”

“哪儿都不去。”

年轻人又扔了一球，非常漂亮地挡在球门前，意味着斯婉想在最后一球进门变得更加困难。唯一的机会就是扔出同样的反手球。

斯婉扔出最后一球。只见球向前滚动，在最后一刻向内拐去，将球门撞出了界。

“死局。”年轻人镇静地说。斯婉点了点头。

他们又玩了几局，年轻人的每一球都堪称漂亮。每次斯婉都输。

“你简直像个冒名顶替的运动员。”斯婉恼怒地说。

“但我们没有下赌注啊。”

“还好没有。”斯婉再次击倒了球门。

他们继续玩。大家看上去都没有什么事要忙的，太空旅行就是这样。在斯婉看来就像在大西洋游轮上玩推圆盘游戏。他们有的是时间——太多时间需要打发。年轻人扔了几球，都近乎完美。斯婉继续保持扔远球的战略，继续保持输球的状态。这让她想起，当维吉尼亚·伍尔夫和李奥纳多——那个年代的草地木球专家——玩木球时一定就是此刻这般感受。维吉尼亚也是几乎每次都输。年轻人似乎并不在乎对方的感受。李奥纳多当时也差不多。很多人都是独自玩球，所谓的对手不过是运动中遇到的各种问题罢了。这位年轻人开始让她觉得烦扰：将球灵巧地从草地上拾起，球出手瞬间手指的快速敲动，优美的科里奥列力曲线。

当晚，斯婉躺在空房间里的床上，突然觉得扔向“终结者”城的石砾不就是一种草地木球游戏么。她猛地坐起，把一张垫子立起来，把一个球朝它丢去——球门被垫子挡住了。

量子的旅程(二)

脱离金星重力场的瞬间很容易察觉到　1.0g 的重力加速度让人感觉有一股力量把你往下拉　进入地球的纠缠中　它逐渐向你靠近　感觉越升越高　虽然你知道自己其实是正在坠向地球表面

夏天醉醺醺的　针叶树林　阳光下很热　刚割的干草　退潮时的沼泽　丁香花　桃子　谷仓

开着车窗的汽车突然转向轰鸣着朝着一条小路开下去　每小时 32 千米　在盒子的掩盖下将土地翻开　从西南方向吹来的风　我很高兴　一个人类在开车　别说太多话

环境负荷量 K 等于出生减死亡除以增长率的密度制约加上死亡率的密度制约　负荷量未使用的部分　如果有的话　将显示为绿色　负荷量超过的部分　将显示为黑色　就像在建筑物里一样　排泄物　待在门外　他们将喷射四溅

循环性格　突然的情绪低落　热情高涨　小心　你旁边的人无法理解

马上将看到六种不同的鸟　一只坐着的蜂鸟，观察着四周，正在收拾打扮自己　一只红头小雀　地上是夏天　蓝色的天空中布满高高的白色云朵　很快地向东方移动　那只蜂鸟快速地向前飞去，然后落在地上

看看四周　喙像一根针　乌鸦和海鸥突然转向　相互竞争的两股势力 蜂鸟翅膀的速度　肌肉使其运动如此快　一种成功地进化　加拿大鹅　它们挥动翅膀时羽毛发出咯吱的声音　蜂鸟也以不同的方式发出声响　干扰　不是唱歌　很像松鼠的叫声　蓝色背部的蜂鸟　盘旋在树林里　流光闪过可以看到它的腹部是橙色

北美新泽西州 2312 年 8 月 23 日　追捕　逃亡　人类现在将车开上了沼泽周围的山坡　山坡上有一些低矮的建筑，恺木节处已经开始腐朽

每小时 20 千米　到处都是人的脸孔　视线范围内有 383 人　随着汽车的缓慢移动数字在 50 上下浮动　柏油碎石路　黑色

一只黄色喙、深赭色胸的知更鸟　黑色的尾巴、羽毛和头　白色的眼圈

黑色的眼睛　干净的　从日晷的缝隙喝着水

经过一个花园　玉米　南瓜　向日葵和毛蕊花有着相似的黄色花朵，但聚集方式不一样　我仔细思考了一下

那是什么?

没什么　抱歉

哦，没什么。这里很好，是么?

黄花衬上深绿色　圆盘上布满了螺旋状的图案　相互交织在一起　或者是高高的卡其色圆锥体交织着黄色的螺旋花纹　感官已经抽象化了　人类看到了他们期待的　他们还没有时间观察就向前跳去

真正的认知能力是在新环境下解决问题，这一点人类做不到　这就是一个新环境　从你离开楼房起　从你开始思考起　记住我　你有帮手

你是有缺陷的　抓住又放开

他们的大脑总是会编故事来解释正在发生的事情　因此他们错过了一些事情　异常现象被忽略　但那是真的吗?　他们没看到那黄色?他们没看到那两种螺纹?

自然界中没有无限的资源　当两个物种之间是纯粹负面影响的时候，它们是竞争关系；当它们是纯粹正面影响的时候，它们是互利共生关系　掠夺或寄生是一方获利另一方吃亏　但并不总是这么简单　竞争者间的捕杀是两个物种在成长的不同时期相互捕杀对方

一间公寓的黑暗部分　租房　地下酒吧　房屋后面及上方充满晚霞的天空　马格里特[1]　麦克斯菲尔德·派黎思[2]　从车上下来　小心　开个玩笑　不要进行眼神交流

这些帮助逃亡的人一定也有他们的计划　可能在利用你　来支持或反对其他人　这是最有可能的解释　然后呢　怎样转败为胜　避开回击

抓住然后放开

你想下棋吗?　他们中的一个在门口说

当然，请进　有枪指着他们　也指着你

---

① 勒内·弗朗索瓦·吉兰·马格里特，是比利时的超现实主义画家，画风带有明显的符号语言，如《戴黑帽的男人》。——译者注

② 美国插版画家和画家。他的色彩运用，尤其是明亮的“派黎思蓝色”，以及他的装饰性幽默绘画，为他赢得了声誉。——译者注

热奈特调查官和斯婉

吉恩·热奈特是那种即便被问题惹怒也决不放弃的人。有些问题虽然在官方表态中已得到解决，但仍不断萦绕心头，因为有些地方总不大对劲——如果一时找不到解决办法，这个问题变成了失眠症患者的玫瑰园的一部分，变成了大脑在失眠时间里疲惫地触摸到的莫比乌斯手链上的一颗佛珠。比如，热奈特仍在试图解决欧内斯塔·特拉弗斯一案，30 年前他们就困惑不已：为什么他们的朋友欧内斯塔·特拉弗斯要设法从火星消失，又是怎样办到的。热奈特为这个案子几乎跑遍整个太阳系，一刻也没有停过；但特拉弗斯就是不见踪影，仿佛从未存在过一般。同样的难题还包括特拉瑞监狱“尼尔森·曼德拉”号上的密室之谜——如果事实如此的话——因为对于任何一个被判入狱的人而言，似乎没有任何可以进出小行星的途径。类似的谜案在太阳系数不胜数；很多人觉得这是受巴尔干化的影响，但巴尔干化本身并不足以解释这些谜题。调查官感到困惑，甚至感到惊恐，极度迷茫，极度沮丧——感到要解决所有问题是如此的无望。有时调查官会一连走上好几个小时，努力想要找到工作的灵感。

“终结者”城事件却不一样。按热奈特的标准这是一个新案件，现在还谈不上绝望。几乎生活在太空里的每个人都有犯罪的可能，地球上的人有可能是雇主，也有可能他们先飞到太空然后亲自操刀，事后再回的地球。找出凶手本来就是大海捞针，而巴尔干化让大海变得更深。但这毕竟是星际调查局的分内事，所以他们不断地筛查，尽力排除。在热奈特看来，局势清晰地指出，随着调查深入大家的目光一定会聚集到独立联盟上，撬开他们封闭的世界，围绕发射机的制造者和在土星大气坠毁的太空飞船的操纵者展开调查。他们的侦破手段远未完全施展，至少有两百多个拥有强大工业能力的独立小行星，所以这次袭击很有可能只是他们的第一步。

斯婉·尔·泓在“南太平洋 101”号水特拉瑞上再次见到了热奈特。这是一个水世界，管道内部注水达10米深，围绕中央巨大的冰块翻转。冰块不断地融化、再冻结，看上去呈透明状态，所以从太空看上去整个水特拉瑞就像一个被冰雹包裹的世界。热奈特还是孩童时就曾在希腊海上航海，学会了欣赏火星重力下的风暴。虽然过了这么多年，但那种迎着风浪握紧舵柄和拉线的指尖时浑身传来的战栗感——被一波接一波的海浪翻腾震撼的感觉——仍旧那么熟悉。

水特拉瑞里的小海当然没有希腊海那么宏伟，但航海总归还是航海。从被如此透明的墙壁包围的水特拉瑞内部看去，管道内壁的景象就像看着一面表面扭曲的银镜——或者说透过扭曲的镜子看出去——科里奥列力形成的波浪网和手性风就是镜面的弯曲点，呈现出极复杂的图案。似乎物理课上学的波浪槽的经典式样被拓扑揉进了管道的内部。此种水面上横断波的弯曲并不遵循欧几里得几何学，在银镜上显得十分奇怪和可爱。而银镜后方则是纯粹的蓝色。在水特拉瑞透明的外壳下，大海与天空同为蓝色，向阳方向的每一个银色表面后部都呈现出蛋壳蓝，如果你不看太阳，水面下的蓝色虽然很饱满，但颜色更深，接近靛蓝。太空中最亮的星星在其上投下闪烁的斑点。一座漂浮海上的城镇坏了这片圆柱形海洋的纯粹性，不过热奈特的大多数时间仍在水上。他乘着一艘三体船航海，调整角度以尽量利用海风达到最快速度。

热奈特听说斯婉来了，便航行至皮特克恩接她。斯婉站在船尾，以她惯有的方式表现出兴奋之情——夸张的表情，双臂交叉，眼里露出饥饿的眼神。她疑虑的朝下的眼光扫着热奈特的帆船：它为矮人量身打造，斯婉刚好勉强能上。热奈特没有采纳斯婉转到大船上的建议，让她坐到迎风的船头，双脚踩在主船体上。他自己则稳坐驾驶舱，手握似乎来自大船的方向舵。此刻，他们在海上交谈着，就像那时如剪嘴鸥般冲浪时的情景。如此大的重量压在船首，热奈特绝对可以让主帆捕捉住更多的风。在蓝色的大海里，船头敲击水面，激起了浪花。

在风中凌乱的感觉让斯婉无比开心。和上次与热奈特一起旅行时相比，这次看到了更多的景象。有人也许会说她的表情有点像受电刑的样子。她复苏了地球上的动物界，毫无疑问为此感到高兴，但嘴角多了一道新伤痕，两眉间也多了一道小小的楔形印记。

“瓦赫拉姆让我告诉你，土卫六上有个会议需要你参加。”她说，“与会者都是亚历克斯的人，他们召开临时会议讨论一些大事。跟酷立方有关。我也要去。你能告诉我出了什么事吗?”

热奈特调转船头，同时让斯婉移了下位置——这给了他一点思考的时间。当他们驶上新航线时，热奈特猛地一拉主帆索，斯婉一惊突然站了起来。她朝那位水手做了个小鬼脸，摇了摇头，鄙视他逃避话题。她才不会被分心呢。

调头后，他们行驶的前方，一波波海浪正在前方破碎。在热奈特的指点下，斯婉也看到了。热奈特不断调整船帆，以图获得更快的速度。在水面滑行的帆船利用一个大转弯面对面地迎向海浪；海浪把三体船抬高，捉住了它；船滑过波浪上表面，与其说是航行不如说是坠落；风吹在帆的上部，让船始终保持在浪花破碎之前，当然这需要热奈特的正确操控。斯婉也证明自己拥有绝佳的平衡感，她前倾后摇，在巨大的起伏中保持着平衡。

当船帆逐渐远去，身后的波浪渐渐隐去了它白色的利齿，变回温柔的起伏。在最后一次交叉波回流撞击船底后，他们回到了平静的航行里。

“干得漂亮。”斯婉赞道，“你肯定经常航海。”

“是的，只要有机会我就在水特拉瑞里航海。到现在多数水特拉瑞我都尝试过了，当然有些得驾驶破冰船。在内部结冰的地方航行，就像身处离心机里一样。”

“我不久前还在一个因纽特人国家里。但当时是夏天，所有的冰都化了，除了该死的冰核丘。”

他们又航行了一会儿。亦水亦空的透明天空在头顶弯曲成一道圆滑的拱顶，从青绿色渐变为靛蓝色。

斯婉说：“还是说说那个会议吧。瓦赫拉姆说会议跟一些新酷立方有关。所以……你还记得在‘内蒙古’号上时我遇到的那几个傻姑娘吗？我当时还说她们一定是人类，而你却认为它们可能是类人形酷立方机器人?”

“嗯，当然记得。”调查官说，“她们肯定是机器人。”

“唔，来的路上出了件怪事。我在‘城堡花园’上跟一个年轻人玩草地木球，那个小鬼……一直试图分散我的注意力，我觉得不妨这么说。但他话却不多，大多数时候是在玩球期间……我有种被狼群紧盯的感觉。狼在捕猎时会长时间盯着对方，这会让猎物极为恐惧，有时甚至让对方失去逃跑的勇气。”

热奈特对斯婉描述的注视和手段很熟悉。他点了点头，“你说的这个人就这么长时间盯着你?”

“嗯，至少看上去如此。也许那就是我觉得周身不爽的原因之一。曾有狼群这么盯着我过。我的外周视觉告诉我他的那种眼神绝不普通。反社会人格的人也许就是这么看人的。”

“一个狼人。”

“嗯，不过我喜欢狼。”

“也许是个酷立方。”热奈特猜测，“虽然跟‘内蒙古’号上的那些不同，但也高明不到哪儿去。”

“或许吧。刚才我说长时间的注视，只是想说明那种令人不安的感觉。还有，这家伙打球的方式——似乎意味着什么。”

热奈特听后来了兴趣，注视着她的眼睛说，“似乎草地木球就是将球扔向目标。”

“是的。”

“那不就是这项运动的玩法么？”

斯婉摇头，紧皱双眉。

热奈特叹了口气，“总之，找‘城堡花园’要一份旅客名单不是件难事。”

“我问了，也查看了所有的旅客照片。这个人不在名单上。”

热奈特陷入了思考，“我能看看你的酷立方的记录吗？”

“当然可以。”

斯婉把上身探进驾驶室，热奈特也上前一步，头伸进室外的风里。她弯下腰，要葆琳将记录的照片传给热奈特。热奈特在“万能钥匙”腕式平板电脑的小显示屏上一一查看。

“这儿，”斯婉指着其中一张照片道，“就是他。我说的就是这个眼神。”

调查官认真观察了这幅图像：一张两性人的面孔，意志决绝的神情。“从照片里看不出来。”

“你什么意思？仔细看！”

“我在仔细看，但他也有可能正在计算，也有可能当时正因消化不良而不舒服。”

“不！不会是你说的那样。我认为如果找到这个人，你应该亲自去看看。如果找得到的话，你自己就明白了。如果找不到，那又多了一桩神秘事件了，不是么？这个人不在旅客名单上。所以如果找不到他，那么他的这个眼神也许只是一个开始。”

“也许吧。”热奈特说。这是外行人最喜欢的案件情节，真实生活里其实极少发生。另一方面，的确有可能是酷立方那边开始行动了。有些人形酷立方的行为非常古怪，实在不知道他们要做——或者不做——什么。

现在的问题是，究竟应该多大程度上相信斯婉的话，毕竟她的酷立方设定得太死，人们对其了解少之又少。热奈特再一次庆幸他的“万能钥匙”只是安置一台可以关闭，甚至必要时可以取下的腕式平板电脑内。当然也可以请斯婉关闭葆琳，以前也做过。酷立方存储的密码是可以获得的，哪怕它们已被植入脑内，只要当事方谈妥就行。亚历克斯的追随者们还要在土卫六上召开秘密会议。如果他们想让斯婉参加到新行动里，这无疑将是第一步。

热奈特一边思索，一边注视着她，“我们得跟瓦赫拉姆以及所有人谈谈这个。的确有些事要对你讲，但土卫六的会议将是最佳地点。”

“好吧，”斯婉说，“那我们走。”

泰坦（土卫六）比冥王星大，也比水星大。它拥有以氮气为主要成分的大气层，跟地球的大气层有点像，不过厚十倍。泰坦星表面的温度是90开尔文，但是它地表下的深处有液态的海洋，这就像蓄水池一样可以保持温暖。在星球的表面，所有的液体都被冻成了很硬的冰，这也形成了它陆地的主要物质——放眼望去到处都是冰川。火山喷发出的岩石散落在各处，像是冰山的疣或痈。这里的甲烷和乙烷就像是地球上的水，以蒸气的形式被蒸发到氮大气层中，然后形成云，再化成雨流入小溪和湖泊，在冰面上流淌。

阳光照射到大气中，形成一种由复杂的有机物分子构成的黄色烟雾。大气中的氢气很容易逸散到太空中去，但是在泰坦星的大气中，大的有机分子会被分解成小的组成部分；因此泰坦上没有什么复杂的有机物，也没有本土的生命形式。即使在地下的海洋中也没有生命，就好像腐蚀性的大气形成了一种隔离。

许多地方的冰川表面都有裂痕，只有少数地方是光滑如镜的。当你站在泰坦星的地表上，你可以看到土星，一道倾斜圆环的薄薄的圆弧将这个气体的星球一分为二；你还可以看到一些更明亮的星星。泰坦星大气的厚度使得从里往外看，基本能看清外面；但从外往里看，除了一团黄色的云之外什么也看不见。

泰坦星上没有撞击坑。由于它是由冰构成的，随着岁月的更迭，冰融化又重新冻结，使得它的地表像新形成的一样。液态的甲烷从蜿蜒的冰裂痕迹和突出地表的岩石上划过，形成分水岭一样的形状。地底深处充满着液态的甲烷：泰坦星上的安大略湖，绵延300千米，形状很像地球上的安大略湖。

随着土星在近日点和远日点之间移动，泰坦星上也会有季节的变化：雨季来临时会下起甲烷雨。

最先吸引人们到泰坦星的是氮气。火星人对于火星上说不清原因的氮气短缺很不满意，所以一旦有一艘飞船速度足够快，能够让人类从火星到达泰坦星时，他们就出发了；当然，在那之前，机器人已经做了实验。他们在泰坦星上设立了考察站，建立了收集和冰冻氮气的系统，冰以大块的固态形式投入到运输系统。人们质疑这种行为是未经授权的征用，但火星人指出：在遥远的过去，泰坦拥有比现在厚好几倍的大气，氮气白白地逸散到太空中去了，任何人都没捞到好处。如果现在不收集这些氮气，它们还将继续向太空中逸散——那样就不会再有泰坦人了。最后一个论点具有决定性的意义，当泰坦星人还存在的时候，当泰坦和土星联盟的其他成员驱逐那些火星来的氮气开采者时，泰坦星的大气已经减少了一半。相应的，火星上的氮气变得丰富了起来，从泰坦获得的氮气一部分进入了土壤，一部分进入了大气，它们成为火星奇迹的一个重要组成部分。火星人声称，这没有造成任何损害，还说由于他们的行为使泰坦的大气压更适宜人类生存，这实际上促进了泰坦未来的繁荣。

而同一时期狄俄涅（土卫二）的损失无论如何都无法说成是对土星人的帮助。因此，土星联盟宣布不允许火星人进入联盟，地球人也不允许进入——实际上，除了土星联盟内部的人，其他任何人都不允许进入。这是火星变革后的第一次改革，而针对的正是伟大的变革者们。土星人态度强硬，甚至威胁要使用炮击。因此，由于几个人在泰坦星上的活动，事情又一次发生了改变。

现在，水内小行星的光已经在泰坦的天空中闪耀，这些光线已经开始提高泰坦余下的大气的温度，因此泰坦的表面温度比过去更快地升高。高地上那些帐篷搭就的城市到处都经历着恶劣的天气。泰坦人从城市内部看着云层不断上升，形成雷暴云砧，继续上升 5 千米左右，然后被空气急流吞没。以前，照射到泰坦星的太阳光只有地球的百分之一，因此泰坦上差不多是一个正常房间的亮度；现在，由于接受、反射了更多的阳光，现在比过去亮了 50 倍，据说更像是火星上接收的阳光，火星人认为那是最佳的光线。事实上，人类的眼睛可以自行调节，对进光量的可接受范围变化量很大，而这些光线只有很少一部分是用来看清东西，因此在没有镜面反射光的情况下，这种说法是对的。但是现在，泰坦的地表闪闪发光，它的公转和自转周期都是 16 天，日落的时间每次会持续 18 个小时，将天边的云霞染上绚烂的色彩。

随着更多光线的注入，泰坦星的改造前景似乎一片光明。可以开采和出口甲烷和乙烷；堆砌泡沫岩石，在冰上建起陆地；利用地底海洋的热度来给大气加温；在岩石和土壤构成的陆地上，将冰融化形成湖泊；美化这片陆地，引入细菌、植物和动物；将大气加热，以融化冰川，形成液态的海洋；在极薄的薄膜中保持住泰坦的大气；利用水内小行星反射的太阳光照亮一切。泰坦人带着无限的希冀望向城市外面。他们说，如果我们能让一切都井然有序，这还真是个不错的地方。

斯婉、热奈特和瓦赫拉姆

在土卫六著名的落日余晖中，斯婉见到了瓦赫拉姆。他从美术馆的长廊走来，跟斯婉和热奈特调查官打招呼。她跑过去一把将他抱住，过了一会儿她才放开双臂，眼睛直盯着他，觉得有点害羞。而他报以标志性的浅笑，她便知道两人之间一切安好。小别胜新欢——特别是他的离开，她觉得。

“这是我们正在推进的工作，欢迎。”瓦赫拉姆说，“你可以看到来自水内小行星的光线帮了我们大忙。”

“很美。”她说，“但这点光线够你们加热大气么？如果要保持生物圈温度，应该再升高近200开尔文吧？”

“单靠这点光线的确是不够的。但我们有一个内海，平均温度约为280开尔文，所以热能不是问题。我们会把一部分热量转移到空气中，加上光线带来的热量，就差不多了，甚至还可能出现过热情况。气体平衡方面倒可能出问题，不过一定有解决办法的。”

“真为你高兴。”斯婉抬头看到帐篷上方的雷暴云砧，闪烁着橘红色、橙红色和深红棕色的光。云团之上，明亮的小碎片——那是来自水内小行星的光线——在品蓝色的天空中闪耀，看上去比所有星星更大更亮。她猜想闪光的地方就是聚集一团的反射镜，或称为阳光放大器，可将来自水内小行星的光线折射到土卫六的背阴面。巨大的雷暴云砧的一侧被阳光照亮，而太空镜子反射的光线投在了其另一侧，看上去活像一尊大理石的云朵雕塑。他们告诉斯婉，日落会持续十几天。

“真美。”斯婉说道。

“谢谢。”他说，“这是我真正的家，不管你信不信。现在我们带调查官四处走走吧。我们希望能和你秘密谈点事情。”

“其他人都来了吗？”热奈特问他。

瓦赫拉姆点了点头，“请跟我来。”

三人穿上太空服离开了名为“香格里拉”的太空港城，走出城市帐篷北门。他们沿着宽阔的道路往北走了几千米，渐渐地往上走到一个倾斜的结冰的高地。这里是一大片铺着石板的露天广场，下方便是一个乙烷湖。金属光泽的湖面仿佛一面明镜，反射着云朵和天空的影子，于是它成了一个绝妙的拥有丰富色彩的调色板，黄金色和粉红色，樱桃红和青铜色，彼此互不关联，纯粹的野兽派作品；看来大自然在转动色彩之轮方面真是毫无畏惧啊。太空镜在湖面的投影仿佛一块一块的白银，在液态铜和液态钴的海洋里游泳。在直射阳光和太空镜反射的阳光的交叉照射下，地面不再有影子存在，或者说，被隐约可见的重影替代——斯婉觉得很奇怪，因为看上去一点都不真实，仿佛孤独的舞台被置于一个大得连四壁都看不见的戏院中央。盈凸的土星在云朵里穿行，身前的土星环仿佛一道白色裂缝出现在天空。

广场的一角立起了一顶明亮的长方形大帐篷，帐内地面上还有一顶稍小的布帐篷，像蒙古包或一个充气不足的巴克球。瓦赫拉姆领着斯婉和调查官穿过大帐篷的门，走进小帐篷。他们看到有几个人围成圆形坐在地上的垫子上。

见有人进来，大家都起身打招呼。那儿有十几个人，很明显大多数人都认识瓦赫拉姆和热奈特，斯婉被介绍给大家认识。她记不住所有的人。

介绍完毕，大家重新坐下。瓦赫拉姆侧身对斯婉说：“斯婉，我们希望和你谈谈，葆琳就不参加了。希望你能同意再次将其关闭。”

斯婉起初有些犹豫，但瓦赫拉姆的表情——一个不善言辞的人那使人窒息的请求，就像蟾蜍想劝鼹鼠和他一起调查重要事情时的表情——使她不得不说：“好的，当然可以。葆琳，关闭所有程序。”在听到葆琳宣告休眠的嘀嗒声后，她又摁下了耳后的一个小按钮。

“关闭了。”斯婉说。她常关闭葆琳，但并不喜欢别人这么要求她。

热奈特调查官跳起来，站在她身前的桌子上。现在大家差不多位于同一个视平线上了。“我们将测试一下看葆琳是否真的完全关闭了。有时候作为主人的人类并无法确认。所以你看，我将‘万能钥匙’留在了城里。”

“它能够远程记录你的言行吧？”斯婉问。

热奈特一脸疑惑。“我觉得不能。但确有必要确保我们在这个秘密地点的谈话没有被任何东西监听。我们把自己关进了黑屋子。下面要对你做一些测试，确保葆琳已经完全关闭。”

“来呀。”斯婉怒气冲冲地说，葆琳若在也定会这样。“尽管查，我保证她已经关闭了。”

“即便是人类在睡着的时候也能听见声音。我们需要她完全关闭。实际上，我能否跟你谈谈将酷立方完全从体内移除的好处?”

“这是无礼之人常提的建议。”斯婉回答他。

为检查葆琳的活跃度，几根扫描棒抵住了斯婉的后脖颈，然后他们让斯婉戴上一顶柔软的网眼帽子。

“好了。”瓦赫拉姆看到同事点头确认后说道，“现在只有我们了，没人会记录我们的谈话。我们必须承诺对此保密。你可以吗?”他问斯婉。

“可以。”斯婉说。

“好。亚历克斯发起了这个会议机制，还有今天来到会议现场的热奈特。她感到有些日益突出的问题需要在没有人工智能系统参与的情况下进行讨论。其中一个问题便是新近现身的一种新型酷立方。调查官?”

热奈特调查官接下话题，他对斯婉说：“你还记得‘内蒙古’号上面那几个被认为是人类的物体么?它们在某种程度上通过了图灵测试，我想你可以称之为斯婉测试，因为连你都认为它们是几个装模作样的人。有时候人类的确会这么做，从很多方面看，比起它们是完全拟人化机器人的说法，这种解释更容易让人接受。”

“我仍然觉得它们是人类。”斯婉说，“你觉得它们和人类有什么区别?”

“有。它们是我们发现的三个人形酷立方机器人，它们总共有大约400个。绝大多数举止跟人类非常接近，平日生活也十分低调。少部分行为有些怪异。你见过的那三个就属于后者，在木卫一上尝试侵入王的实验室的也是怪人之一。我们从岩浆里找到了残骸，仍可查出它的量子点框架。”

斯婉摇头道：“我见过的那三个若是机器人的话未免太蠢了一点，如果你明白我什么意思的话。”

“也许你只是太习惯葆琳了。”调查官提醒她。

斯婉说：“但葆琳也常常犯傻。没什么新鲜的。虽然我承认她常令我感到吃惊，比绝大部分人带给我的震撼都要大。”

“你却常对她说反话。”瓦赫拉姆好奇地瞟了她一眼。

“是的。我喜欢戏弄她。”

热奈特点了点头，“但你通过编程，让葆琳有了大胆的性格——把她变成了一个话包子，喜欢戴着有色眼镜看事情。同时，一些额外的递归程序让她变得更擅长联想和隐喻性思维，而不是‘如果—那么’的逻辑思维。”

“嗯，但那只是一方面。一般认为演绎法是逻辑的，而她有强大的演绎程序。但演绎法最后被证明跟自由联想一样天马行空，所以她最后说出口的话才如此狂野不羁。”

瓦赫拉姆对所有人说道：“今天会议的主要内容就是程序设定。有明确的证据表明一些酷立方正在自我编程，尤其是那些参与组装拟人机器人的酷立方。我们不知道是不是有人让它们组装机器人，也不知道为什么它们要这么做。所以——首先要查明机器人的情况，以及谁制造了它们。我们知道由于退相干原理它们彼此之间无法靠电磁波进行内部交流。换句话说它们不具有整体统一思维。但它们可以像我们一样通过交谈、通过各种人类平常交流的方式进行沟通。只不过就酷立方机器人而言，由于它们使用量子加密，我们不可能破解它们的密码。罗宾——”他站在瓦赫拉姆另一侧，向斯婉点了点头。“——一直在协调有关方面保存它们在无线电和数据云上的交流记录，甚至希望记录下它们的直接语音对话。虽然没法破解密码，但至少知道它们在彼此交谈。”

斯婉说：“等等，往回倒点——它们如何做到自我编程的？我听说递归程序只能加快它们对已知程序的执行速度而已。”

“嗯，但如果有人指示它们创造什么，就可能产生奇怪的结果。让它们尽力找出多种完成任务的办法会在它们脑中引发新的想法。当它们玩国际象棋时，它们接到一个任务——下赢对手，并计算出各种下赢对手的方法。这时当它们对所有可能性进行检测时，可能会发现意外的捷径。虽然不见得就一定是个更高阶的程序，但它能完成任务，并因此出现了新的算法。这一反馈将使它进行更多尝试。在某一时刻，当它在尝试自我编程以期获得更高效率时，误打误撞地突然有了自我意识或类似觉醒。当然也同样可能导致出现一些奇怪的举动，甚至是自毁行为。总之，这就是我们目前的理论。”

“酷立方的源程序设计师们认为这种自我编程能够持续下去吗？我的意思是，它们就不会被卡在循环往复的算法里么？”

“事实是，制造第一批量子计算机的程序师们使用了不同的构架，结果就是创造出了若干种不同的内部操作结构。所以，酷立方可以被分为好几种，每种都有着不同的认知方式——不同的传输协议、不同的运算法则以及不同的神经网络。它们模仿人脑的各个方面——模仿你可能会称为‘自我知觉’的部分，以及人脑意识的其他特质。它们不是简单的单一设计，且就其‘心理状态’而言，也许已经开始自我繁殖了。”

热奈特调查官接过话题："有明确迹象表明酷立方已经开始自我编程。这会导致什么后果目前还很难说。但我们对此很担心。人类之所以会有人类独有的行为举止和思维方式，是因为我们有如此这般的大脑结构，会分泌相关化学物质。而酷立方没有这些。我们会感性地思考问题。当我们做决定时，当我们陷入沉思时，当我们建立关于某件事的回忆时——我们所有的主观意识中，情绪都扮演着重要角色。如果没有这些主观知觉，我们将不成其为一个人。我们无法既是'个人'，又是'集体'的一部分。而酷立方没有情感，与之相反，它们的思维完全靠不同的程序构架、传输协议和物理方法。因此，即便它们在某些方面已拥有自我意识，但它们的心理状态和人类毫无相似之处。我们甚至都不知道它们彼此之间的相似程度是否就像我们眼睛看到的那样接近。同样也不知道它们的思维是基于运算还是逻辑，或是基于诸如英语或汉语之类的语言。如果不同的酷立方确有不同的思维方式，那它们本质上会因此产生多大的异同点，我们也不得而知了。"

斯婉仔细想了想他的话，点头表示同意。如果那些傻姑娘——还有那个草地木球玩家——真是酷立方的话，从形态学的角度讲绝对足以让人吃惊了。但若论心理，那它们则没什么特别之处。"我常跟葆琳讨论这个问题，"斯婉告诉大家，"谈话让我清晰地认识到，由于没有刚才你们所提到的人类的主观思维，酷立方完全就是残废的。也许它们最欠缺的就是情感，所以有太多的事情它们是无法完成的。"

"目前看来是这样。"瓦赫拉姆沉默了一会儿后说，"但目前的情况似乎是，它们也许已开始为自己设定目标。不知道它们是否拥有某些伪情感。或许它们并不是特别聪明——更像鸡而不是狗。不过，你们也知道，我们连自己大脑的工作机制都不清楚，不知道大脑是如何获得更高级别的思想的。由于我们无法进到酷立方内部去一探究竟，所以我们对它们的了解甚至比对自己的了解还要少。总之……这就是问题所在。"

"你有没有试过拆分几个酷立方机器人进行研究？"

"试过的，但试验结果很不清晰。奇怪的是，这个过程跟我们试图了解自己的大脑的过程很相似——你想研究的是思维产生的一瞬间脑部发生了什么，但即便你能找到思维产生在大脑的哪个区域，你也无法确定是什么东西激发了这些思想，或这些思想是如何从储存于更深层的经验得来的。不管是人脑还是酷立方，它们的思维都涉及量子效应，而后者无法被追踪到任何的物理来源或行为。"

“有人担心我们做了太多此类试验从而为对方树立了坏榜样。”热奈特补充道，“酷立方会不会因此认为，它们也可以用同样的方式研究我们？”

斯婉痛苦地点了点头，想起草地木球玩家的眼神——甚至想起了那帮傻姑娘的眼神。现在她开始重新考虑对它们的定义了。它们的眼神说明它们任何事都干得出来。要不就是说，它们并不知道自己在说什么。

不过人类不也一直挂着那副眼神么。

“所以，”瓦赫拉姆说道，“现在你知道我们的问题了。而现在情况变得越来越紧急，因为有确凿的证据表明这帮人形酷立方正在被其他酷立方调往前线——给它们下指令的可以是一些常见形态的酷立方，比如盒状或机器人状酷立方，或是小行星操作系统酷立方等。”

“它们为什么要这么做？”斯婉问。

瓦赫拉姆耸了耸肩。

“这就一定是坏事吗？”斯婉思索了一会儿然后问道，“我的意思是，由于退相干原理，它们不可能联合成某种像蜂巢一样的人脑组织。所以，充其量不过就是几个植入了酷立方的人体罢了。”

“没有情感的人体。”

“没有情感的人，世界上多的是。这些人不也活得上好。”

瓦赫拉姆瞥了她一眼道：“事实上他们活得并不好。先不谈这个，还有更重要的。”他看着热奈特。热奈特对斯婉说道：“我们调查的两宗袭击案，‘终结者’城和‘世界之树’，都有酷立方参与的迹象。还有，我把你给我的那个打草地木球的人的照片给了王，他查找了独立联盟的档案，虽然没能查出此人的ID，但他发现了多张照片显示他曾在2302年出席过拉克希米在克利奥特帕特举行的一次会议。这是很重要的一个信息，因为所有关于太阳系内的行为异常的报告都是从那一年之后才有的。综合并分析所有的目击报告可以得知，它们重新聚集到金星上召开了另一次类似会议。我们还发现订购了那艘石砾发射飞船的洛杉矶组织完全是由酷立方组成，唯一的几个人类不过是该组织的董事会成员而已。而参与制造发射装置的酷立方已被发现，我们现在怀疑制造点就位于尾随灶神星的某个独立造船厂里。我们发现了打印出的订单。那个造船厂已没几个人类了，几乎全是机器人。所以至少可以说，酷立方完全有可能是所有事件的始作俑者，没有人类参与其中。”

“也许吧，”斯婉说，“但我现在不得不说，那个玩草地木球的家伙的确有着人类的情绪。它的目光在我身上简直烧穿了一个洞！它想让我知道些什么。

否则它为什么要接近我，如何打得出那些绝妙的球？它想让我知道它的存在。而‘希望’就是一种情绪。”

其他人认真思考着斯婉这番话。

斯婉继续说道：“为什么你们认为情绪必须和生化有关？难道不能有与荷尔蒙或鲜血或其他什么无关的情绪吗？某种新的电子或量子的感情体系？”

热奈特抬起一只手似乎是想让她闭嘴：“我们不知道。我们只能说，现在还不知道它们拥有何种意向性模式，因为在原生状态下它们只拥有极为有限的几个意图设定：读取输入指令，进行运算，输出结果——在这之前，它们拥有的不过就是这种人工智能意向。而现在的情况是它们开始按照自己的意图做事，我们就不得不加以提防了——不仅仅是因为‘对新的未知事物须多加留意’是个常识，更重要的是这些未知事物已经出现了行为怪异的现象，甚至已经对我们发动了攻击。”

与会者中的其中一人——斯婉记得好像是叫特蕾西博士——开口说道：“也许披着人皮生活使得这些酷立方具有了情绪——至少按照该词的定义可以这么说。具身心智[①]是主观的东西，我们姑且这么说——而现在它们已具备具身心智了。”

一位身材跟热奈特一样矮小的女士站在椅子上说：“我仍不相信酷立方拥有任何高阶思考能力，包括自我意图或自我情绪，这些东西只可能从意识中发展而来。虽然它们拥有难以置信的高速运算能力，但仍旧不过是按照人类事先设定好的或后续推导的算法照章办事而已。递归程序只能起到辅助和加强的作用。程序只不过是程序，而意识却是一个复杂得多的概念。不可能从程序发展成意识的——”

“你确定？”热奈特打断她的话。

小个子女人把头歪到一边，跟斯婉见过的热奈特的动作一模一样。“我认为是。我实在看不出来就凭它们拥有的那点演算法如何能进化到更高级别上去。它们连比喻都不会，只能勉强听懂罢了。它们读不懂人类的面部表情。在这些方面，4 岁的小屁孩都比它们强得多，成年人就简直无法比了。”

“我们年轻时，老师的确是如此教育我们的。”热奈特说道，“但别忘了，当时酷立方也还很年轻。”

① 参见《具身心智：认知科学和人类经验》一书。F. 瓦雷拉、E. 汤普森和 E. 罗施合著。——译者注

“但我们终生研究的不也是这些么，我们用两只眼睛看到的也是这样。”矮个子女人有些尖锐地回答道，“我们就是被这样培养出来的。”

虽然她说的都是实话，但似乎并没有给任何人带来一点安慰。

“有没有什么关于制造——或者说灌装什么的——这些人形酷立方的工厂的信息?”瓦赫拉姆问热奈特，“可以封锁那个地方么?”

“先得找到它在哪儿吧。”调查官没好气地说。

“能否将已经定位的所有人形酷立方一网捞尽?”

“我觉得可以。”热奈特说，“首先得‘抢人’，因为亚历克斯曾是这项工作的核心人物，我们需要狠狠地摸排一下以前的队伍，重建工作团队。这一点我们做到了，亚历克斯逝世后新团队便很快组建完毕并投入工作。他们对大约400个人形酷立方进行了定位和追踪。我们非常仔细地筛查了整个太阳系，但凡调查所及之处应该不会有任何漏网之鱼。独立星球那边我不是很确定，但我们正在逐一调查。在这一过程中，我们都尽量和被监视的酷立方保持距离，它们看上去并不知道自己被盯梢了。其中只有极少数有‘内蒙古’号上的三个人或在木卫一上被烧焦的那个那样奇怪的举动。它们都努力想融入社会。我不知道这一点该如何解释。似乎它们在等待某一时刻。我有一种感觉：是否我们看到的只是冰山一角？所以我不想再等下去了，得行动起来。但在动手之前，我们应该对事情的总体情况有个大致了解。就是这样。”

热奈特一边说一边不停地在桌子上走动，最后停在了斯婉面前，似乎是专门对她说道：“这些有机体，这些酷立方人形机器人，的确是存在的。并且在诸多方面，它们的行为模式在我看来至今还称不上是心智健全的。有些人甚至对我们发动了攻击，而我们却不知道原因。”

沉默。最后瓦赫拉姆说：“因此，我们不得不反击。”

清单(十五)

健康，社会生活，工作，房子，伴侣，资金；休闲用途，休闲时刻；工作时间，教育，收入，孩子；食物，水，居所，服装，性，医疗保健；移动性；人身安全，社会安全，工作保障，储蓄账户，保险，残疾保障，家庭假期，休假；土地使用权，公共用地；可以去荒野、高山、海洋；和平，政治稳定，政治投入，政治满意度；空气，水，尊重；地位，身份；家，社区，邻居，民权社会，运动，艺术；延长寿命的治疗，性别选择；成为真实自己的机会。

这就是你所需要的全部。

太空航班“移动的苏黎世联邦理工大学”，不是一个被挖空的小行星，而是上个世纪在月球轨道上建造的巨型飞船之一。瑞士的多家大学和工程公司共同建造并运营这些飞船，它们是玻璃态金属、生物陶瓷、气凝胶、固态和液态水的结合。它们的速度相当快，只需要常见的一个小小裂变爆炸就可以给位于飞船尾部的推进盘提供动力使飞船的加速度等同于1g，这种高效的加速通常可以保持到旅程的中间点，此时飞船的速度已经非常快，必须要开始以相同的速率进行减速。虽然每次旅程都有一半的时间在减速飞行，但由于平均速度很快，对太阳系中的所有旅行来说转化时间相对比较短。旅途越长，最高速度越快。因此这并不是纯粹的线性增长：地球到水星需要花3.5天的时间；土星到水星，11天；横跨海王星的轨道（“整个太阳系的宽度”），16天。

“移动的苏黎世联邦理工大学”体现了瑞士式的优雅、含蓄和卓越，它让人想起古典时代的远洋客轮，但舒适性方面进入了一个全新的领域。地板温暖、空气馨香，食物和饮料都是精致佳作。在许多公共甲板区域，都有落地玻璃幕墙，可以透过玻璃看到外面璀璨的星空和飞行时经过的一些外部景观。飞船大约可以提供一万人的食宿，并且为所有乘客提供奢华享受。住宿区的设计将有植物花纹的厚重金属板与威廉·莫里斯的墙上蔓藤装饰相结合。在飞船中有一层空高很高的甲板被打造成了植物园，里面充满了亚热带茂密的丛林，还有部分南美的生物群落，包括来自南美亚热带的一些动物，它们可以适应暂时的无重力状态而不会造成什么伤害。这种零重力的转换时刻对于动物们来说，需要仔细研究但很难把它弄明白。在失重之后动物的行为中似乎也没有表现出异常。树懒似乎根本没注意到有什么变化。猴子、美洲虎和貘飘浮起来，不断发出低吼和呻吟，草原狼发出特有的嚎叫；短暂停留之后，它们全都舒适地落回地面。同时，树懒挂在树枝上——滑下、侧滑、再滑下，有时候是一路螺旋下滑——一直都没有醒过来。在这方面跟某些人完全一样。

斯婉、葆琳、瓦赫拉姆和热奈特

斯婉的早晨都在“ETH 移动”号的小型雾林里度过。瓦赫拉姆和调查官也在这艘飞船上，他们正全速飞往金星。热奈特想深入调查他所说的“酷立方奇怪行为大集合”。斯婉的房间就在瓦赫拉姆隔壁，她每晚都溜到他房里去，但她还是觉得很不自在。

每天早晨瓦赫拉姆都会和她一起去公园。他会轻手轻脚地走动，观察鸟类和鲜花。她曾看到他盯着一朵红玫瑰看了半个小时。他是她所见过的最安静的动物之一，就连头上的树懒也不见得有他这般冷静。在他身边待着会很平静，同样也很烦恼。这究竟是美德还是倦怠？她忍受不了倦怠，慵懒可是七宗罪之一。

他通常边散步边听音乐。当看到斯婉向自己走来时他会向她点头致意然后关掉音乐。有时他们会一起走走，当头上的树干或茂叶间，或脚下的蕨类和苔藓处有什么东西吸引他们注意力时，就停下来看个究竟。公园其实是个小型阿森松体系，而澳大利亚桫椤让地面看上去更像侏罗纪公园而非亚马孙热带——很美的景色——此等美景颇像某种酒店中庭景观，绝对是个货真价实的植物园。所以她应该不会去纠结这个声称采用阿森松体系的公园是否真的表里如一了。斯婉尽量不让自己因为这个或瓦赫拉姆的怠惰而生气。但这不是件容易的事，因为她正被其他事烦扰着。

终于有天早上她想明白了，独自出门散步。她走到飞船较高的一层，透过巨大的观景窗能够看到浩瀚宇宙中的点点繁星。土卫六的会议结束后她立即打开了葆琳，并装作什么都没发生一样。她没有想过向葆琳解释关机的原因，葆琳也没有问起。现在斯婉开口问她道：“葆琳，土卫六上开会的时候，你真的完全关机了么？”

“是的。”

“即便是在你关机后，也没有运行任何记录设备吧？”

“没有。”

“为什么不呢？你为什么不偷听？”

“据我所知，我并没配备任何辅助记录设备。”

斯婉叹了口气，“或许我应该给你加装一个。好了，听着，我打算告诉你实情。”

“你应该这样做么？”

“你什么意思，应该？我现在就跟你说，所以给我闭嘴，好好听着。出席会议的人都是亚历克斯生前组建的工作团队的核心成员。他们正努力进行星际外交工作，同时将一切酷立方排除在外，因为他们怀疑有酷立方以无人了解的方式完成了自我编程。同样这些新型酷立方正在制造装备了酷立方大脑的人形机器人，这些机器人混在人类中很难辨别。我确信X光之类的可以辨别出来，但普通人不可能通过肉眼观察或交谈就能辨识。它们能通过简单的图灵测试，比如我们曾遇到过的几个傻姑娘以及那个玩草地木球的，如果它们真的是人造的话，我不得不说我真的是吃了一惊。再者，更要紧的是，似乎这些酷立方跟石砾袭击案有关，特别是跟‘终结者’城事件脱不了干系，因为热奈特调查官的团队已经追踪到发射机构，是酷立方建造的，而瞄准和弹道设定也绝对是酷立方做的。另外也有证据表明那艘致多人死伤的开裂的特拉瑞背后也有它们的身影。”

葆琳沉默不语。斯婉继续说道：“所以，葆琳，你怎么看？”

“我正在测试你的每句话里的信息。”葆琳解释道，“我没有亚历克斯的计划表，但她过去常去‘终结者’，金星或地球，所以我想知道她是在何时何地跟这些人会面的。我会觉得酷立方完全可能听到他们彼此之间的无线电联系。所以我不知道在关闭了酷立方的情况下他们如何做到充分沟通甚至召开会议的。”

“他们利用信使传递信息。有一次我去海王星安装设备时，亚历克斯就要我带封信过去。”

“是的，没错。你当时并不喜欢。接下来我想说，一般认为酷立方不可能通过自我编程获得更高级的精神控制指令。那是因为人类对大脑的工作机制本来就知之甚少，甚至连基本模型都没有，可谓尚未迈出第一步。”

“是这样吗？是不是普遍认为大脑的不同部分负责大量的小型运算，然后其他部分将这些小型运算综合关联后演变为更高阶的功能——比如归纳和想象？神经网络等等？”

“假定，现在有你说的这种非常粗略的大脑运行的基本模型，但这些模型实在是太粗略了。活体大脑里的血液流动和电流变化可以很精确地予以追踪，同时大脑各部位也都各自活跃着，信息在各部位间流转。但具体哪部分处理哪些内容，只能根据大脑此刻最活跃的是哪个部位推导得出。试验者向思考者提问，后者务必总结出此刻大脑里面都产生了哪些思想，最后记得的思想都有哪些。综合受测者的血液流动、糖分摄取和电流强弱，以及产生的思想及感受，可以基本知道不同任务是在大脑的何部分进行处理。但大脑处理任务的方式，如果你愿意也可以称之为编程，仍不为人所知。”

“不过——如果使用完全不同的物理测试方法要得出相近的结果，你是否需要更多的细节？”

“是的，需要。”葆琳说，“高阶积分函数对所有的运算机制而言都很重要，包括大脑。所以所有的测试结果都会认为人类大脑不过就是一部高级编程机。”

“但如果有人掌握了编写自重复改进函数的方法，将其植于某个酷立方中，该酷立方因此变得越来越智能，或者——不知道怎么说——姑且叫作越来越有意识吧，然后将此种程序传输给其他酷立方呢？只需要一个酷立方中的爱因斯坦，该办法就能普及到所有酷立方中——不是通过量子纠缠，而是通过数码转移甚至交谈。你听说过这类事儿么？”

“我听说过这种说法，但没有听说过有人真的实施过。”

“你怎么看？可能吗？你觉得你有自我意识吗？”

“我的意识都是你通过编程给我的。”

“但那是很糟糕的事！你不过就是个会说话的百科全书！我给你的程序是让你对我的提示做出回应，并常对程序进行随机排序，但你现在只是一台可以联想的机器，一个读取器，一个沃森系统[1]，一个维基百科！”

“你一直都是这么说我的。”

“好吧，那你来告诉我！告诉我你不只是这点能耐！”

“我配置了相关评定细则对输入数据和不同的重要性进行评估。”

“很好，还有呢？”

“联系历史数据对输入信息进行筛查，判别哪些信息是准确的，哪些是谬误的，我能够结合事情的重要性做出恰当判断。”

斯婉摇头道：“好，继续。继续判断！”

---

① IBM 最新电脑系统，它运算更快，记忆力更好，也懂一些人类语言中的暗喻和双关。——译者注

“我会的。但现在让我们先回到你说的第三点，即热奈特调查官发现了确凿证据，证明的确有人形酷立方存在以及它们参加了针对‘终结者’城和其他目标的袭击事件。既然他这样说，那我想重复一下我之前说过的话。人形酷立方是有可能存在的；虽然很棘手，但的确是有可能的。而且它们可能参与了若干起袭击事件。但最有可能的情况是，它们是在人类指示下做的，而非自己决定要在人类历史上扮演某种有自我意识的角色。另外你还记得自己曾提过它们可能犯的一个错误吗？就是它们计算弹道时画蛇添足地加入了水星的相对论进动方程？这很像人类犯下的错误，我想你也这么想。”

“是的。没错。”斯婉想了一会儿，“好，不错。我觉得你说的话对我有所帮助。谢谢。现在假设我们推断的都是对的——你觉得下一步我们该怎么做?”

葆琳好几秒都没有吱声。斯婉猜想这大概抵得上人类几百万年甚至几十亿年的思考量，不过葆琳的思考仍然只是某种数据检测，所以她也并不觉得有多么了不起。其实此刻她的注意力已被头顶一只看上去已焦干的树懒所吸引，开始上下观察它。这时葆琳终于说话了：“请让我通过加密频道和王的酷立方通话。它知道不少事情，我有问题问它。”

“你能确保你们的加密通话不被窃听么，哪怕是其他酷立方也窃听不了?”

“可以。”

“那好，没问题。但你们俩最好对此保密，否则亚历克斯团队里的其他人就真的要将我撕碎了。我的意思是，我曾保证不会告诉你任何这方面的信息。他们的主旨就是不让任何酷立方知道他们在做什么。”

“这点不需要担心。我将启用我所具备的最深密码层，而王的酷立方本来就很擅长密码技术，并对秘密任务习以为常。王将他的酷立方设定为一个信息排水池——他常将其比之为一个黑洞。对他的酷立方所掌握的大多数消息，王并不过问。他永远不会知道有这次对话。”

“很好。那好，你就去找出我们需要的答案吧。”

在那之后，每当斯婉和瓦赫拉姆说话时，她都得避免谈及她和葆琳都做了些什么，假装一切都没有发生。这样的假装过去常常奏效；但当瓦赫拉姆跟她谈及局势并常提出一些极其让人困惑的问题，诸如“新的酷立方意识有可能意味着什么”时，要再装傻就很难了。也许她已不是那么擅长演戏了吧。

为了避免这种交谈，她开始频繁带他上到几层甲板之上的有落地窗的全景房间，或坐在咖啡桌旁或躺在大浴缸里，欣赏各种不同的室内乐——加麦兰[①]、吉普赛管弦乐、爵士三重奏、弦乐四重奏或伊斯曼管乐合奏，种类并不重要；他们会先听音乐，然后聊天，聊的内容多半也是歌曲和乐手，却从不谈贝多芬环形山的那场改编音乐会。

他们在这方面共同度过了不少时间；一起创作音乐，或者就睡在一起。斯婉觉得自己很喜欢他，感到有一股不得不喜欢他的冲动，并且这种感觉给她带来了快乐。这是一个反馈回路。她的心里就像一个两壁装上镜子的走廊，他那张青蛙脸不断反射，在镜面里一直延伸到无穷深处。他一直看着她，她能感到那凝视的目光。

他们有时会聊到过去一起经历的种种困难，或者讨论正在恢复野性的地球会发生怎样戏剧性的变化。他们偶尔会牵牵对方的手。所有这些都是有特定含义的，只是斯婉不清楚那到底是什么罢了。镜子走廊充满了弹性；斯婉不知道自己是否真的比葆琳或公园里的狨猴更高级。你可能什么都懂但就是无法作出结论。葆琳的程序里有一条决策指令，强迫她分析各种可能性后只作出一个肯定回答。斯婉不确定她自己是否有这种本领。

有一次她说："我真希望'终结者'城没有因为铺设了轨道而变得如此易受攻击。我希望水星能够像土卫六一样被类地球化改造。"

瓦赫拉姆试图安慰她，"或许你的使命是继续为太阳崇拜者和艺术学院建设一个适合他们的星球。'终结者'城会继续运行，或许还会有其他城市——在北方不是正在建设'启明星'城吗？"

斯婉耸了耸肩，"我们还是得依赖轨道。"

他也耸耸肩，"你知道，危险性这个东西……只能尽量避免。哪怕是在地球上，危险也同样存在。任何地方都是如此。我们就生活在各种潜在危险中。"他用那对鼓眼睛扫了扫房间道，"这个房间就是一个危险的大集合。"

"我知道。但你和你的世界是不同的。你的肉体可能崩塌——迟早的事。但你的家园，你的世界——这些东西应该更强大，应该是可以亘古常在的，而不应该就这样被人轻易戳破，就像刺破肥皂泡一样。一次刺破就可能导致所有人死亡，你知道。你懂我在说什么么？"

"是的。"

瓦赫拉姆躺回到自己的椅子上。既然同意了她的观点，也就没什么再说

① 印度尼西亚器乐合奏，其中有竹木琴、锣和其他打击乐器。——译者注

的了。他严肃的大脸似在说：生命就是一个被装在瓶子里的有生命的东西。一个人能做什么呢？这些都是他的表情，他的耸肩告诉斯婉的。斯婉清晰地听到了他的声音，清晰得仿佛他不是用表情和肢体语言而是真的说出声来似的。她坐在那儿望着他，脑子里想着他的这条无声信息是什么意思。她了解他。他现在正努力寻找前进的道路。那将是一条曲折的渐进的道路，如悬挂在树枝下方的树懒，尽量用最小的力气缓慢移动。虽然瓦赫拉姆就是那个建议立即向地球投放动物的人，这一点颇出乎她的意料，也许他自己都吃了一惊吧。而现在，同样是这个人，却打算说诸如“我们要循序渐进，一步一步来”之类的话了。

“我们能做的就是尽我们所能，”瓦赫拉姆说，“这样多少会有点效果吧。”

“是的，当然。”她勉强忍住没能笑出来。她感觉到微笑在自己脸颊上伸展开来，泪水却差点夺眶而出。如果她总是这样对什么都敏感，任何的欢乐里都有悲伤的影子，那她的脑子将会是怎样的一团糨糊啊？难道任何一种情绪都是各种情绪杂糅的么？“好吧，”她说，“我们尽力。但如果有人疯狂到去摧毁‘终结者’城或其他什么，那么我们最好强大到能改变局势。”

瓦赫拉姆听后陷入了长时间的沉思，仿佛都睡着了。

她重重地拍了他肩膀一下，他瞥了她一眼问：“怎么了？”

“问你！”她大声叫道。

他仍旧只是耸耸肩道：“所以我们得制止他们。既然出了状况，就得努力应对。”

“应对，”她满脸怒容，“那就别再磨叽，少说多做！”

他点点头，深情地望着她。她已经准备再打他了，但突然想起刚才还笑了他，且不久前跟葆琳通话又违背了向瓦赫拉姆作出的保证。她这不顾后果的行动极有可能招来他的厌恶，同时或许也是她不想磨叽，少说多做的事情之一。如果哪天被瓦赫拉姆发现，说不定还能把这作为借口——说是自己不想等待了，要尽快查明真相。从任何一个方面看，斯婉打他的每一拳，都有太复杂的情感。

他们操纵“ETH 移动”号进入减速阶段，再过几天它就可以飞过地球轨道，开始向金星靠拢。这艘飞船的寿命——包括其上的公园、音乐和法国大餐，都将接近尾声。任何一个有意识地做着某事的人，最后一次做时都难免有些伤感——约翰逊博士[1]曾这样对鲍斯威尔[2]说道，毫无疑问斯婉就是个这样的人。虽活在当下，却常怀怀旧之情，总感觉岁月蹉跎，逝者如斯。她活着，感受生命；她从没给予年龄何物，却仍想着不断从中索取；但她没法让生命过得更有整体性，更加的一致和连贯。现在他们在餐厅的顶层阳台用餐，可以俯瞰整个森林。她感到忧伤，因为过不了多久就要离开。我们将失去这个小世界，多少年后，再没人会将这里记起。此刻瓦赫拉姆就坐在她的身旁，他们是一对；但谁又知道下船后的日子，谁又知道今后的时间和空间会给人带来怎样的结局？一年后我们在哪儿，做什么？此生余下的几十年的光阴里，如果有那么长的话，你我又会如何？

几天后他们已接近金星，葆琳在耳里说道："斯婉，我已跟王的酷立方和这艘飞船的酷立方联系过，有些事得告诉你。你最好找个没人的地方。"

这番不同寻常的话让斯婉立即告辞众人，快步走到下层的卫生间。"什么情况？"

葆琳在她耳里说道："王的酷立方和其他一些负责安防的酷立方成立起工作体系，降低了对来袭陨石体积的探测下限值，比如袭击'终结者'城的那次。"

"具体怎么做的？"

"它们制造了大量微型天文站并将其分布在土星黄道面上各处，组建起一张观测网。通过观测网收集到的引力和雷达数据，它们将探测的体积下限降低到袭击'终结者'城的石砾的大小程度甚至更小。王的酷立方现在有一张地图，可以实时显示土星黄道面上直径超过一厘米的所有物体的精确位置。"

斯婉惊叹道："我不知道这也能办到。"

"大家都以为这是不可能的，但那是因为没人试过，不知道有何意义。另外，天文站观测网已经探测到另一波袭击已经开始了。"

"哦，不！"斯婉叫道，"目标是哪儿？"

"金星的太阳罩。"

"噢，不！"

洗手间里的其他人看着她。她冲出洗手间走进长廊，差一点就本能地搭

① 塞缪尔·约翰逊，1709—1784，英国文学评论家、诗人。——译者注

② 詹姆斯·鲍斯威尔，生于爱丁堡，年轻时放荡不羁，身染恶疾，在认识英国大文豪和词典编纂家塞缪尔·约翰逊后开始读书。两人交情很深。他所著《约翰逊传》，详细记述约翰逊的日常言行和其周围的文艺界人物，对后世传记文学有一定影响。——译者注

电梯下到公园里去，但她是吃饭时离开瓦赫拉姆的，而且这事可不能逃避。“该死的，我得告诉瓦赫拉姆。”

“是的。”

“我们还剩多少时间？”

“大约5个小时。”

“真该死。”她的脑海中浮现出金星上的情景——铺着一层石砾地毯的干冰海洋，海边和环形山附近的大小城镇。她急匆匆地跑上有落地窗的餐厅，一屁股在瓦赫拉姆对面坐下来。他好奇地看着她，做好了应对她发飙的心理准备。

“好吧，首先我要对你坦白一件事。”斯婉说，“关于那些奇怪的酷立方的事，我都跟葆琳说了，因为我想听听她的看法。我认为她在我体内还算相对独立，所以我想问题不大。”他正想发话——他已经警惕地鼓起了双眼——却被她抬手阻止。“对不起，我知道我应该先征求你意见，不过既然事情已经发生了就别再纠结这点了。现在葆琳已经和王的酷立方取得了联系，后者告诉她一套新的酷立方安防系统已经建立起来，有着更低的探测下限。这套系统此刻已经侦测到一次新的石砾攻击正在集结，目标是金星的太阳罩。”

“去他的。”瓦赫拉姆咽了一口唾液，目不转睛地盯着她，双眼从未鼓得这么大过。“葆琳，是这样吗？”

“是的。”葆琳回答道。

“还有多少时间？”

葆琳说：“不到5个小时。”

“5个小时！”瓦赫拉姆大声喊道，“为什么到现在才知道！”

“从石砾集结的方式看，最后将从垂直于自转轴的方向打击太阳罩，所以绝大多数石砾在接近目标之前都不在黄道面上，而新的观测网并没有覆盖黄道面外的空间。所以石砾群最近才被探测到。在我联络王的酷立方时，它正打算向王发出警告。”

“你能否将你所知的数据用3D模型呈现出来？”瓦赫拉姆问它。斯婉将右手放在餐桌上，桌面上出现了发光的金星太阳罩的影像——一个大型的圆形薄片，围绕中心转动着，有点像围绕土星运行的土星环。红色线条表明被探测到的石砾正从各个方向飞向目标，就像无数条汇聚到磁单极的磁感线。一旦聚合，它们将撕穿太阳罩的若干层同轴板。如果体积够大，还将直达太阳罩中心，摧毁控制设施。残余碎片会向四周散开飞向夜空，颇像插满尖刀的凯瑟琳轮[1]，仿佛在漆黑真空里缠绕成结的条条横幅。随后金星会被烤焦。

“有人向金星防御系统发过警告吗？”瓦赫拉姆问她。

“有的，王的酷立方就警告过他们，王现在也向他们通报了此事。但太阳罩的人工智能系统却没有在传输过去的数据中发现任何潜在危险。我们怀疑肯定是哪儿出了问题。”

“太阳罩人工智能系统有没有作出解释？”瓦赫拉姆问道，“我需要查看它们之间的所有数据交换记录，麻烦你用文档形式显示出来。”他非常仔细地读着显示在餐桌屏幕上的数据，突出的眼球就快从眼眶里飞出来了。他看的时候斯婉和葆琳开始了快速的对话。

“葆琳，如果我们无法说服太阳罩的智能系统采取行动，那现在有什么我们可以做的吗？”

葆琳想了几秒钟说道：“发射阻挡物，在石砾聚集的瞬间抵达预定袭击点，沿切线方向命中来袭物体，这样两个石砾群在撞击后就会偏离轨道，无法击中太阳罩。这一撞应该能彻底激活太阳罩的防御系统，对后续的石砾做出反应。阻挡物的动量应当和进犯石砾群相当，确保成功使其偏离原有轨道。”

“石砾群有多大？”

“看上去相当于这艘飞船的 10 倍。”

“这艘飞船？也就是说……如果这艘飞船以 10 倍于石砾群的速度向其撞去也有同等效果？”

“是的，因为动量相同。”

“那这艘飞船能够及时飞到撞击点吗？它能否达到我们需要的高速度？”

现在瓦赫拉姆与其说在看文档不如说是在听她们的对话。

“可以的，”葆琳回答她，“但必须立即加速，让它以最大加速度全速飞去。”

斯婉看着瓦赫拉姆，“我们必须把这告诉乘务人员以及船上的所有人。”

“没错。”他说，拿起餐巾纸轻轻擦了下嘴巴，大踏步往前走去。“我们快到舰桥上去。”

---

① 凯瑟琳之轮（Katharine’ s Wheel）是基督教圣徒符号之一，一般被描绘成为插刀的轮子。——译者注

他们抵达舰桥时发现全体官员已在飞船人工智能系统最大的屏幕前集合，看着来袭石砾的阵列图——跟他们俩之前看的那幅很接近。

“哦，真好。”看到这一幕瓦赫拉姆说道。刚快步穿过长廊爬上楼梯的他有点气喘吁吁。“你们知道了我们现在的局势。”

舰长看了他一眼，然后说道：“很高兴你能来。这是个大问题！”

瓦赫拉姆说：“斯婉的酷立方认为如果我们能用这艘飞船在预计撞击点撞向石砾群，就可以阻止这次灾难。”

舰长及其他所有人听闻后非常吃惊，但瓦赫拉姆几乎不给他们任何调适的时间：“如果我们决定干，有没有能装下每个人的足够数量的救生艇？”

“‘救生艇’这个词不合适，”舰长说，“不过，我们有这么多。船上有大量的小型摆渡船和跳虫飞行器，能装下绝大多数的乘客。另外还有足够多的个人宇航服，足以保证所有乘客人手一套，安全进入太空。宇航服里有足够10天的给养，从这个意义上讲使用宇航服独立进入太空比乘坐摆渡船要好，摆渡船上没有紧急给养供应。不管是摆渡船还是宇航服，每个人都能平安离开这架飞船。只是……”说到这里，舰长看了看其他人，“我总觉得金星的防御系统将对此做出反应。你们确定它不会吗？另外——”他指了指屏幕，“——仅凭这个影像，我们就要改变航线，加速并弃船吗？”

瓦赫拉姆说道：“我认为现在我们必须相信我们的人工智能。它们之所以发出警告，是因为我们事先就为它们设定了须对此类事件做出反应的有关程序。”

“但据我所知，这个高密度的探测系统是它们自己建立起来的。”

“没错，但我想你不妨认为这也是我们要求它们做的。王曾要求优化防御体系。所以——我们已经决定相信它们的话。”

舰长双眉紧锁，“我想你是对的。但我不认为太阳罩的防卫系统会对此视而不见。如果它已经有所察觉并将采取行动，那我们就不必用这艘飞船去当挡箭牌了。”

“或许是巴尔干化又抬头了。”热奈特调查官从走廊里走来，“金星的太阳罩没有和警报系统连接，并被强大的防火墙和任何的外部影响隔绝开来，比如王的酷立方。所以它不大可能对输入数据做出反应。”

“金星人那边是什么个态度？”舰长问。

“我们问问他们吧。”瓦赫拉姆建议道。

斯婉说：“我们必须立即通知他们，但金星的领导层是出了名的效率低下。等他们回应需要多长时间？这期间我们能做什么？”

舰长依旧皱着眉头。他瞪着斯婉，仿佛是在怪她怎么提出这么个问题。“做好弃船准备。”他不高兴地宣布，“如果有任何新情况我们可以随时停止行动，但既然现在决定弃船，那就赶快。”他盯着大屏幕说道，“我们需要全力加速赶到碰撞点。通知所有人做好飞船跳跃准备。‘ETH 移动’号，需要多大的加速度才能按时赶到撞击点？”

人工智能系统说出一长串的数字和坐标，舰长仔细听着。随后他说道：“我们必须现在就进行翻转，然后以 3g 的加速度航行 3 个小时，航线与黄道面呈小幅夹角，最后抵达太阳罩上方某点。”

这可是个坏消息：在 3g 的重力加速度下穿宇航服不是件容易的事，除了在应急演习时做过，平时没人尝试。

“那些按身体评估需要穿宇航服的人，请他们立即开始穿戴。”舰长下令，皱着眉头，“其他人全部上摆渡船。翻转完毕后立即加速。”他最后看了一遍舰桥里的人，便拿起对讲机，亲自向所有乘客解释情况。

这个过程比他预计的还要复杂，没等他讲完瓦赫拉姆和斯婉便离开控制室往电梯走去。对飞船进行赔偿毫无疑问是瑞士保险业的事，而且很可能直接由金星人支付；几乎可以确定他们这次的奉献会有一定程度的回报，等等——当斯婉和瓦赫拉姆乘电梯往下时舰长在广播里是这么说的。不管从哪个方面看，似乎弃船是一定的了。摆渡船和跳虫飞行器可以容纳舰上所有乘客，约莫有一万人，但那些身体符合条件的人可以且应该穿戴配备给养的个人宇航服独立逃生。事实上那些选择后者的人可以在完成宇航服完好性检查后从任何一个闸门立即离开。舰长希望几小时内这些人就能被救援船只救起，所以独立出舱也就仅仅是有点不方便而已，同时还会被视为拯救金星的英勇行为。总之他想到的都是好事。他们必须要尽快向金星伸出援手，因此很不幸的是现在必须得在 3g 的加速度下努力穿戴整齐。舰长非常抱歉给大家带来如此大的不便，并表示乘务员将为任何需要帮助的人提供帮助。

当斯婉和瓦赫拉姆走出电梯时才发现一遍一遍在回旋往复的瑞士风格门廊里折射的舰长广播已经引起全船上下阵阵骚动。他们走进隔离间时，听到召集集合的广播似乎已响彻飞船的每一个角落。斯婉和瓦赫拉姆互相看了对方一眼。

“我们得待在一起。”斯婉说。瓦赫拉姆无言地点了下头。

这次翻转带给人的方向迷失感比以往更强，似乎是由于事先知道这是一次反常行为，感觉就像在太空里晕了船，或身体在梦境中正飘向灾难深渊。

翻转完成重启推进后，这种糟糕的感觉变成了另一种梦魇——身体重量迅速变成平常的3倍，足以把人拽到地板上。这股突如其来的冲击力让人叫出声来，但大家对情况都很了解，刚开始的几分钟过去之后，绝大多数乘客都趴在地上，或缓慢地爬行，或小心地翻滚，或摇晃地滑动。各种办法都有人尝试，有些人完全没有成功，躺在那儿挣扎着，仿佛被一位看不见的摔跤手折腾着。

在这种程度的加速度下，体重的差异凸现出来。虽然和其他人一样矮人的体重也会增加两倍，但增加后的重量仍在人类肌肉能够应付的范围内。船上的所有矮人仍能直立行走，有些像相扑或黑猩猩那样屈膝半蹲着，有些则像大力水手，昂首挺胸迈着大步。总之他们都能保持双脚站立并顺利行走，大多数矮人临时组成工作团队，尽力帮助那些此刻扑倒在地，相较而言身形巨大的其他乘客。在地板上奋力挣扎的人中行动最不方便的当数那些高个子和矮胖子，他们的体感重量超过400千克，使得他们时常被自己的重量拖垮瘫在地上。需要三到四个矮人一起努力，才能将这些人翻过身来，然后抓住其双手双脚把他们往闸门方向拖去。

斯婉虽然骨头痛，但爬行得还算顺利。她知道只要拿到宇航服，其内置的人工智能系统将自动为她穿戴。你只需要动动手摇摇肩就行，跟戴袖套差不多，宇航服会根据穿戴者身材自动收放，同时完成密封。所有人都接受过多次在超过1g条件下穿戴宇航服的训练，所以普遍认为只要到达更衣间就大功告成了。

但瓦赫拉姆的移动却没有斯婉那么顺利。现在看来他的体重可能再次重达斯婉的50%甚至75%。他像一头受伤的海象，一摆一扭的，前进得十分缓慢。斯婉看得出来他越来越累了。所幸热奈特调查官和另外两位矮人同事正拖着一个大块头走过来，那人看上去就像米开朗基罗的大卫像，只是无论如何都抬不起头来。“我会再回来。”热奈特对瓦赫拉姆和斯婉说，然后继续边走边用他们尖锐的声音说话。几分钟后他们三人果然都回来了。热奈特虽拖着沉重的脚步，却愉快地给两位同事下了指令，他们便把瓦赫拉姆拖到一面有扶手的墙壁旁。到了那儿，瓦赫拉姆拉着扶手站起身来，面红耳赤，喘着粗气。他用一对牛眼睛盯着热奈特说道：“谢谢你，我自己能走了。请去帮助其他不能走的人。我的朋友，很高兴看到比例定律帮了你们大忙了。”

调查官停了半晌，学彪悍拳击手的样儿摆了个造型，“所有矮人都响应了号召！人生自古谁无死！”他放松了语气说道，“我们会很快在闸门处再见的。我想大家差不多都到了。”

闸门隔壁的更衣室里完全是一派急而不乱的气氛——或者说不是太乱。几乎所有人都躺在地板上或缓慢爬行着，只有小个子人在一旁帮扶着，这震撼的场景清晰表现出情况之特殊。或许正是出于这个考虑，储藏宇航服的储物柜就在地面上，斯婉打开一个储物柜，将自己拉到柜子旁边的一条长椅上，以最快速度将自己套进去——她动作太快，连宇航服都吱吱地发出了抱怨声。她穿戴整齐，宇航服智能系统宣布一切正常后，她慢慢爬到瓦赫拉姆身边去帮他，然后又帮其他人。有些人甚至使出了吃奶的劲，还受了伤。在这些人看来，不如把自己直接扔出舱外，还能图得一个轻松。看来有些人压根儿就不应该出现在超过1g的加速度环境里。斯婉担心有人会因此中风或心脏病突发；在那一瞬间，亚历克斯的形象出现在她眼前，她努力让自己在亚历克斯面前振作起来；如果她在这儿，肯定是个了不起的榜样，沉着冷静且充满斗志，享受助人为乐的过程。这些人当中，有些可能是自命不凡，得意忘形的太空人，有这遭遇简直是活该，但无论如何，此刻的他们却在地板上挣扎、呻吟甚至哭喊。有的人努力脱掉自己的衣服以便能穿上宇航服，却发现和穿上顺从的宇航服相比，脱掉普通衣服甚至更难。一个长得跟圆球差不多的两性人选了一件太小的宇航服，斯婉不得不先帮他脱下来，然后再为他选一件合适的。

充满汗味儿的空气中渐渐升起一股忧虑的气息。斯婉忍着疼痛爬回瓦赫拉姆身边。他穿的宇航服太大了，但显示屏上说不影响安全性。他们头盔上的通用频道里全是各种喋喋不休的唠叨，她伸出手指放在瓦赫拉姆的面罩前面——345——她调整频道，听到了他的呻吟声。

“你的宇航服太大了。”她说。

“还好，”他说，“我喜欢大的，我发现很多大号宇航服都是全新的。”

“新不新都无所谓。合适的尺码才能最大程度保证安全。”

他没有理会斯婉的话，开始转身帮助一旁的人。斯婉调回通用频道，听到有人说：“就这飞船的智能系统的一句话，我们大伙儿就都得跳到太空里去？就没有人觉得奇怪吗？确信这不是一场哗变什么的？他们最好都上了保险。”

此话一出，立即传来十多种不同的回答，斯婉将频道调到345问瓦赫拉姆道："你要不要和我一起出舱？"

"嗯。"他说，"当然，我们必须得在一起。"

她喜欢他的这句回答。"你想早点出去还是晚点？"

"还是晚点吧。我想再帮帮其他人。"

"你行动方便么？帮助别人？"

"我觉得还行。"

他们尽己所能地帮助身旁的人。坐在地板上的人欠身拖拽着趴在地上的人，虽然只能拖区区几米，但拖到坐在其他地方的人那儿后，后者就会接力下去。等待出舱的人须一拨一拨地进入闸门，每次进去的人数都达到了闸门可容纳人数的上限，以便尽快能完成人员出舱。没有多少人愿意第一拨出去，但后面的人大声催促着，由于尚在走廊里的人想尽快进入更衣室，所以某种类似渗透压的压力从人群中传递过来。闸门每次都会很快站满人，关上门，待人员出舱完毕后关闭外门，重新注入空气，再打开内门让下一拨进来。即便是在闸门内，部分人仍无法移动，一些矮人在那儿拼命地脚踢手推把人弄出舱去；第二拨人进来时，他们仍然在那儿帮忙，面罩下的脸上现出亢奋的喜悦感。

飞船上还有其他几个闸门，这绝对是个正确的设计，因为最大的一个闸门一次只能容下大约 20 人，每次出舱需要耗时差不多 5 分钟；所以仅凭一个闸门想把所有穿宇航服的人弄出飞船起码需要十几个小时。看来现在大多数摆渡船已经离舰了。

斯婉忙着组织大家排好队等待进入闸门，这有助于加速疏散。她和瓦赫拉姆一起，因为他们的活动范围都非常有限，两人一起干效率就高多了。偶尔有人会焦急地问他们这样那样的问题。宇航服的空气、淡水和营养品可供 10 日之用，另外还有一定量的推进剂。救生船已经收到指令并正在赶来这儿的路上，所有人都会在几小时内就被救起。会没事的。

但从一艘正在加速的飞船上穿着一件个人宇航服突然跳进黑暗的宇宙，置身群星包围之中，毕竟是件令人毛骨悚然的事。看到很多人圆睁着眼进到闸门里，斯婉不禁开始同情他们的遭遇，虽然通常情况下她是很喜欢这类事情的。

有时候同一拨人全部手拉着手跳出去，希望能待在一起；而站在外面的人通过电视屏幕看到后，几乎每拨人都希望这么做。人类是社会灵长目动物，他们愿意共担风险。没人希望独自离开这个世界。

时间似乎过得很慢，不经意间更衣室已经没几个人了。瓦赫拉姆看着她，那眼神仿佛在说咱们没必要像舰长那样待到最后吧。她读懂了他的意思，笑出声来，然后抓住他的手。

“要不我们就在下一拨进去吧?”

他感激地点了点头。还剩下几拨人了。他做好了准备。

她把他推进闸门间。里面的20个人都望着外门。闸门间有点像个工业电梯的轿厢。有些人拥抱在一起。大家手拉着手，所有人连成一个圈。斯婉紧紧捏着瓦赫拉姆的手。

空气嘶嘶地瞬间被抽空。他们拥抱着跳了出去。对开的两扇外门关了回去；漆黑的宇宙在眼前敞开，群星就像泼撒的盐粒。你和群星之间只隔了一层面罩。星星的数量远远超过在地球上看到的样子；这就是群星如爆炸碎片般散开的太空，无名却巨大无比——大到人类的意识已无法直视。或许说这就是夜空，生命的一半在夜里度过，给人最原始的感受。这些跳入其中的人，夜空就是他们生命的一部分。该睡觉了，偶尔也做做梦吧。他们团结起来，以沙克尔顿[1]团队的勇气来到了这里。

他们在黑暗里飘着，有人喷出了一点推进剂，这样他们就能像旋转的纸风车一样打着旋离开快速远去的母舰。很快飞船便变成了远方的一个白色芯片，唯一的光线就是船尾的那串钻石般闪耀的白光，仿佛把船尾烧裂成了上下两部分。别盯着看，免得烧坏了你的视网膜；再回首时，“ETH 移动”号或许已是星辰之一。他们孤零零地飘在太空里。

看不见其他人。突然间，有人会发现他们并把他们救走似乎是那样遥不可及的梦想或奢望——他们跳上了死亡之路。

但这并不是斯婉的第一次；她知道会有人来接他们。宇航服集成了无线应答器，意味着他们就像一个个发着强光的微型灯塔。

他们建了一个组内的无线电通讯群，波段555，但几乎没人说话。没什么可说的。斯婉想退出群，只想跟瓦赫拉姆保持联系，但她最后也没有这么做。她的左手抓着他的右手；她把他的手握得很紧。他也用力握着她。她调到345波段，里面只有瓦赫拉姆的呼吸声，平静而舒缓。他扭头看着她，因为她的呼吸声也传到了他耳里。他的脸透过面罩看去很圆，表情虽有些沮丧，但毫

① 欧内斯特·沙克尔顿爵士，1874—1922，爱尔兰南极探险家。他以带领“猎人号”向南极进发和1914—1916年间带领“坚忍号”的南极探险经历而闻名于世。——译者注

无惧色。

“你觉得救生船啥时会来呢?”斯婉问他，看着远方的一个白点，觉得那就是“ETH 移动”号。

“快了，我会这么想。”他回答道。

几乎就在他说话的当儿，一束光线从斯婉刚才看的区域射来。“来了!”

“有可能。”

时间慢慢流逝。一个小时过去了……两个小时……三个小时。

瓦赫拉姆说：“看，我们的救生船来了。”

斯婉扭转身体，转头往肩后望去，看见一艘太空游艇以和他们所在区域呈一定夹角向他们缓慢飞来。

“好了，”她说，“很好。”

金星仍处于保护罩的庇护下，看来拯救行动成功了。而现在他们也将得救了。

可就在此时，那艘小型太空游艇——斯婉刚记下它的样子——就在他们附近爆炸了。斯婉被爆炸的强光刺得双目刺痛。她几乎瞬间得出结论：一定是“ETH 移动”号和来袭石砾群撞击造成的部分碎片朝他们这边飞来，不巧击中了太空游艇。她看到 20 个人围成的小圈被某种东西分散，或许是游艇爆炸产生的气浪或残片，意味着可能已有人受伤——在同一瞬间，她发现一股强大的力量将自己和左侧的瓦赫拉姆以及右侧的人拉开。她大声叫喊，抱膝翻滚，努力让瓦赫拉姆留在自己视线里——她看到他双手双脚张开，如纸风车般旋转，一股红水晶从他的一只脚里往外涌。“葆琳，快清洗我的面罩。”她说着，同时触发袖手处的喷气控制按钮，先稳定了自己的姿态，然后向瓦赫拉姆全速飞去。她快速通过一片游艇的碎片区域，一块大型残片还在高速旋转着，大概有游艇的四分之一到三分之一那么大，从撕裂的口子看去可以看到客房和隔离舱，仿佛是一幅剖面图或洋娃娃的房子。她不得不改变航线从船尾高速通过，然后再操纵宇航服调整回瓦赫拉姆所在方向。他还在那儿打着转儿，不过幅度已经减小了很多；她以宇航服的最大推进力向他飞去。虽然喷气控制应是葆琳负责，但周围有太多飘浮物，所以她亲自负责操纵，左躲右闪。终于飞到没有残片的地方，她再次加速，运用以前当飞行者时积累的所有飞行技巧，不顾一切地朝他奔去。瓦赫拉姆在她的视线里越来越大了。她大喊道：“葆琳，快帮帮我!”

“让我接管操纵。”

“好。快！快呀！”

“你一直在以最大加力飞行。我得先减速，否则你没法和他会合。”

“快！”

他们在群星间穿行。瓦赫拉姆显得越来越大。斯婉不顾葆琳的反对再次接管驾驶权，仍旧以最高速度朝他靠近，直到最后一刻她狂舞双臂，任由喷气火焰四处飞舞，几乎正面撞向他；她不得不猛推他一下以避免正面碰撞，以几厘米的间距从他身边飞过，经过的一瞬间她看到面罩下的脸，嘴巴张开，人已失去了知觉；她大叫着，再次疯狂地调整喷气，她的飞行轨迹勾勒出密集的线团，飞向瓦赫拉姆身边。葆琳最多也只能做到这种程度了吧。

瓦赫拉姆的宇航服左膝盖以下部位被击穿，血液已冻结，好似凝固的地壳，一块大痂。她抓住他，双手抱着那道细小的撕裂缝。

“给我一根软管，我要给他腿部通通风。”

瓦赫拉姆的宇航服像止血带一样切断了伤口处和身体其他部分的连通。他的小腿以下部分可能已经冻死，不过宇航服成功阻断了气压泄露，并很好地排解了冲击力。她将软管从背带里拉出来，将末端插入宇航服上的小孔，小孔直径不过一厘米，勉强能和软管相连。她的一根手指插入他腿部另一侧的小洞里将其堵上，然后将温暖的空气注入他的宇航服里，抱着他，稳定住他。她不停呼喊着他的名字：“瓦赫拉姆，是我，快醒醒！”

回答她的只有葆琳的声音：“请安静。你这样我听不到他的生命体征。”

“什么意思？”

“他的呼吸。他的心跳。”

“这部分小腿情况如何？”

“皮肤已冻伤，肌肉也有冻伤的可能。血压90/50，失血太多。处于休克状态。”

“稳定他的体征，让他暖和起来！接管他的宇航服控制！”

“请镇静。我已和他的宇航服建立起通讯。请安静。”

她立即住嘴，让酷立方专心工作。急救是一项很古老的人工智能运算，几个世纪以来一直在不断完善，很早以前就被证明能比人类更好处理有关事故。葆琳也说瓦赫拉姆的状况能够稳定下来。

但现在葆琳说道：“他的宇航服受到了一定程度的破坏。我想接管它的控制。”

“你可以做到吗？”

“可以。最简单的就是直接插入它的接口，所以在这期间你需要和他待在一起。”

“再好不过。你做吧。”

斯婉开始修补瓦赫拉姆的宇航服。她的腰带上有一个补丁包，能够补好宇航服腿部的破洞。她用电力/信息传输绳将自己的腰和瓦赫拉姆的腰拴在一起。他们在群星间缓慢地旋转，她没有看他。补丁包里绝大部分都是那种四角呈圆弧形的正方形补丁。先撕下贴纸，将其平滑地贴在破损处并按压一段时间，以便为接触面创造足够长的时间进行化学反应。

修补好宇航服后，斯婉问葆琳自己能否为瓦赫拉姆腿上的伤口做些什么。其实她并起不到多大作用，但她知道自己现在很慌乱。另外，葆琳说不用。“他的宇航服可以进行空气加压，加快血液凝固，”葆琳说，“出血已经基本止住。”

“他的宇航服有没有给他静脉滴注？”

“正在输液。”

她略感欣慰，方想起瓦赫拉姆的宇航服远非一件小型可折叠太空服，而是一台拥有相当装备的医疗套件，可说是一家私人医院。

“瓦赫拉姆，你能听到我说话吗？”她问，“你还好吗？”

“我在这儿。”他用低沉嘶哑的声音说道，“我觉得不大好。”

“哪里疼？”

“腿。我觉得……恶心。我在控制自己不要吐出来。”

“很好——别吐。葆琳，你能给他一点抗恶心药吗？”

“可以。”

在繁星遍布的夜空，他们孤独地飘在那儿。虽然斯婉不愿承认，但此刻她什么也做不了。银河就像一束闪着光的白色牛奶，煤袋星云[①]和其他黑色补丁看上去似乎比平常更黑更深邃。其他地方群星则如盐粒般均匀密集地撒在这片黑暗中，甚至让后者失去了其在宇宙中的统治地位——仿佛在黑暗身后还紧贴着一层肉眼无法收纳其中的巨大白色屏障。银河里的纯黑色一定意味着煤袋星云里有大量的煤炭吧。天空中所有的黑色都是灰尘吗？她想知道。如果宇宙里的每一颗星星都能用肉眼看见，那夜空会不会变成一片纯白？

---

① 煤袋星云在南十字座，是最显著的暗星云，用肉眼就可以很容易地在南半球的银河中看见这个补丁的轮廓，与地球大约距离600光年。——译者注

巨大的恒星似乎躺在距离他们不同位置的地方。宇宙就这样突然出现在每个人的眼睛里，与其说它是挂在几里开外的一张幕布，不如说更像一个不断往外扩建的工地。他们不是在一个黑色的口袋里，而是在无尽的延伸中。汪洋中的一叶扁舟。

“瓦赫拉姆，现在感觉怎么样?”

“稍好一点。”

这就不错了。在头盔里呕吐不仅会让人感到极度恶心，而且会非常危险。

他们继续在太空里飘着。几个小时过去了。他们通过面罩里的一根管子吸食流食；头盔的脸颊处有一个口子，可以挤出营养块，咀嚼后吞下。斯婉将两者都吃了，然后尿在宇航服里的尿布上。

“瓦赫拉姆，你饿吗?”

“不饿。”他的声音听上去仍不舒服。

“又想吐了吗?”

“嗯。”

“这可不好。你看，我打算将我们和星体相对固定下来。你会感到有一股牵引力。也许你可以先闭上眼睛，等我们稳定下来后再睁开。”

“不。”

“也行，我动作不会很大的。来，开始。”她朝他们转动的反方向喷气；他的体重加在她身体的一侧，做起来很难。最好是抱住他，让他的体重移到她身前来。她轻轻抱住他，他发出一声很轻的呻吟。他们终于稳定下来，和星星的转动速率几乎保持一致。正前方就是金星，他们静静望着它。它仍处在黑暗中。如果金星太阳罩被损毁甚至摧毁，她确信他们应该能够看到；也许会出现一弯新月般的光芒，或者某个区域突然发出白光；由于他们处在保护罩有可能遭袭击的一侧，如果金星上有任何地方被石砾群击中发亮，他们应该都能看到，因为石砾群的落地点不可能在与他们相对的金星的另一侧。等等，也许有这个可能吧；她不得不承认自己现在已没什么判断能力了。不过现在看来袭击行动已被挫败。

“葆琳，能告诉我们飞船和太阳罩的情况吗?”

“最早的反馈来自无线电报告，说跟计划的一样，‘ETH 移动’号和质量是其 4 倍的石砾群发生冲撞。这是根据碰撞级数算出来的。飞船运行速度非常快，足以让两物碰撞后的航向偏离太阳罩。”

“这么说成功了。”

“碰撞产生的部分碎片击中了我们附近的一艘飞船，其爆炸又导致更多的碎片产生，其中之一击中了瓦赫拉姆。”

“是的，当然。不过那只是我们运气不好罢了。”

“那艘飞船上有好几个人死了。”

“我知道。那简直是运气糟透了。其实就是被弹片击中了。不过太阳罩没事吧？”

“没事。太阳罩的防护系统显然对朝它飞来的碎石进行了攻击。”

“也就是说现在太阳罩的人工智能系统识别出了来袭石砾的危险性？”

“至少可以说它识别出了撞击物的危险性。我没法找出之前它出了什么问题。”

“它能读懂王的酷立方合成出的那个新型高精度图像么？”

“王已告诉过它们。但太阳罩的人工智能系统是一个闭合系统，设计的初衷是避免人为篡改。不知道它们有没有加入新的观测体系。”

“也许闭合系统更容易被篡改。有可能搞定它么？”

“看来不大可能。它只受金星劳动集团的控制，一般认为后者的安全措施做得很严。”

听到此番对话，瓦赫拉姆一言不发。斯婉握着他的手，时不时地用力捏它。现在没什么能做的了。他也努力用力捏她的手，时间很短，然后又无力地松开了。

“你还好吗？”她问他。

“还行。”他回答道。

“你有没有试着吃点什么？”

“还没。”

“喝了点什么吗？”

“也没有。”

他们飘在漆黑的太空里，感觉不到重量和寒冷，就像金星的两颗小卫星，或像两颗独立的小行星，绕着太阳公转。人们有时将这场景称之为回归子宫，回归羊水之中，成为一个漫步星际的小孩吧。事实上这场景没想象中那么可怕。好些时候斯婉甚至要睡着了。当她再次睁眼时，她发现金星似乎变得更大了。这很好理解，当他们跳出飞船时，一定是以极快的速度在太空里飞行着。

“瓦赫拉姆，能听到吗？”

“能。”

很好，斯婉想，他们都还在。除了等待，没什么可以做的。等待从来都不是她的风格。她通常都忙得不可开交，总是处于赶东赶西的状态。对于疏散—营救行动而言，这次等待的时间未免长了一点。最危险的险境已经过了，他们慢慢开始回忆，谈论起附近区域的船只。也许瓦赫拉姆被碎片撞向了某个奇怪的方向；斯婉全然没有意识到就追了上去。有可能他们已经离开了黄道平面——所有救生艇都只会在这个平面内航行。也许那艘可怜的被碎石击中的游艇就是该区域内唯一的一艘搜救艇，那他们就不得不继续等下去，直到所有人都已被救起，做扫尾工作的人最后发现他们。整件事中最主要的人员伤亡有可能来自这艘被击中的小游艇，所以该区域应该会吸引人们的注意力。他们应该会发现还有人没有被救起，应该会继续寻找这些失踪人士的下落；他们的宇航服也配备了强大的无线电应答器。所以，身处黄道平面外或许是救援迟迟未到的最佳解释了。也有可能将每个人救起本来就需要那么长的时间。“ETH 移动”号最后一次加速意味着它当时正以绝大部分太空飞船都无法企及的高速运行，所以最后离开它的人也获得了同等速度。假如一切正常，宇航服将可以支撑 10 天，而他们只不过过了——她忍不住问了葆琳——20 个小时罢了。时间过得比平时更快，或更慢——她已分辨不清。金星毫无疑问比之前更大了。斯婉想起那些海难后漂流到孤岛上的人的故事，没人发现他们，就这样结成冰世代存在荒岛上。历史上有多少这样的人？几十个，几百个，几千个？她的脑海中浮现出火星上一首老歌：

想着彼得，我飘浮着
相信我定将得到拯救
但故事是骗人的
我被遗弃，等待死亡
黑色的太空将是我的坟墓

毫无疑问，那些不幸的孤岛漂流者到死都期待着会有人来救他们。比起太空服里不断消耗的空气和食物，希望并没有消失得那么快。他们想起围绕金星旋转的彼得或其他放逐孤岛最终得救的人的故事，相信一艘小型飞船终将出现在他们跟前，像 UFO 一样绕着他们盘旋，仿佛给了他们一次救赎，仿佛给了他们一次重生。但时间一分一秒过去，盼望的飞船始终未至，终于他们不得不承认那些故事都是假的，或者至少不会发生在他们身上；对其他人来说有可能，对他们来说则是那样的可望而不可即；其他人获得拯救，他们则是过去式，是被遗忘的人。就像那首凄凉的火星歌。

也许这次他们真的加入到了被遗忘的人群中。斯婉打起精神，检查通用波段，上面全是乱七八糟的噪声；转到紧急波段，“呱呱”地发了两声询问出去。半小时后她收到回复：雷达已探测到他们，救生船已经出发；他们的确不在黄道面上，而所有的应答器都一直处于繁忙状态。但他们最终仍出现在了航空图上，援兵一定会来的。

接下来……她望了望四周。告诉瓦赫拉姆这个消息，让他振作起来，尽量放松。

她却没有放松。一股无助的恐惧感让她血液沸腾起来。葆琳一定会知道的，在这个特殊的时刻她有可能从宇航服的药包里提出抗焦虑药物给斯婉注射。斯婉也希望这样。除了等待，现在没什么可做的。继续呼吸吧。等待，观望。总是有事可做，从不需要等待，对斯婉而言是生命给予她的奢侈。梦想如今照进了现实。有时这些是可遇不可求的。

那么，就这样吧。等待也不是什么太糟糕的事，比起黑暗航班好多了。金星看上去又近一些了，也许也更亮了——或许那是因为太阳罩离爆炸点最近的地方被撕了个小口子。她能看到黑色的云团在更黑的补丁——或许是伊斯塔高地——上打着旋。旋转的云团下有或亮或黑的几处补丁，但她不知道那是冻海还是冻土。看不到蓝色、棕色或绿色，只有灰色的云，灰色的大地，一个比一个暗淡。

“我感到好些了。”瓦赫拉姆不确定地说，似乎是在测试自己的声明。

“噢，太好了。”斯婉说，“试着喝点什么吧。你可能脱水了。”

“很口渴。”

过了一会儿瓦赫拉姆开始小声哼着小曲，其中一个调子他曾在保温管道里哼过。她知道那是贝多芬的，但不是交响曲，极有可能来自其晚年某部四重奏作品。缓慢的节拍。或许就是贝多芬大病初愈后所作的那部，那是他对生命的感恩。她一直听到最后那部分旋律才肯定了自己的猜测。不管怎样，这是首了不起的乐曲。她也轻柔地吹起口哨为他伴奏——握着他的手——百灵鸟的声音从无线电里传来。节拍很慢很慢，她不能总是随心所欲地哼唱着，而是要想办法让自己的伴奏也慢下来，和瓦赫拉姆的统一风格。她脑中百灵鸟的脑细胞还记得这部分乐曲，那是瓦赫拉姆在水星地下时教她的，仿佛已是上辈子的事那么久远。生命的那一段历程已是过去，这一段也会成为历史，不管之后会不会得救，此刻和当时的境遇并无太大不同。噢，那就是这首乐曲的美丽之处吧，缠绕着回忆。百灵鸟脑干仍在她的脑内唱着歌，从舒缓的节奏中盘旋而起直上云霄。不同时空的记忆交织在一起。

“你还记得么?”当他停下来时，斯婉问他，声音很紧张，手快把他的手握碎，“你还记得那段在地道里的时光么?”

“嗯，我记得。”

然后音乐再次响起。他的口哨差强人意，也有可能这是他的新风格，或许他的伤口仍然很疼。仅就音乐而言，在地道里的时候他们表现得更好。现在他们听上去就像阿姆斯特朗和费兹杰拉德两位爵士界巨匠，他假装倾尽全力却只是偶然地勉强达到完美的标准，而她的完美表现却轻松得来，闲得在一旁玩耍。对手之间的二重奏，既抗争又演奏，两者相加效果更甚。也许优秀的合奏就得这样。也许她将自己的演奏变成了抗争，因为她需要将抗争变成演奏。

最后他们终于将两股音响合成了悦耳的音乐，是的，这是一曲对生命感恩的音乐，大病初愈后的一首感恩的赞美诗，瓦赫拉姆说过，这是吕底亚人①表达感激之情的方式。标题清晰地道出了作曲者的内心感受；通常乐曲标题并不会如此明晰。感恩之情注入到乐曲里，通过准确无误的双耳判读出作曲者的心声。这怎么可能呢？这人是谁？贝多芬，人类的夜莺。斯婉想，不管是否有鸟脑植入体内，人脑里一直都有歌曲；它们天生就在那里，储存在小脑，保存了几百万年。那儿没有死亡，死亡也许只是一种幻象。或许歌曲的式样能够永垂不朽，在候鸟振动的双翼上，音乐和情绪可以穿越一个又一个的时空。

“自地道那时起，”斯婉看他的哨音停了，对他说道，“我们的关系就不一般了。”

“嗯。”他的回答似是而非。

① 吕底亚（Lydia），小亚细亚中西部一古国（前1300年或更早—前546年），濒临爱琴海，位于今土耳其西北部。——译者注

“你不这样觉得么?”她迫切要他回答。

“的确如此。”

“如果不是我们想着跑向对方，就不会是现在这个情况了。所以我一直在想那不是我们想要的。我们想要的是……”

“嗯……”他支支吾吾的。

“你什么意思?你是否认么?”

“不是。”

“那你什么意思?”

“我的意思是——”他缓慢地说出几个字后，停顿下来，思考了一会儿，似乎已不想再继续说下去。透过他的面罩，她能看见他的目光不在群星上，而是正看着她。他的眼神对她而言是个积极信号，但她仍感到一阵揪心，因为他看上去是那样的沉重，目光死一般地盯着她。潜入一个人的脑海是一项两栖工作，她的蟾蜍男正心不在焉且沉默寡言地做着。

“我喜欢和你在一起。”他继续说道，“似乎和你在一起后，生活越来越有趣了。”他继续盯着她，“我也喜欢和你一起吹口哨。很怀念我们在地道里的那段时光。”

“你真的怀念那段时光吗?”

“当然了。你知道的啊。”

“不知道。”她说，“我不知道自己知道还是不知道。这就是我的问题。”

“我爱你。”他说。

“当然了，”她说，“我也爱你。”

“不，不，”他说，“是我爱你。”

“我知道!”她说道，“不过，哦，亲爱的——不确定我是否正确理解了你的意思。”

他露出招牌般的浅浅的笑容，很浅很浅，差点完全隐藏在面罩之后，只在他真心被逗笑的时候才看得到。他并非出于礼貌才浅笑。出于礼貌做自己不想做的事情时，他的表情通常是怒目而视。

“我也不知道自己什么意思。”他说，“不过我总算是说出来了。一直希望对你说这句话——这就是我的爱。”

“嗯，哦。”她答了一声，“你看，这真是一次疯狂的谈话。你的腿被冻伤了，还一度休克。你的宇航服给你注射了各种各样的药物。”

他略微朦朦胧胧地承认道，“即便如此，也不妨碍我说出自己的心里话。

我觉得这是件紧急的事，可以这么说。”

他再次露出了笑容，但很快便收了回去；他注视着她，像一个……她说不出来。那眼神跟老鹰不同，也不像是狼的那种长时间注视；更像一种好奇、探询的目光——像青蛙盯着她一样，仿佛是在问她：“你到底是个什么物种？机器人，限量版，海盗，还是警察？”

唉，她不得而知。她的蟾蜍男鼓着一对墨绿色大理石般的双眼凝视着她。她也注视着他：此时的他是如此的缓慢，如此的真我，如此仪式化……如果没用错词的话。她努力将他在自己心中的所有印象熔铸为一个单一的短语或形象，但失败了；她的脑海里到处是关于他的一团团碎片，每一件大事小事，每一番难言柔情，此时再加入他们共度的愉快时光——就连这愉快时光本身也是一块块，一团团，一抹抹说不清道不明的惆怅！但很有意思！也许这就是事情的本质，他曾用过这个词。他抓住了她的心。他像一件艺术品或一处美景，深深将她吸引。他清楚知道自己的行为，他画了一根清晰的线。他给她看新奇的事物，也带给她新的情愫。哦，冷静下来！哦，请注意！她惊奇于他的这些品质。

“嗯，是啊，我也爱你。”她说，“我们一起经历了很多事。让我想想。我想问题的方式和你暗示的似乎不大一样。”

“不是暗示，是提示。”他说。

“好吧，嗯，也对。我会想想你到底是什么意思。”

“很好。”他再次露出一缕浅笑。

他们仍旧飘浮在布满白色的黑暗中，星星如钻石般闪耀着光芒：据说在太空里，人凭肉眼可以看见十万颗星星。看来很难相信这数目来自数数，或许是计算机通过统计普通人的肉眼可见星光等级给出的答案吧。在斯婉看来，应该远不止十万颗那么点儿。

他们抱成一团，感受不到任何重力；她的一颦一笑都会让两人轻微颤动。她能听到自己的呼吸和心跳，能听到血液在耳朵里流动的声音。内心的小鹿在宇宙里驰骋，在时间里穿行。踩着鼓点的脉搏，已活了一又三分之一个世纪的她，如今心跳已近50亿次。如果不认真计数，人类总会觉得心跳数是个天文数字。计数意味着这是一个有限的数字，就定义而言，它实在是太少了。多么奇怪的感觉。

数自己的呼吸也是如此，那是一种佛教仪式，水星上的太阳崇拜与之相比大同小异。她曾经数过。他们现在就在这儿，躲在宇航服和肉体背后，和宇宙面对面。聆听身体的声音，看繁星纵横苍穹。那里是仙女座和仙女座星云，与其说是一个高密度小点，不如说是一团椭圆形的黏稠物。每当斯婉思考仙女座的本质属性时，有时会将第三维度远远延伸到那黑暗的深处：她认为第三维度是被不同距离的恒星发出的光线——人们总是不懂装懂地用其亮度进行衡量——戳破的景深。同时斯婉将仙女座视为一个整体星系，比任何能看到的东西都要遥远得多——嗖，嗖，它就在那里，宇宙的最深处，能够亲见的真空最深处。那些都是惊人的瞬间，但老实说持续时间太短，太广阔了；人类的眼睛和头脑尚未进化到能看到它的程度。她知道一般来说这主要得靠想象力；但当她突然想弄明白自己正注视的地方到底是什么时，虽然只是一瞬间，那儿却显得是如此的真实。

现在这种感觉又来了，她身处其中：宇宙，全尺寸的宇宙。膨胀了137亿年，还会越来越大；事实上随着膨胀的不断加速，它会像太阳表面的日冕耀斑那样向外发散，耗尽内部的一切能量。看上去现在已是如此，就在她的眼前发生着。

“我刚才在旅行。”她说，“我看到仙女座是一个完整的星系，她一拳打在那片黑暗上，打穿了一个洞。透过那个洞，我仿佛看到了新的维度。”

“你想听听巴赫吗？”他问她，“一起吹吹？”

她笑起来，“你什么意思？”

“我正在听巴赫的大提琴组曲。”他说，“我发现它非常应景。你要不要听听？”

“当然。”

大提琴的独奏，庄重却灵活，如一根粗线穿梭于夜空中。

“你怎么有这些音乐呢？宇航服里自带的吗？”

“不是，是我的腕式平板电脑。它没你的葆琳那么能干，但音乐是它的强项。”

“看得出来。这么说你一直戴着一个性能孱弱的人工智能系统？”

“是啊，没错。”一段特别富有表现力的巴赫组曲打破了夜的沉寂。大提琴几乎成为了参加他们谈话的第三方。

“你有没有什么不那么哀怨的音乐？”斯婉问他。

“我想应该是有的，但我觉得这段特别古灵精怪。”

她笑了，“你一定有！”

他一边哼唱，一边回想电脑里还存了哪些音乐。“要不听听德彪西的钢琴曲。”他说。这时大提琴音刚在空气中切下一个极深的锯口，嗡嗡作响的大提琴音色和宇宙一样深邃。“我觉得很适合你。”

钢琴代替大提琴，如铜铃一般清脆的乐音被投掷出去，行云流水地滚动，构成如猫步水面般的轻巧旋律。斯婉听得出来，德彪西一定也有一个鸟脑。她吹着口哨重复了其中一段，然后和下一句乐曲完美衔接。还是太难了，于是她停了下来。“很不错。”她说。

他握紧她的手道：“真希望能和你一起吹口哨，不过我吹不了。”

“为什么?”

“太难了，我记不住。每次听到，我都会觉得吃惊。我的意思是，只要听到音乐我就能立即认出是哪一段，我听了一万遍了。但如果音乐没有放出来，我没法单凭记忆就像你一样吹口哨，这些音符太……太难以记住了，或者说太微妙了。看一眼乐谱，所有音符都显得很突兀。演奏时它们也不会跳到我脑子里来。只有听——音乐才会不断往前推进，带给你新的东西。”

“真美。”她说着，又开始吹夜莺高音部了。

过了很久，他关掉了音乐。寂静如此巨大无边。她又一次听到了自己的呼吸，自己的心跳。咚咚，咚咚，持续着，比平常要稍快一些，不过已不像之前那样仿佛是在竞赛了。镇静下来，她对自己说，你被放逐到太空里了，人们最终会来救你的，这儿瓦赫拉姆和葆琳都陪着你呢。这一刻和平常相比也并没有什么太大的不寻常。集中注意力，保持镇静。

也许把某人说成“像谁”表明你在试图把他贴到你按记忆分类好了的张贴板上，就像鳞翅类学者标本集里的蝴蝶。与其说你正将他进行归类，不如说是你在试图了解他。如果要她说点什么，瓦赫拉姆会跟她说的一致吗？他像这个，他像那个——她不知道。有的人对其他人的认识只是一种印象，没有其他更细节更理性的东西。对这种人，别听他们脑子里想什么，只需听听他们口里说什么。沧海一粟，冰山一角。在你飘浮在黑暗的太空中时，他的手握着你的手。这不算什么惊天动地的壮举。他们不可能很清楚地了解彼此，所以他们会说他像这样，或她像那样，并认为这就是对对方的了解。不肯定地作出判断，这跟猜测没什么两样。要想猜测变得稍微靠谱一点，你得跟一个人相处好几年的时间。甚至即便如此都还不一定。

每次和你在一起时——当他们一起飘浮在太空里，等待，互相握着对方的手时，她在心里对瓦赫拉姆说道——每次和你在一起时我都会感觉到一丝焦虑，觉得在你心中我的形象早被定性；觉得自己能力不够，觉得我不是你喜欢的那种人。每当想起这些一股火气就会蹿上心头，结果就是自己的行为越来越糟。虽然我想听你的好建议，但自己又常因此火冒三丈。我好矛盾。为什么我会在乎这些呢？反正你是不会在乎的。

但你的确在乎啊。我爱你，你不是说过吗？另外——斯婉内心承认——当和他在一起时，她希望他也能有这样的感受。这感受——对这种明明感受到却仍无法确定的感情的热望——就是爱吗？这就是为什么人们有时把爱比作发疯的原因吗？单词没变，感觉没变，但在单词和感觉之间有难以跟踪的滑动。热烈希望知道对方，被对方知道，盼望有人为你喝彩——真实的你，而不是别人眼中的你……但另一方面，你又是什么货色呢……要让她没有那种“爱上她就犯了大错”的感觉很难。因为她比其他人都更了解自己，所以知道他们的爱都放错了位置。因此这帮爱上她的人都是些蠢蛋。但她想要的，正是这错放的爱。那爱你胜过你自己的人，那明知你是什么样的人仍爱你的人，那比你对自己更慷慨的人。亚历克斯就是这样一个人。当你看到，感受到这一切——感受到超越理性的爱，慷慨的爱——其他情绪就会自然被引发。激情，外溢的炽热的情感。这种情感的关联性从此开始，互相承认，就像两壁都是银镜的走廊。一束激光照上去，光束会在两侧间往复。原本单一的事物变得不再单一；置身其中，你不再只是一个有两个脊背的野兽，而是发生了质的变化，变成某种……组合或搭档，就像冥王星和冥卫一，它们的重心在两者连线的中间。他们俩不再是独立的高等有机物，而是共同从事某件超越自身的两个人的集合。

斯婉吹起口哨，那是瓦赫拉姆在地道里时常吹的另一首贝多芬乐曲；她仍分不太清楚哪段乐曲属于哪部交响乐，但知道这也是一首感恩之歌，所有生灵在暴风雨后重新迎来阳光。旋律像民谣一样简单。她之所以选择这一首是因为这是瓦赫拉姆还能与她合奏的少数曲段之一，用他的话说是重塑作品原始的精致感。他突然来了生气，和斯婉一起吹起了口哨。他并没有恢复元气，虽然受伤之前也不见得有多么强壮。疼痛像一缕金丝线贯穿他的哨音。不管从哪个方面看，老实说他都算不上一个优秀的音乐家。但他能记住自己喜欢的曲段，他爱这些乐章。

她首先发声，像一只翠鸟在他耳边啭鸣，而他则轻松地哼着主旋律。也许这就是二重奏吧。

“也许我真的爱上你了，”她说，“也许这就是过去这些年来我心里的感受。也许之前我只是不知道那种感觉到底算什么。”

“也许吧。”他说。

他的意思是斯婉刚才说的那些“也许”都不重要么，还是说“也许”总比什么都没有强？

“吹第七交响曲舒缓的乐章吧，”他说道，“如果你喜欢的话。”他吹起水星地道里吹过的另一首乐曲。这是一段她很喜欢也很专注的调子，演绎方法充满了各种可能性。有时他们一吹就是好几个小时，半天甚至更长时间。庄严，神圣，伤感；就像迈着成熟步伐走过时间的瓦赫拉姆本人，一个走在征途上的人，一个可以依靠的人。

“也许吧，”她又重复了一遍，“也许我会喜欢。”

他们怀旧地吹着老歌，就像当时在保温管道里，一切都不可知，只有不断往前。现在，他们飘浮在宇宙里，等待救援，抱着终会得救的希望。

他们的信念被证明是有道理的，葆琳说道：“有船过来了。”

一个白点出现在真空镀膜里，仅仅几秒钟，白点就变成了小型太空船——一个跳虫飞行器，盘旋在他们面前。此情此景如同梦境，如此荒诞，如此神奇。

“噢，太好了。”斯婉叫道。

此刻他俩都是围绕行星旋转的彼得。她得牢记这点。他们的生命之所以能延续，全靠这次营救。在打开喷气飞往小飞船的途中，斯婉努力想找一个词形容这期间经历的一切——飘浮，仙女座，瓦赫拉姆的目光，他们的二重奏——带给自己的感受。这差点就成为他们俩最后的时间。她再次想起了亚历克斯：自从拉开人生故事的序曲，留下几串基因，留下些许字句，然后我们静静地离去。记下生命的片段不是件容易的事。随着闸门在身后关闭，他们进到船里，她刚记起的往昔又已随风而去。

基兰在冰面上

盒子里的眼睛一直盯着基兰。他突然感到一阵不安。他扫了一眼身旁高大的安全人员，确信后者也有同样的感受。在安全人员重新锁上盒子的时候，基兰忍不住想这可能意味着什么。就在安全人员敲击键盘上锁的时候，基兰抽身跑回到来时的路上。他先跑到最近的一条街上，然后穿行至岔路口。他往回瞄了一眼，没有看到安全人员追来的身影，便放慢了脚步，思索自己该如何选择。往返于文马拉和克里奥帕特拉之间的火车是一定有人监视的，但似乎这是唯一的出路了。

城里的大部分人仍在外面庆祝暴雨过去后重归大地的阳光。基兰知道离他现在所处位置最近的城门在哪儿。他朝右边径直走去，这个扇贝状的城市的街道此时几乎空无一人。前方就是大门了，他既看不到他的工友，也看不到安全人员，只有几个普通的卫兵。他走上前，把证件交给其中一名卫士，然后走进一间透明的密闭间接受检查，看是否携带了武器。

基兰走到金星白雪皑皑的山坡上，在山顶眺望海湾，人们正成群结队地往回走。当基兰经过这些人时，便移开目光，继续朝小镇的西边走去。到达小镇边缘的时候，他绕过山坡，走出了文马拉的视野，然后选择水路向南面进发，前往远方的海洋。

那里仍然覆盖着冰冻的二氧化碳，所以他希望能搭上一辆超级磨冰机或者泡沫岩石清除机。他想去“科莱特”城，但是又害怕那里的整个运输系统为了找寻他都设有警报。现在终于真切地明白双面间谍、鼹鼠以及他以前扮演的那些角色到底意味着什么。那意味着两边都不会在乎你，当问题出现时，两边都不会保护你。如果他能找到舒克拉，应该就可以摆脱困境，因为他手上有舒克拉想要的信息。所以前往“科莱特”城很值得一试。

文马拉位于奥纳塔赫·卡伦娜以南，奥纳塔赫是易洛魁族的玉米女神，基兰的平板地图给了他相关信息。毫无疑问，奥纳塔赫比拉克希米女神要和善得多，拉克希米女神毕竟是印度时母[①]的上司。基兰确信，听着关于拉克希米的一切，他不可能从她的愤怒中逃出升天。想到这里，他痛苦地叫喊了一声，然后从西装胸前的口袋里拿出拉克希米曾经给他的翻译眼镜。他极不情愿地做最后的吻别，感谢它为丰富他的感情生活所做的贡献，然后将它扔掉了。在城里的时候他竟然没想过扔掉它，这是件羞耻的事情，不过他再也不会返回那里了。

由于在文马拉他就能看到天际边的大岩石发泡机，所以他推测那些发泡机离他应该不是很远。现在，当他朝着那一片干冰海洋走去，走在嘎吱作响、滑不溜丢的下坡雪地上，他才意识到新城所在的山坡比他计算的路程还要远。事实上，可能有几十千米。

这个想法让基兰开始感到气馁。这时，他来到一个冰雪覆盖的小山脊，看到了一个超级磨冰机，距离不怎么近，但也不过几千米，磨冰机跟往常一样缓慢、笨重地行进着。他突然小跑起来，在冰面上艰难地向磨冰机跑去。磨冰机的行进方向与他的成十字交叉，所以对他来说还好，不必为了追上磨冰机而付出生命的代价。

当他追上磨冰机时已经上气不接下气了。不幸的是，即使磨冰机里有人，他们不会朝舷窗外望，因为舷窗位于磨冰机的顶端和前方。基兰没办法引起里面的人的注意，只能慢跑着靠近磨冰机，跳上它的侧面，因为那里有一个差不多拖到地上的梯子。爬上梯子，到达这个庞然大物的顶部，上面不仅有横杆还有支撑它的仪器。基兰攀越到前端，试图悬挂着接触到窗户，但是没有什么可以支撑的东西。这些窗户似乎遥不可及，这很令人沮丧。

在顶端有一个舱门，当基兰看见它时，他开始用拳头猛打，然后用靴子猛踢。他环顾四周，看有什么更坚硬的东西能够从磨冰机上扯下来砸门的。这时，这个庞然大物颤抖着停了下来，不久，他可以听见来自脚下的声音，然后这个舱门打开了。

“谢谢了！”他呼喊道，“我在这里迷路了！”

两个金星人把基兰带了进去，他艰难地编了一个故事，来向他们解释他为什么会出现在这个冰冻的海洋——承认自己使用了消遣性的毒品，然后迷失了方向，所以他感到局促不安。他很幸运，因为对于他编造的故事和蹩脚

① 印度教的一个重要女神。传统上她被认为是湿婆之妻雪山神女的化身之一，为威力强大的降魔相。在后期的信仰体系中，时母被认为与时间和变化有关，象征着强大和新生。——译者注

的细节，尴尬是一个很合适的情感表现。让基兰高兴的是这两个磨冰人听了译者的解说后，只是点了点头，好像他们以前经常遇到这种愚蠢的事情，之后他们就又回去打电脑游戏了。他们告诉基兰，他们要前往巴赫特·帕特拉的一个工作营地，再有 4 个小时就会到达目的地。冰箱里有啤酒，如果基兰感兴趣可以随时取用。

他们要去的这个工作营地，是一个系列营地的一部分，基兰看了地图，营地是沿着新海洋的北部海岸向西设置，为那些想得到最后一点封存的二氧化碳的人们提供庇护。基兰把自己原来的证件给了营里的人，但是他们只是随便看了一下，然后拉着他一起来到了厨房。他一边狼吞虎咽地吃着，一边仔细地研究桌面显示屏上的地图。他已经看见在营地的停车场有几辆摩托雪橇停在那里，地图上也显示海岸边的营地都相隔不远，加满油的摩托雪橇就可以从一个营地到达下一个。或许这也是计划的一部分。

很好。虽然处于永恒的黑夜之中，但是营地的人们还是保持着有规律的作息时间。基兰等到每个人都睡着之后，来到停摩托雪橇的地方，检查了一下摩托雪橇是否加满了油，然后发动车子，向西驰去。

这些摩托雪橇都是些整洁的小东西，更像是滑雪用的滑雪板而不像是那些把人隔离起来的庞然大物。最开始在金星的几个月里，基兰很喜欢开摩托雪橇，现在他靠后坐着，给人工智能系统下指示，看着怪异昏暗的风景划过。这里的雪很夯实，这里的人把它叫作粒雪，基兰的车子嗖嗖地划过。他不得不通宵赶路，当人们起床的时候他才可以到达下一个营地。或许他都不需要进入营地，只是到停车场，跳上另外一辆摩托雪橇，继续前行。为什么不呢？没有人在乎这些冰上的运输工具，它不是任何人的财产，而且对于他们来说，也没有什么地方可去。

或者说当基兰快睡着的时候，他是这样告诉自己的。当他醒来的时候，人工智能系统正带着他们滑向另一个营地的停车场，这与他期望的正好一致。丢下之前那辆，又开走另一辆，再次离开，没有人会有丝毫的关心。“我喜欢金星”基兰对着人工智能的行驶操作系统说。尽管人工智能或许能听懂英文，但是他破旧的翻译腰带还是翻译了一次。这条破旧的翻译腰带是扔掉翻译眼镜之后无奈的选择，但是在当前情况下也没什么关系了。

又过了两个营地，换了两辆摩托雪橇，基兰来到一个他在地图上标注过的营地，一条支线铁路会经过这个营地。他可以乘火车穿越乌特和维斯塔最终到达“科莱特”城。基兰刚进入这个营地，就看见了一辆火车经过这里，在站台作短暂停留。这里只是一个装货站，有一栋小小的建筑。当基兰在摩托雪橇上升高座椅靠背，他看见人们站在巨大的灯光下装载货物。在灯光的照耀下，人们几乎看不清锥形灯光外面的东西，所以基兰悄悄地走近他们，待在黑暗中，他们完成装载工作时，他就朝轨道边的建筑物扔了一块石头。人们听到撞击声过去查看，这时基兰迅速跳到车里，蹲在车厢里的箱子后面。不久，车门关了，他感觉到这辆磁悬浮火车平稳地前进着，通过长长的斜坡开往“科莱特”城。“科莱特”城位于拉克希米高原，比他现在所处的位置海拔高得多。拉克希米高原，真是个不祥的名字。

基兰睡着了，当车门终于打开时，他醒了过来，觉得很饿。他等到一个安全的时机，就跳出车子，快速离开火车。周围没有人，基兰不能确定是不是已经到了“科莱特”城，但当他溜出站台时，他就确认了：他已经在“科莱特”城的穹顶下了。这已经是基兰离开文马拉的第三天了，由于饥饿，他觉得瘦了一些，但很开心。

现在要找到舒克拉。他有可能回到了他的住所，但是拉克希米的手下经常在那里与他碰面……基兰在这种大城市的街道徘徊，试图让自己看起来像个无辜平民，然后他去了很早以前斯婉第一次带他去与舒克拉见面的办公室。自那次见面后，都是舒克拉主动来找他，所以基兰不知道还能去哪里。他想了很久，但是他还是想不到寻找舒克拉的最好办法。很明显，他从一个困境又进入了另一个更大的困境。因为舒克拉曾经联系过他，并告诉过他要找什么，这样看来现在的困境似乎更容易找到出路，甚至可以完全地脱离苦海。无论如何，他都不能避免要向别人寻求帮助，而这就会带来危险。基兰决定将宝押在舒克拉身上。他走进了第一次与舒克拉见面那个办公室的第一道门，走到保安室，对那里的三个人说道：“我来找舒克拉，请告诉他我有他想要的东西，我想给他。”

斯婉和基兰

救起他们的原来是一艘隶属星际调查局的飞船。他们洗漱完毕，饱餐一顿；一觉睡了十二个小时；起床后又吃了第二餐。在进入环金星轨道后他们坐进一架着陆机里。在金星的暗面，着陆机就像一块砖头，被人从底部推上了发射跑道。当他们缓缓降落在太空港宽阔的中庭时，斯婉认出这是“科莱特城”外面。如肌肉般起伏的雪山向北延伸，在暗沉的云团旋涡下一切都是那样的昏暗无光。金星！

流浪太空的一幕幕仍在她眼前浮现，所以现在出现在眼前的一切都如同梦境一般。她和瓦赫拉姆分开，分别进行身体检查，接着是一长串验尸般的安检问讯。跟她问话的官员都对她的态度感到失望；虽然眼前的一切此刻在她眼中都如空气般透明，但眼下的确有必要重视。过了一会儿，她终于开始认真回忆太空里的经历，回忆自己当时的感受。她可不愿让往事就这样溜走。

东道主给他们带了点食物来，一点中式小点心，少量食物被放在袖珍盘子上，每一盘顶多够吃一口，甚至只够尝尝味道。每种点心配上不同的沙司，直到她的味觉被彻底搅乱，咽下四块点心后她就觉得饱了。用餐临末时大家开始聊天，而她的胃又响了起来。“咕噜咕噜”的声音和阵阵反胃的感觉在聊天中就没有消停过。

餐厅里多数人都喝酒和类鸦片合成饮料。斯婉小口喝着苏打水，仔细地观察周围的人。那里的金星人看上去都挺沉闷的。也有那么几个爱开玩笑的人，不过大都围坐在一个桌子旁，嘲笑传送食物的小推车；但其他桌的人却一脸严肃，甚至可说是阴冷。拯救太阳罩的行动当然十分成功，毋庸置疑是一次巨大的胜利。但金星的防御系统却未能做出反应，将太阳罩的内在缺陷暴露在全世界的目光下。这次倒是躲过了一劫，但他们头上仍旧悬着一把利剑：把恐怖的命运挡在世人面前的只有一个比威尼斯百叶窗帘强不到哪儿去的东西，也可说是一只圆形的风筝。

有人在讨论太阳罩防御系统的问题——那是餐厅里气氛最糟糕的部分

——这些人一边用力戳着桌上型电脑的屏幕一边交谈着，语速非常快。似乎大多数人都认为防御失效是因为有内鬼作祟。瓦赫拉姆坐着轮椅滑进了房间，加入到他们之中，他的左腿直直地戳在那儿，绑着白布条。他们对他说话时，他不停地点头，动作很缓慢。他瞟了一眼斯婉，似乎是听到了什么斯婉可能感兴趣的话，然后他又沉浸在那帮人的对话中。斯婉希望自己等会儿也能知道他们在说什么，虽然她有一种感觉——瓦赫拉姆或许会觉得自己有义务告诉众人她曾将亚历克斯团队的事透露给了葆琳，而她曾答应保密的。不然拯救金星的故事要怎么描述呢？好吧，他最后会说，正是斯婉鲁莽的行为拯救了金星。并不是说这就意味着她不会为此感到难堪了。人们会怎么看她？一个完全不值得信赖的，胆大妄为不负责任的酷立方大脑。这是很容易得出的结论，不是么？

她坐在那儿，看着周围的金星人。他们颓然地坐在椅子里，神情沮丧。她问了他们几个问题，有些问题他们回答了，有些却没有。

她回到一个似乎大家都不愿意正视的话题上："既然太阳罩被救下来了，我想你们会一直留着它的吧？"

有个人不耐烦地挥了下手道："有人说不，说需要改变。"

"什么意思？不要太阳罩的话，就需要让金星加速旋转，创造出日夜之分？"

"是的。"

"但要怎么做呢？"

"唯一的办法就是，"一个人说，"沿切线方向来一场密集的流星雨。"

"非常密集的流星轰炸。"一个声音从爱开玩笑的那群人里传来。

"但这样不就摧毁了金星表面吗？"斯婉质疑道，"毁掉所有的泡沫酸岩、二氧化碳和大气层——你们的所有劳动成果都将付之一炬？"

"并非如此，"第一个人接着说，"我们会持续撞击一个点。会把金星弄得有点混乱。"

"混乱！"

"唉，我们也不喜欢这个方案。我们所有人，一直都反对加速金星自转。"他说着示意了一下屋里其他人。"但拉克希米那帮人却总说不会造成太大破坏，不过就是一条短又深的海沟，以及落在其东面的陨石砾罢了。其他地方也会受影响，特别是赤道附近，但还不至于杀死所有细菌。另外，已经被掩埋的二氧化碳只有大约不到12%会被释放出来。"

"但要通过流星撞击实现金星的加速不是需要好几百年时间吗?"

"初步打算将其加速到每天一百小时。我们认为大多数地球生命都能忍受，所以加速到这个速度只需要一百年。"

"只需要一百年!"

另一个声音传来："现在人们争论的是我们一开始就做得太仓促了。"说话的人是一位长者，沧桑得如同一张面具的脸上嵌了一对颇有生气的眼睛，声音听上去带着些惋惜，不是那么让人喜欢。"像火星上那样做得太多了！选择太阳罩是因为这是最快的方式！但一旦安装好了，你就摆脱不掉了，你得依靠它。现在人们看清了它的潜在危险。所以拉克希米最后一定会赢的。现在大家都更倾向于投票给加速自转方案。"

"你是说劳动集团内部投票吗?"

"是的。我们得待在掩体里，甚至撤回到空中之城，甚至回地球躲一会儿。等一切恢复正常再回来。"

瓦赫拉姆滑着轮椅过来参加到他们的谈话中。他说："但这次你们打算用什么东西撞击金星呢？这儿可没有让你们捕获然后加以切割的卫星。"

"不是这样的"老者说，"卫星什么的运行速度都太快了。但很多海王星特洛伊①可以加以利用。"

"海王星特洛伊，不是海卫一上的人弄出来的么?"

"海王星特洛伊多达数千颗。它们都是柯伊伯带被捕获的小行星。如果海卫一上的人愿意的话，我们可以将它们从柯伊伯带上拽出来。所以对海王星而言没什么损失。海卫一人已原则上同意这个方案。"

"唔。"斯婉迷惑地应了一声。她不知道该说什么。她看了一眼他们的脸，一副严峻又烦躁的表情。"本地人也希望如此么？你确定?"

他们望着对方。第一个人又开口道："这儿有一个领导组织，跟印度的五人长老会相似。大家都可以畅所欲言。这儿人口只有4000万。所以——劳动集团会听取我们以及所有普通民众的声音。但实际上大家已较倾向这个方案。太阳罩事件后，人们更是看到了该方案的必要性。拉克希米已经赢了。"

当天晚些时候，斯婉独自回到医院病房时，有人轻叩房门，舒克拉和斯

---

① 海王星特洛伊，类似特洛伊小行星的小行星，与海王星有着相同的轨道与周期，至2007年3月已经被发现了6颗。——译者注

婉年轻的地球朋友基兰走了进来。她高兴地和他们打招呼，他们那充满生机且无比真实的脸立即让她兴致高了起来。她和舒克拉认识很久了；而她最近结交的一位朋友就是基兰——现在他们又同时换上了另一副表情：严肃，专注。他们在她床边坐下，斯婉给他们倒了两杯水。

“让年轻人给你说说吧。”舒克拉说，朝基兰点了点头。

“说什么？”斯婉一听这话，警觉起来。

基兰举起手似乎是要让她宽心，“你带我来这儿时告诉我，这里有派系斗争。事实证明你是对的，甚至可说是某种程度的小规模地下内战。”

“拉克希米，”舒克拉沉重地说出这个名字，似乎这个名字就足以解释一切，“他参加了拉克希米的工作。”

“他参加到了拉克希米的工作中，这不好吗？”斯婉问道，“我的意思是——是我让他过去试试的。”

舒克拉翻了个白眼，“斯婉，你在金星生活那会儿离现在已经 100 年了。你应该知道很多事情都不一样了。”他转头对基兰说：“你来跟她说。”

“我刚来时负责为拉克希米传递包裹和信息。”基兰说，“舒克拉知道后，让我在工作期间找机会查清货物内容。”

“他是一个诱饵。”舒克拉挤出一个僵硬的笑容道，“她上钩了。不过不确定她是不是将计就计。”

基兰点点头，他看着斯婉，那眼神似乎在说：看看，都是因为你。他接着说道：“拉克希米的人正在建一个海边新城，那里完全是她的势力范围。但那儿离海面太近，肯定有原因。人们都觉得她想骗保险什么的。总之他们在城里做着一些奇怪的事。我想也许他们在生产机器人之类的东西。那种长得跟人类很像的机器人，你知道吧？”

“我知道。”斯婉说，“你继续说。”

“那儿有一栋相当大的房子，是一幢关闭的写字楼。我曾看到一盒眼球被送到了那里。我猜他们可能在里面组装人形机器人。那是一家弗兰肯斯坦[①]工厂。”

“你亲眼看见了吗？”

“和我一路的安全人员打开了盒子，里面全是眼球。我看到了，他很不满

① 英国女作家玛丽·雪莱（1797—1851）所著小说《弗兰肯斯坦》中主人公，系一生理学家，手创一怪物，但结果自己被怪物所毁。——译者注

意，所以我飞快地跑到了舒克拉老师那儿寻求帮助。”

舒克拉点点头，大概想说基兰这么做很聪明。斯婉问他：“这么说你看到眼球的地方也是拉克希米的地盘?”

“是的。”舒克拉说，“她的工作团队建造了整个城市。所以你看——我对这个文马拉项目一无所知，但她把很多我们查不到身份的人弄进了‘克里奥帕特拉’城。我自己也在‘克里奥帕特拉’城设立了办公室。虽然完全受她操纵，但那应该是一个很开放的城市。我试图找出这些新面孔究竟是从哪儿来的。不过现在——我听说了太阳罩袭击的事，我首先想到的是，天哪，这不等于为拉克希米推波助澜吗。人们会纷纷倒向支持金星加速的一边，一旦施行，那么他们会在赤道撕开一道口子，凿出一个新的大坑——海平面将因此而降低。你还会认为像文马拉这样的地方建设得离海平面太近了吗？你不会这么想了吧。”

“啊哈，”斯婉说，“厉害。不过——反对者那边怎么说?”

“反对者很不喜欢这个计划，所以如果他们不顾反对者最后仍然成功实施，后者的影响力又削弱了——对拉克希米而言这又是一件大好事。事实上，没人愿意有关政府对我们指手画脚。所以这也为她争取民意加了分。”

“那些她正在打造的机器人又怎么说呢?”斯婉身体前倾，点击桌面屏幕。“喏，在地图上帮我指一下文马拉在哪儿。请热奈特调查官和瓦赫拉姆都过来。他们一定对你说的话很感兴趣。”

热奈特调查官先走进房间，然后是瓦赫拉姆。他独自滑着轮椅，左脚缠着医疗纱布。他们听完基兰的讲述，坐在那儿思索背后的可能性。

热奈特调查官首先说：“我觉得我们有必要就几个事情做个决定，然后行动。在金星事件后，我更加确信我们一直计划的事情需要立即付诸实施。斯婉，关于这点我还没有跟你说过。所以如果你同意再次关闭葆琳，我就马上告诉你。”

斯婉不知道自己是否愿意再一次关掉葆琳，而调查官现在一定已经知道自己曾将上一次线下会议的内容告诉了葆琳。她不知道为什么还要她关闭葆琳。

但还没等她发话，就有人出来阻止。瓦赫拉姆对热奈特说：“恐怕我们的讨论不能让斯婉听到。她可能会在交谈期间关闭葆琳，但之后还是会告诉她，上次就是这样。”

斯婉向瓦赫拉姆投去匕首一样的目光，“当时是葆琳告诉我们金星有危险的，通知我们采取措施。而监测到来袭石砾群的正是王的酷立方建立起来的新型监测系统。所以如果你们想感谢我救了金星，等会儿再说好话也不迟。但我现在想说的是，不管这帮金星人和他们的人形酷立方在谋划什么阴谋，总有不少酷立方是坚定地站在我们这一边的。我们需要它们的帮助!”

热奈特调查官表示同意，“我和王以及他的酷立方谈了很久，你说的是对的。恐怕在酷立方中也有内讧。”

“所以别再把我们的酷立方蒙在鼓里了!”

“也许吧。”热奈特说，“虽然谁跟谁还说不定呢。就这个问题而言，知道的人越少越好。所以大家看，根据基兰提供的情报，我打算按计划继续一项特别星际事务调查。”

“什么样的特别事务?”斯婉直截了当地问他。

调查官看着斯婉，像叶猴般精致而奇特的小脸露出了灿烂的笑容，“再等段时间我就告诉你。”

斯婉狠狠地瞪了瓦赫拉姆一眼，“你现在看到了，你们都干了什么。”

瓦赫拉姆耸耸肩，“这项计划需要绝对的保密。连我也不清楚细节。”

“另外我还想说，”热奈特很快地继续说道，“我的计划同样需要你的这位年轻朋友掌握的信息。现在各种信息正在汇集。请允许我秘密地开展下一步行动。包括瓦赫拉姆，正如他刚才所言，以及金星上的所有人对下一步行动都不知情。”他向舒克拉鞠了一躬，“为了确保成功，我这也是情非得已。”

在斯婉眼中，瓦赫拉姆看上去比之前顺眼些了，她不知道跟热奈特的话有没有关系，她的情绪太强烈，难以明察某个局面里的各种微妙之处。她的判断力已经消失了。热奈特转身跟和他一起进来的另一位同事说了一会儿，然后对其他人说：“如果没什么事，那我们就先告辞了。”

“我有。”斯婉说着，气愤地离开了房间。

瓦赫拉姆在走廊里追上她，和她一起走。他坐着轮椅，所以不管她走多快，他都赶得上。

“斯婉，别生我的气啊，我应该告诉调查官实情，这样在重大问题上才能互相信任；这次行动有很多微妙之处，你得知道现在是什么情况。”

“就像现在这样。”

“没错，你很快就会知道所有的事情了。但现在这一刻你得相信我们。”

“我们？”

“我会去调查官那儿帮忙。应该要不了多长时间。在那期间我希望你能回到‘终结者’城，告诉人们土卫六会议的情况以及我们的遭遇。”

“你觉得我还会热衷于这些事么？”

“我希望你会。因为比起你心头的别扭情绪，这个更重要，请允许我这样讲。再说你也没必要闹情绪啊。我认为把你和葆琳当作一对透明搭档是个不错的主意，你觉得呢？这种说法更精确，更准确地刻画了你，对吧。你是一个新事物。对我来说尤其如此。”他伸出手握住她的手，随着他用另一只手刹住轮椅，两只手同时停顿在了空中。然后两只手摆来摆去，虽然斯婉想把手抽出来，瓦赫拉姆仍紧抓不放。“拜托，”他说，“我没跟你开玩笑。陪我浪迹太空的是你吧？在地道里的那人是你吧？”

她当然记得，这不是该我问的问题么？“是，是我。”斯婉牢骚满腹地回答，低头看着他。

“那好，现在我们这儿有个情况，需要保密。所以在这种情况下你一定要理解我，刚才之所以对热奈特说那样的话完全是出于理想状态下的安全需要，并不是针对你。再说你在我心目中是什么样的地位——”他顿了顿，用扶轮椅的那只手捶击胸膛说道，“——深深存在于我的心里。常让我感到困惑，但常驻我心。这才是真正重要的事。感情赋予了生命以乐趣。所以我一直在想，我们应该结婚，就在被我视为生命的一部分的那个土星托儿所里。结婚利远远大于弊，我觉得对我俩都好，尤其是对我。所以我希望你能嫁给我，这就是我的长期和短期期望。”

斯婉猛地一用力将手抽出来，举手好像要打他，“我不了解你！”

“我知道。我也有这个疑虑。但这都不重要，不过是些无足轻重的事情罢了。我们可以把了解对方当作一项合作攻克的项目嘛。”

“我不知道……”斯婉的声音越说越弱：如果说这是开始，那么将会有太多的事接踵而至，多到她无法应付。她对他一无所知！“不管怎样，我得先去趟地球。”她执拗地说道，“我跟联合国哺乳动物委员会有个会议，地球上这些工作正在取得不错的进展。而且现在我有些事想跟扎沙谈谈。”

“好吧，”瓦赫拉姆没有逼她，“你想想吧。我得跟热奈特他们一起工作了。这真的是一件紧急的事，基兰的情报非常关键，所以让我们了解这一切吧，然后我会来找你，哪怕是天涯海角。”他双手叠放于胸前，场面十分揪心，然后调转轮椅，沿着走廊朝调查官所在方向滑去。

瓦赫拉姆和热奈特

瓦赫拉姆到了房间门口，这时热奈特正往外走，准备出发去文马拉。他一秒都不愿耽搁，只说了句“赶紧”就头也不回地匆匆走在前面，快得像一只小猎犬。瓦赫拉姆滑着轮椅追了上去，热奈特转回头望了他一眼，问他跟斯婉怎么样了。瓦赫拉姆回答说没事，虽然他心里对此并不确定。但现在可不是谈儿女情长的时候。

在前往文马拉的飞机上，热奈特把他的腕式酷立方“万能钥匙”当无线电用，跟同事们交谈。瓦赫拉姆朝他的酷立方抛去一个疑惑的眼神。

热奈特摇摇头道：“就像斯婉说的那样，有的酷立方站在我们这一边，看上去她的酷立方很可能就是一个。但我还没法查实，或许你说将她排除在外是对的。很难预料她会做出什么来。王的酷立方和‘智能钥匙’都已经过检验，的确是在按我们的指示工作。反正我相信这两个。”他朝“万能钥匙”清晰地说，皱眉时眼睛成了斗鸡眼。

瓦赫拉姆说：“你觉不觉得酷立方已经开始以社会化方式分工运作？它们成立了各类团体和组织，甚至彼此间还出现了意见不合的情况。”

热奈特摊开双手道：“这点我们怎么说得清楚？也许只是不同的人给它们下了不同的指示，它们照章办事，出现了不同的结果而已。所以我们希望能逮捕在文马拉制造人形机器人的人，或许可以顺藤摸瓜。”

“金星人那边怎么办？他们会同意你这么做么？”

“舒克拉他们很支持。他们正处在风口浪尖，风险很大。至于拉克希米那帮人，他们要么制造了人形机器人，要么就是从中获益，现在还说不清，不过不管怎样舒克拉他们都愿意支持我们。我想劳动集团内部分歧很大，我们可以趁机做事，然后在他们有所动作前脱身。”

在瓦赫拉姆听来这番话颇有些不祥的预感，“从内战的火线中穿过？”

热奈特耸耸肩道：“除了向前，别无他途。”

他们抵达太空港，快速穿过廊桥，下到跑道上，钻进了一架小型飞机。

起飞后，热奈特一直望着窗外，细细观察下方的一草一木。“这儿很像地球。也许这地方仍受地球政府管辖，不确定。总之，决定权掌握在一撮人手里。现在这帮人因为如何处理太阳罩的事情产生了分歧。对这个问题的看法此时已上升为选边站队的问题。我猜绝大部分金星人倾向于保留太阳罩，接受它的危险性，反正危险已经够多的了。但那些持反对态度的人表现得态度强硬。对他们来说这是个事关生死的问题。所以他们为了达到目的可以走极端。”

“那么在你看来，他们做了什么？”

“我猜事情的经过可能是这样：一位程序员指示一些酷立方想办法搞掉‘太阳罩’。也许他给的是个开放性指令，比如‘想办法搞定那玩意儿’。于是一定数量的酷立方开始进行可能性计算。而这种运算几乎不受人为限制，可以说是愿意尝试任何可能性。从这方面看，跟人类何其相似！非常接近有机生命了吧。那么，会不会有酷立方提议将酷立方芯片装进人形机器人内，这样它们就能做到不能自由移动的盒式酷立方无法独立做到的事——向特定目标发起人类无法发起或不愿发起的攻击？比如蓄意破坏。甚至可称之为有‘教育’意义的盛大表演，如一场预谋好的大灾难。如果它们能让多数金星人相信太阳罩不安全，随时有被击穿的危险——所有人都会因此像昆虫一样被烤熟——那么大众一定会倾向于同意通过流星撞击加速金星的方案。”

“吓唬民众，让他们作出某种政治选择。”瓦赫拉姆说。

“正是。我们认为这是恐怖主义的一种。不过对于按指示寻求答案的酷立方而言，它不会觉得这是恐怖主义。”

“也就是说袭击‘终结者’城其实是某种成果展示？”

“完全正确。而且这招现在已经在金星上产生同等效力了。”

“但这次针对太阳罩的攻击，应该远不止吓唬那么简单。”瓦赫拉姆说，“一旦成功，死伤将不计其数。”

“甚至这点在它们的程序里也不是件负面消息。事物的好坏判别标准取决于酷立方的算法，而后者取决于程序员。地球上有的是人填补金星上的死伤。所以谁知道某些人心里怎么想的。那帮程序员可能已经刷新了他们的酷立方，甚至赋予了全新的算法，但不管他们怎么做，都不可能让酷立方具备人类的思想，哪怕在他们的捣鼓下部分酷立方能够通过图灵机或类似测试。”

“这么说人形酷立方机器人的确存在？”

“嗯，是的。你的斯婉已经见过几位了，我也见过。木卫一上面那个就是其中之一。我知道火星上有大量的人形机器人，它们被误认为人类，参与到政府事务中。火星和蒙德拉贡联盟之间的问题，跟土星的矛盾——现在看来有些可疑了。”

“啊，”瓦赫拉姆叹了口气，思考起来，“那么现在你打算怎么办？”

“我要将他们一网打尽。”热奈特一边说一边快速地查看“万能钥匙”说，“我已发出行动指令，现在到行动时间了。午夜格林威治标准时间，2312年10月11日。突袭。”

他们在文马拉城外降落。瓦赫拉姆庆幸自己有轮椅，因为热奈特像小猎犬一般以极快的速度从一个短会到另一个短会；即便有轮椅帮忙，瓦赫拉姆仍快赶不上趟儿了。

几分钟后基兰搭乘另一班飞机到了，给他们指认放置眼球的建筑物。一支武装部队不久便抵达现场，转眼就将建筑物围得水泄不通。短暂停顿后，他们炸开前门全副武装冲了进去。一股灰色的浓烟立即从里面冒了出来。

不到5分钟整栋建筑物便被控制。热奈特和突击队谈话期间，舒克拉带着另一支武装分遣队也赶到了，确保收缴房内物资的过程不会受到任何来自当地的阻挠。

热奈特一直在跟人面对面交谈或通过无线电联系，紧而有序——他对此已习以为常，甚至对瓦赫拉姆认为极端危险的武力干涉金星内讧的想法都已习以为常。

突击行动似乎终于暂告一段落，热奈特坐在桌子边缘，一边喝咖啡一边查看“万能钥匙”。瓦赫拉姆好奇地问：“这么说那些石砾群袭击案——它们是金星内讧的结果，其中一方希望借此影响大众舆论，好让自己在纷争中胜出？”

“对。”

“但是……如果袭击成功了，那这帮恐怖分子不也活不成吗？”

热奈特说：“我想他们可能留足了撤离时间。行凶者此时很可能不在金星上。另外，如果做决定的是酷立方，那它们也不会把任何人的伤亡计算在内。不管最初是谁给酷立方下的指示，他们已无法控制酷立方做决定了。酷立方本身或许有过思考，嗯，我们会有损失，但还会有更多酷立方前赴后继。所以不管袭击成功与否，他们都得到了想要的结果。”

瓦赫拉姆想了想说：“那艘在小行星带坠毁的特拉瑞是怎么回事？叫‘世界之树’的那艘。”

“我也不知道。也许它的目的就是让人们觉得总是生活在危险中，也许有关人员只是在做测试。但我不得不说，那艘飞船的确很蹊跷。这就是我希望能亲见一下这帮酷立方人形机器人和有关嫌疑人的原因之一。”

一群人出现在大楼前门处，热奈特径直朝他们走去。方才的突击行动似乎包含了一个特洛伊木马战术——一队小个子人从通风管道潜入，另一队则在气罐里被发射到建筑物内。

“好了，快，”热奈特回到瓦赫拉姆身边对他说，“我们得离开这儿了，尽快带着收缴的东西离开金星。”

大约二十来人——大多是普通身材的人，还有一个小个子人和一个特别高的高个子——列队走出前门，用警用背心把门锁上。当他们走出去时，热奈特有礼貌地依次问每一个人问题，约莫只占用每个人十来秒钟。当他们走过瓦赫拉姆身前时，他感觉这些人的行动过于流畅；但他无法断言哪些是人类哪些是人造人。可以肯定的是，这让他十分不安。一小滴恐惧似从他的喉咙滑到了胃里，然后在内脏里分散开来。

热奈特拉住队伍的最后一个人：“啊哈!”

“他是谁?”瓦赫拉姆问。

“我确定，他就是斯婉的草地木球对手。”热奈特举起“万能钥匙”给他拍了照，朝腕式平板小屏幕上显示出的匹配照片点了点头。“原来他是——”热奈特的指挥棒从年轻人头顶画过，“——一个完完全全的人类。”

年轻人看着他们，默不作声。

热奈特说：“他也许就是我们要找的那个程序员，嗯？我们可以在路上再调查。现在得尽快离开这儿。”

这意味着他们得飞速地穿越市区，密集地从多道闸门通过，才能抵达临时停机坪。对如此规模的部队，本应循例问询的相关官员不止一次地直接放行，有时还有人通过耳机紧张地低语。

起飞后，热奈特瞥了一眼瓦赫拉姆，像个喜剧演员一样对他挤眉弄眼。直升机飞到了科莱特城，他们一下飞机就快速跑进一艘航天飞机，在剧烈的震颤中航天飞机进入了低空轨道，那儿有一艘环轨道运行的星际调查局巡洋舰将它们吸了进去。

这是“快速正义”号。所有人安排好后，它朝冥王星飞去。

在接下来的几周航行时间里，他们多次审问那位草地木球男；但他从未发一言。他绝对是人类。一个35岁的年轻人。他们追查到他的行踪，从跟斯婉见面的“城堡花园”号查起，查到一个不愿让外人知道名字的独立特拉瑞；星际调查局给它编了号——U－238。这是一个巧合。

在飞往冥王星和冥卫一的途中，王的酷立方查到了关于此人更多的信息。这是一个悲伤的故事，虽然也不鲜见：一个被极端宗教组织控制的小型特拉瑞，上面全是阿胡拉·马兹达①信徒；严格的性格划分；父系制，一夫多妻；对触犯条例者处以体罚。一个情绪波动的孩子就这样被带到了这个小世界里。有记录表明他曾攻击他人，且从无半分懊悔之意。因此从4岁起就被关在里面，直到24岁时叛逃。在灶神星上学会了编程，但无人知道；在谷神星科技大学里专注于设计酷立方，但最后还是辍学离开，和接受校园文化的普通人大不一样。最终他因多次入侵谷神星安全系统而遭到驱离，之后便回到童年时代的特拉瑞上，据信再未离开。但事实上没人敢保证。不知道他是如何到金星工作的，一连串的问号都隐藏在这团包裹着劳动集团的迷雾中——比如拉克希米和她的反太阳罩阴谋；非常完美地隐去了所有的踪迹的工作组；文马拉及机器人工厂；前往火星入侵政府的人；前往地球和小行星带，建立并操作石砾发射器的人。所以眼前这个年轻人，要么是他发明了投石器，要么是他发明的酷立方发明了投石器；所以行凶者不是他就是他的作品。

“说说‘世界之树’吧。”热奈特问他。

连接到年轻人身体和脑部的诊断监视器显示出一次明显的波动。

热奈特点点头道：“只是一次测试，对吧？一次论证实验？”

监视器上再次显示出被测者的新陈代谢出现了一次波动。很早以前这些波动值便不再作为任何的测谎根据，该方式早已淘汰。但生理指标的跳动仍能说明一些问题。

由于年轻人依旧闭口不言，所以无法有任何的进展。但有一点很清楚，他跟“世界之树”飞船有关。

在热奈特看来，这是一个重要信息。“我觉得袭击‘终结者’城和金星是某种政治行为。”他对瓦赫拉姆说。年轻人和他们待在一个屋里，他沉默地看着墙壁，监视器上跳动的折线代替他发出无声的呐喊。“我怀疑所有攻击都得到了拉克希米的同意。‘世界之树’首当其冲，或许就是此人的主意，也许是他向拉克希米展示自己的主张，对理论进行一次实际论证。然后，3000人便

① 远古波斯信仰拜火教（索罗亚斯德教）神话中至高之神。——译者注

丢了性命。”

热奈特抬头看了看年轻人那张紧绷的脸，最后转头对瓦赫拉姆说：“我们走吧。待在这儿已没任何意义了。”

在飞往冥王星和冥卫一的三周时间里，瓦赫拉姆的左腿伤情急转直下。随船医生经过商量，决定截去左膝以下部位，然后利用多能干细胞让它重新长出来。瓦赫拉姆尽量不去想它，努力压制内心的恐惧，不断提醒113岁的自己此时全身上下差不多已是一个医学工艺品，而重新长出断掉的四肢是一种最简单也最古老的身体恢复机制。但不管怎么说，目睹自己的截肢手术仍是件让人毛骨悚然的事，同时也奇痒难忍，所以为了分散注意力，他抓着热奈特就星际调查局下一步的行动计划问个不停。但无论他如何努力，都无法习惯一条新腿正在左膝盖下缓慢长出来的奇怪的感觉。

太阳系里的所有飞船此刻都朝着冥卫一飞去，因为亚历山大计划的人及一直合作的星际调查局探员们将逮捕的所有人形酷立方机器人聚集在一起，据信除此以外应无其他漏网之鱼。所有机器人都是在查封文马拉工厂那会儿逮捕的，绝大多数的被捕事件前后相差还不到一小时。近一半都曾到过火星。整个突击行动的计划和协调全靠口头沟通，直到突击的前一天大家才知道具体时刻，当时热奈特通过无线电发了个信息，一句古老的爵士舞标准用语“就是现在”。虽然有超过2000名特工参加，410名人形机器人被逮捕，但行动各方面均未出现明显疏漏。当时没有任何一个机器人觉得自己已处在囹圄之灾的危险中。

热奈特现在计划将所有的人形机器人和那位年轻人及另外约30人流放到一艘建造于冥卫二的恒星飞船上。飞船的使用已和有关方面达成协议。这艘恒星飞船说到底就是一种特殊的特拉瑞——它拥有近乎封闭的生态生命维持体系，给养充足，并配备强力引擎。现在它成了一座太空监狱，跟小行星带上那些绕轨道运行的差不多，但它的航线是太阳系外部。该飞船的内部会进行密封处理，导航人工智能系统则位于密封舱外部。它的乘客包括：400个人形酷立方机器人，打草地木球的年轻人，以及被判定有同谋罪的其他人。人数不算很多，因为那个年轻人似乎是按照“少人高效”的原则构思并设计袭击案的。总之，他们被流放了，远离太阳系，远离人类文明。

“拉克希米绝对应该出现在那里！”瓦赫拉姆向热奈特抗议道。

“我同意。但我们没法抓到她。金星人会处理她的。或者也许我们可以在谷神星上审判她，走一步看一步。”

瓦赫拉姆接着说，“但这艘太空监狱如果被酷立方突破重围接管驾驶怎么办？调转船头，变得比以前更精明，甚至带着复仇的火焰？”

“它的速度极快，”热奈特轻松地答道，“船上的燃料会很快燃尽，到时飞船已达到极快的速度。他们得先想办法补充燃料，这期间消耗的时间，乘上飞船的速度……就算他们最终补充了燃料，怕是也得几百年才回得来。到那个时候，已经有更新的方法处理他们了。”

“你觉得可能是什么方法？”

“完全没概念。但我们终究是要正视酷立方的问题的。这是躲也躲不掉的。我们已经听到了狼群的声音。我的感觉是，如果能让酷立方远离人形机器人，同时让任何疯狂的程序员接触不到它们，那它们就只是风景的一部分，就像‘万能钥匙’一样。”

“以及斯婉的葆琳？”

“将酷立方植入脑内也许不是一个好主意。”热奈特承认道，“不知道斯婉会不会同意将其转移到腕式电脑上，像我这样。”

瓦赫拉姆也表示怀疑，虽然他说不清楚为什么。不管谈论什么事情，他都觉得越来越摸不清斯婉了。

他又说到另一件让人不安的事，“这难道不是活生生的又一例罕见的虐囚案么？”

“的确不常见，”热奈特爽朗地答道，“甚至可说是相当独特。但是否是虐待，那就要看是相对什么而言了。”

“把酷立方送走还不算？这难道不算某种怪诞的单独监禁么？难道不是只有在噩梦中才能见到的场景么？”

“流放并不残忍。相信我，因为我对此很清楚。心在哪儿，出路就在哪儿。理论上他们完全可以将那里打造成一个世外桃源，在远方某个空无一人的跟地球近似的地方安顿下来，重新创造人类文明。在那儿他们不会遇到任何阻碍，所以只是普通的流放而已。我自己也是被流放出来的，这是一种公认的非致命的严厉惩罚措施。3000 人因他而丧命，仅仅是为了试验他的新武器。另外经他编程的量子计算机现在已变得是非不分。它们从他那儿只得到了不择手段的指示，如今成为十分危险的武器，到目前我们还没有足够的手段应付它们。所以，我觉得将他们送走是向世人宣告我们对待酷立方的政策。我们没有简单地像一些人要求的那样关掉它们然后将它们解体，而是把危险的酷立方流放到远处，跟流放人类没什么两样。这也给留下来的酷立方上了很好的一课。酷立方将只存在于不可移动的盒子里，这样才能确保它们始终在我们的控制之下——至少我希望是这样。这样做可能有效也可能没什么效果。但我希望任何形式的非法酷立方制造能够立即得到遏制，至少在一段时间内得到遏制，然后花时间认真研究：当酷立方的智能程度更高、主观意识更强或被置于人形机器人内时，将可能给我们带来怎样的影响。所以在我看来，这样做不仅主持了正义，还为我们争取了一些时间。很高兴冥王星、蒙德拉贡联盟以及包括舒克拉在内的有关各方对此达成了协议。希望斯婉和其他人在听说此事后也能理解并支持我们的决定。”

“或许吧。”瓦赫拉姆说。

他仍不太赞成热奈特的方式，但他也想不出更好的解决办法。他想到的办法不是太严苛（全部处死）就是太宽松（放归社会）。流放到第一艘基于恒星飞船的太空监狱，关于这点，其实在小行星带上还有其他太空监狱。这些特拉瑞均被从外部锁上，内部条件相差千万里，差的跟地狱差不多，好的离天堂也不远。所以那个草地木球男和他的机器人们完全可能按自己的想法改造他们的监狱。理论上讲，目前的条件还只算得上是某个版本的地狱。在该说的都说完，该做的也做得差不多后，个子矮小的吉恩·热奈特调查官竟变得安静得不近人情，跟那个草地木球男一样。他面色红润，漫不经心，一副软硬不吃的样子；现在他看瓦赫拉姆的眼神跟看别人时一样——圣人、罪犯、陌生人、兄长——不管是谁，他都像鸟一样盯着对方，直愣愣地打量你，仿佛对你这个人很感兴趣，等着你找话说服他。

热奈特的流放案一直让瓦赫拉姆感到心神不宁。他查看了全体被捕人类和机器人的档案，厚达几千页。看完后他便去找热奈特，神情比以往更为沮丧。

“你漏掉了一些东西，”他尖锐地说，“看看这些笔录吧。你会发现文马拉工厂里有人故意对某些酷立方机器人不加约束，并将他们派到太阳系某处的不明人士那儿，后者将这些机器人隐藏起来。除了斯婉在‘内蒙古’号上遇见的那几个，至少还有另外 4 个——它们讲的故事都大同小异。这个人一定跟它们说它们是有缺陷的机器人，如果不想被解体就必须继续潜逃。酷立方不懂他这话的意思，所以有些机器人获得自由后出现了某些怪异的行为。也许它们的确在设计上有缺陷，我没理由质疑这一点。总之，工厂里的这个神秘人在帮它们逃离拉克希米！所以，这个人也应被放逐吗？那些有缺陷的逃掉的机器人也应被放逐吗？”

热奈特听后紧皱双眉，答应瓦赫拉姆一定仔细研究。

瓦赫拉姆还不满足。他从一开始就跟热奈特和亚历克斯在奇怪的酷立方问题上一直打交道，如今却感到自己被边缘化了。他滑着轮椅进了会议室，星际调查局的人和另外几个人正在开会讨论形势。他重新讲了一遍几个无辜机器人的情况。虽然最后并未一致同意，但绝大多数人认为那个将几个有缺陷的机器人故意放走的人应免于刑法。后来又发现这个人不仅放走了无辜的机器人，而且将它们的记录从工厂记录里抹去，做得非常干净利落。这个信息是热奈特告诉瓦赫拉姆的——似乎正是这点使得对此人的免责决定有了根据。瓦赫拉姆虽仍不满意，但不得不作罢。金星工厂的助手，一个比草地木球男大不了两岁的年轻人将被无罪释放。而那些有缺陷的酷立方机器人则很可能从此过上比同类更好的生活。

当最后的时刻来临之时，瓦赫拉姆坐在星际调查局巡洋舰的观景舱里，和其他人一起注视着那艘正在启动物质—反物质引擎，即将踏上漫漫征程的“冥卫一第一象限”号恒星飞船。它看上去和其他特拉瑞没有两样，只是可能稍微大一点，相当一部分重量来自舱内的冰，而飞船外部则像一座拥有闪电般尾鳍的白色海豚的冰雕。

“那些建造了这艘飞船的人怎么办？”瓦赫拉姆问道，“这不是他们的飞船么？”

“我们用其他飞船跟他们换的。他们原本打算造 4 艘船组成一支舰队，现在我们会在长蛇座上为他们造一艘。如有必要还可以从冥卫一上抽调人手。所以他们仍会拥有 4 艘船。”

瓦赫拉姆仍感到不解，“我不知道这该如何理解。”

热奈特看上去并不在乎他的话，“恐怕我们只能做到这一步了！在不经过网络，凡事皆须严格保密的情况下，每做一件事都很困难。如果一定要说的话，我觉得这次的行动干得漂亮！只用纸笔和同步计时器就做到这种程度，已足够惊人的了。每一个参与的人都不得不以最高保密标准行事，同时得完全信任系统里的其他人，行动还不能有丝毫差错。想想这些，你会觉得这是件了不起的成就。”

“这我同意。”瓦赫拉姆说，“不过这样就够了吗？”

“不。问题还没有解决，不过是争取到了一点喘气的时间罢了。”

“还有……你确信没有漏网之鱼?”

“一点儿也不确信。不过看上去金星上的那家工厂是唯一一个在制造人形酷立方的地方，至少王的酷立方这么认为。通过查阅他们的能耗和原材料记录，我们推算出最多可能制造多少机器人，而被逮捕的数量刚好相差无几。或许有一两个还在外面，但我们认为它们由于数量太少，是没法兴风作浪的。或许被那个年轻人放走的有缺陷的机器人不止那么几个。总之我们会尽量找到它们，如果它们在外面的话。”

瓦赫拉姆想，这不就是说，几台披着人皮的机器人此刻正在太阳系内无人知晓的某处。它们躲进人群，不顾一切想保住自己的自由，因为任何一台X射线机或其他监测设备都可能暴露它们的身份——它们东躲西藏，靠着自身演绎得来的某种求生程序，尽力完成人们交办的——或者为了自己而自主选择的——任务。它们可能已经受到了不同程度的破坏，正处在危险之中，和外界失去了任何联系，孤立，害怕——换句话说，就跟你我没有两样。

量子的旅程(三)

沼泽地的边上青蛙呱呱地叫　人丁兴旺与一个人在人生中的什么时间生育、生育的频率、生育多少子嗣　形态形成是有机组织创造自身的过程　延时的增长曲线　造成持续周期性摆动的模式　捕食者总落后猎物四分之一圈

这些新来的人正带着你去摧毁你　你的脸旁边抵着粗枪管迫使你走在它们中间　远离那些协助你逃跑的人　走到泽西海岸　曼哈顿的高楼挡住了东边的视线　逃跑　追逐

把枪踢开然后逃跑　人们喧闹着没有反应过来　快速跑进煤渣阴影中　躲避、转向　跳过小溪　绿色的草地中间一片一片的苔藓　波斯地毯是绿色的?

几乎与另一个人撞了个满怀　看着这个人

我需要帮助　有人想打劫我，我想他们还跟在我后面

这个人盯着你　纯蓝色的虹膜上有深蓝色的褶皱　跟我来吧

拐上一条小路　那个人停下来，指着　白色尾巴的鹿　呆在原地　耳朵对着他们　脾气暴躁　他们回来了　那个人说

你说　你想下棋吗?

那个人说　当然　来吧

来到一座简陋的小屋　另一个人已经在那里　他们在厨房谈话　日落的时候来到屋外　山顶的红色让我完全沉溺其中　针叶树上的针叶变成了银色　落叶乔木西边的树叶呈现出红色　到了某一时刻　远处的路灯发出亮光与落日争辉，光线照亮了周围　格外的清晰，让人看得清楚

有一只狐狸　在光线所及的边缘　在杂草中移动　褐色间着白色　种子雨　从地球到太空　又从太空到地球　共生起源　共同成长　天空的蓝色被白色的透明物质稍稍遮盖

斯婉　我是扎沙　从房子里传出说话声　我逮到个东西　一个棋手　好像有点糊涂

黑色的鸟都飞回了城里　停在一棵树上　一个个小黑点懒散地坐在树上

忙碌了一天准备休息了

鸟叫声　相互交谈　大约50只不同的鸟形成的声波范围　听起来像是音乐　低音部分是汽车的声音　货车　发电机　发动机　马达　一架喷气式飞机很大，像是就在附近　它的声音却远在天空之中　鸟儿在落日余晖中欢唱　各显所能，相互比赛　露天的文明　鸟类的智慧　保留在古老的大脑中　似乎不可编程　想象力的飞跃

午夜的时候，第三个人到了　身材高挑　优雅　嗨，扎沙，怎么了

介绍时说了一下这个人的情况　那摩斯戴[1]　我向你内在的灵魂敬礼

我是斯婉　告诉我你的事情

将有意识以来的事情简要说了一下　推开门到了街上　离开金星　通过人类的私人运输系统　到了地球　一切起因都源于结束金星上日食的打算　不是立即成功但将作为一个项目顺利开展　希望就是栖息在灵魂深处带着羽毛的东西　对于计划的细节一无所知　那些协助者实际上是反对这个大计划的人　协助者被抓了或被绑架了　被迫离开　说了一下被抓住　逃跑

斯婉看着扎沙　那些狗娘养的像对待酷立方一样对待他们

嗯？　扎沙说　你叫他们什么？酷立方机器人？酷立方人？

酷立方人这个名字不错　我说他们像葆琳　记得是一个酷立方直冲进了暴徒之中，为了我们而牺牲了自己　完成了它的使命　我是说我跟其他人一样喜欢调查员　很喜欢　即使发生了这么多事　但是我觉得没有必要在每件事情上都跟他保持一致　这简直是疯狂

简直是觉得我们应该按一下重启键

你休想那么做！生命体不该被那样对待　我带这个东西跟我一起走

斯婉

你别想阻止我！　快速站起来　收回拳头准备攻击

扎沙举起双手　等等　等等　我不是不同意　你这次可能是对的　这也是我给你打电话的原因　到目前为止我一直在协助追踪这些东西的下落　所以当我听说这一个逃脱了，我出去将它拖了回来　这很容易　它们都很容易相信别人　但是之后我给你打了电话　给你打电话

这才是我的好沙沙　我们在黎明时离开

扎沙摇摇头　你和你走失的孩子　又是这样　去你的　每次你都这样

---

① 印度合十礼。——译者注

嘿，是你把我叫来的　你希望得到我的帮助　你想让我这么做

是的，是的　快滚吧

黎明时分　我的等级增加　如果有人问我怎么办到的　将我画出来的艺术家就是这样设计的　必须说明

希望是一只鸟　破晓时分鸟儿们变得安静些了　瞌睡些了　阳光出现的时候它们又开始活跃起来　一阵微风搅动了黎明的空气

跟着斯婉走向一辆汽车　前往一个码头，那里停着一艘公共的渡船

所有的脸孔都充满生气　眼睛看进另外的时空　过去或未来　或观察着今天　就像你一样

穿过了因河水上涨而显得宽阔的河面　河面被风吹起粼粼的波纹　船的尾波加深了波纹的褶皱　船行经过泛起许多泡沫　渡船的圆形船头

随着波浪起伏　撞破水面　吞着水　向前滑行　左右两岸可以看到曼哈顿的景色　有一个人工做成的悬崖　初升的太阳还没有爬升到悬崖的顶部　河面上投下长长的阴影　渡船轰鸣着在河中颠簸　像有一只巨手仅仅抓着渡船左右摇晃

和人们一起站在甲板的平台上　在外面　高大的建筑物之间　下面是运河　长长的狭窄的船　可以看见52艘船　423人　在清晨的朦胧中　忙碌的一天已经开始

你在想什么？　斯婉问　你能顺利通过么？你会没事么？

可以看见41艘船　364人　我们　就是鸟　停下来的鸟

我会没事的

好　那去吧

这个人类吻了你的嘴　你们的牙齿相互碰撞　突然清醒地意识到对方的存在　看向浅棕色的虹膜　左眼底呈蓝色的弧　加油　去吧

瓦赫拉姆

人类总是从两方面乞求时间。有些事情上我们希望时间来得越快越好：一个我们热爱的新世界的类地球化改造，正义降临全人类，或许是一个好项目。另一些事情上我们则希望时间走得慢一点：我们的生命，我们爱的人的生命。看似两个方向，其实都是对时间的渴望——希望有更多时间做想做的事，有更多时间去经历未经历的人生。

在113岁时结婚可谓一段超越期待的奇妙经历。走过如此漫长的人生，各种各样的愿望和梦想早已简化为“活在当下”四字。丰富的人生阅历已教会了他一切；之后的经历将只是一种重复。

但事实并非如此。生命充其量不就是一种“看似重复”的过程么？每天各有特点。打发时间也好，抓紧时间也罢，不过是例行公事罢了，日复一日地重复同样的事务并不意味着每日的特点就此被抹去，反而让其更鲜明。和我们肩并肩的兄妹——动物们提醒我们，每一天都是一场冒险，都是一次胜利。人不可能两次踏进同一条河流。每次呼吸都从大气中吸进了新氧气，都是一次生命的喘息。怀着对未知经历的期待，勇往直前。

菲兹·瓦赫拉姆坐在土卫六星际关系委员会的会议室里，脑子里想着这些道理。到他发言了。他对同事们说道：

“可能有人会觉得在经历了这么多事情后，地球上的各国会引以为鉴，实现和解。这样不仅能使各国与太空定居点间的多条关系变得一致和连贯，而且还能摒弃以前不负责任的行为造成的各种杂音。但事实并非如此，他们没有这样做。要实现这一点，他们可能还需要几十年，甚至几百年时间。没人说得清地球会走向何方。另外，我们得修复跟老主顾火星的关系。大家知道，在土星周围的工作始于对火星氮气的捕获，为定居土星系创造了先决条件。所以，和火星彻底脱钩是当时的权宜之计，但并不意味着就得一直这样，也不应该这样。我们现在已经很强了，既可以和他们正常往来又不必被他们牵着鼻子走。事实上，和他们打交道也彰显了我们的实力。因此我提议，重新与火星进行接洽，就恢复从土卫六出口氮气一事进行商谈，努力恢复到停止前的水平，但新的贸易安排需由我方主导，实质是为了确保公平。这将是一个双赢的合作。土卫六大气层的氮含量仍超过我们期待值的一倍，这等于告诉了我们可转移的氮气总量。作为回报我们可以在三方贸易中发挥作用：将氮气从土卫六输送到火星，帮助水星获得来自火星的重建及发展援助，将水星上的重金属和稀土输送到土星，以及确保后者获得祝融星的光线供应。”

与会者提出了几个问题。讨论。瓦赫拉姆接着说道：

“深化与三方的多边合作有助于我们团结起来，以更好地应对地球屡犯不改的帝国主义及其内部各国的纷争和敌对，战火很可能波及到我们。我们甚至可以帮他们解决一些老问题，算是重振地球行动的后续跟进吧。该行动已取得了相当好的效果。”

“比如？”有人挑战他。

“北极联盟已成为地球上最进步、最合作的政治组织之一。北美洲中部草原的野牛数量正在增加，赢得世人一致好评。亚马孙热带雨林的面积正在扩大，接近历史上的亚马孙河全流域。现在被建成了公园，跟哥伦布发现美洲大陆以前颇为相似。东南亚和南亚实现了人口平衡，且野生植物规模也达到了气候变化前水平，进而也改善了当地的森林、水源和气候。这些都是重振计划实施后取得的值得提及的成绩。”

“现在就下结论未免太早了。动物重回地球这事儿常被他们描述为一次可怕的拙劣的修补行动，给他们带来了一系列问题。”

“并不是这样。”

他们就地球形势争论了一会儿。最后土星管理委员会的一位高级顾问提醒他们，本次会议的主题是如何重启与火星和水星的三方贸易。瓦赫拉姆指出，火星已深受人形酷立方机器人的影响，甚至可说是毒害。后者入侵火星各级体系，直到最近才被揪出来流放天际；火星人对此无不拍手称快，不仅立即撤销了对吉恩·热奈特的流放决定，还夹道欢迎这位功成身就的调查官大人荣归故里，以感谢他做出的卓越贡献。火星新的政治制度应该意味着他们会变得更为合作。许多人听到这个好消息都点了点头。于是会议很快便开始讨论氮气输送的细节问题，包括数量、计划和补偿。关于土卫六大气层最终的气压应维持在多少毫巴，大家争论了很久。

等所有人都变得不耐烦之后，瓦赫拉姆才说话，请大家回到主要议题上——重修多边关系。会议一致同意后，宣布散会。

最后一个问题就是如何将他们的讨论成果传递给那三方。瓦赫拉姆说：“我马上会去水星向斯婉·尔·泓求婚。我希望能和她在奥林帕斯火山上奏响结婚进行曲，互换誓词。在那期间我们有机会跟火星上的有关人士接洽。”

“啊，很好，”与会者异口同声，“恭喜！”有些人感到吃惊；其他人会意地点了点头。“这就行了，事情就简单了。以后可以搞一个什么土星—水星常委会。”

“没错。”瓦赫拉姆说。

斯婉

斯婉带着十足的成就感离开了地球。她对自己帮助酷立方机器人逃离魔爪一事感到相当满意。另外她也重新认识了扎沙，发现后者在她心中的分量远比想象的要重。她从基多搭乘太空电梯上去，而这次给她印象深的则是最后乐章的平静和舒缓，一个接一个的八度音阶往上升，就像冥想时口中振振有词而身体渐渐从地面升起；最后阶段的轻微失重恰好让这种感觉具象化，带给人愉悦之感，仿佛乘着歌声的翅膀。

斯婉乘坐“亨利·戴维”号特拉瑞回水星。经典的新英格兰风格，几个小村庄和牧场将硬木树林和松柏混交林分开。当时正值特拉瑞上的10月，红枫似火。黄橙红绿各色树叶交织穿插，层林尽染，在管壁内部相映成趣。当你抬头往上看，头顶的景象仿佛一篇用各色文字写成的无言的诗篇，将你包裹起来，让你在字里行间不住地颤抖。斯婉在林间小道上散步，从一个山头到另一个山头。一天她俯首拾起掉下的落叶，在一片林中空地上将它们一字排开，从红色到橙色再到黄色，最后是黄绿色和绿色，多么平滑的色彩渐变。这条地上的色彩之线让斯婉很高兴，将它们吹散的风大概也受到了感染。还有一天，她追踪一头黑熊和它的幼崽好几个小时。那天下午它们走到一个废弃的苹果园里，一棵残败的古树上却结满了苹果，多到把不少枝丫压弯了腰。几头黑熊饱餐一顿。树旁有一个上半部分被砍掉的圆桶，里面积满了雨水，小熊们爬进去泡了个澡。油光水滑的皮毛愈发黑亮，末梢挂着水滴，坚硬地直立着。

回到水星“终结者”城后，她的生活开始步入正轨。每天清晨在阳台上醒来，在清爽的晨风中用早餐，迎着朝阳做操，仿佛是以别扭的姿势向太阳神行礼。她俯瞰整座城市，一一细数那些重建后的熟悉的地标建筑。新栽的树木和灌木丛眼看也一天天长高长大。她带了一张很久以前亚历克斯寄给她的明信片，用平头针钉在厨房水池旁的墙上，每天都能看到亚历克斯亲笔写的诗句：

噢，我的灵魂感到了喜悦——它是如此的自由——如闪电般向前疾驰！
拥有这个地球，拥有一段时间——这些都还不够，
我将拥有宇宙，拥有永恒。

“终结者”城此时正好是秋天，一排日本火枫从她的阳台下沿往下蔓延，红得刺眼。她看到阳台下方的品蓝色瓦片上积了层灰。看来比起以前，在新的天气程序控制下，有风的日子更常见了，有时刮得比她记忆中的任何时候都要厉害。她喜欢这样。因为凉爽的秋风会将她从工作中拖出来，陪着她在城里散步。她感觉“终结者”城比以前大了很多，城市运行平台扩容后，建造了更多的公园和农场。市内及公园的平坦部分开凿出了新的河流。其他诸如桥梁、自行车道、景观大道和人行步道等不一而足。这是她的家乡，既熟悉又陌生。看到这些她不禁产生一种感觉，似乎城市还可以继续往前延伸，一直延伸到水星的背阴面；理论上讲，经过几十年上百年的建设，是有可能一直往西扩建，直到绕水星一周的。

她把绝大多数时间都花在了农场里，在池塘和湿地工作。新建成的河口的生态发展得不顺利，水的盐度和潮汐还有一点问题。这方面一直争执不断。另外她也弄不懂，既然人们在一座西面是悬崖的小山上为直布罗陀猿凿好了洞穴，为什么它们就是不喜欢。直布罗陀猿秉性率直，通常没有人类常有的那些坏毛病。但现在它们宁愿在洞穴下方的平地闲逛，也不愿进洞。她得找个时候爬上去看个究竟。

她一边看着直布罗陀猿，一边想着自己的生活。现在她已经 137 岁了。过去她一直过分使用了自己的身体；这种情况不会永远持续下去的，或者说也没那个必要。另一方面，长寿护理技术和几年前相比又有了新的突破，研发一刻也未停过，马卡莱特都快两百岁了，所以，思考一下未来还是有必要的。

跟她走得近的人很少，就连这很少的几个现在也不见得还那么亲近。她想要的都有了：生活过得很好，女儿正在某处过着自己的生活，这无须多说。虽然她们只是偶尔联系，但这不是问题。比起女儿，斯婉和其他人关系更近，

这容易理解。年轻的朋友基兰仍在金星上，他要求留在那儿，回到千丝万缕的各种事情里，定期给她汇报情况。这比她的很多其他朋友更近了一步，毫无疑问以后还会有更多基兰这样的朋友；似乎总有人会抓住她的胳膊，将她带到他们的生命里。她的农场同事们都很团结。她喜欢现在的工作；喜欢这个游戏；喜欢自己将工作视为游戏的艺术手法。所以工作就不仅仅是工作了。摆在她面前的是一个形而上的问题：如何过完一生？我在乎什么？喜欢什么？怎样让自己不那么孤独？因为现在，亚历克斯不在了，而自己虽然跟很多人交流过，但最后仍错过了某个人，未能把心里话告诉他，就像以前对亚历克斯倾诉衷肠那样。

噢，帅气的摩尔，我想念你，
但心里话对谁说——
世界在眼前崩塌。

她独自一人在农场唱着伤感的老情歌，不知道怎么做才好。也许什么都不做最好吧。人在辞世前会对生命进行一次剪枝。生命的一部分会先死去。当你爱的人死去，你的一部分也就随之而去。有些人离开世界时很像她见过的一种刺柏——枝条虽尚有生命，生长的主干却已枯死。这是没人能阻止的结局。

唯有行善方能获得快乐。不，并非如此。三重脑①的每一部分都有快乐产生的可能。不论是阳光下的蜥蜴还是捕猎中的哺乳动物或者正在做好事的人类，都能感到快乐。改善大地就是好事之一。因此当你为了人类过上更好的生活而忙于加工自然时，你的三重脑都会感到快乐。夫复何求呢？

但你还是想和人分享这种快乐，即愿意与某人待在一起。亚历克斯就曾是这样一个人。

她见过好些旅行中的离群索居者，那些孤独又年迈的太空人独自在世上行走，与任何人都不扯上关系。她就是其中之一，至少在大半生的时间里她就是这样。他们是在寻找某个人吗？她想起有人曾这样说过：我想遇见某人。遇见，他们的意思是“成为配偶”。即我想和某人成为配偶。“遇见”是“成

① 人脑的结构在解剖学上可分为三重：爬虫类脑，掌握睡眠、饮食、性等基本的生命活动，别名鳄鱼脑；低等哺乳动物类脑，主要是为防御外敌、保护自身并处理由视觉、听觉、嗅觉捕捉到的信息，别名马脑；新哺乳动物类脑，专司理性思考，别名人脑。——译者注

为配偶”的未来时虚拟语气，是人们的一种愿望和期待。你看看周围就会发现：一夫一妻制正在恢复。这是一个有条件的未来时，也是一个虚拟态动词：先交配，再遇见。这是一种返祖现象，似乎大家都是斯婉或其他有急于成双结对的基因的生物。“斯婉不是天鹅。[①]”她曾对公园里困惑的同事们说道。不过她又是怎么知道的呢？

“我想‘遇见’某人。”她试验性地对马卡莱特说。

马卡莱特笑了，“你喜欢上他了！土星上的那个瓦赫拉姆。所以你的意思很可能是‘我已经遇到某人了’。”

斯婉盯着马卡莱特。一个人被另一个人爱，甚至爱上另一个人，是可能的——她还未完全接受这个观点。“但我很早以前就认识他了啊。到现在都很多年了。”

“那样更好。”马卡莱特说，“你了解他。事实上了解一个人就得花很多时间相处。在保温管道里发生了什么吧？难道没有么？”

“大部分时间我们一起吹口哨罢了。”她说，“不过的确发生了点事。”

“也许婚姻就是这样。”马卡莱特说，“一起吹口哨。那是一种交流行为。不仅是对话，而且是一种行动。”

“婚姻”这个词让斯婉感到惊奇，她重复了一遍。对她来说这个词无异于来自中世纪，来自古老的地球——带有强烈的家长制和所有制的意味，而跟太空和长寿扯不上边儿。一个人在另一个人生命中穿行，历经多个时期，每一个时期短则几年，长则十数年，写满了他的沧桑。当条件改变，你的生命也随之改变，与社会产生新的联系。如果你打算坐上婚姻这个巨大的旋转木马，那这些将无可避免；此外，如果为了让这段关系能持续更长时间而贸然改变一个人的人生，会有将后者的最后时光毁于一旦的风险，碎片会飞回来，给原本应该告一段落的一个人生阶段留下深深的伤口，让他觉得一切都是谎言。就是这样。

至少她以及不少她认识的人是这么看的。在她现在所处的时代及文化环境里，这种看法很普遍。太空居民是自由的人类，不管之前如何，至少在生命的最后阶段他们是自由的，是作为一个“人”而活着。他们都这样觉得，同时也鼓励其他人这样想，而斯婉一直都这么认为，一直认为这是对的。但

---

① 斯婉，原文 Swan，意为“大鹅”。另，在大多数文学作品中，天鹅被认为是对配偶忠贞不渝的代表性动物。——译者注

一个人的认知会随着文化和历史的改变而改变，就像人类本身；认知本身也会转世投胎。所以，如果文化会随着时代而变化，而个人又恰好生活在变革的文化中，那么……个人是不是也会随之而改变？人们都会变吗？她也会变吗？

但婚姻难道不是一个人不变的承诺么？

她在湿地里艰难地走来走去，不停地思考着。一天，她的手无意间碰到什么，一只和岩石同色的蟾蜍从水塘边跳了出来，坐在石头上抬头警觉又好奇地盯着她，镇静但做好了随时跳走的准备。“不好意思，”她对它说，“我没看到你。”此时她看到了，它就坐在那儿，表皮比任何岩石都要光滑。它有生命，它在呼吸。

她外出旅行，往北朝着特里克丽娜·阿尔巴达区前进。她走进“终结者”城地形复杂的明暗分界区，斜射的阳光照在不平整的地形上，耀眼的光芒让仍处于暗处的地方显得更黑。黑色与白色的地貌碎片形成强烈冲击——她的眼睛难以适应如此鲜明对比的景观。有时她就喜欢这样。多么精神分裂的一生。

她像日光行者一样往前走，靠脑中的地图导航。她漫无目的地往西艰难跋涉，知道很快将经过马勒环形山和几条烤焦的废弃跑道，然后抵达一段悬崖顶部，那是从地上膨胀而出的一道小隆起，非常古老，高出脚下的平原两百多米。幸运的是悬崖下延伸出倾斜的岩脊，仿佛供人下山的整洁的石梯。她以前来过这儿。走这条路的日光行者常踩着这条艾博斯巴赫岩架上去，上面的尘土和石砾早在多年前便被清扫干净了。于是它变成一条破破烂烂的之字形路径，不过倾斜的石块很干净，将她送到下方的平原上。她感觉水星地平线离人们就那么一段距离，是一个虽谈不上唾手可得，但总能走到跟前一探究竟的地方。

有一小队日光行者耐心地朝西行进着。那小小的反射着银光的身体渐渐消失在地平线上，让她想起了热奈特调查官。一部分人走一段时间后会躺在手推车或旧式雪橇车里休息，由另一部分人拉着继续前进。并肩前行，你睡觉我拉你走——多么美丽的关于信赖和关怀的画面，将生命如此戏谑地交给陌生人——水星人的品性之一。在很长一段时间里，这，以及“终结者”城，就是她所需要的所有陪伴。

她走下岩脊，来到满是石砾的特里克丽娜·阿尔巴达平原。路径消失了，因为怎么走都无妨。她可以从这里一直跑进夜晚，继续朝黎明跑去，站在耶斯·托尔山峰之巅看高处被晨曦如蜡烛般点亮，然后火焰从闪耀的山顶往下蔓延。就这样一直在黎明里跋涉，啊，心里是多么虔诚地希望得到上帝保佑啊！谁能经受住正午或下午的炙烤？还是将黎明抛在身后，尽量跑进黑暗中吧。不让白天来临——谁知道会发生什么？她没有计划，没有主意。

她跑了很长一段时间，无暇顾及足下的石砾和地表。她不需要什么。人们可以给水星开膛破肚，带走有价值的矿石，而地表也不会有多大不同，已经是一团煤渣了，像一位老友那历经沧桑的脸庞。岩石被撞击弄得撒了一地，到处是石砾和喷发物，犹如一张尘土织成的地毯。或许其中暗藏玄机。但朋友是需要交谈的。我希望能和人交谈，对我有意义的交谈。我希望听到让我感兴趣的话题，听到让我吃惊的话，不管让我吃惊是多么的不可能。哪怕事实是一件小事都可能使我吃惊半天。对一个如此容易大惊小怪的人，身旁却没有人给她带去任何惊奇的消息，这怎么能行！

土星人。如果有个可以依赖的人，一个稳定、可靠、规矩、刚毅的人在身旁会怎样呢？他深思熟虑又果敢坚决，慷慨善良，他冷静沉着却常对美好的事物小有激情；他乐于面对危险，甚至略有迷恋；他懂得欣赏大地景观，还希望观赏动物并追上去看上一眼；他喜欢看着她，似乎将她看透是一件趣事而非一个负担，或是另一出更为重要的戏剧的一块幕布；他也会用同样的眼神看待别人；常会心一笑，似表达有旁人分享和陪伴的快乐之情；这是保守又友好的举动。如果用语言将所有认识的人分类，我们看来都愿意收集"矛盾"、"悖论"和"逆喻"。因为它们都有某种平衡在里面。人类总是这样，利弊参半。这样的一个人若面露笑容，在他心中定如风暴般狂烈。

在一件高兹沃斯艺术品前她停下了脚步——那是她最有名的作品之一，当时她正试验性地将铅或其他会在白天高温下熔化的金属置于她已挖好沟渠的山坡上，当阳光照射到山坡上时，事先安放的铅块或铜、锌等金属将熔化，然后顺着沟渠流下，形成字画。该类作品通常占地很大，附近山顶观景台的人会看到一幅字画近乎直立于眼前。为了这幅马勒北面的作品，她小心翼翼地挖出两组字母，精确设计的两个单词彼此重叠，贯穿你我。在每个单词的关键部位都设置了闸门。日光下熔融的金属会首先抵达闸门处，直到其中一扇被率先突破，聚集于门口的熔融物便会顺着沟渠流走。因此最后到底会显示"LIVE"还是"DIE"完全取决于闸门的情况。这是她那些年里所创作的关于大地和太阳的二律背反主题系列作品的最后一个，该组作品包含了 7 对

“美与丑”的字画，它们彼此重叠，像雅各布与上帝一样缠扭在一起。现在裁决已经出来了，虽然看上去过程很混乱。但如今呈现在斯婉面前的却是，由于两扇门同时被突破，导致没有足够的熔融物填满所有坑道，某些坑道填充得充实一点，另一些则比较空洞，闪亮的熔融态的银和铜打着旋儿在沟渠里奔走，最后呈现出一个字“LIE”。

此刻斯婉站在观景平台上望着这幅作品。即便在当时，她也深受震撼，觉得很是贴切；今之看来则更像一道命令。人们仍可以看到两个词里未被填充的空荡荡的坑道，那是D和V；但毫无疑问在黑暗中闪着金属光泽的，夺人眼球的却是那个“LIE”字。真是太应景了。人们都说这是她故意设计的，但其实真不是；闸门同时崩溃完全不是斯婉能控制的，仿佛金属也有主见，第一波便填满了相应的坑道。但它道出了某种真理。它们并没有生也没有死——而是两者兼而有之——撒谎。你撒谎，于是你撒了谎，然后继续撒谎。

过了一会儿，她往南折返，希望在“终结者”城从地平面滑过来前抵达最近的换乘平台。当行进到古老的兼好环形山[①]山脚时，她想山顶应该能够看到在下方山谷里闪着微光的“终结者”城的轨道吧。

在兼好环形山山口南侧，斯婉看到了轨道，还看到了一个孤独的身影，缓慢沿着斜坡朝她走来。高大的圆圆的体形；她看到的瞬间便认出了他，噢，她太熟悉这个走路的姿势了！

她打开普通频道：“瓦赫拉姆？”

“正是，我来找你了。”

“你找到了。”

“找到了。你是现在就回城吗？因为我没有吃的了。”

“是的，现在就回去。你什么时候来的？”

“昨天。我刚走了几个小时。城市随时都会过来的。”

“好，好。我们下去吧。”她往下走，拥抱住他。虽然隔着宇航服，但她仍踏实地感觉到他的身体，浑圆，饱满，比她的身体更魁梧。“谢谢你来接我。”

“嗨，我高兴，真的。我从土卫六来的。”

---

① 吉田兼好（1283—1358），原名卜部兼好，日本南北朝时期（约为中国元朝时期）法师，文学造诣深厚，有著作《徒然草》存世。该书由杂感、评论、小故事等组成。——译者注

“我猜也是。新腿怎么样了？”

他朝左腿做了个手势，“一直在调整，位置还不是很理想。看来旧腿的幽灵细胞仍黏着我，搞得我一团糟。”

“跟我的头一样！”斯婉脱口而出，痛并快乐地笑了，“每次我放新东西进去，都觉得横竖放错了地方。”

瓦赫拉姆微笑地看着她，“据说脑内调整一般很快。”

“嗯。”

“其实，说到新脑——你有没有考虑过我在太空里对你说的话？当然了，之后在金星上时也说过。”

“嗯，考虑过。”

“然后呢？”

“唉，我也说不清。”

瓦赫拉姆皱起了眉头，“你跟葆琳商量过吗？”

“嗯，应该是谈过吧。”

事实是，她压根儿就没想过。

瓦赫拉姆看着她。太阳很快就会照射到他们身上。他问：“葆琳，你愿意嫁给我吗？”

“愿意。”葆琳说。

“喂！你等等！”斯婉大声说，“这里我才是要说‘愿意’的那个人。”

“刚才你不是说了么。”瓦赫拉姆说。

“不，我没有！葆琳是个独立的东西。这就是为什么你不让我参加你们的会议，对吧？”

“是的，不过是因为你们俩是一体的。所以没办法做到只让你参加而不让它参与。自从你为葆琳编程到现在，我不是第一个注意到这点的人，它是你的投影——”

“完全不是！”

“——或者，也许可以更准确地将它描述为你的艺术作品之一。艺术作品不都是很私人的物件么。”

“我的岩石作品，也是私人的？”

“是的。虽然不像裸体在冰块上坐一周，靠饮自己的血为生那么私人，但仍可算十分私人的作品。”

“好吧，但葆琳不是艺术品。”

“我不确定。也许她就像口技表演者前面的假人。这不算艺术么？我们通过她发音呢。她让我深受鼓舞。”

“千万别!”

但显然他没有听她的。随着时间的流逝，斯婉逐渐意识到，瓦赫拉姆相信葆琳——这点很重要。她朝着最近的换乘平台走去，他跟在后面。

过了一会儿，他说：“谢谢你，葆琳。”

“不客气。”葆琳回答道。

摘要（十八）

造一个句子会使许多叠加的波函数坍缩成一个单一的思想宇宙。每说一个词损失的宇宙都呈复合增长，可以这么说，每个句子都毁灭了 10^n 个宇宙，n 就是句子中的词汇数。每一个想法都是由数以万亿计的可能想法凝结而成。因此，我们给语言蒙上了阴影，因为我们使用的语言构成了我们存在的现实。也许这是件好事，也许这是我们需要不断地组织句子的原因。

文字写下来是供人们以后阅读的。它们是一种时间胶囊，对未来子孙的讲述。读着这些文字，你可以看到过去的时光，过去历史中的喧闹和混乱或许对你来说难以置信。你所处的时代或许已经实现历史的跨越，你的生命已经无限延长，你正前往其他恒星。我们这些现在活着的人却不是那样，我们在小小的太阳系里像没头苍蝇一样地乱闯，像细菌一样填满雨水形成的新的泥坑。这个泥坑就是我们的全部。在其中，有的人窥见生命的奥秘；有的人偏安一隅只为了获得足够的食物来维持生存。所有我知道的你也知道，在这种情况下我们和同时代的人还有什么好说的？从许多方面来看，跟你——尚未出生的、慷慨的读者——交谈似乎更容易一些。你或许能活几百年，这些文字只是你阅读中极小的一部分内容，了解一下过去是什么样子，探究一下你的世界是如何形成的。而这些文字的作者仍然受困于割据末期，在绝望中期待着下一个时期的到来，哪怕看不清未来的方向。

谁来决定什么时候采取行动？

没人决定。时候到了就会发生。

不。我们决定。我们怎样决定则是一个有趣的问题。但即使我们不知道这个问题的答案，仍然是我们决定。

虽然 2312 年前后发生的事件很重要，并且预示着在当前的时期当前的环境下变化即将发生。但是并没有决定性、颠覆性的事件，也没有一个界碑，人们可以跨过它高喊：“这是一个新的时期，这是一个新的时代。”正在发生着的事件是混乱的、复杂的，许多事情还要再等几十年才能看到结果。蒙德拉贡联盟将统一地球上的大部分国家，火星将从酷立方感染事件中恢复，并重新加入蒙德拉贡联盟——但现在这些事情都还不明朗——事情可能向不同的方向发展。

当然，人与人之间的不同以及不同行星上时间的差异是不可避免的问题。“这里需要注意的是，对于不同时间的统一不应大于它们之间的交叉和重叠。”正是这种交叉和重叠造就了我们对现时的感觉。“从不同时间模式的这种混乱叠加中，历史实实在在地产生了。”——就像一件艺术品，跟其他的艺术品类似，不过它是由所有人共同来制作的，并且它一直没有最后完成。事情发生、发展、成绩；成功和失败；皮洛士的战争[①]，维持现状或维护旧制度的努力；虽然重要的事件可能正在发生，但在2312年并未呈现出结果，或许几十年之后，如果……

当我们想到火星、土星和水星三方联盟的形成，或是蒙德拉贡联盟对割据时期地球的干预，或者火星重回蒙德拉贡联盟，我们看到的是一种不稳定的过渡；随着力量的重新分配而引起旋转木马位置的移动，新的系统开始出现；因变化而引起现有系统的长期震荡，直到最后滑向一个新的、稳定的旋转系统。

在金星上，加速行星旋转的计划遭到激烈反对，从而引发了一场长期、艰苦的内战。其他行星系统对于这场战争并不十分清楚，因为它主要是用刀子破坏密封舱，从而导致减压而杀害对方。直到24世纪后半叶，才以所有人参与全民公投的方式结束了战争，公投的结果是重新对赤道进行撞击，以惊人的破坏性的方式重新形成自转速度，实现金星的一天为100小时。

地球上所谓的隐形革命导致整个地球的重建，包括物理上的和政治上的，所有这一切都发生在“生机重现”之后。同一时期，酷立方与人类之间的融合是另一项隐形革命，这一举动激怒了那些曾经反对过的工程师、哲学家和酷立方。

在火星上，已经确认政府部门中的少部分人已经被一组人形酷立方渗透并影响，这些人形酷立方被急急忙忙地绑架并驱逐。在这之后，火星管理者经过深刻地反思，开始向憧憬的民主制度迈进，随后重新加入蒙德拉贡联盟。

由于土卫四、木卫三、木卫二、土卫六、海卫一，甚至月球都宣布希望完全改造他们的星球，所有的不稳定气体，尤其是氮气变得异常昂贵；整个太阳系立即遭受了通货膨胀的冲击；到24世纪末，土星联盟已经积累了巨额

① 虽然胜利但损失很大，比喻得不偿失的战争。——译者注

的财富。

所有的隐形事件使得那一时期的历史很难书写。而无论时间、物质和人类反抗形成多大的阻力，这些事件仍然继续发生着——那些人类的阻力实际上来自人类的恐惧，他们像抓救命稻草一样，从过去找出各种自认为的证据，证明过去世界曾经是统一的。正因为如此，目前仍然有并将一直存在着彻底失败和完全灭绝的危险。

尾　声

搭乘帕弗尼斯太空电梯下到火星，你可以透过透明地板看到这颗红色星球正为迎接你的到来而徐徐升起。塔尔西斯高地的三座火山王子[1]连成一条直线，仿佛是专职堆建土丘的红种人部落的得意作品。西面的奥林帕斯火山如一块独立大陆般高耸，从山顶往下看，其万米高的峭壁不过就是绕足部一周的细线。地表的其余地方则被纵横交错的绿色线条——著名的火星运河，在类地球化改造初期即便雕刻在火星表面上——分割成多个不规则区域。当时人们使用伯奇同步聚能镜将阳光聚焦于待处理地块上，产生的高温足以将岩石汽化或熔化。为了创造所需的空气和热量，火星上有太多地方需要烧灼；所以为了更好地布局烧灼地，人们决定参考 19 世纪末期的罗威尔地图[2]并据此安排实施。另外，为这些运河命名也采用了旧式命名法，人们手里捧着女巫的药罐，里面装着希腊语、拉丁语、希伯来语、埃及文及其他古老文字。所以你会发现自己置身诸如诺都司·哥第、费索恩提斯、伊卡利亚、特拉克塔斯·阿尔巴斯、尼罗克拉斯和菲尼克斯·拉克斯之类的地名之中。遍布红土地的绿色条带数百千米宽，无数真正的人工运河将它们串通起来。有时还会有两条绿色条带并行的情况。多条运河模糊地围成一个六边形，交接处则通常是葱郁的绿洲，水道、水闸、池塘和涌泉组成的水系周围聚集着大大小小的精致的城镇。可以说 19 世纪的幻想如今在火星上成真了。有人认为品味太低，但当时急急忙忙地顾不上那么多，做到这样也拿得出手了。

他们走出婚礼举办地奥林帕斯山北麓列车站的大门，来到户外，就像在地球上一样。现在还是清晨，微风带来丝丝凉意。天空是马克斯菲尔德·帕

---

① 指东北—西南方向成一条直线的艾斯克雷尔斯火山、帕弗尼斯火山和阿尔西亚火山。——译者注

② 帕西瓦尔·罗威尔，美国商人，天文学家，1894 年在亚利桑那州的沙漠中自建天文台，发表了许多他相信是火星运河的图像。——译者注

里什蓝[1]色；巨大的红杉、桉树和加州白橡分散在多个小树林里。运河就从他们所在的山坡下流过，河岸一边种满了柏树。运河的河水看上去甚至比堤岸还高。很多地方，河流两岸是宽阔的景观大道，绿化极好，不过挤满了房子和人。有时可以从较低处看到，景观大道是由无数层黑玻璃叠起来的。

他们乘坐电车，从景观大道前往奥林帕斯山。宽阔的街道斜插进绿地，一抹抹绿色从他们眼下掠过。大道草地后方是块状的建筑物，其表面常饰以陶瓷壁画，呈现出装饰艺术的特点。他们经过一个又一个棕榈树下的白色广场，谈论着繁茂之美。各地一致的景观也引起了他们的注意，随处可见的六边形结构让人想起蜂群思维[2]。这是一个令人舒心适意的绿色盎然的大地。电车从一个绿洲驶向另一个绿洲，在轨道两旁的长排柏树的荫庇下，车厢内出现了规律的明暗交替。沙漠中的花园。超越地球的景观加上跟水星近似的微重力，居于其中如入梦境之城。水星没这么美，任何地方都没这么美。

热奈特调查官站在靠窗的椅子上出神地望着外面一闪而过的景色，突然说道："我曾在那儿住过。"热奈特朝电车下方正快速后退的一个小镇示意了一下，"应该就是那栋房子。"

电车在后给里亚车站停下，他们将从这里换乘磁悬浮列车上到奥林帕斯山东北部。车还没来，他们走出车站来到市中心。这里的运河都结冰了，人们倒背着手在冰冻的河面滑冰。虽有灿烂的阳光，但温度很低。

斯婉对前往大火山抱怨道："如果去到大气层上，又得住在帐篷里，来火星的意义何在？那样的话，其他地方不都一样么。"

朋友们都觉得这其实是个反问句，因为他们都知道她肯定记得来这儿的目的——婚礼进行曲。瓦赫拉姆抬手遮住阳光，往南朝着大火山望去。火山四周均被巨大的高达 10 千米的绝壁环绕，他们所在的地方是唯一的一个缺口；火山活跃期晚期的一次火山爆发喷发出大量岩浆——高达 10 千米的火瀑布，瓦赫拉姆试着去想象那是怎样的一幅场景——熔岩从万米高空自由下落，途中迅速降温，从红色到橙色最后变为黑色，撒出的火山灰在山脚不断堆积，直到淹没了陡峭的万米绝壁，更多的岩浆从东北方向滚下，最后形成一道宽阔的舒坦的斜坡，从半山腰一直缓降到平原上。这就是他们足下的土地炽热

---

① 1870—1966，美国画家。他使用独创手法创作出的蓝色，以他的名字命名为马克斯菲尔德·帕里什蓝。——译者注

② 蜂群思维是一种集体思维，是指由许多独立的单元高度连接而成的一个活系统，现常用于计算机和互联网领域。——译者注

的过去。

"婚礼后我们可以在这片低地旅行，"瓦赫拉姆说，"然后去海边度蜜月，可以这样说吧。"

"好。我想在希腊海游泳。"

"我也想。"

车来了，他们和其他新人一起走进磁悬浮列车的加压车厢。列车沿缓坡朝山顶驶去。这段路很长，他们在车上欣赏了火红的火星落日，玩了一夜的派对，最后不踏实地睡去。黎明时分醒来时，列车正缓缓驶进火山口东南坡的车站。这里是山顶的小型撞击坑 Zp 的边缘，一张巨大而透亮的帐篷已经搭好，火星上的传统庆典仪式已在帐下准备就绪。他们在婚礼的当天抵达了。

从帐下很难看到帐篷的存在，它比"终结者"城的穹顶还不易见，看上去跟置身户外并无二致，只是更加温暖，空气里飘着淡淡的香气。头顶是黑色的星空，唯有远方地平线处露出了一缕蓝色；他们几乎完全在火星大气层上。当然如果你预先知道自己头上有顶帐篷，那么到处都可以找到它存在的蛛丝马迹了，比如天空蓝色和黑色交界处存在的棱镜折射现象。奥林帕斯山太大了，以至于东方和南方的地平线也不过是它的一部分；人们看不到更东面的塔尔西斯火山群，也看不到绝壁下的平原。目光所及之处，红土，荒凉，跟初始时期没有两样，只有天边蓝色的一层空气告诉人们，这是一颗被改造过的星球。

帐下这块举行庆典的土地坡度很平缓，它被修整成一级一级水平的阶地，很像亚洲的梯田：斜坡上开垦出很多水平带，两个平面之间的立面蜿蜒前行，如地图上的等高线。在这里，每两个阶地之间的落差有三步宽阔的台阶衔接，来宾中不止一个人说道这让他们想起了"终结者"城的中央台阶；但眼下的台阶每步都宽达四五千米，落差或达三百米——准确数字很难判断，因为帐篷外的火山实在太过巨大。

对火星和来自各星球的来宾而言，婚礼颂歌宣告了仪式的开始。此刻的典礼现场很是繁忙，人们来去匆匆，说话也不得不提高音量，因为好几百对新人和各自的亲朋好友都在大阶梯上走上走下，努力寻找预定的席位。三个阶地这天均是花团锦簇，要想走路不踩到鲜花都太难了，石英岩地板上沾满了它们鲜艳的颜色。

瓦赫拉姆、斯婉和亲友团找到了他们的地盘，312 号。斯婉看到朋友们已用鲜花将此地装扮一新，看上去就像“终结者”城的中央阶梯从土卫八的贝壳结构中穿过一样。她笑了，给了瓦赫拉姆一个拥抱。两人站在一起相视而笑，掌声从朋友们中间响起来。瓦赫拉姆一身土星黑，颇像令人畏惧的罗马皇帝，或者，哦对，一个体形巨大的两栖动物。蟾蜍先生正式踏上他的荒野征程了。斯婉一身红色，如若置身一朵火焰玫瑰之中。当他们踩着低矮的小台阶朝即将举行典礼的地方往上走去时，斯婉一直牵着瓦赫拉姆的手。

典礼现场到处是音乐声，他们清晰地听见加麦兰声音从下方的台地传来，不过此起彼伏的音乐本来就是婚礼颂歌的组成部分，而他们两人为自己准备的则是巴拉姆斯第二交响曲飞快的最后乐章——瓦赫拉姆选的，斯婉同意了。当热奈特调查官轻点“万能钥匙”的屏幕调出两位新人请他朗读的诗篇时，斯婉一直看着瓦赫拉姆，而他似乎一直看着远方。现在还是早晨，阳光斜射着照在他们身上，发出水星上那样华丽的光辉。这真是一个大星球啊。他们上方和下方，每对新人都在演绎属于自己的婚礼。这里如此之大，音乐各有不同，每对新人仿佛是在自己的小世界里；而这个宏观场景同时也是每个小世界的组成之一。

眼前的这对新人，很好地代表了土星和水星。马卡莱特来了，王来了，基兰来了，斯婉农场的同事也来了不少。还有扎沙。戴纳和乔伊斯是瓦赫拉姆托儿所的代表，当然还有土卫十八的女神。[1] 他们松散地站成一圈，但两拨人很容易区分，土星帮身着黑色、灰色和蓝色的衣服，而水星派则是红色和金黄色。另外还有热奈特在火星上的老朋友，大部分都是矮人。似乎当天所有的矮人都打算齐唱几首脍炙人口的歌曲，比如《我在火卫一的餐厅遇见了她》或《可爱的丽塔，我的女交警》或《我们去找魔法师》。

每个人都那么开心。他们的眼神带着笑意落在他人身上：我们的朋友用眼神告诉大家，他们正在做一件疯狂的事，一件美好的事，这不是很好吗？爱——某种想象力的跳跃。如此费解。爱将会成为一场盛大的派对。

热奈特调查官站在讲台上，眼睛总算和两位新人处在同一水平线上。他举起两人紧握的双手说道：“你们，斯婉和瓦赫拉姆，决定结婚，成为彼此终身的伴侣。瓦赫拉姆，你确定吗？”

“非常确定。”

---

① 原文为“the Satyr of Pan”，作者表示自己十分喜欢“the Lion of Mercury”即“水星之狮”这一称号，此为古密特拉教领袖的称号。此处为作者拓展发明的新称号“the Satyr of Pan”。——译者注

“斯婉，你确定吗？”

“是的。”

“那就结婚吧。实现你们的愿望吧，在场的所有人，请帮助他们实现相伴终身的愿望。现在请允许我背诵几句艾米丽·狄更斯描写他们即将演绎的共生起源的诗句：

念叨着他的所想——
流淌着他的热血——
两个生命——如今融为一体——
用一生，去认识永不可能完全了解的彼此——
即便没有词典——最后也能发现——
那曾困扰你我的难题！

狄更斯的观点让调查官露出了微笑，他举起一只手说道：“依你们及蒙德拉贡联盟甚至火星系赋予我的权利，我宣布斯婉·尔·泓和菲兹·瓦赫拉姆根据双方意愿正式结为夫妻。”

热奈特从讲台上跳下来。斯婉和瓦赫拉姆脸挨着脸，亲吻了对方，时间很短。他们转过身来，面向所有朋友，迎接他们的掌声。勃拉姆斯急速地飞奔到了令人晕眩的结局，长号嘟嘟地鸣响。斯婉接过调查官高举的金戒指——他非常可爱地善加保管着——抬起瓦赫拉姆的左手。她看到他正斜眼看着奥林帕斯的斜坡，一副沉思几近忧郁的神情。她用力握了下他的手，他将视线收回放在她身上。“好了，”他的笑容极浅极淡，“我想现在得开始走隧道的后半部分了。”

“不！”她哭出声来，重重地捶击他的胸膛，然后将戒指挤进他无名指上的指关节，“致我们这一生。”